璀璨的秘密

畅然天空 著

北方文艺出版社

图书在版编目（CIP）数据

璀璨的秘密 / 畅然天空著 . -- 哈尔滨：北方文艺出版社，2021.3
　ISBN 978-7-5317-4927-1

　Ⅰ. ①璀… Ⅱ. ①畅… Ⅲ. ①长篇小说－中国－当代 Ⅳ. ① I247.5

　中国版本图书馆 CIP 数据核字 (2020) 第 222266 号

璀璨的秘密
CUICAN DE MIMI

作 者 / 畅然天空

责任编辑 / 路嵩　　　　　　　　装帧设计 / 梦柔
策划编辑 / 肖博　　　　　　　　特约编辑 / 章娟
营销编辑 / 章娟

出版发行 / 北方文艺出版社　　　　邮　编 / 150008
发行电话 / （0451）86825533　　　经　销 / 新华书店
地　址 / 哈尔滨市南岗区宣庆小区 1 号楼　网　址 / www.bfwy.com

印　刷 / 长沙鸿发印务实业有限公司　开　本 / 710×1000　1/16
字　数 / 539 千　　　　　　　　印　张 / 22.75
版　次 / 2021 年 3 月第 1 版　　　印　次 / 2021 年 3 月第 1 次印刷
书　号 / ISBN 978-7-5317-4927-1　定　价 / 39.80 元

目录

第一章 ｜ 百工坊　　　　　　　　　　　　001

第二章 ｜ "梦笔生花"的制笔步家　　　　017

第三章 ｜ "破镜能重圆"的锔瓷周家　　　055

第四章 ｜ "东风夜放花千树"的火狮胡家　118

第五章 ｜ "绕梁三日犹有回音"的斫琴关家　165

第六章 ｜ "若是真金不镀金"的鎏金黄家　216

第七章 ｜ "群仙云游"鬼工球　　　　　　250

第八章 ｜ 传国玉玺　　　　　　　　　　312

尾　声 ｜ 终于结束的新开始　　　　　　358

非遗技艺中的

惊天文物密码

第一章 / 百工坊

BRIGHT SECRET

"明天上午九时,位于文博中心的国家博物新馆将正式开工建设,预计年底竣工,明年下半年对外开放。届时,百余件珍贵文物将在馆内展出。"

晚上,七点二十五分。

中森卫视新闻中心的一号直播厅里灯火透亮,工作人员们的神色严肃认真。

岑正印坐在主播台上,妆容淡雅,神态端庄,正播报着今晚的《七点新闻》。

"因为博物馆新馆的建设,周边道路和建筑从明日起同步开始提升改造。征迁区域内的W市原行署文化楼将被拆除。"

最后一则短讯播报完毕,现场响起舒缓的结束曲,主控室里的导播对岑正印做了个手势。

于是岑正印转向三号镜头:"今天的《七点新闻》播送完了,谢谢收看,我们下次再见。"

结束曲将持续十五秒,岑正印一面整理面前的稿件,一面摘下耳麦,走出演播厅,赶着去参加接下来的会议。

演播厅外的走廊里,十厘米的高跟鞋踩在光洁的大理石地面上,发出"蹬蹬蹬"的声响,顾好今天跑了一天,觉得自己穿的已经不是鞋,而是两把刀了。

刚打印出的资料还带着影印机的温度,她将其递给岑正印。

岑正印一面走一面看:"就这些?"

"你说的那些老手艺人真的很难找了……"顾好帮她推开会议室的门,"其实你有没有想过让正阳来上节目?"

岑正印瞥了她一眼,走进会议室,在自己的位置上坐下。

与会人员陆续到场就座,会议开始。

第四季度,电视台将在每周六的八点黄金时间开设一档新的节目,这成了中森两大王牌部门——新闻和综艺,这两个部门今年最后也是最重要的一场战役。

"现在明星生活纪实类的节目很火,我们下一季将要推出的《疯狂的假期》将邀请节目嘉宾,在没有经纪人、没有助理、每天生活费有限的前提下,在异国小镇、度假海岛甚至荒漠戈壁完成暗藏特殊任务的背包奇妙之旅。"

综艺部门陈述起了自己的策划,岑正印趁机喝起了顾好准备的水果茶。

茶有点酸，估计是柠檬放得有点多。

她正想发个微信批评一下自己的助理，综艺部门的发言就结束了。

到了她陈述的时候。

她盖上杯盖，起身走到大屏幕前面。

"在现代机械生产出现以前，老百姓生活里各种器皿的制造都离不开双手。这些'老手艺'不仅仅是维系了百姓生活的需要，更是中华民族千年文化和情感的传承。W市的民间究竟蕴藏了多少非遗手艺，这些即将失传的手艺曾经在百姓们的生活中发挥着怎样的作用，又有过怎样的辉煌，经历过怎样的传承困境，我们都应该去了解。所以，新闻中心下一季将要推出的《有忆》，将是一档大型的探索纪实类节目。我们将刻画非遗手艺的前世今生，讲述手工匠人们的匠心故事。"

岑正印说完，下面的人开始了交头接耳的讨论。

《有忆》的选题固然积极正面，但这样的严肃题材能吸引多少观众，高门槛的立意又是否能适应周六黄金档的收视需要，引起了广泛的质疑。

会议并未就下季度周六黄金档的归属做出最终的决定，但看形势，却是综艺部门的胜算更高。

"其实……我们要不要也找点噱头？比如，找当红流量们来体验一下老手艺的魅力？"顾好看出了风头，会议结束之后，向岑正印建议道。

岑正印道："你能找到会弹棉花又会弹吉他的流量明星再说吧。"

"弹棉花？"顾好半天才反应过来，岑正印已经走出了会议室。

差不多九点钟了，岑正印今天的工作终于结束了。

她离开电视台，将车子开进了古董文创一条街的翰林街，走进一家名叫有方斋的玉器行。

店铺不大，但装修得古色古香，很是讲究。

店铺的最里头，一名少年正趴在桌上埋头雕刻。

"大小姐来了啊。"年迈的老者从里侧走出来，他的头发已经花白，精神看上去倒还矍铄。

"洪叔。"岑正印喊了他一声，问道，"今天有顾客吗？"

洪叔正拿着拖把拖门口的地："下午有两个游客进来。"

估计只是好奇地进来看了两眼。也正常，有方斋虽然不至于"三年不开张"，但一年连续几个月都没生意是正常事。

洪叔回头看向岑正阳，恍惚看见了旧时光的影子。

"从前是老先生坐在那里，现在换成小少爷了……"

座钟"咯噔咯噔"地响，提醒大家已经九点了。

"回家。"岑正阳终于放下了手里的活计，站起来对岑正印说。他个头挺高，但神色和语气都像孩子。

岑正印笑笑："好，回家。"

她帮弟弟整理好东西，走出店铺，发动车子。

回家的路上，岑正阳坐在副驾驶上，拿着手机看今晚的《七点新闻》回放："姐姐你认不认识他？"他指着博物馆开馆的画面里，正接受采访的男人说。

岑正印看一眼："他叫白舸，是博物馆的设计师，挺年轻有为的。"

画面里，白舸穿着纯黑的西装，肩削薄挺直，一丝不苟却又利落地回答着记者的问题。他说话的时候，神色冷静沉稳，脸部线条习惯性地绷着，透着坚毅感和逼人的气场。

作为一个英俊又有成就的男人，即使他只是站着不说话，就已经足够吸引无数的女粉丝。

"我今天见到他了。"岑正阳说。

岑正印问："他来有方斋了？"

岑正阳"嗯"了一声："他在店里转了转，对着姐姐的'醉猫'看了很久，还笑了呢。"

岑正印叹了声气："所以我就说不要把它放在店里了，行家看见都要见笑的。"

岑正阳摇头："他不是觉得你雕得不好，是觉得它有趣。"

岑正印逗他："你怎么知道？你问他了？"

岑正阳认真地回答："那我下次问问他。"

"你有机会见到他再说吧。"不过，她这个弟弟愿意主动跟陌生人说话倒是很少见。

姐弟俩一路聊着天，不知不觉就到了家。

岑公馆很大很气派，中式的建筑风格夹着民国风情，几经翻修，如今家里就住着岑正印和岑正阳两个人，因此显得有些冷清。

岑正印一回到家里，就脱下外套，系上围裙，开始做饭。

岑正阳回楼上的房间，继续研究他的玉雕。

"正阳，下来吃饭了！"岑正印喊了一声，没一会儿，岑正阳就下楼来了。

姐姐的工作很忙，虽然总是抽空陪他，但能在家给他做晚饭的机会并不多，所以他格外珍惜。

他很规矩地去洗了手，然后在餐桌边坐着，等待美味的晚餐。

岑正印摆盘，铺上雪白的米饭，盖上宫保鸡丁，再摆上西蓝花和小番茄，好看又美味。

手机叮咚一声，岑正印收到了一条微信。

"老板你快上网，看网络热搜话题！"助理顾好在语音里喊道。

岑正印打开自己的微博，《七点新闻》播出的行署文化楼将被拆除的消息在网上引发了热议，还有人上传了最近拍摄的照片。

画面里，行署文化楼是一栋二层青砖的老宅院，风貌古朴，建筑外观简约大方，总体保存完好。

有网友晒出了相关文件，证实这栋楼在去年十月就已经纳入了棚改范围，在博物馆新馆开始建设之前，设计单位就已将其所在地块纳入规划，进行了统一设计。

不过大部分的网友和专家则认为，这幢建筑虽然没被列入文物保护单位，但承载了特殊时代的记忆，也有建筑特色及历史价值，应当予以保留。

一时间，"行署文化楼将被拆除""呼吁保留历史建筑"登上了网络热搜的前两位。

不过《七点新闻》中的话题上热搜不是一次两次了，因此岑正印并没有太在意。

第二天早上，天气不错，岑正印早起跑步。

岑宅偏僻，附近依然保持着自然生态，早上的空气宜人，能帮人排解身体里的废气。

按照固定的路线，岑正印一般跑四十分钟就会回家。

平时路上不见什么人的，今天竟然让她遇到了一个同样晨跑的人。

两人擦肩而过，保持着自己的速度，都没有怎么注意对方。

前方有个凉亭，另外那位晨跑的人登上亭子，眺望着远方。

手机震动了几下，他拿出来。

屏幕上显示的全是关于行署文化楼的新闻。

岑正印从凉亭经过，跑完步回家，和岑正阳一起吃完早点，将他送去有方斋之后，便去了中森卫视。

新闻中心永远是中森卫视最繁忙的地方。

早间新闻才刚刚结束，午间新闻的编辑已经在准备稿件。

各个报道小组进进出出，改稿、剪辑、补拍……每个人都忙得脚不沾地，然而各种临时采访、突发事件依然应接不暇。

"正印你来一下。"总监将岑正印叫到了办公室。

办公室里还坐着另外几个人，等岑正印一到，立刻开会。

从昨晚开始，关于行署文化楼该拆除还是该保留的讨论越来越热烈，甚至登上了热搜话题榜的首位，电视台没理由错过这个热点，打算就这件事做一期专题新闻。

会议上定下了几个选题，各小组必须在下午三点之前完成采访。

岑正印负责采访行署文化楼的前世今生。

顾好掌握了重要线索："我们找到了一位曾在行署文化局工作的老先生，他那里有关于这栋楼的资料。"

岑正印看手表："跟他联系一下，现在就过去。"

这位老先生不愿意接受采访，所以岑正印没有带摄像人员，老先生见没有摄像机，才乐意跟他们唠唠以前的事。

"当时是行署文教体局的办公地，后来改为行署文化局，再后来W市文联在这里办公，十年前文联搬走了，这里就成了民居。"

"但这栋楼的历史还要往上说，它始建于民国时期，是一间学堂，名叫'百工坊'。当时，为了振兴经济，也为了保护弘扬传统手工艺，实业家方利山联合W市著名的五大手工艺家族一起创建了这个学校，采取'师带徒'的方式，鼓励感兴趣的年轻人学习传统手工艺。"

老先生还保留着一张民国时期的照片。

照片里的行署文化楼刚建成不久，因为融汇了清、民国时期以及欧洲的建筑风格，它在当时看起来非常时髦。它门口挂着的牌子，是书法大师手写的"百工坊"三个字。

老先生说的这些，是网友和专家们讨论里都未曾涉及的。

其他小组也采访到了各具价值的新闻。于是，当晚的《七点新闻》之后，新闻频道的《今日关注》栏目播出了行署文化楼特别报道，节目播出以后，在网上引起了极大反响。

支持保留行署文化楼的网友越来越多，有专家提出建议，将这栋楼"修旧如旧"，成立与博物馆新馆相互呼应的非遗博览馆。

新闻中心的灯直到深夜也没有熄灭。

岑正印和她的团队依然在忙碌着。敲击键盘的声音、讨论的声音、打印文件的声音……让这里和窗外寂静安宁的深夜仿佛处于两个世界。

岑正印的办公桌上堆满了话题榜排行表、行署文化楼的文献和照片。

"咚咚咚"的敲门声响起，她头也不抬地说了句"请进"。

团队同事站在门口对她说："有夜宵送到，来一起吃点东西？"

比萨、馄饨、粥混合的香味，让一帮加班到崩溃的人起死回生。等到填饱了肚子，他们又迅速地回到各自的岗位。

熬了一整夜，第二天一早，岑正印又出发去相关职能部门采访。

在"行署文化楼去与留"的争论成为传媒热点的两天之后，官方做出决定，暂停拆除计划，对建筑主体结构进行保护，待规划部门考量之后，再做进一步研究。

相关报道暂时告一段落，岑正印和团队成员们终于能喘口气。

留下来把素材从头到尾整理了一遍，岑正印和顾好一起下班。

意外的是，两人刚走进电梯，顾好接了一通电话之后，一脸苦大仇深地看向岑正印："总监请你留下来，说有重要的事找你谈。"她还想着回家好好睡一觉呢，这样看来今晚又不知道几点下班了。

顾好的心在滴血，转眼却听到岑正印说："你先回去吧。"

她一愣，喜悦之情没来得及蹿上心头，身为助理的责任感就占了上风："不行的……我得陪老板你战斗到最后！"

她明明心里苦，嘴上却信誓旦旦的模样让岑正印"噗嗤"一声笑了，捏捏她的脸说："行了，你这黑眼圈要是再深一点，就能去动物园当保护动物了。早点回去吧，养足精神明天再来上班。"

岑正印说完，又坐电梯返回新闻中心，敲响了总监办公室的门。

总监在接电话，看见她走进来，便指了指办公桌对面的沙发。

岑正印坐下，听出他似乎是在跟大老板通话。

电话里大老板似乎交代了什么，总监连声答应之后，结束了通话。

"是这样的，"总监一边走到沙发边，一边说，"行署文化楼的前身不是百工坊的教学地点吗？这个百工坊呢，是民国时期的实业家方利山组建的，方利山的家人找到了我们，希望我们帮他寻找百工坊家族的后人。"

岑正印问："找人这种事，为什么找我们电视台来做？"

总监说出了各方面的考虑："百工坊的手工艺家族如果能找到，将行署文化楼改建成非遗博览馆的提议就可行，经过上面慎重考虑，觉得这件事需要媒体介入。而且行署文化楼的热度让不少网友对百工坊充满了好奇，如果《有忆》以百工坊为出发点来做的话，既能提升节目的关注度，相信也能提升我们电视台的社会影响力。"

他绕了好大的弯子，好在岑正印的脑子跟得上："您的意思我明白了，我能见见您说的方利山的家人吗？有些情况我和他当面沟通会比较好。"

总监想了想，点头道："我另外再安排时间。"

岑正印花两秒钟意识到这位方家后人不是自己想见就能见的，然后非常利落地打起官腔："感谢领导信任，一定全力配合工作。"

等她真真正正地下班，已经十点多了。

她太累，所以没自己开车，打车回去了。

天气闷热，车子开到半路，电闪雷鸣，下起了暴雨。

雨水冲刷着车窗，岑正印靠在那里睡着了。

出租车司机内心很幽怨。这种天气，出租车生意该是最好的。但岑正印要去的地方在城郊，附近没什么人住，送完她之后再回城里，他不知道能不能带到客人。

车子驶离城区，逐渐到达目的地。

暴雨倾盆，一路上都不见其他车辆，司机车开得有点闷了。

"咦。"他稀奇地透过雨幕看见了一辆车停在路边，看样子是抛锚了。

这种下雨天，车子抛锚在这种地方，除了叫拖车公司来，也没有其他的办法了。

出租车车轮溅起水花，从抛锚的车子边驶过，到达了目的地。

岑正印被司机唤醒，看见家里亮着灯，连忙付了车资，急急忙忙下了车。

她打开房门，意外地发现岑正阳居然在家。

她的工作忙，时常要加班，让岑正阳一个人在家，她是不放心的。所以通常情况下，她都会委托洪叔照顾他。

此时，岑正阳把工具都搬到了楼下，正对着家门坐着，在桌上雕刻玉石。

岑正印坐到他旁边，温声问他："你怎么回来的？自己回来的？"

岑正阳说："洪叔把我送回来的。"

岑正印问："那他怎么走了？没留下来陪你吗？"

岑正阳看向窗外的雨："他要去接小念，外面雨这么大，小念会淋湿的。"

小念是洪叔的孙子，刚上小学。

"你吃过饭了吗？"

岑正阳指了指厨房："洪叔做了饭。"

岑正印起身，看见桌上放着的饭菜。她正想去热饭，客厅里的电话响了。

电话是洪叔打来的，以为岑正印还没回来，不放心岑正阳一个人在家，正打算过来。

"雨下这么大，你们俩姐弟在家注意安全。"

"洪叔你总当我们是小孩子。"岑正印一边说，一边上楼检查窗户是否关好。

整个城市都好像沦陷进了这场大雨里。

在通往岑宅的道路上，白舸没想到车子会突然抛锚。叫了拖车公司后，他现在的问题就是，离家还有一段路，他要怎么回去。

不过他的运气似乎还不错，有辆出租车开了过来。

他连忙拦了车。

"先生去哪儿？"司机问。

白舸迈进车内，说出地址。

司机内心一个嘀咕：刚送了一个到那附近，现在又来一个。

白舸发现座位上有点硌，挪了挪，看见座椅上的一枚玉花生。

司机从后视镜里看见了，说："肯定是刚才那位小姐掉的。"

白舸端详手里的玉花生，雕工精致，白玉温润。

花生通过种子的种植周而复始地生长，因此象征着生生不息。

长辈送小孩子或者年轻人玉花生作为饰品，寓意赋予他们顽强的精神，帮助他们渡过生活或工作中的难关。

地方到了，车子停下，白舸欲将玉花生还给司机。

司机却指了指不远处的房子："那位小姐就住那里，你们是邻居，正好帮忙还给她吧。"整个这一片就他们两家，说是邻居好像也没错。

岑正印正要去厨房加热洪叔留下的饭菜，窗外雨声和雷声混杂，厨房和客厅的灯同时闪了一下。

岑正印预感有些不妙，城郊供电不稳定，尤其遇到雷雨天气，最容易停电。

这种预感刚从心头闪过，头顶的灯泡"刺啦"一声就灭了，岑正印的眼前骤然一暗，整个家陷入黑沉沉的一片。

"姐姐！"在客厅做玉雕的岑正阳站了起来，朝着厨房喊。

岑正印找到手机，打开手电筒，放在他身边，照亮他所处的一隅区域。

"停电了吗？"手电筒的光束加上外面的闪电，照得周围都是阴影，岑正阳往岑正印身边躲了躲。

岑正印给供电部门打电话，得到的回复是她所处的区域供电正常。

这更麻烦，看来是家中的电箱或者线路出了问题，只能找电工了。

可是这样的暴雨天，这么远的地方，又这么晚了，几乎没有电工愿意立刻上门。

好不容易找到了一个电工，岑正印加了好几倍的价钱，对方才愿意过来。

家里有手电筒，但是没电了，岑正印只好点了几根蜡烛。

岑正阳举着蜡烛到窗户边上，指着不远处山坡上的一栋房子："那里有人住了。"

岑正印看过去，看见了灯光："是主人回来了吗？"

那房子空置七年了，从来没有人来，今天倒是稀奇了。岑正印之所以准确地记得时间，是因为爷爷在那一年过世……

2012年的后半年，岑明东的身体一直不太好，断断续续进了好几次医院。医生告诉岑正印，要做好心理准备。

那天，岑正印从学校请假跑到医院，洪叔领着她和岑正阳进病房。

岑明东整个人陷在被子下面，非常消瘦。他听见声响，睁开眼，对着岑正印和岑正阳笑笑："你们两个，过来。"

姐弟二人半跪在爷爷的床前。

岑明东伸手摸岑正印的头："正印下个月过生日，过完生日就真的成年了。"

岑正印想朝着爷爷笑一笑，可表情很是狼狈，又哭又笑，不成样子。

"正印啊，你一直是个好孩子。"岑明东说，"你长大了，要撑起家了，要照顾好正阳。"

岑正印忍不住道："爷爷……"

岑明东很疲倦，神情渐渐淡去。

岑正印害怕地喊他："爷爷，爷爷！"她抓着爷爷的手，泪如雨下。

岑明东朝着她笑："正印啊……你是个好孩子，爷爷放心你。"

最后，他只留下一声叹息。

失去了爷爷，岑正印便不再是个孩子。

她要守住岑家，要照顾弟弟。

她必须快速地长大。

……

门铃声响了，岑正印从回忆里抽离，去开门。

外头也是一片漆黑，没有闪电的时候，什么也看不见，面对面也难相识。

岑正印内心万分感谢电工来得这么快，急忙跟他说："忽然就停电了，不知道是电箱的问题还是线路故障，现在楼上楼下都没电。"

"我是……"来人刚要说话，忽然一阵哗啦啦的声音从厨房传来。

岑正印连忙跑去查看，原来是岑正阳摸黑找吃的，把桌上的碗碟碰到地上摔碎了。

"姐姐，对不起。"岑正阳低着头。

"你别乱动，小心踩到碎片。"岑正印用手机电筒照明，把岑正阳脚边的碎片清扫干净。

白舸是来还玉花生的，还没开口就被人当成了电工。看来这家只有一对年轻的姐弟，那么自己就好人做到底吧。

"电箱在哪？"白舸问。

"客厅往右走到底。"岑正印高声回答他，之后愣了一下。

身为主播，她对声音格外敏感，这名电工的声音低沉醇厚却澄澈稳重，难得地吸引了她的耳朵。

白舸找到电箱，打开检查。电箱旁边是个小的储物间，里面各种用具倒是很齐全。

他找到工具，查找电箱内损毁部件，换上新的，再拉上电闸，厨房和客厅的灯同步亮起。

岑正印还没清理完厨房的狼藉，眼前就恢复了光明。

白舸把工具放回原处，合上电箱。

"麻烦你在客厅等一会。"岑正印高声对他说。她得支付他的酬劳。

白舸把玉花生放在茶几上，并且留下字条，而后离去。

"谢谢你啊，我微信……"岑正印快步从厨房走出来，却发现客厅里已经没人了。

"姐姐你的小花生怎么在这里？"岑正阳先看见了茶几上的东西。

那小花生穿着红绳，是爷爷在她小时候雕给她的，她现在虽然戴着不合适了，但一直放在身上，是什么时候掉出来的呢？又怎么到茶几上了？

门铃又响了，岑正印去开门。

背着工具箱的电工站在门口，问她："是你们家要修电路吗？"

岑正印的背脊一寒……刚才的人是谁？

"刚才的人说在出租车上捡到了玉花生，所以帮忙还回来。"岑正阳阅读了纸条，跟岑正印说。

岑正印接过字条看了看。

这么说，她是将送玉花生来的人错认成了电工，人家还好心帮她修好了电路？

可惜字条上没有留下联系方式，不然得好好感谢他才行啊。

供电恢复后，岑正印和岑正阳吃了晚饭。

外面的雨没有要停的意思，岑正阳回房间继续研究玉雕，岑正印则上网关注行署文化楼的相关讨论。

考虑了几乎一夜，寻访百工坊家族的任务，岑正印接了下来。

方利山的家人同意和她见面了，就约在电视台。

岑正印领着团队的人迎接这位大人物，她原本觉得他应该是个保养得很好，得体、整齐又有派头的老先生。

但车子到了，车门打开，走下来的却是一个年轻的男人。

不只是岑正印，在场的其他人也都愣了一下。

眼前的人完全有悖于他们的想象不说，还是一个他们最近总是听到和看到的人——博物馆新馆的设计者，建筑师白舸。

白舸一身西装，身材笔挺匀称，因为肩宽腿长，一股利落感从沉稳里透出来。

岑正印迎上去跟他握手，打算先领着他在新闻中心参观一番，毕竟这是接待大人物的流程。

没想到白舸却说："我们直接说正题吧。"

正好岑正印也不想浪费时间，于是直接把人领去了会议室。

白舸的意思非常简单：他希望行署文化楼可以保存下来，因为那是他外曾祖父建造的。他赞同将其改建成非遗博览馆的提议，为此他觉得找到百工坊的家族非常必要。至于中森卫视要怎么做节目，则不在他的关心范围内。

"既然方老先生是百工坊的组建者，那么他有没有留下关于百工坊的资料？"岑正印问。

白舸发现了一块小黑板，走过去拿起笔："曾经的百工坊有五个手工艺家族，'梦笔生花'的制笔步家、'破镜能重圆'的锔瓷周家、'绕梁三日犹有回音'的斫琴关家、'东风夜放花千树'的火狮胡家和'若是真金不镀金'的鎏金黄家。"他一边说，一边画出了分支图。

岑正印看着那几个姓氏："步家很有名，'梦笔生花'前几年还有店铺。这两年因为古风盛行，古琴的价格水涨船高，所以关家也被人熟知了。其他就没怎么听说过。"

白舸说："百工坊1911年组建，1915年解散，在此期间，他们曾派代表参加五大洲珍品展，还拿出名为'克伊洛斯'的玉雕作品参展。我这里有一段当时五大洲珍品展的影像。"

岑正印示意顾好，顾好连忙去开了电脑和大屏幕。

影像所拍摄的正是百工坊展示参展品的画面，不过由于当时的摄影水平有限，再加上影像已经过了百年，所以画面很不清晰。

但白舸还找到了一段文字资料，是当时的报纸关于百工坊展品的报道。

从报道中可以看出，"克伊洛斯"是一座玉雕的仙人塔，共六层，每层都有不同的装饰。它具有演艺功能，因此其中琴可弹、花可闻、灯可燃，所装饰的字画、瓷器等都是按比例缩小的珍品。塔内还有仙人抚琴，每当整点，伴随着琴声，会有一对五彩缤纷的子母狮子在塔前石阶上滚球，姿态威武。

当时，这件展品在五大洲珍品展上展出的时候，曾让所有外国人惊叹。

"几个月前，我辗转从国外一个收藏家手中购得了'克伊洛斯'，但它已经损坏，并且丧失了演艺功能。"伴随着白舸的话音，克伊洛斯的一组照片出现在大屏幕上。

如今的"克伊洛斯"主体结构依然保留着大部分，仙人塔造型融合了佛教文化和古代神话元素，从中西建筑风格中取长补短。不看内部，仅仅是外墙上飞檐走壁的造型，就已经集玉雕技艺的大成，是任何现代工艺无法匹敌的。

岑正印开始好奇，它当初送展之时是何等的精美绝伦。

白舸说："我希望找到百工坊家族的成员之后，他们能帮我修复好'克伊洛斯'。"

"我们去寻访百工坊的五个家族，然后用'克伊洛斯'的修复来贯穿节目，这出'连续剧'一定会很精彩！"导演已经跃跃欲试，恨不得马上开拍节目了。

"我希望你们尽快开始，越快越好。"白舸也着急。

岑正印之前就做了《有忆》的一整套节目规划，团队成员也已经配齐，要开始录制，客观条件倒是都已经具备。

送走白舸之后，新闻中心开了一个简短的会议，决定趁着行署文化楼的热度还没有褪去，在当晚的《七点新闻》中播出了新节目的预告。

"城市的发展和科技的更迭催生出越来越多的新行业、新职业，而传统的非遗手艺却在渐渐消失。老去的技艺，正是支撑中国千年文明的重要一环。当老手艺的衰败不可逆转的时候，我们需要一份真实的影像来丰富后人对先辈的想象。中森卫视将推出全新的记录式节目《有忆》，以每周一期的形式，带您走近即将失传的非遗技艺，讲述非遗传承人的故事，敬请关注。"

结束了《七点新闻》的播报，岑正印又加班和团队开会，讨论了新节目的具体运作。

这份工作让她必须把每分钟都拆成一百二十秒来过，等到下班回家，已经是夜深。

住在城郊有个好处：夜晚开车回家，出城之后的道路特别顺畅，可以随心所欲地放飞思想。

用玉石制作六层仙人塔，这需要花费多长的时间和精力呢？

工匠的刻刀拿在手里，只要稍有不慎，一件作品就白费了，就要重头来做。

"克伊洛斯"那样的作品需要一气呵成，极度考验工匠的手艺，不知道当时雕刻它的是哪位名家。

岑正印把思绪拉回，打开音响让抒情的音乐流淌出来，正想跟着旋律哼两句，却发现道路上多出了一辆车。这辆车似乎还跟她的方向一致，始终在她的后面。

岑正印不得不提高警惕。

谁知快要到家了，后面的车还跟着。

她故意放慢了车速，后面的车超越了过来，她转过头看向那车驾驶座上的人。

这算人生何处不相逢吗？她居然又看见了白舸。

白舸也看见了她，眉心微微一蹙。

两人很默契地一起在路边停了车。

"又见面了，白先生。"岑正印微笑着寒暄。

白舸似乎能窥视人的想法一般："不用误会我跟踪你，我家住在前面。"

岑正印讶异："你住这里？"

白舸问："有什么问题？"

岑正印顿住，片刻后恍然大悟，指了指不远处的山："你该不会是住在那边的山坡上吧？"

白舸的眉头蹙紧，这有什么奇怪？

岑正印笑道："有点巧，我们是邻居。"

邻居？白舸最近一次听到这个词，是从昨晚的出租车司机口中。

白舸静默了一瞬："原来你就是昨晚把玉花生丢在了出租车上的人。"

岑正印再次失语，想起昨晚的事，不禁觉得这种巧合真是神奇。

"很抱歉把你认成了电工，谢谢你帮我修好了电路，还把玉花生送还给了我。"理顺了思路，她先道歉后道谢。

白舸并不在意："不用客气，举手之劳而已。"

"等一下。"见他要走，岑正印将人叫住。

白舸转过身，无声地用眼神询问她：还有什么事？

既然他住在山坡的房子里，那么……

"我们第一次见面是在七年前，你还记得吗？"

白舸回想着："在哪里？"

"在海边。"岑正印回答他。

那是2012年7月16日。

岑明东过世后的一周，岑正印独自走去了海边。

那片海岸线未经开发，遍布礁石，被划定为危险区域，竖着"禁止靠近"的警示牌。几个月前，那里还发生过一起自杀未遂的事故，电视新闻里还报道过。

所以白舸回家经过，看见那里站着一个人的时候，第一个联想就是那人要自杀。

他立刻跳下摩托车，飞奔过去。

"你冷静点，别动！"他严厉地警告那个人，然后一步步朝她走过去。

那时已经是黄昏，他背着光，注视着她的眼睛又黑又沉，嘴唇绷出锐利的线条，透着磨砺过的坚毅。

他将她带到了安全区域，打电话预备报警。

岑正印夺过他的手机："都说了我不是要自杀，别浪费警力了。"

白舸追上她："你要去哪？"

"我要回家！"

"上车，我送你回家。"白舸跨上摩托车。

从海边到家，看起来近，实际却要花四十多分钟。

既然有车，不坐白不坐。

引擎呼啸，把岑正印的衣服和头发都吹得乱糟糟，下车之时折腾了好久，才把头盔摘下来。

有那么一刻，她真的想把他那破头盔砸了。

而她最终没这么干，是因为小时候被爷爷教授的礼仪不允许她这么做。

她把头盔还给他，跟他道了谢，转身往家的方向走，谁知道没走两步，就被什么东西绊倒了。

白舸闻声，回头看，见她坐在那里不动，以为她伤了脚，走过去伸手要扶她，却看见她的泪水顺着脸颊直往地上淌。

白舸站在那里，愣住了。

岑正印一开始哭得没声音，后来有了，而且声音越来越大。她的身体里像是有个风箱，摧枯拉朽地号啕，要把身体里的悲痛都哭出来。

站在她面前的少年手足无措，他不可能知道，这个女孩的爷爷过世之后，她都没哭过。

直到跌倒那一瞬间，她终于哭了出来。

哭过了，也就好了。

岑正印噙着泪找纸巾，没想纸巾失手掉到地上。

白舸捡起来，抽出一张给她，见她没接，就顺手帮她擦脸，没擦两下，被她一把夺了过去。

岑正印终于哭完了，用肿得像核桃一样的眼睛瞪白舸："你一定没有女朋友！"

丝毫不懂得怜香惜玉，擦眼泪跟擦萝卜丝似的。要是有女孩子喜欢他，那可真是见鬼！

……

"海边？"七年之后，长成男人模样的少年显然已经对当时的事没有印象了。

但他又遇到了那个女孩。

命运，世事，真奇妙。

岑正印笑了笑，并没有帮他回忆。

"寻访百工坊的事情，你打算从哪里入手？"白舸也没有继续追溯过去，他的心思都放在百工坊上。

"我打算先找个人帮忙。"岑正印回答道。

白舸正想问她找谁帮忙，手机就响了。

岑正印指了指自己的车，示意自己先走了。

岑正印要找的人是古文化学会会长池深。

她约了他第二天上午见面，因此她第二天早上不需要赶着去电视台，有时间为自己和岑正阳做早饭。

水烧开后，一颗颗饱满的米粒静待着变身米汁黏稠的白粥。

蔬菜滑进锅中，"刺啦"一声。

筷子和瓷碗碰撞着，蛋液倒入锅中，咕噜咕噜地响。

岑正阳躺在床上听半天，缓缓坐起来，穿着拖鞋下楼去。

岑正印系着围裙出来进去忙忙碌碌，抬头看到他："刷牙洗脸去吧，马上就可以吃了。"

岑正阳指了指窗户外面："姐姐，外面有人。"

岑正印探出头去，看见了白舸。

这人一大早在她家门口做什么？

岑正印开门走出去。

"你可以出门了？"看见她，白舸问。

岑正印疑惑："你要去中森卫视？"

"你不是要找池深帮忙吗？我打算和你一起去见他。"

"你怎么知道我约了他？"

"昨晚给我打电话的人就是他，本来我打算约他见面的，但是他说约了一位女主播，我猜就是你吧。既然我们目标一致，就一起过去吧。"

岑正印看了一下手表："还早呢，你是不是还没吃早饭，一起吃一点吧。"她一偏头，示意他跟自己进家门。

早餐要再加一份，岑正印去厨房下面条。

岑正阳的肚子咕咕叫，坐在餐桌前眼巴巴地看着她忙碌，偶尔看两眼同样坐着等的白舸。

奇怪了，向来怕生的他竟然不怕白舸。

岑正印端出早餐。

"好香……"岑正阳低头闻着香气，赞叹道。

岑正印将盖着炒蘑菇炒白菜炒黄瓜的面端给白舸，白舸拿筷子一挑，翻出两个荷包蛋来。

"这是姐姐牌杂菜面。"岑正阳对白舸微笑。

白舸吃一口，味蕾绽放，他也在热气蒸腾的香味中舒展了眉眼。

饭后，白舸和岑正印一起前往善和茶馆。

车子驶过摩肩接踵的高楼，暂别繁华，停在一片僻静的院落处。

岑正印看了看表，发现他们来得有些早了。

在外头等了二十分钟后，一个低调的奥迪车缓缓驶入。

岑正印和白舸的车在登记了车牌号之后得以进入院落。

从外头看起来不大的茶馆，内里却是别有洞天。亭台水榭修建得很是别致优雅，停车走进茶馆，纵深处可见几处别院。

在服务生的带领下，岑正印和白舸进了其中一处屋子，屋内装修古典高雅，檀木的古典家具昭示着主人的品位和地位，空气中淡淡的茶香使屋内的古董字画有了生气。

池深除了是一位古文化专家和收藏家之外，还是一位企业家。

池家的财力在W城有目共睹，有人说池深在家里跺一跺脚，W城的金融体系就要震一震。

服务生新上了配茶的点心和干果，挨个给客人斟满了茶，便拿起托盘离开。

"你们俩认识？"这两个风马牛不相及的人一起前来，让池深有些意外。

"昨天刚认识的。"白舸回答。

岑正印笑了笑，没有提出异议。

白舸正想说正题，池深却打断他，站起来道："等会儿再说你们的事，我有件事要正印帮忙。"

他走到檀木桌旁，指着桌上的两块玉石："正印啊，你来帮我看看这两块玉。"

那是两块天蓝独山玉，带有灰白色调，质地细腻，富有光泽，略有透明感，实属少见。

池深道："这两块玉都是我花了不菲的价钱淘来的，前段时间拿出来给几个朋友鉴赏，他们怀疑是岫玉。今天正好，你帮我看看。"

岑正印走近，仔细看了看两块玉的材质："池伯父这里有玻璃鱼缸吗？"

池深虽然不太明白她要鱼缸做什么，但还是回头吩咐了一句，很快就有服务生端了个鱼缸进来。

"请往鱼缸里装一些水。"岑正印说。

服务生端了几盆水进来，在她的示意下，注到鱼缸三分之二的位置。

之后，岑正印在鱼缸外面沿着水面用马克笔画了一条粗黑的线，再用两根棉线系在两枚玉石上，将玉石放进鱼缸里，使棉线与黑线保持垂直，最后将房间里的窗帘拉上，关掉了所有的灯。

房间里一片漆黑的时候，岑正印让两名服务生用手机往玉石上打光，自己则站在左侧，往水面上打光。

光线透过水和玉石，使得绑在玉石上的棉线出现了独特的反射和折射效果。

"池伯父现在能看出来了吧？"岑正印变化着打光的角度，让池深仔细看。

两块玉石系着的棉线和黑线组成的角度略有不同，而且棉线透过玉石之后，折线的曲折程度也不尽相同。

"左边这块是岫玉，右边的是独山玉。"岑正印下结论道。

池深满意地点头，让服务生把灯打开，将玉石从水里捞出来，对岑正印说："从前没机会见你爷爷展示'观水晓韫玉'的技法，今天倒是在你这里长眼了。"

岑正印跟池深走去沙发处喝茶："说白了就是利用折射线鉴定玉石的密度和杂质。技法看起来花哨，利用的却都是物理常识。'观水晓韫玉，四折水纹浮'，鉴石是玉雕的第一步，我从爷爷那里学到的，还只是皮毛而已。"

岑明东是玉雕行家，所谓的"观水晓韫玉，四折水纹浮"是他自创的鉴定玉石的方法。

池深的心情很不错，对白舸说："你找正印帮忙找百工坊的家族，算是找对人了。"

岑正印道："我这些只是浅显的鉴别技法，跟百工坊家族的手艺可不能比。看了'克伊洛斯'之后，我很佩服雕刻仙人塔的那位工匠，他的玉雕技艺简直是鬼斧神工。不过我们现在已知的百工坊家族里，怎么没有玉雕世家？"

"我找了很多关于百工坊的资料，但都没找到关于玉雕世家的记载。"白舸说，然后看向池深，"这也是我想来向您求教的。"

池深喟叹一声："我也翻了不少关于百工坊的记载，数量不一定比你多，但来源一定比你广。结果和你一样，所有关于百工坊的记录里面都没有玉雕世家。"

岑正印问："难道这个玉雕世家没有加入百工坊，或者他们不是W城的人，因此方老先生没能邀请到他们？"

池深说："也有这个可能。如果真是这样，找起来就更困难了。"

白舸问:"那么其他几个家族呢,您知道他们的下落吗?"

"你们找人找得太突然,我暂时只联络到了步家。"池深说。

毛笔是"文房四宝"之首,步家曾经为皇室制笔,后来创立了"梦笔生花"品牌。

从前,几乎每个读书人都梦想能有一支"梦笔生花"的紫毫毛笔,后来随着书写工具的增多,毛笔渐渐退出了辉煌的舞台,步家的铺子相继关张,一段传奇也就谢幕了。

步家曾辉煌一时,聘请了不少工人,要找到他们相对容易一些。

池深递给白舸一张名片:"这家店的老板从前是步家的工人,'梦笔生花'的店铺都关了之后,他自己开了这家卖文房四宝的店,叫'丹青笔墨',你们可以去店里问问他。"

白舸接过名片,看了看上面的地址。

池深又和他聊了一会儿天。

两家人大概很久以前就认识,这次为了百工坊,白舸想找一位在古文化界有威望又有建树的人帮忙,于是就有人向他推荐了池深。池深得知白舸是方利山的后人,自然知无不言。

但说来说去,都是故事了。

何谓故事呢?就是已经过去的事。

年长的人爱回忆往事,但年轻人更爱追寻未来。

"你懂玉石?"离开善和茶馆的时候,白舸问岑正印。

"我家开玉器行的,在翰林街,如果你有兴趣的话……"岑正印说着说着,想起了什么,笑道,"你已经去过我家铺子了。"

这回白舸也想起来了:"醉猫?"

岑正印汗颜:"可不是吗?让你见笑了。"

白舸拉开车门,眼色冷静:"很有趣。"他坐进车里。

竟然得到了他的夸奖?

岑正印的唇角露出笑容,坐进副驾驶。

没想到还真让岑正阳说对了。

白舸将岑正印送到电视台,然后自己回了家。

见识了岑正印鉴定玉石的技艺之后,他对她的背景来了兴趣,在网上查起了她的相关资料。

岑正印,高中毕业之后考入W大学新闻专业。

她的爷爷岑明东经营着一家玉器行,叫作"有方斋"。

也就是岑正印高中毕业那一年,岑明东过世。当时,她的弟弟岑正阳才八岁。

有方斋开在翰林街,可是长久以来根本不赚钱。

自己上大学需要钱,抚养弟弟也需要钱,有人劝岑正印将有方斋卖出去,可是她怎么都不肯。

守着一家不赚钱的店铺和一间大宅子,光是每个月的电费就是一笔很大的开支。为此,她不得不勤工俭学。

大学期间,岑正印进入中森卫视实习,毕业之后留下来工作,直到今天成为台里最有名的女主播。

一行一行的字简单地概括了她从十八岁到二十五岁的八年。

他当年见过她？他真想不起来了。

白舸靠在椅子上，闭着眼睛捏了捏鼻梁，环视着自己所处的地方。

这房子很多年没人打扫，到处都积了灰尘。他前两天叫清洁公司派人来彻底打扫了，之后又添置了些用具，可还是感觉缺少了点什么。

大概是人气吧……

手机震动声在安静的空间里格外刺耳，白舸看了看微信，奔出家门。

他的车一路绝尘，开到仁爱医院。

医院手术室的走廊里站了很多人，其中不乏平时在《七点新闻》的头条里出现人名的人。他们都在等，脸上是忧心忡忡的神色。

手术连续做了好几个小时，这些人谁也没有走。

终于，手术室的门打开了，医生和护士从里面走出来。

白舸站在走廊拐角，往门口的方向看。

听医生说完，大家都松了一口气，他便知道里面的人没事了。

他没让任何人发现，直到看着手术室的人被推进普通病房才离开。

等电梯的时候，有人拍了拍他的肩膀。

白舸回头，看见女孩温柔美丽的笑容。

"谢谢你通知我。"他说道。

女孩笑着摇头，叫他别这么客气。她穿着印着统一标志的白袍，一看就知道是这家医院的医生。

"你下班了吗？"白舸问她。

女孩将手插进兜里，抖了抖衣服："差不多了，换了衣服就能走。"

"我送你？"

女孩爽快地答应："好啊。你等我五分钟。"她小跑着回去值班室，换了衣服，又去跟护士交代了需要重点看护的病人。

护士耐心地听完了，将她往外推："叶医生你就放心吧，你再不下班回去睡觉，黑眼圈都能掉地上了。"

叶医生走到电梯口，刚好电梯来了，她和白舸一前一后走进去。

白舸一面按下电梯，一面说道："你总是这个时候下班吗？医院都不考虑单身女士的安全问题？"

叶医生对于晚下班已经习以为常了："我今天走得晚，如果不是你说要送我，我就在医院睡了。"

白舸没有接话，样子有点心不在焉。

叶医生察觉了，安慰他道："别担心，他的状况已经稳定下来了，等他醒了我再通知你。"

"不用了。"白舸冷淡地说。

叶医生看了看他，叹气道："他毕竟是你的父亲。"

白舸没作声，像是不愿意谈下去，叶医生也就终止了这个话题。

第二章 / "梦笔生花"的制笔步家

岑家的早晨,向来都从一顿美味的早餐开始。

岑正阳站在厨房门口看着她淘米洗菜:"叫白舸哥哥过来吃早饭吧。"

岑正印将牛肉粒倒进锅里:"你怎么老惦记着他?"

"是帮姐姐惦记的。"岑正阳小声说,油"刺啦"的声音盖住了他的回答。

岑正印今天做牛肉饼,岑正阳闻着香味咽口水。

白粥还在锅里炖着,岑正阳把岑正印的手机拿来,递给她:"叫白舸哥哥来吃早饭。"

行吧,难得自己弟弟有个主动想亲近的人。

岑正印接过手机,给白舸发了微信。

可直到粥也炖好了,白舸还没回应。

"那你去叫吧,"岑正阳将姐姐往外推,"去吧去吧……我帮你拿碗筷。"

岑正印拗不过他,只好过去一趟。

山坡上的这栋房子很有些历史了,而且年久失修,门口的栅栏都腐了。

她敲门没人应,于是就往窗口看了看。

白舸睡在沙发上,身上盖着件衣服。

岑正印又敲了敲窗户,这回白舸醒了,起身为她开门。

因为还没睡醒,他眼神惺忪,脑袋上还有一撮头发微微翘起。明明还是那张脸,沉静、英俊、气势逼人,但此刻却让岑正印有些想笑。

"正阳叫你去我们家吃早饭,你去吗?"

白舸没答,退后两步,关上了门。

岑正印看了看门板,自觉讨了个无趣,转身回家。

她回家后,岑正阳听见开门声,望向门口:"白舸哥哥呢?"

岑正印进门:"我已经去请了,人家不来我有什么办法。"

岑正阳的眼神移到她身后,眼睛眯一眯:"白舸哥哥。"

岑正印回头,就看见了眼神恢复锐利,精气神恢复利落的白舸。

所以他刚才关门,是去洗脸换衣服了?

岑正阳已经摆好了碗筷,人已到齐,他帮着姐姐把早餐端出来。

三人坐下，岑正印问："你昨晚很晚才睡？"

"嗯。"白舸答。一顿温暖的早饭，安慰了他的舌头、胃，还有精神。

吃完早饭，岑家姐弟二人和白舸一道出门。

将岑正阳送去有方斋之后，岑正印和白舸一起去寻找那家叫作"丹青笔墨"的店铺。

"丹青笔墨"所在的星北巷和翰林街比邻，但环境和格调却截然不同。翰林街上全是装修上档次的玉器行、字画行、陶瓷馆……星北巷则多是倒腾旧货的小摊小店。

不过前些年有人从星北巷花三千块买了个真品北宋定窑白瓷，捡了个大漏，也让星北巷跟着红火了起来。比起有钱人才逛得起的翰林街，寻常市民或者游客更喜欢去那里寻寻宝。

今天是休息日，所以星北巷里特别热闹，地摊沿着巷子两侧一路铺开，有卖旧书的，有卖字画的，也有卖古玩的，真正是琳琅满目。前来转悠的人也不少，有的正蹲在地摊前仔细观察物件，有的正在和老板讲价，还有的来看热闹，拿着相机这拍拍那拍拍……原本就不宽的巷子，这会儿更加难走了。

岑正印和白舸在小巷内七拐八弯，终于看见了"丹青笔墨"的牌匾。

小店无论是装修还是布置都显出陈旧，店里生意不佳，老板正坐在躺椅上打着瞌睡。

岑正印轻咳了一声，老板这才清醒过来，问他们要买什么。

"你这里有'梦笔生花'的毛笔吗？"

"有。"老板应了一声，从货架上拿出几筒毛笔来，"这些都是了。"

岑正印选了几支，比较了一番。

老板见她是个行家，立刻又拿了一筒出来："你再看看这些。"

岑正印又挑了挑，依然没挑出满意的。

"'梦笔生花'最顶尖的毛笔是'木兰花令'，你这里有吗？"

老板一愣："这你得上步家去买，'木兰花令'每一支都是定制的。"

岑正印说："我就是想定制一支'木兰花令'。"

老板打量着她和白舸，犹豫了一会儿："你们稍等一会儿。"

说完他揭开门帘，往里屋走。

柜台旁边摆着一幅字，岑正印一边欣赏一边说："写得不错，可惜写字人的心思有点散漫了。"

白舸没说话，神色却忽然变得警惕起来。

接着岑正印就听到了大门落锁的声音，与此同时，有人从里屋走出来，不是方才的老板，而是四个手拿棍棒的魁梧男人。

这翰林街或者星北巷，为了防止有人闹事，开店的人雇打手不是什么稀奇的事，可是岑正印和白舸话还没说两句呢，为何就被围起来了？

"把人抓起来！"店铺老板终于现身了，对四名打手说。

四名打手齐刷刷地看向岑正印。

白舸走过来，脚步越来越快，最后风一样冲上去，一拳将一名打手打得撞在墙上，夺下了那人手上的棍棒。

其他三名打手扑过来，拳风擦着白舸的脸过去。白舸一偏脸，向后一退，对方过来抢他的棍子，他攥住那人的手往下压，那人转身后肘击，白舸用棍子顶回去，顺势扣住他的肩关节，直接将人摁倒。

身后一名打手欲偷袭，白舸拽起另外一人迎向那一拳，那人的眼睛挨了重重一击，顿时看不见了，被白舸一记手刀直接打晕了过去，扔沙包一般扔向偷袭的人，两人倒在地上都起不来。

四名打手都被制伏，老板见状要跑，白舸转身抓住他的衣领，却见店铺大门被人踹开，一名身着风衣的年轻人飞身进来，一脚踢向白舸的手腕。白舸松手，他趁机救下了店铺老板，与白舸极快地过招。

旁边的货架哗啦啦一倒，毛笔和砚台摔了一地。

四名打手缓过神来，将白舸包围。

岑正印往里屋的方向退，脚后跟却不知道撞到了什么，回头一看，竟然看见那风衣青年就站在自己后面。

她背脊一寒，飞快地往大门口跑，一阵剧烈的疼痛却从肩膀传来。

没跑出几步，肩膀被风衣青年扣住了，力道之大，让她怀疑他要将自己拎起来。

白舸见状，发了狠突围。一名打手的肩骨被他扭到粉碎，手臂脱臼。

那边风衣青年依然抓着岑正印不放，而且老板也叫来了帮手，包围白舸的人越来越多。

白舸揪住受伤的打手："别动！"

一名被打趴下的打手走到店铺老板身边，指着岑正印说："那个女人……好像是电视台的主持人。"

老板戴起眼镜打量岑正印，渐渐呆住，半晌才反应过来，高声制止所有人："误会误会，都是误会！"

他站出来吩咐所有人住手，走到风衣青年身边说了两句。

风衣青年一蹙眉，放开了岑正印，扶起撞翻的椅子，一边收拾被砸得一团糟的店铺，一边轻描淡写地跟岑正印和白舸说："我爷爷年纪大了，身体也不太好，没法太费神，所以不能为你们定制'木兰花令'，你们请回吧。"

"你是步老先生的孙子？"岑正印问他。

风衣青年爱理不理："我叫步凡。"

"因为不能为客人定制毛笔，所以要动手把客人赶走，现在的店都这么做生意？"白舸面无表情地问。

岑正印这几天观察他，发现他没表情就是生气，要是神色严肃，那就是发怒。

店铺老板赶忙解释："误会误会，是我们误会了，实在不好意思。要不你们看看这里的笔你们喜欢哪支，我送给你们，就当赔罪了。"

岑正印活动着做痛的肩膀，声音不高不低："你们这里的笔卖出去，就不怕砸了'梦笔生花'的招牌吗？"

步凡站了起来，看向她。

岑正印又说："步家的毛笔'尖齐圆健'齐具。笔的末端尖锐，写字锋棱易出；笔尖润开压平后毫尖平齐，书写时笔力足够，笔有弹力。可这里卖的笔，哪一支能做到？"

步凡盯着她，走到她身边，一一检查店铺老板让她挑选的那些笔，之后一股脑地全扔在了柜台上。

店铺老板心疼自己的货品,但也不敢出声。

步凡从货架的最上层拿出一个锦盒,打开之后递给岑正印:"这支'海棠春令'是我爷爷三年前制作的,笔杆采用髹黑漆,笔毫是湖颖紫毫,世上仅此一支。今天多有冒犯,这支笔我愿意五折出售,你看行吗?"

岑正印合上了锦盒,同时将自己的名片放在盒盖上:"我是中森卫视的主播,我们正在筹备一档全新的非遗记录类的电视节目,因为想要拜访步老先生,所以才会找到这里来。"

步凡拿起锦盒上的名片看了看。

"请将我的意思转告给步先生,我们改日再来拜访。"岑正印说完,和白舸走出店铺。

肩膀火辣辣地疼,岑正印回想着进入店铺后短短十几分钟内遭遇的厄运:"他们怎么一听说我要买'木兰花令'就开打呢,是不是把我们误认成了什么人?"

见她整个肩膀僵着,白舸的眉心一蹙,没回答她的问题,而是说:"你在这里等我,我取车送你去医院。"

医院里,医生给岑正印的肩膀上好药,又给她开了一些外用的药,并吩咐了注意事项。

顾好在一旁感叹道:"老板你这肩膀伤得哟,幸好最近没有颁奖典礼要主持,不然你连礼服都穿不了。"

"叮咚"一声,一条微信出现在岑正印的手机屏幕上。

发件人是她的大学同学,现任某网站娱乐新闻部的负责人。她同学的团队昨晚拍到了一组特别有八卦价值的绯闻照片,问她有没有兴趣,如果她没有兴趣的话就要发到自家的网站上去了。

同学还非常好心地附上了几张照片,有些拍摄于白天,有些拍摄于晚上。

照片的主角正是她传说中的前男友,池深之子池枫。

看完照片,岑正印的第一个感想是:真要命。

白天的照片里,池枫在出海的游轮上弹钢琴,身边站着三位美人儿,其中一位是目前炙手可热的流量小花。晚上的照片里,池枫的车开到酒店,搂着那位流量小花一起下车,两人一边等电梯一边拥吻。

难怪岑正印的同学自信照片能造成小规模"地震"。

岑正印不操心小花和她的男粉丝会怎样,她只是觉得池深要是看见这些照片,估计会将池枫家法处置。

她拨通了这位同学的电话,同学在电话里问:"你还是这么关心他?你们分手有三四年了吧,还对他余情未了?"

岑正印有点无语,当初她和池枫"在一起""分手",不都是各种八卦新闻里写出来的吗?

两人电话里约好了一起吃饭,可到达餐厅后,岑正印却看见她和池枫坐在一起。

"是我们的记者捕风捉影了,我保证这些照片不会流传出去。"大学同学对池枫说，临走之前还不忘交代岑正印，"那些照片你就当没看过，赶紧删掉。"她满面笑容，仿佛捡到了什么宝。

岑正印在大学同学的位置坐下："你给她吃了什么迷魂药？"

池枫说："我只是跟她解释了照片画面的实际情况。你想听吗？"

岑正印丝毫不犹豫："不想。"

池枫喝口咖啡，淡淡笑着："那真可惜。"

岑正印揣摩着他的笑容和语气，试探着问："该不会跟我有什么关系吧？"

池枫笑且不语。

岑正印坐直了："真跟我有关？"

池枫维持着淡然的表情不变。既然她刚才已经回答了不想听，那这会儿他就不说了。

岑正印知道他的意思，只好说："看在我知道你被记者拍到，第一时间就赶过来处理的分上。"

这理由勉强说服了池枫："我听我爸说你在寻访百工坊，正巧古法斫琴的关北山曾经是我的音乐老师。"

"这跟你约会小花有什么关系？"

"我这位老师的行踪飘忽不定，谁也联络不上他，更找不到他。但是他很爱上网，还注册了社交账号，无论什么时候有美女找他帮忙，他必然很乐意。你看见的小花下个月要主演一部古装宫廷剧，想找关家定制一把古琴，于是就找到了我。我把昨天出海的照片发在脸书上，并且告诉他美女想找他制琴，我想他看见照片，不久就会主动联络我。"

岑正印明白了，但又不理解："你何必绕这么大弯子，你可以直接告诉他我想找他，我也有照片啊。"

池枫微笑："我这位老师对美女的要求很高。"

岑正印直直地看他。她的眼睛像是有光，即使播新闻时也带着明艳，主持轻松盛大的节目，带着笑意时又仿佛能勾人。谁会说这双眼睛的主人不美呢？

池枫和她对视，保持着微笑。这么久了，他已经对她的美貌免疫了。

岑正印懒得和他争辩，起身走了："关北山要是有消息的话，通知我一声。"

岑正印回到中森卫视，刚好遇到步凡前来找她。他开着一辆电光蓝的跑车，捧着一束玫瑰花，格外显眼。

岑正印看见他，觉得肩膀又开始隐隐作痛了。

而步凡见到她，第一时间就把美丽娇艳的玫瑰花递了过来："我为我昨天的无理道歉，希望能得到你的原谅，美丽的小姐。"

岑正印没接，先问他："你把我想拜访的意思转告给步老先生了吗？"

步凡摇头："还没有。"

岑正印闻言，转身就走。

步凡赶紧追上去："我不是不转告，我是还没机会转告。"

岑正印的脚步一下也没停。

步凡依旧追着："你别这么小气，之前是我误会你们了，所以我专门来道歉啊。我这次来，就是想跟你说我爷爷的事。"

岑正印突然停住了。

步凡的脚步来不及刹住，手上的玫瑰花撞到了她的背上，脸埋进了玫瑰花里。

岑正印回头。

步凡把头抬起来，再次将花献上，看了看来来往往注目过来的人："我们换个地方说行吗？"

岑正印接过花，一边跟着他往旁边走，一边听他说话，没留意身边的车。

车上的白舸摁下车喇叭，开门下车。

岑正印转过头，这才看见他。

"去哪？"白舸瞥了一眼她捧着的玫瑰问。

"去……找个地方聊聊步老先生的事。"岑正印不知为何有点心虚。

"肩上的伤好了？"白舸风马牛不相及地问了一句。

岑正印更心虚："没呢。"

白舸走向前："步老先生的事我也关心，一起去。"

步凡在他身后翻了个白眼，忍不住小声嘀咕："我有请你吗？"

白舸充耳不闻，一路跟到了咖啡店。

"'丹青笔墨'的老板叫曾国贤，从前是我们家里的工人。'梦笔生花'关了之后，爷爷制的笔都放在'丹青笔墨'里面售卖。那天我以为你们是来捣乱的，所以才叫人来制伏你们。"步凡跟岑正印和白舸解释道。

不过这解释显然无法让白舸信服，他神色冷峻地问："你在替曾国贤打工？"

步凡嗤之以鼻："怎么可能？"

"既然你不给曾国贤打工，你怎么知道他店里什么时候有人捣乱？"

"我就是去看看他而已，刚好遇上了。"

"去看看而已，却带着一帮打手？"

步凡语塞了一下，沉默了大半天，又吞吞吐吐了大半天。

"算了。"白舸起身，招呼岑正印，"我们走。"

"别啊！"步凡叫住他们，这才肯说实话，"大概半个月以前，有人在网上联络到了我爷爷，请他定制一支'木兰花令'。爷爷接下了这笔订单之后就闭关制笔，吃饭睡觉都在工作室里。可就在三天前，我接到了邻居打来的电话，说是发现我家里遭了贼，我爷爷和奶奶都不见了。"

"工作室里只有步老先生和老夫人两个人？"

"工作室在老家，'梦笔生花'的店铺全都关闭了之后，爷爷就一直和奶奶住在老家。"

"你怀疑他们的失踪和定制'木兰花令'的人有关？"白舸问，在见到步凡点头之后，又说，"理由呢？"

"我看了爷爷和买家在网上的聊天记录。这个人在下单之前，和爷爷聊了很久关于'木兰花令'的事，有意无意地从爷爷口中套话，证实了我们家有一支明代传下来的'木兰花令'，是毛笔中最上乘之品，不但工艺精湛，而且价值连城，如今就在爷爷的工作室里。"步凡喝了口咖啡，补充道，"这支明代的'木兰花令'，只有我们自己家的人，或者和我们关系匪浅的人才知道。"

白舸说:"你怀疑买家是和步老先生熟悉的人?你在网络上联系了买家,约定好在'丹青笔墨'交货,正好我跟岑正印在差不多的时间走了进去,所以你以为我们就是买家?"

步凡无奈地点了点头。

岑正印听了半天,最关心一个问题:"你们家那支明代的'木兰花令'被偷走了吗?"

"没有,工作室里有上千支笔,他无法分辨哪支是自己要找的。"

岑正印微微点头:"那就不是行家。"

步凡说:"昨晚我接到了电话,他让我用明代'木兰花令'去换回爷爷奶奶。"

"你真打算去换?"

"就算最艰难的时候,我们也不会把这支毛笔卖掉。"

"那你打算怎么做?"

"前面你也说了,这个买家不是行家,所以就算把真的明代'木兰花令'放在他面前,他也不一定能认得出来。相反,如果给他一支假的,只要有权威人士说是真的,他就一定会当真。"

"上哪去找一个会帮你骗人的权威人士?"

步凡看着她,咧嘴一笑。

这就是他来主动找她的原因了。

岑正印怔了一下,随即就明白了过来。

媒体在寻常人眼里都是最有公信力的,步凡这是想借助她以假乱真。

岑正印看向白舸,白舸默不作声。

步凡见她迟疑,抛出诱饵道:"你们就帮帮忙吧,我同意参与你们的《有忆》节目,可以带你们先去老家看看。"

步明堂要是真失踪了,步家的手工制笔就失去了精髓,百工坊也就没法重聚。

这个忙,他们不帮也得帮。

见岑正印有点被说动了,步凡又道:"我不能等,如果你们同意帮忙,明天就要开始节目的拍摄。"

"这个我需要回去跟节目组的其他人商量。"

新闻工作者全都雷厉风行,岑正印和大家商量后,众人当晚就定下了关于步家的初步拍摄计划,第二天全体出发。

步明堂的老家在长岭镇,离城区有三个小时的车程。

摄制组先在镇上的旅馆里投宿休整,岑正印和步凡去了步家老宅。

刚进老宅,就见一个小女孩坐在老井的井台上,两只脚晃荡着,捧着一碟樱桃正吃得香甜。

"吃这么多樱桃,还吃不吃晚饭啦?"老屋里走出个男人,长身玉立器宇轩昂。

"吃啊。"小女孩一边将樱桃往嘴里塞,一边忙不迭地回答。

院门"吱呀"一声被推开,小女孩看见步凡,便从井台上跳了下来,抓起碟子里剩下的樱桃收到了身后。

"别藏了,我看见了。"步凡说。

小女孩朝着他吐了吐舌头，跑去年轻男人的身边。

"回来了？"男人正在往灶台里添火，看向门口，看见了步凡，也看见了岑正印。

"这是岑正印。"步凡领着岑正印进门，跟男人介绍道。

"这是我哥步京。"他又跟岑正印介绍。

"爸爸，什么时候能吃饭？"午饭时间早就过了，小女孩摇着步京的手问。

步凡弯下腰，将小孩子抱起来，放在自己胳膊上："吃饭啦吃饭啦，我也快要饿死了。"

步京端出了几道家常菜，放在院子里的石桌上："岑小姐坐下来一起用点便饭吧。"

岑正印的胃被颠簸的山间道路晃得不舒服，到这会儿还没缓过来。

小女孩在爸爸的指导下，体贴地为她盛了一碗开胃汤。

"姐姐是电视里的人。"小女孩坐在岑正印对面，好奇的眼睛总是看着她。

"是啊，姐姐从电视里出来了。"步凡说。

小女孩热切地追问："姐姐能从电视里出来，那我能不能进去呢？"

"你进去电视里做什么呢？"岑正印问她。

小女孩一脸憧憬："电视里有很多很多地方，我想去玩。"

步凡摸了把她的头发："留在家里陪着爸爸妈妈和爷爷奶奶不好吗？"

小女孩被他问住了，埋下头吃饭，过了好久终于想清楚了，看了看步凡，又看向步京："留在家里也很好，我以后哪里都不去，就留在家里陪爷爷奶奶制笔。"

步京默了一默："出去看看吧，长大了就出去看看。外面的世界很大，能学到更多的东西。"

步凡鼓着脸扒饭，不知为何有点委屈。

小女孩没听懂父亲的话，也不明白叔叔为什么突然不高兴了，不敢再出声。

吃完饭，步京带着岑正印去参观步明堂的工作室。

工作室就在院子后面，地方不大而且略显简陋。

风一吹就吱吱响的玻璃窗、斑驳的木桌子、破旧的靠背椅、已经不太亮的台灯……桌上摆满了制笔的工具，还有修剪好的笔头和笔杆；旁边的写字台上放着宣纸；早年"梦笔生花"笔庄的照片和老字号牌匾被挂在墙上，旧时光的痕迹烙印其上。

室内有张沙发，堆着毛毯和衣物，步老先生辛苦工作后，就躺在上面休息。

"我们鼎盛时期有十几个老师傅，每支笔都是手工制作。那时甚至有外国人特意来买我们的毛笔，还请爷爷教他们写字。我父亲是最初的富二代，对枯燥乏味的手工制笔不感兴趣，拿着家里的钱出去做生意，可是却把生意做成了无底洞，要爷爷拿钱填补。后来他就弃家不顾，一个人去国外花天酒地了。"步京是见证了"梦笔生花"由盛转衰的一代人，步家人的命运也跟"梦笔生花"的命运紧密相连。

"几个月前我父亲在国外摊上了官司，赔偿款需要很大一笔钱，家里东拼西凑还是差一些，爷爷甚至考虑过将'梦笔生花'的商标卖出去。但他终究还是舍不得，所以即便已经找到了买家，他也迟迟没有签合同，想着事情会不会有转机，或者能不能从其他的地方筹到钱。也就是在这个时候，有人联系到了他，出高价定制了一支'木兰花令'。"步京进一步跟岑正印说明事情的经过。

步京的女儿得以进入爷爷的工作室，非常高兴。

她在一旁翻阅字帖，抬头问爸爸："为什么要学写字？"

步京抚摸着她的头说："写字就是把你今天做的事情都记下来，以后就不会忘了。"

小女孩眨巴着眼睛问："每件事都能写下来吗？"

步京揉着她的小脑袋："只要有一支笔，就什么都能写下来，什么都能留下来。"

是啊，时光变迁，多少故事，用笔写下来，就不会忘记；能留下来，就很好了。

长岭安宁静谧，让岑正印紧张的神经暂时放松下来。

而此刻的W市，白舸正从翰林街附近经过。

他想起岑正印不在，现在这个时间，岑正阳应该还在店里，于是打方向盘，调转了车头。

当岑正阳透过玻璃看见白舸的时候，眉心缩成一个充满困惑的小旋涡。

白舸走进店内，他便放下刻刀，转头问他："你怎么没有跟姐姐一起？"

白舸说："你姐姐在工作。"

与此同时，他的视线不知不觉移到了博古架上的那只"醉猫"上。

那是一只在粉色桃花树下睡觉的白猫。它睡得香甜，正吐着泡泡。那些泡泡用韧性极强的半透明石料制成，用手戳一戳还会上下攒动，活脱脱像真的从猫的口鼻里吐出来的一样。

岑正阳看见这只猫就开心，问白舸："很好玩对不对？"

白舸想起岑正印那天展示的"观水晓韫玉"的技法，叹道："想不到你姐姐不仅会鉴玉，还会玉雕。"

"当然了！"岑正阳使劲地点头，"姐姐小时候就会玉雕了，不过她要工作，不能像我这样玩，不然她现在会很厉害。"

他把玉雕说成了"玩"，他喜爱玉雕，就像孩子喜爱着游戏。

白舸环视着有方斋，只有岑正印守住了家业，岑正阳才能安安稳稳地在这里"玩"。

岑正阳观察白舸的神色，问："你是不是很喜欢它？"

白舸没反应。

岑正阳当他是默认，因此很高兴。

有方斋里有各种各样的陈设，每位顾客进来之时，第一眼看见的都会是不同的东西。

这就是人与物之间的缘分，某种意义上来说，也是人与造物者之间的缘分。

因此有方斋开着门做生意，可有时生意上门了，岑正阳偏偏不肯将物品卖出。

因为他知道，每件物品，都有它命定的主人。

白舸看着"醉猫"，想起和岑正印在"丹青笔墨"的遭遇，心头渐渐浮起莫名的担忧。

他的眉头渐渐锁了起来，快步走出有方斋，开车往长岭镇赶去。

或许他的担忧是对的。

傍晚，一群人闯进了步家院子，嘴里叫嚣着"还钱"，抓住了步京的女儿。

步凡冲了出去，从背后揪住要债人的衣领，将他转了个面。

要债的人握着匕首，招招实打实朝着步凡刺过去，步凡躲避着刀锋，同时借着对方的漏洞果断出拳。

只听见"咔嚓"一声，其中一个要债人也不知道是不是鼻梁断了，一嘴一脸的血，跪在地上捂着鼻子。

步凡一脚踹过去，将他踹翻在地。

其他要债人见状，立刻围了过来，但步凡的动作极快，身形一转，拳头已经击了过去。要债人躲开的同时拿起棍棒朝着他的头砸过去，怎料手被扼住，步凡一招擒拿，夺下了他的武器，将他打趴了下去。

步家的动静闹得挺大，附近的人报了警。

要债人想跑，却被步凡堵住了去路，于是慌不择路跑去了厨房。

方才的打斗之中，岑正印护着步京的女儿就躲进了厨房里，要债人往厨房跑，看见她们先是愣了一下，而后一脚踹开了厨房的后门。

"小心！"步凡在外头看见要债人掀翻的橱柜正朝着岑正印她们砸下去，大声喊道。

岑正印听见身后的声响，转头去看。她的心里咯噔一下，还没来得及做出反应，腰间一紧，一只手就揽住她的腰，抱着她和小女孩扑到了旁边。

橱柜倒塌，碗筷哗啦啦摔在地上，一地碎片。

等到嘈杂的声音稍微缓和，岑正印睁开眼睛，只见自己和小女孩被白舸紧紧地箍在怀里，她的脸埋在他的颈窝。大概是生怕碎玻璃会砸到或者划伤她们，他的背脊始终面对着橱柜倒下的方向。

"没事吧？"他低下头问她们。

"没有。"小女孩奶声奶气地回答，大眼睛里满是对白舸的感激崇拜。

岑正印摇了摇头，一时间竟说不上话来，脑子缓了缓才对白舸的出现感到意外："你怎么来了？"

"还好来了。"白舸在心里说。

步京跑过来照看女儿，打量白舸："你是？"

"白舸。"白舸松开岑正印，自报了家门。

步京跟他握了握手。

白舸四处看了几眼，步家里里外外被砸得一片狼藉。

步京解释道："我们的父亲欠了高利贷，这些人是上门要债的。"

过了不久，接警的民警赶到，将要债的人带去了派出所。

步家两兄弟开始收拾屋子。

笔架和砚台都被打翻了，步京将笔洗装满水，将弄脏的毛笔放进去，用笔头在底部轻按，使笔毫铺开，墨汁散出。

"爸爸，你没洗干净。"步京的女儿见他用废弃的生宣纸吸干水分，纸上还残留着墨印。

步京一面把毛笔重新挂上笔架，一面说："不能用力过度，会伤到笔头。墨汁里面含有胶质，能对笔头起到保护作用，所以也没必要洗得太干净。"

步京的女儿点点头，学着他的步骤帮他洗毛笔。

晚上九点钟，步家兄弟二人才将家里收拾好。
步京把岑正印隔壁的客房打扫了出来，让白舸暂住。
白舸在房里铺床，岑正印在门口张望："你怎么会来，还来得刚好是时候？"
"凑巧而已。"
"我以为你算准了呢。"
白舸铺好了被子，回头拆她的台："我就算能掐会算，也不会闲得算你的事。"
岑正印答得也顺："或许你对我感兴趣呢。"
白舸面不改色："我算出你该回房休息了。"
步家两兄弟忙了一晚上，这会儿都累了，睡下了。岑正印一个人站在白舸门口也不合适，既然他都逐客了，她也不好意思赖着不走。
她一转身，突然想起自己手里还拿着两个苹果。
"步忙……就是步京的女儿，给了我两个苹果，特意声明其中一个是给你的。"她把其中更大更红的那个苹果扔给他，眨眼道，"这是小女孩的心意，好好享用。"
白舸稳稳接住，目送她啃着另一个苹果离去。

岑正印回到自己的房间，一点睡意也没有。
可惜外面黑漆漆一片，又没有其他娱乐，只能去院子里逛逛。
街角的茶叶铺子正在上门板，还有一点灯光，周围房子的轮廓就影影绰绰地印在院墙上。
院子里有步京晒着的宣纸，被夜风吹得飘起来，岑正印顺着看过去，看见旁边的圆桌上还摆着清洗干净的毛笔。
空气里有水墨的味道，还有意气风发的气息……
定睛一看，白舸正站在那些宣纸下啃苹果。
岑正印放轻了脚步朝他走过去，白舸却早就察觉，故意待她靠近时转身，看向她。
岑正印准备吓一吓他，结果不但落了个空，还差点被他吓一跳，有些失望地撑着桌面坐上去，顺着宣纸飘浮的方向，吹着风。
白舸的眉心一蹙："晚上不睡觉，跑到院子里来捉鬼了？"
岑正印往后靠了靠，目光和他平视，不知道为什么觉得有点开心："捉到一个吃苹果的鬼。"
白舸的苹果啃到只剩核了，抬手扔进旁边的花坛里，手指握着桌沿轻扣了扣："就不怕捉鬼不成反被捉？"
岑正印唇角微翘，原本的开心变成了欣喜："难不成你想捉我？捉回家吗？"
白舸习惯性忽略她的贫嘴，严肃地问："步家的事情，你怎么看？"
岑正印没回答，等着他说下去。
"爷爷奶奶不见了，步凡却没有在第一时间报警。"
"他在美国做私家侦探，一周之前回国，开始调查百工坊，并且前两天还查过我们。"
"步京和步凡的父亲步远游生意失败欠了不少钱，自己躲去了欧洲，让家里人代为承担后果。"

"步京有一对龙凤胎,女儿叫步忙,儿子叫步慌。"

白舸一句一句说出自己查到的要点,说完之后顿了顿,等着岑正印发表意见。

"这步家人起名,真是一代比一代随性。"岑正印却说。

白舸瞪了她一下,眼中闪着寒冷的流光。

岑正印的心里"咯噔"一下,收起玩味的态度:"看来我是真的捉鬼不成反被鬼捉了?"

白舸沉默。

"自己小心。"他走远,留下四个字给她。

岑正印想从桌上跳下来,想起他的嘱咐,小心地看了看脚下。

第二天,清晨的阳光升起,步京在给大家做早餐。

摄制组的人不久就来了,做起了拍摄前的准备。

院子里,步凡让步忙坐在自己怀里,握住她的小手教她写毛笔字。他的脸上和衣服上,已经有了好几个墨汁巴掌印。

岑正印走过去看了看步忙"挥毫",称赞道:"写字看天赋,步忙很不错。"

步凡抬起脸看她:"你能看得出来?"

岑正印在一边坐下:"我当然能看得出来,不过我很担心你把她的天赋教坏了。"

"嘿!"

步凡很不服气,刚要为自己辩解,步忙却挥舞着小手,又往他的脸上拍了个巴掌印,帮他正名:"凡叔叔写字最好看!"

步凡赞赏地看了她一眼,取下她手里的毛笔,蘸了墨汁,在宣纸上写了起来。

他的字开阔大气,有骨有节,间架结构错落有致。

岑正印见过另外一个字写得这么好的人是池枫,但他可是五岁就开蒙,响当当的国学大师教出来的啊。

可见步家人的骨子里都流着和笔墨休戚相关的血液。

早餐吃完,字也写完,步凡要开始干正事了。

步明堂的案台上,有一支未完成的"木兰花令"——檀香木雕木兰花纹管紫毫笔。

笔杆以挖心透雕的手法表现了苏轼的"高平四面开雄垒。三月风光初觉媚。园中桃李使君家,城上亭台游客醉"。

步凡接下来要完成的,是笔尖部分的制作。

阳光照得工作室内一片明亮,步凡坐在窗口,披着一身融融的阳光,明亮的眼睛中飞扬着神采。

择笔是制作笔头的重要一环,要将笔修整出笔锋,保证聚锋,书写时不分叉。

步凡用的工具是一把步明堂制作的剃刀,他右手握着刀,左手将笔头展开放在灯下,用刀锋将多余的笔毛一根根剔除。

择好的笔成圆锥形,线条光滑润泽。步凡拿着笔,用笔尖在手指上画圈,检查有没有多出来的杂毛。

制笔的手感要从小培养,所以要修炼童功。

岑正印对步凡的怀疑，在这一刻全都烟消云散。

"他小时候说，将来如果要制笔，就制全天下最好最贵的笔。"步京看着他，回忆起从前来。

两兄弟小时候，步家的经济条件好。他们的父亲一心想着以后要出国，于是二人打小就被送去学英文。

步凡那时候不服管，三天两头地翘课，还带着同学一起。

步京负责去捉他，步凡和几个小屁孩儿刚从课堂跑出来，正商量去哪儿玩，余光就瞥到大哥了。

他脚一软，大叫一声"快跑"，几个小屁孩儿就跟炸锅一样地四散逃跑，跑得书包啪啪拍着屁股。

步京毕竟是大哥，年纪不是白长的，经常一把拎住步凡的书包带，就把他给擒住了。

步凡每次翘课被抓，受到的惩罚就是被关在爷爷的书房里习字，修笔头。

每当他被罚，左邻右舍的小孩子就都会跑来看热闹，笑话他不学无术，以后只能留在笔庄制笔。

在那时的孩子们眼里，长大以后继承家业就等于没出息。

步凡不服气，昂着头骄傲地说："我以后就算要制笔，制的也是全世界最好最贵的笔！"

那时步明堂就告诉他，全天下最好最贵的毛笔，就是步家的"木兰花令"。

步家的人，一生，就守着一支笔。

步凡制笔的时候，整个人异常专注，连带着周围空气的流动似乎都放缓了。

岑正印突然想起曾经采访的一位国学大师说过，文化的传承，更多传承的是一种行为规范，是一种精神力量。

当晚中森卫视的《七点新闻》播出了《有忆》拍摄的花絮，花絮里"无意"地展示了步家的明代"木兰花令"。

"今天拍摄的片段不能放在正片里播。"步凡看着电视说。

岑正印说："说个理由。"

步凡做苦恼状："万一因为我太帅，吸引了众多粉丝怎么办？"

见岑正印面无表情地看着他，他转口道："好吧，其实是因为步家的制笔技艺，我所掌握的都太肤浅。步家真正'梦笔生花'的技艺，只有等我爷爷回来，你才能见到。"

他的语气中有自豪，有愧疚，有执拗。

"从小到大，我看见最多的就是爷爷和家里的老师傅们制笔，五岁时爷爷就教我写毛笔字了，我记得自己代表学校参加过比赛，还拿了名次，那时候我觉得特别骄傲。"

他一身的洋派作风，除了名字，身上没有明显的"梦笔生花"标签。可有时候藏得深，是因为格外珍贵。

"后来爷爷供我出国读书，当我在外国同学面前表演书法的时候，他们惊叹得下巴差点掉下来。在外国人眼里，书法是中国人神奇的艺术。中国的很多品质，是通过书法养成的。"

他朝着虚空中笑了笑，坚定地说："也通过书法表现出来。"

结束了一天的拍摄，岑正印和摄制组一起回酒店。

顾好作为后勤组的组长，早安排了大家的伙食。

岑正印数桌上的碗筷："少了一副，还有一个人。"

顾好一边上菜一边回答："你说白舸吗？我问过他了，他说有事不来了。"

岑正印疑惑，有事？他在长岭镇能有什么事？

不过白舸并没有留在长岭镇，他开车出去了。

高速上的车辆不少，但白舸透过后视镜，一直留意着其中一辆。

跟踪是一门学问，跟太紧会被发现，太松又容易跟丢。后面这个人显然深谙此道。

私家侦探嘛，自然是要懂些盯梢技巧的。

前方绿灯将要转红，白舸加速，同时猛打方向盘。

笔直开了一段，他发现后面的人没有跟上来。

再次变换了方向，他一路平稳地开到了目的地，然后走进了一个住宅小区。

这种老旧小区没有门禁，而且楼与楼之间有几条窄巷。

白舸微微抬头，辨认到底哪一栋才是二号楼，眼神却下意识地侧了一点儿，去看落在巷壁上的人影。

他收回视线，朝着二号楼走。

那影子越来越近，在他走到二号楼跟前的时候快速地冲了过来。

白舸没有动作，直到影子接近。

不过一刹那的工夫，他的眼神便凌厉起来，捏住了那人横向他脖子上的手腕，猛地一扬，自己顺势转过身去，飞起一脚踢向那人的腰窝。

但那人竟然闪身避开了，另一只手搭在他制住自己的胳膊上，企图反剪，从而制住他的力道。

可是他没有成功，因为白舸看穿并且破解了他的招数，拧住了他的胳膊。

"你到底是什么人？一个建筑师，身手能有这么好？你骗谁呢！"步凡咬着牙喊。

"我就是一个建筑师。"白舸回答步凡。

步凡挣扎两下，依然挣不开束缚，继续朝着白舸吼："你把我松开！"

白舸缓了缓，才松开手。

步凡刚重获自由，就一拳朝着他砸过去，可只砸到了空气。

白舸气定神闲，看了一眼身后单元楼的楼梯，却没有要上去的意思："看来你爷爷奶奶已经走了。"

步凡"哼"一声："你既然能找到这里来，我当然也能知道你找来了。"

他一面说一面观察白舸，然后质问："在法国跟我抢'克伊洛斯'的人就是你！你要'克伊洛斯'做什么？找百工坊又做什么？"

白舸说："'克伊洛斯'是被我买走的，但后来我在法国出了意外，它被人抢了。真正威胁到你们步家的人和抢走'克伊洛斯'的人，应该是同一伙。"他说完，绕开他往回走。

步凡跨一步拦住他："我为什么要相信你？"

白舸眼光沉静地看着他："你要守住的是步家，而我要守住的是百工坊，是'克伊洛斯'背后的秘密。"

步凡对他依然半信半疑，愣了一下准备继续追上去时，口袋里的手机响了起来。

是步京打来的电话，说步明堂的网络账号收到了名为"书写者"的买家的留言，约他们明天在一家奶茶店见面，当面购买明代的"木兰花令"。

看来晚上播出的新闻起了效果，他的计划奏效了。

"明天我需要你的帮忙！"他快步追上要上车离去的白舸。

"如果你还对我存有怀疑，不愿意跟我说实话的话，我没法帮你。"白舸欲关上车门。

步凡伸手按在门框上："你想知道些什么？"

白舸淡定道："全部。"

步凡陷入沉默，好半天才说："我爷爷奶奶……"

夜色深了，其他人都回房间休息了，岑正印却在酒店的大堂里晃来晃去。

大堂经理以为她有什么事，走过去询问。

"我在等人，附近也没什么能转悠的地方，就只好在这里等了。"岑正印说。

大堂经理早就认出她了，此刻见她态度和善，才敢确认："你是岑正印吧？我经常看你播报新闻。"

岑正印正好无聊，难得有个能跟她聊天的，于是就跟他聊了起来。

白舸回来，大老远就看见她跟人聊得热络。

"我们这里旅游业不是很发达，但有不少有特色的景点，比如……"

大堂经理还在跟岑正印介绍，但岑正印的眼神已经越过他看向门口了。

白舸走近，没看大堂经理，径自问岑正印："在这干什么？"

"等人啊。"岑正印毫不避讳。

大堂经理的话被打断，转身看见白舸，又看见岑正印眉间露出的笑意，知道没自己什么事了，于是识趣地走开。

"要买'木兰花令'的人在网上联络步家兄弟二人了，他们约了明天上午见面，步凡希望我跟你也去。"白舸说。

"然后呢？"

"我答应了。"白舸顿了顿，"也帮你答应了。"

岑正印难得沉默。

奔波一晚，白舸觉得口渴，走去自助贩卖机那买了瓶水，拧开瓶盖正要喝，想了想还是递给了岑正印，自己又买了一瓶。

"你也可以不去，毕竟帮助他们不是你的义务，安全最重要。"此刻他没法跟她说得太多，只能提醒她自己权衡。

岑正印灌了几口水，冷静地想了一下，然后问："是不是我有危险的时候，你都会像上两次那样及时出现啊？"

"我尽量。"

别人说"尽量"通常是"不一定能办到"的意思，白舸说却有"尽最大努力"的意味。

岑正印很放心："那你明天出门的时候叫我呗。"

白舸在想着什么,有点迷离地笑了笑,声音低得更像自言自语:"希望明天过后,一些疑团能迎刃而解。"

岑正印懒得去猜他话里的意思,只是和他并肩站着,任凭四周逐渐陷入安静。

第二天上午,步凡和步京先去奶茶店赴约。

"难道书写者是个年轻人?不然怎么约在奶茶店?"店门口,步凡问步京道。

"这家店面从前是'梦笔生花'的铺子。"步京说出了其中缘由。

时间是上午十点五十分,上班族们还没有到午休时间,学生们也还在上课,奶茶店内没有其他客人。

店员将步京和步凡的奶茶送过来,坐在了他们身边。

步京问:"你是?"

对方脱下了店员的衣服:"我是书写者。这是我开的奶茶店。"这个人很年轻,看起来只有三十来岁。

店里另一位店员已经把"暂停营业"的牌子挂了出去,自己走去了店后的休息室。

"笔带来了吗?"书写者问道。

步京拿出锦盒,放到了桌上。

书写者将锦盒打开,双手将毛笔捧出来,仔细端详,确认和新闻花絮里的一样:"不错,我现在就付款给你们。"

他将毛笔放回锦盒里,拿出手机,打开页面确认收货。

交易结束,步京、步凡离开了奶茶店,进了对面的写字楼。他们心知肚明,这位奶茶店老板根本不是真正的买家。

岑正印在写字楼事先规划好的方位,用望远镜观察着奶茶店的情况。

步京和步凡过去后,也一边观察一边等。

店内一切如常,一直过了午饭时间,到了下午三点多,奶茶店老板都在店里忙碌,没有出过店门,更没有将"木兰花令"交给任何进店的人。

步凡很着急,汗水顺着额角和脸颊往下滴。

难道他判断错了吗?

"你们是干什么的?在这做什么呢?"

巡楼的保安突然出现,发现岑正印拿着望远镜,以为她是偷窥者,通过对讲机叫来了其他保安,并且报了警。

步凡赶紧拉着岑正印往楼下跑去。

与此同时,白舸走进奶茶店。

"请问你喝点什么?"奶茶店老板问他。

白舸看着名目繁多的奶茶:"木兰花令。"

老板长出一口气:"你终于来了。"说着把放在收银台下面的"木兰花令"交给他。

白舸问他:"你买它做什么?"

老板一脸疑惑:"不是你要的吗?你在我店里下单的啊。我就是个代购。"

真正要买"木兰花令"的人没有出现,或许他已经知道步凡带来的是假的。

白舸拿起锦盒，将支票放在柜台上，往外走去的脚步越来越快。
　　他在写字楼后面的小巷里发现了被打晕的步京，但步凡和岑正印都不见了。

　　痛……
　　手腕痛，头也很痛，鼻腔里还有刺鼻的气味残留着。
　　岑正印迷迷糊糊地睁开眼，发现周围一片漆黑。
　　她正蜷缩在一个狭小的空间里，两条手臂和腿都被麻绳牢牢地绑着。
　　想将双腿舒展开来，但伸到一半就踢到了什么东西，她又用脚重重踢了几下，然后猛地发现自己踢中的是另外一个人的小腿。
　　步凡？
　　岑正印没法开口说话，因为嘴巴被胶布封住了。
　　步凡也醒了，用双腿探了探四周，意识到他和岑正印正被关在汽车的后备厢里。
　　而且这辆车正在行驶中。
　　步凡强支起一点儿身子，试着顶了下后备厢的盖子，意料之中地无法顶开。
　　岑正印挪动着身体四下摸索了一番，也没发现什么能帮助自己割断绳子的东西。
　　她的头晕沉沉的，后脑勺还很痛，是刚刚逃下写字楼的时候，被人从后面重击造成的。
　　车子慢慢减速，然后停了下来。
　　岑正印和步凡同时闭上眼睛。
　　两人都保持着清醒，但一直坚持着毫无动作，任由自己被人拖出后备厢，拖着走了一段路，下了楼梯，然后进了一道门。
　　三四个人将他们关进屋内便出去了，屋子里陷入长时间的安静。
　　岑正印睁开了眼睛，发现步凡已经不知什么时候想办法割开了绳子。
　　他撕掉了嘴上的胶带，却并没有着急给岑正印松绑，而是坐在她对面，先跟她解释。
　　"被绑架的不是我爷爷奶奶，而是我的侄子，也就是步京的儿子步慌。"
　　"步京有一对龙凤胎，女儿叫步忙，儿子叫步慌。"
　　岑正印想起白舸的话。
　　"我早就发现有人要对我爷爷不利，所以我从国外回来第一件事，就是安排他和奶奶躲了起来。但是没想到，步慌却出了事。我不报警，是因为我除了必须救出步慌以外，还得知道绑架他的人是谁。这个人必然跟我们很熟，我得知道他的目的，这不仅和我家有关，也和百工坊有关，和'克伊洛斯'有关。"所以绕了这么大圈子，现在还被抓来这里。
　　步凡的话说到这里，门口响起了脚步声，门锁被打开，有人推门进来。
　　光线从门口这个人的身后照进来，让步凡和岑正印的视线有些恍惚，一时看不清来人的脸。
　　岑正印别开眼躲避强光，看见了屋子角落里堆放着的竹子、木头、笔毫等制笔材料，还有制笔的设备、扎成捆的笔杆和笔套，笔套上都有"梦笔生花"的标志。
　　看起来，这里是一个毛笔加工厂。不过周围很暗，似乎是个地下室，只在高处开了个气窗，一束阳光正艰难地穿透风扇照进来。

"原来是你。"步凡已经看清了来人，正是"丹青笔墨"的老板曾国贤，他还牵着一个小男孩。

"叔叔？"小男孩从曾国贤身后探出个小脑袋来，睁着圆圆的眼睛看着步凡。

步凡蹲下身子，对他招手："步慌，过来。"

步慌奔到他的身边。

步凡检查他有没有受伤："有没有哪里不舒服？"

步慌摇头："没有。"

曾国贤和步家的人熟稔，步慌、步忙两个小家伙也经常去"丹青笔墨"玩儿，曾国贤要绑架步慌，简直轻而易举。

步凡将步慌护在身后，警惕地看着曾国贤。

曾国贤终于开口说话了，却是问步慌："步慌，这些天在伯伯家玩得好不好啊？"

步慌很有礼貌："很好，伯伯家很好玩。"

步凡全身紧绷，握紧了拳头。

曾国贤对他说："我没有别的意思，既然你不愿意把'木兰花令'卖给我，我只好请你来制笔了，你看这里什么都有，只要你做出符合我要求的笔，我就放你们出去。在这期间，我会把你们当成上宾招待。"

步凡问："一个卖假'梦笔生花'的人，为什么这么钟爱'木兰花令'？"

曾国贤答："'梦笔生花'的工艺复杂材料又考究，光是人工费就不少了，现在哪有人愿意花大价钱买毛笔，买个'梦笔生花'的牌子就行了，谁关心是不是假货。但这些笔日常用用还可以，如果要用在修复古字画上，只怕会带来毁灭性的灾难。"

"你要修复古字画？"

"你别管我要做什么，只要帮我做好笔就行。"

"你想得美！"步凡一拳朝着曾国贤招呼过去。

岑正印抱起步慌往后退，找到了另外一道门，试着拧了两下，果不其然根本打不开。她下意识地回头看，只见步凡正被曾国贤的人围困，而另外一些人，包括曾国贤在内，正志在必得地朝着她走过来。

岑正印喉咙一紧，满头的冷汗，怀里的步慌搂着她的脖子，感觉到了气氛不对劲儿，很乖地一声也不吭。

"岑主播，平常只能在电视上见到你，没想到这次见到真人了。"曾国贤并不急着抓岑正印，反而气定神闲地问她，"不过我有点不大明白，怎么你也掺和步家跟百工坊的事？我看你根本什么都不知道啊。"

岑正印抱紧了步慌，试图跟他谈判："我的确什么都不知道，所以放了我们对你也没什么损失。"

曾国贤笑了笑："但我怕你把我的事泄露出去。"

"你既然以真面目示人，就表示根本不怕泄露身份。至于你的行踪，这个地方已经废弃了，你大可以再重新随便找个地方落脚。你要步凡制笔而已，带着我们反而更麻烦，不是吗？"

"做主播的果然都有好口才，"曾国贤摇摇头，"所以我一句也不信。"他回头一个示意，身后的人朝着岑正印逼近过去。

就在这时，步凡挥拳冲了过来。他的体力已经消耗了很大一部分，目前只能扬长避短，暂时将人打退之后再拉着岑正印往回跑。他将凳子扔向窗户，也不再绕去门口，直接让岑正印和步慌爬过破碎的窗口跳到外面。

等他们都跳出去，他自己跳窗的时候却被人抓住了一条腿，他不得不缩回去用另一条腿扫过去，碎玻璃伤到了自己也顾不上，在对方被踹出去的时候又抓起方才扔到外面的凳子砸过去，然后趁机跳到外面。

此时，步京和白舸正飞快地往这边赶。

意识到步凡和岑正印出事之后，白舸唤醒了步京，让他拨通了步明堂的电话。

电话打通后，白舸就夺过了他的手机，向步明堂问起了曾国贤的情况。

"国贤还有一栋老房子在乡下，荒废已经很多年了。"步明堂回忆道。

得到了地址之后，白舸和步京片刻没有停歇地开车前往。

"你为什么怀疑曾国贤？"车上，步京问。

"一个和你们有诸多接触，而且不会被你们怀疑的人，目前看来只有他。"

白舸一路狂飙，到了地方，他将车子停在路边隐蔽的地方，一路朝着老旧的院落靠近。

屋子里到处都是灰，但没有人。

白舸发现衣柜有些异常，蹲下看了眼。

衣柜下方的木板是新换过的，他将木板整个掀开，一条向下的楼梯便出现在了眼前。

顺着楼梯下到地下，白舸朝步京打了个手势，自己绕去后面查看。

步京站在前面，一边把风一边等他的信号。

等了半天，突然墙侧的一扇门被打开了。他警惕地站到门后，可从门口出来的人却是白舸。

"人都走掉了。"白舸说。

四周的东西都被摔得乱七八糟，能看出之前经历过的混乱。白舸又四处看了一下，看到了那处破掉的窗户："他们跑掉了。"

"跑掉了？"

"他们没法跑太远，"白舸回想着进来前观察到的环境，"只有可能跑进了林子里。"

"步凡的身手不错，能把他困住的话，对方的人应该不少。"步京分析着。

"赶快报警。"白舸说。

步京点头，电话拨通之后清晰地跟警员交代起位置和情况，但他的话还没说完，白舸就已经从破碎的窗户跳了出去，进入了步凡和岑正印进去的那片树林。

树林很深，步凡和岑正印不熟悉周围的环境，他们不确定前方有没有出口，只能在后面的人追上来之前尽可能地跑远。

岑正印和步凡找了个地方暂时喘口气，问："这个曾国贤有什么背景，不可能只是你家的工人以及一家文房四宝店的老板吧？"

刚才加工厂里的打手，还有现在追他们的人，各个可都是练家子。

步凡渐渐相信白舸说的话了：在法国抢夺"克伊洛斯"的，和现在要对步家不利的，很可能是同一股势力。

"只是逃也不是办法，没有哪里绝对安全，这样盲目地跑，迟早会被追上。"步凡看了看四周，对岑正印说，"跟我来。"

他往前走，走向了前面的一段山坡。那一处的断面坡度极大，而且向里倾斜，是个很有利于藏人，却不容易被发现的区域。

步凡把步慌交给岑正印："你们俩躲在这里，我去引开他们。"

岑正印点点头，背着步慌抓着草叶滑下山坡，抬头看见步凡跑远。

步慌很害怕，抱着岑正印不敢撒手："叔叔会不会有危险？"

岑正印对他做了一个嘘声的手势，她听到了来自上方的沙沙声响，有人正在向他们靠近。

她将步慌抱紧，小男孩紧紧依偎在她怀里。

细微的声响不见了，后颈突然有些冰凉的触感传来，岑正印一颤，视线低下去便看到了一把泛着寒光的锋利的工具刀。

持刀的曾国贤朝她笑了笑，她的汗毛都竖了起来。

曾国贤把岑正印从坡面拉上去，等着步凡跑回来："你从小就鬼主意多，但我可是看着你长大的，哪那么容易被你骗？别白费力气地跑了，乖乖地跟我回去吧。"

步凡没说话，神色却有一瞬的怪异。

曾国贤意识到什么，回头去看，电光火石之间，他握着工具刀的手却被人擒住，痛得一脱力，刀就落到了地上。

步凡见势，立刻冲上前抓住了曾国贤。

为了找他们，曾国贤把人都分散了，自己只带了两个人。白舸和步凡一人一个，很快将他们制伏，但是一转眼，曾国贤就不见了身影。

"跑得倒是快。"步凡愤愤地说。

曾国贤肯定不是所有事端的始作俑者，步凡还想从他口中问出来，他背后的人是谁。

白舸说："先离开这里。"

曾国贤很有可能去召集其他人了，在警察到来前，留在林中对他们非常不利。

他们跑了不远，步京就带着警察赶到了。

其他人果然很快追了过来，却没想到有警察在等他们。

"他们的爸爸欠了我们钱，我们找他们父债子还！"被抓着的几个人指着步京和步凡说。

警察一一核查他们的身份，其他人差不多都被抓了，但没找到曾国贤，于是派人在山林里全面搜索起来。

岑正印等人则做完笔录，就下山回了长岭镇。

当晚，受岑正印的委托，池枫把步明堂和步老夫人护送了回来。

岑正印靠在沙发上，不知何时睡着了。但是她睡得浅，听见动静就醒了。

她的大脑还没有恢复运转，头顶的灯光亮着，她眯着眼睛恍神，一时想不起来自己在哪，眼睛在四周看了一圈，目光落在白舸身上。

白舸是来给她送药的，见她睡着，没忍心叫醒。

这会儿她自己醒了，他便将拿在手里的药膏递给她，指了指她擦伤的胳膊："上点药。"

岑正印刚拧开药膏，池枫就走了进来："你们只是寻访百工坊，怎么又是绑架又是坠崖的？"

岑正印的手一顿，眼睛抬起道："坠崖？"

"警方于天黑之前找到了曾国贤，不过是在山崖下面。他被送到医院时，已经证实死亡了。"白舸解答了她的疑惑。

岑正印震惊："他掉下了山崖？是意外？"

白舸说："警方还在查，暂时没有结论。不过他带的那些人身份都已经查清楚了，的确跟高利贷有关系。警方问话的时候他们也一口咬定绑架步慌是为了要债，更蹊跷的是，借高利贷给步远游的人就是曾国贤。"

岑正印是越听越糊涂了，怎么听起来曾国贤像是早就在步家布了局似的？这么大费周章，就为了一支"木兰花令"？

她陷入思考的时候，整个人是静止的，白舸看向她一直拿在手里的药膏，皱了一下眉，正想提醒她，步明堂敲了敲门，走了进来。

"很抱歉，让你们因为步家的事情受到牵连。"他先向岑正印和白舸表达了歉意，然后致谢，"也感谢你们保护了步慌。"

岑正印站起身，往外面看了看："步慌还好吗？怎么没看见他？"

步明堂说："他没事，已经睡了。"

"他被吓到了吧？"岑正印有点担心。

"睡前他爸爸和叔叔跟他谈了心，那孩子倒不害怕，只是理解不了曾爷爷为什么成了坏人。他爸爸跟他解释了，他想通了才睡着的。"

岑正印回想起步慌跟她逃进山林前后的表现，他很懂事，但懂事的孩子通常都比较敏感，但愿这次的事不会给他留下心理阴影。

见岑正印又陷入了思考，白舸走到步明堂身边，放低声音："可以借一步说话吗？"

步明堂点头，和他走了出去。

出去后，白舸问起了关于百工坊的事。

"小时候听家里人说起过。"步明堂对百工坊的印象不深，但有一件事，却是他至今都没有忘记的。

他的爷爷在弥留的时候跟他父亲说过，他曾经参与制作了一件手工艺品，参加过当年国际上最负盛名的国际展览，那是他一生最大的骄傲。

那时他问他的爷爷，是步家的毛笔参加国际展览了吗？

爷爷摇头说不是，那件工艺品上没有一个零件是步家人做的。可是少了步家的毛笔，画家就画不出那么好的画，书法家就写不出那么好的字，那件工艺品也就有了瑕疵。

"现在我知道了，爷爷说的工艺品就是'克伊洛斯'。"步明堂的声音很轻，透着一种释然的平静。

白舸说："当初'克伊洛斯'的制作离不开步家，现在它的修复也需要步家，需要您。"

步明堂点头，眼前浮现出的是爷爷最后拉着他的手，叫他要好好传承步家手艺的画面。

隔着时空，他郑重地应允了他的嘱托。

这一夜，整个步家异常安静，虽然大家心头都有疑惑，但因为太疲倦，都睡得很沉。

整座城市渐渐沉睡的时候，W市公安局内却依然灯火通明。

负责调查步慌被绑架和曾国贤坠崖事件的小组这会儿才忙完，正准备下班。小组警员们下楼的时候，看见了匆匆离去的局长。

"赵局也这么晚啊。"一名警员说。

"赵局把我们的调查材料都调去看了，很关注我们手上这个案子。"另一人道。

赵局行色匆匆，一路将车子开到了郊区一处荒凉的地带，和等在那里的一个人会面。

"收到了我的信息，对步家事件的始末应该了解清楚了吧？"赵局问等在那里的人。

"是的。"等在那里的人神色严肃，认真听着他接下来的话。

赵局点头："这个案子没有表面看起来那么简单，我担心百工坊其他成员的安全，需要你以目前的身份最大程度上保护他们的安全，并且随时将可疑的情况汇报给我。"

"是。"等在那里的人接受了命令。

第二天，步明堂因为答应了节目拍摄，所以一大早就起了。《有忆》节目组的人也来得很早，做起了准备工作。

岑正印睡得沉，但多年形成的生物钟没放过她，准时将她叫醒。

去洗手间洗了把脸，她的手臂稍微抬一抬都酸痛到不行，都是拜昨天的遭遇所赐。

厨房里，步奶奶熬了一些粥，蒸了一些包子，还准备了几个开胃的小菜。

经过了昨天的事情，步家的人和岑正印都有点应激反应，没什么胃口，但粥里面有蔬菜和火腿，味道不错，大家都坐下吃了一些。

步慌和步忙也爬上了高高的凳子，跟大家一起吃早饭。

"你怎么吃这么快？"步忙的粥才喝掉一半，步慌的碗就已经空了，正吃着爸爸夹给他的包子。

步慌嘴里含着食物，含糊不清地回答："爷爷今天要做毛笔，我要看。"

"我也要看！"步忙赶紧埋下头，快速地喝起粥来。

步明堂笑着看他们，把自己的碗展示给他们看："不急不急，爷爷都还没吃完呢。"

步奶奶起身，又给孙子盛了一碗粥："步慌再吃一碗，多吃点，才能长得高高的。"

步慌吃饱了，但是不想拂了奶奶的意，又吃了起来。

"多吃点不一定能长高，说不定是长胖。"步忙插了句嘴。

步凡出来打圆场："哎哟，我们步忙就算胖了也还是个小美人。"

步慌挺了挺背："我就算胖了也是帅哥啊。"

这是一个阳光明媚的早晨，步家人内心残留的阴霾，在这样温馨的早餐里彻彻底底散去了。

饭后，步明堂在院子里弄起了花花草草。

步家的院子俨然是个小型的植物园，地里栽着的、盆里种着的，抽条的开花的，黄的白的红的，应有尽有，每一株都是步明堂的心头爱。

这两天他不在家，可苦了这些花了。

岑正印帮步明堂给一株君子兰松土。

"这花松土可不能用工具，要用手。手脚要轻，不能伤到根茎。"他一边说一边示范。他这双手，除了制笔写字，就用来养花，做的都是风雅之事。

岑正印有样学样，毫无怨言。

"现在很少年轻人有耐心照顾花花草草了。"步明堂笑道。

"我家里也有个花园，很多是爷爷从前种下的花，我原来也不会打理，但不想它们枯萎，就只好自己学习，自己动手了。"岑正印说。

摄制组准备得差不多了，导演喊大家："准备一下，可以开始了！"

步明堂和岑正印闻言，一起往工作室走去。

初夏的阳光照得工作室内一片明亮，步明堂静静地坐下，开始忙碌起来。

毛笔的制作主要包括笔杆和笔头两部分，仅仅是笔头的制作就需要经过八十二道工序，包括选毛、脱脂、去绒、理毛、齐毛、垫笔、清杂、汇笔、梳毛、捏笔、护笔、蹲笔、捆笔、栽笔、胶笔等。

这些步骤又大致可以分为"水盆"和"干做"。

导演组架了五台摄像机，大家也不说话，静静地做准备，静静地调度，静静地拍摄。

透过老旧的木窗，工作室里的阳光清澈，人和物都浸在阳光里，平和淡泊。

"水盆"是毛笔制作中最复杂最关键的一道工序。步明堂一手拿着角梳，一手攥着脱脂过的毛料在水盆中反复梳洗，逐根挑选，一根根分类、组合，做成刀片状的刀头毛，然后再放在水里缕析毫分。

他的手精瘦而有力，如今皮肤因为年老而皱起，动作的时候静脉弯曲凸起。

步京细致地将笔头扎裹起来，旁边的步凡正拿刀片修理着参差不齐的笔毛，下手很稳。

水盆里还浸泡着一丛丛或白或棕的笔头，放在旁边的木梳上沾着不少绒毛，在斜射而来的阳光之下，泛着一圈圈晶莹的光泽。

步京把手浸在水里，清洗那些笔头，然后滴干净水，用梳子顺着纹理小心梳开。

环境宁静平和，一切的工具和材料都简单古朴，步家每个人脸上都带着与世无争的专注。

步家的"梦笔生花"技艺就体现在"水盆"的步骤上。"水盆"中的尖、齐、轧、圆等决定了毛笔"开锋尖细，书写流利，柔而不软，刚而含蓄"。

水盆的第二步是"熥"。拔下来的毛要淋上特制的药液，放在青石板上加热，以达到去油、熨平的效果。

然后便是"梳"。经过了第二个步骤的毛要放在石灰水里浸湿，再加上苘麻，夹在专业工具上反复梳理。

最后是"齐"。将梳好的材料放在尺子上测量长短，再梳理成大小不同的笔头，放在阳台的草木灰里晾干。

中途休息的时候，步明堂拿出了那支珍藏的明代"木兰花令"。

那是一支并不怎么起眼的竹制紫毫笔，至少从材质上来看，甚至还不及"丹青笔墨"里售卖的高价仿制品。

步明堂研了磨，展开一张宣纸。"木兰花令"落在纸上，笔毫软和圆健，挥洒自如。

"明清时期，随着书画艺术的发展，毛笔制作发展到了鼎盛时期。那时制笔更注重工艺装饰。为了提升毛笔的价值，制笔的师傅们常常采用文犀或者象牙来制笔杆，雕刻装饰得极为华丽。但笔的价值不在材质，而在于书写。毛笔字，一半是人塑造的，一半是笔表现的。"他手上的笔在步家人手中流传了几世，积淀着步家人的匠心精神，也蕴含着世代相传的文人风骨。

正当他要进一步跟岑正印讲述起毛笔的演变历史时，步凡的声音从院子里传了进来。

"我不同意，绝对不行！"

岑正印朝着外面看去，见他像是在和步京争论什么。

"不能卖房子，这房子要是卖了，爷爷奶奶住哪去？"

原来为了还清债务，昨晚步京和步明堂商量过了，要把这栋老宅卖掉，但步凡一听就不同意。

步京已经做好了规划："住我那去，我跟你嫂子说好了，腾一间房给爷爷奶奶住。"

步凡道："就大哥你那大学宿舍？只有两室一厅，加上爷爷奶奶，能挤六个人？"

"我已经在筹划买房子的事了，在那之前就在宿舍凑合一阵子。爷爷奶奶住一间，你嫂子带两个孩子住一间，我睡沙发。"

步凡坚持："我不同意卖房子！这房子是我们长大的地方，要是卖了，我下次回来住哪里去？"

步京瞪他："你在你的国外好好待着，回来做什么？"

"我高兴回来就回来，你管我！"步凡站起来走开，拒绝再跟他讨论下去。

他一走，步京也陷入沉默。

步家的老宅修修补补，住过五代人，如果不是眼下已经没有别的办法，没人舍得将它卖掉。

步凡赌气，一上午都不吭声，午饭也不吃，一直在院子里削竹子。

从小到大，他只要有不顺心的事，就会削竹子做笔杆。

但是赌气无济于事，从前是，现在也是。父亲欠下的债务，他们必须想方设法地填上。

乡村的午后，草木扶疏，阳光暖醉。院子里有笔有墨，屋子里的人们却在讨论买房子还债的实际问题。

步凡不肯进屋子，一边顶着太阳削竹子，一边放飞思绪。他觉得自己要是能做出一支价值连城的笔，家里的房子就能保住了。

步京从厨房里端了一碗面条出来，坐在他身边，递给他。

步凡挪了挪身子，别过脸去。

步京把碗塞到他手里："吃饭吧，这房子我们谁也卖不了。"

步凡喜出望外："你们终于想通了！"

"不是我们想通了。"步京说，"是这房子和'梦笔生花'的品牌，早就不是我们的了。"中午和步凡说过后，他便开始着手卖房子的手续，可刚开始就把他吓了一跳。

步凡张着嘴看步京，手里的筷子掉到碗里："你这话什么意思？"

步京说："咱爸早就把这两样东西卖掉了，现在房子也好牌子也罢，全都不属于步家。"

"哥！"步凡跳了起来，手足无措地看着步京，"那我们怎么办？怎么办呀……"

原来他们早就什么都没了。

步京起身，拍了拍他："把肚子填饱了，再想办法。"

步凡的胃里像是堵着什么东西，望着那碗面，一点食欲都没有。

可是饿着肚子，又哪来的力气面对困境？

步凡挑一筷子面，艰难地咀嚼吞咽，满嘴泛苦。

兄弟二人在院子里坐着，想不到该怎么办。

"爸把房子和'梦笔生花'卖给谁了？"步凡问出了最关键的问题。

"是曾国贤。"白舸走过来回答道，得知步家的房子和"梦笔生花"的品牌都被卖出去后，他设法去查了买主，"八年前他花了一百五十万从你们父亲手上买下了这两件东西。"

步京道："'丹青笔墨'就是八年前开的，曾国贤这个人没什么积蓄，我还奇怪他的钱是从哪里来的。他能拿出一百五十万，能自己开店，怕都是有人在背后支持。"

"既然八年前就卖了，为什么没人来收房子？曾国贤的店里有卖'梦笔生花'，如果他有品牌在手，他卖的就不算假货了。"步凡想到了不合理的地方。

白舸说："我打算去一趟曾国贤家里。"

"我跟你一起去！"步凡扔下手里的竹子，忙不迭起身道。

白舸说："他家人认识你，你去不合适。"

步京建议道："曾国贤刚去世，现在他家人一定还在悲痛之中，这个时候你最好找个懂得沟通技巧的人同行。"

懂得沟通技巧的人？

白舸知道步京说的是谁了，转头看向屋内。

隐约感觉到有目光看过来，岑正印转过头，退出节目组和步明堂的谈话，走向他。

"下午有空吗？跟我去趟曾家？"白舸问。

岑正印还没开口，步凡和步京两道目光就充满信任和期许地投到了她身上。

岑正印默默地收下目光，点头道："我正有此意，你不说我还打算找你呢。"

步明堂在知道曾国贤是买主后并没有说什么，但谁都能看得出来，他对这宅子和

"梦笔生花"的不舍比步家任何人更甚。

"我把地址写给你们。"院子里就有纸笔，步京把地址写下来。

让白舸和岑正印都非常意外的是，曾家竟然在棚改区。

白舸对照着地址，问了人，才找到一栋老旧的居民楼，上了三楼敲门，却没人应。

隔壁邻居大妈听到敲门声，探出头来："你们找谁啊？"

"这家没人住吗？"岑正印问她。

大妈对邻居的情况了如指掌："有人的，一个女人带着个孩子住。别看房子破，其实挺有钱的，平时生怕露了财。"

白舸再次敲门，依然没人应，于是问大妈："您知道他们去哪了吗？"

大妈犹豫着没说话。她觉得隔壁人家有秘密，她可不想惹麻烦上身。

岑正印连忙掏钱包，这才发现自己早就没随身带现金的习惯了。

她正尴尬，旁边的白舸拿出一张一百块塞给大妈。

"大妈，我们是这家人的亲戚。您要是知道他们去哪了，麻烦您一定告诉我们。"

大妈捏着钞票验了验真假，收好："那个女人带着孩子，中午拖着个行李箱出门了，我看家里翻得乱七八糟的，像是不准备回来了。"

白舸回头看了眼破旧的房门，用力推了一下，发现门锁都坏了，根本没锁上。

里面的确翻得一团糟，衣服和日用品丢了一地，只把值钱的东西带走了。

大妈判断得没错，住里头的人是没打算回来了。

"去机场。"白舸快速地做出判断，和岑正印快步下楼。

岑正印虽然也觉得曾妻很有可能是带着孩子远行，坐飞机的可能性最大，但他们不知道曾妻几点的飞机，也有可能飞机已经起飞了，去机场也只是碰碰运气。

可白舸似乎有些门路，到了机场后，在工作人员协助下，他们竟然真在机场的快餐店找到了曾妻。

曾国贤的孩子拿着汉堡狼吞虎咽，间隙一口气喝掉半杯可乐，看起来又饿又渴。

曾妻知道了岑正印和白舸的来意，三缄其口。

岑正印耐心地跟她说道理谈情面："曾国贤毕竟在步家做了很多年，看在他的苦劳上，如今他尸骨未寒，步家不会为难你和孩子，但如果你连知道的都不愿意说，恐怕步家就只能通过其他途径弄清楚事情的原委了。曾国贤涉嫌非法放贷以及绑架，如果步家又报警说他以不法手段侵占财物，警方调查起他的资产来源，你还能清清静静过日子吗？"

曾妻紧握着一杯果汁，想了又想，终于被岑正印说动："'丹青笔墨'的店铺不是国贤的，他也是给别人办事。"

"别人是谁？"白舸问。

"我不知道。"曾妻回答，"他没告诉过我，也不让我问。我只知道对方之所以看中他，是因为他在步家做过工，跟他们家人都熟悉。那是国贤帮他们办的第一件事。当时步远游很缺钱，到处找人借，也找了国贤，但是国贤哪来的钱借给他？后来就有人找到了国贤，要他出面，以一百五十万的价格从步远游手里买下步家老宅和'梦笔生花'。所以房子和品牌虽然都是国贤买的，但并不在他手上。"

"曾国贤平时和这个人怎么联络？"

曾妻说："很少见面，大部分在网上，或者通电话。"

现在曾国贤死了，这个人也就隐匿了。

这样看来，曾国贤的死就有更多疑点了。

"你知道曾国贤为什么会在山林里坠崖吗？"岑正印试探她。

曾妻垂着头："他的毛笔加工厂在那附近，上山的时候不小心失足摔了下去。"

她说这话的时候没有过多的悲伤，言辞镇定，但眼神闪躲。虽然她也对曾国贤的死因存疑，但是她不愿意追踪，她更希望早点和儿子去国外开始全新的生活。

于是，说完这些，她借口登机的时间快到了，拽着孩子快速地离开了。

目的达到，白舸和岑正印也离开机场。

"按照曾国贤妻子的意思，是有人指使他买下了步家老宅和'梦笔生花'，想要借此来控制步家。我和步凡被曾国贤关在毛笔加工厂的时候，曾国贤说他要用'木兰花令'去修复字画。难道这个神秘人控制步家，也是这个目的？"来到停车场，岑正印坐上车，看着窗外，自己做猜测。

白舸系好安全带，问她："你听说过那林吗？"

岑正印的视线从窗外的风景移回来，疑惑地看向他："那个在近年间接连攻击了好几个国家的博物馆，盗走了重要展品的国际犯罪团伙？你怎么会怀疑他们？"

白舸看着前方的路："能够有实力做成这些事的，只有他们。"

"可是步家为什么成为那林的目标？'梦笔生花'也好，'木兰花令'也罢，虽然都很有价值，但我觉得就凭这两点根本入不了那林的眼。"

白舸淡然地说了一句："也许那林需要步家的笔修复名画。"

岑正印也系上安全带，在锁扣落下的瞬间叹息了一声："步家没了房子，没了'梦笔生花'，还欠了那么多债，以后要怎么办？"

今天的天难得干净透亮，是如琉璃一般的蓝色，可笼罩在他们心头的，却有一团阴霾。

车子刚刚发动起来，岑正印的手机就响了。

洪叔在电话里说："大小姐你还没忙完工作吗？什么时候回来？小少爷今天接了一单奇怪的生意。"

"怎么了？"见岑正印神色有异，白舸小声地问她。

"洪叔你先别急，我现在就回去。"岑正印对洪叔说。

这里离翰林街倒是不远，白舸听她这么说，改变了方向，开去有方斋。

"你没问对方的姓名吗？没问清楚你怎么能接呢？这单生意倒是奇怪了……"岑正印推开门，就听见洪叔苦闷的声音。

"怎么了？"岑正印走进门问。

洪叔正矛盾这件事该怎么处理，看见岑正印等于看见了救星："大小姐你回来就好，你过来看看。"他说着将一叠文件递给岑正印。

首先是一份甲方已经签了名的转让合约，受让方是有方斋。

看见转让物内容时，岑正印的心中一惊。

因为那是她和白舸前一刻还在追查的——"梦笔生花"的品牌商标。

岑正印问："这合约哪来的？"她往后看，又看到了步家老宅的房产证。

洪叔说："小少爷下午接了一笔订单，这是对方给的报酬。"

"什么样的订单？对方自己来店里的吗？"

岑正阳回答她："他让我做一件玉器，我答应了。"

洪叔说："我下午去学校接小念放学，回来才知道小少爷接了这么个单子，对方没留姓名，连联系方式也没留下。"

合约上的甲方签名太草，难以分辨。

至于乙方，既然写的是有方斋，自然就是有方斋的法人，也就是岑正印。

岑正印很着急，抓着岑正阳问："对方长什么样子，大概多大年纪，他跟你说了些什么？"

"不知道，真的不记得。"岑正阳说不清楚下单的顾客长什么样子，除了说对方是个男人，高高瘦瘦之外。

不过其实就算能认出来人也没用，对方很可能只是个办事的。

看完所有的文件后，岑正印反而镇定了下来："洪叔，正阳还要麻烦你照顾，我今天无论如何要回去一趟步家。"

洪叔应下来："家里和店里的事你都放心。"

岑正印抱着一叠文件走出有方斋，从包里找出车钥匙才意识到自己的车还在家里。

"我车在后边。"白舸提醒她道。

岑正印却说："你从长岭镇开过来已经累了，现在天色又晚，就回家休息一晚吧，我自己打车过去。"

"你打得到车？"翰林街的路段，打车本来就难，而且大晚上跑去穷乡僻壤，除非出高价，否则很多出租车司机都不愿意。

白舸果断开口："我送你。不想让我站在这里陪你浪费时间和精力，就别再犹豫。"

连夜开车回长岭镇，岑正印一路上都没有说话。

白舸发现，除了公事外，她遇事很少跟人沟通，通常也不问任何人意见，习惯自己思考，自己做决定。而且她陷入思考的时候，所有感官会全部打开，生怕因为太投入而漏掉了什么信息，特别容易被惊动。

前方绿灯转红，白舸故意不减速地刹了车，车身震动，果然让岑正印从思考中抽离了出来。

"还没想清楚？"他问她。

"啊？"岑正印的思维还没有切换回来。

"我问你想清楚了没有。"白舸重复了一遍。

岑正印将手放在包里的那份文件上："这件事不是光靠想就能清楚的，我只是在考虑该怎么把东西还给步家。"

红灯转绿，白舸将车子平稳地驶出去："你想悄无声息地还回去不是没有可能，但事后步凡或者步京一查就知道。到时候你怎么解释？更重要的是，我觉得'梦笔生花'在你手里也不是坏事。"

"你觉得我会保护它？"岑正印问，"如果真像你说的，是那林找上了步家，我为什么要冒险保护他们？对我来说这叠文件带来的不是利益，而是危险。我答应了爷爷会照顾好正阳，我不能让他因为我有任何危险。"这才是她方才一度惊慌失措的原因。

白舸说出自己的想法是想帮她，但毕竟易地而处，他根本无法洞悉她的顾虑。

等回到长岭镇，该怎么跟步家人说，又该怎么做？现在弃步家于不顾，真的就能让岑家从中抽身吗？岑正印闭上眼，依然无法在脑海里理出一个头绪来。

等回到长岭镇，夜色已经深了，可步家人一个都没有休息，都在等他们的消息。

"怎么样了？你们见到曾国贤的家人没有？有结果吗？"步凡性子最急，最先朝他们发问。

岑正印把手里的文件袋递给他。

"这是什么？"步凡一边问一边打开袋子，等读到了文件的内容，又一脸震惊地看向岑正印。

步京不明就里，也过来看。即便他比步凡稳重得多，脸上也露出了震荡的神色。

"事情是这样的……"岑正印决定如实地把事情经过说给他们听。

步明堂到底见过无数风浪，所以反应不像步家兄弟二人那般激烈，即便步凡把文件拿给了他，他也出于礼貌没有看。

"我会把宅子和'梦笔生花'都还给你们。"岑正印说。

步明堂没让他说下去："远游把它们卖掉换了钱，这是合理合法的交易，你弟弟帮客人做玉雕，收下它们做酬劳，这是天经地义。我们不能白拿你的东西。"

岑正印无奈地笑："可它们在我这里，对我而言并不是什么好事。"

步明堂了然，也笑得无奈："我只是说不能白拿，没说不能买回来啊。不过你知道我们家的情况，我们一时半会儿拿不出太多的钱，恐怕需要分期付款了。"

他们去见曾妻这段时间，步奶奶已经把步家能拿出的钱全都算了一遍，两位老人家的存款、家里可以卖的值钱的东西等等。

步凡想出一份力，但是他的私家侦探社是两年前和朋友合开的，赚了一些钱，因为不知道家里的情况，他花得差不多了，唯一能变现的只有那辆跑车。

步京把原本打算买房的存款拿了出来，可步明堂把银行卡推回去还给了他，说步慌、步忙还要读书，他的钱必须留着。

七算八算，整个步家能拿出的钱竟然只有六位数。

"就这么说了，这几天我们把首付款先转给你。"步明堂拍一下膝盖，站起来跟步奶奶一起回房。他的脚步有点沉重，步奶奶搀着他。

明晃晃的月光照着，照得整个步家一片凄怆。

步京失眠了一整晚，而步凡更是靠着床头坐了一整夜。

天一亮，兄弟二人不约而同地走到了岑正印的门口。

"你干什么？"两人又异口同声地问对方。

步凡先说："我想过了，爷爷说分期付款的确是个办法，但他肯定不会牵连我们，一定会自己扛下来，但是就靠他在网上帮人制笔，要辛苦多久才能把钱还上？而且等那时候将品牌买了回来，步家已经一穷二白，守着'梦笔生花'还能做什么呢？虽然爷爷这些年从来不提，但是我知道他最大的愿望是'梦笔生花'的店能再开起来。店要是真能开起来反而是好的，有了店铺我们就能多做点生意，也能更快把钱还上。"

步京打断了他:"可是目前的情况下,开店根本是不可能的事,爷爷奶奶照顾不上来,我们也凑不齐启动资金。"

步凡忙说:"还有我跟哥你啊!"

步京指出:"你不回美国去了?"

步凡很肯定地回答:"不回了,以后我哪也不去,就在家里。"

"爷爷不会答应的,步家这么多辈,也就出了你这么一个留洋的。"

"腿在我身上,我不愿意走他难道能赶我?"步凡快速地说,"至于启动资金的问题……我想过了,反正我们都欠岑正印的,索性再多欠点吧。她现在跟我们在一条船上,总不至于丢下我们不管。"

步京明白了他的意思:"你想让她投资?"

"她来投资,可以分红,我们欠她的钱也能快一点还上。"步凡总是把事情往好的方面想。

步京知道想要岑正印帮忙,没那么容易。

"哥你也是这么想的对不对?你跟我来找正印的目的是一样的吧?"步凡问自己哥哥。

步京没说话。没错,他来敲岑正印的门,怀揣的想法跟步凡一样,不过当时没想那么多,现在想清楚了,愈发觉得能实现的可能性不大。

岑正印打算把东西还给他们,说明她急于和步家撇清关系,现在又怎么会答应他们的要求呢?

步凡不想这么多,他通常有想法了就去做,所以步京还在犹豫时,他已经敲响了岑正印的房门。

"我跟我哥有话想跟你说。"看见岑正印,步凡开门见山。

岑正印说:"你们刚才说的,我在里头都听到了。"

步凡满是期待地问:"你会答应的吧?"

"我不答应。"岑正印的话一锤敲碎步凡的期待,"昨天我就说过了,'梦笔生花'会为我带来麻烦,我恨不得马上把它还给你们。你们要开店是你们的事,我绝对不会投资。"

步凡呆住了,他没想到她拒绝得这么干脆。

岑正印把话说完就要关门,步凡伸手按在门框上,幸亏岑正印及时停住才没夹到他的手。

"你不想要手了?你怎么讹我都没用。"岑正印生气了。

步凡依然不松手:"怎么样你才肯答应?"

岑正印依然决绝:"怎样我都不答应。"

步凡的脑子转得快,一下子就想明白她的顾虑:"无非是因为曾国贤死得不明不白,他背后的人又还没现身,你担心受到牵连。大不了以后我当你的保镖,只要有我在,不会让你有危险。"

"步慌的事怎么解释?没错你身手好,你可以保护自己,甚至可以保护我,但是我们的家人呢?如果同样的事再来一次,你能保证还像上次一样幸运?"

步凡被问住了。

他无所谓,步京也无所谓,但是爷爷和奶奶、步慌和步忙怎么办?是"梦笔生花"

重要,还是家人更重要呢?

步凡的手渐渐从门框上松开。

岑正印深深地看他一眼,关上了门。

她转身走到窗口,看着步家兄弟二人落寞地走过院子。

今天的阳光之上,有乌云。

虽然岑正印拒绝了步京和步凡的请求,但是《有忆》节目的拍摄还得继续。今天过后,《有忆》关于步家的部分将拍摄完毕,因此步明堂、步京和步凡齐上阵。

岑正印看监控器,觉得画面里的人有点告别的意思。他们大概都接受了现实,知道"梦笔生花"的辉煌不可能再有了。

拍摄完毕,节目组在收拾东西,准备离开了。

岑正印却还在步明堂的工作室内流连,抚摸那些制笔的工具,看步家人写的毛笔字。

她以为工作室就她一个人了,没想到白舸也在。

"大家都在准备离开了,你怎么不去收拾收拾?"白舸问她。

岑正印笑道:"我没什么可收拾的,随时都可以走。"

"是不是除了岑家和有方斋,其他任何地方对你的意义都不大,你随时离开都不会有眷念?"

"可以这么说。"换成别人被说得这么冷漠,大概会生气吧,但岑正印没有。她只是冷淡,并且觉得冷淡不是坏事。

"那你刚才在看什么?"

"我只是想起了自己。当年的我和步凡一样,别人都告诉我放弃,把有方斋卖掉,卖掉就能有钱读书,有钱跟弟弟好好生活了,可我就是不愿意,死扛着。"那时候为了考到奖学金,她读书读得两腮凹陷双眼发直,为了不让自己倒下去,只好尽可能地多吃东西补充营养,但压力太大,补充的营养根本赶不上消耗。

"你想起了自己,然后呢?"

"然后我就更明白,人无论什么时候都只能靠自己,千万别奢求别人的帮助。"岑正印转身,准备离开工作室。

"你这样走了也无济于事。对方已经找上了你,你现在逃已经迟了。"

白舸的话让岑正印的脚步顿了一下,但也仅仅只是一下,她依然走了出去。

风起,将写满毛笔字的宣纸吹起来,白舸拿砚台压了压。

工作室外,小小的步慌跑来找岑正印,抱着她的腿问:"姐姐,你们要走了吗?"

岑正印蹲下身,抚摸他小小的脑袋:"是啊,姐姐该走了。"

步慌眨着眼睛:"那你什么时候再来?"

"可能要很久以后吧?"

步慌对"很久以后"没概念:"你再来的时候我做毛笔给你看啊,现在是爷爷和爸爸做,要不了多久,我就也会做了。"

岑正印问:"步慌不想和步忙一样去电视里的地方看看吗?"

步慌笑了:"想啊,是要去看看的,但是看过以后就回来。"

岑正印把他抱起来："你还记得我们在山林里遇到的坏人吗？还害怕吗？"

步慌点了点头，又摇了摇头："不害怕了。爸爸说那些坏人想要偷我们家的毛笔，但是就算让他们偷走了也没关系，只要双手还在，我们就能再做出来，做出更好的来。"

岑正印眼睛发酸，低着头。

她想起考奖学金那段时间，因为太苦太累她也想过放弃，当时她问岑正阳有没有想去的地方，等她考完试就带他去旅行，但岑正阳说待在家里就很好了。

他喜欢玉雕，在玉雕里找到了更加缤纷多彩的世界。

她极力想要保护的人，其实想法非常单纯。

"姐姐，说好了，你下次来的时候，我做笔给你看。"步慌伸出手，要跟岑正印拉钩。

岑正印钩上他的手指，忽然改变了主意。

也许她真的逃不掉，也不该逃。

东西收拾好，节目组要离开长岭镇了，步家的人都来送行，步京和步凡帮着搬东西上车。

"我们保持联络，我会尽快把首付款打给你。"步京说。

岑正印说："过两天我会再来的，除了找你拿首付款之外，我们需要坐下好好谈谈开店的事。"

"你不是不打算帮我们吗？"步京很惊讶，"怎么会突然改变主意？"

岑正印自己也觉得惊讶。自己的态度原本是很坚决的，怎么就因为步慌这个小孩子的话而改变了呢？

"因为我真的希望有一天能看到步慌制笔。"她笑了笑说。

"啊？"步京愈发困惑了。

岑正印看一眼跟步忙在院子里玩耍的步慌，笑容更甚："把'梦笔生花'重新开起来吧，这样你们有个赚钱的途径，能更快把欠我的钱还清。我愿意投资你们也不是没条件的，步凡必须在店里坐镇，虽然他的手艺还差了一点，但长得还不错，作为活门面都能吸引不少女性顾客，我的分红也能多一点。"她不是开玩笑，她说得很认真。

步京愣住了。转机来得太快，他的脑子都还没转过来，想着要说什么，却什么都说不出来，一副瞠目结舌的表情。

岑正印上了车，跟大家一起回W市。

坐在她身边的导演跟她交流起节目拍摄的情况，以及后期的剪辑。

她没有空间一个人思考，也就不用想太多了。

天黑前他们回到了W市。

这段时间为了拍摄顺利，大家几乎没怎么睡好觉，所以岑正印给大家都放了一天假，让大家回去休息。

而她自己一到家，就开始盘算起了开店的事情。

首先要解决的问题是找铺子。

翰林街刚好有一家铺子要对外出售，岑正印看到过价钱。她算了一笔账，发现还差一笔钱。

前年她看中时机，买了一栋房子，这两年涨了不少。

她将房子挂牌出售，价格低于市价，但要求买主一次性付清房款。

把卖房子的钱也加进去，启动资金还差了那么一点点。

从前也有过这样的时刻，她每花一笔钱都要算得清清楚楚，到了月末还是要东拼西凑才能交上有方斋的水电费。

所以看见她坐在那里看着计算器发愁，岑正阳就明白是怎么回事了。

他得帮帮姐姐才行啊。

眼睛一转，他偷偷打了个电话，然后决定明天早点让姐姐送他去店里。

洪叔一般是早上八点到有方斋，开门，然后打扫卫生。

因为他的细致，也归功于他的洁癖，有方斋里真正是一尘不染。

不过今天洪叔到了店门口，却发现门已经开了。

岑正阳正在仔仔细细地擦拭那尊"醉猫"玉雕，还特意找了一个精致的盒子。

"这是有顾客看中了要买？"洪叔觉得今天可算看见稀奇事了。这尊岑正印雕刻的作品不是没人买，只不过之前是岑明东不愿意卖，之后又被岑正阳当成宝贝，放在店里有十几年了。

"嗯！"岑正阳今天心情特别好，始终笑嘻嘻的。

"是要卖给谁啊？"洪叔过去，帮忙把"醉猫"放进盒子里。真要卖出去了，他也舍不得了。

岑正阳听到车辆驶近的声音，看向外头说："来了。"

洪叔转头，看见白舸从车上走下来。

白舸昨晚接到岑正阳的电话，叫他今早到有方斋来，说有大事，很重要的事，叫他一定要来。

"给你。"见到白舸，岑正阳就将装在盒子里的"醉猫"递给了他。

白舸接过盒子，看清楚里面的东西。

"是卖的。"岑正阳说，然后说了个价钱。

洪叔听了，下意识地吞咽了一下。

"醉猫"的选料普通，再加上岑正印当年的手艺还不精进，"醉猫"顶多算个有趣的工艺品，这价格……等同"打劫"。

白舸没接受，也没拒绝，他有点没反应过来。

岑正阳生气了："这是姐姐最喜欢的作品，你如果不要，我就去卖给别人，你别后悔。"

白舸更反应不过来了。

洪叔觉得有方斋上方的空气……很尴尬。

"他是个小孩子，你别跟他计较。"他把白舸手里的玉雕拿走了。

岑正阳垂下头，心情很低落。

"为什么要把你姐姐的作品卖掉？"白舸走到他身边问道。

岑正阳的声音低沉："因为姐姐遇到了困难……"

"怎么不选其他的物件来卖？"

"每件玉器都有意义，都要托付一个合适的主人。"

白舸给他说愣了。

岑正阳看着他,特别诚恳。

"你姐姐呢?"白舸问。

岑正阳指了指外头。

洪叔解释:"向右走第三家店铺要对外出售,大小姐似乎有兴趣买下来,应该是过去谈了。"

白舸刚想过去看看,就听见顾好的声音从外面传来,下一秒,她跟岑正印走了进来。

"我才知道这条街上的店铺竟然这么贵,老板你为什么要买铺子?这个时候做投资不划算吧?难道有方斋要扩大经营?可是你还差二十多万呢,我怕那店主看你有意购买又要涨价。"顾好还在念叨着。

二十多万不难筹集,把有方斋或者家里的古董玉器卖一卖应该不成问题。岑正印进门的时候在低头想事情,等到看见一双长腿,才意识到有方斋里站了个除洪叔和岑正阳以外的人。

"你怎么来了?"她抬头问白舸。

"来买东西。"白舸淡然回答。

"买什么?"岑正印刚问出口,就看见了装在盒子里的"醉猫"。

"这件玉雕不卖!"她连忙要把"醉猫"收起来。

白舸先她一步拿到了盒子:"已经成交了。卖出去的东西,哪有收回去的道理?"

岑正阳在一旁点头附和:"嗯嗯嗯,已经卖出去了。"

"不行,我……"岑正印还想挽回,但白舸已经捧着"醉猫"走了。

她追出去,可惜走得没有白舸快,等到追到他停车的位置,他已经发动引擎开车走了。

"叮咚"一声,岑正印手机里进来一条银行信息,显示白舸已经把买"醉猫"的款项打入了她的账户。

她看着手机,这笔钱倒是解决了她的燃眉之急。

白舸捧着"醉猫"回家,洗澡换衣服。

几天没回家,家里落了一层灰,沙发上来不及洗的衣服还在那里堆着。

之前的钟点工不做了,他最近太忙,也来不及找新的。

他把脏衣服塞进洗衣机,抬头看见桌上的"醉猫"。

放在哪里好呢?

那只猫睡得舒舒服服,一定在做很甜很美的梦。

客厅的电视机柜上放着一个超人手办,手办旁边还有个空位,他把"醉猫"从盒子里取出来,放在威武正义的超人旁边。

沉睡的小猫咪从此就有超人守护了。

钱的问题解决了,但是最近房子一天一个价,翰林街的店铺自然也不例外。

最不可思议的是,除了岑正印以外,还有人看中了那间对外出售的铺子,而且还愿意加价购入。

"明明我们之前就谈好了,可是现在业主简直想搞个竞拍会,根本是个奸商。"顾好把店主骂了一通都觉得不解气。

"不过我还是把店铺买了下来。"顾好又说。

岑正印无声地用眼神询问她怎么回事。

顾好解释:"池总知道你想买铺子,就去跟业主谈了。还是他有办法,业主最后还是原价卖给了我们。"

"池枫怎么知道这事?"

顾好吐了吐舌头,承认自己打了小报告。

谈判这种事,池枫最在行,不过可不是什么谈判都劳得动他。

看来寻访百工坊的事,池家是有心插手了。

两天后,岑正印去步家商量开店的具体事宜,步明堂请了当年"梦笔生花"的老师傅们来步家喝茶。

一屋子坐着的人,都顶着花白的头发。

而站着的都是年轻人,步京、步凡、岑正印。

步明堂想了两天,决定接受岑正印的提议,把"梦笔生花"重新开起来。他需要把当年的老师傅们请回来,于是就叫步京去联络,一通一通地打电话。

这些老师傅们看着步京和步凡,就仿佛看见了步远游,眼睛里充满了不信任。

老师傅们早就退休了,大部分在家弄孙为乐。步明堂知道要想说服他们帮助步家,只有自己出山。

这个"茶话会"一直开到傍晚,步家兄弟俩搀扶着这些老师傅们走出步家的院子,分别开车把他们送回家。

夏日的云霞是橙色的,经年不变,容易让人想起从前。

很多年前,步明堂尚值壮年,步远游年轻,而步京、步凡兄弟都还很年幼。

那是步家最好的时间,但很快就过去了。

可轮回循环,生生不息。人还在,就好像时光没走,年华依旧。

这些老师傅们不约而同地拍了拍步京和步凡的手。

岑正印帮忙收拾茶具。

步明堂今天的这杯茶可不好喝,还好她向来从容不迫。

她知道步明堂在告诫自己,也在考察自己。

"梦笔生花"是否可以暂时托付给自己,自己到底值不值得信任和合作?

老师傅们对于步京、步凡的疑虑,步明堂对于她的疑虑,都需要在时间里找答案。

开店的事终于定了下来,步凡决定留在国内,帮助爷爷照顾店铺,而老师傅们也同意回来帮忙。

这是个好的开端,岑正印稍微松了一口气。

岑正印很忙,作为中森卫视的当红女主播,她不但工作不断,各种邀约也是应接不暇。

这天,有人请她去参观一个私人的现代艺术展。

岑正印对这个人的艺术品位持怀疑态度,但毕竟有人情关系在,还是得去捧场。

对着一些连基本构图都有问题的画，岑正印百感交集。

似乎有人比她还要百感交集，但面对其他人对展品的夸奖，他依旧维持着标准的微笑，不肯定也不否定。

他也看到了她，风度翩翩地朝她走过来："好久不见。"

岑正印笑笑："没有多久。"

池枫舒适地双手插兜，愉悦地说："一日不见，如隔三秋。"

他不常贫嘴，在她面前除外。

"谢谢你的帮忙。"想起翰林街店铺的事，岑正印向池枫道谢。

"你要谢我的还不止这一件事。"池枫说着，掏出手机，给岑正印看屏幕上的一张图片。

"这是……"

"是苏纳德拍卖行卖出的一个外粉彩内青花的花卉碗，名字叫作'举案齐眉'。我爸看过了，说这东西是出自周家的。"

通过这只碗，也许能找到周家的人。

看完图片，岑正印扔下展览的主办人和其他参观者，和池枫直奔苏纳德拍卖行而去。

拍卖行采取会员制，高墙将其与外部隔绝，为了增强私密性，设了两道门。一道门在路边，刷脸才能进，过了第一道门，便是一个楼阁。车子交由服务生去停，客人步行穿过院子，过了第二道门才能抵达里头的庭院包厢。

这里除了是拍卖行，还是商界名流、政要、娱乐明星们聚会或者洽谈的首选地。

苏纳德的老板洪石亲自出来招待池枫。

"你这是从哪弄到的照片？"看过照片后，洪石问。

"无意中获得的。这碗现在在哪？"

"卖出去了啊，这都好几年前的事情了。"洪石回答得干脆利落。

池枫问："卖给谁了？"

洪石往那一坐："这我可不能说。"

池枫又问："那你这碗是哪来的？"

洪石抬高一边眉毛，端起茶碗："收来的啊。"

池枫坐到他对面："我们这么多年交情，你给句实话。"

洪石专心品茶，一语不发。

岑正印说话了："该不会是特殊渠道收来的吧？"

池枫点头："看来得查查。"

洪石的一口茶差点没呛着，放下茶杯，指指池枫，又指指岑正印："瞧瞧你们这一唱一和的！"

池枫和岑正印都不吭声了，暗示他赶紧说实话。

洪石道："这碗是从周桥村出来的，又被周桥村的人给买了回去，但卖的和买的不是一家人。中间有什么门道，我就不知道了。"

周桥村以瓷器制造闻名，村中制瓷的人家以章家为首。洪石既然说出了周桥村，那自然是指章家了。

"怎么着？你们对这碗有兴趣？"洪石问。

"我们对跟这只碗有关的人有兴趣。"池枫回答道。

从苏纳德拍卖行出来，池枫请岑正印吃晚饭。

用餐的地方是一家高档的私人菜馆，装修得很是奢华。

池枫这个人很注重仪式感，吃饭这件事对他来说，环境氛围远远比食物的口感味道重要。当然，一般环境氛围能达到他要求的餐厅，食物的味道也不会太差。

服务生陆续将他们点的餐端上来，他们安静地吃饭，偶尔闲聊两句，间或默契地举起红酒杯碰一碰。

岑正印生出一种他们已经相濡以沫很多年，依旧相敬如宾的错觉，不禁笑了一笑。

她抬头，无意中瞥到了一个人影。

白舸今天难得衬衫领带配西装，穿得很正式。

他在跟一位年纪稍长的男士吃饭。

年长的男士在说话，白舸脸上没笑意，偶尔还有点走神。

他们吃得差不多了，年长的男士要先走，白舸起身送客。他站在那里，修长挺拔，吸引了岑正印全部的注意力。

大概是她的眼神太焦灼了，白舸意识到，也朝着她看过去。

她很自然地眯着眼朝他笑了一下。

白舸跟对面坐的人聊完，饭也吃得差不多了，于是买单离开了餐厅。

没走多远，听见了身后规律而快速的高跟鞋声，他回头，看着岑正印走到他跟前，眼神和他对视着。

"池枫呢？"他往她身后看了看。

"还在餐厅啊，我说电视台有事，就先出来了。"

白舸眉头一蹙，捏着领结微微用力松了松。

他缓步往前走，岑正印跟着他。

她发现他的脸色阴沉，情绪不好，忍不住问："跟你吃饭的是谁？"

他们不算太熟，她这样问是不是逾越了？问完之后她才慢慢意识到。

白舸似乎没觉得她问的有什么不合适："我父亲的……同事。"

岑正印没追问更多，想起刚才餐厅里的情形："你是不是没吃什么东西？我知道旁边有家不错的店，一起去？"

白舸没拒绝，于是岑正印走上前，偏了偏头，示意他跟上。

他们去的是一家面馆。

岑正印似乎对店里很熟，直接走到取餐口朝着里面说："大叔，两碗银鱼拉面！"

老板忙得头都抬不起来："好嘞，你自己找地方坐啊！"

点完了餐，岑正印顺手拿了两小碟海带丝、榨菜、碎萝卜干、豆腐乳等配菜，和白舸在靠窗的位置坐下。

岑正印倒水烫杯子和筷子："那件醉猫玉雕……"

白舸拿着她烫好的筷子，又放好水杯："就当我为'梦笔生花'出一份力。"原本步家的责任应该他来分担的，但岑正印抢在了他的前头。

"拉面来了，慢用啊。"老板端着托盘走过来，把他们的面放在桌上。

白舸把筷子递给岑正印。

银鱼拉面，主要食材就是银鱼和面，配菠菜、豆芽和胡萝卜，看起来并没有什么特别，但是尝一口就知道美妙所在。

岑正印低头挑面，脸在热气中氤氲起来，笑着问："我们从前在海边见过的事，你是不是还没想起来？"

白舸看她："给点提示。"

岑正印尝一口拉面，嘴角更加上扬："你以前是不是有一辆特拉风的摩托车？"

怎么她连这个都知道？

"看来你是真的忘了。"岑正印有些失落。

"我的摩托车只开了一年，我记得我只带过一个女孩子。"白舸说，"一个想不开跑到海边的女孩子。"

"我没有想不开，我只是想在海边吹吹风而已！"岑正印再次为自己辩解。

白舸低头吃面，微不可查地露出一丝笑容。

"当时爷爷过世，我很难过，所以就走去了海边。即使你没有把我带走，我也不会跳海的，我答应了爷爷会好好照顾正阳。"岑正印说着，似乎想起了那段时光，眼睛里多了一丝惆怅。但她很快隐去，继续享用眼前的美食。

白舸停住筷子，认真地盯着她看了一会儿。

他还记得那女孩哭的样子。

思维泡进旧时光里，变得沉甸甸。

吃完面，老板送了他们一碟水果拼盘。

"面的味道怎样？"岑正印问白舸。

"不错。"白舸言简意赅地回答。

"这家店是我的秘密基地，一般人我可不轻易带他来。"岑正印从水果拼盘里拿了瓣橘子。

橘子太酸，她皱起了眉头，白舸见了，便放弃了橘子，拿了颗樱桃："你弟弟也没来过？"他之所以立刻想到了岑正阳，是因为刚才她问他面的味道怎样的时候，他的脑海里忽然浮现出了那天吃到的她煮的面，以及面底下的荷包蛋。

岑正印慢悠悠地说了句"他不常出门"，又拿了一瓣橘子要往嘴里塞。

"还吃？"白舸好心提醒她道。

岑正印这才回过神来，看一眼橘子就牙齿泛酸，连忙放了回去。

白舸有点无语："跟我说话，需要这么专心？"

岑正印"咕咚"地吞下了半颗樱桃，这时候倒巧舌如簧了："不是需不需要专心的问题，是你身上的吸引力让我不得不专心。"

第三章 / "破镜能重圆"的铜瓷周家

BRIGHT SECRET

既然知道"举案齐眉"在章家,岑正印自然要去一趟周桥村。

池枫给她打电话,说要一起去:"线索是我帮你找到的,我当然要陪你去,我得对你的安全负责。周桥村不简单,还是小心为妙。"

岑正印问他:"你是不是从洪石那里打听到了什么?否则为什么说周桥村不简单呢?"

池枫已经到了门口,摁了门铃。

岑正印也已经准备好了,走出家门。

"三十年前,周桥村还是个要坐长途汽车到县城,再翻越一个山头才能到的偏僻山村。现在村里的柏油路能通到家家户户门口,你觉得是凭借什么?"池枫看着岑正印上车,问她道。

岑正印系好安全带:"凭借瓷器制造业和旅游业啊。"

池枫笑了笑,发动车子:"三十年前有多少普通百姓肯花钱倒腾瓷器?章家的第一桶金来自制造仿古瓷器。他们和当时承包国营瓷厂赚了钱的人合作,组建作坊,专仿元、明、清官窑瓷器。直到今时今日,仿古瓷已经是周桥村的一大特色,大路货可以公开买卖,但是一些高仿品依然连专家都可以骗过,以真品的形式流入市场。"

仿制品并不稀奇,之前他们在步家也遇到过。可周桥村整个村都做一门生意,水自然比步家要深得多。

周桥村很出名,所以跟着导航就能轻松到达。

村口停着好几辆大巴车,一看就是旅行团的。

最近不是旅游旺季,但村里依然游客如织。

整个周桥村是一个大型的瓷器市场,沿街都是瓷器铺子。

池枫和岑正印走进了一家叫作隽甯祥的瓷器店。

这家店是章家开的。在周桥村,章家的名头最大,所以游客来到这里,买瓷器认准隽甯祥。

隽甯祥的格局是一间古典四合院,最外头两间屋子卖的都是寻常的物件,价格不太高,游客看见喜欢,大多数会倾囊购买。

池枫和岑正印在店里看了不少时间。

"二位想买点什么呢？"一个掌柜模样的中年男人走过来问他们。

"瓷碗。"池枫的视线从一个青釉碗上移开，回答他道。

掌柜眼瞅着青釉碗："这件您不喜欢吗？"

池枫摇头，和岑正印迈步走开。

"您稍等。"掌柜叫住了他，在前面引路，"二位这边请。"

说着，他将池枫和岑正印二人带到了里面的一间屋子。

这间屋子的布置更加高雅，摆放的瓷器稀少，但件件都是珍品。

掌柜让池枫看一面博古架上放着的几件碗盏："您看这些怎样？"

池枫拿起一个青白瓷的斗笠碗，胎骨洁白，瓷胎薄腻，造型秀美，轻轻敲击，能听到清脆的响声："湖田窑的。"

掌柜发现他不仅是个有钱的主，还是个识货的行家。

博古架上还有另外两件碗盏，池枫也拿起来看了看。

掌柜等着看他究竟选中哪一件，不料他却说："这上头的物件，我全都要了。"

掌柜先是讶异，后是觉得好笑："您说笑了，这几件东西加起来……"

"这些应该够了。"池枫修长的手指夹着一张支票，递给掌柜。

掌柜看见上面的数字，把后面的话全咽了下去。

池枫随即又递了一张酒店的名片给他："麻烦你们帮我把东西送到这个地址，打这上面的电话，我的助理会签收。"

掌柜恭恭敬敬地接下名片。

"走吧，我们去别处再找找。"池枫对岑正印说。

掌柜听到了这一句，愣了一下之后连忙追上前："您二位对这些东西都不满意？"

池枫笑笑，没有作答。

掌柜看出其中有名堂，四下瞄了一眼，低声问："敢问您究竟想找什么？"

池枫拿出"举案齐眉"的照片，放到掌柜眼前："我们找它。"

掌柜的眼神极好，认出那不是普通的物件："这东西现在没有。"

他不直接说"没有"，而是说"现在没有"，话里有玄机。

池枫把照片放在桌上："我们明日再来。"

他和岑正印离开隽甯祥。

掌柜只不过是个给章家打工的。那只"举案齐眉"花卉碗现在就在章家，他十有八九不知道，最大的可能是把池枫和岑正印当成了一个来定制仿品的。

这种生意他做不了主，得去请示真正的老板。

章家的人一看到照片，自然就会明白。

岑正印和池枫出了隽甯祥，回到了事先订好的度假酒店。

她推开门，走向阳台。外头是果园、湖、树林……整个区域宛如一个天然氧吧，空气里除了虫鸣，还有树叶被微风刮过的沙沙声，如同柔美的音符跳跃在湖面。

她喝着酒店准备的果汁，仰头深呼吸，无意中看见掩映在林间的一栋别院。

院子里有只狗在玩耍，显然房子是有人住的。

别院装修得古朴别致，足以看出主人家的品位。

远离尘嚣，隐居山林，房主该是什么样的世外高人？

喝完果汁，岑正印决定去林子里散散步。

夏日为这里的植物带来无数生机与活力，植物消化了太阳的炽热，成熟的葡萄挂在枝上，看得出是别院的主人精心培育的。

天上悠悠的棉花云在凉爽的树荫下投下影子，沉醉在了葡萄的浓香里，时间仿佛静止了。

"汪汪汪汪！"越来越近的犬吠声将岑正印拉回现实。

一只黑背犬正努力想挣脱拴着的绳子，朝她扑过来。

拉着绳子的中年大婶，跟随它往前跑了两步："好了好了，大毛。"

这只黑背似乎就是别院里的狗，那么这位中年大婶……

岑正印走近，黑背又隔空朝着她扑了两下。

大婶以为她是迷路的游客过来问路的，于是说："大路在那边，你笔直往前走就能出去了。"

岑正印装模作样地跟她道了谢，然后问："大婶是住在这里的吗？"

大婶只是点了点头，没跟她搭话。

岑正印朝着林间的别院张望。

大婶挡住她的视线："那是民居，不是景点，没什么好看的。"

看出大婶的警惕性很强，岑正印放弃套话，朝着大路走去。

走了没多远，她就碰到了一男一女两个年轻人。

男的怀里抱着个锦盒，打量四周："是这里吗？"

女的看了看手里的图："应该是吧，图上是这样画的啊。"

男的抹一把汗："可是这里哪有人住？"

女的指着前面的别院："唉，你看那里不是有房子？"

男的抱怨："这地方也太难找了吧，就为了修补这么个破碗。"

女的道："这可是我爸爸最宝贝的物件，要是被他知道肯定会大发雷霆。"

女孩也走得满头大汗，焦躁地用手里拿着的纸扇风，扇着扇着，一个不小心纸被吹跑了，正好落到了岑正印脚边，岑正印帮忙捡起来，递还给了她。

"谢谢你啊。"女孩对她说，然后认出了她来，"唉，你不是《七点新闻》的女主播吗？"

岑正印没承认也没否认，趁机打听："你们是去前面那家修补瓷器？我看村子里有不少补瓷的，你们怎么找到这么偏僻的地方来了？"

女孩看一眼身边的男人："这瓷器是我爸爸的收藏品，被他摔成了好几半，外面都说修不好，就算拼起来也能看出裂纹。有个补瓷的老师傅叫我们来这里碰碰运气。"

"快走吧，赶紧修好赶紧回去。"男人不耐烦地拽了拽女孩，催促她快点走。

他们快步走到别院门口，可是没能找到门铃，于是朝着里面高喊："有没有人啊？有没有人？"

除了回音，什么回应也没有。

"是不是根本没人啊？"女孩满脸失落。

"我们想找人修补瓷器，有没有人啊？"男人再次喊道。

依然没人，只有树叶在他们脚下打着旋儿。

"汪汪汪！"几声狗叫打破了沉静，大婶遛完狗回来了。

男人和女孩看见大婶，看见了希望。

"大婶，请问这里……"

"这里没人修补瓷器，你们回去吧。"大婶不等女孩把话说完就打断了，开门进了院子。

"不是……我们想……"

大婶已经关上了门。

男人拂拂手："算了算了，我看这里也没什么高人，我们再想别的办法吧。"

他们走后不久，又来了个人，摁响了隐藏在报箱里面的门铃。

大婶出来，看见来人，少有地眉开眼笑："筱梦？怎么也不提前打个招呼呢？快进来快进来。"她把女孩领进别院里。

叶筱梦道："听说姑婆身体不舒服，所以我下了班就过来看看。"

方婶最是了解徐蔼然："她哪里是病？还不是天天跟人跟物置气，所以心气儿不顺，心里郁结？"

两人一起进了屋子，上了楼。

徐宅的书房里湿润而温暖，徐蔼然穿一件精致的缎面小衫，戴着眼镜，正在灯光下仔细修补一个瓷瓶。

书房里最重要的两件家具，一是她的工作台，二是博古架。

工作台很大，除了工作用具，还放着一把宜兴紫砂茶壶，泡着龙井茶。

博古架上都是瓷器，不见得样样都价值不菲，但绝对每件都精美绝伦，有些瓷器是先前的主人打碎了不要的，徐蔼然发现之后捡了回来，修补好之后重新焕发了生机。

"很多东西碎了就无法弥补。"

"有一些人，东西好好的时候不爱惜，等到损坏了，想起它的珍贵，再千方百计想办法弥补。"

"补好了又怎样，就懂得爱惜了吗？"

徐蔼然一边端详着修补好的瓷瓶，一边念叨着不爱惜物件的人们。

"你就知道爱惜东西，自己的身体怎么不爱惜？"方婶数落起她来，然后在她就要不高兴之前，赶紧把叶筱梦推出去做挡箭牌，"筱梦听说你生病，特意来看你了。"

徐蔼然扶了扶眼镜，问叶筱梦："我要是不生病，你是不是就不来了？"

叶筱梦乖巧地走到她身边："姑婆，你忙着修补瓷器，我忙着修补人呢。而且我上次来，你还嫌我耽误了你的工作，我哪敢三天两头往你这里跑啊？"

徐蔼然笑了，轻点她的脑门："你这丫头就是借口多。"

岑正印散完步，回到酒店。

"你去哪了？"池枫站在房间门口等她，"章家来了人，在楼下餐厅请我们吃饭。"

他们来得比想象中还要快。

"来者不善啊。"岑正印说。

池枫接话："小心为上。"

两人下楼去了餐厅。

池枫跟服务员提了隽甯祥，服务员便做了个"跟我来"的姿势，引着他们走向一个包间。

木门被推开，一张大圆桌出现在了岑正印和池枫面前。

桌上已经摆好了菜，大大小小的盘子里盛放着色香味俱全的美食，看一眼就让人食指大动，但这桌上最应该被瞩目的东西却不是这些美味佳肴，而是盛着它们的碗碟。

"这是章先生为二位准备的晚餐，请慢用。"服务员说了一句，便退出了包间，顺便带上了房门。

关门的声音让岑正印心头一震，看来她和池枫想要再出这扇门，可就没进来那么容易了。

池枫和岑正印各拉开一把椅子，坐在了桌边。

桌上还放着四副碗筷，红木筷子很是别致，但最耐人寻味的还是那四只碗。

清一色全都是外粉彩内青花花卉碗的"举案齐眉"。

这下好了，池枫想买"举案齐眉"，人家索性给他弄了四个来。

岑正印对瓷器没研究，反正也看不出个所以然来，干脆拿着碗筷开吃。

这一桌子菜食材考究，做法精良，味道自然不错。

"你不饿？"岑正印见池枫仍然干坐着，于是问。

池枫看着桌上的碗筷，反问她："你吃得下？"

他倒不是担心走不出这个包间，只是他有些掌控欲，面对这一桌搞不清来历，甚至不知道真伪的器皿，他就跟有密集恐惧症的人看见了一桌子芝麻一样难受。

岑正印是知道他的，更快地往碗里夹菜："我帮你把菜都吃了，好让你看清楚点。"

池枫没食欲。

岑正印吃得很愉快。

半个小时过去……

"看来你吃饱了。"

"是的，得请池少你买单了。"

两人一起站起来，池枫去打开了门。

带他们进来的服务员还在门口站着，将账单递给他。

单子上只记录着一道菜品，名字就叫作"举案齐眉"，价格不多不少，就是池枫上午在隽甯祥给的那张支票上的数目。

"我们老板交代，二位上午选中的东西不用送货了，请从里头带走你们真正想要的物件。"服务员说。

池枫看向岑正印，一副没辙了的表情。

岑正印走回包间，绕着桌子走了一圈，端详那四只"举案齐眉"。

"你能看出来？"池枫问她。

"看不出。"岑正印老实回答，"说不定四只都是高仿品。"

不过她逐渐站定之后抬起了头，似乎已经做了决定。

服务员等她选出看中的东西。

岑正印转身，指了指放在门口的那棵玉白菜："我们要它。"

服务员愣住了。

岑正印重复她方才的话："我们可以从这里带走我们想要的东西，这可是你老板交代的。"

她不懂瓷器，但是她懂玉。

她看不出"举案齐眉"的真赝，但看得出那棵玉白菜值池枫付出的价钱。最关键的是玉白菜寓意"遇百财"，她要人家的白菜，就等于拿走了人家的"百财"，做生意的人肯定不愿意。

池枫钱早给了，既然岑正印选好了东西，他也不客气，拿着玉白菜就要走人。

服务员着急了，把餐厅里的保安叫了过来。

池枫和岑正印占着礼，保安也不能对他们怎么样，只能拦着他们不让走。

"钱我给了，东西也不是我们强买强卖来的，你们凭什么把我们扣在这里？再不让开的话，我可报警了。"池枫解锁了手机，打算按下号码。

"吵什么呢？"一个声音传来，保安和服务员回头看了看，随即让开一条路。

声音的主人朝着池枫和岑正印走过来。

"是他？"岑正印认出这个人就是下午她在林子里看见的，要去别院找人修补瓷瓶的男人。

男人也认出了岑正印："怎么是你？"

他朝包间里看了两眼，面色忽然变了变，问身边的保安："这是怎么回事？"

保安附在他耳边，把事情简单地跟他说了。

男人说："不就是一棵玉白菜吗？让他们拿走就是了，别在这里吵吵嚷嚷的。"

保安提醒他："这包间是章先生的，这玉白菜可是他的收藏。"

男人的脸沉下来："这酒店可是我们江家的！我在这里说话不算了？"

在场的没一个敢吭声了。

"照我说的，让他们走。"男人解决了事情，松了口气，顺着走廊往前走，走进了不远处的一个包间。

包间里正推杯换盏，男男女女喝得正在兴头上。

"外头吵什么呢？"有人问。

"没事没事，都解决了。"男人答。

服务员给找了个盒子，面如死灰地把玉白菜放进里面，交给岑正印。

岑正印问她："刚才那人是谁？"

"江家小少爷呗。"

岑正印又问："他跟章先生是什么关系？"

服务员依旧惜字如金："亲戚。"

看来从她这里是问不出什么了，岑正印放弃。

她捧着玉白菜往外走，发现刚才拦着她的其中一名保安站在电梯口等她，又是兴奋又是紧张地递给她纸和笔："能……能不能帮我签个名？我是你的粉丝！"

岑正印心里一喜，看来能问出点什么的人自己送上门了。

她接过纸笔，一边签名，一边问："刚刚那个年轻人是你们的老板？"

"哪能啊。"保安不屑一顾地摆摆手，"他叫江浩然，是江家的小少爷。"

岑正印签完名，把笔帽盖上："这酒店是江家开的？"

保安点头，有些讳莫如深地说："酒店是在江家名下，但真正掌权的除了江家还有章家。"

岑正印把纸笔还给他："关系还真复杂。"

保安一副"再复杂我也知道"的表情："江家跟章家是亲戚。他们祖上是一家人，可现在隔了好几代，早没关系了。不过大家族要分家，钱啊土地啊总是难以分得特别清楚。周桥村这些年兴旺，多的是游客愿意来这里撒钱，江家就瞄准商机，在这里建了个度假酒店，可这块地是江家和章家共有的，章家又不愿意卖，江家没办法，只好答应跟章家合作，反正酒店是建起来了，开业以后两家人也没少闹矛盾。现在章家人不怎么管酒店的事，但是也没放弃控制权。"

岑正印很专心地听他把话说完，然后问："听你的意思，江和章应该是周桥村的两个大姓。"

保安说："周桥村大部分产业都是这两家的。这两家斗了十几年了，非但分不出个输赢，利益关系还越来越紧密，江浩然的女朋友还是章家人呢。"

岑正印想起下午见的小姑娘："他女朋友挺可爱的。"

下午他们说要去修补瓷碗，方才江浩然看见桌上的东西立刻就变了色，又急着息事宁人，难道……

"你认识她啊？"保安问。

"也不算认识，只是有过一面之缘，你知道去哪里能找到她吗？"

"她有个陶艺工坊，叫陶然居，你可以去那里找她。"

"谢谢你。"岑正印跟保安道谢，走进电梯。

保安不好意思地挠挠头："应该是我谢谢你，我能不能跟你……拍张合影……"等他把后面四个字说完，电梯门都已经关上了。

第二天上午，岑正印就跟着地图导航去了陶然居。

那是一家小店，装饰得很精巧，店里摆着一些陶瓷制品，还有制作陶瓷的工具。

周桥村里有不少像这样的工坊，游客可以在这些工坊里体验陶瓷工艺品的制作。

章陶陶不需要靠工坊赚钱，所以根本没把心思花在经营上，里头几乎没有客人。

岑正印推开玻璃门进去，正在埋头揉泥的章陶陶才抬起了头："你好，有什么需要的吗？哎……是你啊。"她很惊喜。

"我就是随便逛逛，没想到又见到你了，看来我们真是有缘。"岑正印当然不会告诉她，自己是故意来找她的。

"你是要买什么东西吗？看看喜欢什么，我给你打折呀。"章陶陶黑亮的眼睛诚恳地看着岑正印。

岑正印打量起她做的那些陶瓷工艺品。

章陶陶歪着头问她："你是来这里旅游的吗？怎么我最近没看见你播新闻？"

岑正印说："我最近在拍摄一档全新的节目，来这里了解一下手工制瓷技艺。对了，你能跟我说说吗？"

章陶陶捏着手指比了比:"我只懂一些皮毛。"

岑正印笑道:"比我好太多了。"

章陶陶领着岑正印参观工坊,不疾不徐地跟她说陶瓷的制作步骤,说周桥村的制陶历史和特色。岑正印细心地聆听,感受着女孩对于陶瓷的热爱。

不知不觉,她们就聊了两个多小时。

章陶陶请岑正印喝茶,搭配的茶点是松软的手工饼干,只有面粉、鸡蛋、白糖和蓝莓四种材料,却因为制作者的心灵手巧而异常可口。

"昨天你去修补瓷碗,找到人了吗?"

"没有,那栋别院里住的高人连面都没有露。"

"那你打算怎么办?找到其他人了吗?"

章陶陶深深地叹气:"找了很多人了,都说无法修补。"

"摔坏的瓷碗在你这里吗?能不能给我看看?"

"在的。"章陶陶没有什么防人之心,又信任岑正印,就去里屋把盒子抱了出来,打开来给岑正印看。

看见里面四分五裂的瓷碗碎片,岑正印倒吸一口凉气。

"这是我爸最喜欢的收藏品,是花了不菲的价钱从拍卖行买回来的。"章陶陶说。

岑正印拿起几块瓷片端详,又听了她这话,确定自己没有猜错。

这可怜的被摔"分解"了的瓷碗,就是"举案齐眉"。

摔成这个样子,也难怪没人敢修复了。

章陶陶很无助,模样可爱又可怜:"爸爸知道了一定会很生气,他肯定会怪浩然的,我不知道该怎么办……"

"摔坏了东西的人怎么不跟你一起想办法?"

"浩然不是故意的,而且他最近很忙。"

"陶陶,我想到办法了!我……"说曹操曹操就到,江浩然兴冲冲地推门进来。但他没想到岑正印也在店里,后面的话一时间不方便说了。

岑正印识相:"不打扰你们,我先走了。"

"你找到人修复了?"章陶陶忙不迭地问江浩然。

"不行,你拿什么高仿品能骗过我爸?他一定会发现的!"

岑正印走出陶然居,冷不防听到这么一句。

池枫在中国过着美国人的生活,岑正印都在外面溜达一圈了,他却才刚刚睡醒,在餐厅吃着早午饭。

池枫左手刀右手叉,切着烤肠:"去过陶然居了?"

"去了,还看见了真品'举案齐眉'。"

池枫抬起头看她。

岑正印不客气地拿起他还没喝的冰美式:"碎成了四片,章陶陶正愁着找不到人修复呢。"

池枫的刀叉顿了顿,看见岑正印的身后有三名穿着黑西装的男人走来。

"我们老板想请二位一叙。"一个男人说,另两个男人分别递名片给岑正印和池枫。

名片上的名字叫章铭瑄。

"二位请吧。"一名男人做了个引路的姿势，另外两名男人一左一右站在了池枫和岑正印身侧。

看这架势，他们想不去都不行。

车子驶到章家，门打开，岑正印和池枫走进客厅。

章陶陶和江浩然站在客厅里。

章陶陶低着头，像是做了什么错事不敢面对人，知道是岑正印来了，也没打声招呼。江浩然则是一脸不屑，看了岑正印一眼就别开了脸。

客厅的红木桌上放着那只被打碎的"举案齐眉"。

章铭瑄并没有让池枫和岑正印坐下，甚至没有叫人上茶，完全不是待客之道。

"岑小姐不打算给我们一个交代吗？"章铭瑄端坐沙发之上，一副家长的姿态。他是章陶陶的兄长，年岁不大，但行为举止都老成持重。

岑正印以为他是为了玉白菜来兴师问罪的："当时你转告的话，是我们可以拿走包间里的任何东西，我认为自然也包括了玉白菜。"

章铭瑄打断她，指了指红木桌上的东西："我说的是这只瓷碗，"他抬起下巴，"无论你从什么渠道获知这只碗在我们章家，既然东西在我们手里，卖与不卖自然是我们说了算。你故意接近陶陶，借机窥探东西不说，还给我们造成了这么大的损失，难道不需要给个交代？"

岑正印越听越糊涂，看看章陶陶和江浩然的反应，再仔细想一想便明白了过来——章铭瑄以为打碎了"举案齐眉"的人是她。

这不是误会，是栽赃，是章陶陶和江浩然找她背锅！

岑正印微笑："章先生说我打碎了这只瓷碗，有什么证据？"

章铭瑄说："我妹妹和她男朋友可以作证，他们亲眼所见。"

栽赃的人做证人，她估计跳进黄河也洗不清了。

岑正印面向章陶陶："章小姐，你亲眼看见我打破了这只碗？"

章陶陶支支吾吾地，将头垂得更低，江浩然生怕她说出什么，一把将人护在身后："就是你打破的，我们亲眼看见。"他说谎连眼睛都不眨一下，实在让人佩服。

章铭瑄站起来，走到章陶陶和江浩然身前，护犊子似的："岑小姐，你跑到我们章家抢古董，现在东西损坏了，这事该怎么解决？"

池枫讥笑一声："章家有好几只这样的碗，我们怎么知道这只就是真品？我们不是傻子，可不会平白无故被讹。"

他说着，眼神逼向章陶陶和江浩然。

江浩然被他看得心虚："那你说怎么办？"

池枫道："报警，让警察来处理。"

江浩然心虚，露出了慌张的神色。

这时，客厅的门又开了。

池枫和岑正印看向门口，愣住了。

进来的人是白舸。

白舸看见池枫和岑正印，却没怎么讶异。

章铭瑄走上前，迎接白舸，请他就座，又叫人上茶。

章陶陶拉着江浩然来到白舸面前，叫了他一声："白哥哥。"

白舸对着她点点头，笑一下。

白舸坐下后，章铭瑄跟他说了关于"举案齐眉"的事。

白舸问他："章伯父不在家吗？"

章铭瑄说："去汤山休养了，还没敢把这件事告诉他。"

白舸看看岑正印和池枫，说："我负责看着他们，想办法在章伯父回来之前把瓷碗修复好，你看行吗？"

"这……"章铭瑄犹豫着，但还是给了白舸面子，"既然这样，我就把他们交给你了。"

最后，有了白舸作保，池枫和岑正印才安然地离开章家。

章铭瑄留白舸在家里住几天，忙着叫人收拾客房。

江浩然并不想在章家待着，好好叮嘱了章陶陶一番，确保她不会露馅，开车扬长离去。

回去之后，池枫找洪石帮忙，联系了村里的两位老工匠，上门去询问能不能帮忙修复"举案齐眉"。

岑正印则依旧对林中别院里住的高人充满好奇，苦于无法接近。

她在阳台上懒洋洋地吹风喝果汁，直到看见一个人出现在视野里，她放下果汁，下了楼。

酒店有咖啡厅，里面有很多人，还有好不容易挣脱了家长束缚的小孩子在桌子与桌子之间打闹，完全失去了应有的平和宁静，但这却是岑正印和白舸此刻唯一能坐下谈事情的地方。

白舸点了杯黑咖啡。

听说嗜苦的人往往都对自己要求严苛，也对周边的事物要求严格。

岑正印想，自己要不要也点一杯黑咖啡呢？

"焦糖玛奇朵。"白舸帮她做了决定。

岑正印对咖啡没有固定的喜好，点摩卡、拿铁，还是玛奇朵，纯粹看心情，没什么规律性。

她不知道白舸是怎样判断自己现在需要一杯玛奇朵的。

她有点累，整个人温温吞吞的："章陶陶叫你白哥哥，章铭瑄又对你很客气，你跟章家的人很熟吗？"

白舸说："都是家中长辈之间的交情。"

谈话间，服务员将两杯咖啡送上。

岑正印用小勺子舀咖啡上的焦糖和泡沫："你怎么会来？"

和上次在步家一样，他总是在最关键的时候出现。

"我去电视台找你，你的助理说你来了周桥村。你有周家的消息了？"

"没有，原本想从章家找一点线索，但是谁知道惹上了这么些麻烦。'举案齐眉'可不是我跟池枫打破的，是江浩然想要我们替他背锅，章陶陶明明知道实情，但不敢吭声。"

"陶陶的父亲不喜欢江浩然，一直不同意他们交往，她是怕这次的事情导致父亲勃然大怒，更加要拆散他们。"

"我看她父亲是对的，章陶陶好好的一个小姑娘，就是被江浩然带坏了。"

岑正印喝一口玛奇朵，旁边的手机响了一下。

她拿起来看，告诉白舸："池枫去拜访的两个工匠，都说'举案齐眉'无法修复。"

"章铭瑄给我推荐了一个人，或许这个人有办法。"白舸说。

岑正印专注地看着他，以为他会跟自己说说这个人的背景，但白舸却收住了话头，瞥一眼咖啡，然后端起自己的："现在专心把咖啡喝了。"

这是担心她又被他身上的吸引力迷住？

"你刚刚说你去电视台找我？"岑正印弯起眼睛，唇角藏着笑意，"是有关百工坊的事要找我商量，还是这两天去我的家门口，没人请你进去吃早餐了？"她丝毫不掩饰自己刻意撩拨的意图，坦坦荡荡。

白舸握着杯耳，放下了咖啡，带有穿透力的眼神移动了一下，定在她身上。

被他这么一看，岑正印顿时有点小心虚。

"你怎么知道我去你家门口不会遇到池枫呢？"白舸没有回答她方才的问题，反而提出了一个假设性的疑问。

什么意思？他见到池枫去找她，然后两人一起出门了？还是说他打从在章家看到她跟池枫在一起就不太高兴？他该不会看过她跟池枫的绯闻，以为他们是男女朋友关系吧？只不过是几秒钟的停顿，岑正印的脑海里就浮现出了无数个猜测。

"差不多了吧？我们现在去找修复瓷器的人。"没给岑正印继续胡思乱想的机会，白舸看她的咖啡喝得差不多了，起身道。

拂去脑海里弹幕一样出现的疑问，岑正印跟着他往外走。

一路上，岑正印都没说话，直到站在了林中的别院门口。

"原来你说的是这里？"

他们的声音惊动了院子里的黑背犬，它汪汪叫起来。

方婶出来查看，竟然还记得岑正印："你怎么又来了？"

"请问徐蔼然女士是住在这里吗？"白舸问道。

方婶很谨慎，先问："你找徐女士做什么？"

岑正印说："我们有一件瓷器摔坏了，想……"

不等岑正印把话说完，方婶重重地关上了铁门。

岑正印："……"

白舸看着关上的门："这位徐蔼然女士脾气古怪，在圈内闻名。如果有人家里珍贵的瓷器损坏了，想找她修补，就算出得起大价钱，也不一定能请得动她。据说她看中的不是钱，而是诚心，所以唯一的办法就是三顾茅庐，虽然最后也不一定成功。"

"世外高人通常都是这样的。"岑正印并不介意吃闭门羹，毕竟她干记者的时候就吃过不少。按照她的经验，一般前期进展得不怎么顺利的事，一旦攻破了难关，后期反而能有一个理想的结果。

她看了看手表："刚才那位大婶过会要出门遛狗了。"

白舸问："你打算在这里等？"

岑正印挑眉:"难道你不是这样打算的?"

别院内灯火温馨,有饭菜香飘出,看来是在吃晚饭。
"方婶你就别忙了,快来坐。"
叶筱梦的声音传进厨房,方婶端出最后一道菜。
饭桌上,罗汉果百合排骨汤用紫砂炖盅装着,小菜分为四碟,每个碟子上的竹与兰图案都仿佛是从瓷器里长出来的,白瓷寿碗配上乌木筷子,非常典雅,也非常讲究。
叶筱梦落座,闻着饭菜香:"好长时间没吃到方婶的菜了,想得很。"
方婶乐呵呵道:"那就多吃点。"
徐蔼然瞪了瞪她:"饭吃六七分饱就行了,别总叫人多吃。"
方婶说:"筱梦哪有你那么多名堂,年轻人工作忙,运动量大,不要紧。"
叶筱梦笑着听她们斗嘴,美滋滋地喝着汤。
她虽然叫徐蔼然"姑婆",但是二人之间并没有太紧密的血缘关系,只是远房亲戚。
小时候每逢节年,父亲都会带她到姑婆家来拜会。后来父亲过世,是姑婆资助她完成了学业,从高中到大学,她虽然都住在学校宿舍,但是姑婆常常打电话或者写信鼓励她,寒暑假她都住在姑婆家。高中时她的地理不及格,是姑婆拿着纸笔耐心地教她;姑婆自己织给她的毛衣,虽然织得不是很好看,但用的是很轻又很暖的羊毛,她一直穿到大学毕业,到现在还保存着。
姑婆一生未婚,没有子女,喜欢独居,喜欢安静,和其他亲戚也不怎么来往,唯独对她很是偏爱,可能因为她的性格和她最像吧。
吃完晚饭,徐蔼然便在书房的露台上给花浇水,叶筱梦帮她泡好了一壶茶,一时间,茶和花的清气便萦绕在鼻间。
见徐蔼然放下水壶,捂着眼睛摸索着椅背,叶筱梦过去扶她。
"眼睛不行了,看东西久了就流眼泪。"徐蔼然说着,在躺椅上坐下。
叶筱梦端茶给她:"我跟眼科的张教授说过您的状况,他说可以做手术解决,不如哪天我先带您去医院做个检查。"
"人上了年纪就会有各种毛病,就跟瓷器一样,损坏到一定程度,工艺再好也修补不了。"
叶筱梦调节了一下台灯的光:"您身体健康,眼睛不好也是工作太久落下的毛病。"
徐蔼然眯着眼睛:"所以我想退休啦,这些精细又费神的活儿,还是交给你们年轻人去做。"她跟前的女孩穿着白裙,脸上有一股秀丽的书卷气,全身不戴任何装饰品,有一种与世无争的气质。
叶筱梦陪徐蔼然聊了会儿天,见她精神渐渐疲乏,便抱了床毯子给她盖着,让她在躺椅上睡一会儿。
她自己则陪方婶出去遛狗,一开门就看见了白舸,两人同时惊讶。
"白舸?"
"筱梦?"
"你怎么在这里?"两人又同时问对方。

叶筱梦先回答:"这是我一位长辈的家,我今天休息,就过来看看她。"

白舸说:"我来找徐女士,想要修补一件瓷器。"

叶筱梦看见岑正印,和她打招呼:"我叫叶筱梦,是仁爱医院的医生。"

岑正印微笑点头:"岑正印。"

叶筱梦说:"我经常看你的《七点新闻》,没想到你是白舸的朋友。"

岑正印满脑子想的都是怎么把"举案齐眉"的问题解决了,目前倒是有个好途径:"我们是来修补瓷器的,既然徐女士是你的长辈,你能不能帮我们引荐一下?"

"我可以帮你们说一说,但姑婆会不会答应我就不能保证了,不瞒你们说,有时候我也很怕她。"叶筱梦吐了吐舌头。

叶筱梦邀请他们进徐宅做客,就像小时候邀请同学到家里玩一样。

徐蔼然爱清静,但从不干涉她正常的社交。寒暑假,每当叶筱梦来住,知道有同学要来家里玩,她会吩咐方婶准备好待客的茶点。同学们也都知道她有一位很好的姑婆,即便从来没见过她。

"你们坐一会儿,我上去看看姑婆有没有醒。"招待白舸和岑正印在客厅用茶之后,叶筱梦上楼去了徐蔼然的书房。

徐蔼然已经醒了,听到了楼下的动静:"你有朋友来了?"

叶筱梦坐到她的旁边,帮她叠毯子:"姑婆记得我跟你提过的白舸吗?"

徐蔼然的记性很好:"记得,你姐姐之前的未婚夫嘛。"

叶筱梦点头:"我刚才打算和方婶出门遛狗,看见他站在门口,原来是有瓷器想要找您修补。"

"既然他是你的朋友,你怎么不自己帮他的忙?"

"我看过他们要修补的东西了,以我目前的手艺,恐怕只会帮倒忙。"

这么一说,徐蔼然倒是好奇他们要修补的是什么了,她指了指衣柜道:"你帮我把那套衣服拿来。"

徐蔼然是个精致严谨的小老太太,见客前一定要换一身整齐体面的衣服,这也是对客人的尊重。她衣橱里的绸缎衬衫和长裤永远熨得没有一丝褶皱,叶筱梦每次看见都会吐一吐舌头。

她是医生,工作太忙,平时连熨衣服的时间都没有。如果姑婆看见她的衣柜,估计会跌破眼镜。

见徐蔼然从楼上走下来,白舸和岑正印礼貌地起身,对她肃然起敬。

"你们要修补什么?"徐蔼然直接开门见山地问他们。

岑正印打开放在茶几上的盒子:"就是这只碗。"

徐蔼然走近,看清里头的东西,面色铁青。

白舸、岑正印和叶筱梦三人面面相觑。

徐蔼然沉着个脸:"你们既然买走了这只碗,就该好好爱惜。现在打破了,找谁修都无济于事,你们请回吧。"

刚才还和和气气的,怎么这会儿一下子就变脸了?

白舸说:"这只碗不是我们买的,也不是我们打碎的。"

徐蔼然问:"那是谁打碎的?"

白舸回答:"是章家的晚辈。"

徐蔼然的脸色更差:"那就叫他们章家人自己修补。"

白舸还想说话,被叶筱梦的眼神制止。

徐蔼然走去楼上。

叶筱梦抬头,看见她的背影冷淡沉静。

"你们先回去吧,今天肯定是不行了。"她对白舸和岑正印说,然后上楼去敲徐蔼然的门。

门内毫无回应,她也不敢再敲了。

徐蔼然从前也不是没有为物主打坏东西而负气的时候,可今天她的气似乎特别大。

白舸和岑正印无功而返,叶筱梦守在徐蔼然的门口,半天没听见里面有动静,不由得有些担心。

方婶宽慰她:"没事,你姑婆的脾气你还不知道?她的火上来气就特别大,过了也就没事了。"

"最近来找姑婆修复瓷器的人多吗?"叶筱梦问。

方婶回答:"不多,就两三个人,还都是熟人介绍的。"

叶筱梦一想:"有没有什么特别的人找姑婆?"

方婶觉得奇怪:"怎么了?怎么突然这么问?"

"没什么,我听白舸提起了章家,姑婆马上就不高兴了,会不会是最近章家又有人来打扰姑婆?"

"没有的事,我怎么可能把章家的人放进来?你姑婆成天都在家里,几乎不出门,也不大乐意接触外人,要说有什么特别的,也就今天你领进家门那两个人了。"

听方婶这么说,叶筱梦便放下心来。

楼下厨房传来动静,方婶想起自己还在烧水呢:"哎哟,肯定是水开了。"她连忙跑下楼去。

夜晚的周桥村别有一番风景。

岑正印看着小桥流水说:"我来周桥村两天了,都在围着'举案齐眉'忙,还没来得及到处看看。"

白舸的脚步慢了些:"你想去哪里?"

岑正印笑着想了一会儿:"特别一点的地方。"

白舸想到了一个地方:"跟我来。"

他们走过热闹的商品街,走过喧哗的瓷器卖场,走过排着长龙的网红美食店,来到了一片林荫小道前。

岑正印看看四周,怎么都看不出名堂:"这里有什么特别?"

白舸找到了一棵枇杷树,指了指上方:"在上面才能看得出特别。"

岑正印忍不住笑:"所以你打算带着我爬树?"

白舸这才意识到,自己大晚上带着一个女孩子爬树,不仅仅煞风景,还有点不合适。

"你一定没有女朋友。"这话岑正印憋了很多年,"第一次见你的时候我就这么觉得。"

白舸打算走了，她又说："没关系，我可以试试。"

"我先上去。"白舸向后退两步，三下两下爬上树，转头向岑正印伸出手。

岑正印抓住他的手，攀着树枝，也上了树。

她不像大部分女孩子那般骄矜，既然上了树，就心安理得地垂着两条腿，和白舸并肩坐着。

在这个角度，她才体会到白舸说的"特别"。

夜风特别凉爽，视野特别开阔，所以景色也特别好。

白舸不说话，岑正印就默默地观察他。

她跟着他的视线，在周桥村转了一圈："你在看什么？看这里的建筑吗？"

相处的这段时间，她还从没听他说起过自己的专业。

"周桥村的房子都是水乡的建筑风格。"白舸指了指前方，"看见那栋红楼没有？那是百年前建的，历史最悠久，之后周桥村发展旅游业，为了形成独有的特色，再建的每一栋房子都在效仿它。"

岑正印说："可是历史无法效仿，古建筑的美观也不可能完全复制。"

白舸看她一眼："建筑讲究实用性，美观是其次的。比起被保护起来的历史古迹，有人烟的房子更让人感到亲近。"

岑正印听乐了："这话真不像你说的。你本身就像那些庄重又严谨的建筑，让人注目欣赏就行了，真不敢奢求搬进去住。"

这话过于直白，不过白舸却听进去了："你说的没错，我从没设计过让人住的房子。"

认识他之后，岑正印特地去翻了他的资料："你设计的都是博物馆、展览馆，还有商场和办公楼。"

白舸看着前方，眼神很是幽远："我之所以做建筑师，是想设计出我母亲的梦想之家。"

岑正印晃了晃两条腿，很轻松地说："她的梦想之家是什么样子？让她仔仔细细描述一遍，你肯定就能设计出来。"

白舸轻笑一下："她已经过世了。"

岑正印意识到自己说错话："对不起。"

"我从没设计过让人住的房子，因为怕住的人会失望。"

"这个很简单。等有一天你也有了梦想之家，有了想要守护的地方，你就能设计出让人满意的房子。"说这话的时候，岑正印想起的是爷爷，是弟弟，是他们的岑家。

白舸坐在她身边，感受到了一份安宁和平和。

"回去了。"他们招了不少蚊子，白舸发现岑正印的胳膊都被叮红了，从树上跳了下去。

岑正印起身，看着下方，却顿了一顿。

上树容易，下树困难。

但她不想表现得太怂，于是扶着树干就往下跳。

因为没经验，所以没站稳，不过白舸好在及时扶住了她，完全没让她摔着。

她的心跳漏掉两拍，看向他。

除了爷爷，他是第一个明确地"保护"她的人，虽然七年前的那次是个乌龙。

白舸松开护住她的手，她看着他笑了一下。

月光融进了她的眼睛里，亮晶晶的。

刚回到度假酒店，岑正印就接到池枫打来的电话，叫她马上到仁爱医院来，因为徐蔼然在家中突然晕倒，被送到了医院。

来不及探究池枫怎么也找到徐家去了，她和白舸连忙赶去医院。

他们赶到的时候，徐蔼然已经醒了，医生正在给她做检查，说她晕倒也是眼疾引起的，需要尽快进行手术，不然很有可能会永久性失明。但是考虑到她的年纪和身体状况，手术有一定的风险度，不能保证百分百成功。

叶筱梦陪在徐蔼然身边，跟医生一起向她解释手术的事宜。她为徐蔼然找的这位医生，是国内眼科的权威。

医生让徐蔼然先休息，叶筱梦送他走出病房。

徐蔼然忽然晕倒，着实把叶筱梦吓得不轻，直到此刻，她还有点惊魂未定。

她走到池枫身边："今晚真的谢谢你，如果不是你在，我跟方婶真没办法这么快把姑婆送到医院来。"

岑正印问池枫："你怎么会在徐家？"

池枫说："和你一样，想找徐女士修补'举案齐眉'。"

叶筱梦道："当时姑婆一个人在书房，我们忽然听到奇怪的声响，上楼查看，发现她晕倒了。"

白舸回想刚才医生的神色，看看病房里的人："徐女士的状况看起来并不理想。"

叶筱梦轻叹一声："姑婆的眼疾已经拖好几年了，最近愈发严重，但她说人身上的零件迟早是要坏的，就是不肯做手术，我和方婶谁都说服不了她，实在是没办法了。"

话说到这里，一名小护士跑了过来，火急火燎地找到叶筱梦："叶医生，302床的病人出状况了！你快过去看看吧！"

叶筱梦从她手里接过医师袍，一边快步走一边抖开穿好，一脸坚定："302床的并发症必须马上处理，准备好手术室并且通知胡医生。"她此刻的神态和方才作为病人家属时简直判若两人。

岑正印问池枫："你怎么也找到徐家去了？"

池枫说："我去拜访的几位工匠不约而同向我推荐徐女士。"

岑正印说："看来她是我们唯一的希望。"

可现在"希望"躺在了病床上，赶在章老先生回来之前把"举案齐眉"修复好的可能性更低了。

越担心什么，就越来什么。

在徐蔼然被送进医院的当天晚上，章老先生就回到了家。

章铭瑄把这段时间隽甯祥的经营情况向他做了汇报。

章泽端喝着茶听他说完，朝着他一瞪眼："只有这些？"

章铭瑄连忙补充："还有其他几家店……"

章泽端将茶杯往桌上一搁："有人在隽甯祥花重金买'举案齐眉'的事你不知道？"

章铭瑄点头:"知道。"

章泽端的语气渐渐严厉:"听说你用几个仿制品把人给打发了?"

"他们辨认不出。"

"这就是你办出来的事?"章泽端拍桌,"你那些仿制品是从哪里来的?从江家?我警告过你,不要与江家为伍!"

章铭瑄不出声了。他知道父亲看不上江家,也提防着江家,但周桥村发展到今天,章江两家早就无法分割了。

章泽端冷哼一声:"把你找来的仿制品拿出来,让我也长长眼。"

章铭瑄立刻叫家中工人去拿。

"去我的书房,把真品也拿来。"章泽端补充一声。

工人的脚步顿住,看向章铭瑄。

章泽端察觉有异,也抬头盯向他。

章铭瑄的呼吸变得急促,心脏的跳动也变得剧烈起来。

章泽端看出他的慌张,毫不迟疑地追问:"怎么回事?"

章铭瑄知道逃不过这一劫,硬着头皮说出实情:"'举案齐眉'被摔坏了。"

章泽端蓦地从椅子上站了起来,半晌没说话,只是冷峻的眼神一直停留在他的脸上未曾离开,比任何训斥都让人心底生寒。

章陶陶知道父亲回来了,又听说哥哥被父亲叫去,便躲在走廊里听动静。

猛地听到父亲拍桌子,她便知道事情不妙,又看见工人站在门口进退两难,心中更是担忧。

"是谁摔坏的,怎么摔坏的?"

她走到门口,听见章泽端问章铭瑄。

这问题问得她肝颤。

章铭瑄说了自己知道的情况。

章泽端坐回椅子上:"'举案齐眉'在我的书房里,难道长了脚自己去了陶然居?'举案齐眉'既然是在陶然居被摔坏的,作证的人又怎么会是江浩然?"

章陶陶听见这话,面如死灰。

章泽端老早就知道她躲在门口了,回头看了眼:"你进来。"

章陶陶浑身一抖,不得不走进房内。

她走到章铭瑄身边站着,看了父亲一眼,吓得立刻收回视线。

章泽端的眉头皱着:"到底是怎么回事?你看着我一五一十地说!"

之前让岑正印背锅,章陶陶本来就心中有愧,这会儿面对着威严的父亲,她哪里还敢再说谎?

"'举案齐眉'是我从你书房拿走的,因为浩然说想看看……"

清晨的阳光照进仁爱医院。

叶筱梦昨夜连续做了两台大手术,体力有点透支,在走廊的长椅上坐着起不来。

池枫经过的时候看见她,停下来问:"你没事吧?"

叶筱梦抬头,声音发飘:"没事,就是……有点饿。"

她习惯性地往口袋里摸了摸,想找小饼干和糖之类的,却忘了自己刚从手术室出来，口袋里空空如也。

"给。"池枫从口袋里掏出一块巧克力递给她。

他这样一位高端精英、翩翩贵公子，口袋里居然会藏巧克力？

池枫解释道："上周同事去比利时出差，带了几盒巧克力回来分，我就拿了一块，顺手塞口袋里了。"

揣了好几天，巧克力融化之后又凝固，早就没有造型了。

叶筱梦拆了包装："我带零食在身上，除了充饥，其实还有一个作用。"

"我猜猜看。"池枫煞有介事地猜想起来。

叶筱梦把巧克力吃完，公布正确答案："你看医院来来往往有不少小孩，他们通常都会害怕医生。如果不小心把他们弄哭了，拿巧克力和糖果哄他们最有效。"

池枫恍然大悟，笑道："说起来，我小时候的志愿就是长大以后能当医生。"

叶筱梦问："为什么没有实现？"

池枫说："家庭条件不允许。"

叶筱梦理解不了。他是池深的独子，家庭条件那么好，不存在读不起医科的情况啊。

"我爸想让我继承家业，从小就培养我的商业头脑，我大学也是主攻金融方面。"

听出了他语气里的遗憾之意，叶筱梦说："每一行都有它的乐趣和它的苦，每一行里的成功人士都是尝过了苦，再体会到乐趣的。"

他是商业成功人士，应该已经从经营家族生意中体会到乐趣了。

这番理论让池枫微怔，随即失笑："你现在是在吃苦还是在体会乐趣？"

"我啊……"叶筱梦想了想，"有苦有甜，刚刚好。"

池枫被逗乐，露出了明亮的笑容。

"拿出去！拿出去扔掉！"不远处的病房里，传来了徐蔼然动怒的声音。

事情起于一家花店送了一束鲜花过来，因为徐蔼然的眼睛蒙着纱布，岑正印就代为签收了。

花里有一张卡片，写着早日康复之类的祝福语，最后的署名是章泽端、章铭瑄和章陶陶。

章家的消息倒真是灵通，这么快就知道徐蔼然住院了。

徐蔼然问："花是谁送来的？"

岑正印说："是章泽端……"

"拿出去扔掉！"岑正印后面的名字还没说完，徐蔼然的脸色一沉，厉声打断了她。

岑正印看她生气，只好拿着花出去扔掉。

方姨从家里收拾了简单的衣服和日用品，还熬了一些汤带来医院。

她将一台老式的小收音机放在床头柜上："你现在不能看书了，我给你把收音机放在这里，你要是嫌闷，就自己打开听听。"

徐蔼然伸手摸了摸收音机，又摸了摸桌上的其他东西："刚才送来的花呢？"

方姨环视病房："花？哪里有什么花？"

岑正印扔了花刚好回到病房，回答说："已经扔掉了啊，刚刚这层的垃圾都已经被清走了。"

徐蔼然僵了一下，掀开被子要下床："我不在医院住了，现在就回家去！"

方婶一下子蒙了，一边拦着她，一边问岑正印："什么花啊？谁送来的？"

岑正印说："章家人送来的。"

方婶忙道："快去找回来！"

岑正印都被她搞糊涂了。

池枫和叶筱梦站在门口，也没弄明白眼前是什么情况。

方婶把他们往走廊推："你们也赶紧去帮忙！"

三个人齐刷刷去找花，如果不把花找回来，徐蔼然的心气难顺，吵着出院该怎么办？

权衡之下，岑正印决定去垃圾车上找。

于是白舸来到医院时，就看见了这样一幕——

医院的停车场边聚集了好多人，叶筱梦和池枫也在其中。岑正印正站在人群前头的垃圾车上，把一袋一袋的垃圾拽出来，一个个地打开。

池枫和叶筱梦挤出人群也要上车帮忙，却被岑正印拒绝了。花本来就是她丢的，这垃圾车又脏又臭，她一个人弄得这么狼狈就算了。更何况，三个打扮得体的年轻人聚在一起翻垃圾，估计围观的人会更多。

"她这是干吗？"白舸问叶筱梦。

"找花……"叶筱梦无奈地回答。

岑正印用一条丝巾遮住口鼻，解开系好的垃圾袋。袋子里有污水流出来，顺着边淌到了她的脚边，她的衣服都弄脏了。

最上面一层的垃圾袋都被她翻遍了，她迫不得已开始往下面翻。

白舸抓着扶手攀上垃圾车，拦住她："你这身衣服不要了？"

岑正印没停下动作："正好有借口买新的。"

白舸无奈，不顾她的阻拦，帮忙找了起来，毕竟两个人找起来还是要更快一些。

垃圾车渐渐被他们翻找了大半，白舸拎出一个垃圾袋："看看这个。"

岑正印帮忙将系紧的袋口打开，果然在里面看见了一束花。万幸垃圾袋里面还算干净，鲜花只是损坏了一部分。

白舸率先跳下车子。

顾好接到岑正印的电话，去家里帮她拿了衣服，这时候也正好赶到。见岑正印要下车，她打算上前扶一把，但闻到味道就却步了。

白舸回头，对岑正印伸出手。

岑正印搭着他的胳膊，跳下车子。

他们身上的味道刺鼻，围观的人们纷纷躲避绕行。

叶筱梦将花束拿回了病房，徐蔼然没说什么，但没再吵着要出院了。

岑正印在叶筱梦的医生休息室里洗了澡，换上了顾好送来的衣服。

她一开门，就见白舸站在外面。

白舸见她出来，朝她走近，她却下意识地往后退了两步。

他看了她一眼,堵在门口:"章家请你去一趟。"

靠得近了,岑正印闻到了他身上干爽的气息,皱眉问道:"你的衣服都是一个款式?"

白舸平时习惯在车上备一套衣服,这次正好派上了用场。不过他的衣服确实都是差不多的款式,就是因为这个原因,她刚才才会误以为他没换衣服,所以不能怪她……

"去不去?"白舸继续刚才的话题,已经先一步往外走。

岑正印跟上:"章家怎么又找我?章铭瑄不是答应了你,给我时间想办法修复'举案齐眉'吗?"

白舸回答她:"他是给了你时间,但现在章家的事不由他做主了。"

岑正印心中一动:"章泽端回来了?"

白舸默认了。

岑正印还想多问一些情况,但看见了章陶陶站在医院门口,看样子是被派来"请"她的。

章陶陶走到岑正印跟前:"对不起,之前我和浩然一起说了谎,害你替我们背了黑锅,我已经跟爸爸解释清楚了。"

她低着头,看不清表情,但带着鼻音,看样子是哭过了。

岑正印对她的印象不坏,觉得她就是个没主见又傻气的孩子:"我接受你的道歉。"

她的宽容让章陶陶很感激,同时一丝希望也从她心底油然而生:"你能不能帮我在爸爸面前说几句好话,让他不要怪罪浩然?"

岑正印苦笑:"你爸爸恐怕不会听我的。"

章陶陶的情绪更加低落,回家的路上一直都不吭声。

岑正印不忍心看她揪心的模样,帮她出主意:"让你爸爸不怪罪江浩然是不可能的,现在你要想的是尽可能让他原谅江浩然。"

章陶陶抬起头问道:"那我该怎样做?"

白舸回答她:"尽快修复好'举案齐眉'。"

章陶陶要是能办到这件事,早就不愁了。

岑正印说:"我们也去找过林中别院里的高人,不过她听说东西是你们章家的,就不愿意帮忙了,你知道她跟你们章家有什么关联吗?"

章陶陶摇头:"我不知道啊。"

这答案在岑正印的预料之中,她之所以这么问,是在为后面的话铺路。

白舸却抢了她的话:"是你哥哥向我们推荐她的,所以他应该知道些。搞清楚她与你们章家的关系,我们才有办法说服她帮忙。"

章陶陶立刻说:"这个好办,我带你们去问哥哥!"

家里最疼爱她的就是大哥,只要她问,大哥只要知道,就不可能不说。

岑正印的目的达成,看一眼白舸。

他和她的配合打得还真不错。

白舸暗自失笑。

章陶陶看见了,心口被撞一下。

平常总是一副冷漠坚毅脸的人,忽然露出这样无奈又柔软的笑容,即便是她当成哥哥般的人，也着实有些招架不住。

来到家门口，章陶陶先给章铭瑄发信息，说有要紧事问他，让他出来一下。

章铭瑄从家里走出来："爸在等你呢，怎么还不进去？"

他的脸色灰败，看来没少受到牵连，也没少做妹妹的挡箭牌。

章陶陶握着他的手："哥哥，白舸哥哥有事情想要问你。"

白舸说："我们去过徐家了，不过徐蔼然一听东西出自你们家，就对我们下了逐客令。"

章铭瑄知道他后面要问什么："徐蔼然和我父亲年轻时曾有婚约，但是两人性格不合，两天一小吵三天一大吵，导致后来不欢而散。后来两人每次见面就像仇人一样。徐蔼然知道东西是我父亲的，自然不会修补。"

原来是感情纠纷，不过都已经过去三十年了，两人还是恩怨难消。

章铭瑄解释完，就带着岑正印和白舸去见章泽端。

老先生在书房里戴着眼镜写东西，他的书房装修得很是讲究，用的摆的都是瓷器，每件看起来都价值不菲。

他意识到有人走进来，也没抬头："就是你到隽甯祥去买'举案齐眉'？"

"是我。"岑正印回答。

"你怎么知道'举案齐眉'在我这里？"

"收藏圈内没有秘密，因为收藏品本身的秘密已经够多了。圈内有种说法，说买走一样藏品也就等于买走了它身上的秘密。"

章泽端终于愿意抬头看岑正印一眼："你买'举案齐眉'也是为了买秘密？"

"据我所知，这只'举案齐眉'出自周家。"岑正印说，"我想要买周家人的下落。"

章泽端冷笑一声："圈内还传说收藏品身上的秘密可能会牵连人的命运，所以收藏品不能随便买，因为秘密不是每个人都能承担得起的。"

岑正印依旧赔笑道："坊间传言只当戏说来听便好，买卖场上只要价钱合适，就能做成生意。"

章泽端说："你说得没错。所以只要你付得起我开的价，我便可以把'举案齐眉'连带着秘密一起卖给你。"

"您说说看。"

"三天时间，你只要能说服徐蔼然修复好'举案齐眉'，它便是你的。"

章泽端的要求听起来合情合理，实际上却是故意刁难。

就算暂时放下过往的纠葛不提，徐蔼然因眼疾住院，叶筱梦正极力说服她手术，现在让她帮忙修补瓷器根本不现实。

章泽端说完，坐回椅子上，继续写东西："你如果办不到，就不必留下了。"

他的态度轻蔑，似乎是在说岑正印根本没资格从章家买东西。

岑正印心中渐渐愤懑，转身要走，白舸却一把拽住了她，对章泽端说："我们答应这个条件。"

他跟章家有交情，找百工坊成员也是他的事，可他方才一声不吭也就算了，这会儿还跟着外人一起坑她？岑正印越想越气，冷声道："这个条件我办不到，我就不留下了。"

她扭头就走，白舸没追出来，似乎还有什么话要跟章泽端说。

章陶陶看见岑正印从她父亲的书房出来，连忙追着问："怎么样了？我爸说什么了？"

"'举案齐眉'的事，以后都由你白舸哥哥解决。"她笑着说，眼神倒是锋利得很，把对方都搞糊涂了，愣在了原地。

岑正印走后不久，白舸也从书房出来。

"白……"章陶陶刚要问，白舸已经箭步从她面前走掉了。

风中，树叶和她两飘零，甚是凄凉。

度假酒店里，因为岑正印没吩咐，所以顾好暂时没事干，就在酒店房间里看电视剧吃薯片，咔嚓咔嚓很欢乐。

忽然房门被推开了，她老板冷着脸下达任务："收拾东西，我们回去。"

顾好手一抖，到嘴的薯片掉在了地上："啊？不找周家了？不拍节目了？"

岑正印虽然生气，可还维持着冷静："想别的办法找，又不是只有这一条路。"

顾好放下薯片，正要帮她收拾东西，敲门声就响了。

门半开着，顾好看见白舸："你找我们老板吗？"

顾好问他，却发现他全程紧盯着正忙着收衣服的岑正印，根本没打算搭理自己。

其实岑正印也没多少东西要收拾，三两下就完事了。

她直起腰，问默默等着她的白舸："还有什么事吗？我会从其他渠道寻找周家的人。既然你答应了章泽端的条件，那么你就继续从'举案齐眉'下手，我们分头行事。"

白舸确定她说完了才开口："我们谈谈。"

他的语气很淡，也没什么表情，只是那双眼睛从进门开始，就很有耐心地看着她，透着果断和坚韧。岑正印和他对视了几秒，心里就有点毛毛的。

顾好觉得空气有点尴尬，尤其是自己周围的空气："那我就……先出去了。"

见岑正印没阻止，她脚底抹油般快速消失，还特意贴心地关上了房门。

岑正印原地站着，微笑着等白舸开口，整个就是一副"你说什么都好，我反正不接受"的模样。

白舸转身，手一伸，轻巧地拿过一张椅子，在她面前坐下。

于是局面一下子发生了变化。

岑正印像极了一个在老师面前不服管教的叛逆学生。

"觉得我非但不出力，还坑了你？"白舸的模样很是威严，却不知想起了什么，嘴角几不可查地掀起一抹笑意。

"我和章家熟悉，所以我应当从他们口中问问周家的线索，不用你这么大费周章，你是不是这么想的？"

岑正印始终不发表意见。

白舸接着说："我问过章泽端了，当时他也给我提出了一个条件，比起他开给你的，我这个条件更加无法接受。"

也给他开了条件？什么条件？

白舸见她仍然没反应，索性放弃和她周旋，起身就要走。

"等等。"岑正印连忙叫住他。他的话说一半，不是存心吊她胃口吗？

白舸回头撇她一眼。

"章泽端给你开了什么条件？"岑正印问。

白舸回身，意味深长地说："他想代替周家加入百工坊。"

白舸接着说："章家和周家同是陶瓷世家，从祖辈开始就存在竞争，现在章家已经完全取代了周家在周桥村的位置，可他们想完全击败周家，还需要权威认可，百工坊的重建便是他们的机会。所以你即便还有其他渠道，也会遭到来自章泽端的百般阻挠，除非我们做到他答应的事。"

所以现在就是这样一个局面：章泽端只给了他们一条路，要想达到最终的目的，他们只有把这条路打通。

"想搬开徐蔼然这个障碍可不容易。"岑正印的脑子转着，眼中露出一丝狡黠的光，"你跟叶筱梦的关系挺不错的，必要的时候，你也可以用用美男计。"

白舸的话已经说完了，打算出去把顾好唤进来，漫不经心地丢下一句："我现在不就用了吗？"

岑正印："……"

医生给徐蔼然做了几天的治疗，令她的眼睛稍微好转了。

不过她还是不肯做手术，这让叶筱梦一筹莫展。

"别看你姑婆修复瓷器得心应手，但她接受不了自身的残缺。"方婶跟叶筱梦感叹道。

叶筱梦捏了捏手里喝水的纸杯子，叹气道："没人能说服她，我已经没有办法了。这两天她的情况有所好转，又说要出院了。"

徐蔼然醒来，在病房里叫人了："筱梦。"

"来了！"叶筱梦连忙进去，问她，"姑婆你要喝水吗？"

徐蔼然说："你过来坐下。"

叶筱梦在床边坐下。

徐蔼然问她："我的眼睛如果不做手术，是不是会看不见？"

叶筱梦说："医生是这么说的。但是只要做手术，就有机会能完全康复。"

徐蔼然说："如果手术失败也会失明？"

叶筱梦低低地"嗯"了一声。

徐蔼然说："你去跟医生商量一下，我要出院几天。"

叶筱梦紧张起来："姑婆你要做什么？你有什么急事的话，我可以帮你去做，你现在必须留在医院里。"

"我还有事情没做完。"徐蔼然非常坚持，"去给岑正印打个电话，让她去家里等我。"

她的语气不容置疑，叶筱梦根本拿她没办法，只好照做："知道了。"

接到叶筱梦的电话时，岑正印正在指挥顾好把行李放回原处。

"老板，你跟白舸和好了？"见自己老板心情不错，顾好打听道。

岑正印不是花痴脑，虽然她承认方才的确被白舸撩动了一下，但并不表示她失去了冷静分析的能力。

白舸的话说得更直白一点就是：章泽端想从百工坊牟利。除非他的利益得到实现，否则他不会帮助白舸。

这其实是岑正印先前一直忽略了的问题——

非遗文化除了社会意义和文化价值，其实还包含了商业利润。步家之所以被盯上，会不会就是因为他们曾是百工坊成员呢？百工坊、"克伊洛斯"……这背后所牵扯到的利益链，会不会比想象中更庞大？

手机铃声打断了岑正印的思路，她接听了电话，听到叶筱梦说徐蔼然要见她，就片刻也不迟疑地去徐家等了。

方婶在家，为她开了门，让她在客厅里等。

只见茶几上放着一些画了图案的宣纸，上面多是鸳鸯、蝙蝠、猴子之类。

方婶说徐蔼然平时不工作时，除了看书，更多的时间是在画画。大部分的瓷器上面都有花纹，她画画是为了修补花纹时更加得心应手。徐蔼然从小学习国画，因为工作需要，成年之后也一日不敢怠慢。

瓷器上的花纹和图案都有寓意。比如龙和凤，寓意龙凤呈祥；龟、鹤、松都有长寿的寓意；鹿是"仁"兽，在民间绘画中象征着太平；"鱼"与"余"同音，带有"连年有余"的意味；鸡与鸡冠花隐喻着官上加官。

这些寓意说起来简单，但是要画到瓷器上，却非常考验技艺。

这两天徐蔼然住院，却还是有人上门来求见。

昨日有人带着一只粉彩大瓶前来，瓶口缺损，想要请她修复。

今日又有人带着一尊送财童子像上门求见，在方婶那里就吃了闭门羹："你这童子像是水晶制品，我们没有技术复原。"

那年轻人慌慌张张，说童子像是家中长辈的物件，他失手磕出裂纹，怕长辈生气，愿意花高价寻求修补之法。

方婶表示爱莫能助，年轻人只好带着东西离去。

"水晶有了裂纹，磁场就损坏了，还怎么送财。"方婶望着年轻人的背影兴叹道。

岑正印见了，笑道："你觉得它能送财就一定能。本来转运这种事就是信则灵。"

方婶在徐家很多年，见过不少人拿着千奇百怪的损坏物前来修补，也见过一些人被拒之门外之后，久久不肯离去，好像徐蔼然是他们最后一根救命稻草。

"都是求个心安。"方婶说道。

"岁岁平安，碎了一样能保平安。"岑正印说。

两人谈话间，有一位先生来取修补好的东西。

方婶把他那只修复好的冰梅罐抱出来，他的眼眶通红："请你代我谢谢徐女士，它终于和从前一样了。"

其他人无从知晓这只冰梅罐对他的意义，但是跟从前一样？怎么可能？

先生将预先写好的支票交给方婶，岑正印看见上面的数字，不禁瞠目结舌。

那么多钱，足够买两三只新的了。看来世间糊涂却执着之人，不止一两个。

岑正印等了半个多小时，徐蔼然才在叶筱梦和白舸的陪同下回到家里。

叶筱梦先扶徐蔼然回房间休息，方婶上去帮忙。

岑正印倒了杯水给白舸："你真用美男计了？"

不然徐蔼然怎么会突然叫他们来？

外面太热，白舸被晒得口渴，一口气喝完了水，把杯子塞回她手里，仿佛没听到她的提问。

当然跟白舸没有关系，徐蔼然之所以急着回家，是因为还有工作没完成——有人送来的一只黑釉树叶纹碗还没有修补。

黑釉树叶纹碗是宋代瓷器的代表。在制作之时，先将经过处理的树叶贴在已经过釉的碗上，再在贴好的叶子上施一层含铁量较高的薄釉，然后揭去树叶，入窑烧成，叶子逼真的形态和叶脉上挂的薄釉便自然地烙在碗壁上，仿佛碗中真的落了一片树叶，与绘画或刻画而成的叶子相比，别有一番情趣。

如今这只碗被物主摔成了两半，被徐蔼然从锦盒里捧出来。

岑正印看见她修补瓷器的工具，不禁一愣。

量尺、金刚钻、锔钉……这些都是锔瓷的工具。

瓷器修复的方法主要有三种：热修、金缮、锔瓷。其中"锔瓷"是民间保留的一种传统修复工艺——用像订书钉一样的金属"锔子"把打碎的瓷器连接起来，达到"滴水不漏"的效果。

周家就是号称"破镜能重圆"的锔瓷世家，岑正印没想到徐蔼然用的也是锔瓷技艺。

两者之间会不会有什么渊源？

岑正印看向白舸，见他似乎跟自己有同样的疑惑。

两人不语，徐蔼然已经开始工作。

她先找碴、对缝，将破损的瓷器拼接起来，再根据纹饰结构确定锔钉数量和位置。这个步骤叫作捧瓷。

之后是打孔。在瓷器上标注好锔钉的位置，用金刚钻进行打孔。俗话说"没有金刚钻别揽瓷器活"，打孔是门技术，瓷器的厚薄不同，打孔完全靠感觉，要干净利落，大小适中。瓷器薄薄一层，还不能打透，要把握好力度和方法。

最后就是上锔钉。锔钉的大小要根据器物的大小以及破损程度来计算。徐蔼然用的锔钉都是自己亲手制作的，使用什么样的锔钉，她都会根据瓷器的器型画片和残缺情况而定。

叶筱梦在一旁做辅助工作——调制底漆。底漆用大漆加上煮熟的糯米调制。在断面刷上底漆，漆渗入气孔中，糯米增加黏性，堵住断裂面的气孔。

她将茶碗放置在一个温度保持在25℃，空气湿度保持在75%到80%的特制箱子里，让大漆快速干燥。

岑正印环视书房，只见橱柜里摆放的都是经徐蔼然的手修补好的瓷器。这些瓷器经过锔瓷技艺的修复，反而增加了另一种难以言喻的"残缺美"。

忙了好几个小时，叶筱梦提醒徐蔼然先休息一会儿。

夏日的花园里满是翠绿，徐蔼然靠在遮阳伞下的躺椅上，任由大毛在她脚边嬉闹打转。

岑正印、叶筱梦和方婶在厨房里准备下午茶。

厨房里的碗碟普遍都用了二十年了。据方婶说，厨房里的米缸是徐蔼然外公的爷爷传下来的，到她外公那一辈的时候破了，修补好了继续用，上面的锔钉有徐蔼然外公钉上去的，徐蔼然后来又给它上了一次大漆。

橱柜里整齐摆放着的用具也别有生趣。方婶对于它们有源自生活的鉴赏力，红烧肉用什么碟子装，猪肚鸡汤用什么罐子盛，她都有自己的一套规矩。

大毛和白舸很亲近，看见他走近，就朝着他跑过去，"汪汪汪"地往他身上扑。

徐蔼然指了指旁边，示意他将大毛拴在树上，看出他有话要说："你有什么想问的？"

白舸坐到她的对面："您知道周家吗？"

徐蔼然微眯着眼睛："你说的是哪个周家呢？"

白舸说："周桥村的周家，锔瓷世家的周家。"

徐蔼然的神色被回忆软化："你说的周家，最后一位锔瓷手艺的传承人，是我的外公周敬之。"

白舸和岑正印方才的猜想，此刻得到了证实。

他跟徐蔼然说起了百工坊，说起了想要保住行署文化楼，从而重组百工坊的构想。

徐蔼然问他："你既然是方家的后代，那么你的父亲是白朗炎？"

白舸点头。

"我小时候见过你的外曾祖父，很多年前我和你母亲也曾有过一面之缘，"徐蔼然回忆起往昔来，思绪在故事里沉浮，"你母亲继承了方家人的风骨，和你外曾祖父一样，非常优秀，但为人温和、礼貌、谦虚，可惜啊……命运弄人，她那么年轻就离世了。"

方家是W城的名门望族，当年曾经占据了W城金融的半壁江山。他们开银行，做丝绸生意，搞运输，样样风生水起，走进任何一家方家的店铺，都能听到掌柜数钞票的声音。

但方利山是个真正的绅士，他沉稳持重，谦和赤诚，没有架子，也从不乱发脾气。他爱国，关心穷人，战争时期几乎拿出了自己的全部家产支援抗战。

方家人的身体里都流淌着方利山的血液，扎实肯干，懂得顺应时势，总能脱颖而出。

白舸的外公也是一位了不起的人物。他是一位建筑师，也是一位投资人，在两个行业都非常受人尊敬。他有一名独女叫方鉴开，是大家闺秀，也是新时代的海归女性，让人高不可攀。

方鉴开二十二岁嫁给了出生于军政世家的白朗炎，那场世纪婚礼曾经轰动W城。可这场联姻远没有人们想象得那么浪漫美好。

白舸七岁时亲眼看见母亲被害身亡，自那以后他便与父亲形同陌路。

后来，他在方家成长，继承了外公的衣钵，成了一名中外闻名的建筑师。

这些往事，如若不是徐蔼然提起，白舸是万万不愿意仔细回想的。

岑正印帮助叶筱梦把下午茶端到花园里来，却发现白舸已经走了。

徐蔼然表示愿意录制岑正印的《有忆》："不过拍摄要在两天之内结束，两天之后我要进医院做手术。"

叶筱梦喜出望外："姑婆你答应做手术了？"

徐蔼然说："百工坊要重建，周家人必须出一份力。"方家后人的出现，白舸提出的关于百工坊的未来构想，让她明白还有很多未完成的事业，必须珍惜光明。

离开徐家，岑正印立刻回到酒店，召集团队开了视频会议。大家就"锔瓷"主题的拍摄展开了讨论，各抒己见。

岑正印吸取每个人想法中的闪光点，但保留自己绝对的权威。她冷静、睿智、自信，只要有她坐镇，团队的人就不担心这条船会偏离方向。

"我长话短说。"商定了最终策划之后，岑正印提醒大家需要注意的地方，"明天早上七点，所有人必须赶到周桥村，但是考虑到村里有不少游客，所有人的行程务必保持低调。徐蔼然有眼疾，所以上午九点到下午四点之间，禁止室外拍摄。我们力求还原徐蔼然最原始的工作状态，让观众看见非遗技艺最真实的一面，因此在拍摄过程中，不必做任何导演。"

她条例清晰地交代完工作，结束会议，看看手表，发现已经十点多。

隔壁的房间还没有动静，白舸似乎还没有回来。

她垂眼看了眼桌上的手机，拿起来，拨通了白舸的号码。

"嘟嘟嘟"的声音空荡荡地响了好几声，岑正印打算挂断电话之前，白舸接起了电话。

岑正印跟他说了他走后发生的事："徐蔼然答应拍摄节目了，明天她会修复'举案齐眉'。章泽端应该知道她就是我们要找的周家人吧，先前刁难我们，难道是在故意给我们提示？"

"先修复好'举案齐眉'，其他事情之后再说。"白舸的声音低沉。

他的心情很糟糕，岑正印听出来了。

他下午和徐蔼然聊了什么呢？

岑正印不太方便问，只好望了望窗外，换了个话题："要下雨了。"

白舸抬头望了望天空："是啊。"

岑正印静了几秒没有说话，电话另一端的人也维持着沉默，于是电波两端陷入了安静，静到似乎能听到电流声。

奇怪的默契之下，两人竟谁都没挂断电话。

岑正印隐隐约约听到了公交车进站的声音——114路公交车，正停靠宝中路站。

"我先挂了。"岑正印挂断电话，快步出门。

白舸将手机收起，抬头看向雨幕。

恶劣的天气下，晚归的人很少。

末班114路车靠站，下来两个人之后，车上就空了。

傍晚时分，他开车离开周桥村，漫无目的地绕着路，最终停在了这个公交站台旁，靠在车门边抽着刚才旁边便利店买来的香烟。

大雨说来就来，他抖了抖风衣上的水珠，迈步走到便利店的屋檐下躲雨。

雨水哗啦啦地砸在雨棚上，让他的脑袋里轰隆隆一片杂音。

耳鸣让他想起了七岁那年的枪声，想起母亲中枪倒地时溅了他一身的鲜血。

烟蒂落在了手背上，灼热感钻进他的皮肤，要把他的心烧得冒青烟、露白骨。

这场雨来得正是时候，好像是专门要拯救他的。

街面渐渐开始积水，一双脚踏着水花跑上台阶，似乎也是来躲雨的，却在他的面前停下来。

白舸抬起眼，看见了岑正印的脸。

"你怎么到这来了？"短暂地凝视后，他问她。

岑正印指了指和他并排停着的车："打算回去城区，看见你就停了下来。"

白舸揭穿她："回城走这条路？你怕是到明天天亮都回不去。"

岑正印从善如流："我对路况不熟悉，所以走错了。算了，反正都下雨了，就不回去了。"她说起这种善意的谎言来，眼睛都不眨一下。

白舸默默地抽完了一根烟，见岑正印身后有一辆车飞快行驶着，眼看着泥水就要溅她一身，他眼疾手快地揽住了她的腰，几乎将她抱上了台阶。

耳边的风声"嗖"地一下，岑正印只觉得腰间一紧，水花溅在身侧，才意识到是怎么回事。

身后的车已经高速驶离，她还被箍在男人的怀里，鼻尖几乎抵着他的颈窝。他的身上带着潮气和烟草味儿，让她的心一点点往下沉溺。

靠得太近，凝视的目光将彼此的脸牢牢困在眼睛里，让大脑丧失了思考的能力。

等岑正印站稳，白舸收回了手。

雨没有要停的迹象，两人站在屋檐下躲避。

岑正印问白舸："下午你和徐蔼然聊了些什么，她竟然答应做手术了？"

白舸说："随便说了些过去的事。"

岑正印开他玩笑："看来英俊的男人对于任何年龄段的女人都有吸引力。"

白舸一点没笑。

岑正印不说话了，就陪他站着听雨，等他的情绪平复。

街上渐渐没有了行人。

"等我会。"白舸转身走向身后的便利店，过了一会儿，买了一把伞出来，"走吧，总不能在这里站到雨停，一起回去。"

说着他把伞撑开，举过岑正印的头顶。

两人并肩走进雨幕，往停车的地方走去。

没有多远，两人走得很慢。

他为她撑着伞，直到她打开车门坐进车里，他才回去了自己的车上，两人先后发动了车子，开回度假酒店。

在停车场停了车，岑正印的肚子饿得咕咕叫。

她没吃晚餐，想想白舸应该也一样。

白舸走来为她撑伞，她拽了拽他的衣袖："先不急着回去。"

"去哪里？"

"去趟超市。"

酒店门口就有家二十四小时的便利店，岑正印麻利地进去买齐了东西。

岑正印住的是家庭房，带有厨房，可以开火煮东西。

她一进门就开始忙碌，回头跟白舸说了句："你先去坐一下，十分钟之后就可以吃了。"

暖黄色的灯光下，开水沸腾之后的雾气弥漫起来。

白舸很饿，空虚的胃迫切地期待着美味温暖的食物。

窗外是浩瀚的黑夜和凄凉的大雨，窗内是一间厨房和一个暖色调的人影。

比起被保护起来的历史古迹，有人烟的房子更让人感到亲近。

母亲的梦想之家是什么样子，他想他似乎明白了一点。

"太晚了，所以就吃简单一点。"岑正印端了两碗杂菜面出来。碗沿太烫了，所以她稳当地放下碗之后，捏了捏耳垂。

白舸用筷子夹起面，露出两个荷包蛋。

他看向对面："怎么你自己只有一个？"

岑正印饿得狼吞虎咽，指了指手表："十一点了，我吃一个已经是罪过了。"

白舸看了看她，咬一口荷包蛋，露出笑容。

他终于笑了，岑正印释然。

第二天，节目组按照岑正印说的时间到达徐家。

徐蔼然有自己的生活节奏。用过早餐，在花园里稍微散步和休息半小时，她才上去书房，开始工作。

"举案齐眉"被摔成了四瓣，碗沿和碗底都磕掉了碎片，修复成原来的样子已经是不可能了。

叶筱梦陪着徐蔼然构思好修补方案。

首先找碴对缝，叶筱梦将碎裂的器物用工具固定之后，以金刚钻钻眼，钻眼只能打到三分之二，先上锔钉的左脚，剪钉后再上右脚。

徐蔼然选好了位置准备钻第一个眼，金刚钻一下去，又稳又准。

锔瓷常见的工艺有三类，分别是：锔钉、包口和镶嵌。"举案齐眉"的碗口有个缺口，所以需要增加镶嵌的步骤。

徐蔼然告诉岑正印，自宋代算起，锔瓷已经有一千多年的历史，《清明上河图》上就有锔瓷艺人锔瓷的情景。锔瓷艺人在民间被叫作锔炉匠。是被人瞧不起的行当。

当年那些锔炉匠，帮寻常老百姓补锅补碗的，叫作"行活"，也就是粗活。另外还有一类，专为达官贵人服务的，叫作"当活"，也叫秀活。他们的金刚钻小巧精致，锔钉都是用锻铜工艺加工而成的，有花钉、素钉、金钉、银钉等等。

到了清朝乾隆盛世时期，秀活进一步发展，由被动修补转为主动作秀，由单一的锔补转为锔补修复、嵌饰做件、镶包配饰等风格特异、艺术魅力独特的一门绝活技艺，成为古董、古玩行里古旧老瓷器作秀的一门专业行当。

现在能看到的锔瓷手艺，基本上都是古董古玩行里的秀活。

和大部分传统的手艺一样，锔瓷也是家族成员之间口口相传，同时传男不传女的，这也是很多非遗手艺历经了几百年，渐渐失传的原因。

"哐当"一声，徐蔼然忙了两个小时，眼睛泛花，失手让工具掉落到了地上。

"姑婆你休息一下吧。"叶筱梦将徐蔼然扶到一边，帮她点上眼药水，让她闭目养神。

徐蔼然躺在藤椅上，跟岑正印说起周家的往事："我外公只有我母亲一个女儿，外婆不想外公的手艺无人继承，于是就悄悄地教我母亲，那时候她也是想我母亲能有个一技之长,将来不至于没饭吃。"

"后来这件事被我外公发现了,我母亲被罚跪了三天三夜,并且立誓从此以后不再碰金刚钻和锔钉。周家的祖训就是手艺不传女孩。"

"外公七十多岁的时候,身体就完全不行了,双手发抖,拿不起金刚钻。他很担心周家锔瓷技艺后继无人,所以生命最后的三个月,外公口述,外婆记录,写了一本笔记,将周家的独门技艺全部写在了上面。"

"母亲花了毕生的精力研究外公的笔记,但学到的也只有其中三成。外公最后悔的事情是没亲自把手艺教给母亲,没能找到继承人,如果百工坊当年一直办下去的话,可能他就不会有这样的遗憾。"

"我是在母亲的逼迫下开始学习锔瓷的,小时候不知因此吃了多少苦。当时我怎么都不能理解啊……为什么她不像别人家的母亲一样要求我好好读书,偏偏要我学手艺。我花了二十年学到她全部的本领,在瓷器圈内渐渐有了名气,可后来翻阅外公的笔记,我依然自惭形秽。"

徐蔼然微微睁开眼睛,模模糊糊地看向窗外,看向远方。

时代的洪流曾经从这片热土上碾过,很多人事逝去,留下来的只是少数。

我们已经没有多少东西能失去了。

……

徐蔼然闭眼渐渐睡着,岑正印、叶筱梦和方婶退出了书房。

"蔼然脾气大,年轻的时候格外任性,泽端却是个对人对己都严格要求的人,自然容忍不了她,于是两人很快分了手。章家跟周家斗了几十年,以为在他们这辈可以化干戈为玉帛,谁知道斗得更凶了。"

这两天岑正印和方婶混熟了,方婶跟她说了一些过去的事。

"周桥村原本有三户大姓,姓周的、姓章的和姓江的,彼此之间很有渊源,百年前都是一家人。一开始三家是以周家马首是瞻的,后来周家渐渐式微,章家脱颖而出,事业越做越大,有了今时今日的地位。'举案齐眉'是章家人祖传之物,当年章家人给了蔼然作为聘礼,后来泽端和蔼然分裂,泽端也没要回它。蔼然觉得碍眼,就把它卖到了拍卖行,几年前泽端花了不少工夫才找到拍卖行,花钱把它买了回去。"

结果却被章陶陶和江浩然摔坏了,这可真是……

岑正印正感慨,徐家门口,突然一辆车停下,池枫从车上走下来,走进院中。

岑正印迎过去:"池大少爷,这几天我还以为你失踪了,现在我的难题解决了,你倒是现身了?"

池深站在那里,两手一插兜,回给她一个意味深长的挑眉:"我是在给你制造机会。"

岑正印回头,顺着他的视线,看见屋内的白舸。

白舸身材修长清瘦,穿一件白衬衫,袖口卷着,领口的扣子也解开两颗,难得的随意感为他增添了几分少年气,但锁骨和手腕的线条依旧好看得让人移不开眼。

"我老师联系我了,说近期会回国。"池枫说。

岑正印喜悦,但又想起关北山没定性:"近期是什么时候?"

池枫摊手:"也许是一个星期,也许是一个月,也许是明年。"

岑正印微微挑眉，等着他的后话。"近期"这种完全不确定的时间，不是他这种习惯掌控全局的人能容忍的。

果然，池枫说："我已经派人去接他了。"

池枫说着，看见叶筱梦，朝她点头示意。

"方婶准备了水果，你们来用一点吧。"叶筱梦在客厅门口唤他们。

池枫走过去，和叶筱梦并肩放慢脚步进客厅，两人不知聊起了什么。

这两人什么时候这么熟悉了？岑正印不禁想。

徐蔼然醒后，节目继续拍摄着，到了傍晚，却出了点小意外。

徐蔼然说有人私自进了她的书房，并且翻动了她的东西："书柜里的书被人翻过，书桌上的镇纸、博古架上的器具也被人动过。"

对于房间里所有东西的摆放顺序，徐蔼然都有自己的规矩，所以哪怕是稍微一点点的变动，她都能轻易地看出来。

顾好从楼上跑下来，在岑正印身后低声说："我问过大家了，除了下午拍摄的时候，没人再进来过。"

"您丢了什么东西吗？"岑正印问徐蔼然。

徐蔼然板着脸没回答，但看样子应该没有。

"照您刚才说的，书房里很多地方都被翻过了，这个私自进您书房的人很可能是在找东西，可是您什么东西都没丢，这有些不合理。"

徐蔼然一拍椅子扶手："他可能没找到想要的！难道我会故意冤枉你们？"

岑正印小心地问："会不会是您记错了？"

徐蔼然冷哼一声。

岑正印只好说："不然还是报警吧。"

警察要是来了，又要问口供又要取证，徐蔼然更加不得安宁。

她发作起来，怒道："叫你们电视台的人全都离开！马上离开！"

她蓦地从椅子上站起来，一阵头晕目眩，脑中嗡一响，差点站不住。

叶筱梦和方婶一左一右扶住她。

方婶说："哎哟！我下午进来抹过灰，东西是我动的！"

徐蔼然半信半疑："真是你？"

方婶说："当然是我了，我下午还拖了地，你不是看见了吗？你看看你发这么大脾气……这是干什么啊？"

叶筱梦扶徐蔼然到床上躺好，给她滴眼药水，吃药。

岑正印在走廊站着，等方婶出来，问她道："方婶你真的进去抹过灰？我记得你拖完地就去花园浇花了吧？"

方婶拉着她去楼下，小声说："一点点小事，何必闹那么大？蔼然有眼疾，很可能是看错了，你就别跟她计较了。"

客厅里，节目组的人工作了一天，此刻都在收拾器械。平白无故被人当成小偷，没人心情好。

"晚上我做饭吧，我请大家吃饭！"岑正印尽可能地缓和气氛。

顾好最先配合她："能自助点菜吗？"

岑正印答应了:"行是行,不过你得负责把食材买回来。"
顾好很爽快:"没问题,大家尽管点菜!"
美食最能鼓舞士气,大家讨论起菜单来,顾好一边听一边记,然后立刻去买。
徐家有些现成的食材,岑正印进厨房处理。
厨房门口一群人围观,白舸不明所以,问叶筱梦:"她搞什么?"
叶筱梦道:"今晚正印做饭。"
节目组的人回头跟他们说:"你们都不知道吧,正印厨艺精绝,只是平时从不轻易展示,今晚你们可有口福了。"
顾好火速买了菜回来,岑正印在厨房里一通忙,一道道菜被从厨房端上餐桌。
"哇,红烧狮子头啊,这个正点了!"
"你闻闻这个。"
"咖喱牛肉啊,好香。"
"还有胡椒猪肚鸡,这可是我的最爱!"
一道道大菜被摆上桌子,周围再摆上几个小炒,这一桌就比任何星级餐厅的佳肴都让人眼馋了。
大家都饿坏了,纷纷抓起筷子开吃。
"太好吃了吧,这简直破坏我的减肥大计啊。"
"正印你是厨师学校毕业的吗?这水平可以去开餐厅了吧,一定能赚大钱。"
徐蔼然也加入了用餐的行列,连她挑剔的味觉都找不出这顿饭的毛病来。
顾好举手发言:"你们知道老板的招牌是什么吗?是杂菜面,只是我从来没吃过!"
岑正印笑道:"说了是招牌,能让你轻易吃上吗?"
顾好委屈道:"那谁能吃得上?反正正阳肯定吃过,还有谁呢?未来男朋友一定能吃上吧?"
岑正印敷衍道:"是啊是啊!快吃饭,肉都堵不上你的嘴!"
她夹了一块牛肉给她,眼光却不自觉地看向白舸。
可白舸面无表情,似乎什么也没听出来。
一顿饭吃了两个多小时,大家边吃边聊,气氛融洽。

饭后,白舸接了个电话,说是他父亲被紧急送进了手术室,于是他立刻赶往了仁爱医院。
医院这一层的病房全是套间,专人专户,环境清幽。
白舸走出电梯,就看见走廊上摆满了鲜花,丝绒地毯很厚实,鞋子踩下去安静无声,像踩在云端上一样。
病房里,窗子和阳台的玻璃门都挂着丝绒落地帘,帘子拉开了一些,城市的夜景依稀可见。
床上坐卧着一个五十多岁的男人。就算年轻时再怎么身经百战,再怎么英姿飒爽,到了这个年纪也显了老态,尤其是生了这一场大病。
走到病房门口的瞬间,白舸就意识到自己被骗了。
病床上的男人正在看书,看见门口的人影,将书放下:"你打算给我站岗?"语气虽然平淡，但声音洪亮，字字铿锵有力。

白舸走到病床间，双腿并拢站得笔直，是一个标准的立正军姿。

男人摘下了眼镜："我听说你最近在忙百工坊重聚的事，步家还因此发生了意外，甚至有人坠崖，是跟那林有关？"

白舸不出声。

男人警告他："警方已经介入了步家事件的调查，你如果确保不了百工坊家族的安全，我建议你终止寻访，免得让他们陷入危险。"

白舸冷笑一声："您以什么立场跟我说这番话？"

男人冷漠而威严："你什么态度？你来这里就用这种态度跟我说话？"

白舸反问："你以为我想来吗？"

"是我让护士打电话叫他来的。"阳台上走来一个中年女人，试图化解剑拔弩张的气氛，"孩子好不容易来了，你就不能说点别的？看看，你还让人站着，真当自己还是首长啊。"

中年女人说着，便要去给白舸搬椅子。

白舸转身劝阻："不用忙了，我马上就走。"

男人听他说要走，愈发生气了："我让你走了吗？我的话还没问完。"

可惜白舸头也不回，笔直往外走。

"小舸等等！"中年女人追了上去，微微掩上了门，"你爸心里是想见你的，不然也不会到处打听你的事，把你骗过来是我自作主张，他不知道。他平时训人训惯了，但看见你，他心里是高兴的。"

白舸声色不动："您好好照顾他，我走了。"

女人看着白舸远去，回头又看了看病床上的人，暗自叹息。

这父子俩，一样的倔脾气。

白舸离开病房后，刚走到停车场，就听见身后传来嘈杂的争吵声。

他回头，看到一辆警车停在车位上。一名穿着制服的警察跳下车，拉开后门，紧接着后面座位上的三个人也下了车。

三个女孩各个脚下虚浮，应该是喝了不少酒。

"警官，哪条法律规定大白天喝酒犯法？白天不能聚会吗？你们以为穿了一身警服，就能随随便便抓人？"

"大白天喝酒不犯法，但是不管什么时候，酒驾都犯法！"

原来是警察查到了酒驾，送来医院抽血的。

白舸扫了三个女孩子一眼，收回视线，坐上车。

"警官，我跟你说了至少三遍了，车子是我开的！"后座又走下来一个女孩，神色清醒地跟警察交涉。

"是不是你开车，看看监控就知道。"警察依旧领着她们去抽血化验。

白舸把车开走，从几个女孩身边经过时，从后视镜里看见其中一个人的正脸，眼睛一下子瞪大了。

一个人的样子蓦地出现在他的脑海里。

他猛然踩下刹车，下车冲进电梯。

电梯门快要合上之时，忽然有人扒开门冲进来，三个女孩和警察都诧异地看着来人。

三张面孔就在眼前，可哪个都不是白舸以为的那个人。

"抱歉。"白舸冷静下来，默默地退出电梯。

电梯门关上，站在三个女孩后面，正弯腰捡东西的女孩直起身来，并没有留意到刚才发生的一幕。

徐蔼然眼睛的状况越来越差，因此更加迫切地想要将"举案齐眉"修补好。

章陶陶来徐家拜访，看见"举案齐眉"的时候吓了一大跳。

她以为徐蔼然这位"世外高人"能把它修复如初，哪知道上面镶嵌了好几颗铆钉，根本不是原来的样子。

"这样真的可以吗？爸爸看见会不会生气？"她担忧地低声问岑正印。

徐蔼然的耳朵灵，听到了她的话。

岑正印赶紧在她发火之前，把章陶陶领出了书房："我们出去说。"

"你父亲让你来取东西的？"走廊里，岑正印问。

章陶陶摇头，看得出她的情绪不佳，因此神色苦闷。

阳光从窗口射进来，斜斜地照在她的脸上，她的睫毛被光影拉得很长，小扇子似的，整个人像只焦虑的小鹿般，让人心疼。

"小鹿"圆圆的眼睛看着岑正印，随时要垂泪一般："爸爸说他把'举案齐眉'卖给你了，我只要能求得你的原谅，他就不生我的气了。"

岑正印问："那你还担心什么？"

"他不让我再见浩然了。"这对章陶陶来说真是天大的事。

岑正印不知该怎么劝她，总不能跟她说"江浩然品行不端，你的确不该跟他在一起"吧。

"我今天能跟你住一晚吗？就一晚。"章陶陶恳求岑正印。

看来她是跟家里人闹别扭，负气跑出来的。等她气消了，说不定明天就会主动回去，收留她一晚上倒没什么问题。

"等会你跟我一起回酒店吧。"岑正印说。

章陶陶却说："我想在这里睡一晚。"

岑正印给她弄糊涂了："在这里住？为什么？"

章陶陶咬着上嘴唇，纠结着该怎么说："我就想在这里住一夜，明天天亮之后我就走，行吗？"

她为什么要求在徐家住？

难道是因为章泽端不会想到她躲到了徐家来，就算有怀疑，碍于和徐蔼然的纠葛，他也不会上门来要人？

如果这么说的话，难道章陶陶是打算和江浩然私奔？明天天亮就悄悄离开周桥村？

这种事可大可小，岑正印怕她被人骗，于是说："你告诉我发生了什么事，我再考虑要不要帮你，否则我现在就给你哥哥和父亲打电话。"

章陶陶不吭声，岑正印真的拿手机拨号了。

电话差一点就通了，章陶陶夺过她的手机挂断，一咬牙说出实情："我发现隽甯祥里卖的瓷器，一半以上都是高仿品，我不知道该怎么办，我也不敢回家。"

仿古瓷器，在周桥村不是什么稀罕物件。通常一个老百姓的家就是一个仿古瓷作坊，像爸爸拉坯、儿子女儿描胎雕胎、爷爷烧窑这样的景象，屡见不鲜，一家人就能成为一条生产线。

周桥村也常年居住这样一些游客：他们来这里就是为了拿货，是各家拍卖公司的拿货人，来采购周桥村的名家陶瓷作品，但更多的是买"高仿货"。

能称得上"高仿"的，无论品质、材质，还是做工、手艺都要能与真品媲美，还要经过"做旧"，才能够以假乱真。

仿古瓷是一个中性词，在市场上可以公开买卖，而"高仿""做旧"则等同于造假，通常都是地下买卖。

周桥村的"高仿"产业链由来已久，但近些年地方机构和村内主要的制瓷作坊都签订了协议，共同杜绝高仿品以真品的形式流入市场。章家首当其冲，最先声明隽甯祥内绝不制假售假，并且可以帮助消费者做瓷器真伪的鉴定。

凭借着在周桥村的声望，章家的隽甯祥是中外游客购买陶瓷制品的首选之地，因此顾客络绎不绝。

可此刻，章陶陶却告诉岑正印，隽甯祥里贩卖的瓷器，有一半以上都是假的？

"我爸爸这两年专心做学术研究，家里的生意都是哥哥掌管。我很少去店里，今天爸爸训斥了我，我想找哥哥帮忙，才去店里找他。见他在忙，我就进里头的屋子随便转转，哪知道让我发现货架上的几件瓷器都是假的。"

最里头的屋子，岑正印和池枫是进去过的，倒是一点端倪没看出来："你只随便看看，就能辨出真伪？"

"你不相信我吗？"

"你现在指控的是你自己家的铺子，这件事非同小可。"

"我知道，就是因为这样，我更加不会胡说八道。"

岑正印一犹豫："要不我们再去隽甯祥看看？"

章陶陶一个劲地摇头。她遇事爱逃避，之前打碎"举案齐眉"时是这样，现在又是这样。

"我从隽甯祥带出来了一件东西。"她打开背包，拿出一件瓷器，"这是清代的蓝料粉彩大吉图宫盌，是高仿品。"

岑正印对瓷器完全不在行，但楼上有一位行家。

她和章陶陶一同拿着宫盌去找徐蔼然鉴定。

徐蔼然将宫盌拿在手里，看了两眼，问章陶陶："你怎么看出它不是真品？"

章陶陶说："因为笔法。"

"这件瓷器的笔法融会贯通，完全不见描摹的痕迹，你为何认为它的笔法有问题？"

"就是因为太融会贯通了，画师自以为套用得天衣无缝，其实融入了自己的'创作'，和原本的图案有了区别。"

徐蔼然把宫盌还给章陶陶，没再说什么，便是对她的认可。她也没问这件高仿品是从哪里来的，看来是心中有数。

章陶陶的怀疑在徐蔼然这里得到了证实，心中更是惴惴不安。

徐蔼然道:"你最好回家劝劝你哥哥,趁早跟你父亲坦白这件事,江家的高仿品做得越来越粗糙,真的遇上行家,很容易就会被识破。"

章陶陶惊讶:"这些仿品出自江家?"

徐蔼然冷哼一声。

这时正巧方婶从外面回来:"这一天到晚吵吵嚷嚷的,还有没有个安宁?"她嘴里嘀咕着。

徐蔼然叫住她:"你这是说什么呢?外面又出事了?"

方婶准备回房换身衣服做饭:"隽甯祥里丢了东西,正到处找呢,把店里的客人都扣了下来。"

章陶陶默默地把宫盌收到身后。

岑正印看她紧张的表情,于心不忍,帮她分析道:"现在你要么悄无声息地把东西还回去,要么直接找你哥哥问个清楚,否则事情闹大,最后有麻烦的还是你们章家。"

此刻的隽甯祥里乱成了一锅粥,掌柜怀疑客人偷了东西,把人全扣了下来。但顾客们可不干,一个个要求调监控。但为了保证交易的私密性,最里头的屋子根本没有监控。

"那就报警,让警察来处理这件事!"有人高喊了一声,其他人纷纷应和。

掌柜不肯报警,又不肯放人,双方差一点就打起来。

章铭瑄赶到,正要了解事情的经过,手机就响了。

他走到一边说了两句,匆匆命令掌柜把所有人都给放了,从后门走出了店铺。

章陶陶和岑正印刚好来到,前者看见了匆忙离开的章铭瑄:"那不是我哥吗?"

"跟过去看看。"岑正印拉着她跟上去。

章铭瑄绕了两段路,走进了一条仿古瓷器街,又绕了两个巷子,进了一个作坊院子,只见地上摆着不少烧成的瓷器,甚至还能看到一些仿造的名瓷。

院子里还摆放着十几尊大水缸,全都盛满了水,用帆布覆盖其上。

这是在进行胎泥沉淀。为了将杂质过滤掉,好的胎泥需要从一个缸换到另外一个缸,让泥料慢慢沉淀。

章铭瑄进了一个房间,岑正印和章陶陶躲在不远处的墙角。

"丢了东西的事老爷子已经知道了,隽甯祥里的存货不能卖了。"章铭瑄说。

"你打算全都退给我?"屋子里头坐着一个人,光线太暗,看不清脸孔。

章铭瑄道:"我可以原价照付你货款,但东西不能留在隽甯祥里,你们之后的货,我也不会再收。"

屋子里头的人笑了笑:"铭瑄啊,你怎么还是这么怕事呢?其实隽甯祥也好,章家也好,现在全都是你做主,你怕什么呢?"

"从一开始,我就不同意做这种生意。"

"哪种生意?只要是赚钱的生意,为什么不做?你家老爷子每年给你定的盈利目标是多少?你不是靠着做仿古瓷的生意,能达到他的期望?他也是老了,以为现在还是老皇历,外面做瓷器买卖的那么多,章家早就不是一枝独秀了。"

章陶陶听着这声音,越听越熟悉,越听越肯定:"是江叔叔……"

"谁?"

"就是江浩然的父亲江海。"

徐蔼然没有说错，章铭瑄暗中和江家有交易。

岑正印和章陶陶觉得这个作坊里一定有些不一般的东西，于是趁着江海和章铭瑄还在交谈，往里面走去。

院子后面的范围比想象中大得多，与其说这里是个作坊，不如说是个工厂。

"陶陶，你来看。"岑正印在一个房间里发现了好几个木匣子，里面放置着的无一例外都是精美绝伦的瓷器。

章陶陶走近，一一打开箱子查看。

岑正印认出箱子里的东西："这些都是即将在博物馆新馆展出的藏品。"

"都是假的。"章陶陶下结论道。

岑正印心头一震。博物馆的展品都是文物，江家却制出了一系列的仿制品，意欲何为？

"你们在这里做什么？！"伴随着一个吼声，几个人冲了进来，看见木匣子被打开了，立刻朝着她们逼近。

岑正印和章陶陶往后退，但很快被团团围住。

其中一个男人认出了岑正印，对其他人说："这个女的好像是电视台主播。"

又一个男人说："万一她把我们的事情捅出去……不能放她们出去啊。"

有人拿出了绳子，有人立刻架住了岑正印和章陶陶。

"干什么呢！"

岑正印和章陶陶刚被绑到一半，一个声音喝止了这些人的动作。

"干什么呢？把人放了！"进来的是江浩然，看见章陶陶被绑着，当下就给了最前面的人一拳，"谁让你们绑人的，快给我放了！"

这些人都是为江家办事的，不敢不听江浩然的话，但若是把人放了，出了什么纰漏，即便江浩然也担当不起。

一人走到江浩然身边，低声说："她们发现了我们的东西，要是说出去，可就坏了大事。"

江浩然一想，指了指章陶陶："你们把她放了，另外一个随便你们处置。"

那些人还在犹豫，江浩然的眼睛一横，他们不得不照办。

章陶陶被松了绑，江浩然连忙拉起她，连拖带拽往外走。

"你叫他们放了正印姐姐，不然我不走！"章陶陶拽着门框不放，怎么都不肯走，可江浩然不管，掰开她的手，一把将人抱起。

"哥，哥……救命啊！救命啊……"章陶陶大喊，江浩然要捂住她的嘴已经来不及，声音惊动了在前面谈事情的章铭瑄和江海。

"把我妹妹放下来！"章铭瑄冲过来，径直上前给了江浩然一拳，江浩然手一松，章陶陶趁机跳下来，躲到章铭瑄身后。

"这是怎么回事？"江海质问儿子。

不等江浩然回答，章陶陶已经拉着章铭瑄去解救岑正印了。

江海和江浩然赶紧跟上去。

岑正印被捆得严严实实，正被装进一个大木箱里。

"住手！"这次发号施令的人是江海，那帮人没犹豫，各个都停下了动作。

章陶陶上前，帮岑正印解开绳子。

章铭瑄第一次进这个房间，看见木匣子里的物件，也是一震。

江海镇定而严厉地问自己的工人："这是怎么回事？"

岑正印回答他："你的工人们怕我把你们制假的事情传出去，想要灭了我的口。"

江海打量她："你是中森卫视的主播岑正印吧？我们曾经见过，不知道岑小姐可还记得呢？"

岑正印说："记得，几年前我曾经采访过您和池深先生，您是古文化学会的会员，也是还原古瓷烧制技术大师。可惜那时候我还不知道您制假售假，否则一定是一桩大新闻。"

江海不怒反笑："岑小姐误会了，我们江家打开门做生意，做的卖的就是仿古瓷，都是堂堂正正光明正大的。我们从来不拿高仿骗人，真正骗人的是拍卖行、古玩店。"

这话暗指隽甯祥，把他自己的责任推得一干二净。

"那这些东西您怎么解释？"岑正印指了指那些木匣子。

"这些自然是为博物馆准备的。"江海格外坦然地说，"岑小姐看来没有做足功课嘛，不少博物馆为了防止特别珍贵的展品被损坏，会在展示厅里放置高仿品。这里的物件都是博物馆定做的，我们烧制好之后再'做旧'，到时候会送去博物馆中展出。每一件的出品都有记录，做坏的我们会全部销毁掉，绝对不会流入市场。岑小姐如果不相信的话，可以联系博物馆方面问一问，我们双方都可以出具证明。"

岑正印笑道："不用了，对于您的解释，我完全相信。"

他既然说得出，自然不会让她查出什么名堂来。

有外人在场，章铭瑄和江海之前的话题只好暂时搁置。

章铭瑄把章陶陶带回章家，岑正印则回去酒店。

顾好听说岑正印和章陶陶去了隽甯祥，去隽甯祥找了一圈也不见人，只好在门口等。

看见岑正印走来，她松了一口气，连忙跑过去，却一眼就发现了她胳膊上的淤青："老板你这是怎么了？"

岑正印不在意这些，问她："白舸呢？"

顾好说："没看见人。"

今天一天都没看见他的人影了，岑正印心里挺不自在的。

"去给我买点药吧。"她对顾好说道，然后低头在通讯录里寻找白舸的号码。

电话拨出，却半天没人接听，岑正印来回踱着步子，完全没注意到不远处一辆车正缓缓停下。

白舸下了车，就看见岑正印在那里来回晃荡，一副不安的模样。

几步越过路障，白舸朝她走近，提高了声线问她："在这里晃荡什么？"

岑正印专心地等着人接电话，没想到声音忽然从背后传来，吓了一跳，一只脚在路上崴了一下，差点就摔倒。

白舸两步跨上前，将人扶住。

岑正印刚好转身，拽住他的衣袖，看见他的双眼，心顿时咚咚跳个不停。

"你这么大人了，走路还摔跤？"白舸低头看她，皱了皱眉，目光在看见她胳膊上淤青的时候，陡然变沉。

"我下午去了趟江家。"在他发问之前,岑正印先解释,把事情的经过从头到尾跟他说了一遍。

"你好像一点也不惊讶。"岑正印说完了,发现白舸没什么表情。

白舸说:"这本来就不是秘密,仿古瓷自古有之,看用在哪里。"

岑正印说:"你觉得江海的话可信吗?如果他真的堂堂正正,他的人为什么要绑我?"

"我的想法和你一样。"白舸转头和她对视,"不管是江家还是章家,浑水都比我们想象中的深,隽甯祥这次的事,就看章泽端怎么处置了。"

"你说他会怎么处置?隽甯祥里卖假货的事,他真的不知道?"

"这个问题我没法回答你。"白舸说着,看见顾好拿着买好的药跑回来,瞥了一眼岑正印身上的伤,"先去敷药吧。"

岑正印点头,跟顾好回了房间。

回房后,岑正印先洗了个澡,原本还不觉得有什么,等伤口碰到了水,她这才意识到了疼。

"你真得好好给我上点药了,否则我的胳膊明天没准会动不了。"从浴室出来,她一边擦干净头发,一边对顾好说。

"顾好买的那些不管用,我这里这瓶适合你。"接她话的人却是白舸。他正坐在沙发上拧开一瓶药酒的盖子,见她出来了,就瞥了瞥自己对面,示意她坐那。

白舸先往自己手上倒了些药酒,搓热之后覆在她的胳膊上,打着圈地推揉。

她白得跟瓷似的胳膊上遍布淤青,他用的劲不小,慢慢将淤血揉开。

岑正印别开脸,咬着下唇,没吭声。

"徐蔼然明天要进医院做手术,所以'克伊洛斯'的事情我暂时没提,等她的眼睛康复了再说吧。"一边推着她的胳膊,白舸一边说。

可是岑正印没回声。

白舸抬起头,看见她忍着疼的样子。

他停住手,视线停在被自己揉得一片又红又肿的皮肤上:"差不多了,明天再推一次就能好了。"

岑正印收回胳膊,自个儿吹了吹:"你还真忍心。"

白舸盖好药酒:"别怕疼,这样才能好。"

岑正印继续吹胳膊:"所以我说你不会有女朋友啊。哪个女孩子喜欢上你,真是够倒霉的。"

白舸的动作顿一顿。

岑正印注意到了:"生气啦?"

她把衣袖放下来,笑眯眯道:"我开玩笑的,我没觉得自己很倒霉。"

这话是承认自己喜欢他,她说得坦坦荡荡,毫不遮掩。

白舸似乎不为所动,将药酒收拾好,起身说:"你说得没错,所以无论哪个女孩子都别喜欢我。"

这是……拒绝吗?

"等等。"岑正印叫住了他,面对面追问,"你刚才的话什么意思?"

白舸神色冷淡："就是你理解的意思。"
　　他从她身边走开，不愿做任何多余的解释。
　　岑正印猝不及防，愣在当场。

　　白舸回到房间，将药酒放回桌上，脱力地倒在床上。
　　岑正印说对了一件事，哪个女孩子喜欢上他，真是够倒霉。
　　她也说错了一件事。他曾经有过女朋友，并且已经订了婚，但她却离开了他。
　　他这样的人，不适合做男朋友，更不适合做终身伴侣。
　　回忆让他疲倦，所以他渐渐睡着了。
　　他梦到了幼年时的那场大雪。
　　那场大雪整整持续了一个星期，积雪厚到一脚踩下去，小腿肚子都不见了。
　　他生了重病，可是父亲一个月没有回家。
　　母亲每天都照看着他，夜不能寐。
　　有一天夜里，他烧得浑身通红。车子开不动，母亲只能背着他去医院。
　　他觉得无比寒冷，睁开眼看见一片白茫茫。他趴在母亲温暖的背上，不知不觉就要睡过去。
　　母亲叫他不能睡，一路上不停地跟他说话。夜很黑，路上连一个人也没有，仿佛绝境。但是母亲背着他奔跑，安安稳稳地将他送到了医院。
　　他被推进了急救室，看见母亲脱力地倒在地上。
　　这一生之中，他只见过她倒下两次。
　　另一次，是在一个炎热的夏天。
　　那天天空很蓝，母亲穿着好看的亚麻裙子，是和天空很像的蓝白相间。
　　她来学校接他放学，还买了他爱吃的雪糕。
　　就在他们要上车的时候，一辆黑色面包车突然冲了过来，车上下来一个人。
　　母亲意识到了危险，用身体护住了他："快跑。"
　　白舸下意识地飞快朝人群的方向跑去，然后听到了枪声。
　　他回过头，看见枪手藏在镜片下的眼睛冷酷肃杀，他朝着白舸笑了一下，踩着母亲的血，在地上碾出脚印。
　　人们陷入恐慌，四下奔走逃命。
　　之后，警车、救护车、特警防暴车……各种嘈杂的声音接连响起，可是那个枪声依然持续不断地在他耳边回荡。
　　母亲倒在了血泊里，这一次再也没能醒来。
　　大概因为他的身体里流淌着跟父亲一样凉薄的血，所以他根本不懂得如何爱一个人。
　　从他有记忆时开始，他便知道什么是孤独。
　　母亲明明有丈夫，他明明有父亲，但一年中能见到他的时间却不超过十天。那样的孤独，比冰雪更冷。
　　没什么能温暖他。当子弹穿透母亲胸膛的一刻，他连她温暖的背脊也失去了。
　　从那天起，他的一生就注定长长久久地与孤独为伴。

第二天，徐蔼然要进手术室了。

方婶、叶筱梦、池枫、岑正印、白舸都来到病房里为她打气。

手术预计要四个小时，方婶执意要在手术室门口等，叶筱梦便陪着她。

岑正印和白舸站在一起，两人却是谁也不看谁，全程毫无交流。

医护人员来来往往，岑正印走到池枫跟前："能开车带我出去兜个风吗？"

池枫发现了她的低气压，也不多问："想去哪里？"

岑正印说："越远越好。"

池枫发动车子："走吧。"

车子驶出了市中心，又出了外环，渐渐往海边开。

岑正印把车窗开了一半，吹着风。

池枫什么都不问，静静地开着车。

岑正印的手机响了，她只当作没听见，根本不接。

紧接着，池枫的手机也响。

他接了电话，然后跟岑正印说："方婶叫我们去徐家帮忙取些东西。"

"去吧。"岑正印的心情不好，只要不跟白舸共处一室，去哪里她都无所谓。

徐家大门设置的是密码锁，池枫输入密码，门应声打开。

岑正印走进徐蔼然的房间，去拿方婶交代的洗漱用品和衣服，打开衣柜，却发现几件衣服掉落在了柜底。

这不符合徐蔼然的作风，她每样东西都会放置得整整齐齐。

岑正印正觉得古怪，忽然听见屏风后面传来细微的声响——那里有人。

徐家进贼了吗？岑正印一下子就想起上次徐蔼然说书房里的东西被人翻过的事情。

她一边镇定地继续找衣服，一边给池枫发微信，告诉他房间里的状况，让他配合自己抓住这个人。

衣服找齐了，她将它们放在床上，朝着屏风悄悄靠近。

良久，屏风后的男人发现外面没了声音，伸出个头查看，发现四处都没人了，于是渐渐探身出去。

哪料岑正印站在屏风正面，正好拿着手机拍到他的正脸："要去哪呢？"

男人被吓了一跳，气势汹汹地朝着她靠近，要夺她的手机。

岑正印一边朝旁边躲，一边盯着门口。

池枫那家伙也不知道干什么去了，竟然还没出现。

男人见门打开着，也没人拦，一个箭步就跑了出去。

岑正印赶紧追，追到花园里才发现池枫竟在埋头兴致盎然地浇花，对楼上发生的事完全无知无觉。

"抓住他！"岑正印对着池枫喊。

池枫愣了一下，等他反应过来追到路口，那小偷却早已不见了踪影。

岑正印报了警，警察不一会儿就赶了过来。

"我拍到了他，就是这个人。"她把手机里的照片给警察看。

警察接过手机仔细打量画面里的人，并没觉得眼熟，可见不是惯犯："家里人没事吧？你们先确认一下损失，家里如果有监控也调出来给我们看一下。"

"这家的主人在医院做手术，我是受托回来帮忙拿东西的。"徐蔼然和方婶都不在家，岑正印也无法确认到底丢了什么东西。

警察四处检查，确定小偷没有破坏什么，便留下了电话，要主人回来后与他们联络。

岑正印和池枫拿了方婶交代的东西，也迅速回去了医院。

医院里，徐蔼然的手术已经完成了。

医生说手术顺利，之后只要好好休养，一两个月就能完全康复。

听说家里进了贼要与警察联系，方婶说："家里值钱的东西都是看得见的，没少就没事，最要紧的是你们人没事就好。其他的书和工具小偷也看不上，还是等蔼然出院再说吧。"

医护人员将徐蔼然送回十二楼的病房，方婶跟着忙前忙后，一会儿指挥叶筱梦去拿这个拿那个，一会儿又让岑正印和池枫去帮忙买东西。

大家分头去忙，突然整层楼的灯都熄灭了。

"怎么回事？停电了吗？"护士们忙出去查看。

保安和电工一起检查电路，没一会儿，供电就恢复了。

"人呢？病人去哪了？你们看见病人了吗？"护士们回到病房，却发现病床上的徐蔼然不见了，方婶则晕倒在地上。

病床旁原本放置着的轮椅也不见了。

"病人不见了，快找人！"整个科室都被惊动，暂时没有工作的医护人员和保安全出动。

池枫和岑正印从外面买好东西回来，就听说十二楼停电了。

"据说是供电异常，还有人被困在电梯里，现在电梯还都停着。"有病人家属议论着，因为没法坐电梯，只好朝楼梯走去。

岑正印不死心地朝着电梯看了一眼，果然看见门边放着"暂停使用"的牌子和修理人员。

十二楼啊……要爬上去？

"要不我们等等吧。"她对池枫说。

"去旁边坐会儿。"池枫指了指旁边的休息椅。

要上高层的人基本都选择在楼下等着电梯恢复使用，时不时地朝着电梯口注目。

"还要多久修好啊？"有人跟工作人员问起。

"快了快了，大家先等等。"工作人员安抚大家。

另一名工作人员过来拉他："先别说了，先找人吧，十二楼刚动完手术的病人不见了。"

这话正好被岑正印和池枫听见。

岑正印站起身来，追上即将离去的工作人员："十二楼的病人不见了？哪个病房的？叫什么名字？"

"姓徐，刚做完眼部手术。"

池枫马上打电话联系叶筱梦，然后转述她的话给岑正印："方婶在病房被人打晕，徐蔼然可能被人带走了。"

顾不上挂断电话，岑正印和池枫朝着楼梯的方向跑去，挤在人群中往楼上冲。到了第五层的时候，有人说电梯可以使用了，池枫又忙拉着岑正印去坐电梯。

电梯口几乎可以用人山人海来形容，池枫和岑正印好不容易才挤进电梯，外头还有人要进来，里面的人不得不往里面挪。

电梯变成了沙丁鱼罐头，门缓缓关上。

岑正印不经意地往外头看了一眼，就看见个男人推着轮椅经过，轮椅上坐着个戴帽子的人。

电梯缓缓上升，岑正印忽然眼睛一亮，在周围众人的不满声里挤到前面按下了之后楼层的按钮。

电梯在七层停下，岑正印挤出电梯，直接从楼梯下到了五层。

她一面到处找人，一面打电话给池枫。

"去保安室看监控录像，找一个穿着黑色风衣，身高大概一米七左右的男人，他推着轮椅，轮椅上的人就是徐……"话还没说完，她忽然看到了目标，飞快地追过去。

但医院走廊上的人太多了，她不小心撞到一个人，等她连连道歉，要追踪的人早已没了踪影。

岑正印皱眉迟疑了一下，沿着楼梯朝着一楼跑去。

站在医院的大厅，楼上几层的情况可以看得更清晰，岑正印仰着脖子，原地转圈地四面看去。

白舸刚从大门口进来，就看见了她。

"你在干吗？"

岑正印的眉头紧皱着："徐蔼然不见了，我看见有人带走了她。"

白舸的神色深敛，跟她一样四下搜寻起来。

保安室内，所有人都盯着监控，仔细寻找岑正印形容的那个男人。

但医院里来来往往的人实在太多了，推着轮椅的人也不少，岑正印急急忙忙的，连自己在哪里看到了可疑的人都没说清楚。池枫再打电话过去试图询问清楚，她却一直没有接，保安室里的人只能一处监控一处监控地找。

池枫盯着监控画面，暂时没发现岑正印形容的男人，却意外看到了摔倒在地的叶筱梦。

"等等，那个画面，能放大吗？放大看看！"池枫指着监控器对保安人员说道。

画面中的叶筱梦摔倒后，快速地撑着地面站了起来，然后一边打电话，一边朝着右侧的安全出口奔去。

"怎么回事？派人过去看看！"保安科长连忙联系同事过去查看，对方那边的环境嘈杂，他听到有人喊，"有人举报徐蔼然被人带下了停车场！"

保安科长叫人调出了停车场的监控画面，果然看见了一个推着轮椅行色匆匆的男人。

池枫再次拨通了岑正印的电话，幸好这次她立刻接了起来："找到了你说的男人，在停车场！"

岑正印和白舸往停车场的方向奔，第一眼看到的却是在追一辆白色车的叶筱梦。

她神色焦急地冲过去，差一点就被车撞到，幸好白舸及时拉开了她。

"姑婆在车上！"叶筱梦指着车子道。

"我去追！你赶快报警！"白舸的车子就停在旁边，几乎与他上车的动作同时，叶筱梦也拉开车门坐了上去，并且快速地扣好了安全带。

白舸愣了一下，来不及叫她下去，连忙发动车子。

外面天黑了，而且正下着大雨，为了追上前面的车，白舸将车速不断提升，车子一路漂移着，稍有不慎就有冲出道路的危险。

两条街之后，两辆车并驾齐驱。

白舸向白色的车辆鸣笛，但白色车子上的人猛地打了一下方向盘，车身一扭，迅速切换到了另一条车道上。

白舸加速，领先了那车半个车身。就在这时，那车忽然降下速度，之后急速地冲撞过来。白舸猛踩油门，同时紧盯着后视镜，全神贯注地紧握着方向盘。

雨越下越大，如果那车再冲撞，或者方向盘打偏一厘米，他们的车子就会立刻飞出去。

大雨中，两辆车忽前忽后，箭一般地前进，在他们的身后，警车的声音也越来越近。

前面有个岔路口，白舸说了一声"坐好"之后，猛地调转了方向，开上了岔路。

而那车按照原来的路疾驰而过，转眼就不见了踪影。

白舸的车子在岔路上平稳地变道之后，再次开上了大路，并且由于抄了近道，那车反而被落在了后面。

这条路已经远离市区，暴雨中几乎没有车辆路过。

轮胎发出尖锐的啸音，白舸将车子横在马路中间，拉下了手闸。

那车已经飞驰过来，车上的人看见前面的状况，神色剧震，急踩刹车。

但是道路湿滑，车子根本刹不住。

两辆车几乎就要撞上，车上的人朝左打方向盘，可是依然止不住车子的去势，导致车辆侧翻，失去控制地在地上砰砰大震，安全带死死勒住了车上的人，气囊全都弹了出来。

白舸拉开车门快速下车，正欲奔过去救出徐蔼然，没想到叶筱梦的动作一点也不比他慢，她三步两步跑过去，迅速拉开右侧的车门，小心谨慎地将徐蔼然抱了出来。

驾驶座上企图带走徐蔼然的人努力地往车门外爬，警车驶近，警察将他控制住，叫了救护车前来。

岑正印坐着池枫的车随后追了上来，看见现场的情形，二人已知方才的过程有多凶险。

"怎么了？"池枫发现岑正印一直注视着被警方抓住的犯罪嫌疑人。

"我好像在哪里见过他……"岑正印仔仔细细地回想，脑海里突然出现了那天自己和章陶陶在江家某处院子差点被绑起来的画面。

被警方控制住的人，就是当时绑她的其中一人！

奇怪……难道是江家派人来绑架徐蔼然？为什么啊？岑正印正思考着，白舸在警察处做完笔录，朝着她和池枫的方向走了过来。

来得正好，她正有事要跟他说。

"我们谈谈。"她将白舸叫到了一边。

他们身后是忙碌的警察和工作人员,而眼前是在暴雨夜看起来格外汹涌的大海。

"关于百工坊,除了之前你告诉过我的那些,你没有其他什么要说的?"

大雨拼命地往下砸,雷声轰隆隆,岑正印提高了嗓音,依然觉得自己的声音随时有可能被这场雨淹没。

"步慌遭到绑架,曾国贤坠崖,现在徐蔼然也遭遇意外,两者加在一起就不是偶然。你说起过那林,但那林为什么盯着百工坊不放,外面有那么多拍卖行,有那么多古董藏品,他们为什么偏偏盯上百工坊?"岑正印又问。

白舸面对着海,浪花拍案,卷起水雾,迷蒙了前路。

岑正印等着他的回答,但她预料到自己等不到。

她朝着白舸伸出手:"白先生,《有忆》以及我跟你的合作,到此为止。以后百工坊的事,我不会再过问。"

她的语气很淡,和她此刻的心境一样。她的功利心重,每一件事情,如果知道不会有收获,那么就不必投入时间和感情。

白舸瞥了一眼她的手,走去自己车的方向。

岑正印看着他的背影,心头窜起一团火,猛然朝着旁边的大树踹了一脚。

他什么意思?所有的主动权都在他手里,她连喊停的资格都没有?

越想越气,她又朝着那棵树踹了一脚,眼看着白舸驾车扬长而去。

警察确认了事发经过后,徐蔼然被救护车送到医院,好在检查结果显示并无大碍。

她在病房里清醒过来,对遭遇绑架的事情全然不知。怕她再出什么意外,方婶和叶筱梦轮流守在病房里。

"你怎么会发现绑架你姑婆的歹徒?"白舸问叶筱梦。

"姑婆手术结束后是我陪她回病房的,停电前我的病人有事,所以我就走开了,但发现停电我就赶紧回去了,回去时我在楼上看见有个人推着轮椅,轮椅上的人很像姑婆,于是我就追了下去。"叶筱梦只粗略地解释,"警察已经问过我了,我把过程也跟他们说了。"

白舸点点头,没再追问,比起发现歹徒的过程,他更关心她有没有受伤:"知道你一个人追歹徒有多危险吗?这次是幸运才没出事,下次别这么冒冒失失了。"

叶筱梦笑一笑:"我知道了,下次不会了。不过这次是姑婆出事,我的念头当然是第一时间冲上去救她。"

这次有惊无险,歹徒的身份被警方核实,歹徒也在公安局招供,说自己绑架徐蔼然是为了勒索赎金。

但这其中却还有一个插曲,是警察所不知道的。

白舸和岑正印开车去追人的时候,方婶苏醒了过来,并且接到了一个电话。

对方说要想徐蔼然没事,就必须将周敬之留下来的那本记录着锔瓷秘诀的笔记交出来。

方婶担心徐蔼然的安危,就按照对方所说的,瞒着所有人带着东西到了指定的公园。

到公园后,方婶等了很久也不见人,加上心里着急,她觉得口干舌燥,就去小卖部买了瓶水。

没想到刚结了账走出小卖部，迎面就走来一个男人和她撞了个正着，方婶被他撞得趔趄了一下，那人却二话不说趁机抢走了她的包。

方婶大喊着追了出去，可这公园本就偏僻没什么人，小卖部的老板本着多一事不如少一事的原则，竟也假装没有听见。

方婶眼看那人消失在自己的视线范围内，她追出去很远，最后在花坛里发现了自己的包。

包是找着了，但是笔记却不在了。

岑正印得知了这件事之后，恍然大悟：先前有人潜入徐蔼然的家里，一定就是为了笔记本！

可是一本记载着锔瓷秘诀的笔记，对一般人根本毫无作用。

即使她还有想不通的地方，但有一点却愈发肯定：白舸有事隐瞒，如果继续让百工坊家族暴露人前，这些人会跟步家和徐蔼然一样有危险。

她要叫停这个节目，现在，马上！

"你开什么玩笑？预告都已经播出了，节目也已经拍摄到现在了，你告诉我要终止？"总监在办公室里对着岑正印大发雷霆，"你以为这是你一个人的节目吗？这是我们新闻中心今年最大的策划！现在你说不干就不干？大家之前付出的辛苦劳动怎么办？赞助商的投资怎么办？"他将文件摔到桌子上，气得说不下去了。

等他的火暂时发完了，岑正印舒出一口气，这才说话："我们拍了两期节目，两期节目的主角，步家和周家都出了事。你觉得这只是巧合吗？"

总监问她："步家的事不是老员工捣的鬼吗？徐蔼然的绑架也是有人为了求财，这跟我们的节目有什么关系？"

岑正印说："跟我们的节目没有关系，但跟百工坊有关系！如果我们搞不清楚其中缘由，接下来的几家还会有麻烦！同样的意外如果再发生一次，谁能保证我们还能这么幸运？"

总监的脑筋一转，明白了过来："你是说白舸有事情瞒着我们？"

岑正印说："我不知道他是怎么说服高层的，也不知道他有什么背景，能让中森的人为他鞍前马后，可要保留行署文化楼，要重聚百工坊，首先我们必须保证百工坊成员的安全，如果寻找他们反而会给他们带来危险，那么不如让他们一直隐匿下去。"

总监寻思了良久："不至于吧？真这么严重？"

岑正印站起身来："我的话已经说得很明白了，目前情况下我不会参与百工坊的事，如果台里决定节目还要继续下去，那么就请你们另请高明吧。"她保持着微笑走出去，直到走回自己的办公室，脸上的笑容顿时收起。

总监有句话是对的，节目可以停，但之前节目组那么多人的付出就要付之东流。

想到这一点，她心里又不知道把白舸骂了多少遍。

顾好一大早就发现了自己老板的低气压，这会儿在她办公室门口探头探脑了半天，才硬着头皮走进来，清了清嗓子道："我打听到一个内部消息，不知当说不当说。"

岑正印的声音格外清冷："要说就马上说，不说就赶紧出去。"

顾好默默地对了个手指："据说台里最近要进新主播了。好像是一位挺火的网络主播，高层亲自邀请她加盟台里的综艺节目。具体是谁我没打听到，但能让好几位高层亲自出马，估计来头不小。"

"这倒的确是个大新闻。"岑正印往后靠着椅背，"新闻类节目和综艺节目是中森卫视的两大王牌，新闻中心和综艺部门彼此竞争激烈，看起来综艺部门这是也要有大动作了。"

顾好嗯嗯地应了几声，凑近低声说："这关系到黄金档，老板你明白吧？"

不明白才怪呢，从今年开始，中森卫视的黄金档一直是综艺节目的天下，可《有忆》的策划一出，台里好几次开会重新编排节目时间，硬是十月份的黄金档给空了出来，专门等着《有忆》的播出。综艺部门有苦说不出，现在如果《有忆》停止录制，那么他们正好来收复失地，新闻中心的节目要再想翻身，怕是就难了。

岑正印琢磨了一会儿："我真是好奇，那位新请来的主持人会是谁呢？"

虽然种种利益关系摆在眼前，但她暂停节目的决定不会改变。

徐蔼然出院的那天，岑正印去了医院。

白舸已经帮忙办好了出院手续，正等着叶筱梦和方婶收拾好东西。

岑正印只要和他同处一个空间，就觉得心里郁闷，于是借着去帮方婶扔垃圾，躲开了。

叶筱梦看出了端倪，问白舸："你跟正印怎么回事？吵架了吗？"

白舸不动声色："没什么，本来就不是很熟。"

叶筱梦踌躇了一会儿，说道："我姐姐已经离开三年了，她不是你的责任，也不该成为你的枷锁。"

白舸没说话。

"走吧，已经都收拾好了。"方婶清捡完毕，对大家说。

方婶和徐蔼然坐进了白舸的后座，正好还有驾驶座留给叶筱梦。

"我就不送你们回周桥村了，有空我再去看你们。"岑正印说完，转头要走。

"等等啊！"叶筱梦把东西塞进白舸车的后备厢，偏偏还有个包怎么都塞不下去，无奈道，"还是得麻烦你送我们一趟。"

也不等岑正印找理由推脱，她直接拿着包上了她的车。

车子开到周桥村，一进村里，岑正印就听见村民们议论章江两家最近明里暗里闹得不可开交。

想必是因为仿古瓷的事情了。

可无论外面怎么乱，徐家别院里还是一片安宁。

徐蔼然把白舸请到了书房里："外公的笔记我已经能够倒背如流，可我还是希望你能帮我找回来。什么人拿走了它，你是不是心里有数？"

白舸处处都要担忧，唯有在徐蔼然这里可以放下戒备："什么都瞒不过您。"

徐蔼然的心里跟明镜似的："跟'克伊洛斯'有关吧？'克伊洛斯'的里头藏着秘密，有很多人想得到它，修复它。"

"所以我得赶在这些人前面。"白舸的目标很明确。

徐蔼然说:"你接下来要找的人里,'东风夜放花千树'的火狮传承人胡震显曾经是公安局的特约顾问,在警察俱乐部教过武术,你通过公安局会比较容易找到他。"

"我知道了,谢谢您。"虽然从徐蔼然这里得知了渠道,但白舸实施起来却有些困难。

因为公安局的现任局长和他父亲有交情,他想从公安局的渠道打听,还得仰仗他父亲的关系。

这时,楼下传来江浩然的声音:"我怎么不能来了?是楼上那老阿姨叫我来的!"他正杵在门口,被岑正印挡着,就是不让他进来。

方婶过来说:"别拦着他了,的确是蔼然叫他来的。"

江浩然下巴一抬,大摇大摆往里走。

岑正印追着他:"我问你,陶陶怎么样了?"

"被他爸爸禁足了,不准出门,更加不准跟我联络。我找人去章家打听了,据说她好几天都不肯吃东西了。"提起章陶陶,江浩然的气焰没了一半。

岑正印一听就急了:"你就这么任由她折腾自己?"

江浩然高声道:"我能怎么办?你要是能把陶陶救出来,我立马带她走,章家和江家的是是非非,关我和陶陶什么事?"

这小子混是混,可对章陶陶是真上心,关键时刻也挺男人。

"陶陶跟你走?走去哪?走出去没两天就饿死了!如果陶陶是我家人,我也不让她跟你在一起!"岑正印不是故意泼他冷水,只是残酷地给他点清事实。

哪知道江浩然一下子就炸了,指着岑正印道:"你看不起我是不是?我告诉你,就算我不姓江,离开了江家我一样能活!"

岑正印冷笑一声:"你觉得我会信?我半个字都不信!"

江浩然也用鼻子冷哼着说:"你不信?你不信是因为你没见识!你之前辨认不出真伪的那几个高仿'举案齐眉'都是我做的!"

"都别吵了。"徐蔼然从楼上走下来,她冷静的声音仿佛镇静剂,让客厅里剑拔弩张的两个人都安静了。

白舸跟在她的身后,将手里捧着的锦盒交给江浩然。

江浩然当即打开盒子,看见修复好的"举案齐眉"。

"这东西是你打碎的,现在也该由你拿去还给章家。"徐蔼然说。

江浩然指了指岑正印:"陶陶说这碗是她的了。"

岑正印说:"我的确买了这个碗,但现在我把它送给陶陶了。你们两个就拿着这碗去好好跟章老先生道歉吧,没准他能放你们一马。"

江浩然稀奇地看着她:"你会这么好心?"

岑正印又好气又好笑:"我不想下次见到陶陶,是因为她绝食进了医院!"

江浩然垂头丧气:"我现在连章家的大门都进不去。"

有什么办法能让他进章家呢?

徐蔼然和岑正印不约而同把视线投向了白舸。

章家。

得知隽甯祥售假之后,章泽端将章家的所有店铺都彻查了一遍,将所有赝品全都销毁了。

　　章陶陶被禁足还算好的,章铭瑄被关了祠堂,已经跪了两天了。

　　章夫人担忧了两天,明知道求情没用,可还是忍不住去了,结果自己也遭到了责备。

　　章陶陶宽慰母亲:"妈妈,你别担心了,等爸爸的气消了就好了,我早上偷偷去看过哥哥,他好得很呢。"

　　"在这个家里,我们这些人都不入你爸爸的眼。"章夫人心里悲凉,抹着眼泪道。

　　家里的工人敲了敲门,通报说:"夫人小姐,白先生来了。"

　　"白舸哥哥来了?"章陶陶像是看见了救星,"太好了,没准他能让爸爸消消气。"

　　母女二人连忙下楼去见客。

　　岑正印见到章夫人,不禁在心里赞叹一声。她总算知道章陶陶为什么长得这么好了,因为遗传基因实在是强大。

　　章夫人忙叫用人上茶,准备茶点。

　　"别忙了,你们先下去。"章泽端一来,对自己的夫人和女儿说话的口气和使唤家里的用人没两样。

　　客厅里没了人,章泽端才打开话匣子:"隽甯祥的赝品和徐蔼然的事情我都派人查了,前者江家是脱不了干系的。后者虽然江家的工人说是谋财,但他是江海的心腹,江海不可能对这件事不知情。"

　　他的怀疑,何尝不是白舸也有的呢?

　　白舸问:"您早就提防着江家了?"

　　章泽端点头:"隽甯祥里头有赝品,这件事早就有人跟我说过,于是我干脆利用泽端和江家的合作,派人暗中盯着江家。结果让我发现,在他们的背后似乎另有一股势力,并且他们最近也在找周家的人。"

　　"可您为什么不一开始就直接告诉我们?"

　　章泽端回答:"章家和江家的牵连甚深,我能安插人盯着江家,江家自然也能找人盯着我们,一旦蔼然是周家人这件事传出去,我怕会给她招来灾祸,所以只能逼迫你们找她修复'举案齐眉',相信你们见过她的锔瓷手艺,自然就能够联想到。"说到这里,他长叹了一声,显然是对于徐蔼然在医院出事也有所耳闻。

　　白舸跟他说明徐蔼然的情况:"徐女士安然无恙,现在已经出院回家了。唯一的损失,就是周敬之老先生留下来的笔记被人拿走了。"

　　章泽端震惊:"是江家干的?"

　　"不知道,可以肯定的是对方蓄谋已久。"

　　章泽端蠕动一下嘴唇,想说什么,又有点犹豫:"这次通过隽甯祥的赝品,我找出了江家的几条销售链,也许通过它们能把江家背后的势力挖出来。"

　　白舸试探地问:"伯父知道那林吗?"

　　章泽端显然听说过:"你怀疑江家和那林有关?"

　　这答案不好给,白舸沉吟片刻,只是说:"伯父,我希望您能守住周桥村,同时保障徐女士的安全。"

　　章泽端思量了片刻,郑重地点了点头。

白舸说完那林的事，终于轮到岑正印开口。她将锦盒递给章泽端："徐女士让我把这只'举案齐眉'给您送回来，同时也告诉您一声，瓷瓶坏了想修复尚且要费工夫，莫等到哪天家散了，您要是再想着修补，怕是谁也帮不上忙了。"
　　章泽端接过锦盒，端详着里面的物件。
　　徐蔼然的锔瓷手艺精湛，修复后的"举案齐眉"多了几分残缺的艺术美。
　　但残缺意味着遗憾，而遗憾很多时候伴随着悔悟。
　　锔瓷手艺存在的本身或许就是为了提醒人们，别等到事物无法修复，才后悔莫及。
　　江浩然和章陶陶站在客厅门口往里头张望，紧张地等待着章泽端的反应。
　　"你们进来吧。"章泽端看见了他们，说道。
　　江浩然和章陶陶一前一后走进来。
　　"爸爸，我们知道错了。"章陶陶先说。
　　"罪魁祸首是我，陶陶是被我连累的，你要惩罚就惩罚我吧。"江浩然低着头，态度诚恳。
　　接下来是章家的家事，岑正印和白舸不便参与，便起身告辞。
　　"你们俩先坐下吧。"
　　临走前，他们听到章泽端说。

　　白舸和岑正印刚从章家出来，就接到了方婶打来的电话，让他们顺路去工厂帮忙拿一些材料。
　　"蔼然工作要用的，筱梦一个人肯定拿不了，我又抽不开身，只能麻烦你们了，工厂就在章家附近。"方婶在电话里说。
　　问过地址，白舸和岑正印就去了工厂。
　　工人们领着他们进仓库，指着角落里的两堆东西："就是那些了，需要你们自己收拾一下，我们这两天都挺忙的，没来得及弄。"
　　工厂里人人都忙得不可开交，的确抽不出来时间。
　　白舸和岑正印只好卷起袖子，自己动手。
　　工人看了一眼手表，提醒他们："还有半个小时就下班了，你们动作快一点。"
　　白舸先把比较重的两箱东西搬上车，岑正印则收拾零散的小物件。
　　纸箱子不怎么牢固，装好的东西漏了一地，两人又要重新整理。
　　正忙着，忽然听到"哐当"一声，本来光线就不好的仓库一下子更暗了。
　　岑正印和白舸连忙跑到门边，发现大门非但被关上，还上了锁。
　　"喂……仓库里还有人呢！"岑正印大喊，可外头的人没听到她的声音，已经走远了。
　　"有没有人啊？这里还有人！"岑正印一边拍门一边喊。
　　"别叫了。"白舸掏出手机，拨电话去徐家，找方婶要工厂的联络电话，可按照联络电话打过去，也是无人接听的状态。
　　"我只有他们的固定电话。"方婶说，"我再想想办法吧，你们先别着急。"
　　灰突突的仓库里，只有一个通风口能进一点光，天快黑了，光线愈发昏暗。
　　暂时出不去，岑正印只好找了个地方坐着休息会儿。
　　仓库里乱糟糟，能落脚的地方不多，白舸没其他选择，只好坐在了岑正印对面。

岑正印不看他，低着头看手机。

白舸等了一会儿，开口说："我们谈谈。"

这开场白真是熟悉。

他们一共"谈"了几次？好像他主导的谈话就能顺利进行，轮到她主导的时候，他可一点也不配合。

岑正印心中不快，拨了个电话给顾好，跟她交代工作，交代了十几分钟，没有要结束通话的意思。

"明天早上开车过来的时候，顺便带两份早餐。"

顾好有点懵："哦。"

"记得买豆浆，之前你买过的那家不错，正阳也很喜欢喝。"

顾好"啊"了一声："老板你是不是记错了，我怎么不记得给你们买过豆浆？"

"那家路很远？没事，反正我明天不用录节目，早上有时间。"

顾好满脑子问号，意识到情况有些不对，结结巴巴问："老，老板，你是喝醉了吗？现在是什么情况？"

"还有……"岑正印还想继续自说自话，手机却忽然被夺了去。

白舸挂断她的电话，准备将其扔到一边。

岑正印气坏了，跳起来抢夺，同时抬起腿，用高跟鞋直踢他小腿。

但她这些小伎俩在白舸面前根本无效，都被他轻而易举地化解。为了让她安静下来，白舸钳住她的手腕，两个跨步向前，将她压在了身后的墙上。

他的眼神太过深沉，好像看久了就会陷进里头，岑正印看了几秒，想躲开，却被他钳制得根本动不了。

"好好听我说话，我就放开你。"白舸很无奈，他发现自己拿她毫无办法，只能用这种不怎么光彩的手段。

"如果我不听呢？你打算今晚一直抓着我？"岑正印气冲冲地说。可她越是表现得生气，越是证明心虚，证明她被白舸的气场威慑住了。

白舸松了松手，可看着她的视线却比刚才更紧。

岑正印贴着墙壁的双腿终于挪开，站直了些，虽然身体不再受到制约，可依然毫无反抗之力。

白舸说："一开始我跟你说起过'克伊洛斯'，我说几个月前，我从国外一个收藏家手中买下了它。"

岑正印面上很冷静，追问他："然后呢？"

白舸简明扼要地说："然后我遇到了一些意外，'克伊洛斯'被人夺走了。"

岑正印愣了一下，被蛊惑的脑子渐渐恢复运转："是那林？"

"我想是的。在我买下'克伊洛斯'之前，调查它的下落就花了不少工夫，包括我买下它的过程，也受到了很多阻挠。"

岑正印诧异："'克伊洛斯'已经损坏，连演艺功能都丧失了，而且它只是个民国时期的工艺品，那林为什么对它感兴趣？"

"因为传国玉玺。"

岑正印更加诧异了。

中国历史上，堪称国宝的重器不在少数，但没有一件比得上传国玉玺。

传国玉玺是秦代丞相李斯奉始皇帝之命，用和氏璧镌刻而成，为中国历代正统皇帝的证凭。

秦之后，历代帝王皆以得到传国玉玺为目标，得之则象征其"受命于天"，失之则表现其"气数已尽"。

因为历代欲谋帝王之位者你争我夺，致使传国玉玺屡易其主，两千余年间忽隐忽现，终于销声匿迹，失踪于世。

克伊洛斯怎么会和传国玉玺有关？

"你还记得'克伊洛斯'一层大殿的后面有一盏屏风吗？"白舸问岑正印，"只有当大殿的琴声响起，狮子滚球，整座仙人塔的演艺进行的时候，那扇屏风才会打开，隐藏于屏风里的关于玉玺下落的提示才会出现。"

"玉玺的秘密为什么会藏在'克伊洛斯'里？"岑正印一边回想着当初看到的资料，一边发问。

"五大洲珍品展之后，战火纷飞，百工坊被迫解散，'克伊洛斯'辗转落入北平古董商人铁宝亭之手。北平解放的时候，铁宝亭携带大量珍宝乘坐轮船南逃，船只在荣城湾搁浅，虽然铁宝亭等人获救，但大量的国宝随船沉没在荣城湾。"

"后来，一批又一批的投机分子去荣城湾，企图找到这些珍宝。'克伊洛斯'也就是这样被人找到的。不过铁宝亭所携带的东西之所以引人注目，最主要是传说他有一件举世瞩目的国宝——也就是传国玉玺。"

"当时救了铁宝亭的人，并没有在他身上或者沉船里找到传国玉玺。铁宝亭为了保住性命，迟迟不肯说出传国玉玺的下落，直到后来重病，他才在那个人的胁迫下说出真相，要想知道玉玺的下落，必须破解'克伊洛斯'的秘密，只有让'克伊洛斯'恢复原样，让殿内的屏风打开，玉玺的下落才会大白于天下。"

"此后的时间里，这个救下了铁宝亭的人一直遍寻'克伊洛斯'。他不断壮大自己的势力，他的家族也代代相传，最终发展成了国际盗宝组织'那林'。"

"那林得到了'克伊洛斯'，但首先必须想办法修复它。只要有任何一个环节出错，'克伊洛斯'的演艺功能就无法恢复，所以他们需要百工坊家族的传承人们帮忙，需要用'木兰花令'修复古字画，需要徐蔼然修复瓷器。"

"为什么你一开始不说？"听白舸解释了一通，岑正印心头的疑惑消除了，可是气却没怎么消。

白舸说："'克伊洛斯'背后的秘密，越少人知道越好，那林的行动比我更快，他们甚至在步家和徐蔼然身边都培养自己的势力。"

岑正印冷笑道："说到底还是你对我不够信任，甚至不排除也怀疑过我和那林有关联。"

白舸没否认，他是对她存着戒心的，至少开始的时候是这样。可最近他不想她知道"克伊洛斯"的秘密，或许是存了点私心，不想她掺和进自己和那林的争夺里。

两人渐渐陷入沉默，门口却传来了喊话声："有人吗？里面有没有人？"开锁声也同时响起，应该是方婶联系上工厂的人，来给他们开门了。

白舸站起来，居高临下地看着她问："知道我母亲是怎么过世的吗？"

这回轮到岑正印说不出话来。

"是被那林的枪手打死的。"白舸自己揭晓答案。

岑正印一震。

"人在这里呢！"白舸走去门口，喊开门的人。

岑正印的腿有点麻，缓了缓才能动，对周围的黑暗和方才接收到的信息都有点无措。

工厂的人帮忙将工具和材料运上车，白舸和岑正印开车回去徐家。

方婶和叶筱梦在门口等他们，看见他们的车子驶近，迎了上来。

"怎么会被关在仓库里？没事吧？"叶筱梦问岑正印。

"没事，多谢白先生照顾了。"她客客气气地跟白舸"道谢"，然后说了句自己明早还要开会，就先走了。

有其他人在，白舸也不方便再说什么，只得目送她离去。

中森卫视每周一都要召开例行晨会。

今天的例会，人到得特别齐，而且每个人都早早地等在会议室里，不时和身边的同事议论着什么。

这段时间活在电视台传闻里的神秘大人物——全新综艺节目《疯狂的假期》的女主持人，终于要揭开面纱了，看来大家都十分好奇。

只有岑正印以不变应万变，照常翻阅着上周的节目报告。直到会议室的门被推开，众人一下子安静下来的时候，她才抬起了头。

"给大家介绍一下，这位是新加盟我们中森卫视的主持人，接下来会在《疯狂的假期》里和观众见面的——叶筱静！"总编的话音落地，会议室里象征性地响起了热烈的掌声。伴随着鼓掌的动作，在座的人们都是你看看我，我看看你，脸上表情不一。

比起叶筱静这个名字，眼前这位女主播更为人熟知的名字是小研酱紫，是某自媒体平台的当红主播。

网络主播不比正式的主播，小研酱紫这种靠滤镜和后期走红的主播跑来主持电视节目，自然引起了不小的非议。

"以后请大家多多关照。"叶筱静客客气气地对大家说，然后目光便落在了岑正印的身上。

她朝着她走过去，抬着下巴，一脸倨傲地伸出手："也请你多多关照。"

会议室里这么多人，她其他人不选，偏偏先跟岑正印打招呼。其他人纷纷猜测，她们是不是之前就认识。

岑正印笑着站起来，索性不劳其他人猜，和她握了握手道："好久不见。"

原来真认识，不过两人都保持着极为标准化的微笑，恐怕真实关系并不友好。

岑正印五官精致，即使今日只化了淡妆也不掩丽质。而叶筱静呢，都说网红的美全靠美颜，见了真人才知道，也有像她这样真材实料的。

美人自然是养眼的，但如果同一个屋檐下站了两个气场完全不对付的美人，那可真是……人间灾难。

会议结束后，她们握手的一幕一转眼就在电视台传遍了。

顾好觉得自己作为岑正印的亲信，理应掌握第一手情报，于是几次三番观察岑正印的情绪，犹豫着要不要直接问。

岑正印忙完了手里的事情，拧上钢笔，察觉到面前的视线特别炽热，于是抬头和她对视。

顾好立马怂，憋在嗓子眼的话立刻漏了出来："老板你和叶筱静从前就认识吗？"

"我跟她是大学同学。"

"你们关系不好？"

"连续四年的竞争对手加……"岑正印想找一个合适的词，却只找到了存在于学校流言蜚语里的词，"情敌。"

顾好没戴眼镜，否则一定掉地上了。

不过她的"关心"可不会到此为止："你们谁赢了？"

"没人赢，那位学长后来去了国外升学。"

"老板你为什么不追着去？"根据顾好的了解，她老板要是真对谁动了心，肯定会追去天涯海角。

岑正印道："我得照顾正阳，得来电视台实习，哪有那个时间。"

顾好撇撇嘴，心道：你有这么多理由，最根本还不是因为你没上心？所以情敌这个关系，不成立！

"八卦打听完了，说正事吧。"岑正印正色，"《有忆》会继续录制，先前我说过要解散团队，所以现在首当其冲，我得想办法稳稳军心。"

顾好"嘿嘿嘿"得意地笑："我知道老板你不会放弃的，所以节目暂停的事，我根本没跟大家伙说，大家都还在努力工作呢。"

岑正印觉得自己这个小助理越来越聪明了，奖励性地摸摸她的头："给你记一功。"

顾好特别受用，继续发挥智囊团的作用："接下来是不是得找其他百工坊的人？"

岑正印点头："池枫那边如果有关北山的消息会通知我，可是现在其他两家还没有线索。"

顾好想起一件事："早上江浩然联络我，说有消息可以提供，好像是关于胡家的。"

岑正印问："他怎么不直接找我？"

顾好说："他是想先在我这里探探口风。听他的意思，好像还有什么交换条件。"

这章江还真是一家人，连行事风格都一样，凡事都有条件。

"要是他真有胡家的消息，你把他约出来，我们当面谈谈。"

"没问题，我现在就去办。"

顾好去给江浩然打电话，约好了下午在翰林街见面。

江浩然知道岑家在翰林街开玉器行，但不知道具体位置，也忘了问名字。

章陶陶觉得盲目地找不是办法："要不我们还是给正印姐姐打个电话吧，约她到前面的咖啡馆来。"

江浩然说："我们是求人办事，要登门拜访才显得有诚意。"

"你们俩还要往哪走呢？"街对面，岑正印透过落地窗看见了他们，推门出来道。

章陶陶和江浩然同时抬头，看见对面门上的"有方斋"三个字。

太阳大，温度高，两人热得满头大汗，洪叔买了冰激凌招待他们。

在洪叔眼里，这一屋子除了他，其他都是小孩子。

岑正阳暂时放下手里的活儿，坐在后面一边吃冰激凌一边好奇地听着前面的对话。

岑正印用小勺子刮着冰激凌："你们知道在哪里能找到胡家的人？"

江浩然指了指章陶陶："陶陶从她爸爸那里听说的。"

"那天我爸爸和白……"章陶陶的话没说完，被江浩然捂住了嘴巴。

岑正印好整以暇地说："先说说你们的条件。"

江浩然一反常态，语气谦卑："我们想请你帮个忙。"

岑正印尝一口冰激凌，牙齿冷不防被冰了一下。她愣了一下，简直怀疑自己的耳朵出了问题。

江浩然说："我和陶陶想开一家陶瓷工坊。"

岑正印问："你们不是有陶然居吗？"

江浩然说："那是她哥哥给她开的，我们想出来独立，开一家自己的工坊。"

岑正印说得轻松："那就开呀。"

江浩然露出窘迫的神态，清了清嗓子："我们没钱。"

岑正印明白了："你们想要我投资？"

江浩然默认。

岑正印笑了："你们知道开一家店，日常的支出是多少吗？光是水电房租就是一笔不小的开支。"

章陶陶忙表态："我们会努力赚钱的。"

岑正印的笑意更甚。赚钱？就凭他们两个？

江浩然说："你去过陶然居了，应该见过陶陶做的陶瓷工艺品。"

岑正印说："我见过。"那些工艺品的确可爱有趣，但不足以说服她投资。

江浩然说："陶陶的工艺品大多采用现代的烧瓷手法，而且她的作品风格偏温馨家居，价值有限。"

岑正印点点头，他的这个评价倒是很中肯。

"我现在想开的店，是用古瓷烧制技术去做真正有价值的工艺品。"

岑正印说："这说法并不新鲜。"

江浩然急着纠正她："瓷器真正的价值不应该只在收藏上，它应该被人们使用！古人的烧瓷手法用在现代，不是为了让仿古瓷在拍卖行拍出高价，而是让瓷器更美观实用，更加在生活中被人们所认可！"

他能说出这番话，倒是让岑正印有点意外。

岑正印目带审视："你们这种想法，为什么不跟家里人说？"

江浩然无奈："家里没人愿意听我们说话。"

岑正印想了想："好吧，我知道你们的意思了。"

章陶陶欣喜："你答应了？"

岑正印笑道："你们总得给我点时间考虑考虑吧。"而且她没说，就算她想要投资，资金也是她现在面临的一大难题。

她肯考虑，就算是达成了江浩然的交换条件。

江浩然递一张纸条给岑正印："你如果想找胡震显的话，去这个地址试试。"

岑正印看一眼地址，挺远。

不过她今天刚好有空，正好速战速决，去一趟。

车子穿过林荫小径，便进入了一片林海，碧绿的颜色组成一片起伏的浪涛，和远处天蓝的海相互辉映，迎接着客人的到来。

白舸跟着导航一路来到了这里，前方的一栋别院便是他此行的目的地。

那是白家的大院，可讽刺的是，他却要向章泽端打听，才能回忆起地址。

白舸的祖父曾任部队要职，军衔极高。祖母的父亲是著名实业家。两人只有一名独子，便是白舸的父亲。

祖父希望白家的男人都从军，白舸差一点就按照他的期盼长大。

车子渐渐接近大院，却被前方的岗哨拦了下来。

这里平时少有陌生人来，今天却一下子来了两个——岗哨之前已经拦下了一辆车，车主是岑正印。

"白将军？哪位白将军？"岑正印正在问岗哨，转念一想，城中能有这么大排面的只有那一位，"白朗炎将军？"

原来这里是白朗炎的住处？江浩然怎么叫她到这里来找胡震显？

她正想不通，转眼看见白舸的车子靠近。

"你不会也是为了胡震显来的吧？"她问他。

岗哨不认识白舸，所以照样不予放行。

在岑正印还是《七点新闻》时政记者的时候，曾经采访过白朗炎两次，手机里还存着他的联络电话，不过从来没打过，不知道是他身边什么人的。

岑正印试着打了电话出去，接电话的是某某局相关部门的联络人员，得知岑正印是电视台的人，以为她又要采访，按照规矩要走相关程序。

白舸趁着她打电话的时间，跟岗哨说了两句，岗哨在岗亭里打了个电话去别院，然后就打开了升降杆。

岑正印跟联络人员的官腔打得毫无进展，白舸拍了拍她，示意她收起电话赶紧开车。

车子开进大门之后，道路的两边种满了水杉，林中还有花园和葡萄架。

在一幢布满爬山虎的两层小楼前，一位头发花白、打扮一丝不苟的管家先生正迎接着他们的到来。

"两位请上二楼的会客室。"管家先生的态度很客气。

岑正印本以为他会带路，没想到并没有。眼看白舸走在了前面，于是她跟着他上了二楼。会客室里的家具都是老旧的原木色，沙发也是弹簧的，上面铺着沙发巾。

茶几上已经摆好了茶，是上好的黄山猴魁。

岑正印和白舸没落座，也没喝茶。

伴随着沉稳而有节奏感的脚步声，白朗炎走进会客室。

他英挺威严，整个人有一种雕塑般的坚硬感，在军队里打磨出的百折不挠的气质早就融入了他的血脉里。一件简单的白衬衫，也被他穿出了英姿勃发的味道。

如果不是听章铭瑄说起，白舸都不知道他父亲已经出院回家了。

"有什么事？"白朗炎在沙发正中间的位置坐下，一脸严肃。

"我想打听一个人的消息，想请您帮忙。"

"胡震显？"

白朗炎对步家、周家的事都一清二楚，所以自然也能猜到他此次来找自己的目的。

"寻找胡家和其他几家的事，我会让赵局安排，你不必插手。"他说。

岑正印发现白舸在发抖。

他非常生气，为了抑制怒火，垂着身侧的手紧握着，双肩却依然微微抖动。

"今天打扰您了，以后不劳您费心。"

白朗炎提高声音："你站住。"

白舸停住脚步，定着不动。

"你有什么不满？"白朗炎每句话都像是发号施令，让人必须服从。

白舸终于忍不住："百工坊是方家的，跟您没关系，请您高抬贵手，不要插手！"

"你想凭一己之力对抗那林？你妈的死还没给你教训吗？百工坊和'克伊洛斯'都不是你们方家自己的，它是几家人几代的沉淀，它属于我们的国家和民族！"白朗炎越说声音越高，是真的发火了。

"妈死前没见你关心百工坊，她死了这么多年你却想起来了？！"火气顶得白舸的眼眶发红，他冲出房间，离开白家大院。

岑正印跟在他身后走出，看见他打开车门，又"砰"地一下关上，以此泄愤。

事情发展到这个地步，岑正印自然什么都看明白了。

难怪她刚才会觉得白朗炎眼熟，并不是之前采访过他的关系，而是因为白舸。

父子二人的样貌相似，气质相似，脾气也相似。

白舸发泄了一会儿，坐上车子，却没急着发动，摇下车窗，眼神直直地移向岑正印："上车。"

什么？她自己开了车好吗？

但他此刻的眼神深沉得像要把她吞下去，她的喉头一滚，到底没说话。

岑正印坐上车子，刚刚坐稳，车子就像离弦之箭一般冲了出去。

白舸的脸色冷漠，一言不发，一路狂飙车速，想甩掉乱七八糟的回忆。

岑正印默默地系好安全带。

窗外的景色只来得及在视网膜留下一串痕迹，白舸看向后视镜。他觉得过往的记忆在身后追着他咬着他，于是他咬着牙加速，整个人彻底进入了一种战斗般的状态。

他转弯、变道、兜圈，他想碾碎回忆这个怪物，但它却始终在身后，随时张嘴撕扯他。

岑正印看着窗外的太阳落山，黑夜降临。

白家大院本来就远离城区，他这一飙车，更不知道到了哪里。

这时，车子陡然停了下来，她抓紧了安全带才没被甩出去。

白舸满头大汗，衣服都黏在了皮肤上。

"没油了。"他趴在方向盘上，对岑正印说。

除了这条公路，四处都是荒郊野岭，连辆过路的车都看不见。

白舸先从地图上确定自己的方位，然后打电话找拖车公司救援。

拖车公司大概找不到地点，快一个小时了也没出现。

白舸觉得闷，打开了车门："我出去走走，你待在车里别乱跑。"
夏日的海边，天气多变，岑正印隐隐听到了雷声。
她从包里拿出晴雨伞，追着白舸出去。
白舸漫无目的地快走着。他内心的怒火已经浇灭了，此刻需要散散火，消灭内心的灰烬。
岑正印在身后跟着他，他走得快，她就也加快脚步，他慢下来，她也就跟着放缓步子。
他知道她在自己身后，即使不知道要去哪里，即使天气难测，也执着地跟随着他。
他回头看，发现回忆的怪兽不见了。那怪兽追不上来了，因为有她在那里。
雷声轰鸣，带着热浪的风席卷着乌云，大雨来得比预料中更快。
风雨之中，岑正印来不及撑开伞，已经被淋透。
脆弱的伞要被风卷走，白舸及时地跑回她身边，抓着她的手，握住了伞。
"不是叫你别乱走吗？"风雨声太大，他说话要靠喊的。
她被大雨淋得瑟瑟发抖，也朝着他喊："是你在乱走啊！"
白舸脱下外套从头罩着她，看见了前方的一点灯火："去那边看看！"
逆着风共撑一把伞，他们举步维艰，幸运的是，前方的灯火处有一家旅店。
附近常有大货车经过，这家旅店作为途中的驿站，生意还不错。
投宿的人鱼龙混杂，旅馆的安全措施也有限，考虑到岑正印的安全问题，白舸要了一间双床房。
两个人被雨淋得湿透了，可是没有衣服能换。岑正印先进浴室洗澡，然后用电吹风把衣服吹干。
白舸之后也进去洗了澡，然后吹干衣服。
岑正印去旅店的前台买了两盒方便面，等水壶里的水烧开，注入方便面里，白舸从浴室出来后，就刚好能吃了。
白舸收拾完后过来坐下，他挑起面条，没看见荷包蛋，有点失落，一想现在的处境，又笑了笑自己。
吃完面后，电视新闻里正播报着国计民生，岑正印听着听着就睡着了，白舸关了电视关了灯，也睡下了。

凌晨，岑正印被滴滴答答的声音吵醒，恍然间想不起自己身在何处，一起身，发现因为睡姿不好，自己一只腿被压麻了。
她坐在床上缓解腿麻，余光看见另一张床上的人不见了。
"白……"她要冲出去找人，一开门，要找的人就撞进了眼里。
白舸的手里拿着扳手："空调漏水，我去前台要了工具来修。"
空调下方的地上湿了一片，岑正印就是被滴水的声音吵醒的。
白舸爬高了修空调，岑正印坐在床上，抱着腿看他，越看越出神："你上次为什么说无论哪个女孩子都别喜欢你？"
白舸合上空调盖子，用遥控器调了风速，确定它没继续滴水了。
"说个故事给你听。"空调款款送风，白舸放下遥控器和工具，"有段时间，那林在W市活动频繁，警方和军方展开了针对他们的联合行动，白朗炎是行动的总指挥，掌握了他们的行动路线。那林威胁他，如果他们不能安全离开，他最爱的人就会丢掉性命。可是他首先想到的人却不是自己的妻子和孩子，而是自己的旧情人。他把旧情人保护了起来，我的母亲却遭到枪手袭击，丧了命。三年以后，白朗炎就将亡妻抛之脑后，跟自己的旧情人结了婚。他的旧情人是他父亲警卫员的女儿，他们暗地里相恋，却不被家人所祝福。白朗炎当年迫于压力娶了我的母亲，却常年待在军中，对她不闻不问。我母亲的性命和一生的幸福都葬送在了他的手里，如果有人该为我母亲的死负责，那么他首当其冲。"

他说这些的时候，神色很平静，因为心里回忆的灰烬已经被悲哀的大雨掩埋。

"我之所以跟你说这些，是因为我也姓白，身体里流淌着他的血液。我不知道自己能不能真心去喜欢一个人，在我身边的女人是不是同样不会有好结局。"

外面倾盆的大雨还在下着，望着窗外的闪电，雷声震得老旧的窗户咯咯响。

岑正印失了神，狂风骤雨也不知何时变了调。

……

"姐姐。"

锅里的油已经沸腾好一会儿了，做饭的人却在看着锅铲出神，岑正阳不得不出声提醒她。

岑正印连忙将菜倒进锅里翻炒。

岑正阳察觉到她心事重重，不禁皱起了眉头。

姐姐是跟白舸一起回来的，他看着她从车上下来，连礼貌性地道别都没有，径自进了家门。

昨晚姐姐临时给他打电话，说无法回家，原来是跟白舸在一起。可是昨晚发生了什么呢？难道他们吵架了？

姐弟二人都想着事情，顾好的电话却不合时宜地打了进来。

岑正阳帮岑正印拿着手机，开了扩音。

"老板你收到明天上午开会的通知了吗？我打听了一下，据说是高层要对《有忆》做全新评估。《有忆》拍摄中遇到了不少麻烦，让高层对于它的信心打了折扣。而且最近综艺部门提交了《疯狂的假期》的企划，看中了《有忆》原定的播出时间。"

岑正印一边炒菜一边听着顾好说话，等她说完，她的菜也刚好起锅。

"今晚做了你爱吃的菜，要不要过来尝尝？但是你得做好通宵加班的准备。"

听到前半段，顾好开心得不得了，可听到后面，她整个人都蔫了："又要加班……"

虽然嘴上非常不情愿，但顾好还是打车过来了。没办法，谁叫她打这份工呢，而且……岑正印这个老板对她还不错。

一起吃完饭，岑正印便和顾好在书房忙碌了起来，一夜都没有合眼。

第二天上午九点钟，岑正印准时出现在中森卫视参加会议。

没人能看出来她熬了一个通宵，她好像无时无刻都保持着精神抖擞的状态。

公司几乎所有的高层、《有忆》和《疯狂的假期》的主创人员、新闻和综艺部门的负责人都出席了会议。

岑正印将《有忆》的拍摄情况做了汇报，还放映了初剪的第一期节目片段，但在座的人考量更多的是成本和收益。

顾好将收视率分析报告逐一放到在座的人面前，然后岑正印说："《有忆》目前已经有两个广告合作，按照各位现在看的数据分析，如果收视率能够突破两个点，或者二十四小时的网络点击率突破六千万，市场份额就能超越八个点，完全可以实现最大收益，成为中森卫视最赚钱的节目。"

有人质疑："目前台里的综艺节目，最高收视率只有1.8，二十四小时网络点击率最高也只有五千万。"

岑正印的手上还另一份数据，上面显示着另一家电视台，也是中森卫视最大的竞争者，今年一档美食记录类节目的收视率以及市场份额。

"《有忆》目前在网上的讨论量已经突破了五位数，有八万粉丝，比较各位手里的数据……"

岑正印做了充足的准备，详细地用数据说明《有忆》的优势。

会议开了两个多小时，到后来，新闻和综艺两个部门渐渐针锋相对起来，会议室里的火药味也逐渐浓郁。

"好了。"总编的茶杯往桌上轻轻一落，打断了两边的争执。

"周六的八点是观众放松休闲的时间，这时候更多人喜欢观看轻松的电视节目。《有忆》的节目内容有门槛，不是大多数观众爱看的类型，《疯狂的假期》则刚好适应了这个时间段观众的胃口。所以周六的八点档暂定《疯狂的假期》，《有忆》挪到周日晚上十点播出。"

原来高层早就有了决定，岑正印做什么努力都是白费。

会议结束之后，岑正印在会议室站了一会儿，强压下心头烦躁的情绪，转身回办公室。

无论情况多糟，工作还得继续。

何况她今天还另外有重要的事。

"老板，时间差不多了，我们该去谢家宴了。"顾好走进来提醒她。

岑正印看一眼手表，深吸一口气："走。"

谢家宴是一家餐馆，但它开在一栋洋房里，做的是宫廷菜。

这里环境优美，曲径通幽。原来是明朝一位驸马爷的私宅，经过了改建，装修风格简约中透着华贵，墙壁上挂的是锦鲤水墨画，茶具用的是青花瓷。

白朗炎每年的今天都会来谢家宴。

岑正印有一次和谢家宴的老板吃饭，对方喝醉了，夸夸其谈自己见过多少了不起的人物，就说起了白朗炎，说起了他的这个习惯。

上次在白家大宅，岑正印没能跟白朗炎说上话，这次她想好好利用机会。

"不是说谢家宴的包间都要提前一两个月预定吗？老板你的面子真是够大，能临时定到包间。"顾好一面四处看看瞧瞧，一面赞叹自己老板的本事。

"不是我的面子大，是钱的面子大，"岑正印回答道，"谢家宴就算生意再好，当天也一定会留一个包间，就看临时想要的人，谁愿意出到高价。不仅仅是谢家宴，生意人都不会把好货全卖了，都要留着一手底牌。"

这些生意人的花花肠子，顾好表示不懂。

她只知道每年的今天，谢家宴留给白朗炎的包间都是"群仙贺寿"。

既然叫"群仙贺寿"，顾名思义，这个包间是用来给顾客庆祝生日的。可据顾好掌握的资料，今天并非白朗炎的生日。

小花园里的植物欣欣向荣，连花朵的配色都很讲究，不招摇，但也不低调。

走廊里一路都是绿荫，别有一番曲径通幽之感。

岑正印在走廊"偶遇"了往包间走的白朗炎，主动跟他打招呼。

白朗炎的眼神里浸染着上位者的冷峻，但他也保持着上位者该有的温和礼貌——上次是意外，因为有白舸在场。他想起上次的事来，说道："上次在家中怠慢了，岑主播莫要见怪。"

岑正印笑眯眯道："白将军您客气了，谈不上怠慢。只是我有两件事想请教白将军，不知您何时有空，我再登门拜访。"

白朗炎觉得不好再让她等："我现在有其他的事。岑主播也来这里吃饭吗？不如等我的事情完了，我让人联系你？"

岑正印自然答应。

之后，她领着顾好回预定好的包间吃饭。

顾好见她对菜单完全没兴趣，估计心思也不在吃饭上，于是就随便点了三个常见的菜。

结果菜一上来，岑正印先不乐意了。

"我花大价钱定的包间，你就让我吃这些？"她从顾好手里接过菜单翻着，"这里做宫廷菜，你得点那些名字听起来就花哨的。"

她选了几道寓意不错的菜，等着服务员进来，放下菜单的时候，眼神往窗口一溜，看见一个熟悉的人……

走廊上挂起了灯笼，不远处是人造的园林山水。小桥流水映花红，别有生趣。

白舸站在小桥流水下抽烟，朦胧的光下，他身姿笔挺，着装稳重而干净。

名利场里走一遭，差不多的场景下，她看过万人迷的男明星，看过风度翩翩的公子哥，这些人中，有些仅仅是外貌就已经能让不少女人魂牵梦萦。但岑正印就是觉得，他们都比不上白舸。

最起码，无论是在暗夜里还是阳光下，他眼睛永远是黑而亮的。

平时，那双眼睛冷静深沉，像波澜不惊的海面；遇上危险的时候，那双眼睛锐利果敢，像能斩裂困局的利剑；被回忆的怪兽追捕的时候，那双眼又透着张狂桀骜，让他看上去像一只永不驯服的狼。

他身后就是"群仙贺寿"的包间，难道是来跟白朗炎一起吃饭的？这可真是难得。

岑正印打量着他，没一会儿，他像是察觉到了目光，转头看向了她的方向。

"我出去一下。"岑正印搁下筷子，对顾好说。

顾好早就看见了白舸，不动声色地目送她走出去。

从岑正印出门开始，白舸的视线就没离开过她，直到她走到自己面前，他把咬着的烟夹在手里，问她："今天是故意来这里等人的？"

岑正印心说"不是等你"，嘴上问道："今天是白将军生日？"

"是我母亲。"白舸碾熄了烟，望了望檐下昏黄的灯笼，"她在的时候，每年生日我们都在这里过。"所以她去世之后,他和白朗炎依旧保持着这个习惯。这一天也成了他们父子一年中唯一一次坐在一起吃饭的日子。

说起他的母亲,气氛就变得沉重,岑正印也就想起上次他最后说的话,顿时没了声音。

正好白朗炎让人来找岑正印,岑正印就进了"群仙贺寿"的包厢。

包厢是个套间,外头正好是个茶室,白朗炎招呼岑正印坐下,开门见山地说:"你找我是为了胡震显吧?他几年前是公安局的武术顾问,你拿着我这封介绍信去找赵局长,他自然会配合你们的工作。"

岑正印接过介绍信,觉得有些沉甸甸。

白朗炎好像还有什么话要说,目光透过窗口,看着背对着自己的白舸。

他拿起茶杯,默默喝口茶。

岑正印也端起了茶杯。

"白舸是什么时候回国的?"白朗炎突然问。

岑正印连忙放下杯子:"因为行署文化楼和百工坊的事情,我们才会认识,他具体回国的时间我也不太清楚。"

"他现在住在哪里?"

岑正印马上回答了详细的地址。

"那是他外公的度假别墅,现在已经很旧了。"

"虽然很旧了,但比现在很多房子都好住。"

白朗炎抬眼看向她:"你去过?"

岑正印的背脊冒冷汗:"我住在那附近,勉强和白舸算是邻居。"

白朗炎认认真真审视了她一番,终于点了点头。

岑正印心中其实也有问题,她觉得自己已经为他提供了这么多情报,自己问一个问题应该也没什么关系,于是就开了口:"白舸他总是一个人吗?"

白朗炎的眉心一皱。

岑正印突然意识到他可能误会了,忙解释道:"不不不,我不是问他的婚姻状况,我是觉得他好像没什么朋友,也没有家人。"

白朗炎说:"母亲过世之后,他就在舅舅家生活,后来方家迁徙去了法国,他一个人留在国内读书。三年前他曾经交往过一位女友,后来两人分手,他舍弃了在国内的事业,也去了法国发展。"

原来他有过女朋友,岑正印一边默默喝茶一边心想。

白朗炎说:"他的心冷,所以难交新朋友,你是这么多年来第一个。真遇上了事儿,他往往会忽略了自己,也忽略了身边其他人,你多提醒提醒他。"

岑正印不知道该怎么接话,于是点了点头。

谈话到这结束,岑正印起身告辞,白朗炎吩咐身边的人将她送了出去。

顾好一个人尝遍了一桌子的菜,肚子撑到明天都不用吃东西,吃完后,她开了车在谢家宴门口等岑正印。

她本以为岑正印会跟白舸一起出来,结果没想到走来的只有她一个人。

顾好眼观鼻鼻观心,觉得自己老板的心事更重了。

岑正印打开车门，坐进了后座。

这是拒绝跟她沟通，叫她也尽量少说话的意思。

于是顾好闭紧嘴巴，默默开车。

车开了没多远，岑正印收到了白舸的微信：白朗炎跟你说了什么？

岑正印身陷宽大舒适的后座，回想着白朗炎的话。

她觉得这位老将军之所以跟自己说那么多，是因为信任自己，并且看出自己和白舸的关系有些不一般。

"这么多年来第一个"，这是他用到的形容词。

但连岑正印自己都不知道，她跟白舸的关系到底为何不一般。

白舸曾经警告过她不要喜欢他，这是他关于彼此关系唯一的表态。

她是该维系这种"不一般"的关系，还是该放手，必须有个明确的决断。

第四章 / "东风夜放花千树"的火狮胡家

BRIGHT SECRET

今天是周六。

池家的一个项目顺利签了约，池枫在汉爵酒店搞了一场庆祝酒会，邀请了不少合作伙伴和名人参加，也给岑正印和白舸发了请柬。

白舸本来没打算去，因为他对这种社交场合不怎么感冒。

可是那天离开谢家宴之后，岑正印一直没回他的微信，今天下午倒是给他留言，叫他一定要来赴宴。

于是，他还是来了。

为了搭配礼服，岑正印今晚穿的是一双绑带的高跟鞋，走着走着，带子有点松了。

她蹲下身来准备绑鞋带，不想手机无意中滑落，刚准备去捡，另一只手伸出帮她捡了起来。

那只手将手机递给她，她向上看，看见了扣得严严实实的袖口，穿得笔挺的西装，还有……蹲在她面前的白舸。

白舸没有急着起身，而是帮她绑好了鞋带。

酒店外辉煌的灯光投射过来，落在他身上。

光和影都格外青睐他，刻画他雕塑一般的轮廓，让他显得格外优雅高贵。

所爱之人在眼中会发光，原来是真的。

酒店内处处金碧辉煌，宴会已经开始。

"好久不见。"一位差不多年纪的男士过来跟白舸打招呼，"前段时间得知白将军动了手术，不知道现在身体怎么样了？"

"恢复得很好，目前还在家中静养。"白舸礼貌地回答。

男士的女伴好奇地问道："白将军？哪位白将军？"

男士说："城中还有几位白将军？当然是白朗炎将军。"

男士的女伴立刻将眼光锁定了白舸，眼中的崇拜之情都快溢出来了。

白舸不知不觉成了话题中心，不断有人加入谈话中来。男士是政界的，说起白朗炎的时候，话语里都是恭敬。其他人知道了白舸的身份，便想尽办法套近乎献殷勤，真是热闹得不得了。

岑正印隔着些距离，观察着白舸跟这些人应酬。

男士从服务生的托盘里拿了两杯酒欲敬他，他没接，转身拿了一杯饮料。

男士的眼神中已隐约有些不悦，但维持着笑容。

这时，宴会厅的大门被推开，宴会的主人池枫姗姗来迟，往通向舞台的阶梯走去。

所有人都好奇他要干什么，四周寂静下来，只有他的皮鞋踏在舞台上的脚步声。

他走到那架黑色的钢琴前，整理了一下衣服，坐在了琴凳上。

舞台的灯光安静地落在他的身上，他按下琴键，乐符像精灵一般在灯光下、在他周围跳跃着，从活跃灵动到温暖安详，让每一个听到的人都屏息凝神，如痴如醉。

这一刻，之前的欢乐与热闹，都不过是为了衬托他而存在的逊色背景罢了。

摁响最后一个琴键，音乐还在宴会厅中迂回，池枫已经起身拿起一杯酒，朝着台下举起杯。

于是台下的人也跟着举杯，品尝这浪漫至极的一幕。

岑正印拿着一杯鸡尾酒，忍不住笑。

他还是一如既往，喜欢做一名主宰者。

主人家的这杯酒喝下去之后，舞会就开始了。

一位年轻的企业家走来，和岑正印聊了两句，邀请她一起跳舞。

放下酒杯，岑正印回头觑了一眼白舸，和企业家一起走向了宴会厅的中央。

她精心化了妆，五官更加精致了，眉如远黛，眼神明亮，柔和的眼妆掩盖住了眼中的锋芒，凸显了温柔的气质，随着乐声踏着舞步，胜过大厅里那盆开得正盛的水红色蝴蝶兰。

这是一个必须用跳舞来交际的场合，白舸也搂着一位女士的腰，加入了其中。

音乐声转换，脚下划过一个半圆，男士们需要交换舞伴。

岑正印的手从企业家的手中松脱，被另一个人握住。

她还在想着刚才和企业家说起的话题，脚下出错，差一点没跟上节奏。白舸将她往自己的方向一揽，拉回了她的注意力。

距离太近，岑正印觉得自己应该说点什么，但可能是之前喝得有点多，她犯着晕，半晌没说出话来。

"你还没回答我的问题。"白舸先低声问。

问题？什么问题？

"哦……你问你父亲跟我说了什么。"脑海里搜刮了一圈，岑正印才想起来，"他给了我一封介绍信，让我去公安局打听胡震显的消息。"

白舸道："明天一起去。"

岑正印微微抬着下巴："我说过我要去吗？"

白舸微微挑眉："把介绍信给我，你可以不去。"

"好啊，明天我叫顾好给你送去。"岑正印冷笑了声，居然答应了。

说完后，她提前结束了这支舞，穿越过衣香鬓影，走出宴会厅。

岑正印出来是为了透口气，高跟鞋踩在地上发出清脆的声音，忽然"咔"的一声轻响，下一秒再抬步时，右脚就抬不起来了——

极细的鞋跟卡在了行道砖的夹缝里。

"需要帮忙吗？"几步之外，白舸双手插兜，悠然地看着她。

被他这么盯着，岑正印无法淡定，动了动脚，试图将鞋跟拔出来，可惜鞋跟纹丝不动，丝毫不给她面子。

白舸抬了抬唇角，走过来，蹲着扶了扶她扎进砖缝的鞋跟："扶着我把脚拿出来。"

岑正印的手搭着他的肩膀，将脚抽出来。

白舸握着卡在地上的鞋动了动，却听见"咔"的一声，本就脆弱的鞋跟在经历了两轮折磨之中，终于断掉了。

两人面面相觑，都有些尴尬。

"噗嗤"一声，岑正印先笑了。

脚踩一只高跟鞋没法走路，她想把另一只鞋也脱掉了，但是一动，两条腿就歪歪扭扭，你碰我我碰你。

白舸不着痕迹地伸出手来，一手托住她的手肘，一手托着她的背，等她脱掉了鞋站稳了之后说："在旁边等一会儿，我去把车开过来。"

岑正印抓住他的衣袖："你不急着回家吧？先找个地方坐一会儿呗。"

宴会厅的乐曲和觥筹交错之声远去，酒店今天被池枫包场，所以除了宴会厅，其他地方都没人。

白舸和岑正印推开酒吧的门，在吧台边坐下。

"今天不高兴？"白舸忽然问。

岑正印一愣："你的观察力如果再好一点，就该知道我这几天都不高兴。"

白舸不介意顺着她的心眼，直白地问："因为我？"

岑正印抬眸，气鼓鼓地横他一眼："原来你有自知之明。"

白舸被她的模样逗乐了："那么，我该怎么负荆请罪？"

岑正印一想，眨眨眼道："做点让我高兴的事。"

白舸从高脚凳上起身，走到了吧台里面，熟稔地选择了几种酒和果汁，加了冰块倒进调酒杯里，半分钟后将一杯蓝色星空一般的鸡尾酒放到了岑正印面前。

岑正印又意外又欣喜地品尝起来。

"酒精度不低，小心喝醉了。"白舸提醒她。

岑正印完全不在意，渐渐酒意微涌，脸颊泛红。

白舸也给自己调了一杯酒，陪着她喝。

酒快要喝完时，岑正印的嘴边微微勾起一点笑意，转身面对着白舸问："你叫我别喜欢你，可是你有没有发现，你也在不由自主地朝我靠近？"她说完就一阵头晕，坐回凳子上，趴在吧台上没了声音。

白舸等了她一会儿，意识到她可能睡着了，于是伸手拍了拍她。

岑正印被拍醒，抬头睁了睁眼睛，无意识地看了看周围，又一头栽到吧台上。

她这副样子，让白舸想起她的那尊"醉猫"。

实在是有点相像……

又过了片刻，等宴会厅里的人差不多都散了，白舸弯下腰，将岑正印拦腰抱了起来，塞进自己的车后座。

车子渐渐靠近岑家，岑正阳听到汽车驶进的声音，跑出来给他们开门，结果一看到姐姐的模样就笑了。

只有白舸明白他在笑什么。

"她像那只猫。"他悄悄对自己的"同党"说。

岑正印的酒量不错，而且平时应酬，一般也会强迫自己保持清醒，很少有喝醉的时候。除非是在很放松的环境下，在很信任的人面前，她才不会刻意紧绷着那根弦。

所以这一晚之后，关于要如何处理她和白舸的关系，她有了选择。

休息了一个周末，周一，白舸和岑正印在公安局见到了赵局。

关于他们的来意，白朗炎在信中写得很清楚，所以赵局无须多问。

"我们公安局每年都举行训练营，胡震显曾经是我们的武术顾问，但是三年前他就退休了。"

白舸问："您没有他的联系方式吗？或者他家人的联系方式？"

赵局摇头："胡震显三年前选择退休，是因为他的一双儿女牵涉到一桩刑事案件之中。当时他搬离了住处，和公安局的所有人都断了联系。"

"刑事案件？"白舸大感意外。

赵局看他的眼神有点意味深长："苏建军的案子。"

白舸周围的气场似乎一下子凝住了。

赵局说："胡震显的女儿胡曼珍是苏建军的妻子，他的儿子胡永乾是建军集团的合伙人。"

白舸似乎有点印象："胡永乾还在坐牢？"

"他还有三年半才能出来，你们去胡曼珍家问问看吧。"赵局在纸上写了下胡曼珍的地址和电话准备交给白舸，想了想觉得不合适，还是给了岑正印。

这时，有人在门口敲了敲门。

赵局说了声"进来"之后，一个留着两撇小胡子的男人走了进来。

"哟，您忙呢，我待会……"话没说完，他看见了白舸，"嘿嘿"一笑。

白舸也看见了他，站起来对赵局说："您还有事，我们就先告辞了。"

小胡子的男人往旁边让了让，刻意与他保持着距离，转头将文件递交给赵局，眼光往门口瞟了瞟，故意提高了声音："局长，我要求重启313案件的调查！"

白舸的脚步一顿，没理会他，还是走了。

岑正印看了看赵局写下的地址："我先过去看看吧，有消息再通知你。"

白舸没有异议。

在警局门口，他们分走不同的方向。

313案件，苏建军。

岑正印对这两个关键词有点印象，但还是上网搜索了一下，结果出来了几万条相关内容。

苏建军的建军集团做的是地产行业，但实际上却是个地下的黑恶势力团伙。警方花了多年的时间找线索查证据，终于在三年前的3月13日获得了一条密报，一举将这个集团捣毁。

但苏建军带着自己的情人逃跑了，警方搜捕了两周，后来还是市民举报，才在一个废弃的服装厂里找到了苏建军的尸体。

当时有个曲某站在厂房的楼顶，当着一众警察的面说是苏建军害得自己家破人亡，承认自己为了复仇杀死了苏建军，然后畏罪跳楼。

苏建军的情人当时也在楼顶，但是她安全获救了。

警方调查发现，这个曲某是一位赌博成瘾者，欠了苏建军巨额的高利贷，在苏建军的胁迫下卖了女儿。警方收到的密报，极有可能也是来源于他。

这个案子当年非常轰动，不过在新闻报道里，除了苏建军以外，全部的证人和嫌疑人都用了化名。

当年这个案子的负责人是重案组组长邢森，也就是刚才出现在赵局办公室的男人。

赵局和白舸说起这个案子的时候，言语很隐晦，邢森对白舸的态度又很微妙，难道白舸跟这个案子也有什么关系？

岑正印想不出个所以然来，于是发动车子，前往了胡曼珍家。

胡曼珍原本是个贵妇人，现在却住得非常寒酸，一室一厅的房子，洗手间里有永远也冲不干净的异味。

她叼着一根烟，跷着二郎腿坐在岑正印的对面，原本什么都不肯说，但岑正印递了一个纸袋子给她。

胡曼珍打开一看，知道是奢侈品牌最新的皮包，默默地收下："我不知道胡震显在哪儿，当年建军和我哥一起被抓，他觉得我们害他丢人现眼，早就不跟我来往了。"

岑正印问："除了你们，他还有别的什么亲人或者可能联系的人吗？"

胡曼珍拿着皮包看了又看，很是喜爱，"我们胡家出了这么些事，还有谁肯跟我们来往？我帮你打听打听吧，你过几天再来。"她现在经济拮据，这些从前常用的东西，现在对她来说真的成了奢侈品。如今有财神上门，她没理由不榨一次。

岑正印开口："你丈夫的案子……"她不知道该从何问起。

"你想知道什么？"胡曼珍十分平静，"当年那些来采访的记者什么都问了，但是什么都不敢写。"

"你说了什么他们不敢写的？"

胡曼珍放下手里的东西，也放下了跷着的腿，身体前倾，靠近地看着岑正印说："杀死苏建军和举报苏建军的，都不是什么曲某，而是那个侥幸活下来的情人。曲某是那人的继父，欠了苏建军的钱还不上，就把那人卖给了他。后来那人把苏建军的资产转移了一大半，再把他给举报了，让警察去收拾他。姓曲的也不知道中了什么邪，做了那人的替罪羊，还被她从楼顶上推了下去。那人原本也是做戏要自杀的，可她男朋友跑了出来，在公安局作保把她救了下来。"

岑正印打断她："这么大的案子，不可能随便什么人都能作保的。"

胡曼珍冷笑："当然不是随便什么人了，据说是什么将门白家的后代，有权有势。"

岑正印的脑中嗡一响，四肢一凉："苏建军的情人叫什么名字？"

"叶筱静。"

如果不是坐着，岑正印此刻怕是已经脚软瘫倒在了地上。
她连自己是怎么离开的都不知道了。

又过了两日，徐蔼然的眼睛完全康复了。
为了感激大家在她住院前后的照料，方婶把大家都请来了，一起吃一顿饭。
叶筱梦和池枫还没到，方婶在厨房里忙碌，岑正印刚好有机会跟白舸单独说话："我想跟你说件事。"
"稍等一下。"正好白舸有电话进来，他先走去一边接听电话。
等到他回来，方婶又说徐蔼然有事找他们谈，岑正印的话又没机会说出口。
徐蔼然是为了章陶陶和江浩然的事。
"他们想开自己的工坊，为此来找过我，听说也去找过你了？"她问岑正印。
岑正印说："说实话，我不太相信他们会好好做事。"
徐蔼然说："他们还年轻，没有定性，换作从前我也不相信他们。但是看过江浩然仿制的'举案齐眉'之后，我觉得是该让他们自己闯一闯。而且总要给年轻人机会，不然等我们这些老一辈都不在了，这些事情谁来做呢？"
岑正印问："您打算投资他们？"
徐蔼然说："我想让筱梦也加入他们，一方面对她的手艺是种锻炼，一方面也可以看着他们，但是筱梦的工作忙，有些时候怕是抽不出时间，所以我还得另外找一个人，时时刻刻督促他们。"
岑正印想问她是不是有人选了，可徐蔼然的眼神已经给了她答案。
"我？"
"他们相信你又害怕你，所以你是最好的人选。"
这理由让岑正印哭笑不得。她是从什么时候开始，对外树立了这样的形象？
徐蔼然总结："我来出资，但明面上让你做他们的投资人，这是最合适的。"
"您说想让筱梦也加入工坊，这样一来岂不是她也要听我的？"
"筱梦容易感情用事，需要一个人为她领路。"
"您打算把店铺开在哪里？"
"翰林街。"
岑正印苦笑，看来她早就已经考虑好了方方面面，自己怕是推脱不掉。
方婶在楼下喊着，说是饭菜已经准备好，叫他们先吃饭再说。
岑正印扶着徐蔼然下楼。
徐蔼然向来食不言寝不语，所以大家话不多地吃完了这顿饭。

吃完饭后，叶筱梦说晚上还要回医院值班。
方婶不乐意了："你都上了一整天班了，怎么还要值班啊？你们医院不让人休息？"
叶筱梦一边帮她收拾碗筷，一边说："我得过去查个房，晚上如果没什么事，我可以在办公室睡一觉。"
"办公室怎么睡得好呀。"徐蔼然也放心不下她。
叶筱梦笑笑："最近病人多，过了这阵子就好了。"

方婶从她手里接过碗筷："你快去吧，早点忙完早点休息，这么大老远的，你回去都要好几个小时，早知道不叫你来了。"

"没关系，我想吃家里的饭菜了嘛。"

"我刚好也要回去，顺路送你吧。"从周桥村回市区的确不太方便，池枫体贴地说。

"等等，等等，"方婶忙不迭跑去厨房，拿了个食盒出来，"我包了饺子，你带点去吃，夜里饿了用微波炉热一下就行。"

"谢谢方婶。"叶筱梦接过，塞进包里。

"晚上天气凉，多带件外套。"徐蔼然提醒她。

岑正印在一旁看着，不由地想起叶筱静。

她跟叶筱梦真的是姐妹吗？为什么性格、际遇和成长环境截然不同呢？如果不是名字相似让她产生了怀疑，她都不会去查。

大学四年，叶筱静从没跟任何人提过自己有个妹妹。她印象最深的，是她课余时间总在拼命打工赚钱，从来不回家，就算是逢年过节也一个人待在宿舍里。天气最冷的时候，她也就一件单薄的棉袄。她有个嗜赌如命的父亲，三天两头到学校找她要钱，要不到就追着她打，同学们看见她都避而远之。

她是怎么熬过来的呢？又是怎么成了苏建军的情人？白朗炎说的白舸曾经的女朋友真的是她？

池枫和叶筱梦打算走了，问岑正印是不是还要多留一日。

"我也得回去，《有忆》出了初剪片，我得去台里看看。"她回答道，然后想起今晚综艺部门要开会，叶筱静应该也在，于是对白舸说，"你要不要也一起，顺便给我们提提意见？"

白舸点头："一起走吧。"

两辆车一起出发，到达市区后，就开往了不同的方向。

池枫把叶筱梦送到仁爱医院门口，递给她一块巧克力。

"你的同事又出差回来了？"叶筱梦问他。

池枫笑着点头。

叶筱梦翻看着巧克力的包装："他为什么每次都买同一种巧克力？"

池枫说："因为他方向感差，每次都住同一家酒店，酒店的对面刚好是这个牌子巧克力的专卖店，所以每次买的都一样。"

叶筱梦不信："真的假的？"

池枫笑一下："你说呢？"

真的假的都不重要，重要的是这个玩笑让叶筱梦的精神放松了下来。

"我听说周家有一本铆瓷秘籍？"

"秘籍？"这个词把叶筱梦逗乐了，"就是姑婆外公留下的笔记而已，写着他关于铆瓷的一些经验。"

池枫问她："你看过吗？"

叶筱梦说："看过啊，不过书本上的知识再怎么精妙，关键还是要学生能学以致用。"

"你觉得自己学以致用了几成？"

"不好说，还需要再接再厉。"

"好好努力，以后我有这方面的需要，还要靠你。"池枫的语气变得郑重。

"你是指我铞瓷方面的技巧，还是找我修补瓷器？"叶筱梦问他。

"也许都会有。"

"要是修补瓷器的话，我姑婆可以帮你啊，她的手艺比我精进多了。至于铞瓷的技巧……其实我始终不太懂，你为什么会对铞瓷还有百工坊这么感兴趣？"

"你别忘了，我父亲可是古文化学会的会长，大概我从小耳濡目染吧。"池枫似笑非笑。

新闻中心内，等白舸和岑正印到了，导演开始播放样片。

顾好出去打听了一通，进门附在岑正印耳边说："叶筱静好像不在。"

岑正印很意外："开会她都缺席？"

顾好见怪不怪："她已经缺勤好几天了，除了你见到她那次，之后她都没来上班。她是大老板请来的王牌，谁敢约束她的自由？"

岑正印道："是不是王牌，还要到时候见分晓吧。"

她特意把白舸叫来，是想制造机会让她和叶筱静打个照面的，现在这计划是泡汤了。

初片看完，团队的人开了一个简短的会，都提出了一些意见。

岑正印回到办公室，低着头看会议记录，听见推门声，以为是顾好："去点几份外卖夜宵吧，今晚又得加班了。"

"从在徐蔼然家的时候，你就有话要说，现在可以说了？"响起的声音却属于白舸。

岑正印抬头，心想着他居然还没走？

白舸走近，在她对面坐下，等着她开始话题。

岑正印合上会议记录："我是觉得你应该有话要对我说。"

她和他对视，没有半分退让，是打定了主意等他先交代。

白舸沉默了一下："赵局说的苏建军的案子，你肯定在网上查过了。这个案件其中一名受害者，是我的前女友。"

这事对于岑正印已经不新鲜了，但她还是配合地表现出了一点讶异，虽然她也不知道是不是"表现"得到位。

白舸接着说："案件结束之后，我们本来是要结婚的，但我因为工作上的事情出差了一周，回来的时候她就不见了，只给我留了一封信，说是要解除婚约，从此各走各的路。这些事到现在已经三年了，我都没有她的消息。"

原来不仅仅是前女友，还是快要结婚的前女友。不过叶筱静曾是苏建军情人的事，他怎么不说？

白舸像是知道她在想什么似的："关于苏建军的案子，你在胡曼珍那里肯定听说了不少，就不用我说了。"

岑正印缓缓地笑了笑："之前说你肯定没有女朋友，是我主观判断错误。"

她这种微笑看在白舸眼里，就是成竹在胸的意味。

他琢磨了几秒，觉得她知道的可能比自己预料中还要多。

果然，岑正印唇边的笑意微敛，说道："你的这位前女友我认识，我们是大学四年的同学，而且就在几天前，我们还见过。她现在在电视台工作，我今天叫你来，本来是打算让你和她见一面的。"

可惜没能见到。

岑正印说着，把叶筱静的手机号码写下来给白舸。

白舸的心情无法形容。一个从他的生活、从他的世界里消失了三年的人，突然就回来了，他是该高兴期待，还是该疑惑迷茫呢？

他拨打了电话，接电话的人却声称自己是警察。

"你是叶筱静什么人？"对方问他。

叶筱静没去电视台，是因为她再次被抓去了公安局。

"警官，哪条法律规定不能在酒店房间喝酒的？你们怎么总是随随便便抓人？"询问室里，她歪歪斜斜地坐着，没等对面的警员发问，首先向对方发难。

警员拿出在会所包间搜到的东西："这个是在你们的房间里找到的，你怎么解释？"

叶筱静冷笑："警官，我聚会，请来的都是我的朋友，我总不能一个个地搜他们的身吧？他们要带什么东西来我可管不到。我的律师就要来了，你们有什么要问的就问他吧。"她的话音落地，询问室的门就被人推开了。

然而进来的却不是她的律师，而是一位她的老熟人。

"好久不见啊叶小姐，什么时候回国的？"邢森端着一杯咖啡走进来，对警员摆摆手示意他出去，然后自己坐到了叶筱静对面，将笔录捧在手里翻了翻，"时间还早，我们可以慢慢说，顺便还可以说说三年前你是怎么杀死苏建军的。"

叶筱静的神色桀骜却冷静："三年前我就说过了，他是被曲伟杰推下楼的。还需要我再重复一遍细节吗？"

"我相信你已经把这套说辞背得滚瓜烂熟了。"邢森将笔录扔回桌子上，手臂也放到桌子上，低着眼看她，"可如果我能找到新的证据，你说能不能推翻你的证词？"

叶筱静的眼底闪过一丝慌张，但很快被镇定所覆盖。

邢森满意地笑了笑。

警员敲了敲门，在门口对他打了个手势。

邢森再次看向叶筱静："有人打电话找你，现在来保释你了。我相信他比你的律师管用。"

叶筱静看着门口，等了一会儿，看见了白舸。

她蓦然愣在了那里，双手越攥越紧，连肩膀都开始颤抖。

白舸一言不发，走到了她的面前。

"筱静。"他叫她的名字，然而叶筱静仿佛对这个名字极为陌生，丝毫反应都没有。

"筱静？"当白舸唤第二遍的时候，叶筱静忽然从椅子上站了起来，拿起桌上的那杯茶水，猛地往他的脸上泼去："不要叫我！你不要叫我！"

水珠顺着白舸的脸颊往下滴，他却擦都不擦，根本不在乎，只是问她："这些年你去了哪里？"

叶筱静不回答，走到方才问她话的警员面前："你们搜到的东西是我的！包间里所有的药丸都是我提供的！你们抓我啊，快抓我！"

"筱静。"白舸抓住叶筱静的手，但叶筱静挣脱开来，一把将他推开。

"别叫我！你不要叫我！你找我？你根本恨不得我死在外面，最好永远不要出现在你面前！我现在过得很好，想要什么就有什么，不需要你假惺惺！"叶筱静大声吼着，可每说一句，眼泪就不受控制地往外涌，等到说完，脸上精致的妆都已经被泪水浸花。

"筱静……"白舸稍微等她的情绪平复，"跟我回家吧。"

他所说的家，是他们一起住过的地方，是他们买下来准备结婚后一起住的房子。

家里没什么人气，因为主人很久不住了。但家里还是打扫得很干净，就连角落里都一尘不染。

白舸从鞋柜里取出一双拖鞋，示意叶筱静穿上。

那是一双女式的、粉色兔子头的拖鞋，是她当日离开时忘记带走的。

叶筱静站在门口没动："你竟然还没把这房子卖掉。"

这房子是她选的，装修也完全按照她的喜好。他当时太过纵容她，只要她喜欢的，他都说好。

白舸随手将钥匙放在鞋柜上："我出国这两年把房子交给了钟点工阿姨，她每三天会来打扫一次。"

叶筱静在门口站了一会儿，终于穿上拖鞋进了屋子。

穿过客厅，近手的位置就是厨房，然后是书房、主卧、客房，她发现家中的陈设和布置完全没有改变，每件事物对她来说，都既熟悉又陌生。

"床单和被套都是昨天钟点工来新换的，你放心睡吧。我最近有些事情要办，所以暂时住在我外公的房子里。"白舸站在主卧门口说。

叶筱静从身上摸出了烟盒，拿出一根烟点燃："我可没答应搬来住，而且你这里还没我住的酒店套房大。"

白舸说："你和你的朋友在酒店被带走了两次，连累酒店被盘查，你认为他们还会让你继续住下去吗？"

叶筱静吞云吐雾，任由烟灰落在地毯上，走近卧室往床上一躺："那麻烦你帮我去酒店把行李取来。"

白舸说了声"好"，帮她带上房门："你好好休息。"

他走到家门口，回望，忽然觉得心里空荡荡的一片茫然。

岑正印之后又去了胡曼珍那里一次，从她那儿得知胡永乾有个儿子，叫胡正侠，还在上高中，住在学校附近的一个老旧小区里。

胡正侠的邻居是一对上了年纪的老夫妻。

老夫妻的小孙子放暑假了，来爷爷奶奶家住，白天时常在走廊逗猫玩耍。

逗猫棒在手，小猫咪被小孙子逗弄得一跳一个高。

"往左边抬一点。"

"行了行了，别再靠里边了。"

屋内，老夫妻两人正在挪动桌子，想换个位置摆，桌角和地面发出"吱吱吱"的摩擦声。

一双保养甚好的黑色皮鞋踩过台阶，穿过走廊，走向了胡正侠家。

小孙子抚摸着猫咪，眼尾的余光瞄到一个陌生的身影，好奇地走去看，走廊另一头却是空无一人。

他觉得可能是自己看错了，收回注意力，继续逗猫。

黑色皮鞋的主人已经进了胡家，伸出修长干净的手关上了房门。

胡家不大，摆设简洁整齐。客厅靠近露台的地方有一道门，门内是一间小小的储藏室。

他一只手拧开门锁，一只手按下墙壁上的开关，打开了灯。

他朝里走，眼睛在每一件物品上停留，最后却露出了失望的神色。

走廊传来脚步声，之后就是邻居老夫妻问话的声音："你找谁？"

岑正印根据地址找来了这里："请问胡正侠是住在这儿吗？"

老妇人警惕地打量她："你是谁啊？"

"我看你有点眼熟。"老爷子翻着眼珠子想，"哦！你是正侠的老师吧？"

岑正印愣了一下，没有开口解释，将错就错吧，至少老两口放下了戒备。

"正侠这孩子不容易啊，自己一个人住，明年就要高三了，为了挣学费，这么热的天还要每天打三份工，又是去快餐店工作，又是给初中的孩子补习，晚上还要去对面那个便利店上夜班，真怕他身体吃不消。"老妇人给岑正印搬了椅子，拿了冰镇西瓜，"你坐着等等吧，他应该差不多回来了。"

岑正印坐在阴凉的地方："他没有家人照顾吗？"

老妇人叹气："哎哟，这孩子可怜哟，从小就没了妈，爸爸听说坐牢了，这几年都是自己一个人，没见什么人过问他。"

"正侠哥哥回来了！"老两口的孙子耳朵尖，听楼梯道的脚步声，就知道是胡正侠回来了。

老妇人忙站起来："正侠回来了啊，瞧你这满头大汗的，快来吃点西瓜，你老师找你呢。"

胡正侠看一眼岑正印，眉心一蹙："找我有什么事吗？"

他很高很瘦，肩挺背直，竹子似的，浑身生机勃勃，眼神里无畏无惧。

岑正印问他："你认得我？"

"电视机里每天都播《七点新闻》。"胡正侠走到走廊尽头的水池边，将头伸进水龙头下，拧开水一冲。

岑正印说："我想找你爷爷。"

头发全湿了，他晃一晃脑袋，坐下来吃西瓜："我不知道爷爷在哪儿，我爸坐牢之后不久，他就跟我们断了联系。"

岑正印说："我听说你跟你爷爷的关系很好，你明年就要高三了，难道他不关心你的生活和学习吗？"

胡正侠把西瓜皮扔进旁边的盆里："谁跟你说的？我姑姑吗？"

岑正印承认："嗯，我先去找过她了。"

胡正侠问:"她过得好吗?"

岑正印说:"不怎么好。"

胡正侠眉头郁结:"都是被苏建军害的,我们一家人都被他害惨了。"

邻居家的小孩拿着小勺子挖另一半的西瓜,好奇地听着他们说的话。

"你找我爷爷做什么?"

"你既然每天都看《七点新闻》,应该知道我们电视台最近在录制一档节目。"

"你想让爷爷上《有忆》?我们家从前也参加了百工坊?"

"是的。"岑正印发现这孩子什么都知道,而且很聪明,和他说话不用费劲。

胡正侠擦了擦手,缓缓地吸了一口气,对岑正印说:"我怀疑爷爷出事了。虽然他走了,也不告诉我去了哪里,但他每个月都往我的银行卡里打钱,也会每周定时给我打电话。可是从三个月前开始,我就没接到他的电话了,银行账户在最后那个月收到了一笔大额的转账,几乎可以供我接下来四五年的生活。"

岑正印问他:"你爷爷失联之前,有在电话里跟你说过什么奇怪的话吗?"

胡正侠回想:"你跟我来。"

他从书包里掏出钥匙,领着岑正印进家门,打开储藏室:"你既然来找我爷爷,有没有兴趣看看我们家的狮头?"

储藏室狭长,岑正印将包放在客厅的桌上,跟在胡正侠身后走进去。

窗帘被拉开,光进来,将储藏室照亮。

岑正印被眼前所见震撼了。

整个储藏室的一面墙,由上而下整整齐齐地放着二十多只形态各异栩栩如生的狮头。每一只狮子都双目圆睁,须发皆扬,栩栩如生,威武之气凝在眉目之中。

胡正侠说:"这些是我们家在历届狮王大赛上拿下冠军的狮头,爷爷说这是我们胡家人的魂。"

岑正印记得"克伊洛斯"殿前有一对子母狮子,可储藏室里并没有任何成双的狮头。

"爷爷最后一个月给我打钱的时候,转账备注里给我留了一句话。他叫我赶紧换个地方住,这些狮头统统不要管。"

既然这些狮头对于胡家意义重大,胡震显为何如此叮嘱胡正侠呢?

"你为什么没听你爷爷的话?"岑正印问他。

胡正侠缓慢地拉起了窗帘:"因为我觉得爷爷的失联跟这些狮头有关系。这三个月里,已经有三个不同的人找到我的学校,或者说是爷爷从前的朋友,或者说是认识我爸,最终的目的都是打听我们家的狮头。"

"什么样的狮头?是不是一对子母狮?"岑正印迫不及待地追问。

"嗯。"胡正侠淡淡地回答了一声,看她眼神却和刚才明显不同了,多了戒备和冷淡。

岑正印还没反应过来,窗帘就全部被拉上,储藏室里陡然黑下来。

等到她的眼睛适应了黑暗,原本在自己身前站着的胡正侠已经不见了,她身后的门也陡然关了起来。

她跑过去,怎么也拧不开门。

"别白费力气了,好好在里面待着吧。"胡正侠在门口说。

岑正印拍着门："你是不是误会了什么？"

"没误会，你也是为了子母狮头来的。"原本他还以为她跟先前来找他的那些人不一样。

白舸回国之后一直为百工坊奔波，原本在筹备的建筑公司就放慢了节奏。过几天他在法国的合伙人要来W城，他必须尽快把之前落下的工作补上。

驾车行在路上，他在脑海里复盘着建筑公司的各项事宜，放在支架上的手机震动。

是顾好发微信，问他是不是跟岑正印在一起。

趁着等红绿灯的时间，他回复了顾好：今天没见过岑正印。

手机安静下来，经过一个路口，他转了弯，往家中开去，

叶筱静还没回来，所以家里黑漆漆一片。

虽然有钥匙，但白舸没自己开门。

他站在门口，想着等她一会儿，却听见她的声音从电梯口传来："我到了，谢谢你送我回来。"

一个陌生男人和她一起站在电梯里，她没等男人说话，帮他按了一楼的按钮，在轿厢的门合上之前出了电梯，

电梯下降，叶筱静转身进屋，看见了白舸。

"我顺路来看看你。"白舸说。

"这是你家，你不是有钥匙吗？"叶筱静开了门，在玄关换了拖鞋，然后走去打开冰箱，拿出两罐饮料，"喝吗？"她的身上略带酒气，需要冰镇饮料来醒醒脑。

白舸接了过去，看了看外包装："你还喜欢喝这个？"

叶筱静嘬着柠檬茶："喝习惯了，戒不掉。"

白舸喝了一口，笑了笑道："我记得从前学校的小卖部卖两块五。"

叶筱静咬着吸管说："那时候我要每天不吃早饭，才能省下钱买两罐，等周五放学之后去篮球场请你喝。"

白舸靠在旁边的桌上，浑身放松下来，声音也带着笑意："算是我每天骑车带你回家的车费？"

"你这车坐得可太贵了。"叶筱静也倚靠着桌子，微闭了双目，静静地吸着柠檬茶。

两个人都陷入沉默，像是都在等着对方先说点什么。

"我妈那时候就跟我说，我跟你的家庭和成长环境完全不同，别走得太近。那时候我怎么都不信，就想要跟你亲近一点。等到后来真的跟你在一起了，我才明白我妈说得对。我们是两个世界的人，勉强在一起也不会长久。"

冰镇柠檬茶今天格外凉，白舸拿在手里缓了缓："如果你没有走，我们现在肯定还在一起。"

叶筱静沉默许久："还在一起有什么用，说不定我们会每天吵架。"她没有再说下去，自嘲地笑了笑。是她过不了自己这关，拿不起也放不下的滋味太难受了。

"我累了，先去睡了。"吸管发出咕噜声，她将空罐子扔进垃圾桶，走到房间门口的时候回了一下头，"明天我想去拜祭我妈。"

白舸恍惚了一瞬："我陪你去。"

喝完柠檬茶，他自觉地离去。

顾好又发了微信过来，他正要查看，手机就因为没电而关机了。

车上找不到数据线，他开车回到外公的别墅，才将手机充上电。

走到窗口远眺，岑家的灯是亮着的。

他进浴室洗澡，脑海里想着公司接下来的几个项目，不知不觉就把顾好的微信忘记了。

等到手机充好电，他已经疲倦地在客厅沙发上睡着了，殊不知顾好一整天都联络不上岑正印，这会儿知道她从昨天就没回家，正和岑正阳在家里急得团团转。

胡正侠家的储藏室整个是密闭的，处于客厅和卧室之间，唯一一扇窗还是连通卧室的，只要从卧室里关上，储藏室里的人根本打不开。

盛夏炎热，储藏室里又不透风，岑正印的衣服被汗水湿透，感觉自己快要中暑了。

胡正侠在客厅里温习功课，头顶一台电扇呼呼地吹，根本无法驱散燥热，连桌子都被气温烤得滚烫。

岑正印的冷静出乎他的意料。她只在最开始拍了几次门，确定他不会轻易放她出去之后就放弃了，又跟他解释自己没有恶意，解释完就没了声音。

胡正侠起身，打开冰箱灌了两杯冰水下去。

时间差不多了，他该出门去便利店打工了。

邻居老妇人见他出门，随口问："又去打工了啊，刚才来找你的那人呢？"

"已经走了。"胡正侠匆匆下楼，到马路对面的便利店接晚班，在店里买一桶泡面解决晚餐的问题。

夏天便利店的生意格外好，尤其冷饮最畅销。

他从换上工作服之后就没停下收银的活儿，那桶泡面到冷了才有时间吃。

九点钟之后，顾客才稍微少一些，他坐在收银台后面，拿出课本来温习。便利店里有空调，单凭这一点，学习环境就比家里好不少。

门口"欢迎光临"的声音响起，两个背着书包的学生进店里挑选冰激凌，其中一个吐槽："今天好热啊，晚上教室没开空调，我都快中暑了。"

另一个附和："我觉得老师简直是想闷死我们。"

想起家中储藏室里的岑正印，胡正侠心中开始惴惴不安。

夜色渐深，街道安静下来，小区、楼房里的灯火也逐渐熄灭。

胡正侠趴在收银台睡着了。他每天几乎都只睡三到四个小时，其中两三个小时是在便利店打盹。

他做了个噩梦，蓦然惊醒，看了一下时钟：凌晨两点半。

岑正印已经被他关在储藏室十多个小时了。

他打开冰柜，抱了三瓶冰矿泉水出来，锁了便利店的门跑回家。

家里的温度可以蒸桑拿了，他把门窗都打开，再把电扇打开。

储藏室里的岑正印已经晕了过去，他将人挪出储藏室，挪到沙发上，将三瓶矿泉水塞进她怀里，让她抱着，再从冰箱里取出冰块给她降温。

半天不见人醒来，他犹豫着是不是该打急救电话。

岑正印被冻醒了，"啪啪"两声，怀里的矿泉水掉了两瓶在地上。

她坐起来，拧开怀里那瓶的瓶盖，咕噜咕噜喝下去。

胡正侠捡起地上的两瓶，又递了一瓶给她。

她整个人像是从河里捞起来的一样，头发都被汗湿透了。

"家里太热了，要不你跟我去便利店吧。"胡正侠说。

"你不是觉得我是坏人吗？"岑正印有气无力道。

胡正侠往外走："你不去就算了。"

客厅里热得像蒸笼，岑正印可不想再待下去。

来到便利店里，胡正侠又拿了两瓶冰矿泉水给岑正印。

岑正印在冰柜前看了看，拿了两盒冰激凌："我请你吃。"

她说完，却想起自己的包还在胡正侠的桌上，身上没钱也没手机。

胡正侠算好五瓶矿泉水加上冰激凌的钱，扫码支付。

"我听邻居说你马上高三了，功课这么紧张，你还每天打工？"

"趁着放暑假多打几份工啊，下学期时间肯定不够用，吃饭和买教辅都需要不少钱。"

"你爷爷给你的钱应该足够了吧？"

"那都是爷爷养老的钱，我不能要。"

有顾客进来，胡正侠把冰激凌吃完，去收银台帮他结账。

"铃铃铃"的声音响起，他看一眼手机提醒，暗道一声"糟了"。

这两天他忙得天昏地暗，把一件重要的事情给忘了！

岑正印吃了点东西休息了一下，恢复了一些体力，准备回家去洗个澡，再好好睡一觉。

"你要回去了吗？"胡正侠问她，"我能不能请你帮个忙？"

岑正印一挑眉："只要你别再把我关起来。"

"我想去一趟T市，明天上午九点之前必须到。"天亮之后去买票乘车肯定来不及，他只能请岑正印开车载他去，因为该市的一家画廊给他打电话，说他爷爷放在那里寄卖的一幅画已经三个月无人问津了，如果不在规定时间内取回去，画廊将收取高额的保管费。

龙山墓园是大部分W市民身后的栖息所，坐落在城郊。

白舸将车子泊好，拎着点心和水果往墓园里走，叶筱静抱着花跟在后面。她今天没有化妆，穿着米白色的裙子，只是众多来凭吊的人中普通的一个。

叶筱静的母亲叫马慧娟，马慧娟生前和第二任丈夫曲伟杰一起在白家做事。马慧娟负责做饭和打扫，而曲伟杰则是白家的司机。

叶筱静和叶筱梦是马慧娟和第一个丈夫所生，后来父母因为性格不合而离了婚，叶筱梦跟了父亲，而叶筱静则跟母亲相依为命。在叶筱静五岁那年，马慧娟和曲伟杰相识并且结婚。

走到马慧娟的墓前，叶筱静发现已经有一束鲜花放在那里了。

不用问也知道是叶筱梦来过。

她蹲下，把自己带来的花放好，然后从白舸手里接过袋子，放上点心和水果。

点心是来的路上，白舸特意开车绕路去买的。

"马阿姨爱吃,多买点吧。"如果不是白舸说起,叶筱静都快要忘了。

叶筱静将手掌贴在墓碑上:"妈,今天是你生日,我来看你了。"她的声音哽咽,之后便陷入了长久的沉默。

这样的安静维持了十几分钟,白舸弯腰,将她扶了起来。

叶筱静抹了抹脸,擦去泪水,怔怔地看着墓碑上的照片:"我妈这一辈子过得太可怜了,连我都觉得她可怜,可是我也特别恨她。你说如果当年我跟了爸爸,如果知道曲伟杰是个禽兽的时候,她敢愤怒敢反抗,是不是我身上的不幸就不会发生?"

马慧娟和曲伟杰靠在白家干活为生,每个月的收入并不高,可养活一家人不成问题。问题出在曲伟杰好赌,到后来干脆正经事情不干了,成天找马慧娟要钱赌博。家里一点微薄的积蓄被他输了个精光,要债的人便到家里找马慧娟的麻烦。

当时叶筱静才十几岁,每天一旦家门口传来吵闹的动静,她就浑身紧张,害怕是要债的找上了门。

后来曲伟杰被放高利贷的人打断了腿,马慧娟除了在白家工作,晚上还到大排档去洗碗做帮工,终于还清了赌债。

因为腿脚不方便,曲伟杰终于不出去赌了,但他开始动起了叶筱静的心思。

叶筱静好几次换衣服或者洗澡的时候,都察觉到有一双眼睛在门缝里偷窥自己。她战战兢兢地长大,直到上了高中,她读了一所寄宿学校,只有周末偶尔回一次家。

她不得不回家,因为需要钱交学费和住宿费,也需要钱吃饭。

高中三年,叶筱静过得战战兢兢,到了大学,她开始到处打工,自己赚钱养活自己。

叶筱静原本以为,自己独立了以后,生活虽然艰苦,但日子会越来越好。

可是没有。

大一上学期,她的母亲因为重病而进了医院。

没有钱,马慧娟连医院都住不起,只能回家捱,挨了不到半年就过世了。

悲痛之后,叶筱静也庆幸自己终于自由了。

但曲伟杰不放过她,隔三岔五就跑到学校来找她要钱。

有了钱,曲伟杰又出去赌,于是恶性循环又开始了。

这一次,曲伟杰变本加厉,欠下了更多的赌债,是叶筱静就算不吃不喝拼命工作二十年也还不起的。

放高利贷的苏建军意外地发现曲伟杰有个貌美如花的女儿,于是要他卖女儿还债。

那段时间白舸在国外,等他回来,才知道叶筱静出了事,可是又联络不上她。

之后警察调查建军集团,苏建军跑了,警察开始四处追查他的踪迹。

两周以后,根据居民报警,警方在一个废弃的服装厂里找到了苏建军的尸体。

曲伟杰站在厂房的顶层,当着一众警察的面承认自己杀害了苏建军,然后畏罪跳楼了。

当时叶筱静也在楼顶。因为她企图轻生,警察联络了白舸。

"我成了这个样子你才来……我哭喊着求救的时候你在哪里?"她就站在曲伟杰跳楼的位置,双脚只要再往前挪动一步,结局就和曲伟杰一样,"我不想见到你,你不要过来!"

"筱静!"白舸打断了她的话,朝她伸出一只手,"我们结婚吧。"

女孩坠入了地狱般的人生，在那一刻出现了新的希望。

苏建军死了，曲伟杰也死了，一切似乎都结束了。

可是邢森——当时的重案组组长，却认为案件还有很多疑点。

曲伟杰为什么杀死苏建军？叶筱静和他们在一起的时候，发生过什么事？叶筱静的口供几乎天衣无缝，她对事情细节的描述都清清楚楚，完全不像是一个受了惊吓的女孩子能做到的。

警方还无意中发现叶筱静账户上有一笔来历不明的存款，不多不少，正和苏建军案子里警方追查不到的一笔赃款对得上。

可叶筱静关于这笔钱的解释也很完美：曲伟杰答应把她嫁给苏建军，苏建军喜出望外，不但免除了曲伟杰欠的高利贷，还给了他们一大笔钱。这笔钱按照叶筱静的要求，打在了她的银行账户上。

案子拖了两个多月，最后因为没有进一步的线索而终结。

虽然白朗炎极力反对儿子和叶筱静的婚事，但因为拗不过，最后还是给他们筹备起了婚礼。

不过相处的时间增多之后，白舸和叶筱静之间的矛盾不断出现，再加上叶筱梦想要修复姐妹关系，频繁地接触白舸，叶筱静将她当成了假想敌，和白舸争吵的频率越来越高。

后来，白舸出差了两周，再回来的时候，叶筱静已经离开了家，并且给他留下了信件，要求解除婚约。

……

知道叶筱静或许有很多话要单独对母亲说，白舸沿着台阶往下走，一边走一边摸了一根烟出来。

同样在这个墓园里躺着的，还有他的母亲。

他望着她所在的方向，鼻子有些发酸。

他有些羡慕这些躺在墓碑下面的人，前尘往事都已经无法再纷扰他们。

两根烟抽完，叶筱静朝他走了过来。

"你什么时候开始抽烟的？我记得你从前不抽的。"她问他。

当年她抽烟被他发现的时候，两人还闹了不愉快。

"你走了以后。"白舸淡淡地回答，然后转身往停车场的方向走，"回去吧。"

叶筱静跟在他身后，或许是情绪还没有平复，眼睛有些红红的。

被白舸放在驾驶座上的手机上，显示有六通未接电话。

他没急着上车，回拨电话过去，"嘟嘟嘟"的声音中断之后，岑正阳焦急慌张的声音便传了过来："白舸哥哥，我姐姐两天都没回家了。她在哪儿？"

白舸想起顾好昨晚的微信："怎么回事？你慢慢说。"

岑正阳支支吾吾说不清楚，顾好适时地接过了电话，说了这两天的情况。

"老板去见了胡曼珍，后来又去了她说的一个地址找人。最近老板让我留在电视台跟进节目的事，没让我跟着。当天晚上本来要开会的，可是我打她的手机就已经打不通了。这两天我都联系不上她，她既没回有方斋，也没回家，会不会出什么事了？"

叶筱静坐上了车，白舸才开口："你们先别着急，我去胡曼珍那里看看。"

顾好立刻说："我跟你一起去！"
白舸说："你在家照顾好正阳，有消息我通知你。"
他坐上车，叶筱静问他："你是不是有事情要忙？我可以自己打车回去。"
"你坐好。"白舸制止她，"我先送你一段，等到好打车的地方你再下车。"
车子行驶了一段，叶筱静指着前方不远："我要回电视台，你在前面让我下车就行了。"
白舸看着她上了出租车，才开车去往胡曼珍住处。

胡曼珍邀了几个姐妹在家里打牌，个个吞云吐雾，搞得家里乌烟瘴气。
洗牌的声音覆盖了敲门声，白舸不得不连着敲了好几下。
"谁啊？"离门口近的女人开了门，好奇又警惕地打量白舸，"你找谁啊？"
"我找胡曼珍。"
"曼珍，有人找。"女人进屋，坐到牌桌前继续打牌。
"什么事啊？房租不是刚交了吗？"胡曼珍打一张牌出去，眼睛的余光瞄了白舸一眼，片刻之后愣了一下，认出了他来。
坐在她下手的人和了牌，她将牌一推："不打了不打了，今天手气太差了，瘟神降临了。"
其他人似乎还没尽兴，但是她开始下逐客令："走吧走吧，都走了，不打了。"
其他人收拾了牌桌上的钱，陆续离开。
胡曼珍坐在沙发上，吸一口烟，斜着眼看白舸："你找我什么事？"
白舸问："是不是有一位中森卫视的主播来找过你？"
胡曼珍装糊涂："中森卫视的主播？你说谁啊？"
"岑正印。"
胡曼珍冷笑："怎么不是叶筱静呢？"
白舸说："岑正印昨天来找过你，至今都失联。"
"怎么？难道你怀疑我把她绑架了？"胡曼珍轻笑，"她去正侠那里打听我爸了，出门的时候邻居看见了，失联跟我有什么关系？"
"把胡正侠的地址给我。"
胡曼珍酝酿了一会儿："我听说叶筱静回来了，你想知道也行，带她来见我。"
白舸要走，她又说："我明天要和姐妹出游，今晚之前我都在家，之后就不一定了。"
白舸离去，走到单元楼下，到底掏出手机联络了叶筱静。

叶筱静接到电话的时候，车子正停在白家大院门口。
岗哨看见陌生车牌，阻拦了车子进入。
叶筱静下了车："一位袁夫人请我到这里来的。"
"请您稍等。"岗哨给别院打电话。
叶筱静口中的袁夫人，自然是白朗炎的现任妻子袁燕。
她和袁燕见过几面，对她的印象不深。今早她忽然打来电话，请她到大院来一趟。
岗哨跟大院里确认过，才给叶筱静放行。

车子驶近，袁燕迎接出来："这地方不好找吧？快进来快进来。"

她非常和气，毫无架子。

可叶筱静还是比来之前更加紧张，手都不知道该往哪里放："夫人，您找我有什么事吗？"

袁燕领着她往屋里走："小舸的父亲想见见你。"

叶筱静每走一步都觉得脚下有针，她的母亲和继父曾是这个家里的用人，她和他们曾经住在后面的那栋工人房里。小时候，她的活动范围仅限于工人房、花园和草地，偶尔有机会进别院几次，她也是战战兢兢，甚至害怕多走两步会弄脏了脚下的地板。

白家和白朗炎的积威甚重，所以即便现在身份变了，叶筱静还是害怕。

袁燕将人领到书房，去叫了白朗炎。

院子里，又有一辆车驶来。

袁燕看了看，欣喜地跑出去："小舸？你回来怎么不事先打个招呼？哎呀，我得赶紧出去买点菜！"

白舸打断她："筱静是不是来这了？"

袁燕指了指楼上："你爸爸说有点事要跟她谈，正在书房呢。小舸你今天留下来吃饭吧，有什么想吃的菜吗？我记得你以前最喜欢吃藕盒了，对了还有糖醋鱼……唉，这孩子……"

她的话还没说完，白舸已经冲去了二楼。

叶筱静在白朗炎面前如坐针毡。

"我听说你跟小舸已经见过了？"

"是的。"

"你们还住在以前的房子里？"

"我只是暂时借住，白舸并不跟我住在一起。"

白朗炎半天没言语："你们是打算……"

敲门声响起，打断了他的话。

他说了一声"进来"之后，白舸推门而入，将叶筱静从沙发上拉起来："抱歉，我们有急事，先告辞了。"

"站住。"白朗炎的语气平缓，却有种不怒自威的气势。

白舸站住了，叫叶筱静去楼下等他。

"到现在你还不避嫌！当年你非要保她，把自己前途搭进去，还把白家的脸面搭进去了！"

"我跟你不一样，不像你为了前途，可以娶妈妈，也可以舍弃妈妈！"

"你说什么？！"

袁燕和叶筱静站在楼下，听到楼上传来的争吵。

白舸不愿意多停留一刻，拉开门转身就走。

下了楼梯，他被袁燕拦住："小舸，你和你爸爸很久没见了，今天就留下来吃了饭再走吧。"

叶筱静等得不耐烦了，"嗤"地笑了一声："是啊，你就留下来陪你爸妈吃饭吧。"

她当着袁燕的面说起了"妈"这个字眼，白舸心中的怒火再次冒出来，冷冷地问：

"你说什么呢！"

"我说你们白家看不起我们这些下人，可是自己也没有多高贵！娶了个高门大户的夫人不闻不问，等她死了，转眼就可以娶警卫员的女儿！"

她口中高门大户的夫人，指的是白舸的母亲，而警卫员的女儿，说的则是袁燕。

此言一出，白舸和袁燕的脸上都挂不住。

叶筱静觉得在白朗炎那里受到了欺辱，这会儿报复回去，心中舒坦多了。

白舸咬牙抓着她往外走，耐着性子把人塞进车里："跟我去个地方。"

叶筱静没好气："我得回电视台，没空陪你！"

白舸不由分说地发动了车子："去见胡曼珍。"

叶筱静浑身绷直了："你疯了？我为什么要去见她！"

白舸说："见到她你不需要说话，陪我去一趟就行。"

叶筱静猛地拽起手刹。

疾驶中的车子骤然减速，晃了好几下之后，歪歪扭扭地停在了人行道上。

白舸惊出一身冷汗，转头对叶筱静喝道："你干什么？"

叶筱静的声音比他更大："应该我问你干什么？！"

白舸解释："我有位朋友失联两天了，胡曼珍是最后见到她的人。"

叶筱静一点也不含糊地追问起来："朋友？什么朋友？女的吗？"

白舸忍耐着："普通朋友，工作上的关系。"他握着方向盘，准备再次发动车子。

"我就知道是个女的！"叶筱静二话不说，立刻撒起野来，抬脚踹方向盘。

白舸放弃开车，冷眼看着她发作，叶筱静又狠狠踹了几脚才渐渐平静下来，别开眼看向窗外，拒绝沟通。

车内陷入沉默，白舸掏出烟盒，抽出一根烟点燃。

叶筱静毫不客气地夺过烟盒，也抽了一根。

烟雾渐渐弥漫，白舸打开窗，一方面散烟味，一方面自己透透气。

两个人陷入某种僵持。

"你的什么朋友会和胡曼珍有关联？"叶筱静一面吐出烟圈，一面问。

"工作伙伴。"白舸重复之前的答案。

"如果她出了意外，我需要负上责任。"既然她的态度缓和，他就多解释一句。

叶筱静默默地将手上的烟抽完才开口："开车吧。"

此刻的T市，岑正印和胡正侠已经在画廊工作人员的带领下办理好了手续，去陈列室取画。

那是一幅山水图，工作人员说是后人的临摹之作，画技偏稚嫩，收藏价值不高，所以才一直无人问津。

"当时胡先生送来的时候，我们已经看出是赝品，并且明确告诉了他，但他还是坚持把画放在我们这里寄卖，并且一次性支付了三个月的服务费。现在期限到了，如果要继续放在这里，我们是要加收费用的，所以我们就拨打了胡先生留下的联络电话。"他留下的是胡正侠的手机号码。

胡正侠小心翼翼地将画装进画筒，跟工作人员道了谢之后，离开了画廊。

岑正印好奇地问他："你家的收藏品除了狮头之外，还有字画？"

胡正侠摇头："没有啊，爷爷没收藏字画的爱好，我以前也没见过这幅画。"

两人拿了字画后，岑正印发动车子，准备开回W市。今天一天，她都得做胡正侠的司机了。

"你帮我看一下手机。"她怕电视台有事找她，于是对胡正侠说。

胡正侠从后座拿过她的包包，找到手机，半天没摁亮屏幕："没电了。"昨天下午他把她锁在储藏室的时候，还听见震动声，后来晚上就消停了，估计那时候就已经没电了吧。

"你带了充电线没，借我用一下。"岑正印说。

"品牌不同，没办法通用。"胡正侠把自己的手机拿出来，"你要是有事的话，我的手机借你打呗。"

岑正印报出岑正阳的号码，胡正侠帮她拨出。

第一次没人接，第二次电话快要挂断的时候，岑正阳接听了："你好。"

"正阳。"岑正印觉得弟弟的声音有点低落。

"姐姐！"岑正阳听出了她的声音，立刻双手抱住了电话，生怕一不小心挂断了，"姐姐你在哪里？你为什么不回家？我和顾好到处找你！"

岑正印说："我遇上了一点意外，但我现在没事，大概下午就能到家。"

岑正阳提着的心终于落回了肚子里："姐姐你以前不会这样，你最近怎么了？对了，白舸哥哥知道你失联，也在到处找你。"

说起白舸，岑正印便心事重重："我知道了，我会联络他。"

但是手机无法开机，她不记得他的号码。

算了，等回到W市再说吧。

胡家，叶筱静和胡曼珍面对面站着，两人都有点认不出对方来了。

时间从来不公平。

三年前的胡曼珍是个高傲的阔太太，如今却变成了一个庸俗的中年妇女。

三年前的叶筱静只是个姿色出众的孤苦女孩，如今依然让人一眼难忘，却已经高不可攀。

唯一不变的是，胡曼珍看见叶筱静就油然而生的鄙夷和愤怒。她举起手就想抢叶筱静一巴掌，但被白舸眼疾手快地抓住了手腕。

"我要找的人在哪？"白舸问他。

胡曼珍看叶筱静的眼神接近歹毒，她阴森森地微笑，一句话也不说。

白舸扭住她的手铐在身后，将她的脸压在了墙上，压低了声音问："岑正印在哪？"

胡曼珍吃痛，但还是不肯说，死死盯着叶筱静："想让我告诉你也行，让她给我跪下。"

叶筱静走到胡曼珍跟前，弯下腰拍了拍她的脸，低声说："你做梦去吧！"说完狠狠地踹她一脚，跑了出去。

"筱静！"白舸正欲追出去，手机响了起来。

电话来自顾好："找到老板了，原来她去了T市，现在正在回来的路上。"

白舸松了一口气，出去找叶筱静，但她已经不见了踪影。

之后他一直打她的电话，直到晚上才打通了。

接电话的并不是她本人，背景里有吵闹的音乐声和说笑声："喂？谁啊？什么事？"接电话的女孩高声问，听上去醉得不轻。

"管他谁呢，走走走，继续玩！"一个男声传来。

"放开！"半醉的叶筱静甩开了那个男人的手。

"怎么了这是，不是玩得好好的吗？"男人得寸进尺地搂住了她的腰，将人往包间里带。

叶筱静整个人摇摇晃晃的："你放开我！"

她挣脱男人的束缚后觉得一阵反胃，跑去洗手间，反锁上门吐了起来。

酒吧里似乎起了纠纷，有人报警，警察来了。伏特加的后劲很大，叶筱静飘飘然地听到吵闹声。

警察知道洗手间还有人，就拍了拍门，见半天没人回应，一脚将门踹开。

叶筱静起身往外头走，警察跟在她后面，要求她出示证件接受检查。

她忽然抄起旁边的酒瓶子就朝着警察砸过去，幸亏被另外两名警察及时制止，然后直接扭送去了公安局。

在公安局里，叶筱静的态度一直很差，被关在询问室里，还是一副发酒疯的样子。

邢森隔着玻璃观察她，觉得她的身上有一种伪装，从前是伪装柔弱、伪装被害，如今是伪装飞扬跋扈、鲁莽暴躁。

他吩咐警员给白舸打电话，让他来保人，然后走进询问室。

"怎么又是你？"叶筱静看见他，先是冷淡和厌恶，而后很快恢复了之前的样子，抬着下巴，趾高气扬地盯着他。

邢森笑道："怎么就不是我呢？整个公安局最关注你的人恐怕就是我了。"

叶筱静不动声色地问他："我可以走了吗？"

邢森耸耸肩："酒醒了？你这样回去挺危险的，我找了个人来接你。"

询问室的门开着，叶筱静不再跟他搭话，径自往外走。

白舸来得比邢森预料中快，样子也比邢森想象中狼狈憔悴，像是好几天没好好休息了。

叶筱静存心惹他不高兴，他来了，她反而不愿意走了。

白舸也不劝，他已经没精力劝了。

他掏出烟盒，自己拿了一根，然后递给叶筱静，两人站在走廊上，一起吞云吐雾。

"你就不能好好过日子吗？"

叶筱静"嗤"地笑了一声："像我这样一身烂泥的人怎么好好过日子？我要家庭没家庭，要家人没家人。好好过日子？你告诉我怎么过？"

白舸闭上眼睛，有气无力地说："分手是你提的，你一走就好几年，我根本联系不上你。我只能同意解除婚约。"

叶筱静对他的话嗤之以鼻："我提分手是因为我知道你跟我求婚根本不是因为爱我！你是因为什么狗屁的责任才向我求婚的！你跟叶筱梦是什么关系？现在跟岑正印又是什么关系？我早该想到了……越是我讨厌的人你就越是看得上！你是不是觉得特奇怪，我跟岑正印明明是云跟泥两种人，怎么就认识了？"

白舸任由她闹,并且已经习惯了她反讽的语气,没什么反应。

他冷静,叶筱静一个人也就闹不下去了,她低头抽烟,然后说:"她是我大学同学。我大学学播音主持的,你大概早忘了吧。"

"我记得。"白舸这才说话,"播《七点新闻》是你的梦想,你小时候说过。"

没错,那的确是她的梦想,但什么时候跟他说过,她自己都不记得了。

"小时候家里就一台黑白电视,当时新闻主播就是我最憧憬的职业。所以我努力读书,考最好的传媒大学,期待着有朝一日能够实现梦想。"说着说着,泪水渐渐充盈她的眼眶,"可人有时候甩不掉命运,它就像在身后追赶你的怪兽一样,死死咬着你的双脚不放。"

这种感觉,白舸也曾有过,所以他能够理解。

"我努力地改变命运,可到头来还是什么都没有……"叶筱静无助地笑了一下,"除了当主播,成为你的妻子也是我的梦想。离开你之后,我每天都喝很多酒,可还是没办法不去想你。"眼眶无法承受眼泪的重量,她没让白舸看见,用手背擦了擦眼泪,走出了公安局。

上了车之后,喝醉了又哭了一场的叶筱静很快就睡着了。

白舸手握着方向盘,专注地看着前方的路。城市的夜色繁荣喧闹,绚烂的霓虹从车窗旁一闪而过,只在眼底留下淡淡的影子。

车内的安静让他沉入强烈的孤独感里,那种从母亲身上延续下来的孤独感从来没有放过他,那只怪兽还在身后咬着他不放。

他身边的叶筱静睡得很安稳,一缕黑色的头发遮住了她的眼睛,被脸颊边的泪水沾湿了。

白舸尽量把车子开得平稳一些,同时伸手调高了空调的温度。

两个都被怪兽追赶的人,要怎么互相依靠互相解救?

胡正侠回到家中,将山水图收进了储藏室。

十几只栩栩如生的狮头围绕着他,仿佛一群狮子将他包围。

他一只手就将狮头轻巧地举了起来,说起狮头的历史也头头是道:"狮披上能做的文章少,所以艺人们都在狮头上下功夫。中国舞狮分南北,北方狮头写实,一般画的都是真狮;南方的狮头一般都是拟人化、脸谱化,有'刘备狮''关羽狮''张飞狮'之分,色彩鲜艳的是刘备,以红色为主的是关羽,黑色为主的是张飞。每个派别又都有不同的狮头风格,通常看狮头就能知道师出哪家。胡家因为'火狮'而出名,'火狮'谐音为'和事',喻义百姓生活和顺火红。"

胡家狮头的鬃毛呈红色,外观看上去就像一团火焰,表演时加上焰火或者灯光,就会形成"火狮"的视觉效果,宛如一团吉祥如意的图腾。

"扎狮头和扎风筝、彩灯一样,都是彩扎艺术。你知道最开始的彩扎是被运用在哪吗?"胡正侠考起岑正印来。

岑正印站在门口,喝一口矿泉水道:"是戏曲吧?"

胡正侠点头:"最早是在唐代,竹备篾子做骨架,用砂纸糊出各种飞禽走兽、名山古刹,在舞台上作为背景或者道具,唱戏说故事。到了宋代,彩扎匠人已经可以扎出寿星、麻姑和栩栩如生的寿桃、寿面,作为献给长者寿诞的礼物。这也就让彩扎艺术出现了分化，形成了两大类：一种是为'丧葬文化'服务的传统'彩扎活儿'；另一种呢，就是风筝、戏曲道具、彩灯，还有狮头。"

"你知道得这么多，会舞狮吗？"

胡正侠昂昂胸膛："你也太小瞧我了吧？"

岑正印说："是不是小瞧你了，得让我见识了才知道。今天没时间了，明天我再来找你。"

"失踪"了这么两天，她得赶紧回家去。

刚到家门口，岑正印就跟白舸撞了个正着。

白舸说："我来看看你回没回家。"

"回来了……"

白舸点头。

"我找到了胡震显的孙子胡正侠，据他说胡震显也失联好一阵子了，他发现我是冲着子母狮头去的，就把我锁在了储藏室里，后来又出现了一些情况。"岑正印有气无力地说了一些情况。

白舸看出她精神不太好："你先休息吧，这些事明天再说。"

岑正阳这两天都担心地吃不下睡不着，确定姐姐安然无恙，他才在房间睡下了。

白舸回到家，越想越觉得不放心，给顾好打了个电话："去家里看看你老板，她可能生病了。"

顾好挂断电话就快速赶了过去。

她有钥匙，摁了几次门铃都没人应，就自己开了门。

进门后，她看见岑正印在沙发上躺着，脸色发白。伸手探了探她的额头，烫得吓人。

顾好在柜子里翻翻找找，找到了退烧药，喂她吃了下去。

一顿忙活后，刚坐下，白舸的电话就打了过来，询问岑正印的情况。

"老板发烧了，浑身滚烫滚烫的。"

白舸从鞋柜上拿了钥匙出了门："我马上过去。"

他到的时候，顾好正发愁怎么把岑正印弄到楼上房间里去："不能让她在这里睡，你能帮帮我吗？"

白舸走到沙发边，将人打横抱起来，送去了楼上。

岑正印烧得温度挺高，顾好放心不下，便在她房间里照应着。可是过了十二点，在困意的席卷之下，她也蜷在小沙发上睡着了。

后半夜，退烧贴的效果过去了，体温还没有完全降下来，感冒药的作用又让岑正印陷在睡眠里醒不来，觉得口干舌燥的她发出轻声的呢喃："水，水……"

白舸上楼来查看她的情况，听见她说要水，忙下楼倒了一杯。

顾好依然睡得很死……

"起来把水喝了。"白舸拍了拍迷迷糊糊的岑正印，将杯子放到了她的嘴边。

"水"这个字让岑正印伸舌头舔了舔嘴唇，循着杯子的凉意慢慢坐了起来，就着白舸举到嘴边的杯子，咕噜咕噜喝完了一整杯水。

白舸用手试了试她的额头，还是烫。

"还要吗？"他低声问道。

岑正印摇了摇头，躺回了床上。被子闷热得让她觉得不舒服，干脆一挥手掀了半边到地上。

白舸顿了一下，将被子捡起来盖在她身上，往上拉了拉。

顾好不知在做什么美梦，睡着了还笑了笑。

指望不上她了……

白舸带上门出去，在客厅沙发上闭着眼休息一会儿，时不时上来看两眼。

天亮后他出去买了早餐，把早餐放在桌上后才离开。

顾好醒来下楼，试了试粥还是温的，就直接端上楼去了。

岑正印吃了一些，又吞了两粒药，倒头继续睡。

顾好去卫生间拿了毛巾，出来擦了擦她的额头和脸。

岑正印微微睁开眼睛，无意识地转了一转，再闭上。

昨天守了她一夜，倒了两次水给她，今天又是买早餐又是擦脸，这小助理什么时候变得这么靠谱了？

岑正印迷迷糊糊睡了一天，第二天精神才好一些。

"姐姐你怎么下来了？"岑正阳见她下楼来，跑上前问。

"我想喝水。"

岑正阳连忙进厨房给她倒了水。

岑正印接过水杯，忽然想起自己约了胡正侠："我得出门一趟。"

岑正阳拦住她："不行的，你生病了！"

"事情很重要，何况我已经好多了。"岑正印拉起他的手，让他摸自己的额头。

她的确不发烧了，但岑正阳还是摇头。

"这样好了，叫白舸哥哥陪你去。"他想了一个折中的法子。

岑正印愣了一下："不用了吧，他很忙的。"

岑正阳说："那你就不要去了。"

不去当然不行。

"我帮你打电话。"岑正阳倒是把白舸的电话号码记得很熟。

白舸在家，于是没一会儿就过来了。

"要去电视台？"他问岑正印。

"去胡正侠家，我原本约了他昨天的。"岑正印说着，穿好外套，匆匆忙忙往外走。

白舸开车，半个小时就到了胡正侠家楼下。

两人上楼，却在楼道里与邢森撞了个照面。

"哟，两位怎么上这里来了？"邢森嚼着口香糖，吊儿郎当地问他们。

岑正印留意到楼上的警察："出什么事了？"

邢森懒洋洋地回答："有居民报警说家里进了贼，所以我们过来问问情况。"

白舸问："重案组现在负责抓小偷？"

"这不得看是什么小偷吗？如果是那林的小偷，肯定要我们重案组出马了。"邢森看了看他们二人，"正好了，我正好有几件事想要找两位问一问，既然两位自己送上门了，不如我们找个地方聊聊？"他侧身让开路，示意岑正印和白舸上楼。

进了贼的就是胡正侠家，警员正在向他了解事情经过。

"我从外头回到家里，因为门窗没有任何异常，所以直到进屋我也没发现家里有其他人。后来我听到有奇怪的声响，才怀疑家里进了贼，然后我假装去阳台晾晒衣服，小偷趁机要溜出去，我就和他交了手，但还是让他给跑了。"

"你看见他的样子没有？"

"他穿着风衣，戴着帽子和口罩，我没看清他的脸。"

因为他还未成年，所以警察通知了他的家人——也就是胡曼珍过来。

"哪还有什么值钱的东西？就那些狮头了，丢在大街上也没人稀罕。"在警员问胡正侠丢了什么值钱的物品时，胡曼珍插嘴。

邢森推开储藏室的门，环视了一圈之后，回头问胡正侠："胡家最出名的是子母狮头，这里面怎么没有？"

胡正侠说："子母狮头很难制作，并且是胡家的看家法宝，除非在狮王大会上遇到劲敌，否则不会轻易用。"

邢森又问："你爷爷没有用过子母狮头？"

胡曼珍回答他："子母狮头用过之后就会被拆解，免得其他人从中破解胡家狮艺的秘诀。"

说到这里，她顿了顿："说起来胡家有件东西可能值点钱，就是子母狮头图，上面绘制了子母狮的构造，从前不知道多少人想得到。"

"这幅图现在在哪？"

"都是我爸保管的。"胡曼珍答完，转而问胡正侠，"他有没有给你书画之类的东西。"

胡正侠摇摇头，然后想起昨天从T市取回来的山水画，于是领着大家去储藏室看："就只有这幅画，字画行的人说是赝品。"

胡曼珍瞄一眼，见不是子母狮头图，也不值钱，便没了兴趣。

白舸仔细端详那幅画，却起了一个怀疑，需要找一些人帮忙证实。

不过邢森还有话要找他和岑正印谈。

"在步家和周桥村发生的事，我想听听两位的说法。"邢森眯起眼睛，解释道，"赵局安排我们重案组跟进百工坊的事，所以我希望能得到二位的配合。"

白舸今早已经跟赵局通了电话："按照赵局的意思，应该是邢组长配合我们吧。"

邢森盯着他看了几秒钟，轻轻地点了点头，换了一种说法："我们重案组需要确保两位以及百工坊家族成员的安全，所以需要了解潜在的危险因子，毕竟大家都不希望接下来还有意外事件发生。"

步慌被绑架、徐蔼然在病房失踪、周桥村的赝品瓷器、周家的锔瓷笔记被抢走……大大小小的这些意外确实让岑正印和白舸心有余悸，意识到该让警察出面了。

于是他们把之前各种事故的发生经过仔仔细细地跟邢森说了。

等他们跟邢森谈完，重案组的警员也已经问完了胡正侠的口供。

"把你爷爷的山水画交给我们吧。"离开之前，白舸对胡正侠说。

胡正侠不解："你们要那幅画做什么？"

白舸说:"或许我们能帮你找到子母狮头图。"
胡正侠惊喜:"画里有线索?"
白舸现在不好解释:"总之你先把画给我们。"
胡正侠去储藏室取了画,抱在怀里:"画去哪里我就去哪里。"
邢森拍了拍他的肩膀,帮腔道:"也好也好,这小子暂时就交给你们了,这房子我们先看管起来,我得回公安局安排人找胡震显。"他就这么做了安排,也没给白舸拒绝的机会。
胡正侠拿着画,跟白舸和岑正印下了楼。
"我们去哪?"岑正印问白舸。
"翰林街。"

翰林街,"梦笔生花"的店铺里。
步京、步凡和步明堂都围在红木书桌前。
胡正侠从画筒里取出山水图展开,放平在桌上。
步明堂端详了许久,对步京点了点头。
其他人都退到一边,步京拿起了工具开始操作。
"他这是做什么?"岑正印低声问。
步凡回答她道:"在战乱时期,有画界的高人会用一种上假下真的装裱方式保护一些珍贵书画。只要将夹宣上层的仿画揭去,就能看到下面真正的古画。"
岑正印听懂了:"你们是说,子母狮头图藏在了山水画的下面?"
究竟是不是,等会就有答案了。
大家都站立着,等待着步京完成揭画的步骤。
一幅画里面隐藏着多张纸,普通人用肉眼很难去分辨。揭画说起来容易,却非常考验手艺,稍有不慎就会葬送真迹的性命。
步家先祖曾为国家博物馆修复古字画,有一套自创的揭画方法,如今被步京熟练掌握。
他用干湿两种方法同时处理一幅画,再利用工具让表面的仿画翘起,最后再用独特的技巧将表层的画揭下来。
随着山水图一点一点地剥离,桌上的画由一幅变成了两幅,而多出的那一幅不出大家所望,正是子母狮头图的真迹。
步凡说:"这么看来,胡老先生可能早就知道有人觊觎子母狮头图,所以故意用这样的方法把它藏起来。"
除了发现了隐藏的子母狮头图,步京在山水画上还有别的发现:"这里还有一串电话号码,是用特殊的颜料写的。"他用毛笔蘸了些试剂涂抹在纸上,电话号码就显现了出来。
白舸用手机拨打了那串号码。
岑正印眼看着他的眉头越皱越深,不由得问:"怎么了?"
白舸一面听电话那头的人说情况,一边捂住听筒回答她:"胡震显在医院。"
胡正侠已经冲上前:"我爷爷怎么了?"
"好,我知道了。"白舸和电话那头的人说完,挂断了电话,对岑正印和胡正侠道,"我们现在到医院去。"

岑正印狐疑:"现在?他在本市?"

白舸肯定地回答:"一直都在。"

岑正印兜兜转转地寻找,哪里能想到胡震显根本没离开W市,他在军区医院接受了治疗,开了刀,前两天刚刚苏醒,目前正在恢复阶段。

如果不是白朗炎事先打过招呼,就算白舸的电话打通了,也不会被允许进入特殊看护病房。

胡震显的精气神看起来不错,到底是练武的人,身子骨比同龄的普通人硬朗。

"老先生是心脏肿瘤,原本情况不太乐观,但是这次手术很成功,具体情况还要看后续的康复情况。"在病房门口,胡震显的主治医生对白舸说。

白舸问:"是我爸安排他住院的?"

"医院里本来已经没有特护病房了,你父亲转院去了仁爱,把自己的名额让了出来。"

这么说白朗炎早就知道胡震显的下落,却叫他们去公安局问赵局,绕了这么大一个圈子。

医生跟白家父子二人熟稔,所以帮着白朗炎解释:"你父亲特别交代,老先生的身体是最重要的,这个手术有不小的风险,所以外界任何事情都不能打扰到他。"

躺在病床上的胡震显正在阅读胡正侠手机上的一封邮件。

"什么时候收到的?"看完之后,他问胡正侠。

"上周三。常爷爷他们到家里找了你好几回了。"

胡震显想打电话,但是医生走过去,拿走了他的手机:"老先生,我们这里特护病房有规定,病人是不能用手机的。"

胡震显把手机塞给胡正侠:"正侠你出去帮我打,告诉常爷爷,让他后天到家里去找我。"

医生说:"后天不行,您目前不能出院。"

胡震显说:"那我什么时候能出院?"

医生说:"至少要休息半个月。"

胡震显放弃遵医嘱了,推了推胡正侠:"去打电话,就后天。"

胡正侠却说:"爷爷,你要听医生的话。"

医生很欣慰:"您看,连孩子都知道。"怕他想着溜走,医生又补充,"在我们医院,没有医生开的证明,门卫不会让您离开,您哪都去不了。"

胡震显被这话噎住了:"可我真的有急事。"

医生说:"比起身体健康,其他什么事都不是急事。你找其他人帮你办吧,这里这么多人呢。"

胡震显看看白舸和岑正印:"这事不是他们能帮忙的。"也没有什么好隐瞒的,他就把手机递给他们看。

手机上显示着一封挑战书,挑战者是松滋武术馆的余家。他们要在下个月举办新一届的狮王大会,胡家是上一届狮王大会的赢家,自然就是他们的挑战对象。

如果胡震显不接受挑战,等于自动认输。

岑正印说："您先养好身体，等明年再向他们下战书，把狮王称号夺回来，不是一样的吗？"

胡震显哼笑了声："你知道上一届狮王大会是什么时候吗？是二十年前。已经二十年没人对狮王大会感兴趣了……"

胡正侠说："今年常爷爷他们都打算参加，他们说不能助长余家的威风。"

胡震显权衡再三，提出一个折中的办法："这样吧医生，我不要求出院，我就在医院里见见几位老朋友，你看行吗？"

医生看看他，又看看胡正侠，再看看白舸，最终还是答应了。

既然如此，也不用等到后天了，就在当天傍晚，胡震显就让胡正侠把自己要见的人约到了医院来。

医院专门安排了一间会客室给他们。

"那个姓余的把徐老气得住院，这口气，我们咽不下去！"有人怒气冲冲地说。

"他根本是沽名钓誉！用尽了卑鄙手段才让徐老上了当！"

岑正印、白舸和胡正侠在会客室门口听到里面的谈话。

胡震显看见了他们："都进来吧，正好给你们介绍介绍。"

进去后，岑正印近距离打量会客室里的人。

他们有老有少，有好几个穿着粗布长衫，举手投足间都稳定有力，一看就是练家子。

"这位是常师父。"胡震显首先介绍那个还在气头上的人，"他从前是武馆的教头。"

常师父对着岑正印一抱拳，算是打过招呼了。

胡震显又简单地介绍了其他人。

W市曾经习武之风盛行，胡震显年轻的时候，城内有不少的武馆。在场的这些人，年轻时都是武馆的师父，稍微年轻一些的，则是因为父辈习武，所以继承了家族的武艺。

岑正印渐渐听明白了：这些人之所以愤愤不平，是因为他们中有一家武馆被人设计陷害，签了一份什么霸王条款，武馆的徐老先生被人气得住院了。

这位徐老先生年纪比胡震显大，比他在武学界还有威望。听说他出了事，这些"武林人士"纷纷都出来打抱不平了。

"姓余的说了，只要我们能在狮王大会上赢了他，他跟徐老的合约就作废！可是我们这些人都不行啊，想来想去，只有胡先生你能带领我们！"常师父又说。

另外有人道："这次的狮王大会就是余家主办的，我听说现在报名的总共有四支队伍，其中有三支都是余家暗中支持的。"

一位年长者跟胡震显说："余家这次摆明了就是要引你出山，再跟他们决一高下，毕竟你们胡余两家当初没少交手。"

有人分析说："如果狮王大会的其他队伍真的是余家背后支持，胡家要参与的话，就相当于以一敌三啊。"

所有人的视线都聚焦在了胡震显身上，看他怎么做决定。

胡震显当机立断："徐老出事，我不能袖手旁观，这次的狮王大会，我们胡家一定参加。"

乌泱泱的人们先是欢喜，而后一想，有人先问："胡先生你怎么住院了啊？要不要紧？"

胡震显说："不瞒大家，我刚做了一个大手术。这次就算有心，恐怕也无力上场了。"

在场的人一下子全都不知所措了。

胡震显笑得淡定自若："不过我们胡家会制造出子母狮，派其他人出战。"

有人叹气，直言道："胡先生，除了你，胡家也没人了吧？"

"当然还有。"

"谁？"

胡震显对着胡正侠招招手，让他到自己身边来。

"这……这怎么行啊。"大家显然都不看好胡正侠这个乳臭未干的小伙子。

"唉！有什么不行的？正侠的身手你们也见过，有震显教他，难道还能比余家那些人差？"

"可是一个舞狮队最少需要两个人，正侠做狮头，谁来做狮尾？"

常师父一击拳，对胡震显道："我虽然没什么能耐，但我愿意给正侠做狮尾。"

"老常你舞过狮吗？"有人问。

常师父挺自信："没舞过，但我看过啊！胡先生教教我，名师肯定能出高徒！"

众人纷纷摇头。

"我已经有人选了。"胡震显却道。

"是谁？"大家又问。

胡震显看向白舸。

众人都很错愕。白舸是个外行人，怎么可能会舞狮呢？

胡震显递给常师父一个眼神，常师父会意，忽然发动，一阵风般地冲到白舸面前，向他出招。

白舸站着不动，稳稳地接下他的第一招。

常师父这招快速且蕴力十足，寻常练过武术的人根本招架不住。

这一招过后，两人又对了十几招，白舸的功底大家便都知道了。

胡震显说："他从小就练武，他父亲完全用军事化训练磨砺他，寒冬腊月和八月酷暑都不休息，所以他的功底扎实。"

这话听在岑正印耳朵里，只觉得白舸的童年过得甚是凄凉。

还是有人反对："不是有武术底子就能舞狮。正侠年纪小没经验，需要一个行家与他配合才行。"

胡震显反问："各位还有其他更合适的人选吗？"

众人思来想去，的确找不出一个更合适的人来。他们中间大部分人年纪都不小了，年轻的又和白舸一样不会舞狮。无论是武术还是舞狮都要吃苦，大部分年轻人恒心和毅力不够，因此这二者都渐渐后继无人。

"既然各位没有其他人选，那就这么定了。"胡震显拍板道。

子母狮由胡家出，舞狮的人也由胡震显来训练，其他人不好再多言。

送走了客人，胡震显让岑正印帮他一个忙。

"要扎出子母狮头，我需要这几种特殊的材料。"他列了一张清单，交给岑正印。

胡家火狮号称"东风夜放花千树",其构造、用料以及制作工艺都是秘密。

"我想办法尽快找到。"翰林街上古店云集,各家店铺在木材、石料、青铜、丝绸布等方面都有自己的门道,透过他们,找到胡震显需要的这些材料并不难。

胡震显还在康复期,不能离开医院,好在这里环境静谧,穿过古木森森的小径,便是一块供病人们休闲运动的广场,刚好用作训练场地。

接下来几日,白舸和胡正侠就住在了军区医院,接受胡震显的舞狮训练,而岑正印则为备齐子母狮头的用料而到处奔走。

这天一大早,有方斋门口停了一辆小货车,司机将货单交给岑正印,让她签收。

岑正印先验货,验得眉头一皱:"不对,这不是胡老先生要的那一种。"

洪叔看单子:"从广西过来的,就是朱老板说的竹户家。"

翰林街上有一家卖风筝和宫廷花灯的店铺,岑正印去找过他们的朱老板,请他们帮忙找胡震显需要的竹子,可是竹子运来,却不是那么回事。

"这该怎么办?说到竹子,也就朱老板的门路最广,要是他都找不到的话,估计找其他人也没用。"洪叔都急了,其他用料都准备好了,这扎狮头最需要的竹子却出了问题。

朱老板不是找不到,只是不愿意将最好的竹子供给他们。

这事恐怕只能让池深出面帮忙了。

岑正印打电话到池氏集团的董事长办公室,秘书小姐接听了电话,之后才转到董事长专机。

池深随口问岑正印要那种竹子做什么:"不便透露?没关系,我想办法帮你说服朱老板。"他干净利落地答应了,并且立刻就行动。

当天傍晚,朱家铺子里的工人就把岑正印需要的竹料送到了有方斋。

岑正印自己驾着小货车去给胡震显送货,到的时候,白舸和胡正侠刚好结束训练。

她打开门,轻松地跳下小货车,白舸也从数百根毛竹扎成的"登天塔"上跃下来,掀了掀被汗水浸湿的衣服,大步走去拿场地边的矿泉水。

岑正印离得比较近,就去帮他拿了一瓶,却没想到叶筱静也在。她从另一边走出来,抛了一盒柠檬茶给他。

白舸稳稳接住,插上吸管喝起来。

岑正印拿在手里的矿泉水只好自己喝了。

"可以吃饭了。"胡震显站在食堂门口叫白舸他们。

岑正印走过去,让胡震显去检查小货车上的材料。

"吃过饭再说吧,你也一起简单吃点。"胡震显领着她进食堂,招呼她入座,位置在白舸和叶筱静的对面。

胡正侠和岑正印并排坐着,吃饭的时候,时不时瞟叶筱静几眼。

岑正印用手肘碰碰他:"吃饭要专心,你看什么呢?"

胡正侠不看了,低下头吃饭。

叶筱静笑道:"你是不是觉得我眼熟啊?我是中森卫视的主持人,之前是网络主播,说不定你曾经看过我的直播?"

胡正侠直说："我不关注网红。中森卫视我常看，可我不记得有你主持的节目。"

叶筱静一点也不介意，朝他眨眨眼道："以后你会经常看见我的，我和正印是同事，而且还是大学同学。"

"哦，那你们关系很好了？"胡正侠接着她的话题问。

叶筱静语出惊人："我们的兴趣爱好挺相似的，甚至还喜欢过同一个学长。"

这话没法接，胡正侠也不爱听八卦，于是适时打住，专心吃饭。

岑正印却帮忙讲完："那个学长本来可以保送读研，后来名额被我抢了，他知道之后跑来跟我争吵，学校男神的形象全都颠覆了。"

饭桌边陷入了短暂的沉默。

叶筱静笑了笑缓和气氛，吃了一会儿饭，她忽然转过头问白舸："你不会脚踩两条船吧？"

白舸放下了碗筷，眼睛依然垂着，冷静地说："我这个人只要认定了一件事、一个人就不会回头。一旦把一个人装进了心里，就没法再容得下其他人。"

岑正印的心里"刺啦"一声窜起一簇小火苗，一筷子米饭咕噜咽了下去，但想起他和叶筱静的关系，心头又如同被一盆冷水泼下，徒留一缕青烟。

一顿饭吃得五味杂陈，饭后岑正印和胡震显说起了《有忆》。

胡震显说："白舸跟我说过了，虽然我对上电视做宣传不感兴趣，不过你们想建非遗博物馆的想法很好，我愿意支持。只要医院方面同意，你的节目组可以进来拍摄。"

岑正印早就跟医院方面协商好了，如今他肯点头，一切都好办。

材料都找齐了，所以第二天，胡震显就开始扎狮头了。

《有忆》的摄制组在空地上安装好了拍摄设备。

狮头的制作，分为扎、扑、画、装四大工序。骨架一般用竹子来做，竹篾开好，要在药液中浸泡七天七夜，以增强韧性，增加防虫防蛀的效果。要用竹篾、砂纸为主料扎出狮胚；再用砂纸、纱绸为原料扑狮，一般里外盖三层砂纸，中间夹以纱绸把狮坯糊起来，之后用油彩上色，勾画花纹。

"狮头彰显的是仁厚、忠义的人格精神。"胡震显至今仍记得小时候每天守着收音机听《三国演义》的时光，刘备的仁义、张飞的勇猛、关羽的忠义……都给他留下了深刻的印象。

一个狮头，八大工序，一千八百个接点，全部完成，通常需要历时一百二十天。

但留给胡震显的并没有这么多时间，他需要在两周内制作出子母狮头，非但要保证它能够帮助白舸和胡正侠在比赛中获胜，还要使其不丧失胡家火狮的演艺功能。

即便是对于胡震显这样的老师傅，这也是一种考验。

狮头的制作步骤中，属扎框和花纹描绘最难，完全靠艺人的眼力、手艺和实践经验。要赋予狮子神采，使之生动活泼，关键要靠狮头描绘的功力。

胡家火狮"东风夜放花千树"的效果，需要一种从矿石中提取的特殊颜料，这部分就需要步家的帮忙了。

这两天步凡负责看着店铺，步明堂和步京则在后院忙着制作颜料。

他们的原材料是从藏区购买的一种绿中带蓝的石头。因为要将绿和蓝两种颜色分开，所以必须轻轻地细致地敲打。

之后是洗料，用生菜籽油搅拌，直至油完全融进矿石，再将矿石用清水浸泡，滤走其中的沙土。

起风了。

乌沉沉的天空被吹出一丝缝隙，雨随时会来。

步明堂和步京将东西搬到屋子里。

窗户被风吹动，桌上一叠练字的纸张微动，步慌和步忙搬来几本书压住，一不留神还是吹走了两张。

岑正印来给步家的各位以及《有忆》节目组送外卖，刚好推门进来，两张纸扑向她，被她抓住。

步京搬出了石臼和石杵，将矿石倒入石臼中敲碎，然后加水开始研磨。

沉淀、加水、研磨……这个过程需要反复进行，既考验制作者的体力，也需要足够的细致和耐心。

岑正印发现步慌和步忙又有了新的工作——他们在写扇子。

"哥哥想写不慌不忙，他想模仿这个人的草书。"步忙指着桌上的一本字帖对岑正印说道。

"你看。"步慌吐了吐舌头，给岑正印展示自己练习的成果。

"不慌不忙"四个字被他写得很草，也很乱。

突然，岑正印的手机上进来一个电话。

不知为何，当电话铃声打断屋内的安宁时，她的心头一紧。

"我收到消息，余家已经制作出了子母狮头，现在各路媒体记者正赶过去采访。"电话里，顾好焦急地说。

岑正印的心跳漏掉了一拍："我现在就回台里！"

她赶回中森卫视，想了很多办法证实"余家制作出子母狮头"消息的准确性，然后和总监以及其他人开会商量应对方法，最后得出的结论是——只能静观其变。

到了五点钟，她回到办公室，打开了电脑。

一家网络媒体最先发布了消息，并且采访了松滋武术馆的馆主余文星。

余家对外宣布已经制作出比胡家火狮更精妙绝伦的子母狮头，并做了简单演示，之后再次在媒体上对胡家发起了挑战。

新闻被多家媒体转发转播，一时间沸沸扬扬。

岑正印相信胡震显也看到了，于是打电话到医院去询问他的状况。

医生说胡震显看了新闻后还挺镇定，只是执意要回家一趟，他批准了。

岑正印驱车赶往胡家的时候，胡震显已经将新闻视频放了好几遍，画了一张余家的子母狮头构造图，然后和胡家的子母狮头图做比较。

这样一来，即便是门外汉也能看出来，余家的子母狮头完全是按照胡家的设计仿制的。

换句话说，有人将子母狮头图的内容泄露给了余家。

并不需要拿到真迹，只需要用手机拍下照片就可以。所以每个看过子母狮头图的人都有可疑。

"除了我们，还有谁看过图？"岑正印将胡正侠叫到一边，问他道。

胡正侠摇头："没有别人。"

岑正印强调："我说的'我们'，是我和你，还有白舸以及步家的人。你仔细想想，除了'我们'，还有谁？"

胡正侠一想："还有我姑姑，还有叶筱静。"

岑正印的神色一动："叶筱静也看过？"

胡正侠点点头："前几天我姑姑来，说要帮爷爷扎狮头，所以就看了图，当时叶筱静来看白舸，姑姑发现她来，立刻就将图收了起来。"

这么说，叶筱静似乎没有机会做什么手脚。

胡正侠接着回想："后来姑姑和叶筱静吵得很凶，我才知道原来叶筱静就是害死姑父，害我爸爸坐牢的人。"

岑正印问他："那昨晚你还跟叶筱静吃饭？"

"我姑父和爸爸都犯了法，就算不是叶筱静，他们也要承担责任。而且她是白舸的客人，我是陪我爷爷吃饭。"胡正侠思路清晰。

这时，胡震显朝他们走了过来。

他对岑正印说："岑主播，很抱歉，虽然我同意了《有忆》节目的拍摄，但后续是否同意播出，我需要重新考虑。"

岑正印默了一默："您还是直接叫我正印吧。"

"好，正印。"胡震显的声音浑厚有力，他收了笑意，深深看岑正印，"子母狮头以及火狮技艺虽然是胡家独创的，但并不是胡家私有，我乐意让更多的人了解舞狮，喜爱舞狮，更愿意将胡家的本领教授给更多的人，但我不希望有人用狮头去做一些损人利己的事。余家有信心制作出子母狮头，除了有人为他们提供了狮头图之外，很有可能还知道了胡家火狮的用料。"

岑正印一愣，胡震显是在怀疑她。这位威严的、高高在上的狮王冷冷地看着她，这让她生出了一种被打压的受辱感。

她应该理直气壮地说明自己无辜，以后干脆撇清楚，彻底置身事外，但她还是心如止水，镇定淡然地等待着胡震显接下来要说要做的。这是一种她长久以来形成的圆滑处事的习惯。

"你跟我来。"胡震显说。

岑正印没说话，跟了上去。

胡震显一路领她走到了储藏室，拉开帘子，让阳光透过大窗户照亮了房间："你进来。"

二十多只狮子，怒目看着岑正印。

"这就是胡家，是百工坊的五分之一。"胡震显抚摸着那些狮头，"胡家大部分用过的狮头都保存在这里，时间会带走属于它们的色彩，但不会扼杀它们的故事。每个舞狮的人都会成千次地从'登天塔'上摔下来，有些时候我们练起武来可以玩命。"

岑正印仰着头看那些狮头，看那些胡家历史的丰碑。

胡震显的声音放低："我答应节目拍摄，是希望百工坊的手艺和精神可以传承。正印你找百工坊，拍摄《有忆》的目的是什么？"

"让行署文化楼作为百工坊的教育点保留下来，这是我寻找百工坊成员的初衷，"岑正印回答他，"后来我认识了步老先生，认识了徐蔼然女士，我意识到了一件事。"

胡震显眼神更紧地看着她。

"百工坊对于你们的意义，如同有方斋于我。"

岑正印直视着胡震显的眼睛，没有一丝犹豫或者闪躲。胡震显被震撼了。他发现自己轻视了她，轻视了她的初衷、她的情怀。她对于百工坊的理解其实比他们都纯粹，不是什么光辉历史，不是什么家族荣誉，只是祖辈流传下来的东西，都是难以保全，但必须保全的。

他忽然明白为什么步明堂和徐蔼然都愿意信任她了。

等岑正印回到家，天色已经很晚了。这个点，通常岑正阳都已经睡了。

客厅里有他为她留的灯，厨房的炖盅里还有温热的甜汤，一定是洪叔做的。

安静中，门口突然有细微的声响。

岑正印的眉头一跳，通过头顶上大理石橱柜的反光，看见一个人影进了家门。

她悄悄拿起流理台上的水果刀，缓缓靠着墙，眯着眼观察四周。

她没有地方可以藏，不得不掩身于厨房门后的黑暗区域，无声地深呼吸，仔细判断对方的移动方位。

对方接近厨房门口的刹那，她一刀刺过去，对方毫发无伤，反而是她的刀被打落，双手也被锁住。

"正印。"声音又低又沉，而且很熟悉。

岑正印怔了下，反应过来眼前的人是谁时，也察觉到自己被吓出了一身冷汗："白舸？"眼睛的反应慢过大脑，要等视线渐渐恢复清明，她才将他看清。

"你回家不锁门？"白舸耐心地问她，"深更半夜回家忘记锁门，遇到可疑的人闯入，你的第一反应不是喊救命而是自卫攻击？你是不是对自己的武力值有什么误解？"

"我要是直接喊救命，等于把正阳也拉进危险里。"岑正印回答，然后又问，"倒是你，深更半夜跑到我家来做什么？"紧张的心脏终于放松下来，她打开炖盅，端出甜汤。

白舸往旁边挪两步，让客厅的灯光能更多地照进来："我看到你客厅的灯亮着，以为你们还没休息，正好有点事想找你，就过来了。"

岑正印拿起勺子，舀了一勺甜汤之后问他："胡家的子母狮头被破解的事？"

白舸点头："狮头图只有我们几个人看过，也只能从我们这里泄露出去。"

岑正印从他的语气判断："你有怀疑的对象？"

"准确来说不仅仅是怀疑。"

岑正印的注意力从甜汤上移开，看向他。

"胡震显住军区医院，除了因为那里医疗条件更好些以外，也是为了以防万一。本来他手术前后几乎是与世隔绝的，我们去了之后，这种安全状态就被打破了，所以医院方面不得不格外留心。"白舸说得很隐晦了，直白一点，无非就是医院特别为胡震显提供了人身保护。

有了这一层，事情似乎就简单了："有发现？"

"有一个人专门去看过狮头图，离开医院之后去见过余文星。"白舸没有直接说名字，他认为岑正印心中也有怀疑的对象。

"胡曼珍？"岑正印说出了这个人，不过她也发现了一点漏洞，"可是在医院有人格外留心，出了医院，胡曼珍的行踪你怎么会知道？"

白舸发现她很有逻辑性，抓住一个点，便能窥视全局："我们现在有警方的帮助。"

哦，原来胡震显身边有一张严密的保护网。

"邢森在查胡曼珍，明天会有进一步的消息。"白舸说完，准备要走，却又一回头，对上她的视线。

"遇到解决不了的事，可以给我打电话。你的攻击力太弱，别过于自信。"明明是在关心她，偏偏用很嫌弃的口气。

"那就……麻烦你帮我锁好门。"她倒是马上就有事情要他帮忙了。

虽然子母狮头图的秘诀被余家破解，可胡震显还是坚持要完成狮头，万幸的是，步家的颜料制作很成功，能够让胡家火狮"东风夜放花千树"的景象再现。

胡震显的手被竹子划出了一道又深又长的伤口，护士在帮他处理包扎。

"爷爷你休息一会吧，我来帮你做。"胡正侠接下他手里的活儿。

用于训练的"登天塔"有点不牢固了，《有忆》节目组的工作人员在帮忙重搭。

从一大早开始，医院的广场上就一副繁忙的景象。

岑正印搭了好几把手，干完了活，坐到胡正侠旁边拧开矿泉水瓶喝了几口水："警察那边发现你姑姑和余家的人有联系，怀疑是她把狮头的秘诀泄露出去的。"

胡正侠的反应非常平淡，他手里的工具刀一点没停，甚至头也不抬："不是我姑姑。除非她能把整幅狮头图记下来，再自己画给余家。我跟你一样觉得她最有可能出卖爷爷，所以她每次来，我都会暗中盯着她，她什么都做不了。"

岑正印说："但她见余文星的时间，跟子母狮头图泄露的时间刚好吻合。"

胡正侠不在乎她怎么想："信不信由你。不过如果警察找我问起，我会帮姑姑作证。"

虽然他只是个孩子，但却有极强的判断力，岑正印相信他。

其实在昨晚见到白舸之前，她还有另外一个怀疑对象——叶筱静。

曾经的恩怨不可能像粉笔字一样擦掉，她就算不至于避之唯恐不及，也应该减少与胡家人，尤其是与胡曼珍、胡正侠姑侄二人的接触，可她最近出现在他们面前的频率有点高了，更像是别有用心。

岑正印正这样想着的时候，叶筱静就跟白舸一起出现了。

胡震显似乎并不知晓叶筱静与苏建军、与胡家的恩怨，所以对她和蔼又客气。

下午，步凡将颜料送了过来，胡震显开始用它"写"狮头。

"梦笔生花"的笔墨在他手里如同有神，狮子的神态一笔笔被勾勒出来，然而胡家火狮"东风夜放花千树"的效果却要等到狮王大会才能揭开神秘的面纱。

岑正印看着胡震显"写"狮，突然萌发了一个念头。

她对顾好招了招手，后者三步并作两步小跑过来，眨着眼睛询问她有什么吩咐。

岑正印道："想办法放点消息给余家。"

顾好做贼心虚地探着脑袋四下观察，确定没被其他人听见，顶着一头问号地开口："放什么消息？"

"让他们知道胡家火狮用到了特殊颜料。"

"啊？为什么啊？"顾好有点被吓到了。

"引蛇出洞。"岑正印眯着眼看向不远处。

那里，步凡正拦着胡正侠，让他把没用完的颜料给他带回去："没用完的还我啊，这颜料又费功夫又费体力，而且矿石原料以后说不定都找不到了，你们拿着也没什么用。"

胡正侠抱着颜料不放，望向黯淡的天色："狮头还有一些地方要填色，要在自然光下画才自然，等明天爷爷用完了我再还你。"

步凡撇撇嘴，放他离去。

胡正侠把颜料收进屋子里，眼光和岑正印接触了一下。

隔天，因为狮王大会下周二便要鸣锣开战了，常师父他们都很着急，于是结伴来看看进度，胡曼珍也跟他们一起到了。

晚饭的时候，食堂不得不给他们安排了最大的两张桌子。

胡正侠、胡曼珍和节目组的几个小姑娘帮着从窗口拿菜，岑正印与白舸、叶筱静面对面坐着，未免尴尬，也走去帮忙。

人多，光是碗筷就要拿好几次。岑正印拿了几副，先给胡震显和常师父他们，发到叶筱静的时候，刚好没有。

"我去拿吧。"白舸正要起身，胡正侠已经拿了另外的碗筷过来。白舸帮他分发，分到叶筱静的时候，还体贴地往她的杯子里倒满了水。

两桌的人，除了胡震显和常师傅他们这些长辈之外，也就叶筱静从头到尾什么都没干，被照顾得妥妥当当。

吃饭的时候，常师父他们向岑正印问起了《有忆》节目，似乎很是好奇节目的拍摄以及制作："我们这些人要是也能上节目，没准能让更多年轻人了解武术，喜欢武术，也给我们武术界丰富丰富血液。"

岑正印还没开口，叶筱静先说："《有忆》只拍摄百工坊，几期节目的主题都定好了，常师父你有兴趣的话可以来参加我们的《疯狂假期》，我们有很多具有挑战性的主题，比如野外求生、荒漠寻洲，如果常师父你们这些武术高手来参加，一定更精彩。而且我们的节目在周六黄金档，目标观众群体就是年轻人。"

常师父似乎感了兴趣，于是叶筱静更加滔滔不绝地说了起来。

"现在手机随时随地能上网，根本不需要看电视获知讯息，年轻人已经不怎么关注新闻台了，反而是我们综艺部门的收视率节节攀升。不过新闻中心的主播台仍然是电视台里最多人争夺的位置，像我们岑主播呢，从外景记者做到访谈节目主持人，再到十点的新闻观察，然后坐上《七点新闻》的主播台，只用了一年时间，到现在都无人超越，不过非议也不少。"

餐桌边瞬间一片寂静。

常师父是个没什么花花肠子的人，听到这话就好奇地直接打听："什么非议？"

叶筱静酝酿着，不知说不说的时候，白舸开口道："行了，安静地好好吃饭吧。"

常师父是没听出什么名堂，在座的其他人对叶筱静的话，却各有各的理解。

倒是当事人一脸平静地吃着晚饭，好像刚才被说的人根本不是她。

晚饭之后，岑正印说晚上还有工作，于是先走了。

胡震显跟常师父他们坐在一起闲聊，胡正侠就帮着食堂的阿姨收拾碗筷，白舸想说送叶筱静回家，却发现她钻进了厨房，正帮忙洗碗呢。

白舸从旁边拿过洗碗布，挤到水池边也要帮忙。

叶筱静伸手去抢："你干吗？"

"正好我也没什么事，"白舸伸手把她的胳膊挡开，"帮你一起洗。"

叶筱静笑了："可算了吧，你哪是洗碗的人？别给我添乱了，去外面等我吧。"

她说这话不知有没有讽刺意味，不过既然她坚持不用帮忙，白舸只好顺从。

岑正印虽然离开了医院，却没走远。她安安静静地坐在车里，等着胡正侠那边的消息，哪知道却等来了邢森。

邢森轻敲了敲她的车窗："哟，大主播在这里守株待兔呢？等什么大新闻呢？"他还是一副吊儿郎当的样子，手搭在车顶上问岑正印。

"我等什么新闻，不需要向警方报备吧？"岑正印预备摇上车窗。

邢森直接伸手进来，打开了她的车门："你还是哪来的回哪去吧，这里没你的事。"

岑正印默默腹诽，说得好像真的知道她的事是什么一样。她刚想把车门拉上，手机就震动了一下，胡正侠的微信进来，说叶筱静独自出门了。

岑正印从后视镜里看见叶筱静走出来，正准备开车跟上去，邢森却快速地坐进了副驾驶座。

岑正印说："下车，我们的目标不一致。"

邢森系好安全带，盯着后视镜里的叶筱静："目标一致，快开车。"

叶筱静已经开车走了，岑正印不再跟他争论，赶紧跟上。

"你也怀疑叶筱静？那你跟白舸说胡曼珍最可疑？"

"白舸是叶筱静的未婚夫，当年他可以为她颠倒是非黑白，今天照样可以。"

岑正印紧盯着前面的叶筱静，踩油门加速："当年的事件只是你的怀疑，如果你有证据，叶筱静今天就不会在这里了。"

"看来你相信白舸。"邢森转过身看向她，眯起眼睛，"你觉得他会站在你这边？"

岑正印不敢跟得太近，始终和叶筱静的车保持着两辆车的距离："我相信的是自己的判断。"

前方，叶筱静正在等红灯，无意瞟了一眼后方，眼神的余光一顿，看到了岑正印的车。

过了一个红绿灯，在转弯处，她停了车，下来靠着车门站着，状似欣赏风景，实则是在等岑正印。

既然被发现了，岑正印干脆大大方方现身。

邢森早已发现叶筱静有所察觉，所以在之前下了车。

"正印？这么巧吗？"叶筱静露出明媚的笑意，友好地跟她打招呼。

"是啊，真巧，我的车子出了点问题，不介意我搭你的顺风车吧。"反正已经被发现，岑正印干脆主动出击，将这场戏演到底。

叶筱静亲自为她打开车门，问她去哪里。

还没到目的地,她们就遇到了警方拦路设卡查违禁品,正对过往车辆进行检查。

叶筱静下车,和迎面走来的邢森打招呼:"邢警官,我跟你真是有缘,不管去哪都能遇到。"

邢森和其他两名警员一起检查叶筱静的车:"没办法,对于有前科的人,我们重案组不多关注一点,难道留给你们媒体关注吗?"

他将车里仔仔细细翻了个遍,却什么发现也没有。

叶筱静靠在门边,悠然地问:"我们可以走了吗?"

邢森又检查了一遍,每个角落都没放过,依然一无所获。

他不得不对设卡的警员挥了挥手:"放行。"

白舸的车子却从后方缓缓地开了过来。

"怎么回事?"他下车问叶筱静道。

"正印的车子出了问题,我打算送她回去。谁知道遇到邢警官在这里设卡。"

白舸用审视的眼光看向岑正印,岑正印耸耸肩,一副自己完全在状况外的样子。

邢森有模有样地搜完了白舸的车:"我们按规矩办事,每辆车都要查的,现在你们可以走了。"

叶筱静向白舸提议:"正印要回家,正好你顺路,不如你带上她?"

岑正印没意见,白舸点点头。

于是,叶筱静回去自己的住所,岑正印坐上了白舸的车。

一路上,白舸保持沉默,打定主意要岑正印先开口。

可岑正印并不打算解释,始终保持着安静。

眼看着离开市区,离家越来越近了,白舸在路边停了车,直接发问:"邢森设卡盘查是针对筱静?"

岑正印将锅往外推:"你得去问他。"

白舸将车子熄了火,手从方向盘上移开。

岑正印想下车,但看看外面,四下荒凉,连一辆过路的车都看不到……她总不能走回去。

这种情况下岑正印只好服软,她看了白舸一眼:"邢森跟我都怀疑叶筱静。"

白舸对这个回答不满意,追问:"你们想从她车上搜什么?"

岑正印只好说实话:"狮王大会马上就要开始了,余家要用仿制的子母狮头出战,最担心的便是临时出什么纰漏,我让顾好放了消息给他们,说胡家的狮头用到了特殊颜料,余家如果沉不住气,就会立即找人去偷。今晚人多眼杂,是最好的下手机会,我让正侠帮我盯着,一旦有人形迹可疑,就马上通知我。"

"照你的意思,筱静车上应该有颜料才对。你们搜到了?"

"什么也没搜到。"即使岑正印不相信会是这个结果,也不得不承认这个事实。

自己没有找到证据,又理亏,岑正印以为白舸会趁机为叶筱静说话,但是没有。他只是发动了车子,将她送回了家。

岑正印回到家,立刻给胡正侠打了电话,想听听她走之后叶筱静的举动,看看到底是哪里出了问题。

"我把颜料放在了爷爷的病房里,晚饭之后进过病房的人只有叶筱静。我看过装颜料的盒子，里面的东西少了，保证被人动过，除了她不会有别人。"

"但我们在她车里什么发现都没有，"岑正印进厨房给自己倒了杯水，转念想到另一种可能，"她从病房到医院门口这段时间，还见过什么人吗？"

"没有。她是最先走的，跟她差不多时间离开医院的，只有常师父和我姑姑。"

也就是说这中间不可能有人接应她。

"爷爷知道了我们怀疑叶筱静的事，但他说现在练好功夫、扎好狮头才是最重要的。我不跟你说了，我要洗澡睡觉了，明天早起练功，拜拜。"胡正侠挂断了电话。

他在院子里坐着吹风，正起身要往屋里走，手机又嗡嗡嗡地震动了起来。

这次打电话来的人是白舸，问的问题和岑正印如出一辙，却比岑正印更多地追问起叶筱静和胡曼珍。

"我姑姑和叶筱静？"胡正侠回想，"她们在医院门口遇到了，还发生了争执，我姑姑要动手打人，把保安都引来了。我当时，我当时陪着爷爷送常师父，看见她们在一边要打起来了，就过去拉住我姑姑了……"

他走进盥洗室打开水龙头洗脸："岑主播也问过我了，不过她没像你这样，怀疑我姑姑和叶筱静联手'作案'，毕竟她们俩水火不容，余家得有天大的本事才能让她们冰释前嫌。"白舸什么都没明说，他却已经从问话里知道了他的猜测，不过他觉得这种可能性微乎其微。

"你倒是聪明。"白舸夸奖他，"不过越是不可能越安全。"

结束和胡正侠的通话之后，他就拨通了叶筱静住处的固定电话。

没有人接，证明叶筱静没有回去。

此刻是深夜十一点多。

W市四处灯火璀璨，光影下的繁华动人又迷醉。

一辆沉稳的黑色宾利安静行驶着，融入沉迷的夜色里。

开了大概半小时，这辆车停在一家酒吧门口。

一个穿黑色皮鞋的男人从车上走下来。

酒吧的外墙上装着灯管，伴随着节奏忽明忽暗，组成一个英文单词——Tint。

这就是这家酒吧的名字。

这里的舞台上每天都有乐队表演，嘻哈、摇滚在这里最受欢迎。舞台的后面是卡座，可以点饮料和小食。

黑色皮鞋的主人叫住路过的服务生，从他的托盘里拿了一杯酒。

他选择坐在光线偏暗的地方。光线照不到他的脸，只照在他浅色的西装上，折射出匍匐在窗外伺机而动的夜色。

他的手指修长，转动着杯子，将蓝色的液体送到嘴边，脸上没有笑容，单薄的嘴唇抿成锐利的线条，

一个女人坐到了他的对面。

她有一头金色的头发，但显然是戴了头套。她还架了一副墨镜，完全让人辨认不出真容。

黑色皮鞋的主人玩味地看着她："古时候的女人想要换副面孔还要换皮，现在有整容术有化妆术，真是方便多了。"

女人从背包里取出一小盒颜料，推到他面前。

黑色皮鞋的主人看都没看一眼："这东西要了无用，余家根本赢不了狮王大赛。"

女人冷声道："我只是按照你的命令取了来，有没有用跟我没关系。"

黑色皮鞋的主人把玩着酒杯，杯子细长的脚似乎随时有被他掐断的可能："跟自己的仇人合作愉快吗？"

女人靠着椅背坐着："你竟然找胡曼珍那样的女人做事。"

黑色皮鞋的主人笑了笑："她并不比你差。如果你没法尽心尽力办事，她随时可以取代你。"

女人的脸上写满了轻蔑和愤恨。

她这样的表情正是男人想看到的。他叫她去取颜料，为的就是要她和胡曼珍联手，要她想起心中的恨。

"另外交代你办的事呢？"

女人正色道："已经联络上了黄云辅，据他所说，他的手上不仅有黄家的鎏金铜力士像，还有关家的秋宏琴。"

黑色皮鞋的主人没有作声。

女人知道他不信："黄云辅说，关北山十年前看上了他制作的鎏金哈哈佛吊坠，自愿用秋宏琴跟他做了交换。"

男人的手指敲击着沙发扶手，缓缓道："我要见他。"

狮王大会的日期到了。

这是胡余两家的第五次交锋。

之前四次，两家各赢了两次，打成了平手。

这次算是终极对决。

水上是W城最大的水产品批发市场，多年以前，这里是历届狮王大会的比赛场地。

空地之上，已有数百根手腕粗的毛竹扎成"登天塔"，塔尖上放置着一颗绣球。

哪一支队伍能够抢到绣球，便是比赛的冠军。

前来观战的人不少，胡震显昔日的弟子也都赶来为他助阵。

《有忆》节目组在场地边上架设了摄像机。

虽然年纪相仿，但余文星比胡震显的辈分大，所以胡震显见到他也要抱拳行礼。

余文星看一眼四周的工作人员："我以为你不喜欢抛头露面，更不喜欢拿武学和舞狮来做宣传。"

胡震显说："时代变了，人也要变一变，免得年轻人觉得我们食古不化。"

余文星一直微笑："说得不错，所以武术协会也该变一变了，不能总让徐老这些人握在手里。"

胡震显说："形势可以变，模式也可以变，但精髓和本质不能变。"

时间差不多了，参加比赛的队伍都在场边进行准备。

胡正侠登场，他脱下外套，露出里头黄色的舞狮服。

胡震显将火红的狮头递给他。胡家的子母狮头本是一体，到了比赛的紧要关头才会分别出现，是胡家的独门秘籍和制胜法宝。

胡正侠将狮头一罩，白舸也披上了狮尾。

其他的队伍也纷纷起狮。

余家的是一头金狮，一出现就吸引了场上所有人的视线。

敲鼓的人扬起双臂，锤落鼓心，鼓声震响，群狮怒吼。

五支队伍直奔竹架，余家的金狮一马当先。

胡正侠踏上竹架，脚下之力万钧，竹架一震，飒飒作响。他借此一力，飞腿踢向金狮。

金狮迅猛转身一跃，攀在竹架另一侧，快速地向上攀登。

另外一头黑狮见其他队伍两两相斗，趁机直奔绣球。

余文星先看见，金狮狮尾飞出两脚，踢向黑狮狮尾。

黑狮狮尾抬手格挡，同时抓住对方脚踝，却不料对方腿力惊人，一腿扫中他的面门，直接将人从竹架上踹了下去。

黑狮跌落，失去资格。

开赛才不过十分钟，五支队伍就变成了四支。

"惨了，现在场上的其他三支队伍全是余家的，正侠现在真的是以一敌三了。"观战的常师父焦虑地从椅子上站起来。

胡震显递茶水给他，示意他坐下："少安毋躁。"

场上，火狮被青、紫两头狮包围，金狮趁机攀至架顶，已接近绣球。

胡正侠抓着狮头下颚，对狮尾道："抓住！"

白舸抓住狮头，胡正侠飞起一脚，踢中青狮狮尾。青狮狮尾也是个跟胡正侠一般年纪的小辈，奈何武艺平平，被这一脚踢中，惊吓地抓牢竹架。

竹架摇晃，胡正侠借机踩着紫狮狮头跃上，猛击金狮狮尾。

金狮狮尾惊呼一声，一时没有站稳，往下坠了一坠。

余文星一把揪住狮皮，拉住了狮尾。

青狮已是进退维谷，被白舸一腿踢中，狮尾之人笔直坠下竹架。

狮头之人见了，惊慌地丢下狮皮，慌不择路地往下爬。

白舸将手一勾，勾住了青狮狮头，转手扔给了胡正侠。

却见火狮猛一甩头，竟将青色狮头掷向架尖。

绣球被砸落，朝着火狮落下来。

金狮奋起阻拦，余文星用力踩断一根竹枝，一跃向上。

白舸看见这一幕，心中一惊："小心！"

胡正侠低头一看，只见脚下数十根竹枝一同崩裂。

竹架下的弟子们见此险情，齐声喊："正侠小心！"

胡正侠提气纵身，带领着火狮如踏浪般向上。

但上方的竹架也被金狮损坏，齐刷刷往下滑，火狮顿时连立足之地都没有。

"登天塔"下的人只见火狮摔下来，惋惜地叹气，可再抬头看时，一只子火狮却依旧安然地立在塔上。

原来方才金狮正得意之时，另外一只紫狮却被白舸一脚踢中，夺下狮皮如绳扣般缠绕在竹架上。竹架暂时稳固之际，胡正侠已"变"出子狮，子狮体态更加灵活，虽然攻击力减弱，但更有利于向上攀爬。

余文星气急，以脚面挑起一根竹枝，重重飞踢向子狮狮尾。

白舸正要应变，胡正侠却抛出子狮头撞开了竹枝，朝着自己喝一声："当心脚下！"

脚下竹架垮塌如泥石流，白舸朝狮头喊一声："上去！"

胡正侠不及多想，脚下一用力，果然有一股力道撑住脚尖，将自己往上一送，他借力使力，如鹰击长空，跃至金狮身边。

金狮也舍弃母狮改用子狮。两只狮尾较量起来，白舸稳扎稳打，一脚如有千斤之重，踩在子金狮狮身。

子火狮一跃而起，一口咬住架尖的绣球。

"东风夜放花千树"的效果于此时在半空中呈现，火狮与竹塔交相辉映，犹如流光溢彩的火花绽放，刹那间火树银花，煞是好看。

子金狮再难挣扎，脚下踉跄，跌落在地。

余文星抛开狮头，只见胡正侠一手抓着子火狮狮头，一手握着绣球，翩然落地，露出孩子本色地又蹦又跳，朝着胡震显喊："我们赢了！"

余文星面如死灰。

比赛结束后，胡震显亲自出面，向余文星讨要徐老签的那份不平等合同。

余文星说："那份合同被人动了手脚，最终受益的人并非是我。"他将自己手机里的合约电子档递给胡震显看。

胡震显看了一眼，变色，对其他人说："我们先回去。"

常师父道："可是……"

胡震显打断他："先回去再说。"

几人回了胡正侠租住的地方，关起门来，只有胡震显、常师父和其他几位长辈在座。

胡震显让他们看余文星之前给他的合约。

他们这些人都是武术协会的会员，而徐老是会长。徐老和余文星签署的合约，实际上是代表武术协会签署的一份授权书，将武术协会的名誉使用权授予了第三方。

这对其他人影响不大，但对胡家来说却是个很大的隐患，因为这意味着这个第三方可以任意使用胡家"东风夜放花千树"的火狮名号。

而让胡震显和其他人最为意外的是，这个第三方不是个人，而是一家店铺——有方斋。

"看来岑正印录制节目只是借口，她之前就买下了'梦笔生花'，现在又朝胡家下手了。"

"余文星和岑正印用卑鄙手段定下这份合约，徐老还因为这件事被气得住院，这件事可不能就这么算了，既然没办法协商解决，就只能通过法律途径了。"

"我倒不觉得这是件坏事。"也有人有不同意见，"要不是遇到了岑正印，'梦笔生花'早就没了。再看看我们，其实比'梦笔生花'好不了多少，我们的武术训练馆，甚至还没有跆拳道馆和健身房的顾客多，年轻人没有途径了解中国武术，更不了解舞狮文化，如果利用这次机会，让我们跟'梦笔生花'一样，创新运作模式，让武术和舞狮能更好地传承下去，谁是领头的真那么重要？"

还是有人质疑："岑正印指使余文星欺骗徐老，这样一个心术不正的人，怎么发扬非遗文化？"

几位长辈各有各的观点，将最后的决定权交到了胡震显手里。

胡震显却有着自己的难处："各位不知道有没有听说，永乾前些年曾经用武术协会的名义注册过'东风夜放花千树'和胡家火狮的名誉使用权？"

观看完比赛之后，岑正印从有方斋接了岑正阳，一起回家。

夕阳无限好，岑正阳打开岑明东书房的门，在璀璨的红色夕阳里，靠着书橱盘腿而坐，拿着纸和笔，对照着书写写画画。

"你在画什么呢？"岑正印拂去爷爷那些老书上的灰尘，问他。

岑正阳很专注："设计图。"

上次有人在有方斋定制了一件玉器，给予的报酬就是"梦笔生花"。这些日子岑正阳都在尽心尽力地完成这笔单子。

岑正印希望他能够早日完成，让她有机会见一见下单的人。

要到时间吃晚饭了，她下楼去准备。

进厨房之前，她将电视打开，调到中森卫视。

财经新闻在报道池氏集团最近的项目，池枫在接受记者的采访。采访他的是个新人记者，抛出的问题不怎么合他的心意，他保持着标准的微笑礼貌回答，不动声色地将话题引到自己想让公众了解的新闻点上去。

新闻采访的背景是中心商业区的一栋唐楼，这一片是W市最早的繁华地带，一开始是露天集市，然后变成了各种小洋楼店铺，到了今天，已经全部都是富丽堂皇的商业大厦。

这座四层的唐楼原本是胡家的跌打医馆，屋顶是木和瓦片的结构，楼梯也由木制，墙壁为砖所砌，露台部分则采用钢筋水泥建造，是二十世纪六十年代的中西结合建筑风格。

十几年前，这栋唐楼差点被拆掉，但胡震显极力挽回，倾尽家财买下了整条巷子，将周围能开发的地段全都让了出来，这才将这栋楼保存了下来。这段故事还曾经上过《七点新闻》，被奉为美谈。

胡震显退休之后，唐楼就交到了胡永乾的手上，之后胡永乾出事，唐楼辗转被池氏集团购入。

胡家在没落，商业资本在不断兴起，听起来也没有什么稀奇。

稀奇的是，第二天池枫约岑正印吃饭，说要找她谈合作的事。

在听到他想找自己合作搞唐楼开发的时候，岑正印正切牛排的刀掉到了碟子里。

"除非你想用唐楼录节目或拍影视剧，否则我怎么跟你合作？"

池枫微笑："我打算在唐楼一楼继续开跌打医馆，二楼打造成中华传统武术学校，三楼和四楼作为狮艺展览馆。"

岑正印说："你应该去找胡震显。"

池枫却说："我昨天去找过他，可他让我来找你。"

岑正印正疑惑的时候，胡震显来了。原来今天这顿饭，池枫不仅请了岑正印，还请了他。

他出门要在医院报备，所以来晚了些。

按照医院的膳食建议，池枫早在餐厅为他准备好了食物，示意服务员端上来。

岑正印终于从胡震显口中知道了徐老签的合约，可她的反应比胡震显预料中平静得多，毕竟这么古怪的"好事"，她不是第一次遇到了。

"我不认识余文星，也不认识徐老，甚至从没跟武术协会有过接触，在翰林街开一家'梦笔生花'已经让我耗尽积蓄，我不打算再给自己找麻烦。"这是她给胡震显的回答。

池枫抿一口果汁，拿纸巾擦擦手："看谁帮你分担麻烦。"

岑正印不愿再惹事上身："合约是在违背徐老意愿的情况下签署的，可以通过法律渠道废除。"

胡震显甘心将错就错，实则是有苦衷："永乾前些年用武术协会的名义注册了'东风夜放花千树'和胡家火狮的名誉使用权，但他在入狱前把授权卖给了别人，这样一来就导致使用权是买方和武术协会共有。我找人咨询过，如果余文星和徐老签的合约作废，按照其中的条款，武术协会的使用权将被暂时冻结，这意味着冻结期限内，买方可以避开胡家和武术协会，利用胡家火狮做一切生意。"

岑正印问："您不知道买方是谁吗？"

池枫回答她："是那林，余文星哄骗徐老签合约，也是为了帮那林拿到另一半的合同。"

岑正印被他说糊涂了："但为什么最终使用权到了有方斋？"

池枫解释："因为唐楼属于我们，所以步家和徐蔼然出事之后，我父亲便开始留意胡家的动向。余文星这个人向来心术不正，纵观武术协会里面的人，只有他最容易被那林鼓动，于是我们就盯紧了他，发现他动了徐老的心思后，想办法做了些手脚。"

岑正印无奈笑一下："你们池家做的手脚，为什么要用有方斋的名义？"

池枫看一眼胡震显："因为唐楼已经属于我们，如果再让我们拿到授权，不免有人以为我们也心存歹心。"

原来有方斋做了杠杆的平衡点。

岑正印问胡震显："您放心将一半的授权交给我？"

胡震显说："我希望你用对待有方斋的态度，对待胡家火狮。"无论他对岑正印是否信任，目前除了寄期望于她，他没有其他更好的选择。

池枫端起咖啡："你们虽然赢了狮王大会，可究竟是谁把狮头图泄露出去的，这件事还是要查清楚。"

岑正印笑一笑："邢森还在跟进，会有分晓的。"

她对叶筱静的疑虑不减，以后会愈加小心提防。至于那林，目前有警方的协助，她倒是可以比之前放心一些。

不过说起来……

"倒是你们，为什么会知道那林？"岑正印问池枫，"又是怎么在余文星的合同上做手脚的？"

池枫不知在想什么，听到她的问话才回过神来："人们做所有事的动机说白了都一样，都是为了利，只要掌握了这一点，很多事就好办了。"

另一边，叶筱静接到社区居委会的通知，说她小时候居住的房子要拆迁了，让她回去办理相关的手续。

那房子里有她众多悲伤的回忆，但也是她唯一的亲人——她的母亲生活过的地方，于是她决定回去一趟。

白舸将车子停在附近的空地上，陪她走进小巷。

这里是一片破旧脏乱的棚户区，紧邻着菜市场，来来往往的都是电瓶车和小货车，路面被压得破损，坑洼处积着前几天的雨水，混着各种污水被车轮碾过，让人难以下脚。

叶筱静戴着墨镜，快速地在小巷里左拐右弯，对遇到的好奇打量她的人视若无睹。她来到了一间矮屋的前面，摸索出钥匙，开了门。

木门"吱呀吱呀"地被打开，一股陈腐的气息扑面而来。

白舸默默地跟在叶筱静身后，走进了这个他从没来过的地方。

屋子不大，锅碗瓢盆放在靠门口的桌上，旁边是简易的炉灶，还有一张瘸了腿的桌子和两把椅子。往里走有两间起居室，每间大概都只有十平方米，里面只有床和桌椅。整个家里唯一值钱的东西，就是客厅那台老式的电视机。

看着这些简陋陈旧的物件，白舸的眼前浮现出一个个身影，想象着叶筱静是在怎样的艰难境地中熬过了童年、少年，和最初的青年时光。

叶筱静走进了自己的房间，从床底下拖出一个纸箱子，里面装满了她曾经的课本。

很难想象，她在这个家里连放书本的地方都没有。书柜也好，写字台也好，对她而言都是奢侈。

过了许多年，书本上面积了厚厚的灰，还有虫蛀和鼠咬的痕迹。

在书本之中，叶筱静找出了一本相册。

相册里零星只有几张照片，有她出生时候的，有她小学的集体照，有她成年之后的证件照，还有唯一一张她和母亲的合影。

她将相册抱在怀里，站起来往外走，看见母亲的房间里，窗台上的那盆仙人掌居然还活着。

风雨阳光从破损的窗户漏进来，让那盆仙人掌坚强地、奇迹一般地活了下来。

叶筱静的眼睛红了。

或许那盆仙人掌就像她，在最绝望的土壤里坚韧地生长，因为历经苦难，所以生命力愈发顽强。

她缓慢地走近，抱起了那盆仙人掌，却不想在转身之时被地上的废弃啤酒罐绊倒，花盆掉在地上四分五裂，土壤泼洒一地，她当成宝贝的相册也摔散在了地上。

白舸连忙跑过来将她扶起，发现她的腿被花盆碎片划破，正在流血。

"去外面坐一下，这里交给我收拾。"白舸说着，将她扶到客厅的椅子上，从口袋里拿出手帕捂住她的伤口，叫她先不要乱动。

"哎哟，这不是筱静吗？"见门开着，一个胳膊上满是文身，耳朵上别着烟的男青年从外面探头进来。

叶筱静冷淡地问："你有事吗？"

"你这是回来收拾东西？"男青年走进来问，见叶筱静不搭理自己，冷笑道，"怎么？现在出名了有钱了，就不认老朋友了？你可别忘了当年是谁帮你摆脱继父的，还有捅死苏建军的匕首，我可记得……"

听到苏建军的名字，叶筱静浑身一激灵，蓦地站了起来。不过没等她开口，白舸就走了过来。

那青年见白舸一身正气，看起来就不好惹，为免麻烦，于是嘴里说着叫叶筱静慢慢收拾，人却转身就走了。

白舸找了袋子将仙人掌的根连着土扎了起来，这样回家找个花盆就能种起来。

相册也被他整理好了，交给叶筱静："如果没有其他要拿的，我们走吧。"

叶筱静站起来，机械地跟在白舸身后，离开了"家"。

她曾经好几次做梦，梦到自己回来这里。

梦中，她的手里拿着火把，酣畅淋漓地将这里烧了个一干二净。

想起那个梦，叶筱静忽然笑了起来，越笑眼泪越急。

白舸慢下脚步，牵住她的手。

他们一起回家。

一路上，叶筱静都缄默不语，牢牢地将那本相册抱在怀里。

"白舸，我肚子饿了。"过了几个街口，她说。

白舸找了个地方停车，解开安全带："我们去吃东西。"

附近是他们曾经就读的学校，校门旁有一条小街，里面除了文具店、漫画书店，还有就是小吃摊。

他们上学时，经常走这条路一起回家。

一位母亲坐在自家门口，斥责孩子作业写得马虎。

馄饨店的老板见有客人来，忙着招待。

凉皮摊前排起了长龙，摊主手脚麻利地操作着。

白舸和叶筱静恍惚地张望着，仿佛看到了岁月的影子。时光容易把人抛，当年那两个打打闹闹无忧无虑的孩子，去了哪里呢？

白舸进了馄饨店，打包了两碗馄饨。

叶筱静的那一份不要香菜不要蒜，要加醋。

她的习惯，他全都记得。

他关心她的饿，体贴她的渴，心疼她的痛。

这世上再也不会有第二个像他这样对待她的人。

第五章 / "绕梁三日犹有回音"的斫琴关家

BRIGHT SECRET

    百工坊的第四个家族，是古法斫琴的关家。
    所谓古法斫琴，是指沿用唐代的制琴方法纯手工制琴的技艺。
    跟其他几家的冷门截然不同，关家这几年越来越火。关北山的一把琴，现在拍卖行能卖到三百多万。古风圈里不知道有多少人想拥有一把他的琴，但价格太贵是一方面，根本买不到是另一方面。
    "老师会乘坐晚上九点的飞机回来。"池枫开车载着岑正印，正开去机场。
    飞机有些晚点，关北山乘坐的班次九点半才降落。可是岑正印和池枫在旅客到达区一直等到十点半，也没看见他的身影。
    池枫拨打他的手机也无人接听。
    "我们先回去吧。"他说。
    岑正印有点不放心："没接到关老先生真的没问题吗？"
    "有机会见到他，你千万不要称呼他为老先生。"池枫笑眯眯地提醒她，"老师最忌讳别人说他'老'，他甚至不让我叫他'老'师。"
    岑正印笑："难道要叫关小先生？"
    池枫挑一挑眉："只要你叫得出口。"
    没接到关北山，又联络不上他，岑正印不免担忧，但池枫却好似早就习惯了。
    "老师一定会去我家的，他没有其他能落脚的地方，又住不惯酒店。"他说。
    于是岑正印跟他一起回家去了。
    池家的管家正站在别院门口，微笑着等池枫的车子到达。
    岑正印不是第一次来这里，可还是一直打量着窗外的景色。
    沿途都是绿荫小径，成片的树林组成苍翠的"海"，车子划开"海的波涛"，驶向远处的白色欧式"城堡"。
    "记得我第一次来这里的时候，还以为是爱丽丝在梦游仙境。"岑正印的手指在车窗上描绘着"城堡"的轮廓，即便是现在，她依然有一种不真实感。
    池枫笑了："这里可没有三月兔陪你喝茶。"
    池深以为关北山会来，所以亲自到门口等，哪知道从车上下来的只有池枫和岑正印两个人。

"办事不牢！"得知他们在机场没能接到关北山，池深指着池枫说。

因为计划要招待关北山，所以池家厨房准备了丰盛的晚餐，都是按照他的喜好做的，鸡鸭鱼肉一样不少，红烧油炸焗炒，浓油赤酱，每道菜都香气四溢。

池深对这些菜不感兴趣，把它们交给两个小辈处理。

岑正印仔细数了数，数出十二个菜来。什么红烧狮子头、东坡肉、土豆烩牛腩……看得她直咽口水。

池枫从厨房拿了碗筷，递给岑正印。

岑正印在餐桌前坐下："关老……关先生很多年没回来了吧，他对这里也不熟，会跑到哪去？"

"有可能是飞机上遇到了知音，也有可能是下飞机的时候突发奇想要做什么，总之他是不会寂寞的。"池枫眯着眼睛说道，神色里充满对自己老师的羡慕。

岑正印夹一个红烧狮子头到碗里，咬了一口："艺术家都是这么随性的人？"

池枫看她吃得有滋有味，也对狮子头产生了兴趣，一边夹一边说："手工做一把古琴通常需要一两年的时间，是耗费心神的工作，需要耐得住寂寞，要细心严谨，你是不是觉得老师这样的性格不符合这些要求？"

岑正印把剩下的四分之一个狮子头放进嘴里，不予置评。

池枫说："老师制琴的时候绝对专注认真，就好像换了一个人似的，这一点你绝对可以放心。不过呢，你现在想让他斫琴，恐怕比登天还难。"

"铃铃铃……"茶几上的电话响了，池枫走过去接听，"你等着我，我马上过去。"

挂断电话，他便往外走："老师打电话过来，叫我去接他。"

"等等我，我也一起去。"岑正印抽纸巾擦了擦嘴，追上他。

已经十一点多了，关北山在街上游荡着，背着个大包，看见池枫的时候，跳起来向他招手。他应该快七十岁了，看上去却仿佛只有五十多岁，比实际年纪年轻得多。

池枫走到他跟前，颇有点无奈地问："你怎么会在这里迷路？"

关北山指了指身后的店铺，眉头皱成一团："就这里！这里以前不是有个卖煎饼果子的店吗，怎么现在变成商场了？"

池枫笑道："你说的都是二十几年前了。"

关北山摸了摸后脑勺："有二十年了吗？没那么久吧……"

池枫要帮关北山拿行李，关北山连忙护住："别动别动啊，我这里面可是有宝贝的。"

他这才看见岑正印，悄悄把池枫拉到一边："小子，这位美女是谁？别说是你女朋友！"

池枫为他介绍起来："她叫岑正印，是中森卫视的主播。"

关北山打量着岑正印，一脸真诚认真地评价道："我好像在电视上见过你，真人比电视上要好看！那些摄像头可真是不行，会把人拍胖拍丑。"

池枫生怕他再溜掉，把人请上车之后立刻关上车门："你下飞机应该就找我，想去哪我可以开车带你啊。"

关北山摆手道："我可不跟你同行，你小子到哪都受欢迎，大小美女都被你骗走了，我还找谁玩去？"

他只和池枫说了这么两句，就懒得搭理他了，一路上和岑正印搭起讪来。

"臭小子有没有跟你说我什么坏话？"

"他的话你可不要信，他经常私下诽谤我。"

"啊对了对了，你觉得我跟臭小子谁比较帅？"

岑正印瞥了一眼池枫，抿了抿嘴道："你很帅啊，但是……"

关北山好奇地睁大眼睛："但是什么？"

岑正印笑眯眯地说："青出于蓝而胜于蓝嘛。"

关北山愤愤地别过头，无语看窗外，却又时不时偷偷瞄池枫。

不得不承认，他的确比自己帅那么一点点。

到了池家，等到关北山吃过饭，休息好，岑正印跟他说明了想邀请他参加节目的事。

关北山想都不想立刻拒绝："哎哟，制什么古琴啊，又累又苦，做出来也没人弹啊，不做不做！去弹钢琴弹吉他啊！"

"我们这个节目……"

岑正印还想说服他，但是关北山已经往床上一躺，被子一盖："吵死了吵死了，我要睡觉，你们出去的时候帮我把灯关了。"

池枫和岑正印只好退出房间。

"你看我说对了吧。"池枫说。

"我明天再来。"岑正印一点都没气馁，"对了，你老师今天是去买什么煎饼果子？那家店现在还在别的地方开吗？"

"搬去了别的地方。"池枫思索道，"我记得现在似乎在奎星路。"

岑正印飞快地拿出纸笔："把地址写给我。"

翌日。

顾好美梦正酣，被床头柜上的手机吵醒，迷迷糊糊地拿起来接，就听到了岑正印的声音。

"快点起来，出门去帮我买东西。"

顾好"哦"了一声，闭着眼睛往起爬，去盥洗室用冷水洗脸，然后咕噜咕噜刷牙，对着镜子拍拍脸想要清醒点，却意外发现外面阳光熹微。

"才五点钟啊！"看见时间的时候，顾好差点哀号。

但老板的话不能不听，看在这个月奖金的分上。

她换好衣服下楼的时候，岑正印已经在楼下等了。

"才五点钟啊，老板你要买什么？"顾好妆都没化，纯素颜出现在岑正印面前。

岑正印递给她一张清单。

顾好埋头看了看："全都是早餐！老板你怎么了？你一个人吃得下吗？"

"先去买来再说。"岑正印和顾好一起出门，按照网上找的店名和地址，把各种关北山爱吃的早点全都买到了，然后一路赶去池家。

岑正印昨夜难得从网上找到了关北山的一篇专访，里面关北山关于制琴倒是说得很少，说到自己的家乡W市，他倒是背出了一大串的美食。

看来要讨好他，得先讨好他的胃才行。

岑正印拎着一堆早餐过来，池枫进了关北山的房间叫他："起来了，起来吃早点！"

"吵死了吵死了！"关北山不耐烦地拨开池枫的手，往被子的中央挪，"这才几点啊，让我睡觉！"

池枫清了清嗓子，开始"报菜名"："正印买了你昨天想吃的煎饼果子，除此之外还有肉圆粉丝、隋家炒年糕、永星汤包，你真的不吃？"

被子里没了动静，过了两秒钟，关北山骤然掀开被子冒出来，划水似的爬下床："吃！当然吃！你怎么不早说？"

两分钟之后，关北山一手拿着筷子一手拿着勺子，一口汤包一口锅贴，再来一口粉丝汤，恨不得把整个桌子抱进怀里，秋风扫落叶一般地开吃。

池枫帮岑正印开口："正印有事相求。"

无事献殷勤，自然是有事相求了，不过关北山先声明："除了斫琴，其他的可以说来听听。"

偏偏岑正印不买账："我就要看你制琴。"

关北山的筷子都掉到了桌子上："不行不行，制琴不行，绝对不行。"

岑正印支着下巴，讨好地微笑："怎么不行？你要是都不行，这古琴就没人会制了。"

关北山横她一眼："怎么没人？我就认识好几个呢，我把他们的名字和联络方式给你，你去找他们。就说是我叫你去的，他们一定会答应你。"

岑正印坚决道："我就要看你制琴。"

"你这个小姑娘怎么这么拧巴呢？"关北山横着眉，"我说了不行就是不行！"

他自己放了狠话，见岑正印不吭声，又偷偷观察她的表情，然后挪到她身边，哄人道："生气啦？生气不好看，别气了别气了……除了斫琴，你想让我干什么都行。斫琴真的不要找我，做一把琴多则要两年，少则也要四五个月，期间哪里也不能去，只能围着一把琴转，你就饶了我吧。"

这边，岑正印说服不了关北山，那边，管家说大门口有人来拜访："说是找关先生的。"

连关北山自己都觉得奇怪，会是什么人找他，还找到池家来了？

池枫让管家将人请进来，来人竟是叶筱静。

关北山还在吃东西，抬头看她一眼："我不认识你。"

"我是小研酱紫。"叶筱静自我介绍道。

"小什么紫？"关北山看向她，脸上的表情从迷惑到警醒，脚下抹了油似的往楼上跑，"我记得我还有事，你们先聊着！"

"你躲得了一时躲不了一世。自己赌输了，现在你想赖债？"叶筱静对着楼上说。

但关北山捂着耳朵当听不见，躲一时算一时。

见岑正印和池枫一脸疑惑，叶筱静开口说起了她和关北山相识的过程："半年前我还在做网络主播的时候，有一次在直播中唱了一首古风歌，他在弹幕里问我会不会弹古琴，我说那算什么，我当然会。他不信，说我一个小姑娘最多会弹吉他。我就随口说了句，不信我们打赌。"

池枫能猜到了："结果我老师就真的跟你赌了。最后他输了什么？"

叶筱静说："他答应做一把绝世好琴给我。"

啊，又是制琴，难怪关北山避之唯恐不及。

池枫招待着叶筱静，岑正印上楼去找关北山。

"我进来了啊。"岑正印敲了敲关北山的房门，发现没上锁，于是推开来走进去。

关北山把自己蒙在被子里，一丝风也不透，一动也不动。

岑正印对着被子说："小研酱紫就在楼下呢，你眼神可真不太好，网红那么多，你偏偏挑了个最差的关注。"

被子里的人冷哼一声，换了个姿势。

"你不下楼，她可不会走，难道你打算一直耗着？她在下面有吃有喝，你在被子里躲着，没饿死先憋死。"

被子里的人有点缺氧，掀开一个被角呼吸。

"好歹你也是个名人，输了不肯认，答应了人家的东西又不肯给，如果被外人知道了，你就不怕名声扫地？"

关北山缓缓地从被子里探出个头来："所以说不能随便答应女人的要求，要么失去信誉，要么失去自由。"

"失去自由？"岑正印眯起眼，甚是好奇地问，"哪个女人让你失去自由了？"

关北山眼珠子一转："你把楼下那个女人赶走，我就告诉你。"

岑正印没答应他。

叶筱静半年前就开始接触关北山，还这么快知道他回国了，并且找到池家来，来者不善。

岑正印懒得和她周旋，好在池枫已经劝走了她。

叶筱静离开前回头看他，若有深意："我会再来，找你要人。"

池枫保持着微笑，黑色皮鞋沉而稳地踩过地面，回到客厅里。

知道叶筱静走了，关北山还是不肯下楼。

关于他的事情，岑正印很有兴趣，于是向池枫打听。

花儿繁盛的花园里，池家的工人准备了鲜榨的果汁。

还有英式红茶配刚出炉的酸奶泡芙，都符合了岑正印的喜好。

阳光蒸熏着周围的花香，适合放松地聊天。

"让他失去自由的女人，是师母。"池枫喝一口果汁，酸酸甜甜还不错。

"师母已经过世多年了。那时候我还小，是后来听我爸爸说的。老师和师母的感情非常好，师母过世之后，老师伤心过度一蹶不振，生了一场大病，养了足足一年才好。也是从师母过世后，老师就不再制琴了。"因为关北山已经不制琴，如今市面上能够找到的，真正出自他手的古琴不超过十把，并且皆有主，所以千金难得。

"你别看老师现在谁的话都不听，他要去什么地方，谁都拦不住。但是当年在师母面前，师母叫他站着，他就不敢坐着；师母要是让他在家里待一天，他是提前一分钟出门都不敢。"一物降一物，这话在关北山这里应验了。

"师母是舞蹈学院的学生，长得标致，身段也好，笑起来尤其好看。只可惜天妒红颜,她从小就生病,时不时会晕倒,医生也说不上来到底得的什么病,只是说不能剧烈运动,情绪也不能激动。就算是悉心照顾着,也很难长寿。老师那时候还常常感慨,说师母那么多人追,如果不是因为身体不好,恐怕真不会挑他嫁。老师这辈子,也就因为师母自卑过这么一次。"

"有一次师母卧病在床,说想吃话梅糖,那是一个冬天的晚上,天寒地冻的,大部分店都关门了,老师出去一家店一家店地敲门,走了两个多小时,硬是买了一包回来。回来之后,老师就坐在床边,一颗一颗地喂给她吃,然后看着她吃糖的样子傻笑。"

"后来听人说乡下环境好空气好,没人打扰更适合静养,老师就主动提出要带着师母回去乡下住,住了有四年多吧,老师每天哪也不去,就陪着师母,制琴来打发时间。他所有出名的琴都是在那段时间制出来的。师母病逝,自己的病好了以后,他便开始四处游历,很少回来。"

池枫说到这里,关北山正好出来,拿起桌上的果汁咕咕噜噜海饮。

"跟你们商量个事呗。"解了口渴,他终于肯说话了,"你们帮我跟那个谁说,我打赌输了我认,我可以教她弹琴,我上次听她弹琴,弹得也就一般嘛。我可以免费教她一个月,就当是兑现我打赌时候的承诺了。"

"恐怕不行。"池枫说。

关北山默了一默:"要不这样吧,我收她为徒,我教她制琴!"

"货不对板。"岑正印说。

"为什么非要我制琴呢?我的琴现在也不是很值钱啊!"关北山急得跳脚,"要不这样,你们去查查,现在哪些人手上有我的琴,去把价格最贵的那把买回来给她!"

岑正印和池枫默默喝茶喝果汁,都不接他的话了。

关北山放弃,气急败坏地往草地上一坐,往不远处的游泳池里扔石子。

叶筱静离开池家后,开车来到了棚户区,在巷口停了车,独自走进去。

她往"家"相反的方向走,找到门牌,敲了敲一扇半掩着的木门。

"谁啊?"里面传来一个女人的声音,"来了来了。"

没一会儿,一个身材臃肿的中年女人便跑来打开了门,疑惑地打量叶筱静:"你找谁啊?"看她的穿着打扮,实在不像是会出现在这里的人。

"是我。"叶筱静摘下墨镜。

中年女人愣了半分钟:"你是……筱静?"她一脸难以置信。

叶筱静和她对视:"是我。"

中年女人错愕着,她想叫她进来坐,可是家里又小又乱,实在不方便招待客人,可是又不能一直这样站着。

犹豫了半晌,她才说:"进来吧。"

女人往屋里走,叶筱静跟在她的身后。

中年女人收拾了沙发,让叶筱静有地方可以坐:"我去给你倒杯水。"

过了一会儿,一个杯口损坏了的玻璃杯就装着温水,放到了沙发边的桌上。

"书强不在家吗?"叶筱静问。她口中的书强,就是那天在门口张望的年轻人。

中年女人坐在叶筱静对面的椅子上:"他不到半夜不会回来。"

叶筱静看了看房子:"你们住在这里有三十多年了吧?"

中年女人点头："书强爸厂里分的房子，我自从嫁给他爸就住在这。"

"有没有想过换个地方住呢？"叶筱静问，"我有一个公寓空着，不如你跟书强搬过去吧。"

中年女人不吱声。

"你们当年没少照顾我跟我妈，就当是我感激你们。"叶筱静解释。

中年女人说："我们在这里住惯了，不想搬了。"

"这地方……"

"我没多少年活了，在哪里住都是一样。"中年女人打断了她，"这里的人，能走的都走了，连带着在这里发生过的事，都走了。都已经散了，还有什么好回忆、好问的呢？"

叶筱静一震："又有人来问过？"

中年女人说："大概上个礼拜吧，前前后后来过三次，见问不出什么，也就不来了。事情都过去这么多年了，还有什么好查的呢？曲伟杰杀了苏建军，然后畏罪自杀了，不就是这么简单吗？"

真这么简单吗？如果真这么简单，她就不会挂在嘴边说了。

叶筱静打住话头。

"书强最近做什么工作？"她问。

"他哪里有工作？不就是成天在外面混？这个月好像在修车店上班。"

"我的车正好想检查一下，你能告诉我他工作的地址吗？"

中年女人起身，找到了一张名片给她。

叶筱静赶到修车店，却被店员告知书强不在："他没来啊，今天一天就没出现过。可能又闯祸了吧，最近三天两头有警察来找他。"

叶筱静按照名片上的号码给书强打电话，居然打通了。

一开始是急促的呼吸声，似乎是电话那头的人在奔跑，过了好久才有声音："警察和要债的人到处找我，你准备好我要的钱，不然我就把你的事告诉警察，那天见到的男人是你什么人？你说他会不会对你的真面目感兴趣？"书强的声音有些抖，但语气一点也不含糊。

叶筱静走出修车店："你在什么地方？我过去送钱给你。"

书强很有警惕心："不用那么麻烦，你直接给我转账就行，我可不想见识你的手段。"

"一时间我怎么可能拿得出这么多钱？"

"你有的是办法，休想拖延时间。"

"你是想一个人远走高飞？你妈一个人孤苦伶仃，以后怎么办？除了你，还有其他人会照顾她吗？我有办法能帮你，告诉我你在哪。"

书强从小和母亲相依为命，母亲就是他的软肋。他一个人走了，母亲孤苦伶仃倒是其次，叶筱静如果因为他而对付母亲，恐怕绝不会因为昔日的恩情而手软。

书强被要挟，不得不将自己的地址告诉了她。

叶筱静驾着车，飞快地赶过去。

但她到了指定地点，却到处都找不到书强的人，打他的手机也一直无法接通。

"叶主播？这么巧又见面了啊，找人呢？"邢森忽然从叶筱静的身后出现，把她吓了一跳。

邢森咧嘴一笑："哟，吓到了啊，这光天化日的，莫非是干了什么亏心事所以心虚？"

惊慌之后，叶筱静表现得很自然："邢警官，约朋友见面不犯法吧？"

邢森点头，后退两步慢慢走远，朝着她挥手："你慢慢等朋友，我先走了。"

叶筱静拨打书强的电话，还是打不通。她望向邢森离去的方向，无法窥视到他的车里是否还有其他人。

邢森的车里没有人，他是收到消息来追书强的，可惜没追到。

"跑得还挺快……"他有点怀疑书强是不是被人带走了，但叶筱静才赶到，看她的样子，应该也正因为找不到书强而发愁。

难道除了他们之外，还有其他人在找书强？

电话突然响了，他接听。

"头儿，你快回来吧，有人找你呢。"

"谁啊？"

"你回来就知道了。"

邢森看一眼已挂断的电话："还跟我卖关子了。"

将手机放回口袋，邢森一下没耽误，很快就到了公安局。

他的办公室很乱，各种文件散乱地丢在桌子上，喝剩的矿泉水被扔在沙发上，皱巴巴的衣服占据着椅子，地上则到处是揉成一团的纸，白舸差点没有立足之地。

"哟，白家公子啊，什么风把你吹来了？"邢森走进办公室，将椅子上的衣服拿起来，往沙发上一扔，"坐啊，你找我有什么事？"

白舸仍然站着："查一下筱静的出入境记录，我怀疑她从去年开始就一直在国内。"

邢森正在整理桌上那些乱七八糟的文件，听到这句话彻底愣住了，一副怀疑白舸是不是脑子短路的表情，打量了他半晌："你居然叫我查叶筱静？你不是维护她吗？唉……不是，你凭什么叫我们重案组做事啊？"

白舸拉开邢森对面的椅子："徐蔼然手术之后曾经在病房被人带走，我找到了医院的一段监控，证实当时是筱静推她出病房的。"

邢森没半点惊讶，丢下文件，往书桌后面的椅子上一坐："当时绑架徐蔼然的不是江家人吗？"

白舸也坐下："我们追车追到的人是江家的，但岑正印在医院追的，或许另有其人。"

邢森问："这么说，你也怀疑叶筱静是骗走周家笔记，并且泄露了胡家子母狮头图的人？"

白舸没回答他的问题："我想知道你查到了些什么。"

邢森观察他，观察了很久，最终决定跟他共享信息。

关北山怎么都不肯同意录制节目，这让岑正印很是困扰。

夜晚的中森卫视比白天安静，但还是有各种各样的人忙碌着，尤其是新闻中心。

上次在胡震显他们面前，叶筱静有句话没说错，纵然电视在自媒体时代已经渐渐式微，新闻中心依然是很多人向往的、能够证明自己的地方。

顾好陪岑正印加班，这会儿窝在沙发上，困得脑袋一点一点的，直到岑正印飞快敲打键盘的声音将她吵醒。

她拍了拍脸，一看手表："十二点多了，老板你还不下班吗？"

岑正印敲打键盘的手指停住了——她从电视台的资料库里找到了一段关北山多年前的采访，记者问最能激发他创造灵感的地方是哪里，他回答说是老家的山水石桥、青砖黛瓦。

顾好见岑正印的动作停了，以为她准备下班了，哪知道她开口却说："有件很重要的事，你明天尽快去办。"

顾好在她桌前拉了把椅子坐下："什么事啊？"

岑正印在搜索引擎里输入一个地名，然后把电脑屏幕转向顾好："去这个地方。"

顾好看电脑上的搜索结果——向坎。

那是一个处于某个风景区南麓的古村落，旅游开发程度和知名度都不高，保持着自然古朴的风貌，三面临水一面靠山，农业依然是当地村民的主要经济来源。

顾好根本不需要看这些搜索结果，她对岑正印说："老板你可能对我不是很了解。"

岑正印挑眉，什么意思？

顾好无奈地提醒："我是这个村出来的啊，我身份证上的家庭住址写的都是这里，我爷爷奶奶都还在村里住呢。不过你要我回村里办什么事？"

岑正印支着下巴，颇为欣赏地看着自己的小助理，觉得她真是上天派给自己的小福星："你能帮我说服关北山斫琴。"

顾好被她看得紧张起来，吞了吞口水："我，我要怎么做？"

岑正印详细地跟她说起来。

第二天，顾好一早就出发了。

岑正印一整天都在电视台忙，没再去找关北山。

而关北山在池家的别院里吃吃喝喝看风景，没人烦，不知道多悠闲自在。

池枫在一楼看新闻喝茶。

关北山晃悠晃悠就晃到了他身边："你怎么不去公司？"

池枫优雅地一只手端着茶杯，一只手在笔记本的触屏上滑动："在家一样能办公。"

关北山坐到他身边："你把那两个女人都打发了？"

池枫放下茶杯，笑道："你想她们了？要不要我去把她们叫回来？"

关北山郑重地握住他的手："你用什么方法打发她们的？教教我呗。被女人缠上，很麻烦的……"

池枫实话实说："我叫她们过两天再来找你。"

关北山丢开他的手："过两天？今天马上就过去了，她们岂不是明后天就要来？不行不行，我得走！"

他起身要上楼，管家拿了电话过来："少爷，有电话找关先生。"

关北山连忙往后退，把电话当烫手山芋，不肯接。

池枫接过电话，"喂"了一声，然后听对方用带着乡音的普通话说明了身份和打电话来的原因。

"好的，我知道了，我会帮忙转告。"池枫挂断电话。

"别转告啊，我不听我不听！"关北山连忙捂住耳朵，往楼上跑。

池枫高声说："是你老家那边的人打来的，说老屋损坏严重，必须修缮，不然就要被纳入危房拆迁范围。"

关北山的脚步停住，想了想："拆就拆了吧，那房子比我的年纪都大了。"

池枫又说："他们还说院子里的枇杷树要倒了，危及了旁边的房屋，所以要砍掉。"

关北山愣了一下，脸上发白："要砍树？不行！绝对不行！那是你师母亲手种下的，绝对不能砍！"他直接往外头冲，像是要去跟人拼命似的，还好被池枫拦了下来。

"他们要砍也不会今天就砍，你要是舍不得树和房子，明天我和正印陪你回去，我们跟村里说说，自己修缮就是了。"池枫道。

关北山六神无主："对对对，我们自己修……"想到要回去，他却有点胆怯，又一个人躲到了楼上。

池枫端着茶杯，拿着电脑回自己房间。

他收到一条问他要人的微信。

"我已经帮你处置好他。他会不会成为隐患，看你怎么选择。"

他回复过去，之后便按下锁屏键，将手机放到一边，继续在电脑上工作，无论手机再怎么震动，他都不予理会。

他手机上的来电，显示的是"叶筱静"。

叶筱静还在找书强。

她从修车行打听到，书强给了一位同事一笔钱，让他帮忙转交给他妈妈。

"他说要到别的地方去打工，会坐飞机走。把钱给我之后，就去锦绣酒店坐机场大巴了。我问他妈妈怎么办，他说会有人替他照顾的。"同事说。

可是叶筱静赶到酒店的时候，大巴早就开走了。

谁会在她之前给了书强钱，并且把他弄走？

她想到了一个人，不过她可不觉得这个人是在帮她的忙，于是她发微信过去要人。

那人回复过来的时候，白舸的电话打到了她的手机，问她现在在哪里。

"我还在电视台录节目。"叶筱静随口说了个谎。

"我正好在附近，顺路接你下班，半个小时之后到。"白舸说完，挂断了电话。

叶筱静看了看表，从这里到电视台，现在立刻出发的话，半小时勉强足够。

她发动车子赶回去，电视台也的确有工作在等她，所以白舸到楼下的时候，她正在紧张地忙碌着。

她没有让他久等，七点多忙完了事情，下楼与他会合。

走出大厅，她就看见他站在对面的路灯下等她，于是小跑着过了马路，眼里的笑意漫出来："你今天这么有空？"

白舸说:"我想带你去一个地方。"
叶筱静眉头一挑:"哪里?"
白舸没给答案:"敢去吗?"
"有什么不敢的?"叶筱静反问,坐上了他的车。

车子经过繁华的市中心,渐渐开出了城,周围渐渐安静,道路两边的绿化越来越原生态。
叶筱静始终没问去哪,只是舒舒服服地坐着,偶尔愉快地看看窗外的风景。
车子停下来的时候,白舸才揭晓答案:"这是我外公家。我妈还在的时候,每年暑假我都在这里过。"
叶筱静听说过他的外公方利山。比起白家,方家对于她来说更加可望而不可即。
但此刻,她就站在了方家门口。
"这房子是我外公自己设计和建造的,他希望方家人都能住在一起,一家人长长久久地生活。"白舸为叶筱静介绍这栋房子,厨房在哪里,洗手间在哪里,楼上有几间卧室,以及这栋房子最精妙的设计在什么地方。
叶筱静抬头仰望一楼客厅的水晶吊灯,随口一说:"很有中世纪的感觉,就是跟周围家具的风格不协调。"
白舸领她上二楼,打开走廊最末端那个房间的门。
里面整齐地放着各种瓷器、金器、银器、灯具、家具……还有方利山当年从世界各地买来的收藏品。
"舅舅他们都移民国外了,这房子一直空着,所以就把这些东西收起来了。我回来之后一直忙,没时间布置,你喜欢的话可以研究一下。我想以后就在这里住了,跟外公当年希望的一样,在这里结婚生子,长长久久地生活下去。"
听他说完这些,他为什么将自己带来这里,叶筱静明白了。
她装作不知,退出房间,撑着走廊栏杆:"这地方买东西挺不方便的,早知道来的路上应该买点吃的,我都饿死了,你不饿吗?"
白舸下楼,打开厨房的冰箱。里面满满当当,所有食材加在一起,够他们足不出户吃三四天了。
"想吃饭就下来帮忙。"他挑了些蔬菜出来洗,对楼上的人说。
叶筱静下楼,脱掉外套卷起袖子:"你看你弄的。还是得我来,你帮忙打打下手就行了。"
她看了看现有的食材,决定好晚饭要做哪几个菜,系上围裙开工。
白舸把菜洗好,用拖把拖干净地上的水:"我记得以前马阿姨炒菜总舍不得开油烟机,就把窗户开着散油烟。"
"我妈一辈子节省,夏天那么热,她连电扇都舍不得开。其实电费再贵能有几个钱呢,人这辈子想过得好,得自己多挣,不是靠省的。"一说起母亲,叶筱静心里就难受。
"前几天我看见江叔了,"白舸提起白家从前的老管家,"他还跟我问起你呢,改天你有时间,我们一起去看看他。"
叶筱静将煎着的牛排翻了个面:"江叔得有孙子了吧?"
白舸递胡椒粉给她:"孙子都上大学了。"

叶筱静吃惊:"是吗？我怎么不记得他有那么大年纪了？"

"我们上高中的时候他就退休了，现在是在享福了。"白舸取出盘子，帮忙把牛排盛起来。

叶筱静再做一个汤:"你去擦一下桌子，一会就可以吃饭了。"

白舸点头，拿着抹布去了客厅。

晚饭时，他们还喝了一点红酒。叶筱静继承了马慧娟的手艺，再加上人们的味觉记忆有时候比视觉更长久，所以白舸不由想到过去。

不过无论是他还是叶筱静，都没再陷入回忆里，而是有一搭没一搭地聊着现在和以后。

"你的建筑公司筹备得怎么样了？"

"跟合伙人谈妥了，下个月开幕。等百工坊的事情结束之后，我打算安定下来。"

叶筱静低着头吃饭:"嗯，挺好的。"

"我想问你一件事。"白舸顿一顿，想看看叶筱静的反应，无奈对方还是低着头。

"你愿意跟我一起在这里生活吗？"他直接问。

叶筱静盛了碗汤，笑了笑道:"我现在住在你家就已经很麻烦你了。"

她站起来，避开他的眼神，往厨房走:"我吃饱了，去收拾一下厨房。"

"你考虑一下我的问题。"白舸在她身后说。

这是他给她的最后机会。

叶筱静躲进厨房，让自来水哗啦啦的声音盖住自己紧张的心跳。

"他会不会成为隐患，看你怎么选择。"

池枫在逼她做选择，现在白舸也在逼她做选择。

只要她点头，她就可以成为这栋房子的女主人，但她也要为此付出代价。

没有两全之策，贪图两全的人，最后很可能什么也没有。

天色黑沉沉的，除了周围的灯光，外面的黑暗里看不见出路。

天亮起来的时候，岑正阳就醒了，他今天要跟姐姐一道去向坎。太久没出过远门的他，既紧张又兴奋。

听到楼下做早餐的声音，他从床上爬起来，洗漱完毕，下楼去享用美味。

"今天要去的地方远吗？"他吃了两口饭，跟岑正印打听道。

岑正印递一杯豆浆给他:"不远，不过先要坐车，之后得坐船。"

岑正阳放下筷子，好奇的眼睛睁得老大:"为什么要坐船，我们要出海吗？"

岑正印笑道:"不出海，只不过我们去的是个三面环水的古镇，坐船比坐车更快。"

岑正阳有点期待:"是不是很漂亮？"

岑正印卖关子:"去了你就知道了。"

虽然向往看到美景，可陌生地方还是让岑正阳产生了不安:"我为什么要去？"

岑正印说:"因为你会弹琴啊，姐姐需要你的帮忙。"

"好啊！"能帮姐姐的忙，不管有多困难，岑正阳也是愿意的。

因为要去好几天，岑正印简单地收拾了一些行李。

她将东西搬进车子的后备厢，无意中看见叶筱静站在白舸家门口舒展筋骨。

白舸竟然把她带来了？她昨夜还在白舸那里留宿了？

"我这个人只要认定了一件事一个人就不会回头。一旦把一个人装进了心里，就没法再容得下其他人。"

现在想来，白舸的这句话，更像是对她的劝告。

难得能一大早就呼吸到城郊的新鲜空气，叶筱静在门口舒展舒展筋骨，又去附近跑了步。

白舸从柜子里找到了面条，打开煤气，准备煮两碗面，简单地吃一顿早餐。

叶筱静晨练完回来，和端着面条从厨房走出来的白舸刚好碰面。

她出了一身汗，也没跟他说话，上楼洗了个澡，等到再下来的时候，面条已经被白舸端上了桌，筷子勺子摆在一边，就等着她一起吃早餐。

两碗青菜面。

叶筱静拿筷子一挑，翻出两个荷包蛋来。

他从来不是一个会照顾别人的人，从前一起生活的时候，他最多也就是煮个面，但要么就是清汤挂面，要么干脆泡面。

"怎么你没有？"叶筱静看了看白舸碗里，问他。

"特意给你的，吃吧。"面里的荷包蛋，要别人特意留的，翻出来才特别惊喜，吃起来才特别美味。

他以前只会清汤煮面或者煮泡面，是因为没有过这种体验。

都过去了，就当是跟过去的一个告别吧。

岑正印驾车，在约定地点和池枫以及胡震显会合，四人租了一条船前往向砍村。

村庄整体按照《易经》八卦选址布局：一条河呈"S"状由北向南穿村而过，形成八卦阴阳鱼的分界线，村庄南北的两座庙宇像鱼的眼睛分列左右；村里三街九十九巷，巷巷相通，犹如迷宫。

这一切组合在一起，构成了一幅完美的八卦图。

关家的老屋是一个院子加三间平房，经历了风吹雨打，已经残破得不像样子了。

"吱呀"一声，关北山推开院门，一股潮湿的气息便扑面而来。

庭中绿荫，檐上青草，每一样都显示出时间的痕迹，让人想起往事与故人。

院落里的那口井，是妻子每天打水做饭的地方；围圈里，妻子曾经养了四只鸡和一只兔子；家中还有一只花猫，长得圆滚滚，可精神了。

还有院子里那棵枇杷树，是妻子亲手种下的，从一棵小树苗开始细心栽培，如今已经是一棵参天大树了。

老屋前是高山后是绿水，到江边步行不过五分钟，举目望去一片绿意深深。苍崖玉立，翠嶂重重，静静立在院中，甚至能听见飞鸟振翅的声音。

站在院落之中，看着眼前的场景，关北山失了语。

上个月一场大雨，把老屋的后围墙冲塌了，最后面一间房的屋檐也摇摇欲坠，如果再来一场暴雨，就有整体垮塌的危险。

院墙倒下来，还砸中了枇杷树，树枝树干断了不少，眼看着就要危及隔壁家了，村委会为了安全着想，才想把它砍掉。

也是因为担心老屋有安全隐患，村委会准备将其列入危房拆除的行列。

池枫去了村委会交涉，后者答应给他们时间修整树木，修葺老房子。

岑正印、岑正阳和关北山将老屋里里外外收拾一遍。

平日里岑正阳到了陌生环境都会不安，可这次却没有。他认真地帮岑正印接水、洗抹布、擦窗户，除院子里的杂草，很平静地用树上的果子喂周边人家跑来的猫狗。

老屋里电路损坏了，如果不修好，今晚他们将没电照明、烧水和做饭。

村里安排了电工来帮他们解决问题。

家里长期没人住，被褥发霉、床板松动，好在池枫早有准备，带了睡袋和毯子来，他们不至于要席地而睡。

"你这带的是什么？"关北山发现岑正印还有个大包袱。

岑正印将其打开："你不是让我从市面上买一把你制的琴给叶筱静吗？我买到了，所以给你送来。"

关北山忙不迭地说："我看看，我看看。"

他打开琴盒："你这琴花了多少钱？"

岑正印把账单给他看。

关北山被吓一跳："十五万？"

岑正印点头："是啊。"

关北山又问："卖家跟你说这琴是出自我手的？"

岑正印依旧点头。

关北山被气坏了，不知该说她什么好。

正好池枫来了，关北山指着那琴，让他鉴定："你看看你看看，他们说这琴是我制的。"

池枫大概看了半分钟，下结论："假的。"

关北山更不高兴了，问岑正印："这把琴最多两个月就能做出来，怎么可能是我做的？"

池枫打圆场："你就别批评她了，她又没见过你制的琴。"

关北山看岑正印一眼："我让你见见！"

老屋里有一间专门用来放斫琴材料的房间，里面的木头都是他和妻子当年在周围的山上四处寻来的。

里面还有一把他没做完的琴。

那把琴花了他两年多的时间打造，做到一半的时候，妻子半夜昏迷不醒，紧急送院，在医院度过了三天，就撒手人寰了。

"制作古琴首重选材。要数百年历史的完整老山木，重量轻、颜色深，质感很松透，为最佳。古琴的老木，通常选用桐木或者杉木。"关北山说。

传说伏羲氏曾凿木制琴，选用的木材就是梧桐木。梧桐是古老的树种之一，《诗经》中有"凤凰鸣矣，于彼高岗。梧桐生矣，于彼朝阳"的诗句。

"更重要的是用掂和敲，观察材料的重量和密度，最后还要考察木材的手感。"他一边说一边示范。

但其中的玄妙又岂是三言两语能解释清楚的？

"这两年网上打着你或者关家旗号卖古琴的可不少。随便在网上搜搜就能找到一堆，我买的那把琴还是熟人介绍的，竟然也是假的。"岑正印说着，打开App给关北山看那些打着他旗号的店铺和卖家。

关北山摇摇头，气得不再说话。

到了傍晚，《有忆》节目组的人居然全都来了。

"是关北山让我把大家都叫来的。"顾好跟岑正印解释。

关北山坐在院中的石凳子上，指挥着这帮小伙子小姑娘们干活："先干活，你们想有吃有住必须自己动手。"

"他答应拍摄节目了？"顾好瞟着关北山，蹭到岑正印身边悄悄问道。

"说我呢？"关北山不知什么时候来到了顾好和岑正印身后，凑上前问，把顾好吓得脸都白了。

"别打小算盘，你们打什么主意我可清清楚楚，赶紧干活去。"他又说。

顾好拍拍受惊的小心脏，去和其他人一起打扫院子。

她比所有人都先到向坎。关家的老屋年久失修是真，村委会苦于联络不上关北山，拆迁计划只好搁置着。顾好来了，他们才有了池家的电话，可以联络到人。

岑正印是想，关北山回到老家，说不定能勾起斫琴的兴致。现在关北山同意节目组的人都过来，会不会是同意了参加节目录制呢？

太阳落了，月亮就升起来。

晚上吃什么呢？

人多，做饭做菜要花不少时间，于是有人提议吃饺子。

至于食材，屋后有河，可垂钓；屋前有山，山中果林和农田结满了蔬菜和水果。村里人家家户户自产自足，然后把自家吃不完的新鲜蔬菜和肉拿到村口的集市去卖。

几个小姑娘下午就去买好了食材，这会儿厨房里就忙开了，和面、洗菜、剁肉……会做饭的人到了这里都成了宝。

馅儿直接用盆装，包好的饺子一个挨着一个放在铺了面粉的灶台上，柴火烧得噼里啪啦地响，水在锅里翻滚了，饺子就可以下了。

厨房里放两张小桌子，饺子煮好就端上去，几个人就着小桌子拿着碗，倒上醋，吃得欢畅。

怕饺子吃不饱，岑正印还做了一大碗红烧肉，关北山把珍藏的好酒拿了出来，大家吃着饺子碰着杯。

明明饺子和红烧肉到处都能吃到，偏偏所有人都觉得这一顿最香。

关北山喝多了，对着饺子落眼泪。

他想起了妻子。

从前妻子最会包饺子，素馅的、三鲜的、虾仁的……还有馄饨啊、抄手啊，他都爱吃。

每次逢年过节，饺子都是节宴和年夜饭必不可少的，妻子会多做一些送给左邻右舍。饺子的热气往外扑腾，整个院子都是喜气。

那时候，关北山除了吃，还要负责煮饺子，一开始不是煮破了，就是煮粘了，后来虚心跟着妻子学习，煮一整锅都不会破、不会粘。

他说起这些事，眼泪不断往碗里的饺子里落。眼泪是苦的，和着眼泪的饺子，因为美好的回忆而变得甜了。

他醉着去弹琴，那琴声在夜色里听起来又伤感又豪迈。

山里的夜晚很静，天上有好大好大的一轮月亮。

能和喜欢的人厮守，看日出，看星星，能专心做自己喜欢而且有意义的事情，难怪关北山当年能和妻子在这里一待四五年。

这里的时间很慢，时光带走一些东西，也回馈一些东西，花谢了，有果子香甜。

这么好的时光，怎么会寂寞呢？

大家吃饱了，都在这样的好时光里睡去。

菜刀落在砧板上，笃笃的声音就是晨间的闹钟。

不需要人叫，大家三三两两地都起床了。

早餐会很丰盛，因为山里头都是好吃的。

竹林底下的尖尖笋子，菜地里刚长出来的水嫩小白菜，院子的石缝里长出的鲜美野菜，还有山上的小蘑菇等等。

今天是导演做早餐。灶台上放了蒸笼，锅里的蒸气让他在墙上的影子都模糊了。他蒸了馒头和花卷，把昨天山上采的野菜和蘑菇一起炒了个小菜。

顾好推开门伸懒腰，门口一只麻雀被她吓得振翅高飞。

岑正印和岑正阳正在院子里拿面包喂鸽子。

老屋的维修还需要一些材料，关北山找了建材厂，用小货车把需要的东西从镇上运过来。

一些家具之类的物件被物流送到了快递站，大家去取，遇到了好心的村民，直接用拖拉机帮他们把东西全拉了回去。

岑正印正帮忙卸货，见关北山在不远处对她招手。

她擦一把手，朝他走过去："还有什么事要我做？"

关北山指了指人群里："把你们那个导演叫上，我带你们去见几个人。"

早上的雾气还没有散去，大家踩着青石古道行走在迷宫般的巷子里，青山碧水宛如披着一层薄纱，一座座粉墙黛瓦的房子便在薄纱之间若隐若现。

走了一段路之后，关北山解开谜底，说要带岑正印他们去见几位年轻人。

这有些稀奇。

从昨天进村开始，岑正印他们几乎没看见过年轻人。

和其他的村落没什么不同，这里的居民多数是留守的老人和儿童，青壮年都离开村子，到城市里去工作和生活了。年轻人都向往着去大城市实现梦想，没什么人愿意留在相对保守和闭塞的山村里。

不过关北山告诉岑正印："这几年来，有越来越多的年轻人回来农村发展。"

岑正印想不到这样一个连旅游业都尚不发达的古村落有什么特别的，直到她见到关北山要介绍给她的三个年轻人——单佳、黄笑笑和曹天宇。

这三个年轻人在向坎开了一家名叫"山中事"的工作室，每个人都有一门和山水有关的手艺——酿酒、制茶、斫琴。

单佳是个90后的小姑娘，她酿的糯米原汁封缸酒用向坎村种植的优质糯米为原料，以山上的泉水为酿造选用水，发酵后生成了氨基酸等有机物，在长年封存中又促进醋类和其他醇类的产生，使得酒液自然转成琥珀色。封存愈久，颜色愈深，糖分含量也愈高，酒性也愈平稳。

黄笑笑是土生土长的向坎村人，名牌大学毕业之后，放弃大城市的高薪工作，回到家乡帮助打理家中的茶园。2015年，她在总结前人制茶工艺的基础上，开发出名优茶"向坎香芽"。

曹天宇是个特别有艺术气息的小伙子，喜欢诗词歌赋，从十六岁开始学习斫琴，如今已经过去了十个年头。他曾走过云南、贵州、西藏等多个地方，也去过不少的古村落，为自己的作品寻找灵感，最后选择留在了向坎。

他们仨和酒、茶、琴共同代表了隐藏在向坎山水里年轻、向上的力量。

关北山把岑正印拉到一边："他们三个是不是比我有意思多了。你的节目就该多拍拍年轻人，你看，斫琴这一行也有年轻人，你拍个帅哥不是比拍我这个老人家好？"

曹天宇正在院子里刨木头，桐木在各色凿子的作用下，卷曲成一个个曲线曼妙的木屑，碎絮随着风到处飞。

关北山观察他的手法，猜测道："你看着像木匠出身。"

还真让他猜对了。

"我爷爷和父亲都是木匠，我专门学过木工，所以木工的活我全能做。"曹天宇说。

关北山眼前一亮："你这两天有时间没？我正需要一个木工。"

老屋里里外外很多木质结构，他需要一个木工帮忙修房子。

曹天宇继续刨木头。

关北山再接再厉："我给你三百块一天？五百块一天？"

曹天宇停下手里的活："我不收钱，我只有一个小要求。"

关北山说："说来听听。"

曹天宇道："我希望在斫琴方面得到您的指导。"

"……"

又来一个想骗他斫琴的。

不干不干！关北山决定回去自己想办法。

老屋大部分结构都在风吹日晒里损坏了，修缮是一个系统的活儿，并不是想象中添两块砖砌两面墙那么简单。

"有个人一定能帮你，"池枫帮他想到了一个帮手，"博物馆新馆的设计师白舸。"

关北山白他一眼："你以为我这破屋子和博物馆一样？"

池枫说："白舸的外公是百工坊的创始人方利山，这次想找百工坊家族的就是他。如果他知道是你需要，一定很乐意帮忙。"

"等他来了，和你们一道逼我斫琴？"关北山生气，"你们一个一个都没安好心！"

两人正说着，岑正印回来了，还带着曹天宇。

关北山以为他来求自己指导斫琴，连忙躲了起来。但曹天宇其实是来帮忙修葺房屋的，有他帮忙，很多工序就事半功倍了。

不仅仅是他，单佳和黄笑笑也过来帮忙了，她们还带来了茶和酒，请大家品尝。

泉水冲茶，茶香四溢。

岑正印端着碗茶，到处找关北山。

他在那间放斫琴材料的房间里，对着那把未完成的琴出神。

岑正印敲了敲门，他才回过神来，轻咳了一声道："又想了什么鬼点子来说服我？"

"笑笑请你喝茶。"岑正印把手里的茶碗递给他。

茶温刚刚好，关北山接过，轻抿一口，心情稍微舒畅，跟岑正印说起了古琴的历史。

"唐朝诗人高适的名句'莫愁前路无知己，天下谁人不识君'，赞颂的就是天宝年间一代琴师董庭兰的琴技。古琴艺术在隋唐时达到鼎盛，一大批优秀的古琴艺术家及琴学专著、琴谱都在那时诞生，那时的文人，比如李白、白居易，都弹琴并且参与琴曲的串座。现存的传世唐琴更以工艺精湛被奉为至宝。善弹者善斫，历来许多著名琴师亦是斫琴大师。但要成为一名合格的斫琴师，不仅要对古琴艺术掌握通透，还要有美学知识，更要在传统文化方面有一定的造诣。"

岑正印站立一边，陪他聊天："这么多年你都没收过徒弟，是没遇到能达到要求的人吗？"

关北山随意找了个地方，找小板凳坐下："池枫符合要求，但他不愿意学。"

岑正印坐到他对面："天底下这么多人，你偏选一个最不可能被拘束的。"

"我第一次见他的时候是初夏，那时候他已经放假，但每天还是早起背书挑灯苦读。他没有童年，四岁就开蒙，一直都在学习做池家最出色的继承者。"关北山为自己的学生感到心酸。

但谁都没法否认，是池深从小的严格要求，造就了现在几乎完美的池枫。

池枫的第一任家庭教师就是国学大师。他跟着老师写字，写得不好就被打手心。是真的用戒尺打，打得关节都肿起来，吃饭的时候拿不住筷子，饭菜掉在桌子上，池深让他捡起来再吃掉。

后来他去国外读书，英文、法文、俄语……他看一遍就能背诵。他得感谢那位国学老师，每次背书只要错一个字就要挨板子，练就了他超乎常人的记忆力。世上并不存在什么过目不忘的天赋，超强的记忆力得益于熟练系统的学习体系。

"他优秀，但是他孤独。你看看，W城的商场、酒店、写字楼，哪哪都是池家的产业，但哪哪都是他的牢笼。"没人能和他比肩，没人能读懂他，也没人能安慰他，所以他的孤独如长夜般日复一日。W城处处是他的牢笼，但这些牢笼如今都关不住他了，因为他掌控住了它们。

"你们聊什么呢？"说池枫池枫就到。

"聊你啊。"岑正印说，"聊你当初苦学古琴，后来跑到国外弹钢琴去了。"

池枫坐下说："要会弹钢琴，才能吸引女孩子。"

岑正印承认："你的确吸引了不少。"

关北山补充："可惜没一个正经的。"

"是吗？"池枫一笑，"那我现在说个正经事。"

洪石的苏纳德拍卖行卖出的一把唐朝老琴，最近在圈内以及网上都引发了热议，很多行家对琴的真伪提出了质疑。

洪石拍了一段展现老琴外观和音色的视频，想请关北山帮忙鉴别。

关北山看了琴的外观，又听了音色，心中就已经有了答案："这把琴是什么价钱成交的？"

"五百六十万。"池枫回答。

"琴不错，但值不了这个价钱。这琴做旧的技术很高，但终归是假的。"关北山说道。

断纹是鉴别古琴的重要依据。长年风化和弹奏的震动都可能形成断纹。有一种说法是，琴经过五百年才会出现断纹，年代越久，琴身的断纹就越多，最古老的有"梅花断"，而年代相对较短的则可能出现蛇腹断、流水断、冰裂纹等。

一些造假的人会专门收购唐宋年间的老木头做古琴，假冒老琴。但再古老的木头，只要是新开出来的，木色便与老琴有异，很容易被识破。所以一些造假的人又想到了诸如在新开出来的木头上贴旧皮、用药水腐化木头等人为做旧的方法。但无论技术多么高超，假的还是不会变成真的。

"这把琴基本上可以以假乱真了，但是一弹还是会露馅。唐朝老琴为什么值钱？可不仅仅因为它是个古董，关键它的确是把好琴。"关北山又将视频从头到尾仔仔细细看了一遍。

"你能看出这把琴出自谁的手吗？"池枫又问。

"不好说，现在古琴界的才俊层出不穷，民间不知名的高手也越来越多。"这么说着的时候，关北山的眼底忽然闪过一丝亮光。

或许他想到了什么人，只是无法确定，所以没有说。

池枫去打电话回复洪石，岑正印跟在他身后走出去。

她有话问他："拍卖行卖出的东西受到了质疑，洪石不可能没去彻查它的来历。"

池枫就没打算瞒她，笑了笑道："向坎是个好地方啊，人杰地灵。"

岑正印迷茫了一下——连关北山都说几乎能以假乱真的琴，出自向坎？

向坎的日子长而缓。

关北山接到快递的电话，说是他订的另外一批材料到了，还是放在村口的快递站，要自己去拿。

快递员还好心地提醒，说他们的东西加起来估计有四五十斤。

老屋的杂物房里有一辆小推车，生锈了，但是轮子还能转，正好能派上用场。

其他人都在忙，岑正印、顾好、单佳和黄笑笑等人结伴去拿。

村里到处是坎，不少地方还要上下坡，小推车堆满了快递，有点不堪重负，上坡的时候往后退，下坡的时候又往前滑，真是不好控制。

岑正印和黄笑笑两个人推车，顾好和单佳扶着超载的物品，冷不防车轮有些不受控制，推车一个打滑撞到墙上，最上面的物品掉了一地。

黄笑笑连忙帮着去捡，岑正印一个人把控推车，有点吃力，车子一点点沿着坡道往下滑。

她正发愁自己撑不了多久，回头想把黄笑笑叫回来，却看见一个熟悉的人影。

一只手从自己身后伸出，撑住了推车，她没收住惯性，又往后退了两步，坠入了他的怀抱。

"我来吧。"白舸压低的声音从她耳边传来。

"谢谢。"岑正印松开推车，往旁边退了退，同时看见了白舸身后的叶筱静。

他们怎么来了？

回到关家，关北山对于叶筱静和白舸的到来一点也不意外。

明知道叶筱静看见他，一定找他要琴，他也不躲了。

中午，老屋的院子里摆起了两张桌子，大家帮忙从厨房里把碗筷拿出来。

厨房里，岑正印打开锅盖，香气四溢。

"太香了太香了，我先尝尝！"关北山溜进厨房，朝着锅里伸手。

岑正印眼疾手快地拍开他的手："不准偷吃，等会端上桌大家分。"

美食当前，关北山怎么肯轻易收手，但岑正印就是不让步，将他赶到厨房外面。

但是没一会儿，一双手又伸了过来。

"都说了不许偷吃了！"岑正印依然毫不留情地拍过去，却发现手感跟刚才不太一样。

"我来帮忙端菜。"白舸说。

"哦……"岑正印递两盘菜给他。

白舸一手一盘地端出去。

岑正印握了握刚才拍他的那只手，从手心到心口，一点点发烫。

吃饭的时候，关北山宣布了一个"重大"决定。

"我从明天开始斫琴，正印的节目组可以拍摄，天宇你可以跟着我学习。"他的眼光一溜看过去，最后看向叶筱静，"我认赌服输，遵守诺言，等琴完成之后，就将它送给你。"

之前大家怎么劝都没用，他是怎么突然想通的？

"明天开始我要专心斫琴，修房子的事情就交给……"关北山的手指指了一圈，落定在白舸身上，"你来完成。阿枫说你是建筑师，博物馆新馆都是你的作品，我这么几间房子应该难不倒你。"

"至于你呢……"他又指向坐在白舸身边的叶筱静，"你总不能什么事都不干，所以接下来由你负责后勤工作，照顾好大家的一日三餐。"

他把大家安排得明明白白，被安排的各位也不敢有什么异议。

午饭后，节目组开了个会，就开始为明天的拍摄做准备。

岑正印下午没太多的事情要做，决定带岑正阳出去转转。

"你是想出去画画？"岑正印看岑正阳抱着本子。

岑正阳点了点头，然后又摇了摇头。

"好吧。"岑正印理一理他的头发，"不管你下午要做什么，姐姐都陪你。"

"嗯嗯！"岑正阳满面都是笑容。

向坎的巷子深处有很多古旧的民居，无人居住，院内安静，有着水乡典型的四水归堂，窗格上的木雕、假山上的石刻都精美无比。

高墙和旧门锁住了静谧和安宁，让时间在这里停下脚步。

岑正印用相机记录自己看到的一切，岑正阳则用笔在本子上写写画画，或许沉淀在向坎民居里的古朴纹路会给他别样的玉雕灵感。

两个人随性地走着看着，直到不记得回去的路要怎么走了，岑正印才想起向坎的街巷就是个大迷宫，很容易让人走不出去。

"怎么了呀？"岑正阳发现姐姐有点心不在焉了，于是问道。

"我们好像迷路了。"

岑正阳牵她的手："不会呀，我知道怎么回去，姐姐放心。"

接下来就由他带路，领着岑正印到处走。

溪水绕村而过，村民们从水圳里取水灌溉，潮湿石板的缝隙里除了苔藓，还有真菌生长出来。

岑正印正要沿着河往南走，岑正阳却将她往回拉。

"我记得那边我们走过了啊。"岑正印说。

"走嘛走嘛。"岑正阳坚持将她拉回去，因为他眼尖地看到正走进刚才他们参观过的古民居的白舸。

"你还想再看一遍啊？我看你刚才画得不是挺仔细吗？"被弟弟拉着三步并作两步地走进民居，岑正印有点儿无奈，正想问岑正阳还想再看看什么，就看到了白舸。

"你怎么也在这里？"岑正印平静地跟他打招呼。

"到处走走。"白舸说。

岑正印点点头。

白舸继续他的参观，岑正阳到处再看一遍，只是始终和白舸的步调保持一致。

岑正印不得不跟着他们。

这时，不知附近谁家的一只金毛跑了进来，在门口观察了两眼，对岑正阳和白舸都不感兴趣，汪汪直叫地直接朝着岑正印扑过来。

白舸发现一个事实：好像所有的狗对岑正印都不怎么友好。

岑正印下意识地往后退了两步。

岑正阳不怕狗，所以站着没动，皱着眉研究这只金毛会怎么对岑正印下手："唉……"但金毛的奔跑停了下来，也变得乖了起来——因为白舸拦住了它，并且蹲下身指挥它坐了下来。

岑正阳也发现了一个事实：好像所有的狗都很听白舸的话。

金毛的主人终于追了进来，呵斥了金毛，金毛朝岑正印吠了两声，这才摇着尾巴跟主人走了。

有惊无险，岑正印松了口气。

"你养过狗？"从白舸跟徐家大毛以及金毛的相处里，她得出判断。

"嗯，养了很多年了。"

"是什么品种？"

"黑背。"

"那不是警犬吗？"

"嗯。"

黑背好动又好斗，主动攻击性强，他能养得了黑背，驯服其他的狗自然不在话下。

白舸似乎已经没有到处看的兴致了，等了等岑正印姐弟二人，一起走出民居。

现在跟他走在一起，总会让岑正印有点不自在："你怎么自己出来了，叶筱静呢？"

"她在帮关北山从网上买东西。"白舸的神色没有任何变化，想了一想，说，"有事想问问你。"

"什么？"

岑正印以为会是关于关北山或者百工坊的事，哪知道他要问的事依然关于叶筱静。

"可能我的角度太过主观，所以时常看不到月亮背面。我知道你跟筱静的关系不怎么好，想听你说说她。"

岑正印不确定自己是否会错了意，顿了一顿，还是忍不住瞪了白舸一眼。

他来找她，是为了让她在他面前说叶筱静的坏话？

他是特地来讽刺她，专门来找她不愉快的，还是替叶筱静出头来找她算账？

白舸意识到了她的敌意，轻叹了一声道："不愿意说就算了，我只是单纯地想听你说说，没有你想的任何一种意思。"

只要他的语气稍微放软一些，岑正印的火气就灭了。他好像天生就是来压制她的。

岑正印顺了顺气："你根本没必要听我或者其他人说什么。喜欢一个人，浅一点的，是喜欢她的优点，根本不会去管她的缺点；深一点的，就是连她的缺点也一起喜欢了，觉得她哪里都好。所以旁人负面的评价对于相爱的人来说，一点也不重要。"

听完她的话，白舸先是愣住，而后露出了一点恍然的笑意："那么你呢？你喜欢一个人也是这样的？"

"对我来说，喜欢一个人就是信任，信任他的每个选择。"岑正印一点没回避他的眼神，自如而清晰地回答他道。

彼此凝视着，他们看对方的眼神是如出一辙的坚定。

最后还是岑正印先别开眼，叫一旁的岑正阳："还没看好吗？我们该回去了。"

走出古民居的时候，白舸回头看了一眼。

身后的那只怪兽真的再也没有追上来了，它消失在了她陪伴着他暴走的那个暴雨夜。

被信任被需要，就是自身存在的凭借。那个信任着、需要着你的人，便是归属之处。

而归属感就是修复原生孤独的良药。

翌日，关北山开始了自己的工作，他要完成那把未制完的琴。

古法斫琴，每张琴经过选料、造型、槽腹、合琴、打磨、面漆、推光、上弦等将近两百多道传统工序。

选坯之后是制坯，然后还要掏槽腹。

木料被制成古琴毛坯后需要风干，根据木料的干湿情况，风干的时间长则一年，短则需要七八个月。

"风干之后再一层一层往下刨,一年最多刨两次,而后继续风干。"关北山说。他对每个步骤都有自己的心得,也有自己独特的技巧。

　　曹天宇在一边给他帮忙,岑正阳搬一个小板凳,坐在一边观察他们,手里拿着纸和笔,时不时地在上面写写画画。

　　关北山斫琴也有自己的小讲究：他只用自己的一套工具,觉得旁人的都不趁手。曹天宇有一把特制的锉刀,拿在手里轻巧地转几圈,刨花就像浪头散开。关北山借着用了用,不怎么习惯,于是干脆花时间,结合曹天宇锉刀的优点,改良了自己的工具。

　　工欲善其事必先利其器,关北山和曹天宇都充满了灵感。

　　午饭之后大家都犯困,院子里的石桌子石凳子被太阳晒得发烫,树荫下却是清凉的,暂时没工作的人不知不觉就坐在树下睡着了。

　　他们在睡梦中听见凿子刨木头的声响,还有河水流淌的声音。

　　那是大自然用神之手在弹奏乐曲。

　　池枫回了一趟W市,返回的时候为大家带来了一车"物资"——各种零食和饮料。

　　岑正印发现他不是一个人返回的。

　　"你这趟到底是回去办公,还是谋私？"她对着从车上下来的叶筱梦微笑,然后挑眉问池枫。

　　叶筱梦帮池枫解释："关于开陶瓷工坊的事,姑婆叫我找你尽快商议好,白舸告诉我你最近很忙,所以我干脆自己过来找你。我对路不熟,幸好在路上遇到了池枫。"

　　白舸？他把叶筱静带了过来,现在又招来叶筱梦,难道是故意制造机会让她们姐妹重聚？

　　叶筱静和顾好从厨房切了西瓜出来,顾好看见有饮料,连忙拿去冰箱里冰镇,叶筱静过去帮忙,撞见了叶筱梦。

　　"我帮你拿吧。"叶筱梦见她一个人抬了一箱饮料,准备搭把手。

　　"不用。"叶筱静避开她的视线,往上颠了颠饮料箱子,一个人搬进屋。

　　她们根本不像是久别重逢。

　　岑正印在远处观察她们,得出这个结论。

　　在和她相对的位置,白舸也在观察她们。

　　两人收回视线,转身,同时看见彼此。

　　白舸迈出步子,朝着岑正印走来。

　　不等他靠近,岑正印头也不回,朝着屋内走去。

　　"正印。"白舸快步追上她,叫出她名字的同时,伸出手抓住了她。

　　"有什么事吗？"岑正印微微侧身,视线落在被他握住的手上。

　　白舸没松手："筱静的事交给我处理。"

　　"你说的是私事还是公事？如果是关于百工坊的,我没办法答应你。"岑正印强制性放平声音,所以仅是听语气,根本听不出她在生气。

　　"我对百工坊掺杂着私人感情,它对我既是公也是私。"白舸的语气低沉,仿佛她刚才的提问根本是无理取闹。

　　"再加上叶筱静,你岂不是更分不清了？"岑正印狠狠闭了闭眼,"既然这样,我想我比你更适合去求证一些事。"

白舸走近两步，俯身和她对视："觉得我有所隐瞒，想要跟我结束合作，后来又被我说服的人是谁？你敢说自己没有私心？"

他这么明目张胆地问她，而且眼神里带着一股探究，晦涩不明地牢牢盯着她，莫名让岑正印被震慑住，半晌说不出话来。

白舸似乎也发现自己凶了点，放缓语气："我会尽快给你一个想要的结果。"

想要的结果？什么事的结果？什么是她想要的结果？

岑正印彻底被他搞糊涂了，没再出言反驳，算是默认了将事情交给他。

不过她猜得不错，叶筱静和叶筱梦的确不是久别重逢，她们早就见过了。

等叶筱梦和其他人将池枫车上的物资搬运得差不多了，白舸走到叶筱梦身边。

"你跟筱静见过了？她也见过你姑婆吗？"他问她道。

"上周妈妈忌日，我跟筱静在墓园遇到了，后来我带她去见过姑婆。"叶筱梦回答。

那是在徐蔼然做手术之前，她带叶筱静回徐家吃了顿饭。

那天，为了招待叶筱静，也为了预祝徐蔼然手术成功，方婶下午特意去市场买了菜。

徐蔼然只在叶筱静很小的时候见过她一次，后来叶筱静跟了马慧娟，跟叶家这边的亲戚断了联系，如果不是叶筱梦时常提起，她哪里会记得她。

饭桌上的氛围还算和谐，方婶热情地叮嘱叶家两姐妹多吃菜，又念叨起徐蔼然手术前的注意事宜。

叶筱梦担忧徐蔼然会紧张，于是打住了她的话："这些事情有医生操心就行，姑婆你放轻松地上手术台，我和方婶会在外面等你的。"

叶筱静倒不怎么说话，只断断续续地吃东西，跟其他人也没有眼神上的交流。

饭后，徐蔼然让叶筱梦陪着叶筱静。不过姐妹俩多年不见，从小又不在一起长大，根本无话可说。

"听说姑婆有很多瓷器收藏？"正冷场的时候，叶筱静忽然问道。

"啊……"叶筱梦没想到叶筱静对这个感兴趣，"其实不是收藏，只是姑婆修补了一些残缺品，我带你去看啊。"难得叶筱静开口，叶筱梦自然乐意领她参观。

接着她们去了徐蔼然的书房。

叶筱梦逐一跟叶筱静介绍那些瓷器的来历，损坏了哪里，后来是怎么修补的。

叶筱静谈不上很感兴趣，但也没有表现出不耐烦。

每一件瓷器，不管之前已经多么残破不堪，经过徐蔼然的手修复之后，也能呈现出一种别致的美。

"你也会修补瓷器？"叶筱静端详着那些瓷器，问叶筱梦。

叶筱梦腼腆地笑了笑："小时候就跟着姑婆学，不过也只学到一些皮毛而已。"

叶筱静道："我听说这些古老的技艺，都是家族相传，从不传给外人。姑婆也是跟家里的长辈学的？"

叶筱梦回答她："姑婆是跟她母亲学的。从前这些手艺的确不外传，现在姑婆倒是很想多收几个徒弟，好让这门手艺能传承下去。"

"现在有不少非遗手艺失传，姑婆有没有想过把锔瓷的精髓写成书呢？"

"姑婆的外公留下了一本锔瓷笔记,倒是把周家锔瓷的秘诀都写在了里面。"难得找到了话题,叶筱梦自然知无不言。

叶筱静发现书桌上有茶壶和茶碗,正好自己有些口渴,便俯身打算倒一杯,可惜茶壶里已经没了水。

叶筱梦拿起茶壶:"你先自己看看吧,我下去加点水。"

她走之后,书房便只剩下叶筱静一个人。

方婶帮徐蔼然整理好房间,照顾她睡下,想起书房的窗户没关。

"你在干什么?"走到书房门口,她发现叶筱静在翻找书柜里的东西。

叶筱静把抽出的书本放回原处,关上书柜的门:"我看见有关于瓷器的书,就想拿出来看看,我不知道是不能乱动的。"

叶筱梦刚好提着茶壶上来了,跟方婶解释道:"方婶,是我带筱静上来的,她想看看姑婆修复的瓷器。"

方婶没有再说什么,但是叶筱静走后,她告诉叶筱梦,叶筱静当时不是在拿书看,而是在书柜里找什么东西。

"怎么可能,方婶你一定误会了,"叶筱静根本不以为意,"姑婆书房里除了损坏的瓷器,就是锔瓷工具,筱静要来做什么?"

虽然的确是这样,但方婶还是提醒她:"我听蔼然说,你这个妹妹从前品行不好,你跟她相处还是小心点好。"

"那都是过去的事了。"叶筱梦说。

觉得叶筱梦根本没听进去,方婶自此便对叶筱静心存芥蒂。

后来徐蔼然做手术,叶筱静作为晚辈,自然也要去医院。

方婶全程照顾着徐蔼然,不让叶筱静有单独接近她的机会。叶筱静渐渐察觉了她的态度,问候过徐蔼然之后就告辞了。

这些重逢后相处时的事,如今白舸问起,叶筱梦连细节都记得清清楚楚。

"你问这些,难道是因为你也怀疑筱静做了什么?"跟白舸说完,叶筱梦问他道。

"只是想找一找真相。"很多话如鲠在喉,白舸无从说起。

叶筱梦也没继续追究,她似乎更关心另一个问题:"你跟筱静是重新在一起了吗?"

白舸一笑:"不是你想的那样。"

叶筱梦追问:"你心里是怎么想的?"

白舸答不上来。他心中到底怎样,岂是三言两语能说清楚的?

外头传来吵闹声,关北山正追着岑正阳满院子跑。

"你小子站住!把东西拿出来!"

"不!姐姐救命!"岑正阳找到岑正印,拽住她的衣服,躲到她身后。

岑正印拦住关北山,护住弟弟:"你干嘛呢?追我弟弟干什么?"

关北山停下来,指着岑正阳,气鼓鼓道:"你问问他干了什么。"

岑正印回头看岑正阳。

岑正阳伸出头来:"没干什么,我只是画画。"

"画画?"关北山一听更气了,"他这几天天天守着我斫琴,把我古琴的设计都画成了图，把我制琴的步骤和要诀都画了下来！这小子是来偷我关家制琴秘诀的！"

岑正阳见他怒气冲冲的，吓得更往岑正印身后躲，头抵着岑正印的背，低声说："我没有……没偷东西。"

"嘿，我还冤枉你了？你把你的画拿出来！快拿出来！"关北山说着，便要把岑正阳从岑正印身后拽出来。

"你等等，让我先问。"岑正印制止住他，然后回头对岑正阳道，"能把你的画给姐姐看看吗？"

岑正阳点点头，这才把藏在身后的小本子递给了她。

岑正印接过，翻开来查看。

关北山对她说："我告诉你啊，古琴的设计图，还有制作工序，这些都是我们关家的秘诀。你必须把他这些画销毁掉！"

岑正阳的确画了关北山的古琴设计图，还把制作工序用漫画的形式记录了下来。

岑正印合上本子："正阳，这些画我们必须交给伯伯。"

岑正阳使劲摇头："不行！"

岑正印跟他解释："你画的这些是伯伯不能被别人知道的秘密，所以我们不能留着。"

岑正阳还是摇头："我画的琴跟伯伯的琴不一样，我没有画他的琴。"

"鬼才信！"关北山趁岑正印不备，一把夺过她手里的本子，指着里面的图道，"你这不就是我的琴吗？哪里哪里都……""一样"两个字还卡在喉咙里，他看着图画愣住了。

岑正阳推着岑正印往前，从他身后伸出手，要把自己的本子夺回来，却被关北山灵巧地避开了。

"还真不一样啊……"关北山渐渐看出了名堂。

岑正阳画的琴的确跟自己制的不一样——他把自己的琴改进了。

"小子，你为什么要乱改我的琴？"他问岑正阳。

"你的琴不好。"岑正阳脱口而出。

堂堂制琴大师，一把琴能卖到几百万的关北山，成名之后就再没听人这样评价过自己。

不过他反而不像刚才那么生气了，仔仔细细把岑正阳画的图看完了。

"还给我。"岑正阳朝他伸手要本子。

关北山问岑正印："这小子懂琴？"

"只是会弹，跟我爷爷学的。"

关北山知道岑正印家里是开玉器行的，对玉器很有研究，跟古琴倒是没什么渊源，却不想岑正阳很有古琴方面的天赋。

"还给我！"见关北山拿着自己本子久久不放，岑正阳着急了。

关北山把本子高高举起，看向岑正阳："小子，跟我学斫琴吧！"

此言一出，围观的人们都惊呆了。

"不学！"更让他们惊呆的是，岑正阳居然想都不想就拒绝了。

"不学就把这些画烧掉！"关北山威胁他。

"你有学生了！"岑正阳指着曹天宇说。

"把画烧掉！"关北山作势要去烧画。

岑正阳追上去拉住他，关北山反要拉他进制琴室。

两人僵持不下。

岑正印走过去调和，对关北山说："让正阳陪着你完成这把琴，他看见什么就学什么，这样总可以吧？"

关北山没答应。

岑正印拉起岑正阳："走吧，咱们回家。"

关北山妥协："行行行！就按你说的！"

他妥协了，因为他发现岑正阳对自己古琴设计的改良很有可取之处，记录自己斫琴步骤的漫画也画得非常细致。这小子竟然仅仅靠看就能看出这么多门道，他毕生还从未遇到过这样有天赋的人。

回到制琴室，拿着岑正阳的设计图，关北山和曹天宇对照着已经完成一部分的琴研究了起来。

岑正阳不善表达，就借画笔传达所思所想，有些画不明白的，他干脆自己上手操作。

"唉……这里可不能动。"曹天宇欲阻止岑正阳。

"让他来让他来。"关北山却拉开了曹天宇。

一整天很快就过去。

关于晚餐，大家讨论出的结果是——在院子里搭炉子烧烤。

肉食和蔬菜都被竹签串在一起，冰汽水和单佳带来的冰啤酒就放在脚边，食物的香味和大家的欢笑嬉闹声填满了乡村的夜晚。

"你别抢啊，给我留一串！"

"你吃得够多了！"

曹天宇和岑正阳还在忙，关北山却从制琴室跑出来，加入抢食的行列。

曹天宇正拿着画画的本子，跟岑正阳讨论画上的内容，岑正阳不知道因为什么有些不高兴，一直摇头。

"正阳先来吃饭吧。"岑正印高声叫他。

岑正阳像是被拯救，将本子收起，跑到岑正印身边，接过她递给自己的食物。

"正印不愧是中森的厨神呢，连烧烤都能做得这么好吃。"节目组的工作人员吃着东西，开心地夸奖岑正印。

岑正印似乎不怎么买账，失落地说："原来我只是中森的厨神而已啊……"

同事们继续开她的玩笑："你想做更高级别的厨神，只有我们这些人吃过你的东西可不行。"

还有人说："你真的不考虑开个餐厅吗？也不用你自己做，收几个徒弟，然后用知名度做做宣传，应该能赚不少钱吧。"

岑正印指着大家："我要是开餐厅，肯定每道菜都很贵，你们这些人一个一个才舍不得捧场呢。"

她被夸的心情好，干脆帮每个人都烤了一份最喜欢的食物递到他们手里，偏偏分到白舸的时候，明明她手里还有一串烤土豆片，却硬是绕开他递给了别人。

"我又是哪里得罪你了？"白舸问她。

岑正印眯着眼睛笑一笑："你哪里都得罪我了啊。"

大家越吃越欢腾，白舸却没了吃烧烤的心情，独自一人回了房间。

因为没吃什么东西，他回房后肚子一直在向他发出抗议，咕噜咕噜叫了好几声。

其他人的烧烤渐渐吃完，院子里渐渐恢复安静。

岑正阳来敲白舸的门，将手里捧着的一大碗面递给他。

"这是？"白舸不解。

岑正阳不解释，只是笑："好吃的。"

把面塞到他手里，岑正阳就快速跑掉。

白舸端着面走到桌边坐下，用筷子拨开盖在面上的蘑菇粒、土豆粒等，翻出了两个荷包蛋。

这是岑正印的招牌杂菜面，白舸吃得津津有味。

院子里的烧烤架子等东西都收拾干净了，叶筱静站在檐下，看着天色一点点暗下来。

"我能跟你聊两句吗？"叶筱梦走到她身边，问她道。

她没拒绝，于是她便开口了："你在中森卫视的工作做得还好吗？"

"还行吧，但是做得再好也是给别人打工。"叶筱静轻笑。

"做主播不是你从小的志向吗？虽说是工作，但如果是毕生志向的话，也可以做出一番事业，你看正印不就很成功？我觉得你也一定可以。"

"你居然知道我的志向？"叶筱静轻蔑地说，转过身面对着她，"如果你说这些只是想把我跟岑正印做比较的话，还是免开尊口了！"

"筱静！"见她要走，叶筱梦叫住了她，在她身后说，"你难道不想好好生活吗？你已经重新开始了，如果对人生的态度还是和以前一样，你跟过去又有什么不同？"

回视叶筱梦，叶筱静的双目闪着光，眉目间凝着一股冷意："你对我的过去很了解吗？凭什么批评我？你觉得自己过得很好？难道我就该像你一样做一份工作过一辈子？能安安稳稳平平静静过日子是你幸运，你有家人有朋友有关心你的人，从来不知道这个世界另一面是什么样子的！"

叶筱梦平静地问她："我有的难道你没有吗？我和白舸都很关心你，都是你的亲人，你的工作不错，生活无忧，身体健康，年轻漂亮，这已经是你说的很多生存在世界另一面的人可望而不可即的，你还想要得到什么？难道过去的事还没有给你教训？不要再走错路了。"

"够了！"叶筱静厉声打断她，"只有你经历过我所经历的一切，你才有资格来批评我！你从小跟在爸爸身边长大，爸爸去世之后又有姑婆呵护，所以你可以很傻很天真，但是别用你的傻和天真来要求我！"她快步离去，不愿意再跟她多说一个字。

叶筱梦停留在原地良久，知道自己虽然是姐姐，但和她关系生疏，多年隔阂，很难劝说得了她。

天黑以后，劳动了一天的人们纷纷入睡。

留宿的人太多，房间有限，所以必须好几个人合住。

岑正印睡得浅，半夜醒了后怎么都睡不着。她看见外面月色不错，就悄悄出了房间，来到了院子里。

可岑正印打开门，就发现今晚根本没有星光，也没有月光。原来她方才在房间里看见的光，是远处的车灯。

还不止一辆车，前前后后一共有三辆，是从村口的方向开过来的。

奇怪了，这深更半夜的，怎么会有车子进村？

岑正印好奇，于是决定过去看看，她用手机照明，循着亮光而去。

村子里多是小巷，车子不好开，所以车速很慢。开车的人应该很熟悉路线，七转八弯，绕得岑正印都不知道自己待会要怎么回去了。

向坎村里有不少土坯房，有些还聚集在一块地方，通常都是很老的房子，早就已经没人住了。

岑正印跟着那些车走进一片区域。水泥路没修到这里，所以路面上四处都是泥土，一脚踩下去，鞋子都陷进了泥里。

不远处，三辆车进了一扇大门。

四周特别安静，不远处的两间土坯房被村民整修之后，成立了养殖合作社，里头养着猪、牛、羊等牲畜，所以空气里的味道实在不怎么好闻。

岑正印捂着鼻子往光亮的地方走，前面同样是一间土坯房，只不过范围比较大，很久之前应该是个农家院，围墙比旁边的房子都高。

门关起来了，里头是干什么的，三辆车进去之后下来了什么人，岑正印一概看不见。

不过她觉得，这地方肯定不是住人的，也不像是搞养殖业的。

正要往回走，她拿在手里的手机却震动了起来。

她一看，竟然是白舸给她打来了电话。

大半夜，他打什么电话？

"你打算站在那，等明天养殖场的人赶牛车送你回去？"

岑正印接听了电话，还没来得及"喂"一声，那头的人就开口问她了。

岑正印的额角狠狠一跳。这个人说话怎么总是语含讽刺，总是这么欠扁呢？

不过……

"你怎么知道我在哪？"岑正印看了看自己的四周，没看见其他人。

"往上看。"

岑正印微微抬起头，漆黑一片，什么都看不见。

正当她要收回视线的时候，余光却看到了右侧的一个光点。

白舸正坐在一棵梧桐树上，用手机自带的手电筒打光，提醒她自己的位置。

他坐得高，而且那个方位正好能看到院墙内的情形，于是岑正印走了过去。

她发现自己又得爬树。

不过有了上次的经验，这次她爬起树来更利落了。

白舸伸手拉了她一把，让她和自己并排站在了树上，院墙里的情形顿时清清楚楚地落在了两人的眼底。

里头到处都很破败，和其他荒废许久的土坯房没什么不同。三辆车里分别下来三个人，应该是互不相识的。

一个胖男人领着他们来到一间屋子门口，推开了门。

他们进去后并没有随手把门关上，所以树上的白舸和岑正印可以清晰地看到，门内别有洞天。

红木桌椅、黄花梨木山水屏风、青花瓷茶具……随便一件都价值不菲。

三张屏风将房间隔成了三个独立的雅间，需要的时候可以再拉上帘子，于是雅间里的人相互都无法窥探到里头的情况。

胖男人招呼三位贵客落座，给他们分别上了茶，然后退到了内堂，再回来的时候，双手紧紧抱着一个长方形的锦盒。

他将锦盒放到桌上，介绍了两句之后将其打开，里面装着一把琴。

隔得太远，岑正印和白舸无法将琴看得更清楚。

不过这里头是干什么的，他们多多少少能猜到些了。

这是一个私人组的拍卖的局，包间里的三个人就是此次的竞拍者。

"你早就注意到这里了？"岑正印问白舸。

"不是我发现的。"白舸回答道，"是曹天宇告诉我，这里几乎每半个月就有一天深夜有人进进出出，每次来的人都不一样，但拍卖品通常都是仿古琴。"

仿古，这个词用在琴上，和用在瓷器上的意味差不多。

仿古琴和仿古瓷器的制造买卖都是合法的，但如果把高仿品当作古董古物卖，就等同于贩卖赝品，是违法生意。

半个小时不到，今夜这把琴的买家就决出了。

白舸先下了树，然后将岑正印扶下来。

岑正印的手还搭在白舸的手臂上："我们就这么走了，今晚纯粹当看了个热闹？"

白舸反问她："不然呢？你还想闯进去把人抓了？"

院子里前前后后一番动静虽然不算大，但也把旁边养殖场的看门狗给吵醒了，汪汪汪地叫了好几声。

见院子的大门打开了，白舸和岑正印忙躲到隐蔽处。

"我知道里面肯定不只胖男人一个人，但我们的人也不少啊，而且他们做的是贩卖赝品古琴的勾当，闹大了大不了我们报警。"车灯亮起，岑正印朝外面看去，看见今晚的三名买家已经上车了。

白舸生怕她会一时冲动冲出去，一把拉住她，快速地说："就算今天的生意被你搅黄了，明天他们换个地方照样开张。你能逮着他们一次，能把他们的生意彻底断了？"

岑正印却说："逮着他们交给警察，后面的事就该是警察办的！"

车子已经发动了，他们再不拦人，可就来不及了！

白舸是真怕她会冲出去："你以为警察没在办事？看第二辆车的司机！"

正好车子开过来了，第二辆车的司机似乎知道他们隐藏的位置，朝他们的方向看了两眼，还掀了掀戴着的帽子，露出似笑非笑的眉眼。

"邢森？"岑正印看清了那人，狐疑地看向白舸，"你们早有计划了？"

白舸没多做解释，等到三辆车开远了，他率先从隐蔽处走出去，打量了一下四周，回头朝岑正印使了个眼色，示意她跟上自己。

岑正印根本不记得回去的路怎么走了，除了跟着他，也没别的办法。

"怎么不说话，不问问到底是怎么回事？"夜色深沉，周围又太过安静，这让白舸无法确定岑正印是否好端端地在自己身边，莫名生出一丝不安。

岑正印慢悠悠地走："警方都介入了，我何必管那么多。如果天底下制假贩假的事情我都得管，我可忙死了。"

这话说得，仿佛刚才差一点就要冲出去拦车的人不是她。

白舸没立即接话，而是停下了脚步，转向身后。

岑正印注意着脚下，没留意前方，直到撞上他。

白舸怕她摔着，手圈在她的腰边，确定她站稳了，才收回手，目光落进她的眼底："如果跟百工坊和那林有关，这事你还管不管？"他的声线低沉，充满了诱惑力，简直让人无法拒绝。

还好认识了他之后，岑正印抵抗诱惑的能力提升了不少："你不是说交给你处理吗？"

白舸较真起来："我说的是叶筱静。"

岑正印怼回去："有区别吗？反正你公私不分。"

白舸被气乐了，耐心地跟她解释："步家、周桥村和胡家都先后出现了那林安插或者收买的人，关北山不会例外。可是关北山行踪飘忽不定，没有固定的生活圈和交际圈，如果是你想绑住他，该从哪里下手？"

岑正印一下子就想到了："从向砍村，他的家在这里，他总会回来。"毕竟她自己之前就成功地利用了这一点。

"市面上有一大半的仿古琴，都是从向砍村，也就是你刚才看到的渠道出去的，尤其是最近两个月，这些琴已经堂而皇之地打出了关北山的旗号。"作为现今古法斫琴的第一人，"关北山"三个字意味着就算琴是仿古的，身价的贵重也毋庸置疑。

岑正印想起了之前的事："前阵子苏纳德拍出过一把伪造的唐朝老琴，就是出自向坎。当时池枫来找关北山鉴定，关北山看到琴时的反应……我觉得他好像知道伪造琴的人是谁。"

白舸当时不在场，自然不好做判断，目前能抓的也只有土坯房那条线："邢森会顺着胖男人那条线查下去，这两天我们静观其变。"

岑正印点了点头。

回到关家，白舸看了看手表，发现再过一个多小时，天就要亮了："快去睡吧。"

他自己似乎没有要继续睡觉的意思，独自坐在院子里，点了一根烟。

他抽烟的样子有点肃杀，特别是当他看着烟雾的时候，连脸部线条都是冷硬凌厉的。

岑正印相信他还有些事没告诉自己，而那些事一定涉及叶筱静。

日出之前，夜，做着最后的挣扎。

脑子里装着各种事，岑正印睡得并不安，天亮后不久就被顾好拉了起来。

"正阳不见了！我们把屋子前前后后都找过了，又去问了附近的村民，都没见着他，现在村民们已经帮我们上山去找了。"

岑正印的睡意一下子被扫空，快速地从床上爬了起来。

昨夜，岑正阳是和白舸还有节目组的一位男摄影师睡在一个房间的，所以她先去了他们房间了解情况。

"昨天累了一天，我回去以后倒头就睡。早上醒来，发觉旁边的床铺没人，我以为正阳只是起得早，跟其他人一起干活，或者出去玩去了，也就没在意。"男摄影师说。

白舸回忆道："我昨晚离开房间的时候，他还在熟睡。回来之后我没有进屋睡觉，在院子里等到差不多天亮，就去附近转了转，回来的时候大家就渐渐起床了，我没看见正阳，就让顾好去找了。"

"正阳不会到处乱跑。除非跟我一起，不然他不会离开这里，"岑正印看着岑正阳空空荡荡的床铺，转而对顾好说，"你去把上山找的村民叫回来，正阳不会在山上。"

顾好着急："可是正阳和一般人不一样，会不会他突然想出去干什么，然后迷了路呢？多一些人找总是好的。"

岑正印掀开岑正阳床上的被子，再挪开枕头，发现他的背包还在，但是用来画画和做笔记的小本子却不见了。

白舸见她发愣，走上前问她："怎么了？"

岑正印把枕头放回原处："正阳在陌生的地方睡觉，通常都会把最重要的东西抱在怀里。如果害怕了，他会把重要的东西塞到枕头底下。最近他成天跟关北山一起斫琴，最重要的就是笔记本。"虽然努力保持镇定，但她的声音发着颤，血液都凝滞在心脏，手脚发凉。

白舸听明白了："他把笔记本带走了，说明他当时并不害怕，他是跟自己信任的人走的。"

"还有一种可能。"想到这种可能，岑正印的汗毛都竖了起来。

"他是被人强行带走的，带走他的人同时拿走了笔记本。"如果真是这种可能，带走岑正阳的人就很可能和那林有关。他们看中的是岑正阳记录关北山斫琴步骤的画，以及他在斫琴方面的天赋。

熟人、那林，如今在关家的，最有嫌疑的人是谁？

惊慌失措，懊恼悔恨，担心害怕……岑正印的脑海里混乱得像满是雪花点的老电视。

"你去哪？"她发现白舸要从自己身边走掉，下意识地想抓住他。

"找邢森帮忙。"白舸垂下眼，看见她伸出又收回的手。

他走去一边，打电话给邢森。

邢森以为他打电话来问黑市交易的追查结果，于是开口就说："你猜怎么着？人家卖的根本不是高仿琴，是货真价实的关家琴，关北山所制，有证书和他的印鉴为证。我们这一宿算是白忙活了，什么都没查到。我怀疑对方知道被我们发现了，昨晚是将计就计呢。"

他的话仿佛提醒了白舸——岑正阳被带走的时间，很有可能就是自己和岑正印发现土坯房的时候。

隐藏在关北山身边那林的人、土坯房的黑市交易、岑正阳的失踪……这几者之间似乎存在着很多微妙的联系。

白舸思忖了几秒："你查查一个人。"

邢森没多问："说名字。"

"曹天宇。"

关北山知道岑正阳不见了，原本自个儿在制琴室忙呢，这会儿也跑了过来。

白舸正好问他："单佳和黄笑笑她们呢？早上来过吗？"

关北山不是很确定地摇了摇头。

顾好回想，很确定地回答："没有，'山中事'的仨人早上都还没来。"他们三个人不在关家住，通常曹天宇是上午过来，单佳和黄笑笑要忙完工作室的事情，中午或者下午才来。

白舸没多说，示意岑正印跟自己走。

"山中事"工作室，单佳和黄笑笑都在忙着各自手上的事情。

单佳新酿了几缸酒，正准备封存好放进地窖。黄笑笑正在打包快递，将客户在网上预订的"向坎香芽"发往外地。

"曹天宇在吗？"白舸跨过门槛，问她们道。

单佳抬起头："他这些天帮关先生斫琴，都不来工作室。"

黄笑笑停下手里的活："他早上没过去吗？"

白舸问："你们知道他家住在哪吗？"

单佳用抹布擦了擦手："干嘛上他家去啊，我去给他打个电话，他很少睡过头的。"

"带我们去他家。"白舸瞥了单佳一眼，眼神虽是不咸不淡的，却自有一种威压。

单佳看看黄笑笑："我带你们去吧。"

曹天宇和单佳都是外地人，所以就在工作室后面合租了一间民房，曹天宇住一楼，单佳住二楼。

单佳去敲曹天宇的房门，半天都没人回应。

她一拧门锁，门就开了，可是里面根本没人。

"你最后见他是什么时候？"白舸问。

"昨天晚上啊，从关先生那里回来，我就上楼洗澡睡觉了。我早上起来去工作室的时候，见他卧室门关着，应该还没醒吧。怎么了？你们怎么这么急着找他，出什么事了吗？"单佳不明所以，见白舸脸色冷凝着，便转而去追问岑正印。

岑正印来不及跟她解释，就听见白舸的手机响了，是邢森打来了电话。

"这个曹天宇不简单啊。土坯房里两个月前卖出去的一把仿古琴，就是出自他之手。"他昨晚冒充司机给一位竞拍者开车，以这个竞拍者为线索，他又找到了先前去过土坯房的几个人。本来正没什么头绪，结果白舸就打电话叫他查曹天宇。这么一查，还真有重要的发现。

白舸也将自己这边的情况简明扼要地跟他说了。

"我马上给镇里的派出所打电话，让他们派人去找，曹天宇只要出了村子，沿途的监控就一定会拍到他，汽车站也好，火车站也好，都会密切留意。我现在就赶去向坎村，有什么消息再联系。"邢森说着，已经下到公安局楼下发动了车子。

车子刚行驶了没多远，他就接到了赵局打来的电话，问他现在在哪。

"我正赶往向砍村呢。"

"向砍村的情况有点复杂，你听好了——"赵局尽量简明扼要地跟他说明向砍村的局面，然后做出部署，"到了向砍村，你们第一时间去土坯房，首要任务是保证跟百工坊有关人员的安全。"

邢森听明白了,但又有些没明白:"局长你又不在现场,你怎么知道得比我还多?"

赵局说:"我有我的办法。时候到了,你就知道了。"

邢森若有所悟地点点头,没再追问。

一整天,其他人和村民们一起到处寻找线索,岑正印则在关家等消息。

天快要黑下来的时候,岑正印的手机收到了一则来自曹天宇的微信。

对方约她见面,见面地点就是她昨夜去过的土坯房。

收到消息,岑正印就赶紧赶了过去,可是到了之后却没看见曹天宇。

她环顾四周,也没发现什么异常。土坯房里的桌椅器具都还在,但是大门没上锁,很有可能是守在里面的人担心警方派人来,所以早就走掉了,放弃了这个地方。

她给曹天宇发了条微信,说自己已经到了。

没一会儿,她就听到身后墙壁传来轻微的响声,出现了一个可容一人通过的通道。

通道阶梯全是土石搭建而成,显然是跟这座土坯房一起完工的。从前农家都有地窖、酒窖一类的地方,这里看来也是。

岑正印沿着阶梯向下,走进了地下不见底的黑暗之中,借着手机的光打量四周。

当手机照出一个人影的时候,她着实被吓了一跳:"曹天宇?"

曹天宇是背对着她的,仿佛正在找什么东西,完全没留意到身后有人,被叫了一声,也浑身一惊,这才转过头。

"我弟弟呢?正阳呢?"岑正印冲上前,抓住他的衣领问。

曹天宇被问糊涂了:"什么正阳?"

岑正印拽着他,低头看见他手里拿着的,正是岑正阳的笔记本,于是一把夺过来:"正阳的东西怎么会在你这里?你把他带到哪去了?"

曹天宇往后退,想挣脱开岑正印的钳制:"你说什么?我能把正阳带到哪去?"

他不肯承认,岑正印就不松手。曹天宇瘦瘦弱弱的,也没什么力气,跟岑正印之间没多大的力量悬殊。

两人较着劲,一推一拉,毕竟曹天宇还是要结实一些,反手将岑正印扳倒在地上。可偏偏岑正印却还不撒手,用尽力气抓住他的手腕不放,指甲深深嵌入他的皮肤里,抓出长长一道血痕。

曹天宇疼得倒抽了好几口冷气,也跌坐在地上:"我真的没藏正阳,我只是偷了他的笔记本。"他的眼神看向岑正印的身后,不知是看见了什么,瞳孔骤然放大。

"闪开!"他大喊出两个字的时候,岑正印已经眼前一黑地晕了过去。

老屋里,白舸和池枫坐在关北山的对面,两个人四只眼睛直勾勾地盯住他。

"你们看够了没?我还有事忙呢。"关北山被看得心虚,拿起旁边用于斫琴的锉刀。

白舸起身,挡住他的路,拿走了他的锉刀,示意他坐回去。

关北山转身、后退,采取迂回战术,往门外跑,可刚看见外头的光亮,大门就"砰"的一声被关上了。

白舸立在门边，一偏头，示意他回到原位坐着。

没办法跑了，关北山只能认命。

池枫正泡着黄笑笑带来的茶叶，当关北山和白舸坐回来的时候，刚好倒出两碗茶汤。

关北山气呼呼地拿起茶碗，咕噜噜两口喝了个底朝天，把茶碗递给池枫："再来一碗。"

池枫收了茶杯，没再给他倒茶。

关北山鼓了鼓气焰："你们两个怎么回事？看犯人呢？"

"正阳去哪了？"白舸开口问他。

关北山一拍桌子："我怎么知道啊！"

白舸身上自带一股不怒而威的气势，他不说话，气压低沉地看着关北山，莫名让他感觉到乌云罩顶的压迫感。

"我真不知道。"关北山没了气场，实话实说。

池枫问："老师你有一把祖传的秋宏琴，怎么我们都来这么久了，从来没见过。"

关北山瞪他一眼："祖传的珍宝能随便给你看吗？"

池枫是知道这把琴的重要性的，这些年关北山无论去哪里，一定随身携带着。秋宏琴对于他来说，就好像剑客的剑、武士的刀，跟性命一样重要。

池枫一眯眼："是不是有人骗了你的琴，用来要挟你？"

关北山别开脸："不知道你说什么。"

他什么都不肯说，池枫和白舸也没办法。

"吱呀"一声，房门被推开了，邢森大大咧咧走进来："哟，都在呢？"。

他不客气地拿起茶壶就仰着头罐茶水，喝得痛快了，擦掉下巴上残留的茶水，往关北山边上一坐，扔一沓照片给关北山："这几把琴都是你的？"

关北山垂下眼随便扫了扫。

邢森拿起照片，往他手里塞，特认真地叮嘱他："看仔细了。"

关北山这才仔仔细细地看："是我的。"

邢森抽出一张照片，往桌上一拍："这把琴可没有你的证书，怎么就成你的了？"

关北山发现自己越说越错，干脆闭上嘴。

白舸问邢森："有曹天宇的消息没？"

"没有。"说起这个，邢森都觉得奇怪，"我让指挥中心的人留意了向坎村附近所有的监控，都没见着他的人影。"

白舸的眼光一动："有没有可能还在村里？"但是整个村子上上下下都在找岑正阳，他如果真抓了岑正阳，能躲到哪里去？

"说起这个曹天宇，他简直就是个琴痴，除了斫琴什么都不会，完全不符合那林选人的条件。黑市交易里虽然出现了他的琴，但他更像是去投石问路的，事后他还跑去公安局报过案。"邢森这一路上都在忖度，隐藏在关北山身边的那林的人，很有可能不是曹天宇。

白舸没接话，缓慢地站起来，往屋外走，稍微停了停，对邢森说了句："这里交给你了。"

太阳落山了，其他人找不到岑正阳，失落地回来了。

叶筱梦往屋里看，见白舸出来，忙跑到他身边问："筱静一大早就跟其他人一起出去找正阳了，现在还没回来吗？"

白舸答非所问："筱静离开W市之后，有两年时间在法国。她没有工作，但过得很好，还在蒙马特买了一座葡萄酒庄园。她一直从国内的一个账户提款，那个账户的开户人是马慧娟。"

"我妈？她不可能有这么多钱。"叶筱梦问着，蓦地想起苏建军来。

马慧娟没钱，曲伟杰更没钱，在叶筱静接触过的人里，唯一有可能给她留下那么多钱的，有且只有苏建军。

但苏建军死了，死得非常蹊跷。他死后，有一笔巨额赃款下落不明。警方查不到这笔钱，意味着可能有别的势力暗中作梗。

白舸这才回答叶筱梦刚才的问题："我一直在等她，但她回不来了。"

他说完，转头离开，叶筱梦见他样子似是要出去："你也出去找正阳？"

白舸眉头锁着，摇了摇头："我看正印也不在屋里，不知道去哪了，去找找看。"

叶筱梦指了指西南边："哦，我刚看她急匆匆往那边的土坯房去了——"

土坯房的地下，被打晕过去的岑正印和曹天宇渐渐醒来。

周围很暗，岑正印想起身，却发现自己正被五花大绑着，她动了动双脚，就踢到了旁边的曹天宇。

曹天宇也醒了，挣扎着坐起来。

"你真不知道正阳在哪？"别人身处这样的环境，第一句话一定是问这是哪里，要怎么出去，她却还记得自己来这里的目的，依然咬着曹天宇不放，意志够顽强。

曹天宇已经有气无力："我说了，我只是拿了他的笔记本。"

岑正印问："那你为什么发微信叫我到这里来？"

曹天宇靠着石墙不动："什么微信？我没给你发微信，我根本就没带手机出来。"

岑正印意识到自己被另外的人骗了："那你到这里来做什么？"

曹天宇说："你往右边看。"

"木头？"四周太黑了，看不太清楚，岑正印勉强能辨认出墙角堆着的似乎是木头。

"都是梧桐木。"曹天宇道。

"你为了这些梧桐木到这里来？山上到处都有梧桐树，你却要跑来这里找？"岑正印觉得说不通。

曹天宇道："古代流传下来的很多名琴都是梧桐木的，西汉枚乘的名赋《七发》，曾提到用龙门之桐制琴；唐代古琴也多半是用梧桐木为材料。但是现如今的古琴行业里，许多古琴爱好者认为，桐木琴无论音色还是收藏价值都远不如杉木琴。"

岑正印回想："我记得关北山的琴，用的都是桐木。"

曹天宇"嗯"了一声："懂行的人都知道，不是桐木琴不好，而是现代人已经不会用桐木斫琴了，连一些老师傅都处理不好梧桐木。梧桐木性脆，容易开裂，宁折不弯，而且易生蛀虫。不懂得梧桐制琴工艺的人，做出来的琴返修率极高，成本消耗大，后期保养也让人头疼，所以无论是斫琴的，还是用琴的，现在都不喜欢用桐木。可关先生不一样，他深谙桐木制琴古法，经过他处理的梧桐木，不朽不腐，能传承数百年，这也是他为什么能够成为斫琴大师，一把琴能卖到五六百万的原因。"

岑正印问："你也是用梧桐木制琴？"

曹天宇点头："我找了很多地方，希望能找到特性适宜的梧桐木，直到来到向坎村。这几年我研究了很多种方法，但对梧桐木材的处理还是没有足够的经验，我的琴仍然不够好。一次机缘巧合，我发现了这个卖仿古琴的地方。我原本只是想看看是什么人在做赝品的交易，可当我深入地下，我却看到了这些经过处理的梧桐木。你知道这对于一个斫琴者来说意味着什么吗？这意味着我终于找到了能够施展全部才华的机会，我也能制出传世的古琴了！"

他的兴奋之情溢于言表，那种心情，同样出身于手工艺家族的岑正印能够理解。

"我从这里拿走了两块木头，夜以继日地开始制琴。后来这里的人大概是发现了有人偷木头，所以找上了我。他们找我买琴，一方面我想找出背后倒卖赝品的人，另一方面也想知道他用什么办法处理了桐木，所以就把琴卖给了他们，任由他们将它放到私人拍卖会上去拍卖。"

岑正印发现了疑点："你说现今只有关北山懂得处理桐木的古法，连一些老的制琴师都不会，那么关北山看到你斫琴的时候，见到你用的桐木，就没有觉得奇怪吗？"

曹天宇想了想："我不知道，反正他没问过我。"

这说不通，就算是出于好奇，关北山也不可能问都不问。他不问，或许正好能说明他知道这个同样懂得古法处理梧桐木的人是谁。

"那你到这里来是为了梧桐木，你偷正阳的笔记又是为什么？"

曹天宇沉默了良久，垂头丧气道："关北山虽然肯教我斫琴，但他技法的精妙之处，我只看一遍根本领悟不了。反而是正阳天赋极高，非但看一遍就能画下来，还能指出需要改进的地方，所以我就偷了他笔记，想多看几遍多学一些。"

看来带走了岑正阳的人的确不是他，可不是他的话，绑走了岑正阳的究竟是谁？又是谁发微信将她引到这里来的呢？

"你先帮我把绳子咬开。"岑正印满脑子疑惑，但现在她顾不上想其他的，先挣脱才是关键。

绳索的结打在身后，岑正印够了半天才够到，但因为绑得太紧，她的手只能小范围活动，不好解开，只能靠曹天宇用嘴帮忙。

两个人努力了半天，绑住岑正印的绳子才有所松动，岑正印活动双臂，挣脱开来，然后解开了捆住自己双脚的绳子，一骨碌从地上爬了起来，去解曹天宇身上的绳子。

可曹天宇的双脚刚被松绑，双手的绳子还没来得及解，就有人拿着手电筒朝他们走来。

"你快跑！"曹天宇朝着岑正印喊了一声，猛地朝来人撞了过去，将来人撞开，并死命用身体挡住他的去路，阻止他们追过去。

岑正印趁机跑了出去，但地下太黑了，她又太过慌乱，根本不记得出口在哪个方向，跌跌撞撞跑了许久，都没能找到出口。

突然，她听到前方隐约有人声传来。她放慢脚步，隐藏到黑暗处，悄悄朝着声音的方向走去。

不远处一间狭小的石室里，两个人背对门口而立，正在交谈。

"这个地方不能待了，今夜就得走。"一个女声说。

"这里的东西必须都转移走。"一个低沉的中年男声开口道。

女人惊讶："那么多木头，怎么带？我们不能引人注目，你想要木头，去别的地方再找。"

中年男人说："找不到的，出了向坎村，就再也没有能制琴的桐木了。"

女人不屑："我们国家地大物博，我不信找不到。"

"你懂什么？"中年男人动怒了，"梧桐树的生长、储存，都需要有合适的土壤、温度、光照，还要有风和水的配合！出了向坎村，就没有桐木琴！"

女人讥笑："你口口声声都是琴，你原本是干什么的，恐怕都忘了吧？"

"不用你来提醒我！"中年男人转向女人，一字一顿道。

"谁？！"男人的余光看到门外不远处的暗地里似乎有一团黑影，他警惕地大叫一声，一个箭步冲了出去。

岑正印大惊，下意识地准备逃跑，但她刚站起来，忽然有人从身后抓住了她，捂住她的嘴，揽着她的腰将她拖到了旁边狭长的通道里，用力压在墙上。

浑身血液仿佛瞬间凝固了一般，岑正印出不了声，脸色憋到发白。

"是我。"白舸按亮了手机，让她看清自己的脸。

岑正印的手心、后背和额头都沁出了冷汗，等到白舸松开手，她大口喘着粗气。

白舸将手机塞回口袋里，对岑正印做了一个嘘声的手势，在中年男人追过来前，带着她往另一边跑去。

两人跑了一会，确定四周无人，岑正印才稍微放缓脚步，气喘吁吁地问白舸道："你怎么会在这里？"

"我发现你不在关家，要出门找你的时候，筱梦说看见你往这边来了，我就过来看看。"还好他来得及时，否则这会儿，岑正印十有八九已经落入"魔掌"。

白舸无法确定地下有多少人，目前保障安全最重要："邢森马上就会带人过来，我们先离开这里再说。"

岑正印想起了另外一个人："等等，曹天宇还在这里！他刚缠住了那些人让我先离开，我不能丢下他不管。"

岑正印说着凭借记忆找到回去的路，带着白舸去了之前自己和曹天宇被绑的地方。可等到他们找到那里，曹天宇早已不见了。

白舸蹲下，发现地上有血迹。

"邢森到底什么时候才来？"岑正印很是焦急，"正阳和曹天宇估计都是被这些人带走的，万一他们都跑了怎么办？"

白舸起身："你别急，我们先想想办法拖延时间。"

岑正印看了看旁边堆放的桐木，突然计上心头："我有办法了。你带打火机了吗？"

白舸一脸疑惑，但还是伸手往口袋里摸去："干什么？"

岑正印笑一下："放火啊。不过这些桐木可不能烧，要烧也是烧外头那些。"

外面的通道两边还堆着一些木头，看样子也是梧桐木，但既然被杂乱地扔在外头，多半是被淘汰下来的。

岑正印示意白舸帮自己搬起它们。

木头分成了两边，左边是可以斫琴的好的桐木，右边是他们搬过来的桐木。

白舸脱下外套，用打火机点燃后扔在桐木上，接着用力将打火机朝着燃烧的外套扔去。

"嘭"的一声，火焰蹿起，那些被淘汰下来的桐木潮湿，虽然不易引燃，但烟雾却是极大。再加上这地下的范围也就地上的整个院子那么大，主人家隔出了好多个大大小小的分区，所以里面错综复杂，烟雾扩散不出去，浓烟很快就弥漫起来。

"着火了，着火了！"很快就有人高喊起来。

"快救火！"发现是储藏桐木的地方起火了，中年男人心神大乱，朝着其他人吼道。

地窖里很难找到水，一旦失火就很麻烦。

有人提着两桶水进来扑火，可火势不减，烟雾更大，呛得人无法呼吸。

这地方反正是要舍弃了，烧了就烧了，于是没人再想着扑火，都想着赶紧逃走，免得被波及。

中年男人以为是能斫琴的上好桐木烧着了，顾不得自己的安危，直往里面冲。

白舸和岑正印等的便是他，其他小喽啰跑了就跑了，他们要擒住的就是这个关键人物。

木头燃烧的噼啪声中，拳脚格斗的声音传来。

中年男人全心全意抢救桐木，毫无防备，在白舸攻过来的时候便中招，连退数步。

他按住胸口，抬头看清白舸面目，提拳攻上。

四周堆满了木头，交手的空间有限，白舸一脚飞踢，一截着了火的木头便朝着好的桐木飞过去，中年男人急忙冲出去，紧紧接住那截木头，将它扔向墙角。

白舸趁机掰住他的手臂，等他失了平衡，屈膝一压，顶着他的后腰把他放倒在了桐木上。

"两位真是好手段啊。"中年男人挪了挪身体，看向躲在桐木堆后面的岑正印。

岑正印走出来，不含糊地直接就问："你就是那个做出五百多万的赝品唐朝琴的人吧？"

中年男人没否认。

"你跟关北山相识？"

"多年老友。"

"抓我弟弟干什么？"

"斫琴。"

"你自己不行？"

"关家的琴'绕梁三日犹有回音'，我办不到。"

岑正印一问，中年男人一答，两人都很爽快。

中年男人身材高瘦，洒脱轩昂，倒是气度不凡。

"我弟弟现在在哪？"岑正印又问，但这次，中年男人没回答。

白舸听见破风之声从面前刮过，直觉般飞扑过去，拽开了岑正印。只差零点零一秒，便见一根木刺擦着岑正印的脸颊射出去，"噗"的一声，深深钉入另一侧墙中。

他回头，看向中年男人。

只见他站起身，手指尖还夹着两根木刺，眼神漆黑地盯着他们。

白舸要动，中年男人摆了摆手："先别急，有人来了。"

一阵脚步声由远而近，中年男人勾起唇角，露出一丝笑意，示意白舸和岑正印先往后面黑暗的地方退了退，可他脸上的表情又似乎很期待来人与白舸和岑正印打照面。

"把木头搬走。"外头的人进来，是之前岑正印听过的女声在吩咐其他人。

之前她太过紧张，没仔细辨认，如今这个声音离得近，她听得更清楚一些——

这声音属于一个她和白舸都熟悉的人。

桐木陆陆续续被搬走，女人转身离去。

"筱静。"白舸走出，叫住了她。

叶筱静像是被瞬间定住了。

她的脸上一片煞白，胸中一片冰凉。

白舸走近两步，再次跟她打招呼："很久不见，那林的Camille女士。"

叶筱静回头，抿了抿嘴唇，唇边冷冷地泛起镇定自若的微笑："你早知道是我了？"

她似是气定神闲，娓娓地问："是在巴黎第一次交手的时候，还是我从你那里抢走'克伊洛斯'的时候？"

"更早一点。"白舸的语气一如既往地冷淡，这一天终于到来了，没有他想象中那么惊心动魄悲痛决绝，"在我发现有人跟我一样，在暗地里追查'克伊洛斯'下落的时候，我就已经察觉到是你。"

叶筱静皱了皱眉："我自认为我伪装得很好，到底是哪里被你看破了？"

白舸深深叹息："你没有破绽，只不过你忘了自从你不告而别以后，我从未放弃过找你。"

叶筱静低低地笑出了声："为什么我回来之后，你不第一时间揭穿我？！"

白舸直直看进她的眼里，像从前的无数次一样："我以为你回到我身边，就是放弃了Camille的身份。"

叶筱静眼中凝定的犀利开始越来越深："人这一生不可能两全，路上总是有这样那样的选择，很久以前的叶筱静不管面临什么都一定会选择你，但313案件之后，她没得选，她根本选不到你！"

他给过她选择的机会。他带她回去外公家，只要她点头，她就能成为那里的女主人，过往种种他便不会再追问。可是她能选这条路吗？书强被带走了，同样有人将选择题抛向了她——是继续走属于Camille的路，还是想313案件的真相被揭发。

她根本不可能得到自己想要的结果，那么，她当然要选择一条利益更多的路。

幽微的光亮中反射着迷蒙的光泽，光泽里有细碎的尘埃。

叶筱静说完了真心话，胸口微微起伏着。

"可以改变什么呢？"她低低地自问，然后恢复了属于Camille的凌厉，吩咐其他人，"把人统统都带出去！"

往事和旧情宛如脑海中的碎片，被白舸渐渐拼成一座保护塔。此刻，因为叶筱静的话，这座塔轰然崩塌。

各种情绪在这一刻汹涌澎湃，堵着他的嗓子，也堵着他的心。

真相是利剑，它本身足够锋利，如果那座保护塔本身就不稳固，覆灭起来当然比较容易。

地窖上方，邢森带着警员，已经将整个院子围得水泄不通，一部分警员开始进入了地下。

从地窖里跑出来的人全都被逮了个正着，叶筱静等人插翅难逃。

中年男人走到岑正印身边，掏出手机给她看已经接通的视频——向坎村的村口停着几辆车，岑正阳正坐在其中一辆车里。

"想要你弟弟安然无恙的话，你必须跟我们一起离开。"话毕，他已经掐住了岑正印的脖子，用以要挟白舸不要轻举妄动。

中年男人挟持着岑正印走在前面，叶筱静和其他人紧随其后，走出了地窖。

警员们冲上前，中年男人的手指用力，岑正印被迫昂起头，因为无法呼吸，她的脸涨得通红。

"你们都不想看她断气吧？"中年男人缓慢地往前走，警员们虽然不敢逼得太紧，但依然没有松懈。

终于走到了院门口，中年男人与邢森对峙。

邢森自己是个练家子，知道以男人目前的力道，岑正印的脖子就算不被拧断，他的两指只要再稍微用力，她不消多久就会气绝而亡。

"后退。"情况紧急，他不得不命令队员道。

叶筱静已经打电话给村口的人，叫他们开了两辆车过来，自己率先上了其中一辆车。

"开车！"将岑正印塞进另一辆车里，中年男人跃上后座，车子绝尘而去。

邢森和白舸跑向停在旁边的警车，以最快的速度将其发动，追了上去。

出了向坎村的范围，前面的两辆车分别向着左右不同的方向开去。

邢森果断地做出了选择，朝着中年男人和岑正印所在车的方向追去，将追叶筱静的任务交给了后来的队员。

两辆车的距离拉近又拉开，等到冲进一片密林中时，邢森猛踩油门再一打方向盘，车子横过来，将中年男人的车逼停了下来。

车门打开，司机和副驾驶座上的人迎向邢森，中年男人从后座下来，被白舸狠狠攥住了肩膀，手臂蓄力，胳膊肘一记狠顶，欲击向对方面颊。

岑正印从车上下来，白舸放弃和中年男人缠斗，抓住她要回到警车里。

"我不能跟你回去。"岑正印不但没有动，反而拉住了他，快速地解释，"正阳在他们手上，我得保证他的安全，所以必须跟他们走。还有，百工坊的五个家族，目前我们已经找到了四家，而那林跟我们一样，甚至比我们更快地在这四个家族里安排了眼线，掌握了他们的核心技艺。我们现在完全不占上风，更何况'克伊洛斯'在他们手里。我不知道他们为什么对我和正阳感兴趣，但如果我跟他们走，或许有机会接触到'克伊洛斯'。"

白舸想阻止她，从她说第一个字开始，他就想阻止她。

但她的第一句话，就让他知道自己无法阻止。

岑正阳是她唯一的亲人了，岑明东去世的时候将他交托给她，她绝不会放任他一个人置身险地。

白舸犹豫着自己该怎么办，这么一犹豫，顿时安静下来。

他没有任何办法，除了让她去，再想办法接应她。

他抓着她的手紧了紧，把她拉得离自己更近些，将她乱了的头发拨到耳后，抚了抚她的头："自己小心点。"

岑正印稍微仰头，看到他俊俏的下巴和紧抿的双唇，微笑着点了点头，眼睛里的光胜过散落在林间的夕阳。

"我会小心的。"她应了他，渐渐地松开手。

几乎一个呼吸之间，她就要从他眼前溜走了，他不受控制地压住她的后颈，把她紧紧按进怀里，低头重重地吻在她的唇上，强有力的舌头精准地撬开牙关，严丝合缝，急切热烈。

岑正印一怔，因为错愕而睁大的眼睛里，白舸的眉眼从清晰到模糊，心理防线像多米诺骨牌，迅速地节节崩塌。一阵热意涌上，她那双清澄的眼中浮着一层迷离水色，羽翅般的睫毛轻轻垂下，伸手将他紧紧拥住。

邢森已经快要将另外两个人制伏了，他们即便再不舍，也要分开。

中年男人过来，再次想带走岑正印，白舸没有使出全力，假意出手阻止，被中年男人一记重拳打倒在地。

"走！"中年男人拉住岑正印，塞进车内。

岑正印回头望向白舸，总觉得彼此浪费了太多的时间，下一次再见，一定要把之前浪费的都补回来。

邢森将围住自己的两个人铐了起来，回头见白舸倒在地上，而中年男人已带着岑正印开车远去。

"你怎么样？"他过来将白舸扶起。

白舸摇了摇头示意自己无碍，抬手擦掉嘴角的血迹。

与此同时，邢森也收到了队员传来的坏消息——跟丢了叶筱静。

寻找百工坊的事情进展到如今，形势已经非常清晰。"克伊洛斯"的修复已经不再是白舸或者岑正印个人，也不再是百工坊任何一个家族的事了。

警方成立了专门的工作组，由赵局担任工作组的总指挥，邢森任组长，将步、徐、胡、关几家人都严密地保护了起来，并且确保章家和江家等相关人员在监控之中。

邢森将人马分成了两路，一路追寻叶筱静的踪迹，一路寻找岑正印和岑正阳，他自己则来到了W市公安局的数据中心。

城市的每一处监控就是一只眼睛，这些眼睛所看到的画面，在数据源中奔流不息，涌向端口，最后汇总到这里。

站在以每十五秒一帧的频率切换画面的屏幕前面，邢森的眼底映着闪烁的光线。

高速、机场、客运中心都没有发现可疑人员，所有路口监控拍摄到的可疑车辆经过排查之后，也排除了可疑。

天色由白转黑，再由黑转白，110中心接到了一个报警电话。

报警人是魏玛邮轮中心的工作人员，声称在游客安检时发现了疑似爆炸物，因为担忧现场局面无法控制，中心暂停了所有游船的往来，报警寻求支援。

然而当警方赶到中心的时候，原本在安保人员秘密监控中的可疑人员却不见了踪影。

W市临海，城市由岛内和岛外两部分组成，从岛外有两条线路可以进城，邮轮中心是观光路线，不在这两条线路之内。

警方调取了中心范围内的监控摄像，发现一辆车上了一艘观景船，驶港远去后，就跟中心的数据监控台失去了联络。

同时，警方还检查了疑似爆炸物，证实只不过是一箱时令水果，不知是哪艘经过的船遗漏下来的。

"头儿，你来看看这里。"组员仔细检查箱子，指着侧面某个不起眼的地方。

邢森深深地吸了一口烟，走过去蹲下查看。

"这画个花生是什么意思啊？图腾？社团标志？"组员问。

不是图腾，也不是社团标志，更像是仓促间画下的某种暗示。

邢森心中存疑，于是打电话询问白舸："你跟岑正印之间有没有什么特殊的暗语或标记？或者她要给你留记号的话，会画个什么东西？"

白舸想起了他们因为玉花生的相识："花生？"

邢森得到了想要的答案，挂断电话，起身对队员说："盯紧这条线。"

风波过后，关家像是恢复了平静。

"是黄云辅。"关北山终于肯说出真相了，"几年前我跟黄云辅打赌，只要我赢了，他就把黄家的传家宝卖给我。最后我真的赢了，他也确实把传家宝卖给了我，但说了是卖，我也要拿东西交换的。"

池枫有种不祥的预感："你该不会是拿秋宏琴跟他交换的吧？"

"唉……"关北山长叹一声，"黄云辅那家伙老奸巨猾，我是着了他的道。"

"他卖给你的传家宝是什么？"白舸问。

关北山在胸口摩挲了半天，无比小心地把挂在脖子上的吊坠取了下来。

那是一尊哈哈佛，只有拇指大小，但形态逼真，又是金制，看上去价值不菲。

"是铜的，就是表面鎏金了。不过黄家的鎏金工艺，比真金还值钱。"关北山将哈哈佛放在手心，对其非常珍视。

"你们说的黄云辅，就是'若是真金不镀金'的鎏金黄家？"顾好插嘴问了一句。

很显然，这个问题的答案是肯定的。

关北山把鎏金哈哈佛收起来，陷入了苦恼纠结的状态，揪着自己的头发："我几次三番联络黄云辅，叫他把秋宏琴还给我，我把这个哈哈佛还给他，可是他说什么都不答应，还威胁我说要把秋宏琴拿出去拍卖，那是我们关家的传家宝啊，是我们的命根子啊，怎么能说卖就卖呢！"

顾好愤愤不平："所以你就帮他隐瞒唐朝老琴的真假，任由他以你的名义卖仿制琴，还害了老板和正阳？"

关北山哑口无言，半天才说："黄云辅是个神人。"能够得到他夸奖的人本身就不多，能够被他称为"神"的，也就只有黄云辅一个了。

"他的眼睛比电脑还要厉害，只要是看过的东西，就一定能做出一模一样的来。"

关北山跟大家说起了黄云辅其人其事。

"他们黄家祖传的技艺是鎏金。这种技术从战国就有了，无论在中原地区或边远地区，不管历史朝代的长短，均有数量不等的鎏金器物出现。汉代的鎏金铜蚕、南北朝的鎏金马镫、大理国的大日遍照鎏金铜像……这里头每一件都是价值连城的文物。但曾经一段时间，如果你去黄家，会发现这些东西全都能在他们家里找到。"

"全是黄云辅伪造的？"池枫说，"仿造文物可是犯法的。"

关北山不想跟他见缝插针地讨论法律问题，一撇脸接着说："黄云辅的天赋极高，但他的兴趣都放在仿制上，按照他自己的话说，他是想学习古人，然后超越古人。'仿'只是他的手段，他要自己的每一件作品都胜过古人。可是他的做法完全离经叛道，他的父亲是最先反对和打压的。最开始他和他哥哥黄云武一起学习鎏金技艺，后来他父亲禁止他接触关于鎏金的一切事情。但他多神啊，没有人教他，他也能自己研究出来。他有段时间离家出走，就到我家来住，就看过几次我制琴，竟然就学会了。他仿造我的手法做出来的琴，有时候连我父亲都分辨不出来。"

对于这样的鬼才，关北山说起他的时候，神色更多是钦佩和艳羡。

但想起他之后的所作所为，关北山又恨得牙痒痒："他擅于交际，凡是有些手艺的人，他都乐于接触。但他和人交朋友，目的就是为了偷学别人的技艺，然后卖仿制品，赚不赚钱无所谓，只要能蒙过行家的眼睛，他就特别高兴。"

"这样的人越是有本事，越是惹麻烦。"顾好感慨。

关北山说："但不可否认他是个奇才，有很多失传的手艺，如今除了他以外，已经没有人会了。"

白舸问："你刚才说，他还有个哥哥？"

关北山点头："你们想见他倒是容易些，我可以帮你们安排。"

正说着，邢森的电话打了进来，白舸走到一旁去接听。

"已经可以确认了，和叶筱静在一起，并且带走岑正阳和岑正印的人就是黄云辅。不过现在无法判定黄云辅是不是那林的人，黄家跟那林有无关联也不得而知。对于黄家的人，你们要格外小心。"接下来他们要探访的百工坊家族便是黄家，邢森认为有必要提醒他们注意。

"有叶筱静的消息了？"

"没有。"邢森回答。不仅没有叶筱静的消息，也没有书强的。藏起书强的另有其人，这个人很可能也约束着叶筱静。

"醒了醒了，天宇醒了！"

白舸刚挂了电话，就听到黄笑笑跑到屋门口，对院子里的大家喊道。

曹天宇是警员们在地窖里发现的，当时他躺在那里一动不动，警员们检查了一下，发现他身上并没有受伤，估计只是被打晕了过去，于是将他带回了关家。

"有没有哪里不舒服？头晕不晕啊？还是得去医院吧？"虽然人醒了，但单佳还是不放心。

关北山不知道从哪里拿了一盒牛奶，叼着吸管，懒洋洋地说："没事，大小伙子被打一下能有什么事？哪能动不动就去医院啊。"

"是怎么回事啊？你没事去土坯房那边干什么啊？"黄笑笑问曹天宇。

"他这刚醒，你们让他缓缓，"关北山帮曹天宇解围，顺便将自己手里的牛奶递给他，"好好补补脑。"

曹天宇把牛奶握在手里，慢慢地从怀里将岑正阳的笔记掏出来，递给他。

关北山白他一眼，就收回了视线："你以为你保住了笔记？你昏迷的时候黄云辅肯定看过了。"

曹天宇一脸愧疚的神色。

关北山挥一挥手："唉，算了算了，反正有没有笔记，我们关家的秘技，他也学了十之八九了。"他把笔记拿过来，觉得应该物归原主，可是岑正阳和岑正印都不在。

"先放你这里，你负责还给他们兄妹。"最终，他把笔记本塞给了白舸。

见曹天宇已经醒来，等在关家的警员也进来向曹天宇问了一些问题，做了简单的笔录。

"我想趁着大家都睡着了，去岑正阳那里偷笔记本，可是我进去的时候，只有节目组的摄影师一个人在房间里睡觉，白舸和岑正阳都不在，我还以为他们一起出去了，所以偷偷拿了笔记本就走了。我不知道他去哪了，也不知道他是被谁带走的。后来在地下室的时候，我帮岑正印拦住那些人让她先跑了，然后我就被人打晕了，醒来之后就到了这里……"

曹天宇一五一十交代起当晚的情形，确定他和岑正阳失踪的事真的没有关系，而且笔记本也已经归还，警察教育了他一下，偷拿别人东西无论如何都是错的，之后就让他好好休息，有什么需要配合的他随传随到。

夜幕下的向坎村恢复了宁静。

村民们家中的灯一盏盏熄灭，星光眨眼，白舸独自坐在屋顶之上，借着月华和星光，手里的笔在纸上时画时顿。

——建筑讲究实用性，美观是其次的。比起被保护起来的历史古迹，有人烟的房子更让人感到亲近。

——你本身就像那些庄重又严谨的建筑。

——你说的没错，我从没设计过让人住的房子。

是的，他从没设计过让人住的房子。房子的功能有许许多多种，住是最简单最原始的，然而他设计得出博物馆、展览馆，设计得出商厦、观赏园林，唯独设计不出哪怕是一间小小的公寓。

关北山顺着梯子爬上了屋顶，伸着脖子看了看白舸在画的图。

"别画了，你画不出的。"他来这里都好几天了，原本指望着他帮忙设计一下老屋，可眼看着就要走了，设计图还没影子。

白舸又画了几笔，终究是很不满意，心烦意乱地将画纸揉成了一团。

关北山找了个舒服的姿势坐着，双手撑在身侧，仰头看着星空："我跟你说，我自从离开这里去云游四海，就再也没有做出过一把琴，我以为是没找到好的材料，是没能沉得下心，后来才知道根本就不是。你猜猜我是怎么发现的？"

白舸没声音。

关北山望着月色一番沉吟："是有一次我看见了一把别人制的好琴，我当时就想上手弹弹，弹我最喜欢的曲子。但是手都摸到琴弦了，我却怎么也弹不出来。因为那首曲子，是我跟我妻子一起谱的，她离世了，就好像我的一只手被砍掉了，有些曲子，我毕生再也弹不出来了。"

　　白舸始终注视着月色，不知在想些什么，手里被揉成一团的纸快要从屋顶上滚落下去了。

　　"小子，你的心结在哪里，你自己知道吗？"关北山抓住了快要滚落的纸，塞回白舸手里，"等等有人能解开你的心结，你就能为了她画完这张图了。"

　　说了这么多，关北山困了，打了个哈欠，顺着梯子爬下去。

　　"黄云辅虽然是个怪人，但跟他在一起，岑家两姐弟暂时是安全的。"还剩半个头在白舸视线里的时候，他又说了一句。

　　白舸在屋顶独坐到天亮。

　　山水之间自是一派静谧世界，令人神思清明。

　　岑正印虽然不在，但关北山和曹天宇还要继续斫琴，《有忆》节目还在继续拍摄。

　　"你想知道关家琴'绕梁三日犹有余音'的秘诀吗？"关北山问曹天宇。

　　曹天宇点头，眼中满是殷切的期待。连黄云辅都破解不了的秘诀，他当然想知道。

　　"秘诀就在桐木里。"关北山说，"风、水、阳光、温度，还有鸟叫虫鸣、叶落花开，这些自然条件都在百年老木的纹路里记录下来，这些就是古琴的'余音'。要掌握桐木处理的古法，首先要读懂木纹的语言。关家制琴的秘诀就是花十年、二十年，甚至更长的时间，静下心来与每一块木头对话。只要你能做到，总有一天能成为大师。"

　　黄云辅不是没有洞悉秘诀，而是太过急于求成，注定失败。

　　"渴死了，递壶水给我们啊！"节目组的人轮流负责修葺房子，正站在梯子上砌外墙的两个小伙子朝着正泡茶的顾好喊道。

　　"来了来了，马上就好。"黄笑笑的"向坎香芽"茶色碧绿，茶汤清澈，非但口感绵长，而且非常解渴。顾好冲好了茶，直接把茶壶递给梯子上的人。

　　"我煮了些绿豆汤，大家先休息一下吧。"叶筱梦从厨房走出来，手里拿着好几个碗。

　　梯子上的人衣服都能滴出汗水来了，正拿着茶壶仰着头猛灌，没留意到下面有人走动，更没留意到放在梯子上方的乳胶漆正一点点歪斜。

　　"筱梦快躲开！"顾好发现了危机，朝着叶筱梦又喊又比画。

　　"哗……"一桶乳胶漆全部泼了下来，顾好用手捂着眼睛不忍心看，心想着叶筱梦肯定变成白漆人了。

　　"这是干什么呢？这下地砖要怎么洗？"临时当起院子铺路工的摄影师叉着腰质问闯了祸的人。

　　顾好的手指分开点缝，缓缓睁开眼朝着叶筱梦看去。

　　咦……她没变成白漆人，只是整条裙子上被溅到了不少白点子，因为乳胶漆泼下来的时候，同样从里头走出来的池枫眼疾手快地从旁边拉开了她。

　　"赶紧去洗洗吧，去换身衣服，可惜了这么好看的裙子。"顾好跑过去，把叶筱梦往屋里拉。

　　池枫松开了叶筱梦还蜷在自己掌心的手指："快去吧。"

　　叶筱梦定定地看了他两眼，点了点头。

"那么大一桶漆泼下来，你一定吓坏了。"顾好替叶筱梦惊魂未定。

叶筱梦的神色很放松："没有啊。"

推门进房间，顾好帮叶筱梦找衣服。

院子里一切照旧。

下午，池枫要回公司，正好将晚上要值夜班的叶筱梦送去医院。

叶筱梦有个病人的情况不太好，晚上很可能需要紧急动手术，她一路上都想着手术的细节，到了医院门口都没有察觉。

过了好一会儿，想完了手术的事，她才渐渐回神，发现早就到了，不由得尴尬脸红。

池枫笑了笑，帮她解开安全带："去吧，记得吃点东西。"

叶筱梦下了车，跟他挥手告别，回到病房就有护士找她，令她迅速就投入到了工作之中。

到了晚上，她的病人果然病情危重，需要紧急做手术，好在她早有准备。

手术持续到晚上十一点多。

叶筱梦从手术室出来，穿着绿色的手术服，跟家属解释病人的情况，虽然脸上已有疲态，但神色坚定。

从手术楼下去，她往办公室走，回想着柜子里还有没有饼干泡面之类的储备粮。

如果没有，就只能点外卖了。

走到护士站，那里的小姑娘们正好已经吃上了。热腾腾的馄饨或者粥，看起来就很不错。

叶筱梦的手下意识地按了按自己闹空城计的肚子，一回头，就看见了正站在自己办公室门口，手里还提着外卖盒子的池枫。

"你怎么来了？"叶筱梦的眼睛亮晶晶的。

池枫扬了扬手里的袋子："给你送外卖，怎么，不让我进去？"他说着，朝着她还紧闭的办公室门努了努嘴。

叶筱梦这才回过神来，赶紧打开门。

她的办公室不算整洁，病例什么的全堆在桌上，她连忙要收拾，池枫已经先一步扫开了桌上的一块地方，把外卖盒子放下："先吃东西。"

粥还是热的，他买了之后直接开车过来，正好她就从手术楼下来了，一点也没耽误，像算好了她手术的时间似的。

叶筱梦真的很饿，也顾不上矜持了，拿了勺子就吃起来。

池枫看她背后的书架上有一张照片。照片里的她比现在青涩，大概是刚进医院的时候拍的。她身边站着个把医师袍穿得严谨端正的中年男人，一看就是悬壶济世医术精湛身经百战的医生。

"那是我师父。"叶筱梦见他打量着照片，便说道。

池枫按照常理猜测："嗯，现在应该已经是医院的领导了吧。"

"我进医院工作半年之后，他就被医院停职了。"叶筱梦的话出乎池枫的意料。

"因为一起医患纠纷。我师父帮患者保住了命，但患者失去了双腿，患者的家属觉得他做错了。当时事情闹得很大，我师父又被查出有隐疾，所以医院暂停了他的职务。他走的那一天跟我说,医生最大的职责就是治病救人,其他事儿都不是事儿,他问我做好准备了没有。"

她当然做好准备了。

池枫发自内心柔软地微笑:"你是个很棒的医生。"

叶筱梦笑一笑,没说话。好医生吗?比起自己的师父,比起众多的前辈,她还差得很远很远,但是不怕,她有信心。

粥喝完了,她胃里妥妥帖帖,精神也恢复了不少。

池枫还有礼物给她。

叶筱梦垂眼,瞄着桌上的纸袋子:"送我的?"

池枫说:"你的衣服溅到了油漆,所以我代替老师买一件还你。"

自己的衣服是在老屋帮忙时弄脏的,关北山赔一件给她也没什么不妥,只是……

池枫没给她拒绝的机会,看了看手表:"好了,不打扰你休息和工作,我得走了。"

叶筱梦面对这件新衣服,除了选择收下,也只能选择收下了。

小护士吃完了爱心外卖,本来就一肚子好奇,见池枫走了,赶紧跑到叶筱梦办公室门口探头:"什么好东西?男朋友送的礼物?"

叶筱梦忙否认:"不是不是。"

小护士打趣她:"是'不是好东西',还是'不是男朋友送的'?无事献殷勤,肯定有所企图。"

叶筱梦正不知该如何打发她,另外一名小护士跑到了门口:"叶医生,二床的病人需要你来看看!"

"就来了。"叶筱梦把衣服塞进柜子里就往外走。

小护士将她拽回来,指了指右边:"二床在那边啊。"

叶筱梦脸红得恨不得找个地缝钻进去了。

小护士在她背后啧啧称奇。都说恋爱中的女人智商会下降,看来叶医生真的是恋爱了呀!

池枫乘坐电梯,下到医院的停车场。

随着他的脚步声,停车场的灯光依次亮起。

他迈步走向车子,虽早已发现了不对劲,但依然不动声色。

车门打开,藏在副驾驶座上的人正要转头,脖子却被人从后面勒住了。

乔装打扮过的叶筱静体会了一次项上人头随时不保的感觉,艰难发声:"我姐姐,人傻又单纯,应该,很好骗吧?"

池枫看清是她,这才松了手。

完全收起了方才阴鸷的一面,他依然是一副绅士的样子。

"你接近叶筱梦,无非是想利用她锔瓷的手艺修复'克伊洛斯',我说得没错吧?"叶筱静说。

池枫没回答,只问自己想知道的:"查到黄云辅的行踪了?"

叶筱静的脸色不由得变了,苦闷地说:"我想不通,黄云辅带走岑正阳尚且有理由,可他带走岑正印是为什么?"

池枫微微翘着嘴角,却没蕴含着笑意:"如果你能想通,你就不会找不到黄云辅了。"

他也想不出黄云辅会去哪里。

这种失控的感觉,他实在不喜欢。

两天之后,关北山的老屋修缮完毕,众人聚在一起吃了一顿饭。

古琴不是短时间可以完成的,所以关北山会留在向砍村继续斫琴,而节目组也会留一部分人下来继续拍摄。

白舸和池枫临走之前,关北山接了个电话:"联络上黄云武了,他约我们见面。"

"什么时候?在哪里?"白舸问。

"我们现在过去,在苏纳德拍卖行。"

白舸等人连忙赶过去。

贵宾茶室里,不仅洪石在座,连池深都在等。

服务生进来给白舸等人上茶,门口有动静,众人看过去,先看见的却是一张轮椅。

黄云武坐在轮椅上,两只手臂安放在扶手上,双足并排整齐地搁着,头发花白,身形瘦削。

他是个病人,而且从脸色来看,似乎已经病入膏肓。

池深起身,走到他身后,将他推进室内。

室内的空调开得很足,洪石怕他的身体受不住,默默去调高了温度。

关北山见大家都照应得差不多了,拿出鎏金哈哈佛吊坠,递给黄云武:"你帮我看看,这东西的工艺在你们黄家是个什么水准。"

黄云武将吊坠放在手心,从脖子上拽出一根绳子,绳子下方也坠着一个哈哈佛吊坠,跟关北山那尊一模一样。

"这是我们小时候,父亲做给我们兄弟俩的,我们一人一个。"

关北山凑过去,正想仔细观察观察两尊哈哈佛,黄云武却合上了双手。

等到他再摊开手时,两尊哈哈佛早就变换了位置:"哪尊是云辅卖给你的?"

关北山看了又看,怎么都看不出来,终于放弃,气鼓鼓道:"你弟坑我,现在你也坑我是吧?"

黄云武却能准确地分辨出来,把属于关北山的还给他:"你这尊哈哈佛出自云辅的手,他仿得出神入化,甚至超越了父亲的原作。"

"也是个假的?"关北山生气地嘟囔,"我以为我跟他多年交情,他怎么也不至于坑我,没想到啊……他用个假的鎏金哈哈佛骗走了我的秋宏琴。"

黄云武维护弟弟:"云辅的鎏金手艺已经登峰造极,你又怎么能说他骗了你?"

"秋宏琴可是我们关家的传家宝!"关北山眼珠子一转,借机问,"话说回来,你们黄家的传家宝,我还从来没见过。"

"你很感兴趣?"

"你弟弟说他迄今为止最大的遗憾,就是仿不出黄家的传家宝,所以我特别好奇那是个什么东西,既然连黄云辅都仿不出?"

黄云武问他:"你有没有兴趣去我家里看看?"

看!当然看!不仅关北山对这件东西感兴趣,就连洪石和池深都感到好奇。

黄家特别萧条，不算小的房子，就连花园里的花草都是枯的。

他的腿脚不方便，还生着重病，应该需要人照顾，但整个黄家就他一个人。

进了客厅，顾好往厨房的方向看两眼："我去倒水。"

结果她走进厨房拿起水壶晃了两下才发现，水壶里根本没有水，她还得现烧。

被黄云武允许进书房的人只有白舸、关北山、池深和池枫。

书房仿佛一个小型的博物馆，真像关北山说的，很多应该摆在博物馆里的东西，在这里都能看到。

"铜掐丝珐琅嵌玉葫芦瓶、鎏金凤鸟、鎏金舞马衔杯银壶……黄云辅这几年的作品还真不少啊。"关北山逐一看过去，忍不住赞叹。

黄云武往最里面走，走到一尊鎏金铜力士像面前。

大唐力士头戴明珠宝冠，宝缯卷曲披肩，颈筋暴突。上身和双腿裸露，腰系裙，全身肌肉毕现，左臂扬起，右臂托铜夹于腋下，赤足站立，每个细节都栩栩如生。

"这是假的。"在众人都被铜像吸引的时候，黄云武跟他们说，"是云辅仿造的，真正的鎏金铜力士像被他拿走，现在不知在何处。"

关北山一惊："被云辅拿走了？"

黄云武没说话。

池深问："什么时候的事？"

"就在不久前。"

白舸从进门开始就格外留意："这里的门应该只有你能打开。刚才进门的时候，你使用的是芯片识别型的门卡，芯片识别成功还需要输入指纹，门内还有红外线装置，一旦有人闯入会立刻报警。"在重重严密的保护之下，黄云辅能够随随便便从这里成功偷走东西的概率非常低。

"云辅是个天才，他可以仿制一切。"黄云武只一句话就解答白舸的疑惑，"仿造我的门卡和指纹对他来说并不难。"

关北山托着下巴，想了想说："但我记得云辅曾经发下毒誓，这辈子都不会再踏进黄家半步。"

黄云武说："他不是自己来的，他派了个人来。"

"什么样的人？"池深知晓黄云武向来警惕性极高，绝不会轻易让陌生人进家门。

黄云武说："一个装扮成医生的人。"

关北山皱眉头："云辅有这么信任的人？"

黄云辅向来狂妄自大，独来独往，连朋友都没有。

这个问题想不通，关北山又发现了另外一个问题。

他凑到那尊假的力士像前："云辅不是仿不出它来吗？那这是什么？"

池深也在研究力士像，指出了其中的破绽。

关北山点点头："连你一个对鎏金研究不深的人都能看出是假的，那就真是仿得不怎么样了。"

鎏金铜力士像是黄家的东西，说白了就是黄云武和黄云辅兄弟俩的，只要黄云武不在意，黄云辅就只是拿走了自己的东西，够不上"偷"。

关北山这才想起他们找黄云辅的初衷："对了对了，我们之所以来找你，是想问你知不知道在哪里能找到云辅？或许有什么办法能把他引出来？"

黄云武提防着："你们找他做什么？"

关北山叉着腰，义正词严："找他要回我的秋宏琴啊！还有，苏纳德的拍卖行卖出了一把假的唐朝老琴，是云辅仿制的。还有他女朋友也被你的好弟弟拐走了。"他指了指白舸。

"女朋友？"池枫和黄云武异口同声地发出质疑。

池枫是质疑岑正印何时成白舸女朋友了；黄云武是质疑黄云辅素来只对物件有兴趣，这次怎么可能拐了个人。

关北山不管他们质疑什么，不依不饶地追问："你到底知不知道他会躲哪去？"

黄云武没回答他。

关北山摆摆手："不要紧，反正云辅唯一在乎的人就是你这个哥哥。"说着，他对白舸等人招了招手，"你们把他抓起来，我就不信黄云辅不出现！"

黄云武依然没说话，池枫走近检查，才发现他正高烧不退，双目轻闭，已经意识模糊。

"叫救护车！"

"药。"黄云武颤颤巍巍地抬起手，触摸自己上衣的口袋。

池枫帮他拿出了药，他服下之后，神色稍微有所缓解。

"黄先生得的是什么病？"白舸问关北山。

"他的腿是替云辅受过的。"关北山翻出陈年旧事，"当年黄阿伯知道云辅仿制赝品，就要执行家法，让他认错。那打得啊……一棍子一棍子可实在了，黄阿伯是想把云辅打怕了打屈服了，可云辅咬着牙，一声不吭，硬挨着。后来黄阿伯下手越来越狠，云辅受不住啊，云武就跑过去替他挨着，可当时黄阿伯打红了眼，两棍子直接把云武的腿打断了，就这么落下了病根子。至于他的病……是汞中毒造成的，跟黄家的鎏金手艺有关。"

所谓鎏金，和镀金类似，却又与之不同。

鎏金是把金子和水银按1∶7的比例混合成汞合金，将这种汞合金涂在铜器的表面，加热后水银蒸发，剩下的金子就留在了铜器的表面。

传统的鎏金工艺形成于战国中期，但最早的文字记载出现在梁代，《本草纲目·水银条》引梁代陶弘景的话，说水银"能消化金银使成泥，人以镀物是也"，这个记载比鎏金器物的出现晚了约八百年。

鎏金器物雍容华贵，但制作过程中散发出的汞蒸气对身体有害，如果操作不当或者日积月累，会对做这门手艺的人造成不可挽回的伤害。

"云武的身体是云辅的心病，他后来被逐出黄家，云游四海，到处寻找能治好云武的方法。他还从世界各地给云武寄药材和补品。这么多年，云武虽然改良了黄家的鎏金工序，降低了传统金汞剂中的有害成分，可是从小学习鎏金和之后不断试验新工艺对身体造成的伤害已经无法弥补，黄家人的手艺越是精湛，寿命就越是不长。"关北山惋惜地说。

白舸说："他们两人一定保持着联系。"

关北山摊手："如果云武不愿意说，我们根本没法知道。"

第六章 / "若是真金不镀金"的鎏金黄家

BRIGHT SECRET

"起来了，走了！"黄云辅踢了踢还赖在地上的岑正印和岑正阳。

岑正印撑着地面起身，将岑正阳拉起来，两人一人背着一个大背包，继续赶山路。

那天和黄云辅一起离开向坎村，黄云辅答应让岑正印见到岑正阳。

他们在指定的地方等，岑正印原以为送岑正阳来的人会是叶筱静，结果却不是。来人很是狼狈，并让黄云辅和叶筱静通了电话。虽然不知道具体为了哪些事，但岑正印听到他们在电话里发生了不小的争执。

那之后，黄云辅开车连续赶了三天三夜的路来到这里，然后就上了这座山。

和岑正印从前观光旅游时登的山都不一样，这座山的雄奇和山势的跌宕起伏一点也不含糊。

到达山腰之前，他们还勉强能找到一些小路走，过了山腰，山势愈发陡峭，不但没有了路，植物也越来越茂密。

上山之前，黄云辅在城里买了一些登山和野外露营的装备，还有食物和水，全塞在岑正印和岑正阳的背包里了。

岑家兄妹二人走得满头大汗，岑正印见岑正阳快要走不动了，朝着走在前面带路的黄云辅喊："喂！走不动了，休息一下吧！"

黄云辅回头，冷眼瞪她："才走几分钟？又休息？"

岑正印用两只手当扇子扇："你什么都不背，当然走得轻松，你背着我们的包试试！"

她在山涧旁找了一块空地，和岑正阳两人卸下背包，也不管黄云辅是否同意，先坐下休息。

"姐姐，吃个饼。"岑正阳打开背包，找出仅剩的两个烧饼，和岑正印一人一个。

黄云辅走到他们对面，沉着脸坐下。

岑正阳看了看他，从背包里翻找出水来："喝水。"

黄云辅接过之后，他又递了个面包给他："吃东西。"

岑正印见黄云辅的面色稍微缓和，打听道："我们是要去哪里？"

黄云辅啃着干面包，慢慢地咀嚼："翻过这座山你就知道了。"

简单地吃了点东西，三人再次起身赶路。

他们又在山中跋涉了一个下午，翻过一座陡峭的山岭，进入了一条狭窄的沟峡。沟峡的峭壁上是密密麻麻的连翘枝条，可以靠攀爬通过。沟峡中间流水的地方巨石密布，只有断层形成的栈道可以勉强供人行走，但经过的人必须紧贴着石壁，稍有不慎就有掉下去的危险。

"你们走栈道，我爬过去。"黄云辅说着，已经抓住沟峡上的枝条向上攀登。

岑正印率先走上栈道，一边探路一边照应着身后的岑正阳。

"姐姐……"岑正阳的双脚发抖，一步都不敢往前走。

"手给我。"岑正印紧紧地握住他的手，"你踩着我走过的地方往前，不用怕，姐姐不会让你掉下去的。"

"嗯！"岑正阳鼓起勇气，迈出了步子。

姐弟二人一步步往前蹭着，当沟谷中间的水道难以通行的时候，栈道便偏向了两侧的沟沿，路的径迹在这时渐渐清晰起来，眼看着临近沟头，岑正阳的背包太重，脚下的石块因为有水又十分湿滑，他一个不稳骤然间从栈道滑了出去。

"正阳！"岑正印根本拽不住他，还好黄云辅从上方缴吊下来，甩了一根藤蔓让他抓紧，和岑正印合力将他拉了上来。

经过了这一次凶险，太阳落山之前，他们突破了沟峡，来到了一处地势低缓的山林。

太阳落山之后就不适合走山路了，岑正印找了块空地，支起了帐篷。

黄云辅拾了点木柴，生了火，坐着袖手旁观。

换成别的女人，在这种处境下，多半惊慌失措，需要人照顾，她倒是很特别，一路走来都充当着照顾人的角色。

走了一天的山路，三人都很疲惫，吃了点东西之后，黄云辅就回帐篷休息了。

岑正印帮岑正阳烤干了衣服，进帐篷把侧拉锁拉好，也和岑正阳分别钻进了自己的睡袋。

岑正印睡不着，或者应该说，她根本不敢睡。

她闭着眼睛，其他感官却全都打开，留意着四周的动静。直到下半夜，疲倦压垮了意志，她才稍微睡了一会儿。

第二天天亮，岑正印醒来之时，岑正阳的睡袋都已经收起来了。

外头，黄云辅打了一只山鸡，用树枝串着，正在火堆上烤得滋滋冒油。岑正阳见岑正印走出帐篷，跑过去塞一把野果子到她手里："姐姐吃，很甜的。"

黄云辅的山鸡烤好了，扯下个鸡腿吃得香喷喷，看得岑正阳眼馋不已。

岑正印拉开背包，拿出干面包哨，也递一片给岑正阳。

"过来。"见岑正阳眼巴巴看着自己，黄云辅把剩下的一只鸡腿给了他。

岑正阳满心期待地咬一口，只嚼了一下，立刻就吐了出来，对着岑正印做苦脸："难吃！"

黄云辅将手里的鸡骨头掷出去，砸落他手里的鸡腿："你别吃了！"

岑正阳一点也不觉得可惜："不吃，姐姐做得才好吃。"

岑正印说："等回去了，姐姐做给你吃。"

黄云辅"哼哼"两声，把剩下的鸡架子扔了，踩灭了火："出发。"

又行走了半日，翻越了一座山峰，日落之前，他们登上了另一座山峰。

"我们为什么不直接从这座山峰下面爬上来？"岑正阳不理解。

"这下面有断崖，你们爬得上来？"黄云辅反问。

岑正阳撇撇嘴，不再说话。

三人一路沉默爬到了峰顶，岑家姐弟这才发现，原来这座山峰的峰顶有一座房子。

岑正印推开门，被灰尘激得打了个喷嚏，抬起手在面前挥了挥，回头问黄云辅："你多久没来这儿了？"

黄云辅冷冷看她一眼，没回答。

岑正印这些年采新闻也好，做节目也好，去过不少条件差的地方，但还是头一次来到条件这么恶劣的地方。

房子倒是不破，桌椅床榻、锅碗瓢盆全都有，但是没水没电没食物没手机信号，这对现代人来说简直是灾难。

岑正印看了看四周，脱掉外套撸起袖子，打开背包，翻出一件衣服来，用牙咬住一个角，手上用力，撕成几块。

没有自来水，生活用水要取山涧的泉水，还好有水桶，岑正印去打了水回来，开始打扫卫生。

一桶水没一会儿就变得跟泥浆一般，岑正阳不忍心姐姐一个人辛苦，于是也提着水桶去打水。

他想要一手提一桶水，但是太重了，他根本提不回来，吭哧吭哧了半天，回来的时候两个桶里的水都只剩一半了。

这样运水太慢了，天黑之前，屋子根本打扫不完。

岑正阳放下水桶，发现院子里有一辆龙骨水车，但不知是哪里出了问题，已经不能用了。

他上前检查了一下，发现水车问题不大，自己应该能修好。他环顾四周，屋旁有片竹林，刚好可以就地取材，于是回屋内拿了一些工具，跑进了林中。

到暮色降临，各峰涂抹夕阳，层林尽染，景色绮丽。

屋内已是窗明几净，落日的余晖撒在屋外的承雨池里。

竹筒一滴一滴接着水，由于重量，接水的一端往下，发出"咚"的一声，余音古朴。

龙骨水车已被岑正阳修好，山涧的泉水可以直接引到承雨池里来，不用再跑来跑去地取水，岑正印这才能在天黑之前打扫干净屋子。

她正累得坐在地板上不想往起爬，就听见旁边传来"咕噜"一声。

岑正阳连忙捂住了自己乱叫的肚子。

岑正印的肚子也饿，但是这里虽然有厨房，厨房里却什么能吃的东西都没有。

"要想吃饭就跟我来。"从岑正印打扫屋子开始，就一直像打坐一般的黄云辅终于有了反应。

岑正印和岑正阳一起迈出步子。

黄云辅的脚步一顿，回头指着岑正印："你留下。"

话毕又对着岑正阳喝道："男子汉大丈夫，为什么什么事都依靠你姐姐？你跟我来！"

岑正印还想跟，黄云辅没回头，语气凶狠地说道："再跟来我打断你弟弟的腿！"

岑正阳跟在黄云辅身后进了山，山林里有的是野鸭野鸡野兔子之类的，可他却围着一棵桂花树打转，还将外衣脱了兜在手里，仰着头接落下来的桂花瓣。

黄云辅抓到了两只野鸡野鸭，回来的时候，岑正阳的衣服里已经兜满了桂花。

"叫你来是来打猎的！"黄云辅怒道。

岑正阳瞪大眼睛："桂花糖团子！"

黄云辅听不懂他在说什么，一手抓着野鸡，一手抓着野鸭往回走。

岑正阳把桂花交给岑正印，但山上没有面粉，就算岑正印厨艺再好也做不出团子来。

不过，桂花荷叶鸡倒是可以有。

桂花鸡裹上荷叶再裹上土，放进炉灶烤熟，砸开土再剥开荷叶，桂花香和肉香便飘散在空气里。

床铺没法睡，被子也没法盖，好在他们还有睡袋。

这一夜岑正印没有再紧绷着神经，任由自己好好睡了一觉，虽然她还不知道黄云辅将她和岑正阳带到这里的目的是什么，但经过这几天的观察，她感觉到黄云辅应该并不想伤害他们。

第二天，岑正印起得很早，她想去附近看看有什么其他能吃的。

昨天到的时候已经太晚了，她没来得及去屋后看看，今天一大早这么一转悠，她发现屋后竟然还有一间寺庙。

只是寺庙已经非常破败了，围墙有一半都塌了，砖都碎裂在地上，屋檐也被风卷走了大部分，导致庙内供奉的佛像遭受风吹雨打，像身已经残破。

细观佛像，只见其面部宽平，躯体结构匀称，宽肩细腰，造型端庄大方。四肢粗壮，肌肉饱满，容貌端正美丽，手持法器，坐于七宝莲座之上，神色威严慈悲，垂目抿唇，仿佛看透世间百态，悲悯着人间离合。

寺庙不大，佛像也不高，但二者应该都很有些年月了，肯定比前面的屋子存在的时间久。

"我之所以把你们带到这来，是要你们帮我做事。"黄云辅走了过来，站在岑正印身边，望着眼前的佛像说道。

岑正印转头看他，意有所感："跟这座佛像有关？"

黄云辅道："我要以这座佛像为原型，再做一尊等比例缩小的佛像。"

岑正印问："这里怎么会有寺庙？"

这山岭奇险，人迹罕至，在这里立一尊佛像，谁来供奉呢？

黄云辅并没有细致解释："很久以前就在这里了。"

岑正印问："很久以前？是多久？"

黄云辅说："这座佛像是明代的。"

岑正印错愕："明代的佛像怎么会还在山上？"如果黄云辅说的是真的，那么这座佛像就是文物了，理应被保护起来才对。

"在佛教诞生三四百年后，中华祖先经西域将佛教引进中土，到现在已经有两千多年历史。明早期是汉传佛教造像，之后永乐帝为推行其宗教笼络政策，铸造藏式佛像，赏赐给西藏上层僧侣,即所谓的'赐佛制度'。明代佛像的甲衣及绊甲丝绦均较写实生动。面相丰润,细眉长目,高鼻薄唇,额头较宽,大耳下垂。表情庄重而不失柔和。台座为束腰式仰覆莲座,造型宽大,莲瓣宽肥。"黄云辅少有地耐心跟岑正印解释。

他走到那尊佛像面前:"明朝期间最雍容华贵的是宫廷造像,实际上主要指明代永乐和宣德两朝宫廷制作的藏式佛像。这些汇集全国能工巧匠,经过数十道复杂工艺制成的皇室御制佛像,除了符合西藏佛像的标准外,还以雍容华贵的佛像样式体现出大明皇家的气派,再加上仅赏赐给前来朝贡的西藏各派宗教领袖,就更加珍贵,在当时就已经价值连城。"

眼前这尊佛像的身体残破,已看不出当年的雍容华贵。

"黄家的先祖曾是为宫廷造像的工匠之一。当年为迎接西藏僧侣来访,黄家参与制造了三尊鎏金佛像。传说其中有一尊佛像的容貌极其端正美丽,金铜的闪耀跟佛像的绝美比起来都如灰土一般。永乐帝曾去参拜这尊佛像,一见便被它的庄严悲悯所感动流泪。后来永乐帝只赏赐了两尊佛像出去,而将这尊佛像留了下来。"

黄云辅口中的佛像应该就是眼前这尊了,但这尊佛像是如何流落民间的呢?

"明代帝王家与佛教渊源颇深。"黄云辅接着说道。

明代的开国皇帝朱元璋出生在凤阳,当时凤阳先有瘟疫,后又连遭旱灾和蝗灾。朱元璋为有口饭吃,就去黄觉寺当了和尚。

除了朱元璋之外,明朝还有一个很出名的和尚——黑衣宰相姚广孝。

姚广孝是地地道道的佛门中人,但他又是货真价实的政治家。作为谋士,他运筹帷幄,帮助朱棣夺取了政权,立下了赫赫功劳。作为文学家,他著书立说,编纂了《永乐大典》。

"当时姚广孝正在给永乐帝挑选陵墓,看中了一块风水宝地。当他看见永乐帝留下的佛像之后,就献言说,将佛像供奉在风水宝地的最高峰上,可保朱家万子千孙。永乐帝立即派人低调修建寺庙。可等到寺庙建成,姚广孝亲临查看,却发现工人们兴土木之时,破坏了原有的风水,吉相变凶相。于是姚广孝不得不另外寻找风水宝地,并下令封锁关于佛像的消息,使其一直深藏在大山之中。"

原来破庙和佛像还有这样一段故事,不过就算佛像已被帝王抛弃,对于黄家而言,它依然有着特别重大的意义。

"这是集黄家手艺之大成的佛像,是黄家鎏金技艺的巅峰。黄家的祖先为了寻找它的下落,曾经跋山涉水,如今它虽然已经残破,却是先人留下的最宝贵财富。"

岑正印想起关北山说过,黄云辅最大的爱好就是仿制各大手工艺家族的传世之作。他方才的话说明,比起鎏金铜力士像,庙里这尊佛像的造诣更高,如果能仿造出来,就能说明他的手艺已经超越先人。

他翻山越岭,在破庙边建房,说白了还是为了造赝。

黄云辅的话说到这里,也就基本解释完了。

"去做早饭。"他甩给岑正印一句,示意她别再待在寺庙里。

早饭能吃什么,岑正印很是苦恼。

厨房里还有黄云辅昨晚抓来的野鸡,另外还有两条清晨捕来的鱼。

岑正阳已经起床,在门口的承雨池打了水洗漱。

等到岑正印的早餐做好，黄云辅也从后面的破庙走了回来。

看见早饭是一碟鸡炒干丝、一锅鸭汤、一碟野菜、一碗熏鱼，岑正阳很想念平时早晨的各色粥和小点心。

岑正印一边把早饭端上桌，一边问黄云辅："这山上什么都没有，你怎么塑佛像？"

黄云辅默默地盛碗汤喝，然后吃别的东西，就跟没听到她的问题一样。

吃过饭之后，岑正阳继续去院子里研究水车，看看有没有办法可以干脆将水引到屋内。

清晨的雾气被阳光冲淡，天色清明，山峰青翠。

"你们俩过来。"黄云辅在后面喊了一声，一脚踢开了厨房旁边的一间房门。

那间房又黑又破，岑正印以为是杂物间，可定睛一看，里面虽杂乱，却一点灰尘也没有，倒像是有人常待的样子。

屋子正中放着个大火炉，炉边有风箱和"砧子"，以及一个金属加热池，空气中还隐隐约约飘浮着金属加热后产生的铁腥味。

这是个冶金房。

黄云辅将肩上的包袱放到铁墩上，岑正阳凑过去看，"哇"地叫了一声。

包袱里居然全是金子。

鎏金需要用成色最好的金子，所以黄云辅的这一包金子加在一起，其价值可想而知。

鎏金的第一步是"杀金"，也就是加工金泥。首先要把金子锤打成极薄的金叶，类似于打铁。

黄云辅点起了炉子，将炉火烧旺，将鼓风机拉起。金块在火炉里被烧得通红后，他快速地用铁钳子夹出，然后放到铁砧上用铁锤不断地锤打，往两边打开。打完一遍，再放到火中接着烧，再夹出捶打，如此反复，让金块越打越薄，成为金叶。

整个屋子里除了鼓风机的声音，就是捶打的叮叮当当声。

黄云辅演示一遍，让岑正阳跟着自己干。

岑正阳怕火，金块烧红了也不敢拿出来，又没有力气，铁锤锤下去，融化的金块依然是金块。

黄云辅见了，生气地吼他："没吃饭吗？用点力气！"

岑正阳使出了吃奶的劲儿，抡起一锤子下去，金块是锤薄了，可是铁锤却掉到地上，差点砸到了脚。

"捡起来，继续！"

岑正阳乖乖捡起锤子，继续将金块夹进火炉里烧红，咬紧牙关，埋头苦干。

他从小心智有别于常人，无论是爷爷还是姐姐，都格外护着他，使得他的性子格外温顺斯文，行为处事软绵绵，就算是学习玉雕，也因为天资过人，从没吃过苦，没受过磨炼，体力甚至不如女孩子，哪里干得了重活。

岑正印在一旁看着，虽然心疼弟弟，却也没作声。

他终究是要自己强大起来，毕竟谁也不能保证她不会走在他前头，能照顾他一生一世。

岑正阳虽没吃过苦，但好在从不畏难怕苦，跟着黄云辅有样学样，即便他督责极严，他也不吭声地埋头干活。

黄云辅耐着性子，教了他一些技巧和经验，可是岑正阳试了又试，生生将两块金砸坏了，始终学不会要点。黄云辅心头火起，把铁锤往地上一掷，指着他怒骂起来。

就这样过去了三天，金块终于都打成了金叶。

黄云辅用稀硝酸涂抹打好的金叶，取出金面乌黑的旧样和杂质。

"过来帮忙！"见岑正阳站在那发愣，他喝了一声。

岑正阳整个人一惊，缓缓迈出步子，却"轰"地一下倒在了地上。

岑正印听见响声，推门进来之时，岑正阳已被黄云辅扶了起来，喂了他一颗清热解暑的药："他中暑了，把他扶出去。"

出了冶金房，外头凉爽一些，岑正阳渐渐醒过来。

岑正印从厨房端了清热解暑的汤给他喝下，他的脸色稍微有所好转。

这时岑正印才注意到他的双手全是血红的水疱，都是被金块烫和铁锤磨出来的。

"房里有药，你去找出来给他抹上。"黄云辅说完，重重地叹了一口气，走回冶金房。

洁净的金叶要用剪刀剪成细丝，团在一起，放入石墨坩埚中加热，然后倒入汞。

多年来，黄云武和黄云辅两兄弟改良了黄家的"若是真金不镀金"工艺，降低了传统金汞剂中的有害成分，从材料和技艺两方面形成了独有的鎏金手艺。

但这个步骤依然要格外小心，所以黄云辅关紧了门，戴上了防护设施，不准任何人进入。

岑正印给岑正阳的手抹了药，让他回房躺着，去厨房切了些清热的野菜和果子出来。

山里除了野味就是这些野菜野果，岑正阳吃了三天，格外想念米饭。

"不吃就睡一会儿吧。"岑正印也不勉强他，更绝口不提鎏金之事。

等到夜色降临，黄云辅的"杀金"步骤才完成，走出冶金房。

院子里，岑正印生了个火堆，搭了个架子，正在烤两只涂抹了蜂蜜的野鸡。

黄云辅在旁边坐下，拿了岑正印准备的茶水喝。

这几天下来，他在高温的炙烤下皮肤通红，手上和双臂上多处烫伤，端着茶碗的时候，双手止不住颤抖。

岑正印愣了一下，想起手颤抖、腿萎缩、运动神经受创等都是汞中毒的表现。

"明日起正阳不用再进冶金房了，他不是学鎏金的料。"黄云辅的话打断了岑正印的联想。

原本他把岑正阳带到深山里来，非要他跟随自己"杀金"，是想把鎏金的技艺传授给他，只是他忽略了就算再有天赋，哪怕是天才，也不可能什么都能一学就会。

"那我们是不是能走了？"岑正印问。

"不能。"黄云辅答得干脆。

他随便吃了一点鸡肉，就回房休息去了。

岑正印收拾了一下，留下院子里的火堆防止野兽靠近，也回了房间。

大约到了午夜时分，岑正印迷迷糊糊听到隔壁的门响，顿时睡意全无。她轻声起床，走到窗口朝着外面看去，只见黄云辅手持烛火，朝后面的破庙走去。

岑正印赶紧开门出去，悄悄跟上了他。

今夜天晴无云，下弦月高悬夜空，使得整个山顶都笼罩在一层浅浅的白月光里。

黄云辅走进破庙，绕到佛像后面，迈步踩住佛龛一蹬而上，用一把匕首插进莲座与佛像之前的缝隙，然后缓缓转动匕首。

佛像内部发出咔咔的响声，莲座缓缓地逆时针转动，露出了二者之间的夹层。

岑正印在窗口将这一幕看得清清楚楚，也清楚地看见他从夹层中拿出了一尊手掌大小的铜像，那尊铜像和佛像一模一样，只是缩小了数倍。

换言之，黄云辅早就制好了佛像，只待今日为它鎏金了。

取出铜像之后，黄云辅用肩抵住佛像，全身借力，将莲座转动回了原来的位置，然后走到明亮处，借着月光端详手中的铜像。

仅仅隔着一面围墙，躲在阴影处的岑正印也借机将铜像看了个仔细。

她觉得铜像有点眼熟，不过并不是因为它和破庙里的一模一样，而是她似乎之前就见过。但具体在哪里见过，她又怎么都想不起来了。

黄云辅端详完铜像，朝着门口走去，岑正印躲到破庙后面，并没有被他发现。

等到黄云辅走远，岑正印也进了破庙，走到他刚才站立的位置试图推动莲座，可莲座毫无反应，可见其中的机关必须要正确的方法才能打开。

回到房间之后，岑正印更加辗转难眠，她隐约有种预感，黄云辅对他们依然有所隐瞒，破庙的佛像和复刻的佛像背后都隐藏着秘密，而他们在深山里的生活，不会始终这么平静下去。

金泥制造好之后，就要用紫铜棍蘸上硝酸，剜金泥涂抹铜器表面，抹完后用热开水将器物表面的硝酸冲洗掉。

黄云辅一整天都将自己关在冶金房里。

岑正印发现岑正阳在画图，随意地看了两眼："画什么呢？"

岑正阳似是在画玉珠一类的东西："有些地方不知道怎么做，所以重新画图。"

岑正印正想仔细看看他画的是什么，或许自己还能给他一些意见，没想却听见后方的破庙里传来响声。

黄云辅还没出冶金房，肯定不是他。那这深山老林里的，难道是野兽闯进来了？

岑正印抓起洗衣服用的杵，让岑正阳留在房间里别动，放轻脚步走去了破庙，躲在庙外墙角，透过破损的墙垣朝里面看去。

她发现，发出声响的不是野兽，而是四个穿黑色西装的人。

其中两个"黑西装"正使尽全力推动佛像，另外两个则用工具撬动莲座，可无论佛像还是莲座都纹丝不动，好像两者早已浑然一体，根本无法分离。

这时，从佛像的后面走出了第五个人。

她观察了四周，然后蹲下身，用手摸了摸佛像和莲座的连接处，又抬头看了看佛像，示意两名"黑西装"到她的身边，低语了两句。

两个"黑西装"点了点头，跨步跃上佛龛。

第五个人又向另外两人使了个眼色，两人会意，一人跃上佛像上方的横梁，一人从背包里拿出绳索等工具，一一分给其他人之后，自己跃到了佛像的后方。

第五个人退到门口，四名"黑西装"齐齐看向她，见她点头，于是同时行动。

四根绳索从不同方位掷出，末端的铁钩分别勾在佛像和莲座之上，两两形成合力。然后四名"黑西装"同时发力，使得佛像和莲座间形成两条轴，各自往相反的方向转动。

只听咔嚓咔嚓数声，佛像和莲座都转动了起来。

四名"黑西装"均露出惊喜的神色，更加努力地拽动绳索。

却在这时，陡然生变，佛像内部忽然发出咔咔巨响。

四名"黑西装"愕然，停下了动作，或抬头或低头看向佛像，站在外头的岑正印也不例外。

只见佛像的下半部分出现了一道细细的裂纹，即使四人已经不再用力，裂纹依然如蜘蛛网一般扩散开来，由一道变作两道，两道变作四道，逐渐密密麻麻，越裂越开，越裂越深。

佛像要塌了！

"别动。"

岑正印刚想往后退，身后就有一个低声传来。她再度往里面看，发现第五个人不在里面。

"这么快又见面了。"岑正印对身后正用拳头抵住她后背的叶筱静说。

"这次可没人帮你了。"叶筱静用绳子将岑正印的双手绑了起来。这个时候，黄云辅还在冶金房里为铜像鎏金，戴着全套严实的防护，根本听不到外面的动静。

破庙里，佛像的躯干快速地龟裂，咔咔之声一声紧过一声，一声响过一声，最终爆出沉闷巨响，全数崩塌下来。

佛头轰隆地坠向地面，慈悲的法相转眼裂成了一地的碎片。

不对！

来不及为佛像的彻底损毁叹惋，岑正印意识到了一处不对劲的地方。

按照黄云辅的说法，破庙里的佛像乃是永乐帝准备赐予西藏僧侣的，应该是一件鎏金的铜器，而眼前四分五裂的佛像分明是泥塑的！

佛像崩塌造成地面的摇晃，冶金房里的黄云辅感觉到了，停了停手上的动作。

但他并不着急。

当年姚广孝发现吉相被破，本可以重新动土以改变风水，但最后却重新为永乐帝选了其他的墓地，而将此处永远封禁，是因为天意不可违。

破庙外面，泥塑的佛像碎片四处飞溅，岑正印盯着佛像，一时竟忘了躲避崩落飞溅的碎片。

佛像裂开之后，犹如莲花绽放，显露出了隐藏在其中的另一尊佛像——真正永乐年间的鎏金佛像。

它和泥塑的佛像一模一样，但比之更加庄严美丽，更加惊心动魄。每个看着它的人，眼前都浮现出一生中最难忘最幸福以及最悲伤的人和事，每一幕都如莲花凋谢，都如彩云飘散，让人忍不住落泪。

难怪永乐帝不舍将其赏赐出去。

但无论是叶筱静还是四名"黑西装"，都对眼前这尊人类文明的遗产不感兴趣。

四名"黑西装"在佛像四周翻找了起来，甚至试图再次撬动佛像。

"不用找了，不在这里。"黄云辅终于现身了，双手背在身后说。

"在哪里？"叶筱静问他。

黄云辅的手从身后拿出来，手心里立着刚涂好金泥的铜像。

叶筱静冲过去欲抢，黄云辅闪身躲开。

两人交手，打得周围阵阵尘土飞扬。

黄云辅的右手始终不动，那尊铜像在他手里连晃都没晃一下。

四名"黑西装"见此情景，正要冲过来帮手，地面却忽然震动了一下，在他们的四面，四排齐人高的铁刺破地而出，将他们困于其中，除非能够飞天，否则根本无法逃脱。

黄云辅将叶筱静制伏，用刚才毁掉泥塑佛像的绳索将人五花大绑，然后解开岑正印的捆绑，将叶筱静丢给她："交给你了。"

他现在没时间处置这些人——铜器涂抹完金泥之后，要在蒸馏水里浸泡24小时，取出之后要靠烘烤使金泥里的汞蒸发掉——他急着去找最为优质的木材烧制的木炭。

"你们来找什么？"将叶筱静带回屋子里，岑正印问她。

叶筱静当然不会回答她，反而警告道："我没有回去，很快会再有人来。"

岑正印说："这附近很多座山，找起来要花不少工夫。"

叶筱静一笑："我们的人找不到，白舸同样也找不到。"

听她提起白舸，岑正印总觉得有些讽刺。

她根本不想跟她谈论关于白舸的任何事。

问不出什么，她也不浪费时间，转身要走，脚步却忽地一顿，秀气的眉头皱起："我先前就觉得黄云辅鎏金的佛像有点眼熟，就在刚刚你说白舸的时候，我想起来了。"

她见过那尊铜像，在白舸给她看的"克伊洛斯"的照片里。

换言之，黄云辅要鎏金的那尊佛像，是"克伊洛斯"的组成部分之一。

邢森最近要忙的事情可太多了，要查黄云辅的行踪，要查叶筱静的下落，还要查黄云武和黄云辅有没有联络。

"黄云辅最后一次出现，是在登山用品店买了一套登山装备。"邢森将查到的票据给白舸看，上面除了有货品记录，还写着卖出物品的门店地址。

他往椅子上一坐："我还查到了一件事，扮作医生从黄家偷走鎏金铜力士像的人，你猜是谁？"

白舸知道他既然这么问，肯定是跟自己有莫大的关联。

邢森的关子卖到此为止："是叶筱静。她被那林派出，隐藏身份接近黄云辅，取得了他的信任，并且帮他从黄家偷走了鎏金铜像。"

白舸并没有太意外："如果真的是筱静拿走的，东西现在很可能并不在黄云辅手上。"

邢森惊讶："你怀疑叶筱静拿着鎏金铜力士像威胁黄云辅？"

白舸反问："不然以黄云辅的性格，谁拿捏得住？"叶筱静需要捏住黄云辅的软肋，鎏金铜力士像便是。

邢森的脑子里一团乱麻，掏出一根烟点了："只能等拍卖行那边的消息了。"

苏纳德拍卖行正在举行一场拍卖会。

进门绕过八字影壁，穿过游廊，便进了正堂。

正堂里原本的藏品全都撤掉了，只在中间放了枣红方桌，搭了展示位，成了拍卖台。

台下便是一张张红木桌，其上摆着精致的茶具和糕点，已经有应邀而来的客人陆陆续续就座了。

关北山回向坎村斫琴的消息在圈内已经不是秘密，很多收藏家都想得到他新制的这把琴，于是今天这场拍卖会来的人非常多。

可他们都不知道，这是白舸和洪石联手布下的一个圈套。

事实上，今天拍卖的这把琴根本不是出自关北山之手，而是从地下黑市流出去的赝品，一旦被人高价拍走，在圈内流传起来，警方必然能再从其中揪出黑市交易的线索。

两名戴着白手套的黑衣保镖走出来，共同捧着一只锦盒放到展示台上。

主持人登场，介绍了今天的拍品，然后打开了锦盒，揭开了盖在琴上的绸缎，宣布了起拍价。

"五百万。"立刻有人竞价。

"五百一十万。"

"五百五十万。"

加价的声音此起彼伏，在之后短短的十分钟内，价格就飙升到了一千七百万。

"两千七百万。"坐在西侧沙发上的男人说出了一个价格，顿时，会场里鸦雀无声。

主持人问了两遍还有没有人加价，正要一锤定音之际——

"三千万。"一个又低又沉的声音在后排响起，震住了全场。

众人顺声回头望去，想在人群里找出出价的人，可每个人看上去都没什么特别。

"三千万一次，三千万两次，成交！"主持人的话音落地，拍卖台上的琴有了主人。

主持人朝着站在会场两侧的保镖使了个眼色，几名保镖同时朝着后排走去。

参加拍卖会的嘉宾们纷纷离场，后排的一位嘉宾也起身往外走，肩膀被人按住。

"干什么？"嘉宾茫然地回头，问追上他的保镖。

保镖见不是他们要找的人，忙放开人，齐齐往门口追去。

在所有人都方向一致地往门口走的时候，有一个人逆流而行，准备从偏门出去。

她穿着白色连帽斗篷，将面容遮得严严实实。

快要走到偏门了，她的路却被洪石挡住了。

"这位女士既然拍下了琴，怎么就要走呢？"

穿着白色斗篷的人声音喑哑："钱款已留下，琴我稍后来取。"

洪石逼近她："只留下了钱怕是不行，我们还有很多手续要办。"

"稍后我来取琴时一并办理。"白斗篷的人往后退，忽地转身打算往别处走，退路却也被人堵住了。

池枫单手背在身后，长身玉立："手续必须现在办理，否则拍卖无效，这是规矩。"

他和洪石同步逼近，白斗篷的人已经无路可退，扬起了头。

帽子脱落，她的脸暴露出来。

"还真让白舸猜对了。"洪石抱臂看着眼前的黄笑笑，难以置信地说。

在向坎村的时候，大家就怀疑关北山的身边被安插了那林的人。最初曹天宇是被怀疑对象，后来他的嫌疑洗清，叶筱静的身份暴露，大家的视线自然就转移到了叶筱静的身上。

"筱静的确很久以前就接触过关北山，但她没去过向坎村，不可能一开始就掌控着黑市的赝品古琴交易。我跟曹天宇打听过土坯房出现黑市交易的时间，曹天宇也描述自己卖琴的经过，种种迹象都表明那林潜藏在向坎村的人就在他身边，不是单佳就是你。"苏纳德拍卖行古色古香的茶室里，白舸看着黄笑笑，跟大家解释道。

"那为什么一定就是我？"黄笑笑问他。

"你是黄家的人吧？"白舸也问。

黄笑笑错愕，全然不知自己是何时暴露的。

"我查曹天宇的时候顺便查了你和单佳。"邢森插话道，当黄笑笑的视线投过来的时候，他得意地挑了挑眉，"小妹妹，别在警察面前撒谎，谁和谁是什么关系，警察叔叔可是一查就清楚了。黄云武和黄云辅其实是你的大伯和二伯才对，只不过你爸爸从小就被过继给了别人，所以没有和你大伯二伯他们一起长大。"

黄笑笑不再隐瞒："我爷爷是不想我爸从小就学习鎏金手艺，想他健健康康地成长，才把他过继给别人的。在我十几岁的时候，大伯联络上了我们，我父母亲是茶农，靠着种茶卖茶生活，家里的经济条件不好，大伯一直暗中接济我们，我上大学的学费也是他承担的。"

白舸问："你为什么投靠那林？"

黄笑笑直截了当："因为我需要钱。"

白舸觉得这理由说不通："你大伯待你不薄，你名牌大学毕业，找份工作也够养活自己了。"

"我大伯也没钱。"黄笑笑苦笑，"说出来不怕你们笑话，我大伯资助我的学费都是他省出来的。你们都觉得黄家的鎏金铜器，随随便便卖出去一件就能赚不少钱是不是？可偏偏我大伯守着那些铜器，一件也不肯卖，他五十几年苦心研究鎏金，身体一天不如一天，医药费都是一笔不小的开支。"

听到这里，邢森又有疑问了："你大伯会让你出钱救济他？"

黄笑笑说："大伯根本不知道我的事，我给他的钱，都是以二伯的名义。"

"你二伯恐怕也缺钱，你也以大伯的名义接济了他不少吧？"池枫到现在才开口，是因为剩下的不用黄笑笑说，他也能想到了。

"你这小妹妹可以啊！够聪明够义气！"邢森赞叹。虽然黄笑笑的做法不一定对，但出发点够有担当。

话说到这里，白舸也确定了一件事：黄云武和黄云辅的确始终有联络，只是如何联络，除了他们以外，黄笑笑也不知道。

"你大伯二伯都不知道你在替那林做事，但那林却认为你代表着黄家，你这么做也是想保他们安全，我说得对吗？"池枫又问。

黄笑笑默默地点了点头。

"那林里面你接触过谁？赝品琴的黑市交易，是谁吩咐你做的？"

"我不知道，我虽然见过那个人几次，但我没见过他的真面目。"

"你怎么联系他？"

"我不联系他，都是他联系我。"

池枫问这些，无非是想从黄笑笑这里挖出那林的大人物，可是显然无法奏效。

然而这些并不是白舸现在最关心的。

他打断了池枫的话，问了黄笑笑另外的话题："你现在能联系上你二伯吗？你可知道他在哪？"

黄笑笑却说："我不能告诉你们。"

白舸道："你们家的鎏金铜力士像现在在叶筱静手里，用以要挟你二伯。她对你二伯本身已经不信任，如果再让她知道你为那林做事只是自己的意愿，黄家从来没有真正投靠过那林，她会放过你们黄家吗？你大伯二伯想要守住黄家的鎏金手艺，难道你打算出卖给那林，以保全家族？"

黄笑笑调整了一下呼吸，稳住了情绪："要怎么做我说了不算。我二伯既然躲起来，我大伯也不告诉你们他在哪，自然有他们的道理，所以我也不会说。"

"你……"邢森又气又急地站了起来，"跟你好说没用是不是？那行，跟我上公安局去！"

黄笑笑软硬不吃，真的打算跟他走。

白舸再度开口："你大伯现在躺在病床上，我相信如果你二伯知道他的状况，也不会躲着不出来吧？"

黄笑笑的脚步停住，思忖了半响，态度松动："我可以帮你们联络二伯，告不告诉你们他在哪里，我得问问他的意思。"

白舸同意了。

他们回去了黄家。

黄笑笑利用黄云武的电脑输入网址，打开了一个漆黑界面，然后键入了一连串的代码。

她耐心地等待回音。

但是半个小时过去了，一个小时过去了，两个小时过去了……对方依然毫无动静。

"我二伯很可能出事了。"黄笑笑快步从二楼书房跑下来，焦急地对楼下的白舸等人说，"我跟他说大伯病倒了，他都毫无反应，这说明他出事了！"

"你还不肯告诉我们他在哪？"白舸起身问。

黄笑笑犹豫一刻："他在燕寿山。"

燕寿山，一夜过去，曙色渐亮。

晨雾里，远山和近岭都保持着娴静优雅的姿态。

黄云辅一天一夜没从冶金房里出来了。

一件理想的鎏金器往往需要重复涂抹几次金泥，烘烤几次；一名好的鎏金匠人，除了需要精湛的手艺，还需要对完美孜孜以求的耐心。

岑正印不知不觉走到破庙里，佛像在晨光中泛着金光，悲壮地注视着眼前的每个人。

四名"黑西装"横七竖八地躺在地上，还没睡醒。

奇怪的是，地面上出现了影子——从佛像身上投下来的影子，因为像身金光的反射和周围残垣断壁的折射，阴影中出现了好几道流光，随着阳光的偏转缓慢地移动，活脱脱像是一幅GPS地图。

这已不是岑正印第一次留意到影子的古怪。

她这两日每天清晨到破庙来，就是为了看看它到底有什么门道。

四名"黑西装"相继醒来，她将早饭放在地上，离开破庙。

她回到房间，发现岑正阳的被子还鼓着个包。

"正阳，起床了。"她喊了他一声，可被子里的人半响都没有反应。

意识到不对劲，她过去揭开被子，发现里面根本就没人。

她连忙往屋子里面跑，只见地上一只杯子碎成了几片，椅子倒了，原本绑在椅子上的叶筱静不见了踪影。

她站在那里，脸上的表情就像是被人狠狠揍了一拳。

冶金房的什么东西倒了，轰隆一声巨响使得山头都跟着震了一震。

岑正印奔出去，看见冶金房一片火红，火炉倾倒，烈焰在金属加热池里肆虐，黄云辅和叶筱静在池子两边对峙着。

"把'克伊洛斯'交出来，不然我就把它丢下去。"叶筱静手持鎏金铜力士像，站在扑面而来的逼人热浪前，脚边就是倾倒的火炉。为了让金块快速融化，黄云辅往火炉中加了特制的燃料，连火炉都烧成了赤红色，火焰的温度非常高。

黄云辅穿着防护服，此刻脱下了面罩，瞥了一眼她脚边的火焰："你再不退后，你会先被烧死。"

"丢了'克伊洛斯'，我也活不了！"叶筱静朝着他吼。她的背脊一阵阵冒出汗水，但是转眼就被烘干，持续脱水让她的意识变得虚弱，眼睛快要睁不开了。

什么意思？岑正印越听越糊涂了。叶筱静的意思是，"克伊洛斯"现在在黄云辅的手上？

"告诉我'克伊洛斯'在哪！"叶筱静几乎嘶吼，见黄云辅仍然不松口，一咬牙将铜像扔进了加热池里。

黄云辅的脸色煞白，差一点飞身去救，却见她的手上拽着一根钢索，钢索的另一头系在铜像上。

"炉火是你升的，铜像能支撑多久你很清楚！"

黄云辅急向岑正印道："你带她去拿'克伊洛斯'。"

岑正印茫然："我不知道在哪啊。"

黄云辅说："你应该看过佛像影子里的地图了。"

岑正印怔了一下。那居然真的是一幅地图？！

"我是看过，可是……"可是她根本记不清了！

然而此刻已是骑虎难下，她和黄云辅的软肋都被捏在叶筱静手里。

黄云辅示意她走到自己跟前，低声跟她说："你们从山峰南边走下去，翻过旁边的小山头会看到一个山洞。进入山洞后你要在洞壁上找到四块浮雕——"他将打开机关的方法告诉她。

岑正印一一记下，转而对叶筱静说："我带你去。"

叶筱静将鎏金铜力士像从加热池里拽了出来，随着岑正印走出了冶金房，同时锁死了房门。

岑正印回头望了望门锁，她必须在烈焰将冶金房烧成灰烬，在黄云辅被热浪熏得脱水之前回来才行。

按照黄云辅说的,岑正印和叶筱静走下山峰,找到了山洞。

山洞不深,十几分钟就走到了头,无处可再向前了。

岑正印在洞壁上找到了四块浮雕,推动它们,便见身边一道破裂的石墙滑开,露出了狭窄的入口。

二人走进去,看见了切割整齐的大块青砖砌成的通道。

这是一个越往下直径就越小的圆锥形空间,底部的直径更是不足半尺。置身其中,有种被镇压般的感觉。

她们逐渐走入了一个八角形的殿堂,墙壁、地面和穹顶都是特殊材料制成,泛着粼粼的幽光,因此即便毫无光线透进来,也能看得见周围。

"这里是什么地方?"叶筱静观察着环境,不自觉问了一句。

"坟墓。"岑正印冷淡地回答。

叶筱静冷不防打了个寒战。

"没有死人。"岑正印又说了一句,"这座坟墓修建到一半就荒废了,没死人埋在这。"

古代坟墓的形制各有讲究,根据形制的不同,可以判断出坟墓修建的朝代。她们现在置身的这个,应当是明代的。黄云辅说过,永乐帝差一点就把陵墓选在了这里,这么看来,这里是前期动过工,后来被遗弃了。

里面的光线昏暗,叶筱静拿出手机照明。

黄云辅并没有跟岑正印说明"克伊洛斯"的具体位置,岑正印不得不仔细回忆自己看见的地图。没有建成的地下陵墓范围并不大,只是陵墓内的通道错综复杂,她根本无法与地图所绘对上号,只能绕来绕去地碰运气,浪费了不少时间。

"你最好别耍花样,你弟弟的命还捏在我手里。"叶筱静发现岑正印在兜圈子,警告她道。

岑正印没有作声,因为担心黄云辅的安危,实际上她比叶筱静更加焦急。

"干什么?"叶筱静忽然停住脚步。

岑正印诧异:"什么?"

叶筱静这才发现岑正印跟自己隔着一段距离:"那我背上……"她浑身汗毛竖起,凉意攀上背脊。

岑正印小心往后退了数步,看向她的背后。

墓道里光线太暗,岑正印借着手机的光粗略看了一下,并没有什么发现:"没有东西啊,不要这么一惊一乍吓唬自己。"

叶筱静见她一脸坦然,小心翼翼地回过头,接着,一条吐着信子的蛇却突然出现在她眼前,差点和她来了个亲密接触。

"啊——"叶筱静大叫一声,惊慌地拉扯自己的衣服,慌乱之余撞向身后的石壁,后背被某个凹凸不平的东西硌疼,一阵轻微地响动过后,她回头看去,却见一排弩箭朝自己射过来。

侧身避开两支弩箭,她就地一滚,贴着墙角避开了箭阵,任由一支箭从自己身侧擦过,射中了毫无防备的岑正印的肩头。

岑正印肩头中箭，一个趔趄倒向石壁。同时也意识到，古代陵墓为了防止盗墓者，可能会设置重重古怪的机关，看来方才叶筱静慌乱中应该是不小心触碰到了某个机关。

说起来真是讽刺，这陵墓明明没有修建完成，她却要成为殉葬者了。

岑正印闭上眼，以为自己就要死在这密集的箭雨之下，可身体刚碰到石壁，却听见墙内传出"吱吱嘎嘎"的声响，接着石壁移动，她猝不及防倒向身后暗室，而叶筱静不见了踪影。

此刻在燕寿山山腰处，白舸、池枫、黄笑笑和邢森派来的一小队警员正向上攀爬。

原本黄云武也执意要一同前来，但燕寿山奇险，他的身体不可能经得住跋山涉水，于是池枫将他安置在了山下的旅馆，让叶筱梦负责照顾他，随时和他们保持联系。

接近山顶时，白舸等人看见了火光。意识到出了事，大家加快了脚步。

爬上山顶，白舸和警员们合力踹开冶金房的门时，被困于火中央的黄云辅已经不省人事。

"先救火！"白舸将黄云辅拖到院子里，朝着其他两人喊道。

承水池里还有水，水车可以运转，但冶金房里的火却不是仅仅用水就可以扑灭的。

所有人努力扑救，火还是越烧越旺，灰色的浓烟缓缓升起，与云层连接，一旦火星滚向四周，碰到干旱的树枝树叶，整座山都会燃烧起来。

白舸和黄笑笑将黄云辅抬到房间里，黄笑笑从背包里拿出带来的药品，在白舸的帮助下救治黄云辅。

警员们在屋子四面挖了沟渠，引水注入，再砍掉四面的树木，将火势压在可控范围之内。

冶金房整个烧成了灰烬，天色黑了又亮，火才终于渐渐被扑灭。

火势得到控制后，池枫在四周找了找，发现了破庙以及被困在破庙里的人，从他们口中，他探知到了发生的事。

"你二伯将'克伊洛斯'藏在哪了？"他快步走来房间，问黄笑笑。

但黄笑笑一脸迷惑："克伊什么？"

看她的样子，她根本没听过"克伊洛斯"。

池枫对白舸说："'克伊洛斯'落到了黄云辅手上，叶筱静来过了，她用正阳和鎏金铜力士像威胁正印和黄云辅，要拿回'克伊洛斯'。"

白舸起身，想问他有没有问到叶筱静的去向。

这时黄云辅恰好醒了过来："南边的……山洞。"他艰难地吐出话语，眼皮稍微睁了几下，又再度晕厥过去。

黄笑笑和几个警员留下来照顾黄云辅，池枫和白舸以及剩下的几个警员去了山洞。

因为他们几人方向感更强，所以走得比岑正印和叶筱静更顺畅。进了山洞，几人穿过石墙后的狭窄入口，便分开去找。

白舸和池枫一起，两人走到半路，看到地上散落着大量的箭。

池枫发现墙面上的血迹，地面上还有石壁挪动留下的痕迹，他沿着墙面仔细寻找，找到了机关。

他按下机关，听到内部嘎嘎响了数声，接着石壁再次移动，他们看见了晕倒在暗室内的岑正印。

"正印，正印。"白舸拍了拍她，发现了她肩头的伤。箭头堵住了创口，只有少量的鲜血往外溢，现在他们身没有药，不是拔箭的时候。

听到有人唤自己，岑正印眼睛半开半闭地看见朦胧的人影，露出一丝安心的笑："你们……来了啊？"

"先离开这里。"池枫帮忙将岑正印扶起，和白舸一起扶着她往外走。

暗室的后面有一条狭窄的通道，他们顺着通道走进了一间圆形的石室。室内四周的墙壁异常光滑，不见机关，也不见暗门，似乎再也无路可走了。

让岑正印靠在墙角休息，白舸和池枫分别去敲了敲四周的墙壁，听到了回音。

白舸看向池枫，池枫也是不解。

"谁在那边？"墙壁的另一边传来了人声。

"筱静？"白舸认出了声音，贴近墙壁。

"白舸？"那边的叶筱静也将脸贴在了墙上。

"你那边什么情况？"白舸问。

叶筱静说："我在一个圆形的石室里，现在找不到能出去的地方，来时的路也不见了。"

"跟我们这边一样。"

岑正印醒了一会儿了，虚弱得没什么力气，抬眼朝四周打量了一番："这是太乙八卦阵，障眼法而已，你们两边都按照我说的方法走，走到相遇的地方，应该能看见一道石门。"

她跟白舸说了走法，然后白舸转述给叶筱静，两边都按照她所说的走，真的都走出了石室。

叶筱静和白舸差点撞到一起，两人相对着，什么话都无从说起。

正如岑正印所说，他们的身侧有一道石门。

白舸先收回视线，将目光投到门上，伸手将其推了开来。

他们看见了石桌上一个被打开的保险箱，保险箱里放着的就是"克伊洛斯"。

时间久远，历经磨难，它已经不复昔日的光彩，但依然堪称美轮美奂。

岑正印见过影像中的"克伊洛斯"，可照片画面中所见的，远没有这一刻震撼。

它的玉质光滑剔透，雕工细致精湛，光是仙人塔的外部结构就已是当今最好的玉雕师都无法复制的。

可以想象，如果它的演艺功能恢复，它必然是人类文明史上绝无仅有的瑰宝。

岑正印看见叶筱静走到了"克伊洛斯"跟前，在她手触碰到它的那一刻，岑正印脸色忽然剧变，大喊："快走！"

她的喊声还在空阔的地下回荡，就看见身后的石门骤然弹出，似要将出口封住。

白舸和池枫同时奔过去，用身体挡住石门。然而石门沉重，两人渐渐不支，若是再不放手，自身就将被卡住。

"你们走！"岑正印朝着他们二人喊道。

池枫在外侧，已经可以脱身，白舸在里侧，在石门关上之前，还有机会拉一个人出去。

然而岑正印受伤，根本无力站立，他只能选择将手伸给叶筱静，和池枫共同发力，将门再推开一些，将叶筱静拽了出去。

"轰隆"一声重响，三人倒地，石门关上。

白舸和池枫爬起来，贴着石门寻找机关。

"正印，正印！"白舸朝着里面喊了两声，却听不见岑正印回应。

池枫把周围的石壁都探遍了，也没找到隐藏的机关，他和白舸两人试着挪移石门，可石门千钧，根本纹丝不动："恐怕除了黄云辅，其他人都没办法打开。"

说曹操曹操就到，话音刚落，黄云辅就在黄笑笑的搀扶下走了过来，走到了石门前。

他曲起手指，轻轻敲击石门，一寸一分也不放过，然后将五指插进门缝里，寻到了一处凹槽，用力地转动。其他人只听得"咔"的一声，就像是门锁收起，石门轰然打开了。

可是石室内空荡荡的，岑正印和"克伊洛斯"都不见了。

明明是密闭的石室，人和物是怎么消失的？

"这里还有别的出路吗？"白舸问黄云辅。

黄云辅走到原本放置"克伊洛斯"的石桌前，蹲下身摸了摸地面，打开一个凹槽，扭转机关。

看似坚硬完整的石壁应声分裂，一条通往外面的通道便出现在了他们面前。

"这道门除非被炸毁，否则只能从里面打开。"黄云辅说。

门是完好无损的，说明岑正印有可能是打开门自己出去的。

通道很短，连接着山中的地下暗河，只是眼下是枯水期，水位不高，一般的成年人都能蹚水而过。

黄云辅在前面带路，其他人紧接着跟上，小心地行走在河道中，留心地避开河里的碎石。

按理说岑正印受了伤走不快，又不熟悉地形，理应很快被他们赶上才对。

可他们一边走一边找，逐渐走出了山洞，直到回到山顶的屋子，也没看见岑正印。

"山洞里的通道崎岖复杂，正印有可能迷了路。"池枫很是焦急，他担心岑正印有伤在身，万一在山洞里遇到野兽，她甚至无法快速地逃跑。

"你留下，我再回去看看。"白舸说，暗示他盯紧其他人。

这件事太蹊跷了。

刚才和黄云辅一起进石室的时候，他仔细观察放置"克伊洛斯"的石桌。

那上面设置了压力感应器，桌上物件的重量哪怕只是改变了零点零一克都会被感知到，从而触发下一步的程序。所以当叶筱静用手触摸"克伊洛斯"时，石门就轰然关闭了。

黄云辅对山洞很熟悉，不可能不知道石门的玄机，他让岑正印带叶筱静去山洞里找"克伊洛斯"，其目的很有可能是要将她困在里面。

岑正印不知晓黄云辅的目的，当时保险箱和"克伊洛斯"都还在桌上，她根本看不到感应器，那么她是看到了什么，意识到危险，出声警示他们"快走"？

白舸回到了山洞，按照之前的路又走了一遍，来到了石室，环视四周。

石室空荡，墙壁光滑反光，各处有什么，一目了然。如果岑正印当时看到了什么，他们也应该能够看到。

白舸蹲下身，打开地面的凹槽，准备开启另一扇门。

就在这时，他察觉到了异常。

凹槽内潮湿，手能摸到明显的水迹。

这间石室外头是人工修建的地下暗河。当初燕寿山要修建皇陵，为了方便材料运输，工人们在山上开辟了这条河。在之后几百年的时间里，山石和水流都发生了变化，河道沉到了地下，成为暗河。河水甚至漫过了山洞，在地下贯通。

为了证实自己的猜测，白舸将匕首插入凹槽里，将其撬开一道裂痕，果然有水漫上来，石室是在地下暗河上的。

他做了一个大胆的猜测——

没人进去石室，岑正印也没有自己打开另一道门，甚至有可能他们进入石室的时候，她还在室内。

和先前他们跟叶筱静分别走入的圆形石室一样，这个山洞里还有一个和放置"克伊洛斯"的石室一模一样的地方。改造山洞的人利用了障眼法，只要推动机关，两间漂浮于水上的石室就会变换位置，神不知鬼不觉地实现调包。

按照走出圆形石室的方法，白舸找到了一扇封闭的门，根据黄云辅开门的方法，将五指插入缝隙里。

石门后响起了一连串沉闷的齿轮咬合声，犹如地底深处滚动的闷雷。

门打开了。

果然是一间一模一样的石室，墙上还沾有岑正印身上的血迹，甚至墙角还遗落了她总是戴在身上的玉花生。

将玉花生捡起，伸手触了触墙上的血迹，白舸回想当时岑正印和他们的站位和视角——他们背对着门口站立，看不到门外，而岑正印靠在侧面的墙角，能看到门外的情形。

因此，她之所以示警他们快走，极有可能是发现门外还有人。

起身走到桌旁，白舸用同样的方法打开了石室通往外面的另一道门。

不过外面不再是暗河，而是一条通往山下的甬道。

从甬道下山，走的是笔直的捷径，而且不用翻越断崖，能省不少时间。

甬道出口处有两串脚印，可见岑正印不是自己走的，而是被带走的。

白舸一路追去了山下。

"你把正阳藏哪里了？"山顶屋内，池枫问叶筱静。

叶筱静坐在椅子上，闭目养神："在拿到'克伊洛斯'之前，你们谁都休想见到他。"

池枫慢慢地笑了，从茶壶里倒出一杯水来："在拿到'克伊洛斯'之前，你首先得保证自己的安全。"

叶筱静凑近，从他手里拿走了杯子，眯着眼睛笑道："如果我有什么三长两短，岑正印和岑正阳姐弟俩会给我垫背。"

池枫说："如果真是那样倒很好，省了我动手。"

"你会省很多力气。"叶筱静慢条斯理地吹了吹杯中的水,"你的任务不如就让我完成,我出面修复'克伊洛斯'会比你方便得多,至少我那个愚蠢的姐姐无论如何都得听我的。像她那么温柔娴静的姑娘,要是反抗起来会是什么模样,我可真是好奇。"

池枫没反应。

"那林有很多手段让人服从,你说我姐姐能抵得过几种呢?真想把我尝过的都让她试试啊。"

池枫猛地站起,伸手揪住叶筱静的领子,一气呵成地将她顶到墙上。

叶筱静看见了他的面部肌肉因为盛怒而微微颤动。

"你生气了。"她大笑,"终于生气了啊。"

池枫看着她,瞳孔因为怒火而慢慢地放大,脸上的笑意也渐渐扩散:"我警告过你,可以不听我的,但不要干扰我。"

叶筱静挑眉:"我也没办法,我姐姐非常想修复跟我的关系,就算我不去找她,她也总是来找我。"

池枫笑得比以往任何时候都温和,他的脸离叶筱静越来越近,手绞着她的领子越来越紧。

此刻的他,真正地动了杀意。

对讲机突然响起的呲呲声响打断了他。

山上没有手机信号,所以上山之前,他留了一部无线电对讲机给叶筱梦,另外两部在他和白舸身上,以便随时沟通两边的情况。

池枫将对讲机拿出来,按下通话按钮,喂了两声。

"池枫?"对讲机那头的叶筱梦问。

池枫说:"是我。"

叶筱梦说:"我和黄老先生在山下旅店遇到了意外,昨晚有人把我们打晕了。黄老先生还没醒,旅店已经帮我们报警了。"

池枫瞥一眼叶筱静,低声道:"打电话联络邢森,我们这边也出了事,正印和正阳都不见了。"

"好。"叶筱梦应了一声,知道事态紧急,立刻去打电话。

刚要转身,她的余光瞥见了身后一个正在逼近的人影。

人影的手伸过来,正欲按住她的肩头,白舸却刚好出现,一拳袭向了人影的下巴。

"联络邢森。"白舸将偷袭的人制伏,对叶筱梦说。

叶筱梦点头。

邢森接到叶筱梦的电话时,正在Tint酒吧里查案。

他没有跟随白舸他们一起上山,因为找到了关于书强的线索——他失踪前曾在Tint酒吧出现过。

Tint的人流量很大,晚上的灯光五颜六色,负责看监控的警员觉得自己眼睛都快瞎了。

但他们终于逮到一个在门口一闪而过的身影:书强没进Tint的大门,只是在门口等人,等得不耐烦了四处走动,才冷不防被监控拍到了正脸。

"他到底等谁?"警员们滴完眼药水继续看监控,没见着书强再走进监控区域。

"头儿！"另一名看监控的警员发现了一个人，指着画面，"你看看这是谁。"画面放大，人脸一帧一帧清晰。

邢森的目光落定在画面上："池枫？"

其他警员围过来说："Tint是W市区目前最红的酒吧，池枫出现也没什么奇怪的吧，你再找找说不定还能找到其他明星名人呢。"

"调酒师给了他什么东西？"邢森冷冷地注视着画面里调酒师的动作，"倒回去，把画面放慢看看。"

警员让画面后退十几秒，放慢，只见调酒师调好了酒递给池枫的同时，还将其他的东西塞进了他手里。

"是U盘。"警员将定格的画面放大，辨认出来。

邢森起身，指了指电脑画面，问站在一边的酒吧经理："请一下你们这位调酒师。"

酒吧经理出去找人，没一会儿就把人带进来。

"那天有位客人给了我小费，让我把U盘给他。"酒吧里，客人之间相互递东西很常见，通常是为了传情或者给暗示。

邢森让警员调出拍到书强的监控画面："是他吗？"

调酒师把头凑到屏幕前，仔细看了半天，对着邢森点了点头。

燕寿山脚下的旅馆内，派出所民警已经赶到。

"我看见他们带着个金佛像，挺值钱的，正好我最近手头紧。"被白舸抓住的年轻男人说。

民警很熟这个年轻人："又是你啊！你自己说今年都被抓多少回了！很可以啊，都偷到燕寿山来了！"

另一名民警跟白舸和叶筱梦解释："这人是个惯犯，每次关进去出来就接着偷，你们检查一下，看看有什么财物损失。"

白舸回答他们："没有财物损失，但是我的两个朋友被打晕了。"

黄云武醒过来了，回忆被打晕的经过，当时的确是他们露了财，才会被盯上的。

"你把人打晕了，却什么都不偷？"民警问被抓住的小偷。

小偷又无奈又无所谓："他们把东西锁在保险柜里，我偷不到啊。"

民警觉得好笑："还有你偷不到的东西？"

小偷懒洋洋地回答："年纪大了，技术不比以前了。"

"你凌晨把人打晕，到了白天还敢回来？"

"你也觉得我都把人打晕了，不可能什么都不偷，所以我回去想了办法，再回来开他们的保险柜啊。"

燕寿山不是旅游景点，因为山上有药园，只在每年固定几个月有人上山，山下的旅店平常也没什么客人。叶筱梦他们投宿就遇上了小偷，怎么会这么巧？

警察已经问完了话，叶筱梦帮黄云武量体温，喃喃低语道："奇怪了，怎么烧还没退，是服用的药物剂量不对吗？"

黄云武敷衍过去："没事，我等会再吃点药。"

叶筱梦去倒水，拿了药给他服用。这种退烧药的服用剂量很有讲究，叶筱梦昨晚让黄云武吃了三颗，可等她转过背，却无意中看见他将三颗药全都藏了起来。

当时她就奇怪黄云武为什么这么做，所以当天夜里特别提高了警惕。黄云武的身体太差了，不但发着烧，还整个人冒冷汗，叶筱梦留在他的房间里照顾他到凌晨三点多，他的状况才稍微好一些。接近五点的时候，叶筱梦才能趴在桌子上休息。但她不敢睡着，后来过了半个多小时，小偷便进来了。

原本应该因为退烧药发挥作用而沉睡的黄云武坐了起来，示意他将叶筱梦击晕，然后跟小偷交谈起来。

小偷见叶筱梦柔柔弱弱的，就随便给了她一下，殊不知她根本没被打晕，还听到了黄云武叫他帮忙向山上传信。

小偷走出旅馆的时候，刚好前台工作人员换班。他做贼心虚怕被发现，下意识地慌忙躲到了一旁的储物间内，等到外面安静下来，他想出去的时候，却发现储物间被人上了锁。他不敢拍门求救，到天色快亮了，听到门口有动静，他再次转动门锁，竟然打开了门。

小偷怀疑是有人故意关着自己，四下一看，看见一个匆匆往后院走的人影，正要对她出手，没想到白舸却来了。

直到被交给警察，小偷都没弄明白将自己锁在储物间里的人到底是谁。

照顾黄云武吃完药，叶筱梦走到白舸身边，把昨晚黄云武藏药的事告诉了他："我觉得他有些奇怪，就特别留了个心眼，一夜都没敢睡，后来那个小偷就进来了，我听见黄云武跟他说，让他帮忙上山传信——"话没说完，见黄云武转动轮椅过来了，她连忙打住。

"云辅是不是在山上？"黄云武过来问白舸道。

"黄云辅在山上，叶筱静和那林的人也在山上。"白舸回答他。

叶筱梦担忧："这么说山上很危险？你又下了山，池枫岂不是孤立无援？"

白舸显得很轻松："你不用担心他，他会平安无事。"

"云辅呢？云辅怎么样？"和自家兄弟阔别多年，黄云武自然焦急地想要知道对方的情况。

"他不太好，不过他的心愿算是达成了。"白舸似是而非地回答了一句，然后问叶筱梦，"这里有什么吃的吗？"

怎么忽然说起吃来了？

白舸说："自从上山之后就什么都没吃，我实在是饿了。"

叶筱梦说："旅店可以点餐，不过现在这个时间吃不上。"

白舸到前台买了盒方便面，烧了壶热水泡面，等水开的时候，又翻了翻他们带来的储备粮，找出两根火腿肠加进面里。

叶筱梦和黄云武满脑子疑问，坐在了他的对面。

"你说云辅不太好是什么意思？"黄云武问。

"他病得很重。"白舸答。

"正印呢？她怎么不见的？和筱静有关？"叶筱梦问。

"和那林有关。"白舸答，狼吞虎咽地将泡面吃完。

对面的两人还有问题，但他已起身脱衣服："你们看我这一身灰，我现在要洗个澡。"

黄云武发现他衣服上被火烧焦的痕迹："山上着火了？"

"山上的冶金房烧掉了，如果我们上山晚一步，令弟可能也要烧没了。"白舸走进浴室。

叶筱梦不便再留下，推着黄云武出去了。

浴室内，白舸打开淋浴头，温热的水冲刷着脸颊，让他慢慢理清思路——从岑正印在山洞里被带走开始，他就怀疑有个人一直在暗中行事，再加上刚才叶筱静说黄云武找人上山传信，他更加确信了自己的猜想。

被他扔在一旁的衣服里还揣着手机，"嗡嗡嗡"地发出震动声。

"喂。"看了来电显示之后，白舸接听了电话。

邢森正在赶来的路上，要他特别留意池枫的举动。

白舸揣测他的用意："你怀疑池枫？"带走岑正印的人莫非是他？不，他或许有嫌疑，但却没有机会。

挂断电话，洗完澡，白舸没有走出房间，而是躺在床上睡起了觉。

但他没能躺一会儿，就听见了敲门声。

叶筱梦站在门口："黄老先生非要上山，我拦不住他。后来他叫我去给他拿药，我回来的时候他已经不见了。"

白舸说："他一定是自己上山去了。"先前他说黄云辅处境不太好，就是为了要他着急揪心，要的就是他关心则乱，自己上山。

叶筱梦愣在那里："他怎么可能上得了山？"

"他有办法。"白舸说着，回头从房间里收拾了一些东西装进背包里，"我们也上山。"

白舸带路，和叶筱梦穿过茂密丛林。

照进丛林的光线渐渐暗淡，天色将晚，并不是上山的理想时间。

山麓边，白舸绕开一块山石，走进甬道。

叶筱梦抬头仰望，不禁愕然。

甬道内有阶梯向上，每级阶梯都在天然的山石上雕成，虽工艺粗糙，但工程量庞大，让人叹为观止。

阶梯极高极窄又极滑，并且甬道内怪石林立，越到上面，台阶越是高而陡，有些地方必须手脚并用，攀登起来并不容易。白舸担心叶筱梦会摔倒，一面在前面探路，一面回头照应着她。

然而和他想象中的不一样，叶筱梦的身姿灵巧步伐稳健，连气息都不乱，丝毫不需要他的帮忙。

叶筱梦看出白舸的诧异，拭着额上的汗珠，解释道："我小时候经常爬山。"

"注意看脚下。"白舸还是叮嘱她。

"山上怎么会有这样一条路？"叶筱梦问。

"这座山原本要建皇陵，这条路和地下的暗河都是为了运送物资准备的。"

叶筱梦问："我们不是要追黄云武吗？难道他会从这里上山？"

白舸说："上去就知道了。"

叶筱梦没再多问，全神贯注地往上攀爬。等他们走出甬道，天已经黑了。

山顶的屋子里亮着火光，还没走近，就能闻到空气里飘散的香味儿。
　　岑正印搭的烧烤架还在院子里，池枫生了火，正在火上烤野鸡。
　　烧烤架旁边还架着一口锅，他拿着长柄汤勺，搅了搅里头的汤，撒了点香叶下去："这野鸡瘦是瘦了点，但味道应该不错。"
　　"尝尝看？"眼睛的余光瞟了一眼身后，知道有人走来，池枫盛了碗汤，递给身后的人。
　　白舸接过碗，尝了一口，没给评价。
　　"比不上正印做的。"池枫自己说，"她能把普通的食材做出美味，如果以后不当主持人，可以考虑开个餐厅。"
　　白舸坐下，打开了背包，取出了东西递给池枫。
　　池枫接过，将袋子撕开一道口子，倒出里面的颗粒，往汤里加了一些，又往烤鸡上撒了一些。
　　白舸急着上山追黄云武都不忘带的，竟然是一包盐？
　　池枫在岑正印和岑正阳都不见了的情况下，竟然还有心思在这里烧烤炖汤？
　　叶筱梦看着两个忘掉正事的人，用眼神探究无果之后哭笑不得地发问："你们上山来是为了吃野味的？"
　　池枫的野鸡烤得差不多了，高声喊道："请屋里的人来共进晚餐！"
　　房门打开，叶筱静先走出来，她的身后还跟着一人——黄云武。
　　黄云武发现白舸和池枫一点都不吃惊，于是开口问："你们是怎么知道的？"
　　白舸起身，拍了拍身上的土："排除所有的可能，最不可能的也会成为可能。"
　　从山洞里带走岑正印的人，对燕寿山的环境了如指掌。符合这个条件的只有黄家人，黄云辅和黄笑笑没有机会办到，那么最可疑的就只剩下最不可能的黄云武。
　　"二位里应外合，辛苦了。"白舸走到叶筱静和黄云武身前说。
　　黄笑笑越听越糊涂了："你说我大伯是她的同伙？我大伯怎么可能跟那林的人站在一边？"
　　白舸说："可能跟你的原因一样。"
　　黄笑笑反应过来："因为钱？不可能。"
　　话说到这里，黄云辅终于从屋里出来了，只是此刻换了他不能行走，坐在轮椅之上。
　　两兄弟一样的瘦、黑、干枯，连骨髓里的精气都快耗尽了。
　　白舸说："你们两兄弟的身体状况都已恶化，每年有半年的时间要疗养排汞，还有半年的时间用来做一件器物。这两件事都需要花钱，但你们没有任何挣钱的渠道。"
　　黄云武纠正他："我的身体已经到了需要长期疗养的地步，无法再鎏金，云辅确实一年中有半年在疗养，还有半年就待在这座山上，守着这座破庙。"
　　黄笑笑问："为什么要守着这座庙？"她实在不知道这座人迹罕至的破庙有什么可守的。
　　黄云武耐心地跟她讲述寺庙与佛像的故事："庙里的佛像是明朝时黄家的祖先所制，乃是黄家世世代代的先人鎏金手艺的集大成之作，然而这座佛像命途多舛，曾经深受皇帝喜爱，最后又遭到皇帝的遗弃。明朝之后，黄家的鎏金手艺日渐凋零，很多秘技因为无人肯学而失传。后来一位先祖为了复兴黄家，花了五年的时间翻山越岭才在燕寿山找到了鎏金佛像。传说他在佛像前坐了三天三夜，反复观察揣摩，才领悟到了黄家鎏金术的奥妙。他留在山上十年以修习自己的手艺，终于使自己能够完美地复刻出鎏金佛像。他临终前留下遗训，黄家要世世代代守护寺庙和佛像，无论什么时候，都要有一名黄家人留在山上，打扫寺庙，防止盗墓贼或者野兽毁坏佛像。"

从前有人"辈辈守墓"，黄家有人"代代守庙"，都体现出对所守之物的敬重。

黄笑笑被震撼了："所以二伯这些年都住在山上？"

黄云武看着破庙的方向，看着里头的灯火在夜色中发出微弱温暖的灯光："我们兄弟三人，本该是最年长的我来守庙，可是云辅因为造赝被逐出家门，黄家就只剩下我了，如果我上了山，黄家的手艺就无人传承。父亲想过要自己守庙，然而常年鎏金让他不堪重负，山上的恶劣生活条件会让他的身体垮得更快。"

黄笑笑想到了自己的父亲："你们都不能去，就只剩下我爸了。"

"你父亲从小就被送走，我们怎么忍心他再被牵连？最后思来想去，父亲还是决定自己上山。他到了山上，却发现云辅已在山上生活多日。"

黄云辅插嘴："我上山是为了仿制鎏金佛像。"

黄云武说："父亲也这么以为，他对你痛骂痛打要把你赶下山，可你无论如何都不走。"

黄云辅冷淡一笑："他临死前还叫你把我赶走，决不能让我窥伺黄家的手艺。"

黄云武的语气厚重深沉："父亲去世后，我在山上待了几个月就忍受不了下了山，但你在山上一待就是几十年，守着破庙守着佛像，你最初上山的目的究竟是什么根本不重要了。"

黄笑笑沉默了一会儿，想起自己最开始的提问："可这些跟那林有关系吗？"

池枫解答她："你大伯说了这么多，是为了告诉你，对于黄家人而言，鎏金的手艺和传家的器具比生命还要重要。所以就算山穷水尽，手艺不能丢，器具不能卖。"

白舸补充："为了让黄家的鎏金手艺传承下去，你大伯可以不顾自己的生命，但他舍不得自己弟弟的性命。在他心目中，黄家手艺排第一位，弟弟们的安危排第二位，最后才是他自己。"

黄云武忍不住，笑出了声："我遵从祖训和父亲的遗言，所以才把黄家手艺放在首位。如果要我选，我宁愿我们兄弟三人生在平凡普通的家庭，正常地长大成人，不用背负家族的包袱，不用世世代代为了一门手艺耗尽心血。"

黄家是百工坊中白舸他们最后一个找到的家族。之前无论哪一家，他们的传承人都以家族的手艺为荣，黄云武是第一个用"包袱"来形容的。但他说的却是实话，有什么比自己和家人的生命更重要呢，为了一门手艺而看家人身体衰败而死，先人的祖训和遗言，仿佛都变成了诅咒。

黄笑笑花了点时间才消化听到的内容："因为鎏金器具不能卖，手艺也不能丢，所以您需要钱，就只能为那林做事？那么我……"

黄云武的眼神锐利而疲惫："你在做什么，我早已知道。"

他那样的眼神，看得黄笑笑心酸。

黄云辅的视线飘向虚无："大哥，'克伊洛斯'是百工坊的。"

黄云武强笑："是啊，它不是黄家的，所以我们没有守它的义务。"

谁能想到呢，亦正亦邪，表面上和那林诸多串通的黄云辅是要保护"克伊洛斯"，而名正言顺坐镇黄家的黄云武，才是真正出卖百工坊的人。

　　黄云武掩饰得很好，他的病、他坐着轮椅不能走路就是他最好的掩饰，但人的软肋一旦被抓住，再聪明都会露馅。

　　白舸故意说黄云辅的情况不好，差一点在山上烧死，黄云武便坐不住了，从甬道上了山。却不想，白舸早已通知了山上的人做好了防备。

　　"你是如何往山上传信的？"黄云武问。

　　白舸拿出了身上的无线电对讲机。

　　池枫的晚餐早已准备就绪："行了，开饭。"

　　叶筱梦帮着盛了汤分给大家，也递一碗给白舸："吃点东西。"

　　白舸低头看着碗里的东西，叹气："我……吃不下。"

　　叶筱梦很平静："总要吃一点。"

　　在山上，能好好吃顿饭不容易。

　　黄云武和黄云辅两兄弟坐在一起。他们很多年没坐在一起吃饭了，一个在城市里，另一个在山上，一个身体好一点，另一个又要去疗养，没个安生。

　　他们问起黄笑笑父母亲的情况。

　　黄笑笑说："他们在家种茶，'向坎香芽'有了名气卖得好。"

　　黄家三兄弟，总算有一个过着安稳的生活，这是唯一让他们欣慰的。

　　叶筱梦和叶筱静两姐妹坐得远，隔着火堆，两人都没话说。

　　过了今晚，她们大概没有安安静静坐在一起吃饭的机会了。

　　白舸和叶筱静挨得很近，但也没有交流。

　　他们的眼睛时不时会看到彼此，心底深处有着同样的疑惑：为什么会走到今天这一步呢？

　　叶筱静伸手取食物，白舸也取食物。两人的目标一致，手碰到一起。

　　白舸的手正要收回，叶筱静却把食物塞给了他。

　　他想起很多年以前，他放学打完篮球去小卖部买饮料，遇到她，她也是这样把买好的柠檬茶塞给他。

　　白舸动容，连忙转脸，看向另一边。

　　他心里的她留在十几年前，活泼的少女，瘦得略显单薄，围绕在他身边。他竭尽全力想维护她从前的模样，可是失败了。

　　他摸了摸身上，想点根烟，可惜没带。

　　"来吧，大家干一杯。"叶筱梦站起来，举着碗提议道，打破了沉默。

　　白舸、池枫和黄笑笑先站起，叶筱静迟疑片刻，也起了身。

　　月亮又圆又亮，倒映在碗里。

　　每个人都想起从前的事。

　　以前，他们是兄弟、姐妹、情侣。

　　明月犹如当年，可人呢？

　　时间久得仿佛过了一世，面目全非。

　　"干一杯。"池枫和大家碰杯，仰头将汤喝完，手一松，碗掉到地上，"砰"的一声响，碎了一地。

这像是一个暗号，隐藏在破庙里的"黑西装"们倾巢而出。

"哟，吃饭呢？"邢森带着一批警员，来得正好。

黄云辅推动轮椅，拦在他们跟前："这里出什么事了吗？居然要警察出动了？"

邢森指了指"黑西装"，摆出一脸的疑惑："这里没出事吗？"

黄云辅说："这里是我家，我正在招待客人。"

邢森往四周看了看："我听说这里有人不见了。"

"谁不见了？"黄云辅看向其他人，"你们中间有谁的亲属不见了吗？"

岑正印和岑正阳同时不见，警方如果要立案，必须是直系亲属报警，这里显然无人符合条件。

邢森点了点头，往火堆旁一坐："我也是来做客的。"

池枫配合地递了碗鸽子汤给他。

"有个女孩给我打了好几次电话说要找你。我这次来，她也跟来了。"邢森将对讲机递给白舸，白舸按下按钮，不一会儿就听到了顾好的声音。

"我找不到老板，她在吗？我现在就在山下啊，节目组的人都过来了。我们可以上山拍摄？好啊，我们明早就上山去！"生怕白舸听不到自己的声音似的，顾好每句话都用喊的，白舸不得不把对讲机拿远一些。

那林的人虽来了不少，但有警方在场，他们什么都做不了。

夜深了，所有人都在老屋里休息。

夜空中，浮云遮盖了月光，丛林中万籁俱寂，唯有树影婆娑。

白舸从口袋里摸出玉花生，拿在眼前看了又看。

他想念她，想念清晨吃到的她做的杂菜面；想念步家的院子，他和她看过的月亮；想念周桥村里，他和她爬过的树；想念暴雨的夜晚，他和她投宿在旅店，他把母亲的故事说给她听……

天快亮的时候，邢森通过对讲机给他传信："整个山头都搜遍了，没找到岑正印和岑正阳。"

这是意料之中的事，岑正印和岑正阳一定早就被带离了，邢森之所以派人搜山，除了存着一点侥幸心理，也是想找找蛛丝马迹。

没多久顾好就到了。

即便白舸将上山的捷径告诉了她，但大型的摄影器材太重，很难扛上来。她和节目组的人除了带了几台便携的设备，还扛了米面粮油上来。

顾好一到就到处找岑正印，找了半天也找不到，只好跟白舸问起："老板呢？老板还没起吗？"

白舸说："正印暂时不在。"

"暂时不在？她去哪儿了？"顾好的脑筋不怎么灵活，好在对岑正印足够了解，"要拍节目，老板通常不会缺席啊。"

白舸无言以对。

"你说话啊，老板去哪儿了？"顾好着急了，"正阳怎么也不在？该不会他们出什么事了吧？"

白舸凝重的神色已经给了她答案。

顾好拽住他："老板出事了为什么你们都跟没事发生一样？你不去找她吗？她和正阳到底怎么了？"她是真着急了，见白舸依然无动于衷，眼睛都红了。

白舸为岑正印有这样的助理感到欣慰。

无论在家里还是在工作中，岑正印都充当着保护者的角色，都是冲锋陷阵的那个人，还好她身边还有个人全心全意关心她。

"正印和正阳都会回来，在这段时间里，你要当作什么事都没有，让节目正常地拍摄下去，这是《有忆》的最后一个主题了，你比我更清楚这个节目对正印的重要性。"白舸拍了拍顾好的胳膊说道。

顾好呆了一下，因为白舸的语气虽然温和，但透着郑重。

"我知道了。"她的神色也跟着郑重起来。

她招呼节目组的人将扛上山的东西放下，将米面粮油等东西放进厨房，编了理由跟大家解释岑正印为什么不在。

她是岑正印的"心腹"，大家当然信她的话，于是军心算是被稳住了。

这女孩关键的时候非常顶得住事，这是多年在岑正印身边锻炼出来的。

黄笑笑在收拾被烧成废墟的冶金房，火炉、风箱等东西经得住高温，没有被烧坏。

池枫将被叶筱静夺走的鎏金佛像交还给了白舸："这东西还是还给黄家吧。"修复"克伊洛斯"还得黄家出面，黄云虎已投靠了那林，如今掌握黄家比掌握这尊佛像重要。

"你究竟站在哪边？"白舸问他。

池枫淡然地笑了："我不喜欢站队。"

白舸看不懂他，但有一点他能确定："正印信任你，对你从来没有戒备。"

池枫的脚步停了停，笑容悠远起来："我跟她从小认识，我没有兄弟姐妹，就把她当成妹妹一样。小时候一起放风筝，我常常羡慕她飞得高，可每次帮她收线的人都是我。"至今想起当初的画面，他还是满眼憧憬。

花了一天的时间，大家收拾了一间房出来，把火炉风箱安装起来。

接下来，黄云武将和黄云辅联手，将鎏金佛像完成。

叶筱静带来的人曾好几次想要偷下山，但都被邢森逮住了。

两边暂时形成了某种平衡，平衡点就在鎏金佛像上。

夕阳到来，暮色沉沉，山中安静而寂寥，白舸望着云霞，耐心等待着。

同样看着夕阳的，还有岑正印，她正在一间美丽庄园的阳台上画画。

庄园里的风景很美，夕阳下，这风景本身就如同一幅油画。

画上最后一抹夕阳，眼前的天色也渐渐暗下来。

有人来敲门，送上今日的晚餐。

窝在沙发上看书的岑正阳回头看了看晚餐，叫了岑正印一声。

他们前些日子在山上，天天没有主食吃，这几日终于把缺少的碳水化合物补了回来。

他们刚来的时候，一个昏迷着，一个肩膀中箭，每天吃药打针，不肯吃饭。庄园里管事的人从保镖那里听说了，还以为他们要绝食，后来才知道他们是对饭菜不满意。

于是这几日，庄园里的厨师都会按照姐弟二人的需求来准备膳食。

这是把他们当作上宾款待呢。

庄园管事的是个圆圆脸胖身材的老头，看上去很和气。

不过这座庄园可一点也不和气，它固若金汤滴水不漏，从不给擅闯者好下场。

庄园内的每个工人都是工作了三代以上的家仆，每星期会有专门的人出去采购，将生活必需品送入庄园，没有生面孔能在这里出入。

今天是出去采购的日子，小货车傍晚才开回来，带着大量的新鲜蔬菜、水果和海鲜，还有半车的红酒和饮料。

"这么一车东西，够吃上三四个月了。"从落地窗看见小货车经过的时候，岑正印喃喃地说。

"过几天，这里要招待几位特别的客人。"圆脸的老头敲门后走进来，为岑正印送上刚送到鲜榨的玉米汁。

岑正阳已经吃饱，端一杯玉米汁回沙发，继续看那本关于玉石玉器的考古类书籍。

圆脸老头坐到了餐桌边，没有要走的意思。

岑正印吃完晚餐，走去阳台画另一幅画。

不远处，小货车停在仓库门前，有几道黑影一闪而过。

"黑西装"分成两拨，一拨换上了庄园工人的衣服，先去了安全监控室。

"吃饭了，今天有新鲜的水果送到。"

两名保镖站起来，活动活动僵硬的脖子："不是还送了红酒过来吗？老板要开派……"他们的话还没说完，已经一左一右被打晕了过去。

将二人拖到角落里，两名"庄园工人"查看监控器，找到了"克伊洛斯"所在的房间。

庄园的五层储藏着主人的全部收藏，有名画、瓷器、金银珠宝等等。

电梯门打开，两名"庄园工人"走出电梯，说是奉主人命令来取水晶酒杯。

保镖领着他们走去其中的一个房间，不想走到半路毫无防备的他却被"庄园工人"挟持，威胁他打开了走廊尽头的房门。

保镖将手机放在门锁上，应用程序验证完密码，门打开。

"庄园工人"一记手刀要打晕保镖，却不想身后有人一个扫堂腿，将二人揣进了房间，"咔嚓"一声锁死了门窗。

和他们在监控里看见的完全不同，房间里放的不是"克伊洛斯"，而是一排又一排的模型手办。

两名"庄园工人"意识到被骗，这才隐约听到头顶"咝咝咝"的声响，感觉到房间里的空气越来越稀薄。

两人大骇，连忙去拉门窗，可是毫无作用。

房间里的空气正被快速抽离，最多五分钟就会变成真空状态。

两人想联络另一拨人，但手机信号已被屏蔽。

另一拨人伪装成了清洁人员。

岑正印所在的那一层洗手间管道堵塞了，导致楼下的洗手间也不能用，而且污水漫溢，清洁人员一部分打扫卫生，一部分疏通管道。

洗手间放不出水，一名清洁工拿着水管去接别处的龙头，一名清洁工出去扔垃圾，还有一名清洁工将拖把头、喷枪等东西送到洗手间，将推车停在门口，往走廊走去。

三人的目标一致，都是那间最大的、风景也最好的房间。

门口没人，于是他们推开了门。

门内却是漆黑一片，一瞬间什么也看不见。

就在三人诧异之际，灯光齐亮，强光晃得他们眼前煞白，依然什么都看不见。

就在他们的眼睛还在黑白之间适应的时候，咽喉已经被勒住了。

房内的光线恢复正常，圆脸老头坐在餐桌前吃牛排，轻抿一口红酒；岑正印在椅子上反坐着，手撑在椅背上欣赏好戏；岑正阳的书掉落到地上，惊骇地看着三个"清洁人员"。

"把人放了。"圆脸老头说道。

保镖刚要松手，他把叉子往盘子上一搁："我说楼下那两个！"

楼下那两个"庄园工人"就快要不能呼吸的时候，门终于开了。他们跑出去，发现外面没人看守，一路畅通无阻。

三名"清洁人员"被带了下去，两名"庄园工人"逃离了庄园。

"你不谢谢我？他们可是来抓你的。"圆脸老头问岑正印。

岑正印淡淡一笑："被他们抓和被你抓，有区别？"

圆脸老头说："被他们抓，你没这么好的地方住，也没这么好的东西吃。"

岑正印皮笑肉不笑："这地方和这些吃的又不是你的。"

圆脸老头却笑开了："抓你们的也不是我。"

"抓我们的是谁？"岑正阳向左看看圆脸老头，又向右看向岑正印问。

这山庄的风格开阔开放，但细节之处还是显示出跟池家"城堡"的相似，而且五层收藏室内的东西全部整整齐齐按照大小、颜色、年代分类，放置的位置绝不会有丝毫偏差，这么处处体现着强迫症，渴望自由又习惯性束缚的风格，只能是池枫的地方了。

圆脸老头让工人来收拾了桌子，跟岑正阳和岑正印道晚安。

医生进来，帮岑正印的伤口换药。她康复得不错，肩头的箭伤已经结疤。

被抓的三名"清洁人员"被关在放清洁物品的杂物房里，夜深人静，靠墙放置的拖把"啪"的一声倒在地上。

一名清洁人员向后挪动身体，抓住拖把，拧断塑料柄，用尖锐处割断捆住双手的绳子，然后帮同伴松绑。

三个人交换一下眼神，其中一人蹲下身，另一人踩在其肩膀上，一只手打开房顶通风管道的换气口，一个倒挂金钩滑进管道，伸出另一只手："快。"

一人再踩在一人的肩上滑进通风口，然后一人抓住另一人的双腿，两人合力将最后一人拉上来。

通风口里又脏又黑，最前面的人看见前方在反光，放慢行动，却不想反光由一块变成两块，再变成三块，三个人身下都亮了，没待意识到是怎么回事，他们已经齐刷刷掉了下去。

庄园里的通风管道全都装了热传导系统，连小老鼠爬进管道都会引发警报。

等候多时的保镖落了一头灰，"呸呸呸"地吐掉灰尘，将三个人重新带回杂物房关着。

这回杂物房里除了他们以外，还多了两个人，就是那两个本来以为能逃出去的"庄园工人"。

保镖关上杂物房的门，安安稳稳地回去睡觉了。

燕寿山上，冶金房的火炉里重新生起了火，两套防护服放在屋门口。

黄云辅之前的工作还没有完成，加之火灾导致鎏金层发黑无光，黄云武昨日花了一天的时间，才将发黑的铜鎏金洗去。

今天，他与黄云辅将重新为佛像鎏金。

涂抹金泥，烘烤，然后用刷子蘸皂角水将鎏金佛像表面的浮黄刷去，再压光……看破庙里的铜像就知道，出自黄家的鎏金器物通常历经千余年都依然金光闪闪。

"你不能进去。"新的冶金房门口，黄云武将黄笑笑拦下，坚持不让她参与鎏金。

"让她进来。"黄云辅却将一套防护服递给了黄笑笑。

躲不掉的，黄家人被这手艺牵绊了几百年，这种关联早已斩不断了。

这些年来，黄云武和黄云辅都曾尝试收徒，但大部分年轻人在知晓这门手艺的辛苦和危险之后，都半途而废了。

黄笑笑自从知道自己家族的手艺之后，就从图书馆或者网络上收集了不少资料，了解了关于鎏金方方面面的知识，然而实际操作还是第一次。

黄云辅对她的要求比对岑正阳还要苛刻，只要有一点点不到位，就必须重做。

"滚出去！"不知黄笑笑犯了什么大错，黄云辅砸了东西，把人赶出了冶金房。

黄笑笑红着眼睛走到破庙，在佛像面前坐着，眼泪珠子不断滚落，一遍遍抬手抹掉。

鎏金比她想象中难太多，她的基础薄弱，又学得太晚，处处做处处错，黄云武都暗自叹气，也难怪黄云辅要大发雷霆。

她需要反反复复地刻苦练习，于是她拿了一个蜡坯，先用刻刀再用竹签雕出佛像的外形，然后将沙土当作金泥，一遍遍重复鎏金的工序。

山峰上的灯火彻夜不熄，冶金房内的炉火多日不灭，一旦鎏起金来，黄家人就废寝忘食。

多日之后，黄笑笑的手艺渐渐有了进步，身体上也并未出现任何异样。

改良后的"若是真金不镀金"技艺已经不像从前，只要做好防护措施，严格按照工序操作，并不会汞中毒。片面地了解使得人们不敢接触它，因此，让观众更真实地了解鎏金，呼吁鎏金手艺的保护和传承是这一期《有忆》的重要主题。

黄云武和黄云辅的工作完成之时，关北山上了山。

"我的琴呢？秋宏琴在哪呢？"他一上山，就冲进冶金房问黄云辅。

黄云辅背过身去，冷淡道："秋宏琴已是我的物品，在何处与你何干？"

关北山拽住他，痛心疾首道："秋宏琴是我祖传的，跟你们黄家的鎏金铜力士像一样重要，你把它还给我吧，当我求你了。"

黄云辅说："也不是不能还给你，除非你用真正的鎏金铜力士像跟我换。"

关北山看向黄云武，想起力士像早就不在黄家了，在叶筱静手里。

要她把力士像交出来，估计没那么容易。

可秋宏琴是必须要拿回来的啊！

关北山出去找叶筱静，出门之前还故意叮嘱黄云辅："你等我啊！"生怕他跑了。

他这次来，带来了闭关的成果——答应给叶筱静的那把琴制出来了。

叶筱静坐下试了试琴。琴声苍松脆滑，低音浑厚圆润，悠然如松涛阵阵，澄然似秋博漾漾，铿然似铁蹄嗒嗒，不愧是出自斫琴第一名家关北山之手。

见她对琴很满意，关北山借机问她鎏金铜力士像的事。

叶筱静当时帮黄云辅拿到力士像，但后来为了让黄云辅交出"克伊洛斯"，又千方百计从他那里偷走了它，用以要挟。

知道关北山想提什么要求，她说："你答应我一件事，我就把力士像给你。"

上了一次当，关北山不可能再上第二次。

"你不答应就算了，琴我收下了，我们的赌约完成了。"叶筱静继续拨弄琴弦。

关北山忍气吞声："你想叫我做什么？"

叶筱静的手停在琴上："修复'克伊洛斯'。"

同样的请求，白舸也向关北山提起过。

如今叶筱静的要求看似和他一样，却有本质性的差别：这是要他帮助那林。

"我不能答应。"关北山说。

叶筱静笑道："你不要秋宏琴了？"她觉得他大概没考虑清楚。

关北山之前有多坚决要拿回秋宏琴，此刻就有多坚决地拒绝叶筱静的条件："那把琴是我们关家的东西，但'克伊洛斯'属于百工坊，是历史的遗产。"

叶筱静觉得这种迂腐的论调甚是好笑，从关北山这样不拘小节率性放任的人口中说出更是荒诞："'克伊洛斯'是历史的遗产，秋宏琴传承几百年，难道就不是？"

这句话戳中了关北山的痛点，差点让他又陷入纠结："总之我不能答应你，力士像我不要了，琴我也不要了！"他摆摆手，咬牙切齿地往外走。

"拦住他。"叶筱静一声令下，守在外头的"黑西装"便想将关北山堵在门口。

但警员们的速度更快，一对一地将人拦下。

对峙着，有人欲动，却被邢森一脚飞踢，踢得下颚骨"咔嚓"一声，整个人倒向墙面。

叶筱静见占不到便宜，也不敢轻易对警员动手，于是不愿再跟关北山交涉下去。

"我跟你做个交易。"在她要关上门前，白舸挤了进去，反手将门带上，"我给你一件东西，你把鎏金铜力士像交出来。"

叶筱静意兴阑珊地看着他，她想不出时至今日，白舸那里还有什么自己非要不可的东西。

"我去见过书强的母亲。"白舸说。

叶筱静闻言一僵，随即笑了笑："是吗？"那又怎样？书强的母亲什么都不会说，况且就算她说了又如何，她手上什么证据也没有，别人只能当成故事听一听。

"我告诉她你这些年做了很多危险的事，她千叮万嘱我将你拉回正途，她说你小时候是个听话懂事的孩子，三岁看老，她说你不会变。"

叶筱静波澜不惊："就是因为太听话懂事，所以才遭人欺负。"

"她把当年的事情经过都说给我听了，他们母子都偏向你，认为苏建军和曲伟杰死有余辜。"

最近温度降低，屋檐下山风乱吹，平添几分寒意，叶筱静拢了拢衣服："她年纪大了，很多事记不清了，记忆和感情混淆在一起，坏事也记成好事。"

"还记得曲伟杰那部不见了的手机吧？"

那是当年警方无法寻获的重要证据之一。苏建军带着叶筱静逃亡，路上曾给曲伟杰打过电话，之后就去了那个废弃的服装厂。

后来曲伟杰站在厂房的楼顶，对赶到的警察承认是自己杀死苏建军的时候，手里一直握着手机。他的模样害怕而慌张，紧紧握着的手机仿佛是他的护身符。

可曲伟杰坠楼身亡后，手机却不翼而飞，邢森多方寻找无果，最后眼睁睁看着这个案子以表面的证据结案。

白舸掏出自己的手机，给叶筱静看曲伟杰手机的照片："你应该记得。"

叶筱静当然记得，因为这部手机里面的内容关乎事实真相，曲伟杰死后，她也曾到处寻找，可手机就好像伴随曲伟杰彻底消失在了这个世上。

"你从哪得来的？"叶筱静的脸色一阵发白。

白舸想叶筱静大概忽略了一件事："苏建军到服装厂是为了跟一个小弟会合，从他那里拿钱带你跑路。"

如果不是他提醒，叶筱静真不想起这件事了："那个小弟来了？"

"来了。"

白舸的回答让叶筱静浑身一冷。

"他看见苏建军是怎么死的，当时吓得不敢出声，躲在天台的杂物堆里，刚好曲伟杰坠楼前把手机扔进了杂物堆，被他捡到了。他也不知道手机里有什么，就想着别被连累，趁乱跑掉了。"

这后面肯定还有故事，否则手机不会落到白舸手里。

"后来案子结了，他才有胆子出来。他发现了手机里的秘密，想找当事人出来做交易。可是他不走运，找上门的时候你不在家，手机就被我花钱买了下来。"

叶筱静的头脑里"轰"的一声响。

苏建军的案子结后不久，她就跟白舸住在了一起，为婚礼做起了筹备。

原来那时他就已经知道了真相。

震惊，叶筱静的感受只有这一个。

被他求婚也好，在警局门口再相见也好，甚至在向坎村暴露身份，她都没有此刻这般震惊。

苏建军的事件之后，有人唾弃她，有人鄙夷她，有人怀疑她，但白舸是唯一一个从头到尾都相信她并且支持她的人。

"你早就知道真相却装作相信我？！"叶筱静的一腔怒火喷出。

白舸没被她的愤怒影响到："手机在我的银行保险柜里，我把它给你，你把力士像交给关北山。"

叶筱静的命门被人掌握着，不得不屈服。

"274203，我的保险柜密码。"白舸把保险柜钥匙递给她。

叶筱静根本不看钥匙，眼睛像是被怒火烧着了，但是烧着烧着，她却"嗤"地笑了："骗我……拿到手机之后你的每句话每件事都在骗我！我走了你总算得到解脱了吧？不用再跟个杀人犯结婚，你是不是松了一口气？你怎么做到的啊，演戏演得那么逼真！"

白舸没作声。这些问题，甚至这些往事，因为不再在意，好像都跟他没关系了似的。
"回答我！"叶筱静的手倔强地指着他，几乎跳脚，"回答我！"
白舸的手里还拿着钥匙，那串钥匙横亘在他们之间，成为唯一的意义所在。
叶筱静胸口的起伏渐渐缓下来，深深吐息直到平静，接过了钥匙。
"就为了今天，你当初把手机买下来真是太值了。"叶筱静笑着说。
手里空了，心中属于从前的那块也被挖走了，白舸觉得沉痛，却又觉得轻松。
"路都是自己选的，以后都好好过吧。"他对叶筱静说。
叶筱静泪水已经盈满了眼眶，却大笑起来，拿着钥匙的手越握越紧，越握越紧……
全是骗局，他待她的好竟然都是在演戏。
于是屈辱、悲凉、哀痛……全都化为仇恨。
好啊白舸，从前你对我的玩弄，我要你用毕生的悔恨偿还！
白舸走远，渐渐听不到叶筱静的哭声和笑声。
——案子牵涉到叶筱静，你就应该避嫌！你非要保她，等于把自己前途搭进去，把白家的脸面搭进去！
白朗炎的训斥声忽然在他耳边响起。
从小接受的教育让他成了一个绝对正直的人，可是因为叶筱静，他一而再再而三地降低自己的底线。
拿到手机的时候他曾经陷入矛盾。
——带着罪恶还有秘密，你们一起下地狱吧！
这是叶筱静的声音，之后是刀刃剖开血肉，还有鲜血喷射的声音。
——叶筱静，你杀我，你……
这是苏建军的声音，他在临死前，曾亲口指认凶手。
没有比这更有力的证据。
他究竟是不是该帮她遮掩呢？
有一千一万个声音告诉他不能那么做，却有一个声音压制住了这所有的声音——
那是叶筱静啊，如果连他都放弃了她，她以后怎么办？
于是他将自己的灵魂禁锢，以求她的平安。
可那牢笼终究是他一个人的，她背离了他们一起走的路。
白舸最后一次想起那个在篮球场外拿着柠檬茶等他的女孩，那个偷偷在花园里用手电筒朝他房间里打暗号的女孩。
——嘿，明天我要考试，你帮我复习吧！
——放学一起回家吧，不过你先进家门，我过半个小时再进去。
时间不停留，记忆却在一瞬定格，于是那画面在时间里永恒。
可惜在猜疑、迁就和等待之后，他们还是分道扬镳了。
这是白舸和叶筱静的终结。

第七章 / "群仙云游"鬼工球

BRIGHT SECRET

山庄里，岑正阳看完了书，开始画图了。

"你的设计图还没画好？前阵子我不是看你都在雕刻了？"岑正印问他。

岑正阳又画了两笔，因为画得很不满意，眉毛皱得紧紧的："失败了，没有做好。"他往椅子上一瘫，将画纸揉成一团，扔进垃圾桶里。

岑正印将画纸捡起来，一点点摊开，"你画的这是……"纸上绘制着大大小小的玉球，球内套球，逐层镂空，"鬼工球？"

岑正阳点了点头。

鬼工球，取鬼斧神工的意思，又叫"同心球"，相传最早出现在宋代。那时的"鬼工球"皆以美玉镂空雕成，内套三球，晶莹剔透，华美无比。

明代曹昭在《格古要论·珍奇·鬼工毬》中写道："尝有象牙圆毬儿一箇，中直通一窍，内车数重，皆可转动，故谓之鬼工毬，或高宗内院中作者。"那时的鬼工球多用象牙制作，内外五层。

到清朝乾隆年间，鬼工球有了更大的发展，广州牙雕艺人借鉴石狮口中含珠的镂雕形式，用象牙创作了球内套球的新花色，花纹重叠错落，组成不同的图案，那时套球已达十多层，到清末时最多已能刻至六十层。

牙雕鬼工球的技艺愈发精湛的同时，玉雕鬼工球却逐渐失传。到民国年间，玉雕界有不少人尝试制作鬼工球，但当时玉球的雕刻技艺已经失传了将近八百年。玉石与象牙的质地不同，玉石硬而脆，不容易雕入。古人是如何用玉制作鬼工球的，成了大多数人的疑问。

不过传说当时玉雕界有一位大师，考察了古人的技艺，结合自己的经验，设计并制作出了里外五十七层，能纳山河百川的鬼工球。

可是这位大师是谁，这个传闻究竟是真是假，现在已经无人知晓。

玉雕技术发展到现代，鬼工球最多也就十几层，五十七层的玉雕鬼工球依然是神话。

"你这鬼工球有多少层？"岑正印看着岑正阳的设计图问。

"五十九层。"岑正阳回答。

岑正印惊了一下：岑正阳要制作的鬼工球竟然比神话还多两层？难怪他这么久都雕

不出来。

　　岑正印将设计图摊平了，放回岑正阳面前："这位买家跟你约定好何时取货吗？到时候姐姐帮你跟他沟通。"

　　岑正阳瞪大眼睛："你要跟他沟通什么？"

　　沟通什么？当然是他们做不出五十九层的鬼工球，沟通取消订单啊。

　　岑正印坐到他身旁，耐心地问他："目前的玉球雕刻技艺，最多能达到的鬼工球层数是多少，你知道吗？"

　　"是五十七层。"关于鬼工球的历史和故事，岑正阳也一清二楚。

　　岑正印看了眼把神话当真的弟弟，忧心不已："你这个比五十七还要多。"

　　岑正阳意识到她在质疑自己，瘪着嘴巴说："可以的。"

　　岑正印叹息："你研究了这么久，能雕出多少层了？"

　　岑正阳垂下眼睛。

　　"所以我们要跟买家沟通，看看能不能取消交易。"这样一来，又要牵涉到步家，步家在翰林街的铺子好不容易做得有声有色了，搞不好又要面临变故。

　　岑正阳愈发不高兴了，瓮声瓮气："为什么取消？我可以。他答应多给我点时间了。"

　　岑正印怔一下："你又见到那个买家了？"

　　"我就是买家。"圆脸老头走进来。

　　岑正印疑惑地看岑正阳，岑正阳朝着她点头。

　　岑正印有点糊涂了："你在开什么玩笑？"

　　圆脸老头笑道："我可没开玩笑，我买鬼工球，可花了不少钱。"

　　岑正印问："钱是你花的，还是你代表别人花的呢？"

　　圆脸老头摇摇头："本质上没差别。"

　　"老伯你贵姓？"

　　"免贵姓封，封鑫垚。"

　　"封先生，我想有方斋完成不了您的订单。"

　　"接我订单的是你弟弟，完成不完成，你说了可不算。"封鑫垚将目光从岑正印身上移开，看向岑正阳。

　　岑正印也看向他。

　　岑正阳踟蹰着，不知该怎么讲，张了张嘴，吞了回去。

　　"有什么就说什么。"岑正印给他勇气。

　　岑正阳憋得脸都红了："我可以！"他的态度不变，还是那句话。

　　封鑫垚对岑正印摊了摊手。

　　岑正阳虽然心智像个孩子，但在玉雕方面绝不含糊，他既然这么有信心，说不定是真能雕成。

　　岑正印这么一犹豫，就没有反对到底。

　　封鑫垚给岑正阳准备了足够多的资料，还有足够多的玉石，可以让他尽情地设计和创造。

　　岑正阳画出了五张图，撕毁了五张图，雕坏的玉石堆了满桌。

在这期间，山庄里时不时有小货车出入，送来食物、饮料和红酒。

相信山庄主人的派对就要开始了。

岑正印的伤已经完全好了，因此这些天能做运动了。

山庄里有健身房、网球场，还有一间射击馆。

像是知道她会对射击馆感兴趣一样，封鑫垚已经让用人准备好了水果和茶点。

岑正印走到玻璃窗边，戴上护目镜和耳罩，熟练地压入弹夹。弹夹和弹仓摩擦发出清脆的声响之后，她将枪口转了方向，半身向前小幅度倾斜，抬起手臂伸直，拉开保险，瞄准了前方的靶心，扣动扳机。

可惜这一枪只打了六环。

"你的手腕不够稳，刚刚扣扳机时肩膀还塌下来了。"

错误被人指出，岑正印回头看去。

池枫走近，在身后帮她调整好姿势，然后示意她再开一枪试试。

这一枪，岑正印打中了九环。

她将枪递给池枫。

池枫瞄准靶心，扣下扳机时没有丝毫犹豫，无论手臂还是身体都不动如山，唯有眉峰深拧，眉目如淬炼的刀锋，果决地发出子弹。

子弹射中靶心的红点，他神色舒缓开来，将枪还给岑正印。

岑正印上弹，瞄准。

"右手抬高。"

"背要挺直。"

"角度偏了，手腕稳住。"

"就现在。"

岑正印保持住姿势，扣动扳机。

子弹破空，最终落在了十环的位置上。

场上的枪靶移动起来，岑正印一一瞄准，成绩都不理想。

池枫举起枪，毫不犹豫地切换角度，动作快速而平稳，五枚子弹射出，五个移动枪靶的红心都被子弹穿破。

岑正印练得手臂发麻，摘了防护设备在旁边的椅子上坐下，喝了几口果汁："我真怀疑你是职业的。"

池枫也坐下，倒了一杯茶："职业的什么？职业射击运动员？"

岑正印捧着玻璃杯，叼着吸管，眯着眼看向射击场的炽烈阳光："职业杀手。"

池枫大笑了两下。

岑正印会开枪，一开始就是池枫教的。在上流社会，射击和打高尔夫差不多，是一个休闲娱乐项目，是社交手段，就算打得不好，至少能摆摆花架子。

岑正印的工作需要接触到不少高端人士，所以需要掌握这门本领。

她初学射击的时候，池枫就已经能百发百中。

"我只有你一个学生，你要好好练，别辱没了老师的名声。"当时池枫跟她开玩笑道。

岑正印问："你的老师是谁？"

池枫说出了一位世界冠军的名字。

岑正印很是仰慕地侧头看他:"也是池伯父为你请的老师?"
池枫愉悦地喝茶:"池家的'城堡'里没有射击馆。这项运动是我自选的。"
岑正印将果汁喝掉大半,捏了捏发酸的右臂,再次回到玻璃窗前,上弹瞄准移动的靶子。
五个移动枪靶,她命中三个。
池枫端着自己的茶杯,把剩一半的果汁递给她:"你学得很快,是个好学生。"
岑正印和他碰杯,微笑道:"多谢老师夸奖。"
她的确是个好学生,可惜超出他的控制范围了。

用人走来,跟池枫说了句什么,池枫点了点头,放下茶杯,对岑正印说:"走了,客人来了。"
岑正印和池枫一起走到翠绿柔软的草坪上,迎接客人。
一辆辆同一颜色和款式的小轿车开进来,司机先下车,打开后座的车门。
步明堂和步凡、步京,徐蔼然和方姗,章泽端和章铭瑄、章陶陶,江海和江浩然,胡震显和胡正侠纷纷走下车子。
他们打量山庄,而岑正印打量他们。
车子开走,用人们将自助餐端上白色的餐桌,同时准备好了饮料和红酒。
又有五辆车到了。
关北山、黄云武、黄云辅、黄笑笑、白舸、叶筱静、叶筱梦、顾好、邢森和《有忆》节目组走下来。
封鑫垚走来,宛如晚宴的主持人:"大家远道而来,路上都辛苦了,我们为各位准备了丰盛的晚餐,用完餐以后会安排大家去各自的房间休息。"
说完他就领着用人们退下了。
所有人都饥肠辘辘,顾不上追究其他的,先吃饭要紧。
"陶瓷工坊开始赚钱了,昨天浩然接了两个商场布置的单子。"章陶陶跟岑正印坐在一桌,急着跟她分享江浩然最近的进步。
"我跟我哥上周刚从欧洲回来,我们去了英国、法国和意大利的孔子学院,为学生讲授中国的毛笔和书法文化。"步凡也一本正经地跟岑正印汇报起工作来。
轮到胡震显了:"唐楼还在重装,我暂时没什么能跟你这个老板汇报的。"
岑正印用筷子尖戳着一只灌汤包,点了点头。
说起来,百工坊的三分之一,如今都在她的控制中。
"你们怎么都到这来了?"她问着,伸手拿醋。
步凡专心剥虾,间隙看她一眼:"不是你邀请我们来修复'克伊洛斯'的吗?"
岑正印的齿尖刚咬开汤包,因为这话被烫了一下,默默地吸汤汁,装作若无其事。
"'克伊洛斯'在这里吗?让我们看看。"步明堂只稍微吃了点东西,一颗心都系在"克伊洛斯"上了。
"明天再看吧,今天大家都累了。"白舸说。
用人们送了红酒和香槟出来,岑正印因为受伤,前几天一直忌口,今晚她决心要放纵自己一下。
连邢森都看出来她喝得有点多了,一边取食物一边问白舸:"你不用去看看她吗？"

"不用。"白舸往盘子里装了点食物，又拿了两盅鱼汤给岑正阳送过去。

"等会儿画，先吃点东西。"他发现今晚岑正阳的手就没离开过纸和笔。

"谢谢白哥哥。"岑正阳抬起郁沉着的小脸，用空着的左手拿了一串章鱼丸子，右手继续画画。

"你在画什么？"胡正侠好奇了好一会儿了，趁着来这边取食物，凑过来看。

岑正阳通常不跟陌生人说话，不过胡正侠也不介意，就坐在旁边安静地看他画。

白舸送了鱼汤回来，发现岑正印正在喝今晚的第六杯香槟。

她醉得脚步有些晃悠，踢到了地毯，脚下一个踉跄，在她摔倒之前，白舸先一步扶住了她的肩。

这么一晃，岑正印头晕眼花，手里的杯子差点落在地上，本能地抱住了白舸的背。

白舸接住了杯子，被她这么一抱，重心不稳，摔坐到了椅子上。

而岑正印被他拦腰一勾，摔在了他怀里。

暧昧来自彼此离得很近的呼吸，和几乎贴到一起的唇。

岑正印想起上次的吻，脸颊发热。

"喝醉了？"白舸没有要松开手的意思。

他被阳光晒过的身上有格外清冽的气息，将岑正印包围，她没动，小声回答："没啊。"

白舸的目光锁定在她脸上："脸这么红？"

岑正印沉默了片刻："喝多了。"

刚才还说没有，现在自己又认了？

"伤好了吗？"这些天，白舸一直记挂着她在山上受的伤。

岑正印活动自己的肩膀："嗯，好了，除了留下点疤，其他完全没问题。"

白舸垂下眼帘，淡如琉璃的眸子凝视着她的脸。她没事了，他应该放心了才对，可是神色却有些冷峻。

在他看不到的地方，她被别人照顾好了。

他突然沉默下来，让岑正印猜不透他在想什么，只看见他的眼神里像是有波涛在翻腾，而她自己的身影陷在其中。

她撑着椅子试图起身，却被他的手臂一捞，整个人再次跌回他的怀里，他用磁性的嗓音继续发问："为什么一副忧心忡忡的样子？"

"没啊……"岑正印又是这个回答。

白舸本就没打算让她承认，毕竟就算她不说，他也能猜到她的心思。

她忧心忡忡，是因为她在想问题，是因为她被这个问题困住了。

于是他说："百工坊的家族已经全部找到了，当初答应帮我找人，你的盘算是什么，已经忘了吗？"

是因为受到酒精影响，所以脑子转不过来了吗？岑正印像是哑了一般答不上来。

白舸好笑地看着她少有的迷茫表情："难道那时候你就看上了我？答应帮忙是为了追我？"

岑正印本来就乱的脑子里，像是被丢进了深水炸弹，炸开了浪花："我那时以为要找百工坊的是个老头！"在脑海里搜索了半天，她糊里糊涂地说了这么一句。

白舸的手臂收紧，另一只手搭了搭扶手，整个身体从椅子上脱离，抱着她一起站立起来，占着身高的优势居高临下，压迫性地凝视她："我的问题，你自己好好想想。"

晚饭之后，每个人都去了准备好的房间休息。

山庄够大，住二三十个人根本不是问题。

只有《有忆》节目组的人，还在岑正印的房间里开会。

岑正印不在的这段时间，他们一部分人完成了拍摄，另一部分人则在电视台挑灯夜战，完成了前几期节目的后期制作。

每个主题都将分上下两集播出，一集四十五分钟。

本周日晚上十点，第一集节目就要播出了。

"叶筱静提出了解约，《疯狂的假期》换了一位当红明星做主持人，光是粉丝带动的热度就占据了话题榜的首位。"

"就是个流量明星嘛，到底上不上节目还没定呢，我还听说，对手电视台也在邀请他们。"

"我觉得吧，花钱收买来的人，迟早会因为钱给他们添麻烦！等着瞧好了，上天才不会让我们这样认认真真做节目的人受委屈！"

节目组的人们讨论着。

——当初答应帮我找人，你的盘算是什么，已经忘了吗？

酒劲儿过了，岑正印彻底清醒了。

当时白舸找到中森卫视寻求帮忙的时候，《有忆》节目的策划方案正在电视台内部讨论阶段，因为节目的受众门槛过高，面临着夭折的危险。

岑正印答应寻找百工坊，是为了让《有忆》能够顺利拍摄下去。

那么，她坚持要录制《有忆》的初衷又是什么呢？

——在现代机械生产出现以前，在老百姓生活里各种器皿的制造过程都离不开双手的亲力亲为。这些"老手艺"不仅仅维系了百姓生活的需要，更是中华民族千年文化和情感的传承。

这是岑正印在节目策划阶段开会陈述时说的话，她到如今还能倒背如流。

对了，留下非遗老手艺的影像，让更多的人关注和学习老手艺，让后世的人们还能够看到它们，这就是她的初衷！

想明白了这一点，她便不再纠结了。

夜色完全沉下来，岑正印躺在床上，看着天花板，看着看着，她突然起身出了门。

她去了五层真正存放"克伊洛斯"的房间，她用手机程序解锁，打开了门。

"克伊洛斯"和夜色一样安静，沉在时光里，无声无息。

不可否认它是一件宝物，难怪有人想保护它，有人想独占它。

可是偏偏，岑正印今晚偷偷潜进来，是为了毁掉它。

她举起手里的铁锤，朝着"克伊洛斯"狠狠地落下去。

"你干什么？！"

岑正印的手被人抓住。

房间的灯被打开，步凡瞪眼直视着岑正印："你想干什么？！"

岑正印想要抽回自己的手，但步凡死抓了不放，问题一个接一个地抛向她："你想毁掉'克伊洛斯'？为什么池枫把我们骗来修复'克伊洛斯'？他跟那林有关？你跟他关系匪浅，你们是一丘之貉？"

"放手。"岑正印没时间也没心情跟他解释，再这么耗下去保镖就要来了。她两只手和步凡较起劲来，两人撞到了桌边，岑正印看准时机松开手，步凡反应过来，一把将她推开，铁锤掉到了地上。

差一点"克伊洛斯"就被毁了，步凡跳起来，忍无可忍地将岑正印掀翻在地："你疯了吗？！'克伊洛斯'是人类文明的遗产，你为什么要毁掉它？"

岑正印被他压制，却不甘示弱："人类还没灭绝呢，要什么遗产！你爷爷的命、你哥哥的命、胡震显的命、徐蔼然的命，这么多非遗传人，他们的命难道还没有一件死物重要吗？你想要千百年后的人们只能看见这件死物？你们步家守着'梦笔生花'，为的是把手艺传承下去！"

步凡被岑正印问蒙了。像当初知道'梦笔生花'要被卖掉时一样，看见岑正印要毁掉"克伊洛斯"，他第一反应就是命都不要也要保住它。但是，如果最后非要做个选择呢？是选人还是选物？

"大半夜的，二位怎么在这里练身手呢？"封鑫垚还是傍晚时那副打扮，可见他没睡过，说不定一直在监视着五层的动静。

他命保镖将岑正印和步凡分开，捡起地上的铁锤朝"克伊洛斯"砸过去。

岑正印和步凡同时惊得跳起，但铁锤并没有落在"克伊洛斯"之上。

"克伊洛斯"四周有极薄极精密的防弹玻璃保护，不注意观察，尤其在光的作用下，肉眼几不可见。

"没人能拿走'克伊洛斯'，也没人能破坏它，二位不用忧心了，早点回去休息吧。"封鑫垚说着，让人将步凡和岑正印带出房间，重新锁上了门。

步凡心中仍然有火，离去之前对岑正印说："你说得没错，但我不认同。非遗手艺的传承人可以有很多，就算没了我，还有我哥，但'克伊洛斯'只有一件，传国玉玺更是无法复制的顶级国宝，绝不能落在不法之徒手中。"

岑正印靠向背后的墙壁，仰着头望窗外的天色。

方才封鑫垚朝着"克伊洛斯"砸过去之时，她的心也在颤抖。

"出来见面吧。"她对隐藏在走廊里的摄像头说道，"我在花园等你。"

露天的餐桌餐椅已经收掉了，青草并没有被踩坏，用人们灌溉过一次之后，它们愈发生机勃勃，鲜艳欲滴。

岑正印坐在草地上，后仰着支着身体。

池枫过来，扔了一支软膏到她怀里。

岑正印拧开，将软膏抹在自己的手腕上，直白地问："你到底是什么人，想干什么？"

池枫和她一样坐在草地上，仰头看星空："难得听你问我这样的问题。以前就算你看不懂我，你也从来不问。我们之间基本的默契和信任已经丧失了吗？"

"知道从前我为什么不问吗？"岑正印问，"因为你没威胁到我的利益，说白了就是你做什么跟我没关系。"

池枫神情温和地笑，点头表示明了："事不关己的时候，姿态才是最好看的。"

岑正印擦完药，将软膏扔还给他。

池枫接住，起身离去。

岑正印站起来："你还没回答我的问题！"

池枫的脚步缓慢，笑眯眯地望了眼天上的月亮。

圆月高挂，姿态最佳。

第二日早晨，山庄的厨房为大家准备了早餐。

池家的私人医生和看护被请到了山庄，负责照顾黄云武和黄云辅的身体。

白舸发现节目组的人不是在架摄像机，就是在调录音设备，还有几个在走位找角度。

"又录节目？"他问顾好。

"是啊。"顾好说，"最后一个主题，'克伊洛斯'的修复。"

封鑫垚将所有人请到了大厅，吩咐保镖将"克伊洛斯"带下来。

在灯光的照射下，玉雕的"克伊洛斯"塔流光溢彩，吸引了所有人的注目，人们想象着自己走进了仙人塔，置身其中，看见里面精致的装饰物：看见抚琴的仙人、点灯的沙弥、塔外舞狮的民间艺人……

"这就是大家要修复的'克伊洛斯'。"封鑫垚介绍起了"克伊洛斯"的来历、流失海外的过程等这些在场的人都知道的事。

"里面的东西是我们家族的先人做的，那这座仙人塔呢？"江浩然大声问出了关键。

"雕刻仙人塔的，是玉雕世家姬家。"封鑫垚回答。

"百工坊五大家族里怎么没有姓姬的？"江浩然又问。

封鑫垚无奈地摊了摊手："我不是百工坊的人，我也不知道。"

江浩然于是看向百工坊的几位前辈们，可他们低头交谈着，显然也没有听说过姬家。

"你们家做玉石生意的，听过这个姬家？"江浩然问岑正印。

岑正印摇头："玉雕建筑非常少，更别提这样一座仙人塔。姬家能有这样的手艺，他的后人不可能在玉雕界默默无闻。"

"也许这家绝后了呢。"江浩然说得虽然不中听，但却很有可能。

"有的，姬家有后人的。"岑正阳的目光还停在"克伊洛斯"上，却开口插了一句话。

江浩然好奇："你听说过姬家？"

岑正阳说："爷爷的笔记上写到过姬家，我看见过。"

他这么一说，岑正印倒是突然想起来了，岑正阳以前也说起过这个姬家。

大概是一年前，当时岑正印带岑正阳去参观一个雕刻展览。

展览上，黄鹤楼、故宫、滕王阁、五亭桥等建筑都被做成了按比例缩小的模型，地砖如米粒大，栏杆像牙签细，连树木都做得活灵活现。

岑正阳盯着玻璃柜里的模型一个一个仔细看，拿着纸和笔把感兴趣的部分画下来。他似乎对宝塔之类的作品最感兴趣，无论是国内的还是国外的，他总是要盯着看很久。

整个展览里最精致的一个作品是大雁塔，综合运用了木雕、竹雕、石雕等多种技艺，完全复原了大雁塔的庄严壮美。

岑正阳趴在玻璃柜前，看到不肯走，心心念念地对岑正印说："我也想雕一个。"

"用玉？"岑正印问。

岑正阳点头。

"光是合适的玉石就很难找到。"

岑正阳说："以前有过，比这个还要好。"

岑正印猜他是从书上看到的："书上记载的不一定就是真的，很多故事都是夸大的事实。"

岑正阳却摇头："爷爷的笔记不会夸大，里面记载着一个叫作姬天明的人，曾经用玉雕出过一座宝塔。"

玉雕宝塔，那会是什么样子的？岑正印想着回家要翻出爷爷的笔记看看，后来忙起了工作的事，便逐渐将这个念头遗忘了。

原来那时，岑正阳就已经说起过"克伊洛斯"。

"你爷爷是怎么说姬家的？他是不是认识姬家人？"江浩然缠着岑正阳打听，"你怎么不说话？你倒是回答我的问题啊。"

岑正阳摇了摇头，往岑正印身后躲了躲。

步明堂和徐蔼然等人聚拢到了"克伊洛斯"前，研究起各自先人承担制作的内部部分。

"塔的结构也遭到了破坏，在修复内部的同时，玉雕也需要修复。"步明堂说。

而百工坊没有懂玉石和玉雕的人。

岑正印正愣神，胡震显和黄云辅的眼光齐齐地朝她和岑正阳看了过来。

剩下的几位前辈意识到他们想到了什么，也将目光投过来。

岑正印拉着岑正阳往后退了两步："岑家是做玉石玉器生意的，我爷爷虽然对玉雕有所研究，但在各位名家面前，我们可不敢造次。"

这"克伊洛斯"万一修坏了，没准她就给扣上一个毁坏文物的罪名，岑正印可不想背这么大的包袱。况且她的手艺跟爷爷比尚且有差距，更别说跟姬家人比了。

"姐姐。"岑正阳拽了拽岑正印的手，"我不行，但你可以。"他的声音虽然小，但因为周围安静，相信其他人都听到了。

"别胡说。"岑正印制止他再说下去。

"我也觉得你可以。"说话的是池枫。

"我也觉得你可以。"白舸也说。

岑正印迷茫地看着他：怎么连他也要把自己推出去？

"我看过你的作品，也看过你鉴玉，我相信你的手艺。"白舸补充道。

他是方利山的后人，某种程度上可以代表百工坊的最高权威。有他作保，能将其他人的疑虑降到最低。

岑正印深深吸一口气，走过去细细地看"克伊洛斯"："玉雕损坏得很厉害，很多部分需要重做，但我并不知道原来是什么样的。"

"我可以画出设计图。"建筑设计是白舸的强项。

岑正印触摸仙人塔的外壁："还有玉的问题，这用的不是一般的玉石。"

池枫说："没事儿，需要什么材料，你说出来，我想办法去找。你们几位也是一样，只要能修复好'克伊洛斯'，你们有什么要求都可以提出来。"

岑正印再找不到理由推脱了。

黄云辅仔仔细细看过了"克伊洛斯"，却说："恐怕没有用。你们来看看这里。"

徐蔼然最先看见他手指的位置："这是鎏金灯。"

"没错，这是鎏金灯。"黄云辅认同她的说法。

仙人塔大殿中央的鎏金灯类似西汉长信宫灯，一沙弥双手执灯跪坐。

"鎏金灯有什么奇怪的，这边还有一排。"江浩然挤在前面，看见大殿的另一边还有不少差不多的灯。

"这盏和其他的不同。"胡震显说着，将宫灯打开，然后叫站立在旁边的用人取了蜡烛来。

宫灯被点亮，神奇的事情就发生了。

沙弥手持着灯站立了起来，灯在他的手中缓缓地旋转了起来，灯光映得大殿明亮，如被洒上了月光。

所有人都被眼前的景象震慑住了，唯有黄云辅眉头紧锁："灯里少了一件东西。"

"少了什么？"关北山追问。

黄云辅只能看出鎏金灯不完整，却说不出它到底缺了什么。

"少了群仙云游鬼工球。"白舸解答了关北山的疑问。

听到"鬼工球"三个字，岑正印惊了一下。

白舸接着说下去："这盏鎏金灯是'克伊洛斯'演艺功能最重要的组成部分。因为它里面的群仙云游鬼工球总共有五十九层，每一层的球面上都镂刻了无数精细巧妙的花纹，花纹重叠错落。每当整点，琴声响，狮子舞之时，藏在灯饰内的鬼工球会转动起来，一幅幅画面会随着灯光出现在观赏者的眼前。"

章陶陶听懂了，兴致勃勃地说："哦，就像放电影一样。"

"对，就是类似于放电影。"这个比喻通俗易懂，相信大家都能明白。

"五十九层的鬼工球，古往今来有几个人能做出来？"章泽端提出质疑。

"有，姬家的人可以。"封鑫垚说道。

江浩然高声问："姬家不是搞玉雕的吗？"

白舸说："群仙云游正是玉雕鬼工球。"

"玉雕鬼工球能雕出五十九层？"徐蔼然都觉得不可思议。

江海看向岑正阳："小朋友，我看你昨天在画鬼工球的设计图，你能雕出多少层？"

岑正阳垂着头，躲在岑正印身后不说话。他已经尽了最大的努力，但破解不了鬼工球的设计之精妙，再好的手艺都是徒然。

黄云武说："就算五十九层的玉雕鬼工球真的存在，怕是也只有姬家人能做出来。"

岑正印问白舸："你为什么一开始不说还有姬家？"

白舸说："我并不知道姬家，百工坊和'克伊洛斯'的记载里都没提到过姬家。"

章铭瑄思来想去："姬家如此关键，为什么没有记载？姬家的玉雕手艺如此精湛，何以没有加入百工坊，甚至我们几家人都没有听说过？"

岑正印将目光投向封鑫垚："既然大家都不知道姬家，你是怎么知道的？"

封鑫垚笑一笑："不怕各位见笑，封家祖上是木雕手艺人，虽然技艺没有各位的先祖精湛，没被允许加入百工坊，但'克伊洛斯'之中少数的木质部分，也有封家的先人参与制作，因此知道了些关于姬家的事。"

白舸证实了他的话："'克伊洛斯'的工程量巨大，百工坊五家族虽然是主要制作者，但的确还有其他手工匠人的协助。"

江浩然扑哧笑出声，对封鑫垚说："你们的先祖还把姬家这点事代代相传了？怎么听着都像早有预谋。"

封鑫垚一点也不生气，自豪地说："能够参与这样一件举世瞩目的国宝的制作，这是封家人无上的荣耀，当然值得后辈传颂。"

关北山叹息着一拍手："说了这么多，还是找不到姬家的后人，'克伊洛斯'还是修复不了。"

所有人皆低声沉吟。

"你们家还有关于姬家人的线索吗？"关北山问封鑫垚。

封鑫垚摊摊手："没有。"

"回家。"岑正阳在岑正印身后焦急地说，"回家！"

岑正印回身，做了个嘘声的手势，握住他的手轻拍了拍，好让他安静下来。

姬家，姬天明，为什么爷爷会知道他们的事呢？难道爷爷认识姬家的后人吗？要找姬家人，或许爷爷的笔记能提供线索。

"我有办法找到姬家人。"岑正印站出来说道，"不过我要回家一趟。"

大厅里一下子寂静无声。

"你可以回家。"池枫竟然同意了。

江浩然立刻举手："我跟你一起去！你找姬家人肯定需要帮手的！"才两天，他已经觉得山庄太闷了。

江海站在他身后，没说话，但来自他的强大气场压过来，已经让他收回了手，默默地退回了他身边。

"我要白舸陪我回去。"岑正印直接跟池枫要求，盯着他等他答应，大有他不同意，她就不回去的意思。反正找姬家也好，修复"克伊洛斯"也好，跟她的关系都不太大，她不着急。

池枫点了头，但也看向封鑫垚。

封鑫垚知道该怎么做，于是保持微笑，对岑正印说："江小少爷说得没错，你找姬家人需要多一些帮手，所以除了白先生以外，叶筱静小姐也会与你同行。"

让叶筱静也去？这分明就是要制衡岑正印，要让她不好受。

连岑正阳都皱起了眉头，苦起了脸。

既然要去找姬家人，自然越快越好。当天下午，封鑫垚就派了车送他们回去。

终于能回家了，岑正阳不知道多高兴。

岑家两姐弟这么久不在家，洪叔每天来，把家里打扫得干干净净，岑正阳一进门就打开冰箱，找自己喜欢的酸奶喝。

"喝果汁吧。"岑正印拿出两瓶果汁招待白舸和叶筱静。

岑宅总共有两个书房，一个是岑明东的，一个是岑正印和岑正阳的。

岑正印从自己的书房拿了钥匙，开了岑明东书房的门。

岑明东的房间是个套间，里面是卧室外面是书房，书房里整整齐齐，到处是书、玉雕的工具和各种玉器。

他书桌上的笔筒、镇纸之类的摆设，无一例外全都是玉雕的。

书房里收拾得非常整齐：椅子塞在书桌下面，毛笔和砚台都洗得干干净净，地毯一尘不染，像是主人远行之前精心收拾的，像是他随时都会回来，在岑正印身边叫她一声"正印啊"。

岑正印想起小时候，她和岑正阳最喜欢坐在地毯上，围在书桌前看爷爷雕刻玉石。

岑正阳五岁的时候已经喜欢磨磨刻刻，而岑正印则对书橱里的书产生了浓厚的兴趣，它们整整齐齐地立在书柜的玻璃后面，默默地看着她，像是等待着她开启其中的秘密。

她在爷爷的书房里读完了《山海经》《世说新语》《史记》等等古文典籍。

一些晦涩难懂的古文旁边会有爷爷的批注，她就跟着爷爷工整的毛笔字翻遍了那些冷硬的大部头。这种感觉很奇妙，仿佛爷爷领着她在书海里畅游。

岑正印随手从书橱里抽了一本书下来，打开便能看见爷孙二人在书里对谈的场景。

一旁，岑正阳很小心地打开书桌的抽屉，寻找岑明东的笔记本——灰白色硬壳的封面，线装，里头夹着黑色的钢笔。

爷爷的笔记本长什么样他记得清清楚楚，可是将抽屉翻遍了，他也没能找到。

叶筱静在楼下等得不耐烦了，跑到书房门口问他们："你们找到线索没有？"

岑正印和岑正阳都不搭理她。

于是她走进书房："你们找的是什么？"

她穿着细高跟鞋，松软的地毯被她的鞋跟踏出一个凹洞。岑正阳低头看着，像是被人点了穴，几秒之后，眉毛拧成一团："你出去。"他挡住叶筱静，不让她再往前走一步。

叶筱静偏偏抬起脚，更用力地碾踩地毯。

岑正阳生气，一把将她推开："这是我家，请你走！"

叶筱静没想到他会突然动手，冷不防撞到了桌子，顺手拿起桌上的砚台就朝他砸去。好在岑正印及时反应过来立马将岑正阳拽开，可还是慢了一步，岑正阳被她砸到额角流血。

岑正印忙过去捂住岑正阳流血的伤口，冷冷问叶筱静："你不是想知道我们找什么吗？"

"你们找什么？"叶筱静往前走两步。

岑正印站起身："我们找……"

叶筱静没听清她后面的话，只觉得眼前一花，脚步一晃，额角开始流血了。

岑正印夺过刚才她砸岑正阳的砚台，毫不留情地也让她脑袋开了花。

破碎的砚台割得岑正印的手也流血了，但她面无表情，优雅地将砚台扔向墙角。

叶筱静似乎被她这突如其来的一下给打蒙了，愣了两秒之后才回过神，不罢休地欲上前拉扯岑正印，却被白舸抓住了手腕，无法出手。

"去给正阳上药。"将岑正阳扶起交给岑正印，白舸护送他们出去。

之后他微微回头，对叶筱静说："出来。"

叶筱静只当没听见。

保镖为叶筱静处理伤口，可是随身没有带药，血止不住。

卧室里，岑正印处理好岑正阳的伤口，脸色深沉，一句话也不说。

岑正阳摇摇她的手："姐姐，你不要生气。"

"在房里待着。"岑正印往外走，反手锁上了房门。

楼下，白舸在药箱里找止血治伤的药。

岑正印先他一步找到，拿在手里指着楼上："她现在在我家，要么安安分分，要么赶紧滚！"

白舸平静地伸手："把药给我。"

岑正印不动。

"给我。"白舸重复一遍。

岑正印的脸色僵硬，像一颗随时都会引爆的炸弹。

白舸夺过她手里的药膏，同时抓着她的手放下，先用消毒药水清洗，再用棉签蘸了药膏细致地给她上药。

她以为他找药膏是想送去给叶筱静，实则他是记挂着她手上的伤。

虽然自己弟弟被打了，可叶筱静毕竟带着那么多保镖，在明显敌强我弱的情况下，她依然要以牙还牙以眼还眼，可见她的性子比火药还烈，之前也不知道有没有因此吃过亏。

"嘶……"棉棒轻轻带过伤口，岑正印却疼得抽气。

白舸把她的手偏转到光线明亮的地方："伤口里面有碎碴，忍着。"

岑正印真的就一声不吭了，疼得厉害了就咬住下唇，别开脸看向旁边。

是该说她逞强还是说她倔呢？这样想着，白舸的心中愈发舍不得。

他把碎碴挑出来，再用纱布将她的伤口包扎："还有哪里伤着了吗？"

"没有了。"岑正印开口，吐出了三个字，转过脸，目光落到自己的手上，"只是划了一道口子，你不用包得像打拳吧？"

白舸收拾好药膏和消毒药水："这样你才能安分点。"

"废物！全都是废物！"这时，叶筱静叫嚣的声音从楼上传来，"都给我找，不管是什么都给我找出来！"

岑正印跑上楼，见叶筱静带来的保镖正在翻找书架抽屉，将书丢得满地都是。

她要制止，被叶筱静一把拉开："池枫同意你回家，是让你来找和姬家有关的线索，不是让你回家休养生息的，既然你找不出来，我们帮你找！"

保镖们随手翻开书架上的书，再扔到地上，连博古架上的花瓶玉器都被他们搬开检查。

"有，有人……"一名保镖忽然坐到了地上，望着书架的方向，眼神中布满惊恐。

旁边的人欲拉起他，一伸手，却摸到一片鲜血。

他方才还好好的，同伴们也不可能袭击他，他是怎么受伤的？

保镖正觉得古怪，身旁有人指着他喊道："真的有人！你背后有人！"

保镖心中一惊，回头看去，果然看见一个人影悄无声息地站在自己背后。

他立刻朝着那个人影逼近，可是他走一步，那个人影就往后退一步，退到无路可退，竟消失不见了。

"在你后面！"又有人指着叶筱静喊。

叶筱静同样回头看，只见人影正朝她靠近，她退后了一步，停住脚步，猛然冲上前抬脚踹去，人影却骤然消失。

"有鬼啊……"最先看见人影的人已经被吓得浑身发抖。

其他人浑身紧绷着提高戒备，可身上却莫名其妙多出了几处不大不小的刀伤。

"你耍什么把戏？"叶筱静质问岑正印。

岑正印说："从我很小的时候开始，这书房就闹鬼了，所以天黑之后，爷爷是不准我们进书房的。"

叶筱静冷笑："你觉得我会信？"

岑正印无奈："那你看看身后。"

叶筱静的身后是陈列岑明东玉雕作品的柜子，她一回头，正好看见一尊蚩尤的雕像。

那雕像魁梧，铜头铁额，手持刀戈，雕得传神逼真，陡然一见，吓得她浑身一个激灵。

"你们刚才看见的人，就是他了。"岑正印说。

保镖们纷纷将视线投到雕像上，各个面色一白，因为蚩尤手持的刀在滴血，可见他们离奇的伤口，正是他造成的。

叶筱静还心存狐疑，但雕像蚩尤忽然在他眼前变大，像是灵魂出窍似的朝着她扑过来，她被吓得腿软，扶着墙跑出了书房，她的保镖们也纷纷跟着跑出去。

"书房真的闹鬼？"等黑影消失后，白舸站在书房中央思忖片刻，问岑正印。

岑正印弯腰，将被扔在地上的书和玉器捡起来放回原处："说真的，爷爷常常警告我们书房闹鬼，但今天我还是第一次见。"

白舸环视书房，有了自己的想法。

虽说每家每户的书房风格以及家具摆放位置都有不同，但无论是讲究实用性还是考量风水，书房的布置都离不开一些基本的原则：比如书桌的方向要对着门，但又要避开门；比如座位不能背靠玻璃；比如书柜无论大小，放置的位置一定要有利于书籍的取放。

但岑明东这间书房，有些地方因为家具和装饰过多显得局促，有些地方又明显空荡，说不出的奇怪。

"你爷爷这间书房的布置，一直没有变过？"

岑正印想了想："爷爷生病在家休养那段时间，可能是觉得书房的风水不太好吧，把书桌和书柜都换了位置，原本墙上挂的画还有周围摆放的器物也都换掉了。"

白舸抬头看天花板："把窗帘都拉上。"

岑正印不解地看向他，他却只示意她照做。

岑正印点点头，将窗帘拉上，可书房却没有如她所料陷入黑暗。

墙角的一盏灯不知是何时被打开的，因为只发出微弱的白色光线，几乎没人留意到它。

白舸说："很多人认为风水能影响人的健康、财运，觉得风水是一门玄术。其实它也是一门自然科学，比如一个人常常失眠，导致免疫力低下，身体衰弱，人们常常会认为是卧室的风水不好。这种说法既错也对，因为风、光、声音，还有其他一切来自自然界的因素确实能影响人的健康，如果一个五感敏锐的人，卧室窗口能看见月光，夜晚能听见虫鸣鸟叫，他当然很容易睡不好。这时候如果调整卧室的布局，打破原有的'风水'，人和自然达到了和谐，他的身体就有机会恢复健康。"

白舸说着，打开了吊顶中央的灯，灯光从头顶照射下来，摆在书柜上方的玉器玉石黑影幢幢。

接着，奇怪的事情发生了，一面墙上出现了刚才的黑影。

"还有一些房子，屋主人总是听见怪声，看见奇怪的影像，就以为是房子的风水不好，闹鬼了，但事实上可能只是大自然在作怪。一些电影电视剧里会有鬼怪杀人的恐怖情节，最后大结局都会发现是犯罪分子借用了自然的力量，再加上人为的因素，利用了人们的恐怖心理，嫁祸给了鬼神。建筑物本身没有鬼神，但放在特定的环境里，鬼神就产生了。"

"可刚才的人影会动。"岑正印说。

白舸朝着卧室的方向走去，然后又缓慢地走回了书房："从你爷爷的卧室到书房，有一块地方被隐藏了起来。"

岑正印也从卧室到书房走了一遍，却没看出异常。

"来帮个忙。"白舸走到书柜边上，"把它移开。"

一整面墙的书柜，岑正印原本以为没那么容易搬开，谁知道搬动了一下之后，像是底部的滑轮被激活，书柜便向外面滑动了。

书柜的后面是一排狭窄的向上的楼梯。

岑正印爬上去，发现原来书房上面还有一间阁楼。

阁楼里有一个类似于电影放映器一样的装置。

"你看见的人影，就在这里面。"白舸取出"电影放映器"的核心装置。

"这是……"岑正印接过，放在掌心，"鬼工球。"

白舸打开手电筒，照向鬼工球，光线透过了精雕细琢百镂千刻的小球，投射出去的影子，赫然就是刚才的人影。

岑正印的手腕一动，鬼工球内的镂空花纹变化，人影走动起来，换到了两人的另一边。

光线、阴影，书房的闹鬼之谜算是解开了。

岑正印仔细端详着手中的鬼工球，它只有麦丽素大小，但里面层层叠叠至少有二十几层，虽然材质极为普通，工艺却是精湛绝伦。

"这块玉的质地偏硬，爷爷竟然能用它雕刻玉球。"

白舸注意到了堆放在阁楼角落里落满灰尘的书本："你要找的姬家线索，是不是在这些书里？"

岑正印走过去，很轻易地在旧书之中看见了一本灰白色硬壳的笔记本。

她拿起，拂去上面的灰尘，将其打开，岑明东的字迹便落入了眼中。

"先下去吧。"白舸说。

岑正印捧着笔记本，将鬼工球放回原处。

回到书房，他们将书柜推回原处，让书房回归原样。

岑正印在这个家住了几十年，进出这间书房数千次，却从来不知道身边还有这么大的玄机。难道爷爷重病时要改造书房，用鬼工球来装神弄鬼，是因为他知道不久之后，会有人进来翻找东西？

出了书房，岑正印拿着笔记本去了岑正阳的房间。

笔记本里记录着岑明东雕刻和鉴别玉石的技巧，还有各种玉雕作品的设计图。

姐弟二人逐页寻找姬家，当翻到笔记本的后一半时，岑正阳先激动起来："这是设计图！五十九层鬼工球的设计图！"

设计图没有画完，因为阁楼潮湿，有些地方的钢笔墨迹被洇开。

岑正印心中的疑惑更甚。

传闻中姬天明才能雕出的五十九层鬼工球，爷爷是怎么知道构造的？旧时家族技艺只在内部传承，莫非岑家是姬家的后裔？

洪叔从很久以前就跟在爷爷身边，他会不会知道些什么呢？

想到这，岑正印立马拨通了洪叔的电话。

"关于你家的事，你爷爷没详细地跟我说过，但是他曾提到，他送你的玉花生是能打开你们家族秘史的钥匙。"洪叔在电话里说。

"玉花生是钥匙，那它锁住的东西在哪？"在今天之前，岑正印还自诩了解这个家里的每件东西，但见识了书房的玄机之后，她可不敢这么说了。

"你去库房找找看吧。"洪叔提议。

岑家的库房是花园里的一间小平房，和一般家庭用来放置杂物不同，岑家的库房里存放的都是玉器残品、用坏的家具、工具之类，类似于一个回收站。

有锁的东西一般应该是箱子柜子之类的，岑正印找到了几个，但锁都不对。

不过这一趟她也并不是毫无收获，她在一个梳妆柜里找到了一只怀表。

怀表是民国年间很常见的款式，解下扣眼的怀表链，掀开小巧的翻盖，背面是一帧女子的照片。

不大的黑白照片已经发黄，是时光沉淀下来的痕迹。

照片里的女子是典型大家闺秀的打扮，目光炯炯，笑起来很是明媚，透着宠辱不惊的温润气质。

岑正印将照片从怀表中取出，拿近了细看，看清她脖子上佩戴的饰物，正是属于自己的那枚玉花生。

若玉花生是祖传之物，那这名女子应该就是她的先祖了。

照片背面还有一行小字——盛兴街112号阿祥照相馆。

字是手写的，而且笔迹较新。

盛兴街现在还在，但112号不知道还是不是照相馆，岑正印觉得，或许自己该去看看。

她将照片收起，将怀表塞进口袋，走出了仓库。

弯月朦胧，夜风清凉，走到花园的时候，她看到白舸和叶筱静并肩站在柳梢下。

"你少多管闲事。"叶筱静对白舸说，目光比月色还冷上几分。

白舸颔首，表情在月色的阴影里晦涩不明："你好自为之。"

"我们的交易完成，已经两清了，你不用操心我。"叶筱静转身离开，将白舸给的药膏扔进花丛里。

岑正印并不想偷听他们的谈话，但是刚好经过，无意中听到了那么几句。

她不得不留意到其中的一个关键词——交易。

他们之间有什么交易？

白舸望一眼无辜被当成垃圾的药膏，深如幽潭的眸子落下一片忧心。

他借着送药膏找叶筱静出来，实则是想确认一件事。

岑明东书房里的黑影可以解释，但保镖被刀刃划伤的伤口是怎么回事？不是鬼神之力，就只能是人为了。

"被黑影所伤"的人有三名：两名保镖和叶筱静。

白舸再次回现场确认过，发现地上的玉器碎片上残留着血迹，第一个保镖被吓得摔倒的位置就在旁边，所以他手臂上的伤口很有可能是碎片造成的。

第二名受伤的保镖最开始站在叶筱静身边，和其他人的距离较远，唯一有可能伤到他的就是叶筱静。

之后叶筱静再划破自己的手臂，将血涂到蚩尤雕像上，自然就造成了黑影伤人的假象。

方才将药膏递给叶筱静的时候，白舸说他亲眼所见，直接问她这么做的目的。

叶筱静信以为真，不做否认："吓走那几个池枫派来监视的保镖，对你和岑正印不一样有利吗？"

"你是怎么看出来书房不是闹鬼的？"

"我从不信鬼神。"

白舸劝解她："那林不是曲伟杰和苏建军，你好自为之。"

叶筱静痛恨这两个名字，更痛恨从他口中听到这两个名字，于是拂袖而去。

第二天，岑正印独自去了盛兴街112号，没想到那里真的是一间照相馆。

她将怀表里的照片拿给照相馆的老板辨认。

"这照片太老了，虽然是在这里拍的，但肯定不是我拍的。"老板说道，"不过我这里还有一张照片。"他走去了暗房，拿来了另一张照片给岑正印看。

照片是一张彩色合影，其中一个人就是怀表里的女子，另外一个是一位男性。

"这照片是我曾祖父拍的，是本市最早的彩色照片，因此留有冲洗底单，来取的人名叫姬天明，也就是照片里的人。"老板将保存完好的票据给岑正印看。

"既然是您曾祖父拍的，他应该和照片里的人认识。"

"他们很熟悉。"

"那么您跟姬家的人还有联络吗？"

老板很谨慎："你打听他们做什么？"同时他也认出了岑正印，"你是中森卫视那个女主播吧？"

既然老板认出了她，那就好办了。岑正印摘下墨镜："我们电视台最近在拍摄记录非遗手艺的电视节目，想通过姬家了解玉雕。"

老板很热情："他们就在附近做玉器生意，我带你去找他们！"

姬家的袖珍小店开在一个很不起眼的地方，做的是倒腾金石玉器的买卖，据说上门的都是熟客。

"姬剑那小子眼光不错，上个月倒腾个据说是清朝皇家的玉佩，赚了有二十几万吧。"一路走着，老板一路跟岑正印介绍。

店铺的卷闸门半拉着，老板使劲拍了拍门："小子别睡了，有人找你呢！"

"谁啊？"半晌，里头才有人回应，一个瘦瘦高高的小伙子顶着乱糟糟的头发，睡眼蒙眬地看了眼岑正印，"你谁啊？想买点什么？"

岑正印往店铺里头瞅两眼："能进去看看吗？"

姬剑把卷闸门往上一抬，打了个哈欠道："进来吧进来吧。"

店里头乱七八糟的，还放着水盆锅碗一类的，老式的柜台里头展示着几件玉器，岑正印随便看了看，发现没一件好东西，全都是百来块的大路货。

"你这里就这些东西？"岑正印问。

姬剑见她似乎来头不小，便蹲下身从柜台底下抱出了个盒子打开："还有这些。"

盒子里头是玉佩、发簪一类，品相要好上很多。

不过岑正印看过两眼，都放回了原处。

姬剑看出她是有目的而来："你想找什么？"

有旁人在，岑正印不便直说。

照相馆老板是个识相的人："你们谈你们谈，我回店里了。"

老板走后，岑正印这才开口："我找群仙云游鬼工球。"

姬剑完全没听懂："什么？什么球？"

"群仙云游鬼工球。"岑正印重复一遍。

姬剑一副云里雾里的模样："不是，这东西是哪个朝代的？"

岑正印看不出他是真不知道还是装糊涂，于是拿出了从照相馆取得的照片，指着其中的男人："这个人你认识吗？"

姬剑看了看，没什么反应。

岑正印说："他叫姬天明。"

姬剑问："我们家的人？哪一辈的啊？"

看他的样子，仿佛真的对姬家的过去一无所知。

岑正印懒得绕圈子了："你家其他人呢？你父亲或者你爷爷呢？"

姬剑把照片往柜台上一拍："你这人很奇怪啊，到底是来买东西还是来打听人的？你这是要问候我祖宗？"

岑正印道："我想打听群仙云游鬼工球，既然你不知道，我就想问问你家里的长辈。"

姬剑拿出纸笔："把电话号码留下，等我打听到了打电话通知你。"

岑正印拿起笔，写下了自己的手机号。

这时候，一个外形彪悍的男人溜达着走进来，开口就问姬剑："我要的东西呢？"

他注意到了岑正印，不过以为她是闲逛进来的顾客，瞪了一眼，没理会。

"弄好了弄好了。"姬剑又从柜台底下搬出了盒子,故意避开岑正印,到另一边的桌上去打开,压低了声音说,"您看看,绝对的好东西,战国白玉马车。"

岑正印留心听到了他们的对话,回头看了两眼。

只见姬剑把桌上乱七八糟的东西都搬开了,打开盒子让男人欣赏里头的东西:六匹马拉着一辆马车,马车上坐着一个赶车的人,形象生动,雕刻精美。

这东西肯定不是战国的真品,但仿制的手艺足够高超,价值不菲。

见岑正印走过来,姬剑忙将盒子关上了,对男人说:"怎么样?这东西绝对难得。"

"手艺不错,可惜玉石是劣质品。"岑正印说了一句。

男人看向她:"劣质品?"

"这玉石是……"岑正印缓慢开口。

"你胡说八道什么呢!"姬剑将她拉到一边,低声警告她,"我跟你无冤无仇的,你别坏我生意啊。"

岑正印笑道:"你这人说话不老实,做生意也不老实,你这白玉马车好看是好看,但最多一年白玉就会变色,而且非常易碎。"她说话声音不小,身后的男人伸长脖子想听清楚。

姬剑没想到她是个行家,只好认栽:"只要你别坏我生意,你想知道什么我都说。"

岑正印试探:"群仙云游鬼工球。"

姬剑老老实实:"五十九层的鬼工球,是我祖先刻的,在'克伊洛斯'里面的。"

岑正印满意了。

姬剑稳住了她,继续去做自己的生意。

"你看这雕工,别说是W市,就是整个大中国,你也找不出第二个能做到这样的人!"男人已经对白玉马车存疑,不过姬剑使劲儿忽悠,加上他的玉雕手艺的确超凡,最后还是以不菲的价格将东西卖了出去。

男人走后,姬剑用手指夹着支票晃一晃,十分得意。

但店里还有个"瘟神"没请走。

"群仙云游鬼工球虽然是我们姬家做的,但姬家连个名字都没留下,也不是百工坊的成员,不用上你那个节目,你来找我做什么?"姬剑早看出来岑正印是什么人了。

岑正印说:"你既然知道'克伊洛斯',就一定知道我为什么找你了。"

姬剑把桌上的东西搬回去:"你找了那么多能工巧匠,我就不掺和了。"

岑正印问:"你祖先的玉雕手艺无人能及,却没能加入百工坊,没能留下姓名,你难道不想知道为什么,不想为你们姬家正名?"

姬剑干净利落地回答:"不想。"

岑正印将一张支票点在桌子上,推向他,然后交叉双手,眼睛微微眯起:"有机会上电视,以后你的生意会更好,你还是不感兴趣?"

姬剑的眼睛停留在支票上,仔细数了数上面的零,神色出现了动摇。

岑家,两名保镖想进岑明东的书房,但想起昨天的闹鬼事件,便在门口徘徊。

岑正阳在房间里研究爷爷的笔记,没出过房门。

白舸坐在沙发上，稀里糊涂睡着了，稀里糊涂地梦见一步步走来的黑衣男人、黑洞洞的枪口、淋漓的鲜血，还有倒在地上的人……那是他母亲中枪倒地的画面，他冲过去想救起母亲，但倒在血泊里的人却忽然变了面目。

不是他的母亲，而是岑正印！

白舸惊醒，花了很长时间确定自己在做梦，额头却全是冷汗。

枪手的模样刻在他的脑海里，所以梦里的形象无比清晰。

许多许多年过去了，他已从少年长成男人，可无论从什么渠道，他都无法找到这个男人。

强烈的第六感和从少年时根植的恐惧告诉他，他还活着，并且正在像梦中那样，朝他靠近。

岑正印已经出门三个多小时了，还没有回来。

白舸打算出去找她，门一开，她刚好走来，还带着个年轻人。

白舸让开路，让他们进家门。

姬剑往里走，一屁股坐到沙发中间，跷着个二郎腿抬头打量房子，看上去像个投机倒把的小贩，没有半点手艺人高风亮节的样子。

"你说你有群仙云游鬼工球的设计图？先拿出来让我看看。"他对岑正印说。

岑正印去楼上叫了岑正阳。

岑正阳根据岑明东的笔记，昨晚到现在都没睡觉，重新画了一幅图，抱在怀里舍不得给任何人看。

姬剑上前一把抢过来，用手指点着："这里、这里、这里，都不对。"

岑正阳憋着张脸，不服气地说："还给我！"

姬剑从他手里抽出笔，画了一张示意图："支点如果在这里，这两层逆向旋转九十度便会卡住。"

岑正阳仔细看了看，发现他说得还挺有道理，于是两人在一张纸上交流起了鬼工球的设计。

叶筱静走去一边，打了个电话出去，然后回来跟其他人说："下午我们就走，要带什么东西，你们先收拾好。"她的余光扫一眼姬剑，稍微顿了一顿之后移开。

"我不去，我要在家。"岑正阳知道又要离开家后，躲在房间里不出来。

岑正印也不想他再涉险，可是他们不回去的话，留在山庄里的人难免朝不保夕："你的鬼工球还没有做出来，买家还在等呢。"

岑正阳打开了门："姐姐要去的话，我也去。"其他理由都说不动他，唯独想保护姐姐的念头胜过了一切顾虑。

要离开家，忽然间离愁别绪涌上心头，岑正印拥抱这个比自己个头高、心智却仍然如孩童的弟弟："正阳你要记住，无论什么时候，人永远是最重要的，任何珍贵的文物都比不上。"

岑正阳认认真真记下这话，认认真真点头："我懂。"

接着他去爷爷的书房，挑选了玉雕的工具，又选了几本没看的书，全塞进背包里带着。

保镖们将来时的商务车从车库里开出来，所有人上车后，车子发动，可是没走几步车子好像就出了点问题，再也动不了了。

不过好在岑正印有两部车停在家里，也够坐下他们了。

岑家姐弟二人坐进前面一辆车的后座，姬剑自觉地要开车，却被叶筱静夺了车钥匙："我开车，你坐副驾驶。"

两辆车开上路，叶筱静的车在前面，白舸乘坐另一辆车跟在后面。

姬剑靠着车窗坐着，闲闲地看风景，旁边车道上有一辆车飞驰而过，驾驶座上的人戴着墨镜，看他一眼，收回视线时，薄薄的唇轻轻抿着，似乎在笑又似乎没有。

白舸注视着前面的车辆，窗外的光影交替，一闪一闪。

有车辆经过，他下意识转头，看见一个戴着墨镜的人，血液几乎瞬间被惊骇冻住。

就是他！他苦苦寻找多年的杀死他母亲的枪手！

白舸恨不得立马飞出去，他扑向前一打方向盘，整个车身一拐，驾驶车辆的保镖吓一跳，还没反应过来就被白舸踹到了一旁。

戴墨镜的人从后视镜里看见后方追来的车，踩油门加速。

白舸也加速，咬紧他不放。

叶筱静留意到白舸的车已不在，打方向盘转弯，偏离了既定的路线。

"车上放了追踪器，你很快就会被发现。"姬剑说。

叶筱静攥着方向盘，攥得手背暴起青筋，吼道："闭嘴，把追踪器找出来！"

姬剑挑挑眉，从口袋里摸出芯片大小的装置，拧开矿泉水瓶，扔进水里。

岑正印愣了一下，然后马上意识到自己和岑正阳陷入了孤立无援的境地。

姬剑回头，伸出手，慢慢地露出坏笑："重新介绍一下，我叫尹剑。"

叶筱静从后视镜里看岑正印："照片是真的，底单也是真的，不过照片里的男人不是姬天明。"

"那个女人？"岑正印陡然醒悟，"她才是姬天明？"

"没人说姬天明是个男人。"尹剑笑。

是啊，是她和大部分人一样走进了误区，以为姬家的传承人，又叫"姬天明"的一定是个男人。

这也就解释了姬家不是百工坊成员的原因。

从前的家族技艺都不外传，所以向来传男不传女，就好像徐蔼然的外公，因为只有一名独女，所以他成了周家锔瓷手艺的最后一位传承人。

姬天明虽然手艺超群，在"克伊洛斯"的建造中也起到了无可取代的作用，但因为她是女人，当时应当已经嫁人，所以关于百工坊的记载里根本找不到她的姓名。

尹剑说："岑家是姬天明的夫家，岑家的后裔也就是姬家的后裔，所以你们岑家每代人的血液里都流淌着对于玉器的痴迷。"

岑正印问叶筱静："你早就知道了？"

叶筱静抿着嘴一笑："近在眼前的真相往往最容易被人忽略。"

"你绕这么大圈子找了个冒牌的姬家人，怎么不把他送去骗池枫？"

"池枫知道的岑家的事，恐怕远比你这个岑家人要多。他叫你回来找线索，无非是想你找到群仙云游鬼工球的设计图而已。"

既然池枫也知道真相，那么叶筱静做这么多，究竟是什么目的？

叶筱静猜到她在想什么："别急，你很快就知道了。"

白舸追着墨镜男人，追到一片荒野之地。

水泥路被阳光直射，有杂草从路面破损处长出。

墨镜男人的车停在了路边杂草堆里，白舸也下车，追着他的身影走进了一栋废弃的砖瓦房。

"唔……唔唔……"他正要往后面追，却听到了人声。

循声走去，他看见一老一小两个人被绑在立柱上。

"洪叔？"白舸连忙将人松绑，"你怎么在这？"

洪叔撕开嘴上的胶布，抱起旁边的孩子："小念，小念，醒醒！"

白舸记得岑正阳提过，洪叔的孙子就叫小念。

小念只是晕过去了，被洪叔晃了几下便睁开了眼睛。

洪叔一面确认他有没有受伤，一面跟白舸描述事情的经过："昨天我去学校接小念放学，在路上被人打晕带到了这里，他们用小念威胁我，让我骗小姐去库房找姬家的线索。我不知道到底是怎么回事，但是小姐肯定有危险！"

想起岑正印，白舸的心猛地一紧。

枪手的出现不是偶然，是叶筱静故意安排的。他追切地想要抓住害死母亲的枪手，于是被仇恨冲昏了理智，中了她的计，让岑正印和岑正阳落到了她手里。

这种情况下，他一个人根本无法找到他们，于是不得不致电池枫求援："正印和正阳被筱静带走了。"

当叶筱静开车偏离路线，并且从追踪雷达中消失的时候，池枫就知道出了事，而且他刚刚还接到了叶筱静的电话："叶筱静要我将百工坊的人都交给她，才愿意放了正印和正阳。"要修复"克伊洛斯"，岑正印和岑正阳是关键的人物，这交易他不得不考虑。

但叶筱静要百工坊的人做什么？她替那林办事，如果想独吞"克伊洛斯"，得冒着被那林追杀的风险。

池枫又说："正印自己就是姬家人，她找到的假姬家人真实姓名叫作尹剑，是做玉器仿品的行家。叶筱静将他带回岑家，真正的目的是骗正阳的鬼工球设计图。一旦设计图有了，尹剑也好，其他玉雕师也好，都有机会做出群仙云游鬼工球。"在白舸追枪手的时间里，他调查到了关键性的资料。

有了百工坊家族，又有了设计图，她就能修复"克伊洛斯"，在那林内部邀功。

但与此同时她还能达到另一个目的——

白舸目光灼灼，表面镇定，心在发抖："有了设计图，正印和正阳对那林就没有用了，她可以毫无顾忌地要他们的命。"

气象台预报今晚有台风过境，外面的风力已经加大，白舸将洪叔和小念送到了能打车的地方。

雨来了，和狂风一起拍打窗户，如巨浪拍打堤坝，几乎地动山摇。

手机嗡嗡震动——叶筱静来电。

"去开停在杂草堆的车，车内有一部手机会为你带路，把你自己的手机扔掉，车内有监控，你别想打电话报警。"

池家的山庄内，往日里无处不在的保镖此刻仿佛少了很多，似乎都被派了出去。

房间里，黄云武的旧疾发作，疼痛难忍。叶筱梦想帮他止痛，但因为缺少药物，所以束手无策。

她让人带她去见池枫，商量能否出去买药。

"把你需要的药品写下来，我叫人去买。"池枫说着话，目光和注意力却全都集中在面前电脑的视频上。

视频显示的是山庄外的实时画面。山庄四周隐藏着不少外来者，似乎在等待着指令一起进攻，但却先后被池枫派出的人发现了，各个击破，全被制住。

池枫发现叶筱梦注意到了视频，起身叫保镖带她出去。

"说，叶筱静在哪里？"视频里，池枫的人抓住了一名关键人物，勒住他的脖子逼问他道。

叶筱梦跟着保镖出门，走得缓慢，听觉格外专注。

"在阿……阿华——"保镖已经带上门，叶筱梦只听到了这两个字。

这里是阿华田服装厂，也就是当年苏建军案终结的地方。

从前的厂房已经拆掉，建起了新的办公楼，但因为资金短缺等多方面原因，大楼盖到一半就停工了，成了烂尾楼。

时至今日，这里还是一片颓废荒芜，仿佛某种不可改写的宿命。

叶筱静带岑正印和岑正阳上了楼顶。

风雨交加，楼顶唯一可以躲雨的地方，就是砌了一半的屋檐。

尹剑走上来告诉叶筱静，池枫已经答应了她的条件，离开了山庄，并且带走了山庄内除了百工坊家族以外的其他人。

"半小时之内，我们的人将接手山庄。"他说。

叶筱静转身，看身后的岑正印："池枫肯为了你受我的威胁，还真是难得。但你觉得他是真为了你，还是为了你的利用价值？"

岑正印反应平淡："至少我在危急的时刻还有人救，而你当年站在这儿的时候，孤立无援。"

"你说得没错，这个地方改变了我的一生，我人生最灰暗的时刻是在这里，最光明的时刻也是在这里，苏建军和曲伟杰死的时候，我以为苦难结束人生也结束了，但白舸走来了，他叫我嫁给他，他让我的人生以另一种方式重新开始了。"叶筱静不可自抑地笑起来，"但他骗了我！他早就知道真相，却装作相信我、护着我，他心里明明不爱我，却可怜我，要跟我结婚！"

岑正印看她，眼神里布满同情和鄙夷："你真是可怜。得不到爱，就想得到金钱和地位，但在那林，你也只是一件工具，要做好事情才能获得主人的打赏。可除了那林，又没有地方容得下你。"

叶筱静一点也不生气："你说得都对，我接受现实。你知道一个人多不容易才肯承认自己的人生烂得透顶，但接受现实是改变现实的第一步。"

她指着自己脚下的地面，一字一顿道："我从不后悔让苏建军和曲伟杰死在这里！就是从他们的死开始，我才有了机会改变自己的命运，过去二十几年的噩梦是被我自己斩杀在这里的！我不用别人援助，靠自己会活得越来越好，挡我路的人，他们的结局会和苏建军、曲伟杰一样！"

"你知道自己为什么得不到爱吗?因为你根本不懂爱。"岑正印为白舸感到悲哀,曾经为她付出那么多,却丝毫没有让她改变。

叶筱静乐了:"这种老掉牙的台词,你说出来不觉得牙酸吗?行,既然你觉得我不懂爱,那就让我看看什么是爱情吧。"

她靠近岑正印,将声音放低放沉:"但是你信不信,白舸的心是冷的。在他心里,责任和道义统统摆在爱情前面,爱上他的人不会有好下场。"她把岑正印带到这里,就是为了证明这一点。

雨越下越大了,风雨声铺天盖地,但叶筱静还是听到了越来越近的引擎声,可见开车的人有多么急切。

看来,今晚的另外一位主角也到场了。

当年,他将她从这里救出去,她以为自己获得了新生,结果不过是骗局。今天,就让她看看同样面临绝境的岑正印会得到他怎样的回应。

她将一块刀片塞进岑正印被捆在背后的手里:"慢慢割开绳子,表演就开始了。"她冷冷地笑,然后朝电梯走去。

岑正印拿着刀片快速地割绳子,她除了要保证自己的安全,还要保护身边害怕到浑身发抖的岑正阳。

就在这时,她感觉到一阵晃动,听到水泥地面摩擦的声音。

捆住双手的绳子终于断了,她飞快地解开脚上的绳子,然后替岑正阳松绑,二人朝着电梯跑去,可电梯已经被停了。

他们又跑去楼梯口,颤巍巍地站在楼层浇筑钢筋部分的边缘,岑正印意识到一件非常糟糕的事——这栋楼建到一半便停工,根本没有楼梯。

从高度来看,他们所在的位置至少是六层。

他们没有任何工具,赤手空拳如何下去?最关键的是,楼外有一辆机械吊臂车,正从他们头顶的一层开始挖。

绳子,刚才绑他们的绳子!

岑正印跑回刚才的地方,把地上的绳子捡起,两两系在一起,分别绑在岑正阳和自己身上。

"姐姐!"岑正阳发现岑正印走到了楼板边上,连忙抓住绳子,并且叫住了她。

岑正印看了看楼层之间的高度,把岑正阳身上的绳子系紧:"你先翻下去,姐姐在上面帮你拉着绳子。"

岑正阳使劲摇头表示不敢。

他们上面的一层已经快要挖完了,砖块砂砾不停地从他们的头顶掉落。

岑正印握着岑正阳的双臂,凝视他的眼睛:"正阳,勇敢点!"

"但是我下去你怎么办?"

"我也从这里爬下去,你抓着绳子,我不会掉下去的。"

岑正阳还是摇头。

岑正印面容冷峻,回头指了指楼板,怒道:"没时间了,爬下去!"

岑正阳走到楼板边,岑正印抓住他的手,缓慢地将他放下去,再使劲拉住绳子。

狂风乱吹,吹得绳子摇摇晃晃,岑正阳的身体也摇摇晃晃,岑正印的手心勒出了血痕。

岑正阳的双脚终于落到了下面一层的地面上，岑正印松了一口气，松开绳子。

接下来轮到她，没人在上面拉住她，她唯一能够抓的只有楼层之间的下水管道。

她踩着阳台屋檐的突出物向下，每一步都很艰难，双脚寻找着支撑点，不料下水管道风吹日晒太久，已经变得非常脆弱，根本承受不住太大的力气，蓦地断裂。

岑正印陡然向后仰，眼睁睁看着自己就要做自由落体运动，绑在腰上的绳子却一下子收紧，身体一点点往上升。

岑正阳使尽全力将她拉了上去，两人都精疲力竭地倒在地上。

这样不行，这样向下爬，他们下不到两层就要耗尽气力。

这时，一旁的电梯门却打开了。是白舸挟持了叶筱静，让她打开了电梯，两人一起上了楼。

机械吊臂已经朝着岑正印和岑正阳的位置挖过来，岑正印立刻爬起来拽开岑正阳，但尹剑却操纵着吊臂追着他们跑。

大雨滂沱，狂风肆虐，浓厚云层之中的雷电闪光时隐时现。

机械吊臂朝着岑正阳落下，岑正印拉着他跑得飞快，身后的地面被挖出大洞，旁边的立柱也摇摇欲坠。

电梯口就在前面，岑正印把岑正阳推出去。

机械吊臂却破风而来，从岑正印的头顶铲下。

"姐姐！"岑正阳大叫一声。

在机器的轰隆声响之中，岑正印站立的地方只剩残垣断壁，不见人影。

白舸心胆俱裂，扑上去。

吊臂缓缓抬起，只见岑正印抓住一根缆索，挂在了上面。

岑正阳茫然："姐姐？"

白舸往前一跃，也抓住缆索，双手挪移着向前，一点点朝着她靠近。

尹剑操纵着吊臂猛然旋转了角度，岑正印的一只手无力地松脱，再伸手抓向旁边，却不想缆索被暴雨淋湿，无比湿滑，她一次没能抓上，力量一懈，另一只手也滑脱了。

风卷着雨旋转吹动，吹得她的黑发、衣裙在半空中摇曳，如卷入风浪中心。

"正印！"白舸一声高喊，岑正印的身子猛然在空中一震，抬头看见他飞身扑来，抓住了她的手腕。

岑正印看见他的目光如火如炬，一时心神巨震。

白舸趴在吊臂之上，一手拉着岑正印，一手难以维系重量，随时可能被她拖累得一起坠下。

岑正印当机立断："你放开我！不然你也会掉下去！"

狂风更甚，暴雨飘泼。电龙在身边翻卷，雷声在耳边轰隆，又急又紧，竟似要将二人撕裂。

吊臂再次旋转，想将二人甩下去，白舸的大半边身体已经悬在半空中。

危急时刻，池枫的三名保镖赶到，想要帮忙解救岑正印，却被叶筱静拦住。他们虽有三人，叶筱静竟然也没明显落了下风，眼看池枫的保镖和叶筱静缠斗，一时间竟然没能将她制伏，岑正阳非常着急。突然，他看到地上一根绳子，趁着叶筱静被两个人扭住了双臂的机会，连忙捡起来冲过去，和另外一个保镖一起牢牢地将她的双手绑了起来，并将绳子的另一端系死在了吊臂上。

尹剑再操纵吊臂,听到喊声时抬头看去,却发现叶筱静不知何时站到了吊臂边上,吊臂一动,她也跟着动。

尹剑不敢再有下一步的动作,岑正阳走上吊臂,去救摇摇欲坠的岑正印和白舸,瘦弱的身体被风吹得摇摆不止。

叶筱静自己挣脱不开,干脆也走上了吊臂,寻到一处金属尖锐处,双手举起,划开绳子。

茫茫风雨之中,金属吊臂格外湿滑,人显得格外渺小。

岑正阳抓住了白舸,白舸翻身跃上吊臂,一点点将岑正印拉向自己。

岑正印仰着脸,脸上全是湿漉漉的水痕。

叶筱静站在另一端,抓住了连接塔架的缆索:"又是亲情又是爱情,的确很感人,让人羡慕。"伴随着她的话音,吊臂开始往岑正印的方向倾斜,倾斜了一半却忽然顿住。

一名保镖留在上方帮忙,另外两名已经下了楼,踹开了控制室,试图制伏尹剑。双方在打斗中时不时碰到操纵台,导致吊臂来回晃动,叶筱静即便抓着缆索,双脚都滑脱了下去,悬在半空中。

"接着!"保镖捡起另外一根绳子扔给白舸,但风太大,绳子挂在了缆索上。

白舸扑向缆索,抓住了绳子,身体在空中晃了好几下,勉强站稳:"抓住!"他拆下缆索上的铁钩,系在绳子一端,扔向岑正阳和岑正印,自己伸出手抓紧叶筱静,几人齐心合力,以自身重量在风雨飘摇之中固定住绳子,维持住了平衡。

保镖们已经制伏了尹剑,设法将吊臂转到楼板的位置,可操作杆失灵,吊臂竟直直地冲向大楼的顶梁柱。

岑正印只觉手上的重量一轻,扭头看见下坠人影的时候,白舸已经拉绳子拽住了岑正阳。

原本四人的平衡被打破,叶筱静也跌落下去。

叶筱静仰着头下坠,耳边除了风雨之声再无其他声响,眼前除了雨幕苍茫再无其他颜色。

"救命!"好像冥冥之中最后的生机,她耗尽最后的力气朝着白舸大喊。

白舸转头,看见她绝望的眼神,没犹豫地伸手牢牢握住了她的手腕,同时拉下绳索,坠下数米拉住她。

巨大的引力之下,他往前一跃收住去势,然而绳索另一端的岑正阳却因此撞到了大楼的残壁,瞬间陷入昏迷,朝下摔去。

"正阳!"岑正印惊愕地看着这一幕,狂风猛烈,将她的黑发吹乱,她伸出手,什么也抓不到,嘶声喊,"正阳……"

白舸同样看着坠楼的岑正阳,整个人呆愣着,双腿双脚都在不住地发抖,恨不得坠楼的人是自己。

怎么回事?怎么会变成这样?岑正阳怎么会坠下去?

他的脑海里一片混乱。

他明明是要救人的,为什么救了叶筱静却赔了岑正阳?

不对,不应该是这样的,他明明应该能保住两个人的。为什么岑正阳会出事?

他不该救叶筱静吗?他做错了吗?

谁能告诉他，他该怎么办？

池枫带人登上楼。

岑正印被从吊臂上拖下来，抬头看向白舸身边的叶筱静，看见她露出一丝劫后余生的笑意。

就是这个人！就是这个人害了她弟弟！

——正印啊，你长大了，要撑起家了，要照顾好正阳。

岑正印的耳边回响着爷爷临终前的嘱托，情绪一溃千里，咬着牙，发出一声凄厉的惨叫。

她的双手始终伸长着，泪混着雨，分不清了。

岑正阳躺在离她很远很远的地方，暴雨将血水冲得没了踪影。

她渐渐什么都看不清了，恍惚回到草长莺飞的季节，她和弟弟在花园里玩耍，爷爷在阳伞下安静地看书。那时她还有亲人，那时她还无忧无虑。姐弟俩玩累了就去爷爷身边，捧着果汁看天上棉花糖一样的云。

警笛声越来越近，邢森带着组员赶了过来。

半小时前他接到赵局的指示，让他去抓捕叶筱静，指示的地点却不明确，说是一个叫阿华的地方。

阿华田服装厂！他第一时间就想到了。作为当年313案件的办案者，他对这个地方太熟悉了！

已经看见警察围拢过来，池枫更急切地要带着岑正印离开，却被白舸拦住了去路。

几名黑衣保镖跑过来，帮助他们脱困，池枫领着岑正印往另一边走。

"你不能跟他走。"白舸拉住岑正印。

"我不可能留下。"岑正印回头看向他，眼中的仇恨呼之欲出，"除非你制伏我，否则不可能！"她看着他，脑海里就浮现岑正阳出事的画面。那画面要将她逼疯了，她现在不相信警方，更不相信他，满脑子只有为岑正阳报仇的念头。而能帮助她报仇的人，只有池枫。

"正印！"这一声虽然是喝出来的，但如果其他人在场，不难听出这声音竟然在颤抖。

岑正印脸上的表情没有任何松动。

邢森就要带人追过来了。

白舸到底为岑正印让开了路。

池枫率先发动车子，其他人将岑正阳扶进另外的车辆紧随其后，在暴雨之中，疾驰而去。

岑正印回到了家里。

家，永远是最温馨的地方。

洪叔把儿子儿媳还有小念都带来了。

他的儿媳是开面包店的，烤的面包是一绝，松软金黄，香味扑鼻。

岑正印很久没闻到这样的香味了。

岑明东系着围裙从厨房里探出头来:"正印啊,洗洗手准备吃饭了。"

岑正印工作了一天,很累,这一刻却很高兴:"今天这么多人,吃什么好吃的?"

岑明东在做可乐鸡翅,这是他的一绝,岑正阳最爱吃的。

岑正印笑一声:"我去叫正阳下来。"

不用她叫,岑正阳闻到香味,自然下楼来了,帮忙端碗摆筷子。

小念抢到了一块面包,吃得满脸都是,被爸爸抓住,抱着坐在椅子上擦嘴,两只小腿晃悠来晃悠去。

菜都做好了,岑正印帮着端出厨房。

"好了,开饭吧。"她拍拍手,招呼大家道。

可是,仿佛没人能听到她说话,每个人都还在忙自己的事。

小念把面包屑撒了一地,被爸爸骂哭了。

小念的妈妈护着孩子,和丈夫争论了两句,不小心打翻了果酱。

岑明东还在烧菜,烧来烧去都是可乐鸡翅,似乎永远也做不完。

岑正阳饿了,半天没有吃的,抱着碗不高兴起来。

"别吵了。"岑正印去劝小念的父母,可他们听不见她说话。

"爷爷,菜够吃了。"岑正印去厨房,可爷爷也听不见她说话。

"正阳,菜都齐了,你先吃吧。"岑正印给岑正阳盛了饭,却怎么也递不到他手里。

他们好像处在不同的空间里一般。

每个人的影子都在岑正印面前晃动,但无法会面,一而再地交错。

然后,这些影子都变成了泡沫,慢慢地,慢慢地飘散。

岑正印惊醒,一双眼睛陷在黑暗里。

她根本不在家里,她在池枫的山庄里。

阿华田服装厂的事件之后,岑正阳被送进医院抢救,至今昏迷不醒,医生说他能醒来的机会趋近于零。

池枫将他带回了山庄,请了医生和看护二十四小时守着。

那天之后岑正印异常沉默,没有再号啕失控,也没有再声嘶力竭,小心翼翼地保持安静,就当岑正阳只是睡着了,她怕吵醒他。

她知道一切的感情宣泄都没有实质性的作用,除了显示出自己的懦弱无能。

《有忆》的第一期节目播出了,和其他大多数的节目一样,悄无声息地播出,悄无声息地结束。

岑正印没法回电视台,于是通过视频参加了节目研讨会。即便知道她家里出了事,台领导却没有表示丝毫的关心,反而因为第一期节目的收视率差强人意,脸上一点笑容也没有。

"《有忆》节目组目前配置的是中森卫视最好的资源。可是以目前的关注度,我们不仅要赔本,恐怕连吃喝都赚不到。"

"之后我们要录制两档新节目,我提议将《有忆》占用的资源释放出来,投入到全新的节目之中。"

"《疯狂的假期》无论是收视率、点击率还是网络讨论度都在持续上升,下一期我们请到了两位时下最红的明星,在接下来两个月,它会是我们中森卫视最王牌的节目。"

"就这么决定吧,下周开始,执行新的团队运作。"

岑正印关掉视频连线,走出房间,爬到了后山的最高点。

现在每当站在高处,她的眼前都会浮现岑正阳摔下去的画面。

这画面看多了之后有种神奇的效果,像是一剂麻药注进身体,让人失去知觉,不痛不痒。

那日后来,叶筱静和尹剑被邢森带回了公安局,但尹剑承担了所有的罪名,叶筱静被扣留了两日之后便被人保释了出去,逍遥法外。

还有一个人……还有一个人应该为岑正阳的事负责。

白舸。

如果不是他拼尽全力救叶筱静,岑正阳不会摔下去。

到底是青梅竹马,从前他可以为她放下原则,明知她的罪行却帮她掩饰,现在就算已分手,他的心还是向着她的。

是她被情感冲昏了头脑,将自己和岑正阳的生死交付旁人手中,才会酿成大错。

池枫发来微信,问她节目组的摄像机怎么都收起来了。

她回信说,大家累了几个月了,应该好好休息休息了。

"你什么时候开始工作?"

池枫站在山下等她,问她这个问题。

岑正印不理解:"怎么其他人都休息,我反而要工作了?"

池枫微笑:"你没看见山庄里的大多数人都在努力工作吗?"

他说的是百工坊那些人,他们已经开始修复"克伊洛斯"了。

他每天付出巨额的费用让岑正阳舒舒服服躺在山庄里,把岑正印当成座上宾,无非是想她发挥自己的作用。

"我很好奇,是什么样的人可以支使你。"

"你会见到的,到时候说不定你会非常失望。"

白舸从梦中惊醒,起床穿好衣服往外跑。

夜色深,家里没开灯,他慌乱中差点一脚踩空滚下二楼。

他奔出家门,直奔岑家而去,可岑家黑灯瞎火,根本没有人。

他颓然地坐在门口,从夜晚到天明。

那晚之后,他就高烧一直不退,邢森劝他去医院,他也不肯去,就待在家里。岑家有任何一点动静都能引起他的注意,但是岑正印却根本没有回来。

邢森在找线索、找山庄、找人,可是哪里都找不到。

白舸揪住他的领子:"你去过,你为什么找不到!"

邢森想说:你也去过,可你也一样找不到啊!话在喉咙里滚了滚,还是吞了下去。

他何必跟一个失了魂的人计较呢。

况且那日……真说起来,他挺挫败的……

池枫为了迷惑叶筱静,将山庄明面上的人都撤走了,本来那是他解救百工坊众人的大好机会。他解锁了山庄里的四辆车,没受阻碍地开出了山庄,但在路上开了足足快有半个小时,却怎么也绕不出去,最后居然开回了山庄门口。

那时池枫隐藏在山庄四周的人已经展开行动,邢森能带着大家一起突围的概率趋近于零。

趁着百工坊众多人下了车,聚在车边的时候,步凡为他打了掩护:"带着我们你走不掉的,趁现在你赶紧自己走。"

山庄四周除了唯一的一条路,就是一望无际的槐树林。路走不通,便只能从林中走。

好在邢森在警校受过特训,方向感和应变能力极佳,用最快的速度走出了树林,找到了正确的回城道路,联络上了外援。

但说起来有点邪门,后来他带着警方的人,再按照记忆去找山庄,却怎么也找不到了。殊不知,山庄外的树林看似普通,但其实里面树木的种植却有一些讲究,出去容易,但想要再找回来,就不是那么简单。

不过法网恢恢,山庄被找到只是时间问题。

邢森跟白舸一样靠着墙站着,提醒他道:"你比我了解岑正印,岑正阳对她而言是最重要的,叶筱静害了岑正阳,她不会就这么算了。她那天选择跟池枫走,就意味着在对付叶筱静这件事上,她跟池枫达成了联盟。"

白舸明白他在担心什么。他是担心岑正印因为岑正阳的意外而丧失理智,为了报仇而借助那林的力量,做出危害百工坊的事情。

"正印不会倒戈。"这是他给他的回答。

虽然这么说,但他也很想知道叶筱静如今怎样。害了岑正阳,害了岑正印,也害了他,她是不是如愿以偿?

白舸来到了Tint酒吧,去找第一次再见叶筱静时,和她一起喝酒闹事被带回公安局的一名女孩,向她问起叶筱静的下落。

女孩漫不经心地回答他:"我怎么知道她在哪里,我们很久不在一块儿玩了。"

白舸反问:"很久不在一块儿玩?这次她出事,不是你去公安局保释她的?"

女孩噎了一下:"把她保释出来以后我就没见过她了,我可不想被她连累,她在哪我不知道。"说完这么一句,她不再搭理白舸,回去跟自己的朋友喝酒了。

不过她的眼神还是有意无意地注意着白舸,等到确定他走了,她悄悄从后门溜出了酒吧。

酒吧的服务生早就将她的车开到了后巷,她在后巷上车,避开监控往一个地方开去,时不时看后视镜两眼,确定无人跟踪。

车子开到海滨的一间画室,是她从前画画的时候用的,已经荒废多年,好在设施齐全,完全可以住人。

她敲了敲门,无人回应,于是自己掏出了备用钥匙。

画室里只隔了一个洗浴间,站在门口,里面有什么一目了然。

没有人。

"人呢?"白舸忽然出现,女孩吓了一跳,猛地回头差点撞上他。

"我怎么知道?我昨天离开的时候她还在的!"说完了,女孩才意识到自己说漏了嘴,捂住了嘴巴。

叶筱静好不容易找到个安全的地方，不可能在没保障的情况下自己离开，毕竟外头既有警察，又有池枫的人在找她。那么她为什么要走，又去了哪里呢？

白舸正想追问女孩更多的细节，一辆车便在不远处停了下来。邢森下车，藏在附近盯梢的专案组警员现身，跟他一起朝着屋内走过来。

"你早就派了人盯梢？"白舸问邢森道。

"叶筱静是今天早上跟一个人走的，还打伤了我们两名同事。"邢森将监控拍到的画面找出来给女孩看，问她是否认识画面里的人。

女孩看了看，摇头道："不认识，从来没见过。"

一旁的白舸看到了画面，却是太阳穴犹如被铁锤砸中，周身发冷。

画面中的人，与他那日遇到的戴墨镜的男人，还有杀死自己母亲的枪手……几张脸在白舸的脑海中重合在了一起。

警员还在跟邢森汇报追踪的进展，邢森在做部署，不知谁的手机铃铃铃响个不停……但所有这些嘈杂的声音，白舸都听不见了。他的脑海里只剩下那年夏天的那声枪响，仿佛一颗颗火热坚硬的子弹，一下一下地打在他的心头。

"赵局叫你过去一趟。不用去公安局，直接回自家。哦哦哦，是白家，白家大院。"邢森正在跟赵局通话，一面听对方说什么，一面转述给白舸，却发现白舸像失了魂一样，根本没听到自己在说什么。

"喂，你没事吧？"挂断电话，邢森拍了白舸一下。

白舸一震，这才回过神来："你说什么？"

邢森当他还在为岑正印或者叶筱静的事神伤，重复一遍刚才的话道："我说赵局叫你回白家大院一趟，白将军有关于百工坊的事情要跟你交代。"

白舸打起精神走出画室，开车前往白家大院。

一路上，白舸都非常安静，等到胸腔中铺天盖地的无力和恨意渐渐散去，他又恢复了冷静沉着的样子。

快要过岗哨的时候，他停了车，在路上等着赵局。

正好等人这段时间，他可以来一根烟，压一压胸口的隐隐作痛。

他的烟抽到一半，赵局来了，摇下车窗问他："怎么不先进去？"

白舸没答，夹着烟的左手伸出车窗，弹了烟灰，发动了车子。

两辆车一前一后开进大院，袁燕跑出来迎接他们："你们先在客厅坐会儿，我去楼上叫阿朗下来！"

赵局闻到了厨房里飘出的味道，赶忙提醒道："袁大姐，你厨房的火是不是没关啊？"

"哎哟，你看我这记性！"正要上楼的袁燕又往厨房里跑。

"太太，我帮你看着火吧。"用人帮她调小了火，出去给客人倒了茶。

"小少爷喝茶。"将茶递给白舸的时候，用人说道。

白舸异常沉默，沉默之后便是爆发："小少爷？这个家还有大少爷吗？这家的太太二十年前就过世了，她只有一个儿子！"

袁燕在嫁给白朗炎之前曾有过短暂的婚姻，并且育有一子。家里的用人没见过方鉴开，和袁燕相处融洽，早就把她的儿子当成这家的一分子了，反而白舸成了外人。

在他发脾气的声音里，白朗炎下楼来。

白舸绷着嘴，一脸怒容地站着，背脊绷得笔直，双手握拳，随时准备发动下一轮攻击。家里人平时最多见见白朗炎发脾气，有袁燕在都能镇得住，如今白舸发作，他们有点害怕，全都靠墙站着不敢靠近。

赵局见白朗炎下楼，也站了起来。

白朗炎在沙发上端坐，心平气和却语带威严："坐下吧。"

白舸站着没动。

"都坐吧坐吧，站着干什么啊。"袁燕连忙招呼赵局和白舸道。

"坐坐坐。"赵局落座。

听他的话，白舸才坐了回去。

袁燕让用人们都去忙，自己不知是该留下还是该怎样，手足无措地站在白朗炎身后。

白朗炎既然把赵局找来，自然是有公事要说，回头道："你去忙你的。"

客厅里没了其他人，白朗炎便打开了话题："今天叫你们来，是为了说'克伊洛斯'的事。"

白舸面无表情地听着。

当初母亲方鉴开为达成外公的遗愿，为了寻找"克伊洛斯"而四处奔走，最后丢了性命。他不知母亲是因为知道了什么，导致了杀身之祸。

"'克伊洛斯'和传国玉玺的关系，并不是你们知道的那么简单。传国玉玺是李斯奉始皇帝之命用和氏璧所作，其上更有李斯所书'受命于天，既寿永昌'八篆字，但真正雕刻了传国玉玺的人并不是李斯，而是当时皇廷的一位玉雕艺人，这个人姓姬。"

白朗炎这话一出，白舸和赵局都露出惊讶的表情。

"秦朝只存在了十五年，之后刘邦率大军开至灞上，子婴降，奉上传国玉玺。公元8年，王莽篡汉，派人去向当时代为掌管传国玉玺的元帝王皇后索求。太后听闻来意十分气愤，将玉玺摔在殿前。于是玉玺就此缺了一角，后来被王莽镶补。东汉末年，袁绍引兵入宫，汉少帝急急出宫避难，慌忙间未带上玉玺，待日后返回宫中时却发现，传国玉玺已经下落不明。从那以后传国玉玺便时隐时现，在史书上的最后一次现身是在五代十国时期的后唐，石敬瑭兵逼都城，末帝李从珂抱着传国玉玺登上玄武楼自焚而死，传国玉玺就此失踪。"

"传国玉玺的每一次出现，都是政权更迭的时期。乱世动荡，也喻示着玉玺颠沛的命运。后来者希望得到它，以使权力的篡夺看起来名正言顺，被取代者则千方百计想要毁掉它。于是在隐和现之间，它总是在被损坏和被修复。谁能修复传国玉玺呢？每一代的皇帝找的都是当时最好的玉雕艺人，也不知是巧合还是冥冥之中的定数，传国玉玺最后回到了姬家人的手上。"

"到了清朝晚期，政局愈发动荡，姬家几番迁徙，在旅途之中遭遇了土匪，抢走了传国玉玺。玉玺跟姬家人有几千年的缘分，他们怎么舍得它落到贼人手里，于是想尽了各种方法，辗转知道它被土匪卖进洋行做了抵押物。不过他们找到洋行的时候，玉玺已经被当时的翡翠大王铁宝亭重金买走。"

"姬家人找到了铁宝亭，想买下传国玉玺，但一方面他们筹不到那么多的钱，另一方面铁宝亭非常清楚传国玉玺的价值，根本不愿意卖。"

"就在这时,五大洲珍品展开始了,为弘扬中国传统手工艺,百工坊决定集众人的智慧和手艺制作出一件能够震惊世界的展品。百工坊虽然集合了当时W市最好的手工艺人,但如何才能将这么多人的智慧凝聚到一起却成了难题。大家都一筹莫展的时候,姬天明提出了玉雕仙人塔的作品创意,得到了所有人的认可。百工坊将全部人力物力都集中到了'克伊洛斯'的制作之中,最终如愿以偿在五大洲珍品展上惊艳四座。可是在回国的途中,参会的代表团却遭遇到了袭击,玉雕的'克伊洛斯'不翼而飞。等到它再次出现,已经是铁宝亭的囊中之物。"

　　白朗炎前面还在说传国玉玺,后面又忽然说起了"克伊洛斯"不翼而飞,说明这两者之间必然有某种联系。

　　"百工坊的人怀疑姬家人抢走了'克伊洛斯',用它换取了传国玉玺?"白舸提出设想,但又觉得不对,"但铁宝亭在荣城湾的时候,传国玉玺还在他携带的珍宝里。"

　　"有人说姬家和铁宝亭做交易的时候,铁宝亭忽然变卦,不但没有交出玉玺,还强占了'克伊洛斯'。还有一种说法是姬家有人不服当家的是姬天明一个女人,联合铁宝亭从代表团抢走了'克伊洛斯',嫁祸在了姬天明身上。但是更可信的说法是,'克伊洛斯'是姬家放出的饵,引了铁宝亭上钩,再借机从他手上夺取传国玉玺。铁宝亭的船只在荣城湾搁浅,救他上岸并且威胁他交出传国玉玺的,就是姬家人。"

　　白舸睁大眼睛,看着自己的父亲。

　　他知道自己的话意味着什么吗?

　　如果救了铁宝亭的是姬家人,就意味着姬家或者姬天明是那林的缔造者。

　　"你所说的都是传闻,怎么确定哪个传闻更可信?"

　　"我所说的都是你母亲调查到的,她遇害就是因为她的调查触及了那林的核心。"

　　想起了前尘往事,想起了前妻的枉死,白朗炎的额角一抽一抽地疼。

　　赵局发现他脸色不好,劝他上楼去休息。

　　白朗炎摆摆手:"没事,老毛病了。"

　　袁燕闻言走过来,担忧地问:"又头痛?"

　　白朗炎笑笑:"有一点。"

　　袁燕轻轻拉开茶几左面的抽屉:"这里我放着一瓶应急的药,你永远记不住。"

　　她倒了杯温水,倒出药片伺候白朗炎吃了,然后拿了薄荷油给他。白朗炎在太阳穴涂上薄荷油,刺激的凉意能缓解疼痛。

　　白朗炎撑着头,看她换了身衣服,还拿着购物袋:"你这是要出去?"

　　袁燕挺着急:"家里没什么东西了,我出去买点菜。"

　　白朗炎说:"外面起风了,你把要买的菜写下来,我叫司机去。"

　　袁燕坚持:"司机哪会挑啊,我得自己去,小舸难得在家吃顿饭。"

　　白朗炎皱着眉:"他什么时候说要在家吃饭了?"

　　袁燕生气:"既然回家了,当然要在家里吃饭了。你这个人呀,孩子好不容易回来一趟,你干什么总是板着个脸啊!我去买菜了呀,你好好说话!"临走,她还不忘"警告"白朗炎。

　　白朗炎忍气吞声,待到她出了门,他打电话出去,吩咐用人送外套给她。

　　这样的画面,当女主人是方鉴开的时候,从不曾在这个家里上演。

赵局留了下来,所以白舸也没法走,躲不掉袁燕准备的这顿饭了。

从小时候开始,白舸对白家大院的印象就是安静。

看书、写字、吃饭、睡觉……这个家永远是静的。白朗炎没有立明确的规矩,但白舸从小就被训练出来了食不言寝不语,碗筷勺子不能发出声音,咀嚼吞咽也不能发出声音。

时至今日他坐在白家吃饭,依旧小心翼翼。

袁燕根本没注意到这种艰难的安静,她起身帮白舸盛汤,然后热络地问他:"听说小舸有女朋友了?"

"嗯。"白舸回答。

袁燕很是惊喜:"是做什么的啊?哪里人啊?什么时候带来给我们见见。"

白舸说:"你们见过了,上次她跟我一起来过。"

"哦!那个电视台的女主播?"袁燕回想起来,"那小姑娘很好呀,人长得漂亮又能干。"

白朗炎看来已经知道岑正印和姬家的关联,端着碗的手顿了一下,放下了碗筷。白舸看见了,赵局看见了,袁燕也看见了。

不过袁燕完全没理会他:"下次回来带上她,你问问她喜欢吃什么,我给你们做。"

"哐当"一声,白朗炎伸直膝盖,沉重的木椅往后退,发出突兀的声响。

"你干什么呀?菜不合你的胃口你就上楼休息。"袁燕分神看他一眼,又继续问白舸,"我记得那小姑娘是《七点新闻》的主播吧?她在电视台工作很多年了吧,以前主持过什么节目呀?她家里还有些什么人呀?"

白舸无法回答关于岑正印的任何问题,他的神思回到了身在阿华田服装厂的那天。

对不起。

还有……你在哪里?

三天不眠不休,岑正印将群仙云游鬼工球的设计图画了出来。

这张由岑明东开始,岑正阳延续的设计图,最后在她的手上完成。

池枫找到了她要的玉,于是她开始雕刻。

又是两天不眠不休,她却什么都没有做出来。

沉静的夜晚,沉睡中的人们被砸东西的声音吵醒。

池枫没有睡,坐在房间的沙发上,身边亮着一盏小台灯,一张脸半明半暗,盯着手里的红酒晃了晃,释然地笑了。

砸东西的声音接二连三传来,可惜了那几块好玉。

他起身,放下酒杯,拿起桌上还剩大半的红酒,走去岑正印的房间。

推开门,一把刻刀就迎面朝着他飞来,还好他身手敏捷地躲开了,还抓住了那把"飞刀"。

"我能理解你砸东西,但多大的事能让你谋害人命?"池枫将刻刀放回桌上,看了看满屋子的狼藉,长叹了一声。

这位大小姐终于把怨气都发出来了。

"喝一杯吗?"池枫把藏在身后的红酒递给她。

岑正印接过红酒，仰起头往下灌。

喝醉了之后，她就躺在满地的玉渣里，没声音，但眼泪一直往下流。

没人递纸巾给她，像擦萝卜丝一样地给她擦眼泪了。

池枫讨厌看见眼泪，所以他不看岑正印，努力放平气息，努力保持微笑。

这世间原本没有完美的生命体，但池枫是个例外，因为他没有感情。

任何一个生命，都会因为快乐而笑，因为悲伤而哭，因为愤恨而怒。无论何种情绪，都会在脸上刻下痕迹，但是池枫没有。

他总是淡淡地微笑，尽管很多时候，这种微笑是无意识的，只是一张美好的假面。

红酒瓶扔在一边，岑正印背靠着墙："其他部件修复得怎么样了？"

池枫说："我们需要一个建筑师。"

岑正印闭上眼睛，眼里心里都没有再出现白舸："世界上那么多好的建筑师，只要你肯请一定能请来。"

"徐蔼然不肯修补瓷器。"

"你还有后备的人选。"岑正印相信对他而言，什么问题都不是问题。

而她说的后备人选，自然是叶筱梦。

徐蔼然虽然不肯修补瓷器，但池枫还是让她住着山庄里最好的套间，凡事都顺着她的脾气。

她不肯吃厨房做的饭菜，于是封鑫垚每天亲自将食材送过来，她的膳食都由方婶亲自打理。

方婶这两天伤风，叶筱梦让她好好休息，自己承担了做饭的活儿。

但实际上，她并不会做饭。

通常方婶做饭的时候，她会在旁边帮忙，但她的帮忙也只是递递盘子佐料什么的。她看得多了，就以为自己会做了，但其实做饭并没有那么简单。

她的刀工不错，但到了下锅的阶段，就无所适从了。

一道菜通常有好几种食材，应该先炒什么呢？

此刻，她正站在流理台边纠结。

"先倒油。"池枫提醒她。

"哦，对。"叶筱梦把手上的菜放回案板上，倒了橄榄油到锅里。

但等了一会儿，锅里依然相当平静。

叶筱梦回头，看着池枫。

池枫不知道该说什么……

叶筱梦还拿着橄榄油："是不是倒得太少了？"

池枫说："你没开火。"

叶筱梦弯下腰看了看，在开关上拧来拧去，怎么都点不着。

池枫实在无言，走上前在开关上一按一转，火苗啪的一下蹿了起来，然后又关了火给叶筱梦演示一遍："按着转，不然点不着火，煤气放出来很危险。"

点火问题解决，接下来就等着油热。

池枫愈发发现，叶筱梦的生活自理能力几乎为零："你一个人住，怎么解决吃饭问题？"

叶筱梦盯着锅："医院有食堂，放假可以出去吃或者叫外卖。"

池枫点头，见油差不多热了："你右手的土豆片可以倒下去了。"

土豆片下锅，叶筱梦炒菜的动作很利索，反而是池枫，见油溅出来就躲得远远的。

君子远庖厨。他从不炒菜做饭，但他有超乎常人的学习能力，只要见过别人做过一次就能学会。

借着叶筱梦的手，他发现自己可以做个合格的厨师，况且叶筱梦非常配合他的操控。

不错，非常好。

土豆片炒肉完成，叶筱梦尝了一筷子，很是满意。

她抬眼，想让池枫也尝尝，看到他正深深地看着她，心不可抑制地加快跳动。

炒锅还在火上，残留的水和油发出滋滋的声响，池枫低着头，看她的眼光无声无息，却将她笼罩，将她困住。

他走到她面前，她心跳得更加快速。

他侧过身，身体前倾关掉了煤气，似笑非笑地盯着她，眼神漆黑。

叶筱梦稍微往旁边退两步，和他拉开距离，她想说点什么缓和一下气氛："你还……"

"坐下一起吃点吧。"池枫打断她，走去餐桌边坐下。

"姑婆还在等我。"叶筱梦想拒绝。

"她睡着了，估计一个小时之后才会醒，你现在去只会打扰她。"池枫说。

叶筱梦记得自己来厨房的时候，姑婆还没有睡。池枫能够知道她此刻睡了，还知道她大多数时候都是睡一个小时就醒，证明他对她们的监视无处不在，一点也没有放松。

"坐下吧。"池枫再次邀请她。

叶筱梦坐了下来，却并没有要吃饭的意思，池枫见了，主动将盛好的米饭递给她："吃吧。"

两人默默地用着餐，都没有说话，但这种安静却一点也不让池枫觉得尴尬，反而精神放松，让他感觉舒服。

叶筱梦这些日子不是在照顾徐蔼然，就是在帮助大家修复"克伊洛斯"，即便是休息的时候，无处不在的保安和监控也让她觉得不安，此刻跟池枫坐在一起，没有其他人和事打扰，倒可以让她放下戒备，享受片刻的休闲和安宁。

"你什么时候肯放我们离开这里？我下周有个重要的手术，必须回到医院。"还是不可避免地问及他将大家关在山庄里的事实，叶筱梦趁机问他。

池枫没有停下吃饭的动作："你的手术是什么时间？到时候我安排人送你回医院。"

他的不肯松口打破了这顿饭的融洽，叶筱梦的饭没有吃完，抬头看一眼时间："我怕姑婆醒来会叫我，先回去了。"

她离席，不再看他往外走，直到行至门口，回避的眼神才逐渐变得坚定，脚步沉着地走去徐蔼然的房间。

厨房内，池枫独自继续吃饭，没吃几口却停了下来，凝视起桌上那碟还剩一半的土豆片炒肉。

他只是将她当成一件工具，做做戏对她表示关心和友好而已，何必关注起"工具"

的喜怒哀乐？他起身走出厨房，吩咐人将厨房剩余的饭菜倒掉，好好收拾干净。

夜深后，山庄里人人都待在房间里，所以格外安静，除了早点睡也没其他的事情可以干。

池枫却没有睡。

成年以后，他每天睡觉的时间与日俱减，越来越优秀的他似乎成了一台机器，不需要休息，不需要睡觉，只需要每天提供充足的燃料。而他的燃料是酒，所以山庄和他的房间里最不能缺的就是红酒。

他开了一瓶新的红酒，坐在电脑前欣赏每天夜里都会上演的好戏。

百工坊的人日日夜夜都在想着逃出去，都在想着和外界获取联络。他们设法确定山庄的位置，设法修复山庄里的通信设施，甚至设法冲破山庄的防守。一开始是胡正侠，后来是步凡，再然后是江浩然和章陶陶，今晚会是谁呢？

果然，又有人影出现在了屏幕上，依然伪装成山庄里的用人，在各个楼层探索。

人影进了一个空房间，由于房间内没有监控，池枫无法知道其在做什么。

但是电脑上却出现了红色的警报提示。

有人突破了山庄的网络安保系统，正确认山庄的位置，并向外发出联络暗语。

池枫拿着酒杯的手停在半空中。

他想起了上次在阿华田服装厂，邢森竟然能准确地获知位置并且赶到。当时他就怀疑是不是叶筱静身边有警方安插的人。现在看来，反而有可能是山庄内有警方的人向外通风报信。

他放下酒杯，快步走出房间。

空房间里，人影的手指正在电脑键盘上快速地敲击，但屏幕上的进程忽然停住了。

意识到不对劲，人影果断结束操作，清洗痕迹，关闭了电脑。

池枫推开门，发现门内没有人。

他关闭房门，脚步均匀地走在走廊里。

山庄里的保镖也都出动了。

池枫在等待，在试探，在诱导……只等准确地收网。

人影跑到了三楼。

屋子不是最好的掩护，但黑暗是，所以人影进了一间黑暗的屋子。

到了收网的时候，池枫决定自己亲自动手。

空气里一片寂静，他转动门锁，人影站在门后动也不动。

门开之后，月色不明，阴影之中，彼此连对方的脸都看不到，唯能听见窗帘被风吹动的声音。

拳风瞬间擦着人影的脸过去。人影一偏脸，向后一退，池枫劈手扼住人影的手臂，攥住其手往下压。人影转身后肘击，池枫扣住她的肩关节，两个人倒在地上。

这一番打斗，虽然她化了装易了容，完完全全是一张男性的脸，但池枫能确定她是个女人。

女人奋力挣脱，却被池枫用枪指着："别动！"

女人不动了。窗外的乌云流动，月色渐渐照在她的脸上，池枫等待着看清她的真容，却在这时，女人伸手抓住不远处桌子的桌角，桌子倾翻，桌上的物件朝着池枫砸下来。

池枫闪避着从地上爬起来，抓着女人一番角力，却不及她动作迅捷。女人爬上了窗户，"扑通"一声跳进了下方的水池。

保镖们闻声来到水池边，水池里已经没了动静。

池枫打开电脑，追查女人的网络记录，却一无所获，可见她做事严谨，滴水不漏。再加上她身手不凡，果决勇敢，是个非同凡响的角色。

百工坊里还隐藏着这样的人？能有这样的身手和反应能力，一定是经过专业训练，她究竟会是谁呢？

保镖们一间一间房去检查，百工坊的人整整齐齐，都是一副刚睡醒的样子，没有一个人的头发是湿的。

"出什么事了？山庄进贼了？"江浩然打着哈欠问。

年轻的女人一共就那么几个：岑正印、黄笑笑、章陶陶、叶筱梦、顾好。

会是谁呢？

岑正印是唯一一个没有睡的，手上还拿着一只被雕出花纹图案的苹果。

封鑫垚问她这么晚怎么还不睡，岑正印用刻刀点了点苹果："半夜有灵感，起来做个模型。"

"早点睡。"封鑫垚说着关上门。

他带着保镖们离开后，去跟池枫汇报检查的结果，也将事发前后他们每个人的活动汇报给他："黄笑笑在照顾黄云武，守在门口的保镖能证明她没有出过房间。章陶陶和章铭瑄、章泽端一整晚研究'克伊洛斯'里的瓷器绘画，事发时在她哥哥的房间里睡着了。顾好、岑正印和叶筱梦都在各自的房间里睡觉。"

池枫分析："顾好的房间在人影出现位置的东侧，走廊上有一段监控盲区，按照人影的身手，想要利用便利躲开保镖一点也不难。正印能够在山庄里四处走动，想干什么事更容易。"

封鑫垚说："应该不会是岑小姐。"

池枫微笑："为什么不是？你的家族曾经参与'克伊洛斯'的制作，你又是那林的老臣了，跟岑家和姬家关系匪浅，所以你偏向她。也正是因为你的默许，她才几乎可以在山庄内自由行动。"

封鑫垚没否认："我听命于您，我的默许也是遵从您的意思。岑小姐是您珍视的人，您不该怀疑她。"

池枫起身，望向夜色："不是她的话，就是顾好了。黄笑笑和章陶陶虽然看似没出过房间，但只怕也没那么简单。"

封鑫垚问："叶小姐呢？"

池枫断言："不可能是她，她最多也就拿拿手术刀，没有拿枪的本事。"

封鑫垚说："我会让人继续查。"

分析了半天，似乎每个人都有可疑，池枫点点头："多派人手，盯住每一个人。"

岑正印回去房间，继续研究爷爷的笔记和设计图，雕刻那只苹果。

玉雕是中国最古老的雕刻技艺之一，在明清时期开始形成了固定的流派，即"南玉"和"北玉"。南玉以苏州、扬州为中心，北玉以北京为中心。

岑明东虽然不是出名的玉雕大师，但他倾尽毕生心血研究玉石雕刻，对战国、两汉以及唐宋的玉器风格颇有研究，对于明清玉雕技艺更是如数家珍。

他尤其擅长运用老刀法琢玉成器，恢复了早已失传的"游丝毛雕""汉八刀""毛刀刻"等传统玉雕技法。

"游丝毛雕"线条纤细如丝，似断似续，一气呵成。"汉八刀"干净利索，线条简练，刀刀见锋。"毛刀刻"线纹宽浅，细过毫发，粗放不羁。除此之外，掏膛术、活环术、反雕法他都有所研习。

他博采众长，在古人的技法里取长补短，形成了岑家玉雕的独门秘籍"鬼斧聚山川"，能将山川湖海收容于一枚小小的玉佩之上，连海浪波纹都栩栩如生。

岑正印想起七岁时，一次手工课作业，老师要求在粉笔上雕刻造型。这对于五岁就会玉雕的岑正印来说实在太简单。

于是她回到家里，从爷爷的书房里找到工具，全堆放到客厅的桌上，一边看电视一面雕刻粉笔。

爷爷负手踱步过来，关掉了她的电视。

岑正印的兴致被打断，一脸不高兴。

爷爷蹲下身来，平视着她，耐心地说："做事要专心，怎么能这么三心二意。"

岑正印辩解道："我只是雕一只小船，一边看电视也能一边做好。"

爷爷从她手里取下了刻刀，温柔地问："正印啊，你为什么学玉雕？"

"因为好玩。"岑正印由衷地回答。兴趣是孩子最好的老师，如果不是觉得好玩，她不会从小就把玉石当作玩具，能把对别的孩子来说是危险品的刻刀玩转巧妙。

爷爷一笑："玉雕是枯燥的手艺，它凝聚着艺人的创意巧思，需要你把所有的精神都倾注其中。如果你学习玉雕只是觉得好玩，觉得自己可以三心二意地学，那么你根本学不好。"

岑正印困惑："为什么？"

"正印啊，你要记住，在玉雕的过程中，只要你拿着刻刀，哪怕动作的幅度再小，你手里的玉都在发生变化，只有踏踏实实地坐在工作台上，时刻维持着新鲜感，你才能不断钻研探索。"

年纪小的岑正印似懂非懂，低头看着手里雕刻到一半的小船，若有所思地点了点头。

大概是想爷爷的话想得太入神，她下手不慎，粉笔被刻断了，整个作品都要重新做。

如今，刻坏了的小船变成了被削掉一大块的苹果。

她心中有太多杂念，无法集中精神观察雕刻之物的变化，因此一而再再而三地失败。

放下刻刀，岑正印深深呼吸。

这柄刻刀原本光滑亮洁，因为爷爷和岑正阳的长期使用，手握的地方已经磨花了。

现在，它到了自己手里。

她屏息，拿起它，重新选了一个苹果，重新雕琢。

第二天，池深来了。

和池枫一贯优雅地解决问题不同，他崇尚以一切方法最快地解决问题。

"你说的没错，人比物更加宝贵，只有人留下来了，手艺才能传承不息，后世的千秋万代才有机会看见我们今天的传统文化，可是这个道理，很少有人能明白，他们往往只看得见文物和古董的价值，因为他们能在拍卖行卖出大价钱。可手艺意味着什么呢？他们懒得了解，认为是浪费时间。"他请岑正印喝茶，茶叶是非常地道的正山小种。

"大多数人不懂得人的价值，可是那林懂得。"他说。

岑正印冷淡地笑了笑，她现在对池深的这套理论完全不感兴趣："我现在只对一个人感兴趣。我做出群仙云游鬼工球，你帮我找到叶筱静。"

"我现在没法答应你。"池深却说，"现在我说了不算。"

"那谁说了算？"

"我带你去见她。"

他们去了五楼，走进了走廊正中的房间，里面全是玉器收藏。

其中最吸引人的是一张玉石打造的案台，案台之上放着一尊宝函。池枫走近，按下隐藏在案台之上的开关，输入密码，宝函像花瓣一样打开，露出里面所装之物。

那是一枚四寸的玉印，白玉温润剔透，印纽是五条龙。

"这就是传国玉玺。"池深说，"不过是复制品。"

岑正印说："古往今来，假的传国玉玺可不只这一件。"

池深说："只有这一件是姬家所制。"

他有很长的故事要讲，于是在小沙发上坐了下来。

接下来，从他口中，岑正印知道了姬家与传国玉玺的关联。

故事从秦始皇和和氏璧说起，说到了封建社会的灭亡，和那日白朗炎对白舸所说如出一辙。

但他接下来说的故事，却和白朗炎所说的大相径庭。

"清末民初之际，军阀混战，他们都想证明自己是受命于天，因此都想得到传国玉玺，可是传国玉玺在哪呢？溥仪被赶出紫禁城之前，将官向他问起传国玉玺的下落，溥仪说那只不过是个传说，自己从来没见过。连末代皇帝都没见过的传国玉玺，他们能去哪里找？既然谁都没见过，反而好办，就造个假的，以假乱真。"

"姬天明设计制作了'克伊洛斯'，还雕出了前人所不能的群仙云游鬼工球，精湛的技艺让人叹为观止。在'克伊洛斯'还没完成的时候，她就接到了仿制传国玉玺的命令，如若做不出，姬家全家都要丢掉性命。"池深的视线投向宝函中的物件，"没人想得到真正的传国玉玺就在姬家，所以姬天明对照着原版，轻而易举就复刻出了这尊赝品。"

"她把赝品交了上去，四位玉石界的行家被请去，共同鉴定玉玺的真假。这其中有三人完全被糊弄了过去，只有铁宝亭虽然没有当面指出玉玺是假的，却心中存疑，暗中开始了调查。他搜集了众多关于传国玉玺的资料，发现姬天明交出的玉玺在形态和雕琢上完全没有问题，唯一的破绽在材料。和氏璧找不出第二块，姬天明的手艺再怎么高超，也解决不了材料上的问题。但她能够精准地仿制，似乎也间接证明了野史的传闻，最初制造传国玉玺的就是姬家人，而玉玺也很有可能就在姬家。"

"后来姬家参与制作的'克伊洛斯'参加五大洲珍品展，惊艳了海内外。载誉回国的途中，参展团遭到了袭击，'克伊洛斯'和姬天明一起不见了。参展团内有人指证姬天明联合土匪打晕了其他人，盗走了'克伊洛斯'，于是姬家和姬天明成了罪人，被彻彻底底地在百工坊的历史中抹去。"

岑正印问："实际上是铁宝亭干的？"

池深点头："铁宝亭不仅抢走了'克伊洛斯'，还从姬家找到了真正的传国玉玺，并霸占了它。等到了1948年，蒋介石集团在战场节节失利，国共谈判破裂。他下达密令让北平、天津的企业家和大富豪尽早撤往上海或南京。铁宝亭名列北平珠宝富商南迁之首，是蒋介石钦点必迁的人物。由于当时津浦铁路被截断，飞机票稀缺，所有人只能走海路。当时有太多人想登上那艘'万里'号，导致了船舶严重超载，在航行途中又遇到暴风雨，'万里'号撞上了暗礁，船底被撞开了一条大口子，船上的人岌岌可危。当时姬天明收到铁宝亭携带大量珍宝乘船南逃的消息，正好赶到了荣城湾。她在船沉时救下了铁宝亭，逼他说出真正的传国玉玺的下落，但传国玉玺不在船上，铁宝亭对它的下落守口如瓶，只说自己把秘密藏在了'克伊洛斯'之中。不过那时'克伊洛斯'已经沉入荣城湾，被其他投机分子打捞带走，几经辗转，流落海外。"

"等等。"岑正印有了疑惑，于是打断了他，"你所说的都是传国玉玺跟姬家的事，跟你们池家有什么关系？"

池深道："当年参展团的领队是池家人。'克伊洛斯'被抢走之后，他因失职被军法处置，池家也受到牵连。后来姬天明被通缉，是我爷爷和我的家族暗中为她提供帮助。当年参展团中也还有其他人相信姬天明的清白，他们自愿加入寻找'克伊洛斯'和传国玉玺的行列，就渐渐形成了一个团体。"

岑正印错愕："也就是说，那林的创立者是姬天明？"

"不错。"

"可是姬天明早就过世了。"

"所以轮到你了。"

岑正印愣了一下，笑了。

池深问："难道连你也认为自己的祖先是盗取国宝的不法分子？"

岑正印并不买账："我不关心那林是干什么的。"

池深看向赝品传国玉玺："你去拿起它看看。"

岑正印照做了，走过去将它拿在手里，一翻转才发现它缺了一块，缺损的形状看起来非常眼熟。

池深走过来："姬天明从玉玺上切下了一角，做成了她随身佩戴的玉花生。"

——你爷爷送你的玉花生是能打开家族秘史的钥匙。

原来真正的家族秘史在传国玉玺上。

"姬家和玉玺的这些事，我爷爷都知道？"

"不然他为何买下百工坊家族的产业？步家和胡家虽然是我送到你手里的，但真正把他们交于你的人却是你爷爷。"

岑正印睁大了眼睛。

她印象中的岑明东不问俗世，淡泊名利，沉迷玉器，仿佛活在自己的世界里。但他一直掌握着全局，在等待，在运筹帷幄。

"让我进去，让我进去！我要见岑正印！"走廊上传来吵嚷声，江浩然和章陶陶不顾保镖的劝阻，执意要乱闯。

"找我干什么？"岑正印走出房间，顺手关上了门。

江浩然推开保镖，冲到她面前："你什么意思？"

岑正印听不懂他没头没脑的话："什么我什么意思？"

江浩然指着她的鼻子："你把大家都集中到大厅拍节目，还找人看着大家，算什么意思？是不是大家不完成'克伊洛斯'就别想回房间了？"

岑正印往大厅走去，只见里里外外都有保镖看守着，百工坊的人都或坐或站在那里。

封鑫垚把他们的材料和工具都搬了过来："大家接下来都在这里工作，这样大家都能摒除杂念，一心一意尽快修复好'克伊洛斯'，也方便节目组拍摄。"

《有忆》的摄影师们在架设机位，大厅里看起来像个演播厅。

"筱梦呢？"徐蔼然没找到叶筱梦，问其他人，"你们谁看到筱梦了？"

"筱梦还在房间，有您坐镇，我相信用不到她，她可以好好休息。"封鑫垚温和地回答她，笑容里却藏着深意。

徐蔼然不得不坐下，专注于手上的活计。

日落了，今晚的天空没有星月，所以夜空漆黑。

山庄原本有一间玻璃花房，从花园延伸出去，一直连通到海边的山崖之上，晶莹剔透的玻璃房下面就是蔚蓝的海水，夏日清凉，适宜避暑。

不过之前一次台风登陆，风浪将玻璃房冲垮了，半边悬在山崖上，每当海水涨上来的时候，它就好像汪洋里的船，随时都有倾覆的可能。

此刻，叶筱梦就被关在里面。

醒来之后，她先是迷惑，后是诧异。

她发现自己被吊在一根横梁之上，四周的物品都是玻璃或者水晶，可脚下却是海水。

难道这是挪亚方舟？

她挣扎，四周也跟着一起摇晃，浪头打过来，她和"挪亚方舟"一起在浪涛里打了个旋。

不过她很快镇定下来，摸到了什么东西，费了很大工夫，割开了绑住双手的绳子。她抓着绳子一跃，抓住了横梁，慢慢地挪到了旁边可以站立的地方。

池深将叶筱梦关在花房里，为的只是警告和威胁徐蔼然，没想到试出了她不凡的身手。

"去查她。"他吩咐封鑫垚。

叶筱梦的档案没有破绽，上学、实习、工作，她走的是和大部分人一样的人生道路。

但好像越是没有破绽越是破绽，普通人的人生总有些或长或短的日子是什么事都不干的，比如说从上学到工作，从前一份工作到后一份工作，但叶筱梦的经历排得满满的，没有丝毫空白。

封鑫垚什么都没查出来，却反而加深了池深对她的怀疑。

"叫阿枫来盯着。"池深起身离开监控室。

片刻之后，池枫坐在了原本池深的位置上。

监控画面中，叶筱梦跳进了下方的水里，试图寻找出口。

这时候她大约能明白自己所在的是什么地方了，她往下潜，游出了花房，可外面却是茫茫大海，更加没有出路。

她拽着绑在身上的绳子，跃出水面，回到了花房。

她的反应镇定，措施得当，仅仅是这两点就是普通女孩子在这种处境下不可能做到的。

原来她就是警方的人，是那天和他交手还被迫跳进了水池的女人。

那天交手之后，他怀疑过所有人，甚至怀疑过章陶陶，但就是没有怀疑过她。

"徐䕫然已经答应参与修复工作，是否放了她？"封鑫垚问他。

"关着。"将笔记本电脑合上，池枫去给自己倒了一杯水。

他握着水杯，手指越收越紧，紧得指节都发白。他的面色平静，脖颈却浮出青筋。杯中的水微微晃动，他盯着水，眼底极冷极黑。

这是任何人都没有见过的池枫。

杯子捏得越来越紧，水晃动得越来越厉害，他猛地扬起手将杯子扔了出去。

一部分碎片落在桌上，碎片倒映出他铁青的面色，他的胸口也因为压抑着情绪而不断起伏。

他深呼吸了好几次，忽然露出玩味的笑意。

"克伊洛斯"内的鬼工球，主要是利用投影成像的原理，将霓裳羽衣舞等繁华盛景倒映出来，类似于放电影一般。包括霓裳羽衣舞的画面在内，鬼工球放映的"电影"都出自古代名画。

岑明东的笔记里有这些名画的名称，岑正印一一找到了资料，但隐约觉得缺少了什么——她记得最初白舸找到她时，给她看的照片和影像里，"克伊洛斯"塔的墙面上就投影着一幅画，而这幅画似乎不在自己找到的名画之中。

"老板你找我？"

岑正印把顾好叫了过来。

"当初我们决定找百工坊家族的时候，是不是拿了白舸手上关于'克伊洛斯'的资料？"

"对啊，摄影总监拷贝了一份，你说后期剪辑的时候也许能用得上。"

"你去找他把照片和影片都拿来。"

"他不在啊。我们的摄影总监换人了，原先的调去《疯狂的假期》了，老板你忘了吗？"

对啊，团队的大部分人都换了，原先的摄影总监现在不在山庄里。

顾好见岑正印发愁，心想着那些资料应该对她很重要："没关系啊，我可以帮你去找他拿。不过……"不过去找人拿东西容易，离开山庄难。

"我想办法吧。"

岑正印把自己的需求告诉了封鑫垚。

"如果您觉得有必要，我可以陪顾好小姐去取。"池深来了后，似乎交代过什么，山庄里所有人，包括封鑫垚在内，对岑正印的态度都比先前更加恭敬了。

岑正印说："现在马上就去。"

封鑫垚点头哈腰："好的。"

没过两分钟，就有司机将车子开到门口等候，封鑫垚为顾好打开后座的门，自己坐进了副驾驶座。

车窗采用特殊设计，司机调节了按钮，车窗便不透光了。车子开出山庄，司机座与后座之间既隔音又隔光的玻璃滑下之后，顾好便置身在了一个封闭的空间里，根本看不见车窗外的风景。

没风景看，又寂静无声，连车子开到了哪里都不知道，顾好无聊地睡着了。

不知车子开了多久，封鑫垚让司机打开隔音玻璃，叫醒了她："快要到W市区了，请您联络要找的人。"

顾好擦了擦口水，给原来的摄影总监打电话，总监说自己在电视台，于是顾好叫司机开车过去。

反正也到了W市，驾驶座后面的玻璃就不用再关下来了。

到了电视台，顾好下车准备上电梯，但想起节目组所有人这段时间都没跟电视台联络，像是失联了一样，别人要是问起来，自己不好回答，于是干脆退回了停车场，给摄影总监打电话，叫他把东西送下来给自己。

"我们最近拍摄的节目都涉密，播出之前不能外泄，都是国宝你懂的。我就不上去露面了，你把东西送下来给我呗。"

越是遮遮掩掩，越是让人觉得鬼鬼祟祟，电视台工作的又都是敏感的人，新闻中心有人正好在车里打电话，看见顾好躲在立柱后面，就掏出手机拍下了照片，飞速传到了电视台内部的八卦群里。

叶筱静看到了照片，不仅看见了顾好，还发现了停在旁边的车辆。

她立刻戴上帽子和墨镜，将外套的领子拉得立起来，对正坐在沙发上看电视的男人说道："车子借我。"

那人将钥匙扔给了她。

电视台的停车场内，顾好在楼下左等右等，摄影总监还没来。

"来了来了，正在录节目呢，我还要溜出演播厅给你找啊。"摄影总监挂了电话，五分钟以后才坐电梯下楼。

"就在这两个移动硬盘里，我也不知道具体是哪个了，你自己拿回去看吧，用完记得一定还给我。"摄影总监将东西交给顾好，急匆匆回去楼上。

顾好拿了东西之后，回到车上。

叶筱静离电视台不远，十分钟已经赶到。她看见顾好乘坐的车驶出停车场，于是跟了上去。

没多久，两辆车便并驾齐驱："封先生，有时间聊两句吗？"

封鑫垚摇下车窗，礼貌地面带微笑："叶小姐有时间的话，不如跟我们回山庄聊。"

他吩咐司机加速，在前面领路，叶筱静的车子跟在后面。

山庄的位置不便让外人知道，等到渐渐出了市区，封鑫垚命司机将车子停下，跟在其后的叶筱静也停下了车。

封鑫垚下车，司机趁机点了根烟抽，顾好被烟味呛着，下车跟上了封鑫垚。

走到叶筱静的车边，封鑫垚弯腰说："叶小姐请上我们的车。"

叶筱静解开安全带，从后座拿上外套和手机。

因为大树遮挡，封鑫垚和顾好都没能看到，自己的司机被人从车中拖了下来，打晕了扔进树林深处。

叶筱静下了车，封鑫垚向她做了个"有请"的姿势。

她径直走向他们车的副驾驶座，封鑫垚想阻止，但她已经拉开门坐了进去，看那架势也不准备出来。封鑫垚只好作罢，跟顾好一起坐在了后座。

司机座与后座之间的玻璃落着，封鑫垚和顾好都没能发现司机的异常，直到车子往前开了一段路。

"你是不是走错路了？"封鑫垚问前面的司机。

"没错。"司机淡定地回答。

封鑫垚意识到不对劲。

司机快速地打着方向盘，车子一个急转弯，车内的人同时倒向一边。

车子停稳，车门打开，封鑫垚这才看见驾驶座上人的真面目，微笑道："好久不见，铁禅。"

"你要去哪？"叶筱静发现顾好趁没人注意溜下了车，高声叫住她，"我劝你还是自己回来。"

顾好跑得飞快，却不得不停下来，慢慢地转头走了回去。

山庄内，岑正印房间的电话响起。

山庄的每个房间都有电话，但只能打内线。

可此刻岑正印接听电话，先是听到了顾好的声音，之后是叶筱静的。

"你应该很想找到我，所以我们见见吧。"叶筱静约她见面，"我希望你能带一件东西来，池深的CLS05钢笔。"

她把电话给了封鑫垚，告诉了岑正印一条避开监控出山庄的路线。

池深作为一个收藏家，家里的藏品数量自然毋庸置疑，钢笔也是他的收藏品之一，传说世界最具价值的钢笔都在他书房的柜子里。

CLS05是池深最常带在身边的一支，他在重要的场合签署文件都是用它，曾经有媒体还专门做过一次报道，说这支钢笔价值繁华地段的一栋大楼。

要拿到这支笔，怕是没那么容易。

岑正印需要帮手，纵观现在山庄里的人，足够可靠，她能够信任，并且有本事帮她忙的人，似乎只有胡正侠。

"你叫我帮你偷东西？"大厅里，胡正侠正在帮忙修复"克伊洛斯"，听说了岑正印要帮忙的事之后，难以置信地看着她。

岑正印瞥一眼靠墙站立的保镖，暗示他小声一点。

"不行，我们练武之人要行正义之事，决不能偷窃。"胡正侠拒绝道。

"我曾经帮过你的忙，你应该还记得吧，"岑正印指的是开车带他取画那次，"你们习武之人不是也常说受人恩惠要加倍报答吗？而且池家把百工坊这么多人关在这里，他们不算好人,你偷窃他们的东西,只要达到的是好目的,并不违背侠义之道。"

胡正侠抬头问她:"你偷池深的东西,目的是好的?"

岑正印诚恳地回答:"我要救人。"

胡正侠盯着她:"如果我不帮你,你会怎么做?"

岑正印一笑:"那就只能我自己去冒险了。"

胡正侠叹息:"好吧,我帮你。"

CLS05要不就在池深的身上,要不就在他的房间里,要拿到它,最好的时机是等晚上他睡着了。

走廊内有监控,胡正侠只要出现在池深的门口就会引起怀疑,所以他得找别的路。

好在岑正印在山庄内的行动不受限制。

今晚的夜空很美,于是她躺在草地上看星星。胡正侠睡不着,打开窗户透气,被她看见。

"下来一起看星星吧。"她对他说。

胡正侠走下来,坐在她身边,抬头望天。

"有点冷,"岑正印坐起来,"麻烦你去我的房间,帮我拿件外套呗。"

"麻烦。"胡正侠虽然不满地嘀咕了一声,不过还是照做了。

岑正印房间的上面就是池深的房间,胡正侠只要从窗口爬上去就行。院落里的监控探头是转动的,只要他的身手够敏捷快速,就不会被拍到。

池深今天开了一下午的视频会议,这会儿早就疲倦地睡着了。胡正侠在他的书桌上翻找,又在他西装口袋里摸索,终于找到了目标。

他原路返回,将钢笔塞进岑正印的外套,拿到楼下去给她,前前后后只花了五分钟,并没有让监控室内的保镖起疑。

"我回去睡觉了,你自己当心点。"提醒了岑正印一句,胡正侠回自己房间。

岑正印又在草地上坐了一会儿,等到天色更黑,该睡的人都睡了,连监控室里的人都困了,她才站起身来,从大厅穿过,快步朝着泳池的方向走去。

她必须赶在保镖发现有异前离开,因此脚步越走越快,可没想到,突然有人冲出来,拦住了她的路。

她抬起眼,看见瞪着自己的步凡:"让开。"

"你在干什么?"

"没干什么。"

"行。"步凡转身往监控下面走。

岑正印拽住他:"你干什么去!"

步凡说:"我们都走不了,你也别想走!"

"如果想救其他人,现在你就当什么都没看见!"

"你跟池家沆瀣一气,我能信你?"

"我现在没时间解释,信不信由你。"

步凡回视她,终于什么都没干,也没再出声。

山庄里的泳池由湖泊改建而来,是活水。

岑正印跃下泳池,游出地下水道,出了山庄。

外面有保镖开了车子在等她，是封鑫垚打电话安排的。

出了山庄范围，手机便恢复了通信。

叶筱静打来电话："你的动作比我想象中快。"

岑正印问："我们在哪里见？"

"我在魏玛游轮中心等你。"叶筱静正在游轮上吹海风，挂断了电话。

岑正印到达游轮中心的时候，夜色已深。

工作人员早已下班，这时候也不会有游轮出海。

不过岑正印往海边走，一路都畅通无阻。

海边有一艘快艇在等。

岑正印登上快艇，驶向汪洋大海。

叶筱静一边看星星，一边迎接岑正印的到来："你带来我要的东西了？"

岑正印将CLS05钢笔扔给她："顾好和封鑫垚呢？"

"老板！"顾好刚好跑了过来。

叶筱静根本连绑都没绑着他们。茫茫大海，他们能跑到哪里去？

铁禅取来了电脑，叶筱静拆开钢笔，接入USB插口。

原来池深的钢笔是一只U盘。不过U盘有密码，叶筱静虽然用一组密码打开了它，但打开文件夹时又出现了提示，需要输入另一组密码。

"他们什么时候到？"她问铁禅。

铁禅说："最快还要一个小时。"

叶筱静唯有耐心等待。

"这里面是池家最大的一个项目，价值几十个亿。" 她不怕让岑正印知道U盘里究竟有什么，她在W市、在那林都已经无法立足。权力和地位她无法得到了，那么唯一可以追求的只有金钱。

海风吹起来很舒服，岑正印趴在栏杆上："你这艘游艇准备开去哪？几十个亿的确够你过完这一生了，可惜你不一定有那样的机会。"

游艇四周，如海燕般的几道影子迅疾掠过海面，又迅速地在黑暗中消失不见。

铁禅跳上甲板，用望远镜四处查看，只见一艘艘快艇劈开洁白的浪花朝着他们聚拢过来。

叶筱静问："怎么回事？我们的人？"

铁禅面色冷峻："不是。"

封鑫垚淡定自若地朝岑正印走过来。

"事情办得不错。"岑正印夸奖他。

封鑫垚微微地欠身。

发现自己已被包围，叶筱静这才意识到中了圈套："照片是你们安排人发到群里的？！"

岑正印觉得她的问题很可笑："不然呢？这世上大多数的巧合，都是有人刻意安排。"

顾好去向摄影总监取东西不假，她借机把叶筱静引出来也是真的。

四面都有人登上游艇，铁禅欲擒住岑正印，封鑫垚挡在岑正印前面："我们很久没交手了。"

又有船只靠近过来，这次是叶筱静请来的黑客们。

数只快艇拦住船只。

叶筱静走到岑正印身边，声音低了一低，如窃窃私语："你会对这个几十亿的项目感兴趣的。池深在那林充当着什么角色，这些年利用那林干了些什么，你难道不想知道？"

海面上不平静，码头亦然。

邢森接到魏玛游轮中心值班人员的报警后就赶了过来。

前期来到的警员已经在监控里看到了叶筱静、顾好、封鑫垚的身影，几个小时之后，岑正印出现。

白舸恰好到公安局找邢森，得知有了岑正印的消息，便一路跟到了游轮码头。

警员在放监控的画面，白舸看见一个人："等等。"

"停一下。"邢森对警员说。

技术人员按下暂停键，画面放大，他们看到了铁禅。

警方对岑正印的手机进行了定位跟踪。警察们跟着定位信号一路到了海边，但是到了七号码头，信号就彻底消失了。

一片茫茫大海，海边停留着几艘商船，集装箱正从船上卸下来。

警方对整个码头进行了搜查，但是没有发现任何可疑人员。

事关那林，赵局赶来现场坐镇。

指挥中心的屏幕上显示着海域雷达图。技术人员排除掉一些干扰因素，地图上绿色的信号点消除了一小部分。再把一些专用船只排除掉，绿色的信号点又消失了一部分。

这样一层层排除，可疑的船只和范围渐渐缩小。

但如要逐一盘查，必须先经过相关的程序，依然需要耗费大量的时间。

赵局要求海警支援，码头上，五艘快艇整齐出动。

正在技术人员打算进一步缩小范围的时候，电脑系统忽然出现红色警告。

"我们被黑了。"连技术人员都感到惊诧，港口的安全系统已和公安局总部相连，警方的内部系统无疑是安全系数最高的，可是此刻竟然也遭到了攻击。

不止电脑系统，整个港口都陷入了黑暗，海域上的船只全部从雷达地图上消失了。

"恢复工作需要多久？"邢森焦急地询问。

"大约二十分钟。"技术人员的手指在电脑键盘上快速地操作着。

二十分钟，白舸看着手表，指针滴答滴答的声音仿佛连接着他的心脏。

十六分钟三十七秒，港口指挥中心的电脑系统恢复。

白舸不愿再等，他换上冲锋衣，跳上一艘快艇。

赵局站起来："白舸你干什么？"

白舸正准备发动快艇，被几名警员按住。

"你别胡来，给我回来！"赵局呵斥道。

白舸顿了一下，警员以为他听了劝，松开摁住他的手，然而下一秒，快艇就在他眼前飞快地发动起来。

"快追！"赵局朝还没回过神来的警员喊。

"局长，你看。"技术人员发现了海面上的异常。

雷达指示图上，绿色的信号点锁定了某片海域。

"把指示图发到我的手机上！"邢森对技术人员说了一句，乘坐快艇出了海。

海上日出，风光迷人。

岑正印和叶筱静坐在180度落地窗的船舱里享用着早餐，她们身后有一张圆桌，桌上摆着三台电脑，三个人手指如飞地敲击着键盘，电脑屏幕上一排排密密麻麻的代码快速地变换着，池深U盘的密码正逐步被破解。

三个人的脸上逐渐露出笑容，看来他们快成功了。

三台电脑上显示的进程都接近百分之百，三人举起酒杯庆祝。

进程结束，三人以为大功告成，脸色却骤然衰败下来，瞪大眼睛紧盯着电脑屏幕。

密码确实被破解了，但U盘里的所有数据都被冻结了。

岑正印保持愉快的心情吃完了早餐，放下刀叉，略微有些失望："你得不到几十个亿，也满足不了我的好奇心了。"

封鑫垚敲了敲门，优雅地走进来，将制伏了的铁禅扔到叶筱静脚边。

"我来这里不是为了知道池深有什么大生意。"岑正印擦了擦手，欣赏着叶筱静逐渐警戒的面色。

察觉到封鑫垚从身后走来，叶筱静站起了身，却正好将脑袋送到了他的枪管下。

岑正印锁住眉头，露出安然麻木的微笑："正阳还躺在病床上，也许这辈子都没法醒过来。"她的语气冰冷，凌厉的恨意划过眼瞳，留下更为冰冷的轨迹，"我想他一定是不想看到讨厌的人，所以不愿意醒过来。只有我送走你，才能救他。"

在她话语的尾音里，枪声响起。

她的眼神非常平静，却在看见破空的子弹时，瞬间转为惊恐与错乱。

不……不，心中无声却喑哑地叫喊着，她挫败地后退几步，瞳孔中慢慢染上鲜血的颜色。

"头儿，都没人啊。"海面上，邢森和海警们通过雷达指示图找到游艇，但登上去，却发现上面没有任何动静。

"砰……"一声枪响打破了宁静。

邢森猛地回头，踹开身后船舱的门。

顾好躺在门边，头部中枪，脸上都是血，落地窗被击碎，碎片砸在她的身上。

在她身前不远处，叶筱静正倒下，岑正印正放下瞄准了她的枪。

"走！"受了伤的封鑫垚撑着桌子爬起，拖住邢森，好让岑正印趁机跑出去。

岑正印跑出船舱，脚踝却被人捉住，蓦地倒向地面。

铁禅捂住她的口鼻，将她闷晕过去。

"别动！"邢森举枪瞄准铁禅，但铁禅毫不畏惧。

枪声接连不断，游轮渐渐被包围，特警队员上了船。

白舸已经被追上他的警员控制住，但警员们听到枪声，担心出事，立刻调转快艇的方向，循着枪声找来了这里。他们进了船舱，就看见死去的顾好和叶筱静。

叶筱静的黑发散乱着，清丽的容颜已经僵硬地扭曲，眼睛空洞而绝望地看着门的方向，仿佛是期盼着能够逃走，或者有人能够来救她。

跟着他们赶过来的白舸看到这一幕，突然间不能做出任何反应。

"岑正印和封鑫垚呢？"外头安静下来，小腿和小臂中弹的邢森抓住进来查看状况的警员问。

白舸回过神来，伸手一抓邢森的领子："正印呢？！"

"放了我，就告诉你岑正印在哪。"一个森然的声音在身后响起，白舸浑身一凛。

他回头，看见被两名警员死死抓住的铁禅。

邢森手里的枪被白舸夺了去，抵着铁禅的脑袋。

"放下枪！"邢森吼道。

"正印在哪？！"白舸的手指压着扳机。

"放我走！"铁禅道。

"放下枪！"邢森又吼。

白舸的眼睛通红，隐忍着，克制着。

邢森拿走他手里的枪。

"正印在哪？"白舸又问了铁禅一遍。

铁禅保持沉默，双眼瞄向茫茫的海面，笑得愈发自得。

白舸仿佛又回到了母亲被害那天，杀死母亲的那声枪响在他耳边接连震响，耳鸣一下一下顶着他的太阳穴。

警员把船上所有的地方都找遍了，找到了封鑫垚，但就是找不到岑正印。

白舸再找一遍，结果依然。

茫茫海上，除了这艘游艇，还有哪里可以藏人？

白舸闭上眼，强令自己冷静。

或许……真的还有一个地方可以藏人。

他顾不上找潜水设备了，让邢森安排所有人在船上寻找可能通往海面以下的通道，然后就奋不顾身地跳进了海里，朝着游艇的底部奋力地游去。

果然，从驾驶舱下面延伸出一根索绳，一直坠向海底深处。

就在驾驶舱的下方，岑正印整个人被禁锢在潜水装置里，氧气罩里的氧气已经消耗殆尽，她完全陷入了昏迷的状态。

游艇上，邢森和警员们检查游轮的每一块船板。

检查到驾驶室的时候，他们听到了从下方传来的敲击声。

"来人！都过来！"邢森叫来了其他人，撬开了发动机下面的一块船板。

船板后面充斥着各种管道，管道一头连着发动机，另一头则连接着困住岑正印的潜水装置。

邢森在上方拆解管道，白舸将岑正印从潜水装置里拽出来，在两名海警的配合下，架着她游出了海面。

"组长！"有人叫邢森，邢森跑过去，发现三名警员被打晕在舱室里，他们负责看守的铁禅不在了，海面上也不见他的身影。

邢森爆了句粗口，一脚踹向栏杆。

甲板上，潜水员抱来了氧气瓶，白舸抱着岑正印，凝视着她的面孔："正印，睁开眼睛！"他多想她看见他像之前一样，眼睛里藏着狡黠的笑意，亮晶晶的，像星辰一样。

岑正印的意识在黑白之间游走，觉得痛，浑身都痛，好像五脏六腑都被粘住，血液都无法流动。

睡一觉吧，她想要好好休息了。但她好像还有很多没做完的事。姬家、"克伊洛斯"、传国玉玺、岑正阳……还有很多人和事需要她。

她疲倦地睁了睁眼睛，睁不开。

她听到有人在呼唤自己，她看见一个模模糊糊的影子，是她想要抓住的人，但是她实在没力气了，抓不住了。

邢森打了救护电话，医护人员和救护车已经等在码头。

游艇到达码头，在其他警员的帮助下，白舸抱着岑正印登上了救护车。

车子一边开去医院，医生一边给岑正印做急救。她的血压非常低，脉搏也几乎观察不到，进了医院就被推进手术室。

不仅溺水、缺氧，她的腹部还中了弹。数个小时的抢救，仁爱医院两位盛名在外的主任医师使出浑身解数。

手术时间很漫长，结束之后，她被推进了病房。

但邢森不让任何人探望她，包括白舸："我进船舱的时候，岑正印正拿枪指着叶筱静。叶筱静死了，她现在是犯罪嫌疑人，任何人都不能接触她。"

白舸直勾勾地看着他，眼睛通红得像是要吃人："你亲眼所见？"

邢森冷冷道："顾好死在叶筱静手里，她弟弟也因为叶筱静而危在旦夕，所以她要杀死叶筱静为他们报仇，她的嫌疑是最大的。"

白舸压着嗓音，再问一遍："你亲眼所见？！"

邢森道："岑正印设计把叶筱静引出来，为的就是要报仇！铁禅在你面前你也会想要开枪杀了他，岑正印面对叶筱静同样会开枪！"

白舸眼神冷定："不是亲眼所见的事，不要妄下定论。"

邢森神色不变，丝毫不让。

赵局想让人将白舸带走，但在见到岑正印之前，白舸哪里也不会去。

他坚持留在医院里等着，等她醒来。

顾好和叶筱静的死讯传到了山庄里，池深和池枫知道了封鑫垚被抓，也知道岑正印在医院昏迷。

警方已经找到山庄了，几次三番要求展开搜查。

池深不想再惹上麻烦，所以打算尽快撤离。在那之前，他必须处理掉一切不安定因素。

"尽快把叶筱梦解决掉。"他对池枫下达命令。

这已经是叶筱梦被困在玻璃房里的第三天了。在此期间，她想了很多办法离开，但是都失败了。

人在陷入恐惧和绝望的时候，意志是最脆弱的，叶筱梦当然不例外。

池枫喜欢观察人的恐惧和绝望，因为他能从中看见这些人的不堪一击。但叶筱梦的表现已经超出他的想象：她竟然还没有被恐惧和绝望击垮。

"有点无趣。"池枫进浴室洗澡。

他站在花洒正下方，仰着头闭上眼，水流洒在面上，他以手做梳，将头发捋后。水珠沿他的眉骨往下，划过脸颊，从下巴滴落。

洗完澡，他裹着白色睡袍走出浴室，再看电脑监控，叶筱梦已经不在玻璃房中。

他洗澡虽然只花了十五分钟，但这对于步凡来说足够了。

他砸碎了天花板的琉璃石，石块如破冰崩裂坠落，整个玻璃房摧枯拉朽地崩碎。

玻璃房破碎，叶筱梦无力抵抗地朝着海水深处沉下去。步凡游到海底，抓住了她，将她拉了上来，等她吐完水清醒。

"你怎么会来救我？"叶筱梦问他。

步凡解释："这么多天不见你，大家都很担心。我偷偷跟了池枫几次，发现他总往这个地方走，于是就过来看看，没想到你竟然在这里。"

"谢谢你了，可是现在——"现在怎么办，叶筱梦也不知道。就算把她救出来又如何？又出不了这个地方。

"有个地方能离开。"步凡知道她在担心什么，他想起了岑正印离开的方法，"泳池下方有通道，但具体在哪、要怎么走我不知道，你要是想出去，只能自己试一试。"

叶筱梦站起身来，虽然方才很是狼狈，这一刻却恢复了果断："我必须要走。"

步凡打量她，眉头一皱："你到底是什么人？"

叶筱梦笑了笑："总之不是坏人。"

步凡怔住，帮助她躲开监控，朝着泳池走去。

保镖们发现步凡不见了，找了半天，在泳池边找到了他。

步凡钻出水面，疑惑地看着泳池边站着五个人："我游个泳而已，你们都来观赏？"

他自以为从泳池水道送走叶筱梦的事神不知鬼不觉，却不知池枫对此了如指掌。

他们没有派人去追叶筱梦，因为对他而言，与其现在就除掉叶筱梦，不如好好地利用她。他需要一双手去帮他做些事情，而她很合他的心意。

叶筱梦逃离，池深知道不能再留在山庄，于是叫人收拾东西。

"你们干什么？放我们出去！喂！放我们出去啊！"步凡透过紧闭的窗户，对着正在锁门的人吼道。

但没人搭理他，门被锁死，锁门的人快步走远。

步凡气的一掌拍在窗户上。

胡正侠和江浩然正试图撬开门锁，但是一点用也没有。

"别白费力气了。"步凡对他们说道。

除了他们，房间里还有黄笑笑和章陶陶，百工坊家族的年轻人都被锁在了这里。

池深已经在撤离山庄，徐蔼然、胡震显等老一辈的人已经被护送上车。他命人将这些年轻人锁在这里，葫芦里卖的是什么药？

大家正想不通，桌上的电脑里传来池深的声音。

步凡等人围了过去。

池深已经在缓缓行驶的车上，通过镜头对他们说："房门的锁马上会自动打开，你们可以离开。不过我需要你们替我、替你们的长辈们去一趟荣城湾，把传国玉玺找出来。"

"你要把我爷爷他们带去哪里？"步凡问池深道。

池深当然不会回答他,所以视频通话已经终止。

房门的锁打开了,步凡等人跑出房间,却见山庄里已经人去楼空,池枫留了两辆车给他们,车内的导航将带他们离开。

"现在怎么办?"章陶陶六神无主,很是慌张。

"还能怎么办?当然要去荣城湾。"步凡说。

他们开车离开山庄,半路上遇到了警察,不得不暂时停车。

步凡振振有词地解释他们这几天的行为:"我们在朋友家做客都不行吗?现在客做完了,所以一起离开。你们想干什么?就算是警察也不能随随便便限制人身自由吧?"

和池深他们走时一样,警察们检查了他们的车,却什么发现也没有,不得不放他们离开。

两辆车下了山,山庄内就彻底空了,大门敞开着,像是主人家在欢迎外人光临。

警员们站在门口,听见咕噜咕噜的声音传来,转头看见右侧一辆无人驾驶车行驶过来,停在他们面前。

打开车门的警员在车上发现了一件东西,叫其他人过来看,然后打电话通知邢森:"组长,我们发现了'克伊洛斯'。"

"克伊洛斯"的其他部分已经修复好,只差玉雕的仙人塔主体和群仙云游鬼工球。这最后的步骤,需要白舸和岑正印来完成。

医院那边,岑正印在病房里醒来。

邢森派了两名警员问笔录,问她当天警方赶到前发生的事,可她缄默不语,一个字也不肯说。

"病人还有一项检查要做,你们晚点再问吧。"护士不管那么多,将岑正印扶下病床,在两名警员的陪同下,用轮椅推她出去。

电梯里没有其他人,警员摁了按钮,等着电梯上升。

忽然传来一声闷闷的打击声,有人从电梯顶上跳下来,干净利落地与两名警员交起手来,按下去地下停车场的电梯按钮。

护士想打电话求助,但手机没有信号,电梯里的紧急电话也打不出去。她推着岑正印退到一边,看着楼层不断地下降。在电梯门打开的瞬间,推着她冲了出去。

然而停车场之内,五六个人同时快步朝她们走过来。

护士还想推着岑正印跑,但很快就被人制伏:"救命……"倒下之前,她朝着监控摄像头的方向大喊。

白舸守在医院里,听说岑正印被推去做检查,想趁机见她一面,按下电梯,却见电梯里挤了不少保安,还有两名医生正在给两个倒在地上昏迷的人做检查以及急救。

而那两个人分明就是守在岑正印门口的警察。

电梯门开的瞬间,恰好医生将一名警察救醒了,白舸不顾保安阻拦冲过去问:"病人呢?岑正印呢?"

"停车场。"警员艰难地吐出三个字来。

白舸冲去停车场,看见了倒在地上的护士,还有不远处正被塞进车里的岑正印。他上前当先击倒两个人,叫岑正印躲去一边,自己牵制住其他人。

岑正印不能被铁禅的人抓住,但也不想留在医院受制于警方,按住腹部的伤口趁机往外走。

外面在下雨,门口几个打着黑伞的男人将她认出来,直逼她而来。

转身往另一个方向走,她又看见了警方的人。

进退无路,两拨人追着她。

几辆车同时在门口停下,好些人走下来,岑正印转身走进人群里,尽量地加快脚步,却不慎撞到了迎面而来的人。她惊骇地抬头,看见追出来的白舸。

两拨人丢失了目标,都在到处找。

举黑伞的人看过来,白舸搂着岑正印挡在她身前,带着她走到路过人的伞下,借雨伞倾斜的角度遮住她身后来自警方的视线。

站在来往的人群中间,两人紧紧依着。大雨将白舸的衬衫淋湿了,湿漉漉地贴在身上,岑正印的头发纠缠在脸颊上,愈发显得她脸色苍白,眼里有他,却又没有他。

趁着两拨人暂时没发觉他们,白舸扶着岑正印钻进旁边的车子。

去哪呢?去哪才是绝对安全的?白舸翻来覆去地想,看一眼身边的人,发现她眉头紧皱地闭着眼睛,呼吸越来越急促。

他伸手探了探她的额头,一摸之下,烫得惊人。

白舸快速地发动了车子。

只有一个地方可以去——白家大院。

袁燕听岗亭的人说白舸回来了,惊喜不已。

"这是怎么了?快来人帮忙!"看见副驾驶座上的岑正印,她连忙喊人。

白舸根本不让其他人插手,他微微弯腰,将岑正印的手臂绕到自己的肩膀上,一手抄她膝弯,将她平横抱了起来,快步往里走。

袁燕小跑着跟上,打开楼上的房间,摆好枕头,让白舸将岑正印轻轻放上去。

用人将药箱送上来,袁燕在里面翻来翻去,找了消炎退烧的药出来:"这孩子怎么烧成这样?不行啊,得上医院去。"

岑正印昏迷着,药根本喂不下去。

白舸把药片捻成粉末,放在温水里,坐在床边,扶着岑正印的头,把水送到她的嘴边。她烧得口干舌燥,紧闭着眼,就着他的手两三口就把水喝了。

袁燕拿了冷毛巾过来,帮岑正印物理降温。

岑正印烧得头疼欲裂,在昏迷之中有时会睁开眼,无意识地看看窗外的天光,觉得自己在孤岛上,又觉得自己跌入了深海。

"你就没有想起过自己的父母吗?你不记得他们是怎么死的了?你的弟弟也是经历了那场意外才会变成傻子的。"

有一个声音像淬了风霜的刀,在她的耳边回荡。

她的头在枕头来回摇晃,想赶走这个声音。她一次次想掐住那个人的脖子,浑身使劲,直抽搐。

她的周围没有光,没有空气,她往黑暗的梦境里沉啊沉……

白舸托起她,想将她从噩梦里叫醒。岑正印睁开了眼,对上他深黑如海底的眼睛,无意识地落泪。

白舸伸出手,搂住她。

妥妥帖帖，安安稳稳，是他的怀抱——是她梦中的一片陆地。

她嘴里喊着什么，后来才平静下来，放松身体，放轻呼吸。

他陪着她，一直陪着她，直到第二天下午，白朗炎把他叫去了书房。

没过一会儿，训斥声就从书房传了出来。

警方认为是岑正印开枪打死了叶筱静，又怀疑她找人在医院打伤了警员协助她逃逸，正通缉她，白朗炎怎么可能将她留在自己家里？

白舸沉默着接受他的训斥，然后跪下了："我要保护她。"他一身铮铮傲骨，跪得笔直。

白朗炎怒不可遏地拿着家法给了他一棍子，白舸硬挨了这一下，咬紧牙关，意志不改。

"你清醒一点！"白朗炎又是一棍子。当初他为了叶筱静，现在他为了岑正印；当初他没能揍他，今天一起揍了。

可是白舸依然倔强地跪在那里动都不动，闭着眼睛等着继续挨棍子。

白朗炎把家法举高了，却再也落不下去。

他丢掉了家法，走出书房，但没让白舸起来，让他一直跪着。

袁燕把岑正印照顾着退了烧，又用砂锅炖了粥，可这一家子，也不知道谁会吃。

白朗炎自个儿在房间里待着，两眼放空。

袁燕站在门外说："二十年了，小舸第一次主动回家。你要是再把他赶出去，以后就没这个儿子了。当初你没能保护好他们母子，现在你怎么忍心让他重蹈你的覆辙呢？"

她心里苦涩，说着说着，眼睛就红了。

恰好用人跑来，说岑正印醒了。

袁燕抹抹眼睛，要去房间看她，想了想还是先去书房，把白舸劝了起来，让他去给岑正印送水送粥。

白朗炎那两棍子打得特别狠，白舸半晌都站不起来，走路腰板都挺不直。

岑正印醒来，得知自己在白家，想走，却连动的力气都没有。

她不愿意看见白舸，白舸只好把粥放在床头柜上："粥放在这里，你饿了就吃一点。"除此以外他什么都没法说。

没得到她任何回应，他的心口凉透了。

他们两人之间，隔着阿华田服装厂的事故，隔着岑正阳的命，隔着叶筱静的死。

白舸回去自己的房间。

房间桌上的相框里放着他和母亲的照片，他看着它发呆，然后轻轻地抱在怀里。

旁边的小闹钟里有只猫头鹰蹲出来，提示现在已经凌晨四点了。

他经历过无数孤寂的黎明，却是第一次觉得恐慌，恐慌夜不能明，恐慌掉进寂静的深渊，恐慌撕肝裂胆的爱情。

这一夜，整个白家，没人能睡得着，都在数着时间等天亮。

袁燕一大早出去买菜，准备炖点汤给白舸和岑正印好好补补，其他事她做不了，但她可以做一桌子可口的饭菜，也许能慰藉一下他们的心灵。

白朗炎叫管家打电话叫来了为白家服务多年的私人医生，给岑正印检查了伤，打了针，开了药。

　　回到家，袁燕就匆忙地系着围裙在厨房忙活。

　　女佣担忧地跑来说："太太，客房里住的小姑娘什么东西都不肯吃，昨天和早上的粥都还在桌上放着呢。"

　　岑正印不吃东西，白舸就跟着不吃，白朗炎也闷着气不吃。

　　家庭医生给岑正印开了一副调理身体的中药，袁燕放在灶台上熬着，让女佣帮忙看着火，自己盛了碗汤给岑正印送去。

　　岑正印看见袁燕，礼貌地微笑了一下，只是脸上毫无血色。

　　袁燕看着她这样子，十分心疼："你这副憔悴的样子，就是在剐白舸的心。那孩子打从他妈妈过世后，心就是凉的，要是你再有什么事，他还怎么活。从前他为了叶筱静跟他父亲抵抗，最多就是争吵，每回都不服输，这次为了你，他都跟他父亲服了软。"

　　她没有再多说，把汤递给岑正印。

　　白家人都有一身铮铮傲骨，可以流汗可以流血，但要他们屈服，比什么都难。

　　岑正印不想这家人都跟着自己受罪，接过碗喝起汤来。

　　袁燕松了一口气："多喝一点，厨房里还有，喝完我再给你盛。对了，还有粥呢，你这光喝汤也不行，我再去给你盛碗粥。"

　　她急急忙忙跑去厨房，就看见白舸站在灶台边盯着小火慢熬的那味中药，等到了女佣告诉他的时间，关火将药汤倒了出来。

　　"我去拿给她，你啊，去坐下吃点东西。"袁燕把他往厨房外头推，指了指客厅餐桌上女佣摆好的午饭。

　　等药放凉了一些，她盛了碗粥一起端上楼。

　　白舸心不在焉地坐在餐桌边，见女佣从岑正印房间拿了个空碗出来，这才肯低头吃一点东西。

　　另一边，白朗炎给赵局打了电话，想了解叶筱静死亡的经过，但赵局正在准备召开专门会议。

　　邢森临时被赵局叫过来，所以来得比较晚，在电话里，赵局就已经告诉他，警方安插在百工坊的人身份已经暴露，将会出席这次的会议。

　　"坐吧。"赵局指了指还空着的一个位置。

　　邢森环视出席会议的人，发现没有生面孔，也就是说警方的卧底还没有来。会议室里很安静，他正猜想着这个人会是谁，听到门被打开的声音，抬头望去。

　　"叶筱梦？"看见她，他震惊到站起来。

　　"给各位介绍一下。"赵局正式将叶筱梦以警员的身份介绍给在座的同事，"这位是叶筱梦，是仁爱医院的医生，是徐家锔瓷手艺的传人，同样也是我们警察队伍中的一员。"

　　介绍完毕，针对顾好、叶筱静被杀案件的专门会议正式开始。

　　作为最先到达现场的人，邢森应该先发言的，但他没有急于开口，而是把头转向了一旁的法证组。

　　法证组将现场搜证的情况、尸检结果一一在会上做了报告。

邢森在会前就收到了这份报告。本来他亲眼看到岑正印持枪对着叶筱静，岑正印无可否认是叶筱静命案的最大嫌疑人，但报告和现场的案件重演，都让他对整个案件有了新的判断。

"子弹的确是从岑正印手上的枪支射出的，当时顾好已经死亡，封鑫垚受伤倒地，有机会开枪的只有岑正印。可是角度不对，以岑正印当时的位置，叶筱静如果中枪，应该倒在这个方向。"通过大屏幕上的模拟影像，邢森做了现场演示。

"在现场我们共发现了四处弹痕，"法证组继续给大家展示现场画面，邢森继续方才的话，"我们抓捕了封鑫垚，他坚称当时是他开的枪。后来他的枪被铁禅打落在地上，叶筱静想抢枪，却被岑正印先拿到了。按照他的口供，现场应该只开了两枪，但事实却并非如此。很明显他在说谎。"

"他会不会是为了维护岑正印而说谎？"现场有人质疑。

邢森摆了摆手："我刚才说了，以岑正印当时所站的位置，她根本打不中叶筱静的心脏，她不可能是开枪打死叶筱静的人。根本不是她，封鑫垚为什么要为她承担罪名，想帮她脱罪的话，说出真凶恐怕才是最好的办法。"

与会人员都觉得他说的有道理，交头接耳一番之后，却都没有明确的意见。

叶筱梦刚才一直在低头看材料，此刻才抬起头来："封鑫垚肯承担罪名，最大的可能是知道岑正印会认罪。他们俩都知道真凶是谁，却都不肯说出真相，如果不是为了包庇真凶，唯一的可能就是受了威胁，或者和真凶之间达成了某种约定。"

邢森接着她的话说下去："封鑫垚是帮岑正印办事，听命于岑正印，所以这个受威胁或者达成了约定的人，是岑正印。"

参加会议的其他人纷纷点头。

叶筱梦又说："现场除了岑正印和封鑫垚，剩下有可能开枪的人，就只有铁禅了。"但铁禅和叶筱静是一路的，为何要开枪杀害她？这个问题不只困扰着叶筱梦，也困扰着其他人。

"目前有一点是可以肯定的，"赵局说话了，"岑正印的杀人嫌疑基本可以排除，但她跟案子依然有莫大的关联。先撤销她的通缉令，加大力量寻找铁禅的下落。另外，目前修复好'克伊洛斯'是最迫在眉睫的事情，池家应该会有下一步的行动，叶筱梦负责保护岑正印，并且配合她修复好'克伊洛斯'。"

专题会散会，大家纷纷离开会议室。

组员见赵局走远，来到邢森身边，低声说："听局长的口气，好像知道岑正印在哪似的。"

邢森白他一眼："废话，她被白舸带走，还能去哪？"

今夜下了一点雨后，天色始终沉着、阴着。

天边响起一声闷雷，睡着的岑正印在噩梦中挣扎着。

她看见岑正阳掉下高楼，看见顾好死去。

她跌下深渊，无休无止地坠落，摔向地狱，喊不出来，无法呼救。

她惊醒，全身刺骨冰冷，伸手想拿桌上的水杯，可双手颤抖，不小心将杯子打翻了。

水淌满了桌子，她失神地注视着滚落地面的杯子，平复呼吸。

房门被人轻敲了两下，女佣进来收拾桌上的残局，重新倒了水给她。

"可以给我杯酒吗？"岑正印需要酒精麻痹神经，不然根本无法赶跑噩梦。

"当然不行。"女佣下意识地直接拒绝，往门口看了一眼后，又改口说，"我去问问夫人。"

岑正印摇摇头："算了，不用了。"

女佣叹气，走出房去。她没有走远，而是站在门口等着。

没一会儿，白舸倒了杯酒回来。

女佣看着他端过来的酒，皱眉道："少爷，这小姑娘病都没好，怎么能喝酒啊。"

"没关系，我会看着，让她喝点酒睡会吧。"

女佣将酒送进去后，白舸就让她回去休息了，自己站在岑正印门外守着。

凌晨三点二十五分，离日出还有三个小时。

没多久，他听到房间里传来轻微的抽泣声，接着哭声越来越大，她越哭越狠。

白舸再也忍不住，他冲进房间，蹲下身平视着坐在床边的她，手足无措。

时间仿佛回到了七年前。

那次她的纸巾掉到地上，他捡起来，抽出一张给她。

这次他伸长手拿到纸巾盒，哗啦啦抽出了数张纸。

他想起七年前的小姑娘说他擦眼泪像擦萝卜丝。

他扔掉了纸巾，将她揽进怀里，掌心按在她的后腰，明显感觉到她较之往日瘦了许多，心中诸般酸楚痛惜，难以言喻。

"在游艇上发生了什么事？"

"你是不是想问叶筱静？"岑正印退出他的怀抱，闭着眼睛没有看他，心中却是情绪涌动，阵阵酸涩涌上鼻梁，一颗颗泪珠再次夺眶而出，面颊上一道湿痕。

白舸的人生中极少有这样艰难的时候，欲辩难辩，气愤恼怒："我想问的是你！"

"那就不必问了。"她相信邢森已经把看到的原原本本告诉了他。

"岑正印！"白舸的胸口剧烈起伏着，心快要被搅碎了，眼中布满怒火地盯着她。可连他自己都分不清了，他的怒火究竟是因为她，还是因为自己。

"为什么不说出真相？"他问道。

岑正印凄凉道："我说了会有用吗？是正阳会回来还是顾好能回来？"

回不来了，谁都回不来了，于是说与不说又有什么差别。

"所以其他人怎么样，其他事怎么样，你都不在乎了？"白舸看进她的眼底，一下子捅破她的心思。包括他在内，她都不在意，都要放开舍弃了吗？

他问了，却没有听她的回答，或许是不敢。

他起身，身体明显地颤了一下。

岑正印一怔，这才发现他背挺不直，走路的姿势也有些不对劲。

他怎么了？她的心中一紧，牵扯出身体的痛。

白舸走出去，为她带上了房门。

房间里陷入黑暗，岑正印呆呆地看着那扇门。

其他人其他事她都不在乎了吗？至少……他不在这个"其他"里面。

夜色越来越深，白舸走到院子里，只看见阴云在天空飘着，残缺的月色找不到出口，泛着冷冷的光。

许是酒精发挥了作用,岑正印哭过之后好好睡了一觉,一直睡到第二天傍晚。

医生来看过她,说她如果没有觉得身体不适,可以适当地出去走走,呼吸呼吸新鲜空气。

岑正印本不想待在白家,但这些天受人照顾,她答应了袁燕不会不告而别,也只能趁这个机会出去散散心了。

白舸从走廊上经过,往客房里瞄了一眼,没看见人,就跟女佣问起。

"她出去了,医生说……"女佣的话还没说完,白舸已经丢了魂一般地跑了出去。

他以为她走了,所以几乎是一路狂奔。

他必须要追上她,上次在阿华田服装厂,他就应该把她抓起来,绑回去!

他看到了她,看见她在前面挪着步子,脚步很慢,看着一棵香樟树出神。

他奋力地跑过去,牢牢抓住她的手:"你不能走!"

岑正印愣了一下,被他不由分辩地拉着往回走。

"白舸!"她挣脱不开,被他带回到了白家。

"小舸……"袁燕看见他们回来,从厨房里探出头,刚想叫岑正印喝碗汤,却见白舸拽着岑正印直接上了楼。

"你可以放开了吧?"回到房间,岑正印猛地抽出了自己的手。

"对不起。"周围安静,所以白舸说出的这三个字异常清晰。这句"对不起",是为了他没能帮她保护好岑正阳和顾好。

这三个字终于说出口的这一秒,白舸感到自己的身体似乎被抽成真空了似的,四肢的力气也都被抽得一干二净。死死撑着他的坚硬外壳应声碎裂,这些天来的担心、悔恨、焦灼等各种情绪霎时翻涌而上,将他淹没了。

岑正印抬着头看他,很近很近的距离里,她像被什么力量控制住了,动不了,也无法思考。

"我……"她的眼中露出悲伤,眼泪大颗大颗地涌出来,没有间断,也没有声音。

无声之泣最是伤人,白舸心口一抽,探手揩去她眼角滑落的泪。

不再像是擦萝卜丝,他在她这里学会了温柔,因为惜之爱之。

两人都没再说话,因为不知道该说什么,也因为什么样的话语在这一刻都没有意义,直到来自他双唇温热的触感攻城略地将她淹没。

唇齿狠狠纠缠,岑正印觉得好像连手心都微微发烫,她被他抱起,两人摔在了床上。

她搂着他的脖子的手没有放开,他就势噙住她的唇,逐渐加深掠夺。

缠绵的吻柔情到让人心尖发颤,仿佛倾尽了一生所有的爱慕。

他和她一样,陷入此刻的柔情蜜意里,之前强势的吻在这一刻倾注了不舍的意味。

白舸闭了闭眼缓缓地吐气,低头看着她。

岑正印看着他近在咫尺的脸,着魔般望进他迷乱失控的双眼。

爱是一场同病相怜,只有对方可以治愈。

岑正印觉得心脏隐隐发酸,那颗心上满满地刻着他的名字,有甜蜜有幸福,有心酸有悲伤。

而白舸的眼眶中有一丝罕有的淡红和洪水般的眷恋不舍,他吻在她的眼睑上,她的眼泪让他觉得一阵难以言喻的心疼。

她仰起脸看进他那海一样深邃的双眼，奋力勾下他的脖子，主动吻了上去。

爱从来一发不可收拾，星火燎原。

……

白家的屋顶上，岑正印和白舸坐着等日出。

太阳迟迟不肯出来，岑正印靠在白舸的肩头睡着了。

终于有一束阳光落在自己的脸上，她感觉到光线，却不愿意睁开眼。

白舸侧过头："还不醒吗？"

岑正印缓缓地睁开了眼。

晨曦温柔地拂过夜色，云朵一点点染上橘红色，阳光喷薄出旺盛的生命力。

白舸和岑正印要去翰林街，司机已经准备好车在外面等着了。

袁燕见拦他们不住，让女佣去楼上拿了风衣下来，一定要把岑正印裹牢才放她出门。

"路上小心点，不要吹风不要着凉，空调也不能对着吹的。"她千叮咛万嘱咐，还是有些不放心。

"我会照顾好她的。"白舸对她说，也是对自己说的。

"梦笔生花"里，店员在招呼客人。岑正印走去后面的工作室，只见从前的老师傅们都回来了，正在制作毛笔，面前放着大小不同的笔头。院子里，书法老师正在教小孩子们写毛笔字，写好的宣纸被挂着风干，空气中散发着墨汁的气息。

旁边就是章陶陶和江浩然的陶瓷工坊。精美的仿古瓷吸引了不少年轻人的注意，复古兼具潮流的设计品销量很不错，工坊才开了几个月，已经开始赚钱了。

白舸说："你说得对，人比物更加重要。我寻找百工坊家族是为了修复'克伊洛斯'，但现在我觉得，让这些家族的非遗手艺传承下去，比找到传国玉玺更加重要。"

最后他们去了胡家的唐楼，唐楼的装修已接近尾声，胡正侠把家里收藏的狮头都搬到了这里展示。

叶筱梦和邢森也在唐楼内等他们，还带来了"克伊洛斯"。

"我们去了山庄，所有人都已经离开了，只有'克伊洛斯'被留在了那里。"叶筱梦说。

岑正印发现塔内的布置几乎都已修复好，就差她该做的部分了，所以池深肯定是故意将它留下的。

"你是怎么出山庄的？"岑正印问叶筱梦。

叶筱梦省略了细节："我是警察。"

岑正印震惊，隐藏了一丝苦笑。

完了……池枫不可能这么轻易放了她。

岑正印追问："你是警察？那么你不是医生？"

叶筱梦说："我也是医生。"

岑正印笑道："是医生，是警察，还是徐蔼然的锔瓷手艺唯一的传人，如果只能选一个身份，你选什么？"

叶筱梦的身上笼着温和的光，神色笃定："我选我的来处。"

好回答，她还有来处，那么自己呢？岑家、姬家、那林、姬天明……她的来处究竟是哪里？

邢森走到两人中间，打断了她们的话，对岑正印说："游艇上的事件经过，我们需要你一份完整的口供。"

即使不愿意，岑正印也不得不回忆起那天。

封鑫垚制伏了铁禅，用枪指着叶筱静，就在岑正印想起岑正阳的时候，枪声响起。

但开枪的不是封鑫垚，而是铁禅，他瞄准的是岑正印。

子弹最后也不是打中了岑正印，而是射入了顾好的后脑。因为当时顾好比岑正印更先反应过来，一把将她推开了。

子弹从顾好的前额穿出，鲜血流了出来，顾好直挺挺地倒向地面，之后舱室内枪声不断。

"是谁开枪打中叶筱静的？"邢森问。

"是我。"果然，岑正印选择认罪。

邢森沉吟了片刻，暗示她道："人能说谎，但法医的鉴定结果、弹痕……这些现代刑侦技术不会。"

岑正印保持沉默，关于叶筱静的死，她能说的只有这么多："你们在这里等我，究竟是为了破案，还是为了修复'克伊洛斯'？"

叶筱静看一眼邢森："我们将'克伊洛斯'带来了，接下来会由我负责保护你的安全。"

要修复"克伊洛斯"，必须找一个安全的地方。

白家大院无疑是最好的选择，所以叶筱梦和岑正印、白舸一起回去了。

看到"克伊洛斯"，白朗炎百感交集，方鉴开就是为它丧命的，而他对方鉴开的感情……说不清楚。

他不是自愿和她结婚的，但她是个人人称赞，连他也不得不佩服的女人。她有着雅致的美，处事的坚定果敢让很多男人都望尘莫及。

她是个好妻子，生子育儿，操持家里。

可有些事，不是"好"就行的。

接下来几天，岑正印埋头修复玉雕的"克伊洛斯"塔。根据实际操作的需要，白舸不断地完善设计图。

岑正印手指一处："这个地方，你看这里的纹路。"

白舸凑过去："刻得这么浅，这里应该有一个直角，不然结构立不起来。"

意见相左时他们也会激烈地讨论，往往要花上半天的时间才能达成共识，然后就齐心合力朝着目标迈进。

坐在对面的叶筱梦听他们两个讨论，当他们遇到问题的时候，也会帮忙查一些工具书。

龙凤、狮虎、玄武、朱雀……"克伊洛斯"塔顶的檐角排列着十只神兽，形态和颜色各异，姿势、表情都活灵活现。玉石本身有着丰富多彩的颜色，雕刻这些神兽时要量料取材，巧妙地运用巧色、俏色、分色的工艺。

仙人塔的门窗有切割极薄的玉片嵌成的菱花格纹，下部刻浮雕莲台图案，甚至连莲台的纹路都清晰可见，姬天明的手艺越是精湛，对于修复者的技术要求就越高。

岑正印的刻刀追随着姬天明雕刻过的地方，诠释着一幅幅图案、一道道花纹。

这种感觉很奇妙，隔着时空，姬天明指导着她，指引着她。

白家大宅里，其他人做事都放低了声音，生怕打扰到她。他们每天的午饭和晚饭都由女佣送进来放在桌上，可有时候他们根本顾不上吃。实在累了，他们就靠在一起休息。

白舸趴在桌上画图，抬头看见暖融融的阳光洒在窗前的地毯上，岑正印正对着阳光雕琢一块黄玉，眼神明朗清澈，干净无瑕。

岑正印休息的时候，白舸就静静地画画——设计一栋能够住人的房子，画一个能够成为家的地方。

在他的心里，家是指有母亲的家，不是现在这个家。

国际知名的建筑师白舸，因为心里没有家，所以从没画过"家"的一砖一瓦。

在向坎村的时候，关北山说，只要有人能解开他的心结，他就能画出家了。

实际上，他是需要一个人，填补他心上的空洞和茫然。

他转头看向岑正印，觉得能够邂逅，已经很好了。

第八章 / 传国玉玺
BRIGHT SECRET

荣城湾——当年铁宝亭带着大批国宝出逃,沉船的地方。

当时有不少古董商和投机分子来到这里"淘金",使得大量文物流落。多年过去,这些文物大部分已经归还国家,但也有少数或流亡海外,或下落不明。

如今的荣城湾旅游业发展迅速,大批的游客来到这里,除了欣赏美丽的自然风光,品尝新鲜美味的海鲜之外,各色的手工艺品也深得他们的喜爱。

步京、步凡、黄笑笑、章陶陶、江浩然和胡正侠跟普通的游客一样,正在各个景点走走看看。

黄笑笑手上拿着一杯西瓜汁,陪着章陶陶在路边小店挑选折扇,两个女生左挑右选拿不定主意,最后还是叼着一个冰棍的江浩然出马,直接把她们看中的六把全买下了。

隔壁店铺,胡正侠随意看着店里售卖的印章,肚子忽然咕噜噜叫了两声。

步凡看向他:"你饿啦?"

胡正侠点点头。

步京说:"那我们去吃东西吧。"

于是一群人去了一家海鲜餐厅。

大家都饿了,等点的菜上来,都狼吞虎咽起来,但其他人的狼吞虎咽在胡正侠的狼吞虎咽面前,都不算什么。

此刻胡正侠面前已经有五个空盘子了,而且看样子还没有吃饱。

步凡看得紧张,拉一拉步京的袖子:"哥,我觉得这样下去不行。"

步京说:"的确不行。"

步凡看了一眼账单,被金额吓到:"我们会被他吃穷的。"

步凡点头:"所以我们得赶紧找到能帮我们报销账单的地方。你打听得怎么样了?"

步凡这一路没少找美女聊天,想知道的内容基本都打听到了。

他拿出一张地图,指着标注红心的地方:"就是这里。"

等胡正侠吃饱了,大家按图索骥,找到了一家玉器铺子。

"几位想买点什么?"店员问他们。

步凡环视四周:"群仙云游。"

店员一脸疑惑地看着他们，显然是听不明白。

店铺里一个一直在柜台后埋头算账的人走了过来，叫店员退下："几位是有人引荐而来？"

"你是老板？"得到肯定回答之后，步凡从口袋里掏出刚才吃饭的账单，"那正好，你给报销一下。"

老板接过账单，数了数他们的人数："你们的人没到齐，等到齐了再来吧。"

缺的那三个人还在赶来的路上，步凡他们只好先找酒店住下。

两个女孩在房间里洗了澡后，去步凡和步京的房间和大家会合。

房间里的电视开着，中森卫视正在重播前几期的《有忆》节目，电视画面正在讲述关家古法斫琴的故事。

说起来真是很奇妙，虽然第一期节目的首播收视率不理想，但节目放上网之后，很快就被有慧眼的网友们发现，网络点击率节节攀升，于是第二期节目的收视率提高了三倍，相关的非遗技艺也引发了网友们的讨论和关注。《有忆》、"梦笔生花"、锔瓷、非物质文化遗产等等话题连续好几周占领着话题排行榜。

百工坊家族的年青一代难得聚在一起，大家看着节目，聊着天，房间里的灯一整夜都没熄灭，等到后半夜，大家实在困了，才一个个倒在沙发边睡去。

天色刚刚亮起的时候，江浩然就起身了，他不小心踢到了地上的可乐罐子，吵醒了步京和步凡。

酒店在荣城湾海港附近，他们住的海景房是欣赏海港的最佳角度。

三个人走上阳台，趴在栏杆上，只见朝阳初升，海面上波光粼粼。

白舸、岑正印和叶筱梦赶了一天一夜的路，终于来到了荣城湾。

曙光渐渐摊开，将漆黑的天空晕染，前方的道路透出了朦胧的白。

顺着曙光向前，他们看到了波光粼粼的海面，看到了等待他们的伙伴们。

"人终于到齐了。"步京说。

岑正印下车，从后座小心翼翼地取下箱子，朝着楼上的他们招手。

章陶陶他们也醒了，回各自的房间洗漱。

步凡叫了客房服务，将早餐送到房间，然后将所有人召集过来，大家看见了修复之后的"克伊洛斯"。

江浩然不停地拿着手机拍照："回去之后我跟陶陶用瓷土做一个试试。"

胡正侠弯腰仔细端详着殿前的子母狮子，震惊得张着嘴巴说不出话来。

步京说："只差最后一件东西了。"

差的是群仙云游鬼工球，他们得去取。

出门之前，他们把"克伊洛斯"锁进箱子，做好防盗设施。

岑正印说："没人敢进来偷我们的东西，这间是池家的酒店。"

胡正侠检查箱子："那更要锁好。"

昨日的玉器店铺今天关张休息，老板特意在铺子里等他们，交给他们一个乌檀色锦盒。

步凡等着老板有什么要嘱咐，但看起来他并没有话说，于是等岑正印拿了盒子，他走上前，对老板伸出手。

老板狐疑地看着他。

步凡说:"昨天账单报销的钱啊。"

老板哑然地拿出手机,步凡也掏出手机,用二维码收款。

取到了东西,他们立刻回去酒店。

岑正印打开锦盒,众人便看到了传说中的群仙云游鬼工球。

江浩然用手机电筒的光照向鬼工球,光线透过大球小球上精雕细琢的纹路,投射出的影子赫然是一幅仙界夜宴的画面。大球和小球一转,画面又变成了宫廷华舞。

江浩然惊呆:"这也……太牛了吧。"

黄笑笑打开了鎏金宫灯,岑正印将群仙云游鬼工球放进去。

白舸摇动"克伊洛斯"后面的手柄,大大小小的齿轮转动,互相咬合,互相牵引,塔内的灯亮了起来,琴弹了起来,狮子舞了起来,人也都动了起来。

神话里群仙云游的盛景仿佛就在眼前。

难怪它能震惊世界,难怪铁宝亭想将其占为己有,克伊洛斯集合了百工坊家族的手艺之大成,其艺术价值与工艺的复杂是任何其他国宝都无法复制的。

殿内的乐师弹奏起了曲子,狮子起舞,殿阶后的屏风缓缓向两侧打开。

屏风保存完好,就连绢丝上的山水图在历经了百年之后都依然完整。

"这画的是什么?"章陶陶问。

江浩然上前,用相机在不同角度将山水图拍下来。

"这画画得实在不怎么样啊,你看这河水怎么倒着流了,还有这山怎么像要倒了一样。"他把相机里的照片翻给其他人看。

步京拿过相机,凝视着照片,仔细研究画上的哪怕一沟一壑。

他走去一边,取来了一盒颜料,用画笔沾着,均匀地涂在画上。

江浩然惊愕:"你干什么?"

步凡将他拉开,比了个嘘声手势,示意他不要打扰步京。

等到步京退回来,众人只见山水图的颜色渐渐发生了变化,暗者变明,明者变暗,河流蜿蜒流过,曲折在山脚下汇入湖泊,高山遍植绿树,树木掩映着亭台楼阁。

等到颜色的变化停下,一幅山水图完全变了样子。

胡正侠看得呆住了,不由地问:"这是……是怎么回事?"

步京解释说:"我们之所以能看到颜色,是因为光的反射。一些特殊的颜色会使画上的光线反射发生变化,这时我们看到的通常不是画上真正的内容,需要我们再用一些颜料去中和原本的颜料,让画的本色显现出来。"

"克伊洛斯"的演艺要结束,屏风要收回去了,江浩然赶紧用相机把画拍下来,将画面放大,好让大家能看得更清楚。

白舸查看照片:"这是一幅全景地图。"

步凡拿来了纸,结合着照片,将地图画下来。

"这是哪里,是荣城湾吗?"黄笑笑问道。

岑正印已经从网上下载了荣城湾的地图,对照着步凡画下来的图案。

步凡说:"都已经过了一百年了,什么都变了,不可能对得上。"

章陶陶提议:"可以去图书馆或者档案馆找史料。"

这是个好主意。

"我跟你一起去吧。"岑正印说。

档案馆有荣城自建城以来的所有资料，但很大一部分史料不对外开放。

不过岑正印见到档案馆的馆长，说自己是为《有忆》节目找资料，馆长便同意了开放史料给她。

"你需要的那段时期的史料还没录入电脑，"馆长领岑正印进了一间资料室，"只有纸质的资料能够查询，这边是当时民俗风情、街景建筑等方面的资料。"

岑正印看着眼前一面墙的书籍和剪报，默默地叹了口气。

珍贵的史料不能带出去，只能现场查阅，她后悔没多带几个人来。

她和章陶陶坐在地上翻阅资料，可按照她们的速度，估计看到明天都看不完这一面墙。

馆长无意间看到了岑正印拿在手里的地图，于是问她："你们要找这张地图里的地方？"

岑正印点头。

"我们这里之前有一位老员工，对地方文史很有研究，知道荣城湾很多老地点、老地方，你们找他问问，也许会比在这里找资料更快有收获。我给他打个电话，让他来一趟。"

岑正印看到了转机："真是太谢谢您了！"

馆长打完电话，带她们去了会客室等。

半个多小时后，她们终于见到了馆长口中的老员工，赶紧将从"克伊洛斯"里拓下来的地图拿给他看。

"这地方不是荣城湾，"老员工说，"是七星岛。"

馆长听他这么一说，也把眼镜戴上，仔细再看了看地图："是啊，这的确更像是七星岛。"

章陶陶眨眨眼睛，疑惑地问："七星岛在哪？"

馆长解释："荣城湾入海口有大大小小几十座荒岛，其中有七座位于最东边，面积很小，岛上又多山岗丘陵，从前的人就给它们取名叫七星。"

岑正印问："岛上没人居住？"

老员工回答她："没有。以前荣城湾的渔船出海，时常在七星岛上避风浪，后来一次地震，岛上的地形发生了变化，非但避不了风，海上风浪大的时候，甚至能将岛屿吞没，路过的渔船或者商船都尽量避开那里，以免触礁。"

馆长问："你们找七星岛做什么？那里还是别去的好，太危险了。"

章陶陶也低声问岑正印："我们要去七星岛吗？"

"先回酒店，再从长计议。"岑正印回答。

光线晦涩的房间里，池深坐在书房的圈椅里，一只手搭在扶手上，像是在默默沉思。

轻微的脚步声响起，池枫踩在松软的地毯上走了进来。

浅浅的一线光从池深身后的窗帘透进来，他的手指在扶手上轻轻敲击着："该清理的都清理干净了？"

池枫回答："没有U盘，我暂时只能清除电脑里的数据，但只要二者的密钥不同步，U盘里的数据就谁也看不到。"

池深挪了挪身体，坐正了说："你亲自去一趟，尽快把荣城湾的线路清理干净。"

事情马上就结束了，不能再出什么纰漏。

池枫不太愿意自己动手，但这次不得不动了。

荣城湾不大，所以认识的人很容易遇到。

池枫开车出门的时候，正好看见了从档案馆走出来的岑正印和章陶陶，不过她们正认真地研究手里的地图，没看见他。

回到酒店，白舸等人对照了她们拿回来的七星岛地图。

"看上去是七星岛的可能性很大，我们得去岛上看看。"白舸说。

其他人都没有异议，所以他们得为上岛做准备，需要出门去采购一些东西。

能够上街，这群年轻人各个都很高兴。

江浩然穿着亚麻色的衬衫和七分裤，戴着一顶浅色的草帽，步凡则是白衬衫牛仔裤，棒球帽也戴得歪歪斜斜的。女孩子们都是一袭及踝长裙，各有各的风姿。一群人郎才女貌，一出门就吸睛无数。

胡正侠在一家冲浪用品店里看了又看，买了一大堆，正要结账的时候，步凡走过来，把他的东西拿走了一半："这个、这个，还有这个，统统不要。"

胡正侠又把东西抱了回来："要，必须都要！必须要多买些装备！"

"我们不是去冲浪的，我们要去的是无人海岛。荒野求生类的节目看过吗？这些东西没用的。"

胡正侠瞥一眼步凡买的冰激凌："你买的这些难道有用？"

步凡道："无论到了哪里，吃都是最重要的！"

章陶陶和黄笑笑正在隔壁店里逛，看到了新奇的东西，连忙召唤他们："你们快来！快来看啊！"

江浩然刚在摊贩处买了一盒据说来自深海的五颜六色的石头，听到召唤立刻跑进了店里。

"你们看，这里有紫色的小丑鱼呢。"章陶陶指着玻璃鱼缸里的鱼儿对他说道。

靠这些人买装备，他们恐怕是真的没法从七星岛回来了，好在还有白舸、叶筱梦和步京在认真办正事。

岑正印跟着他们，静静地看他们挑选东西，把自己的脑袋放空。

店铺里还有其他的顾客，打量了岑正印好几眼，渐渐将她认了出来。

"那好像是岑正印啊。"

"不会吧，是不是看错了，只是长得像而已吧？"

"不是啊，真的是岑正印。"

三四个人朝着岑正印走过来，问她能不能签名合影。

岑正印没反应过来，脸上连笑容都来不及挂出。

"不好意思，请让一让。"白舸挤进人群里，牵住岑正印的手，"买得差不多了，可以走了。"

他不管其他人说什么做什么，也不管在其他人那里她是谁。怕她再被人围住，他将她护在身后走出店铺。

街头、店铺里渐渐亮起了灯，岑正印看他走在自己身前的侧脸，看得更专注，眼里像落进了星星的亮光。

"等我下。"他将她领到人少的地方，走回店里，帮步京和叶筱梦将买好的东西搬上车，再快步走回来。

"刚才用那样的眼神看我，想说什么？"他问她。

岑正印下意识地疑惑："哪样的眼神？"

他盯着她的眼睛，眸色又深又沉，像弥漫着雾的海面："现在这样的。"有些茫然、有些悲伤，让他忍不住想要保护，想要安慰。

"刚刚邢森给我打电话，说顾好的父母去公安局接她了，我不能去送她了。"说起这件事，岑正印眼中的悲伤更甚，"明明不久前还是个在我面前活蹦乱跳的小姑娘，下次再见却只能看到冰冷的石碑了。"

"正印。"白舸走近一些，更紧地将她的手握进手中。

她有她的脆弱，工作中、生活中的困境打不倒她，但是和至亲至爱之人的生离死别可以。

世上没有容易的告别，他们因为本身拥有的就不多，所以才会格外珍惜，格外不舍得失去。

任何安慰的话语都是无用的，他懂。只有陪伴和怀抱能实实在在地让她知道：她还有他，不会失去。

岑正印抿唇，将脸埋进他的颈窝。

他的身体温暖，她隐约还能听到他的心跳声。

"等这边的事办完了，我陪你去看她。"他说。

岑正印蹭了蹭他的颈窝："当时我面试助理的时候，她是最不被看好的那个，因为一点也不精明，看起来笨笨的。但我就是选了她，因为我知道她怕我，以后一定最听我的话。我没想到她真的万事以我为先，最后连命都给我了。"

"这是她跟你的缘分。"人与人的缘分真的很奇怪，有些人本该是很亲密的关系，但却离心离德；而有些人不是血亲，却彼此温暖、彼此守护。

"下辈子如果有机会再见，让她做我妹妹，或者让我给她做助理，好好照顾她吧。"

白舸点头，如果有下辈子，如果下辈子还有机会再见，他希望他跟她的相遇能够比这辈子早一点，又或者说在海边相遇的时候就不要分开了，不要间隔了没有彼此的七年。

大家已经陆陆续续聚集了过来，江浩然朝着他们喊："我们要走了，你们要去单独约会吗？"

岑正印回过神，提起放在脚边的两个购物袋说："明天要去无人岛，今晚我给大家做一顿大餐补充能量。"

章陶陶跳起来："太好了！那还等什么，赶紧回去啊！"

他们的酒店房间里有厨房，电磁炉、微波炉、烤箱、锅碗刀叉盘盏一应俱全，岑正印有机会大展身手。

她做了一桌子的菜，还烤了牛排，做了意大利面："可惜没买红酒，如果能有一瓶红酒就完美了。"

这时敲门声响了，胡正侠去开门，门口站着一名拿着托盘的服务生，托盘里放着两瓶红酒。

"这……"胡正侠接过红酒，不知道是不是该交给岑正印。

岑正印主动拿到手里，看了两眼后说："这两瓶酒出自池家在法国的酒庄，都是好酒。"

连他们需要红酒都知道，可见他们的一举一动都在池家的掌控之中。

不过警方明面上有叶筱梦跟着他们一起，暗地里也一直派了人暗中保护着他们。今天他们"买"来的装备，有不少也是警方改良过的，不但能更大程度保证他们的安全，也可以随时让警方获知他们的位置。

晚饭吃完，大家就各自回房休息了，为明天的行动养精蓄锐。

因为要出海，他们首先必须租一艘船。

船家听说他们要去七星岛，劝告他们道："虽然不知道你们去七星岛干什么，但是过两天就有台风来，你们可得早点回来，不然我这船跟你们这些人……都得沉在那里。"

江浩然打听："岛上有很多沉船吗？"

船家说："从前荣城湾家家户户都以捕鱼为生，日日都要出海，那时候技术和条件都没有现在好，免不了在海上触礁或者搁浅，当时七星岛是避风港，渔民们遇到风浪就上岛躲着，船要是毁了，就等着路过的船来救。可后来那的地形地势变了，反而成了危险地带。"

步京已经办好了租船手续，招呼大家道："可以走了。"

白舸和步凡开了两辆车上船。虽然岛上很可能跑不动车，但万一遇到危险，他们至少能有个地方躲。

"你们谁开船？"船家问。

江浩然看向步凡，步凡看步京，步京再看白舸。

最后走出来的，出乎大家意料的是叶筱梦："是我。"

一切准备就绪，船行驶在万顷碧波之上，离岛屿越来越近。

无论在别人口中是避风港，还是风浪来时吞噬渔船的怪兽，此刻出现在众人眼前的七星岛，只是个到处是树林、矮山和丘陵的郁郁葱葱的小岛。

"这里很美啊。"黄笑笑首先从船板跳到海岛上。

雪白色的沙滩像玉带一样将岛屿围了起来，海浪扑打着礁石，阳光散落在溅起的水花上，身后则是连片连片的树林，除了海浪声，他们唯一能听到的就是松涛的声音。

叶筱梦将船泊好，步京和步凡将车开下来。

白舸穿好潜水设备，准备下水查看周围海面下的情况。

江浩然也想到海底下看看，拉住他问："你这衣服只有一套吗？带我一起下去吧？"

他纯粹是起了玩心，但他们来这里可不是为了玩的。

白舸低头，盯了盯被他握住的手腕。

江浩然被他盯得心里发毛，撇撇嘴松开了手。

白舸下了水后才知道，这一片岛屿叫七星岛并不十分贴切，因为水下还隐藏着无数的半潮礁，或许在很多年以前，他们也是岛屿的一部分。

无数的游鱼在礁石之中游弋，五颜六色的珊瑚让水下成了一个斑斓的世界，不过白舸对这些都没多大兴趣，他要找的是船家口中的那些沉船。

水下的确有沉船，而且还不少。

有的船头向上，船身被埋在礁石间；有的平躺在海床处，到处都长满了海草苔藓，成了海底鱼群的栖息地。

这些船大多数是拖网渔船或者大小钓船，根本没有商船。

白舸正准备往上游，右脚却踢到了什么东西。

他转身往后看，看见了一艘沉船上绑着一个金属箱子。金属没有被海水腐蚀，箱子也不像是沉船内的东西。

他松了松绑箱子的铁链，将其打开，发现箱子里居然都是精美的瓷器。他随手拿了一只瓷瓶，游上了岸。

"这是乾隆茄皮紫釉单瓶。"章陶陶第一眼就认出了白舸手上的东西，"怎么会在海底？"

"是个假的。"江浩然拿过瓶子仔细看了看，"这绝对不是我们江家做的！"

白舸说："水下有不少沉船，其中一艘沉船上绑着一箱这样的仿古瓷器。"

步凡思索道："难道荣城湾的渔民还做瓷器生意？"

白舸脱下了潜水衣道："我们先去岛上到处看看吧。"

于是他们人手一张地图，分成了三路。

白舸、岑正印和叶筱梦一组，往南边走。

其他人不在，白舸才有机会说："水下的仿古瓷不是渔民的，在我们来之前，岛上还有其他人。"

叶筱梦方才四下观察过："从荣城湾到七星岛，我们停船的地方是上岛后最佳的落脚点，但周围不见有其他船舶停靠的痕迹。"

越是刻意隐藏，越是有问题。而且这些人不太可能是荣城湾的普通渔民，那会是谁呢？

他们走进了树林，里里外外查看了一遍，都没找到和地图上类似的地方。

这时，章陶陶打了视频电话过来，江浩然兴高采烈地对着大家挥手："你们快来，我们这边有发现！"

岑正印从手机中看到，他身后的一棵苍天古树和地图里的非常相似。

天色从明亮到昏暗，日光的影子由浓转淡，改变了山林的颜色，三人朝着江浩然他们那边走去。

岑正印看着脚下，一步一步小心地走着，突然，她发现前方不远处有一件亮晶晶的东西。

她慢下脚步，悄悄在白舸和叶筱梦身后捡起它来。

那是池枫的手表，表盖上竟然还有血迹。

将手表收起来，岑正印快步跟上前面的人。

七星岛是七个岛，互相之间没有连接，他们现在站在的是七个岛中最大的主岛，而江浩然发现的和地图中类似的地方，是他们对面一个小一些的岛。

"你们看那边。"顺着江浩然手指的方向，大家看过去。

那小岛本就不大，岛上没有其他东西，只长着一棵不知几百年的老榕树，又粗又高，旁枝错节，一棵树自成一个体系，宛如扎根在海里。

小岛和主岛距离不远，可以游泳过去。

黄笑笑和章陶陶水性不佳，便留在主岛上看管东西。

其他人正准备游上小岛，岑正印却一不留神崴了脚，扑跪在地上半天起不来。

这一下动静不小，章陶陶见岑正印面色痛苦，连忙过去扶她。

江浩然急着去对面，生怕被她拖后腿："你还能不能走了？"

步凡说："她这样还怎么下水，留下来吧。你们三个女孩子互相照应一点。"

章陶陶将岑正印扶到一边的大石头上坐下："正印姐姐，你的脚能用力吗？"

岑正印把脚放下，试了试站立，疼得不行："我带了喷雾过来，但是在车上，能不能麻烦你去帮我拿？"

"我现在就去。"章陶陶说着立刻往回跑，可是没两步就折返了回来，"那个……我不记得路怎么走了。"

黄笑笑开口道："我去吧。"

岑正印说："还是你们俩一起去吧，树林里不知道有没有野兽，你们小心一点。"

正是落日时分，山林里鸟叫虫鸣。被她这么一说，两个女孩对视一眼，心虚地将手挽在了一起。

等她们走远，其他人又去了对面之后，岑正印悄悄回去了刚才跟白舸去过的树林。

她想看看能不能找到池枫。

发现手表的位置附近还有一些血迹，她循着血迹渐渐走到树林深处，发现了一个地洞。

"别过去。"夕阳斜照，一个身影从后方朝着自己压过来，声音低沉。

岑正印一惊，脚下一滑差点摔倒。

好在她听出了这个声音是白舸的。

"你不是去对面了？"都怪自己做贼心虚，不然刚刚也不至于被他吓了一跳。

白舸垂下眼看了看，蹲下身，帮她系紧松了的鞋带："我要不去对面，你敢偷偷跑回来？把章陶陶和黄笑笑支开，你为了回来找谁？"

原来早就被他看穿，岑正印吞咽了两下，更加心虚地说不出话来了。

白舸微微抬头，深沉的眸子盯了盯她。

"你不是说岛上原本有人吗，我想池枫很可能在岛上。"岑正印拿出了捡到的手表，"他这个人从不会丢三落四，东西就算不要了也不会乱扔。现在他的手表居然掉在了这里，我想他说不定是遇到了什么麻烦。"

白舸站起来："你倒是既了解他又关心他。"

岑正印顿了一下，有一种被抓的惊慌，毕竟是她有错，不得不飞快地解释："我找他是因为我觉得池家或许跟你看见的水下那个箱子有关。"

白舸没什么反应。

岑正印走到他身前，强行继续解释："真的！我跟池枫只是因为认识太久了所以关系还行，关于我和他任何不正当关系的传言都不是真的！"

白舸皱着眉头叹气："越描越黑。"

岑正印垂头丧气："那你想我怎么解释？"

白舸已走向地洞："下去看看。"

地洞隐藏在树与树脚下，洞口极小，而且被树根和落叶遮住了，如果不是岑正印循着血迹找过来，根本发现不了。

拨开腐败的枝叶和泥土，斩断树根，地洞便暴露了出来。

白舸抓着一根树藤跳下去，然后再接应岑正印。

地洞很深，范围却不大，里面空空荡荡的很干净，连一片枯枝落叶都没有。

白舸发现地面上有很多或横或纵的痕迹，像是重物拖动所致，土墙脚的位置方方痕迹更加明显，每个都是长约三尺宽约两尺，和他在水下发现的箱子很是吻合。

"这个地洞里曾经堆满了水下那样的箱子，在不久前紧急搬运走了。"白舸猜想。

岑正印拿出了带在身上的那支CLS05。

白舸问："这是什么？"

"一支池深始终带在身上的钢笔，实际上是一个U盘，叶筱静当时叫我偷了来，上游艇交给她，说这里面有池家好几十亿的生意。听她的意思，通过这个U盘，她就能掌握这项生意，下半辈子都不用愁。"岑正印说着，环顾着地洞四周，"我觉得我可能知道这是什么生意了。"

地洞里不宜久留，白舸和岑正印刚想离开，却见他们刚顺着爬下来的树藤从洞口掉了下来。

不仅如此，地洞里的光也渐渐湮没——洞口被人堵住了。

岑正印和白舸快步跑到洞口下方，白舸捡起地上的树藤，岑正印仰头朝着上方喊道："有人吗？"

头顶传来一声枪响，上面有人，而且也听到了她的喊声，但却没法回答她。

这人是叶筱梦。

她本来是跟着大家一起去了对面的小岛，但看到白舸临时返回，便跟了过来。

她找来林中，并没有看到岑正印他们，正打算离开，却看见了窜出来的人影，听到了搬动东西的声音。

她顺着声音奔去，听到了岑正印的喊声，正想要回答并且救出他们，肩头却被人打中了。

她没有出声，朝着密林里跑去，顺着踪迹追捕朝她开枪的人。

她受过最严苛的训练，视觉和听觉都比普通人灵敏，即使对方依靠夜色的掩护，她也能最快速地判断出他的位置。

她逐渐慢下脚步，隐藏于一棵大树后方。

对方连续开了三枪，一枚子弹擦过她的脚踝，她就地一滚，脸颊与胳膊都被山石划出了血迹，却是一下也不停地爬了起来，连跑带跳地跃下了山坡，扑向开枪的人。

开枪的人闪身一避，猛然发动攻击，叶筱梦见势不好，立即抽身后退，却已迟了。开枪者身形极快，上前一拳击中她的小腹。她吃痛弯腰，开枪者一把揪住她的长发，强迫她抬起头来，冷笑道："你们叶家姐妹二人，看起来柔柔弱弱，没想到都是个中好手。"

开枪的不是别人，正是被警方追逃的铁禅。

叶筱梦的神色没有丝毫变动，手上却突然滑出一片锋利的刀刃，抬手割断了自己的头发。

铁禅只感觉到手里的力量一松，等反应过来举起枪时，叶筱梦已经一脚踹向他，踹掉了他手里的枪。

枪顺着山坡往下滑了数米，被一棵树挡住，铁禅跨步跃向前，手却在接触到枪时慢下来，因为叶筱梦的刀刃飞过来，从他的指间穿过，钉在了地上。

"别动。"叶筱梦拿到了枪，指着铁禅的脑袋警告他。

铁禅冷笑着举起了双手。

叶筱梦将他打晕过去，铐在了树上。

"出来，"她朝着漆黑的林中喊，"出来！"

一个人影从树林中缓缓步出。

"你很不错，连铁禅都能被你制服。"

叶筱梦拿着枪，戒备地转过去，看见了靠在树上，即便捂着伤口依然止不住流血的池枫。

海上的月光比城里的清澈，池枫没力气站立了，靠着树坐了下来，面孔浸在月光里，平和淡泊。

叶筱梦用枪指着他："这不正是你想看到的吗，利用我帮你抓住铁禅？"

"你不但身手不错，还很聪明，我以前居然一点都没发现。"池枫笑了笑，胸腔的震动牵连到了伤口，疼得咳嗽了起来，却是越咳越疼，闭着眼忍受。

叶筱梦蹲下身查看他的伤势，刚一弯腰，池枫就拿枪对准了她。

池枫缓慢地爬起来，叶筱梦也缓慢地站直了。

"你既然知道我利用你抓铁禅，怎么就想不到朝你开枪的人是我呢？"他的鲜血落在地上，啪嗒一声，又啪嗒一声，出手将叶筱梦击晕了过去。

去榕树小岛的步凡等人拿着地图，对照来对照去，发现虽然树是对上了，但其他地方全都对不上。

"先前的船家不是说了吗，海上曾经发生过地震，七星岛原本不是这个样子的，原本的这些地方说不定都沉到海平面下了。"

"要是沉到海下去了，那还能找到什么？早就被海水冲走了啊。"

传国玉玺在不在海下，他们现在确定不了，能确定的是现在天黑了，不宜冒险下海。

"先回去商量商量再说。"步京说。

"唉，叶筱梦呢？人怎么不见了？"江浩然转到榕树后面找了一圈，哪里都没看见人。

"白舸游回去后，她也跟着回去了。"步凡说了一句，跳进水里往回游。

到了主岛，他们一起到处找白舸、岑正印和叶筱梦。

"你听到什么声音没有？"走到树林中时，章陶陶停下脚步，拉了拉江浩然的袖子。

其他全都静下来，仔细地听。

"是正印在喊救命！"胡正侠最先听出来，往声音的方向跑，"在这边！"

几人跑到树林深处，胡正侠说："应该就在这附近。"

"正印，正印！"江浩然和章陶陶大喊，"你能听得到我们吗？"

"陶陶？"岑正印听出了她的声音，"陶陶！我跟白舸在地洞里！"

林中回声不断，一时间谁也辨认不出声音是从哪个方向传来的。

听到岑正印说地洞，所有人几乎都朝着脚下看，只有步凡抬着头，正观察四周的树。

受到气候条件的影响，七星岛上的树木都高大笔直，气生根粗如人臂，唯有他身后不远处的一棵树，非但长在两棵大树之间——生长的位置不合宜，连形态都和其他树木不太一样。

"来一个人帮忙，把树拔出来。"他说。

"啊？"江浩然以为自己听错了。

"过来拔树！"步凡又说了一遍。

江浩然摸不着头脑地走去他对面，跟他合力拔树，原本以为要费九牛二虎之力，谁知道轻轻松松一抬，树就被连根拔起了。

树被移走，洞口便出现在眼前。

几个人用手电筒朝着洞里照下去，看见了地洞里的白舸和岑正印。

"喂！你们没事吧？"江浩然一边喊一边拿着手电筒在他们脸上晃来晃去。

步凡拽了一根树藤放到地洞里，将弄了一头一脸土的他们拉了上来。

江浩然问他们："你们俩怎么回事，怎么掉进洞里了？"

黄笑笑也问他们："怎么只有你们在洞里，叶筱梦呢？"

白舸抬头看她："她不是应该跟你们在一起吗？"

步凡回答他："她看见你游回来，所以也跟回来了啊。你们都没见到她？"

白舸和岑正印面面相觑，突然，白舸的目光一凛，他看到了岑正印身后地面上的血迹。

"叶筱梦会不会是迷路了，我们大家到处找找吧。"江浩然提议道。

"等一等。"白舸阻止大家，"正侠和浩然，你们跟笑笑、陶陶还有正印回车上。"

江浩然不乐意："为什么啊？"

白舸说："正侠的腿受伤，不适宜到处跑，现在山林里也越来越冷了，女孩子们受不住。不能让他们自己回车上，浩然你得负责照顾和保护他们。"

他这么一说，胡正侠连忙把刚才下水时弄伤了的腿往后收了收，不过他越是掩饰越是让人看出异常。还有章陶陶和黄笑笑，穿林的风一吹，两人的脸色都冻白了。

江浩然长叹一声，顿时觉得自己肩上的担子重了："一群伤员，走吧走吧。"

几个人互相搀扶着，回去海边的车上休整，白舸等人则在密林周围寻找叶筱梦。

入夜之后，岛上的海雾更大，朦朦胧胧间，白舸发现有两个人在海雾之中飞快地奔跑。他连忙暗中跟上，发现他们在山后面藏了一条船。那两人把两个大箱子搬上船，看样子是准备趁着夜色下海。

"怎么只有两个？还有一个呢？"

"被发现了，我藏在水底呢。先离开这里，等过了风头再回来取。"

"不会有问题吧？"

"你放心，我绑在沉船上呢，保证你们的好东西一件也少不了。"

两个人说着，庆幸又得意地笑出声来，但是下一秒，笑容就凝固在了脸上，因为他们听到了一个咕噜咕噜的声响离自己越来越近，直到其中一个人的脚边落了个什么东西，他吓得背脊挺直，一下也不敢动。

"我的脚边……是什么东西？"他问身边的人。

"是，是……"另外的人壮着胆子转身低头，看清之后连忙把东西捡起来，"这不是海底下那箱子里头的瓶子吗？你不是说一件都不会少吗？"

那人拿过瓶子，仔细瞧了瞧："这东西的确在海底啊，怎么会……难道被发现了？"

两人同时发现有人正从树林里走出来，吓得腿一抖，往地上一跪："饶命啊饶命啊，我们只是想赚点钱糊口而已。这两箱东西我们不要了。"

两人发现来人走到了他们身边，但是迟迟没有动作，也没有声音，于是缓缓抬起了头。

"你谁啊？"发现来人不是他们以为的人，两人松了一口气。

白舸说："跟你们一样。"

"吓死我们了。"拿着瓶子的人被吓得腿软，干脆往地上一坐，"你几号船的啊？"

另外的人也往地上一坐："不管几号都一样，现在什么都没了。"

白舸也坐到了地上，尽量跟他们保持一致，问道："我新来的，还以为能多赚点钱呢，哪知道出这么大事。"

拿瓶子的人摆了摆手："咱们老板利用池家的线做自己的生意又不是一天两天了，只不过最近风声紧，池家把线路都收了，再加上我们老板死了，池家干脆把我们一锅端了，可是铁禅也不是好惹的，就这么跟他们杠上了。"

"我听说咱们老板就是被池家干掉。她想把池家的线路都接收了，谁知道惹祸上身，自己连命都没了。"

听到这里，白舸大概能想明白了。

池家或者那林有一条走私仿制品文物的海上路线，叶筱静一直利用这条路线做私活，池家先前都睁一只眼闭一只眼。后来叶筱静想要侵吞这条路线，叫岑正印偷了池深的U盘。她死后，池深叫停了这条线上的所有生意，并且派了池枫来做清理，谁知道池枫遇到了铁禅，两个人斗上了。

眼前只是船上的小喽啰，想趁机自己赚点钱，于是偷了三箱货出来，为了避人耳目，把其中一箱货藏在了海底。

"你们老板是叶筱静？"白舸问。

两人你看看我我看看你，警觉地站起来："你到底是什么人？"

白舸又问："铁禅还在岛上？"

两人察觉到了他身上的凌厉之气，愈发觉得他不简单，拔腿就往海边跑。

白舸拦住他们，他们出手反击，可没两下就被制服。

两人求饶："我们真不知道。池家跟铁禅相争，鹿死谁手我们可管不上。"

"把东西留下来，你们走吧。"白舸也知道这两人只是小喽啰，为难他们也没有用，于是把人放了，返回去继续寻找叶筱梦。

步京和步凡把四周都找遍了，满头大汗地跑回来："没找到叶筱梦，都找遍了，哪都没有啊。"

七星岛总共就这么大，叶筱梦恐怕是碰到了铁禅或者池枫，如果他们还在岛上的话，能躲在哪里呢？

白舸问步京、步凡："你们去对面岛上有什么发现吗？"

步凡说："什么都没有，我们怀疑地图上画的地方沉到了水下，准备明天天亮下水看看。"

白舸说："等不到天亮了，我们现在就下水。"

步凡的背包里有潜水衣，三人穿上，戴上氧气面罩，在榕树小岛附近下潜。

夜深了，水底的鱼群也睡了。

越是往下，水里却似乎越是明亮。三人发现身边有一种类似章鱼的生物在游动，触角如萤火虫一般微微发着光，应该是身体里有荧光酶之类的物质。

跟步凡想象的差不多，七星岛原本的确相连，但由于地震等地壳运动，有些部分断裂下沉到了海里。

榕树小岛的下方连着一整片的礁石，三人穿行其间，却被榕树的气生根和藤葛枝蔓阻碍了前进，不得不用匕首削断他们。

等到路通了，原本被阻住的海水洪流一般朝着他们涌过来。

三人或抱紧礁石或抓住榕树根，稳住身形。

白舸打开强力电筒照向前方，发现一块静止不动的阴影。

三人游去，看见一个向上的入口。

白舸探了上半身进去，用电筒一照，照出了一个长满了各种生物的类似于下水道一样的地方。

他想起七星岛的老地图上，曾经有一处防空洞，很可能因为之后的地质变动，山体崩塌下沉，成了现在这个样子。

白舸先游进了防空洞内，步凡和步京也跟上。

一进来，步凡觉得新奇，奋力地往前游，没一会儿又返回，对着白舸和步凡比画着，告诉他们前面有一道门。

几人往前继续游了一小段距离，果然发现了一道门，而且门上还有把手，只是白舸和步京两人上前，合力也没有将其打开。

因为常年浸泡在海水中，门上不仅长满了苔藓，还积了一层厚厚的水翳，宛如被一层硬壳包裹着，白舸用小刀一点点割开"壳"，在门上发现了一个密码装置。

步凡指了指自己，示意白舸和步京退后，然后将耳朵贴上去，转动数字。

水流的声音过大，影响判断，他试了好几次都没成功。

步京指了指氧气面罩，提醒其他人氧气快要耗尽了。

步凡点点头，决定撬开密码装置，这东西在海水里泡了这么久，有可能早就不牢固了。

装置的确轻易就被他撬动了，但是白舸发现装置后面冒出了火星。他想要阻止已经来不及，就在步凡卸下装置的顷刻间，"轰隆"一声巨响，海水和火药一同在眼前炸开，连防空洞的底部都被炸穿，无数水流汇成洪流，朝着他们席卷过来。

白舸猛地抓住了一块礁石，将身体挤进防空洞炸出的裂缝，一只手紧紧抓住了步凡。海水和爆炸的冲击力巨大，步凡虽然抓住了步京，但快要支撑不住了。

步凡似乎看到了什么，一直盯着防空洞的裂缝，他想叫白舸回头看看，正拼命朝他使眼色，谁知道白舸抓住的礁石正好轰然断裂，三人一起被卷进了洪流之中。

裂缝里的东西被洪流冲了出来，白舸奋力地游过去，接住了这件东西。

海底的爆炸让整个七星岛剧烈地震荡着。

震动引发了巨浪，正好遇上逼近的台风，于是小岛被海水和狂风包围了起来，碎石和沙砾被风暴卷成大小不一的黑色阴影，人置身风中，几乎站立不稳。

爆炸发生的一刻，岑正印打开了车门查看，狂风涌入，将桌子都吹翻了。

汹涌的浪涛拍打着海岸，声浪传来，车子变成了汪洋中的船，随时都会被巨浪和狂风吞没。

江浩然和章陶陶还在外面，狂风席卷着砂砾碎石，形成了一道风墙，无边无际地朝着他们移动而来，风声尖利，如鬼哭狼嚎。

江浩然拉住章陶陶，厉声道："跑！"

两人一起往车子的方向狂奔，但是身后的风墙越逼越近，身前的阻力也越来越大，他们迈不开步子的时候，风墙瞬间将他们围住。

"上车！"岑正印的吼声冲破凄厉的风灌进他们的耳朵。

他们勉强抬头，看见黄笑笑驾驶着车子靠近，岑正印和胡正侠拉开了车门，朝他们伸出手。

江浩然和章陶陶一个箭步上前，分别抓住他们的手腕，借力一蹬，摔进车厢。

两人合力抓住门把，与风阻抗争了好一会儿，才合上了车门。

黄笑笑猛踩油门，引擎咆哮，车子开动了最大马力，冲出风墙。

大海露出狰狞的面目，狂风大作暴雨倾盆，浪涛已经将原本的海岸线淹没，狂风助长了它的气势，海水化身血盆巨兽，吞噬万物。

车子加大马力逆风飞驰，可还是被狂风卷着走。

黄笑笑将油门踩到最大，连车前盖都被掀翻，车头不知撞到了什么，彻底失去控制，海水猛灌进来。

江浩然和胡正侠最先掉进海里，黄笑笑被风浪从驾驶座卷了出去，章陶陶和岑正印随车一起卷入海中，随海水起伏。

岑正印拉住车门把手，幸运地翻到了潜水衣，一边为自己穿上，一边塞了一套给章陶陶。

两人游出了车子，这时海底的爆炸已经停了，风浪减小了不少。

老远，岑正印看见船只朝她们驶过来。

江浩然在船上奋力地朝她们招手，船只被海浪冲击得时而抛上巅峰，时而打入深谷，他穿着救生衣滑下绳索，想拉住岑正印和章陶陶，却遭遇浪头的冲击。

眼看着两人又要被冲远，他松开了防护锁跃入海里，抓住她们两人。

步京和步凡很快下来接应，共同将她们救了上去，然后拿着望远镜瞭望，寻找掉入海里的其他人。

"那边有人！"胡正侠指着右前方喊道。

船只全速前行，步京放下救生艇和救生圈，将黄笑笑拉了上来。

众人躺在甲板上，劫后余生，奄奄一息。

岑正印脱下潜水衣，看向驾驶舱里的白舸。难得这个时候，他能看着她笑，晦涩天地间，心中存柔情。

"怎么回事？为什么突然爆炸了？"江浩然坐在甲板上，脱力地大口呼吸着。

步凡将他们在榕树小岛下面的经历简单地说给他们听。

"你们找到传国玉玺了？"胡正侠追问。

步凡和步京互相看看，然后指了指角落里锈迹斑斑的一团东西："只找到它。"

胡正侠想过去看清楚些，但实在挪不动了："那是个什么？"铁器遍布暗青锈迹，很多地方都锈烂了，只能看出是一只兽，却看不出具体是什么。

"镇海兽。"

"铁犀牛。"

步京和步凡同时回答他。

七星岛曾是海上避风港，村民们在此放置镇海兽实属正常，所以这东西一点也不稀奇。

大家来这里历经艰险是为了传国玉玺，如今什么收获也没有，心头都被失望和疲倦笼罩着。

太阳冲破阴霾，这么一番折腾后，大家都在甲板上睡着了。

岑正印侧躺着，目光时不时看向驾驶舱，落在白舸的侧脸上。

冲过风浪地带，白舸的神经才稍微放松一些，眼睛往甲板上扫了一圈，没能看见岑正印。

身后却有脚步声靠近，岑正印在他身边停下脚步，递了瓶已经拧开瓶盖的矿泉水给他。

他接水的时候仔仔细细地把她看了一遍，目光落在她手上的手臂和手腕上，然后看见她脖颈上的伤痕。

大家身上都有伤，她当然也不例外，这时问她怎么受伤的实则多余，但他还是没忍住叹息："你就不能跟其他人一样睡一会儿？"

岑正印似乎笑了一下："有件事想跟你商量。"

白舸却打断了她："我也有事要说。"

"你先说。"她觉得如果她抢先了，他的话就不用说了。

"不管当初姬天明成立那林是为什么，现在的那林牵涉到文物犯罪，早就被定性是犯罪组织，它不该存在。"白舸毫不留情地说。

"我的想法跟你不一样。"岑正印蹙着眉说，"前些年传闻那林攻击了多国的博物馆，盗取了馆内的文物，但是你知不知道，这其中相当大一部分的文物本身就属于我们。它们在战争年代流落海外，被外人侵占，至今都没有回家的机会。"

"所以那林所做的就是对的吗？"白舸果断地打断了她，态度坚决，语气激烈，"不管出发点和结果如何，只要手段不正确，整件事就是错的！况且池深U盘里的数据是什么？这些年他利用那林做了多少违法的勾当？！"

岑正印的语气很平淡："会好起来的，只要他不在了，那林就会好起来。"

"你知道自己在说什么吗？"白舸痛斥她，"你是不是想回去那林？你以为只要池深不在了，那林就会被你掌握吗？你怎么能这么天真？那林里面还有谁，池深、铁禅、叶筱静……这些都是你知道的，可那些你不知道的呢？你真的以为凭借一己之力就能扭转乾坤？"

岑正印沉默了一下，陷入了自己的沉思里，然后很轻地说了一句："我不想扭转乾坤，我只是……只是觉得很多事情必须回归原位。"

"交给警方去做！"白舸的手从轮船的方向盘和操纵杆上移开，转而握住岑正印的双肩，想要把她晃清醒点，"那林和池深都该交给警方去处置，你的原位是《有忆》，是有方斋，你只是中森卫视的女主播，你是岑正印！姬天明已经成为过往，姬家的事不该成为你背负的包袱！你清醒一点！"

岑正印看着他，缓缓地摇头："没用的，警方有很多做不到的事。如果靠警方就能找回传国玉玺，就能守护百工坊的话，我们也不会走到今天的境地。"

她的眼神里含着悲切的绝望，虽然极力隐藏，但白舸还是捕捉到了。

"告诉我，在游轮上到底发生了什么事，是不是池枫父子或者铁禅又跟你说了什么？"

岑正印微微别开眼，摇了摇头："没有，什么都没有……我只是想清楚了，不管那林在别人眼中是怎样的，它对我而言没有什么不好。"

白舸低声怒道："你回不去那林！我绝不会让你回去！"

岑正印闭着眼，吐口气："你恐怕拦不住我。"

白舸说："警方很快就会来。"

岑正印的脸色没变："所以我必须马上走。"

白舸嗓子发紧："你这样做，对得起大家吗？"

岑正印说："我不会为难他们任何人，你可以带他们走。"

白舸的声音略微带着沙哑："百工坊的其他人呢？徐蔼然和步明堂他们呢？"

岑正印说："他们不能走，必须留在那林。"

白舸明白了，攥着手说："你把有价值的人都扣下了，放走的只是对你无用的人。"

岑正印的眼中有泪光，"你现在是不是特别讨厌我？"

"我很不喜欢你的一些想法和做法，但你是我珍爱的人，我得保护你。如果你要回那林，我跟你一起去。"晨曦之下，粼粼的波光反射的光线雕刻着白舸的脸，他幽深的眼眸印着蓝色的海水，深沉之中藏着隐忍的深情。

岑正印的心陷入柔软里："我回去不会有危险，但你就不一定了，而且……"她顿了顿，相信他能明白她想表达的，"你会给我带来很大的麻烦。"

白舸被击败似的往后退了一步，调整呼吸，无法再面对她。

"你想清楚了？真的要这么选？"白舸说话的声音吐息变得缓慢，似是每个字都有千斤重。

岑正印的目光依然幽深、安谧、清冽，但内心却一寸一寸被他击碎。

"我想清楚了。"她说。

白舸没再说话，只是点了点头。

"我想清楚了，我选择我的来处。"岑正印在心里补充。

"选择我的来处"，这是当初叶筱梦回答她的，如今她回答了白舸。大概那时她也问了自己这样的问题，叶筱梦为她指点了迷津。

船只就要到达荣城湾了，一艘快艇驶近，是池深派了人前来。

甲板上的步凡等人醒了，认出登船的人有些是山庄里的。

章陶陶爬起来，抓住岑正印："正印姐姐，你要去哪里？"

岑正印抽出了被她抓住的手。

江浩然冲过来，指着岑正印："你干什么？你跟他们走就是背弃我们！"

岑正印说："我们走的本来就不是一条路。"

步凡问："我爷爷呢，还有其他人呢？池深说找到传国玉玺就放人的。"

"但你们并没有找到传国玉玺。"岑正印说，"你们可以离开，不过他们暂时没法回去，这是他们自己的选择。"

江浩然气冲冲："你胡说八道！"

岑正印冷笑一声："你的父亲就是那林的人，黄家有一半是属于那林的，而'梦笔生花'和胡家唐楼都在我的名下。整个百工坊几乎都被那林控制，留下是他们自己的选择。"

黄笑笑站出来："我跟你一起走。"

江浩然气结："黄笑笑！"

黄笑笑已和岑正印站在一起。

白舸走了出来，拿出了那枚玉花生，交给岑正印。

说起来，这东西算是他们的定情信物，如今他归还给她，似乎意味着将她的感情一并奉还。

岑正印把玉花生握在手里。

白舸看了看她，往后退去。

没有其他人看见，岑正印的手抬了一下，想要抓住他，却很快地闭了闭眼，强迫自己收回了手。

她低下头，最后划过视线的是他紧抿的双唇和下巴的线条。

鼻尖发酸，眼眶热得差点逼出眼泪，她强行控制，和黄笑笑一起登上快艇，揉了揉眼睛。

没有其他人看见，但是他看见了。

只有他看见了。

他感觉锋利的刀刃割开了他的灵魂。

炎热的夏天在不知不觉中过去了。

秋高气爽的时节来临，W市的街道两侧，银杏已经金灿灿。

岑正印最近非常忙碌，《有忆》的最后一集——克伊洛斯的修复播出了，收视率打破了中森卫视自成立以来的记录。这使得她在台里的地位更加稳固，新闻中心专门为她量身定制了两档节目，包括文化和时尚杂志之类，本周她已经接受了五家媒体的采访。

"谁叫人家有本事呢，不仅事业有成，还是池深钦点的准儿媳妇。"

"这次好像不是绯闻呢，昨晚很多人亲眼看到池枫来接她了，她好像已经住进了池家。"

电视台的同事们免不了私下议论岑正印,议论得最多的却是她和池枫的关系。

池枫昨晚的确来接岑正印了,岑正印这段时间也的的确确住在池家。他们好几次出双入对被拍到,有记者找池枫求证他们是否在一起了,池枫也只是打打太极,没有明确否认。

"今天的《七点新闻》播送完了,感谢收看,我们下次再见。"演播室里,岑正印播完了今天的《七点新闻》,正收拾稿件,准备离去。

身边的搭档发现她似乎很着急的样子:"急着去跟男朋友约会?"

岑正印笑笑,没有回答,起身匆匆走出去。

她将手机开机,立刻就有电话打进来。新节目的助理导演火急火燎地说:"你的嘉宾太难搞定了,我看你非得自己出马才行。"

"人在哪呢?地址发给我。"

手机上已经收到了新信息,岑正印乘坐电梯下到停车场,打开车门的同时查看微信定位,然后发动车子。

八点多,这座城市的夜生活才刚刚开始。

W城的夜晚,喧闹又浮华。

车窗外,霓虹映照着人们欢笑的脸,五颜六色的璀璨在夜色下游走。

但是今晚,这座城市的喧嚣背后却有种低迷的静谧,如同绷紧的弦。

岑正印留意到,道路上的交警增多了,高速公路出入口也加强了盘查,空港多了很多地勤巡逻人员。路口、街巷、商厦、小区等地方的监控摄像头闪烁着红色的亮光,仿佛无数双眼睛紧盯着这座城市。

高峰时段已经过去了,可是主干道上还在堵车。岑正印有点着急了,时不时看表。

前面的车流终于动了,她超了两辆车,发现前面绿灯在闪,索性一脚油门踩到底,直接冲了过去。

连续开过两条街,因为车速太快,她引起了巡逻交警的注意。监控中心查询了车牌,联络了附近的警员,通知他们对车辆展开盘查。

终于到了目的地,岑正印停下车子。

助理导演一看见她,连忙跑过来:"他在3312房间,马上要去赶飞机,你恐怕只有十分钟时间。"

岑正印看表,乘坐电梯上楼,细长的高跟鞋踏上柔软的羊绒地毯,敲响了3312房间的门。

走廊的灯光温和,照得她面容清丽,笑起来露出浅浅梨涡:"不请我进去坐坐?"

开门的是当下最炙手可热的流量男明星,看见岑正印的时候露出惊喜又抱歉的神色:"恐怕有点不巧,我这正收拾行李呢,准备赶飞机。"在他的身后不远处,的确放着两个还没合上的大行李箱。

"那真是不巧了,我还想邀请你做明天胡家狮艺展览馆的开幕嘉宾呢。"

男明星露出遗憾的神色:"真抱歉,我恐怕没法参加了,明天我有个活动,必须今晚飞过去准备。"

既然他明确拒绝,岑正印只好作罢:"只能下次再邀请你了。"

她稍微后退一步，似是要走，却想起什么，问道："你的戏杀青了吗？"

男明星点头："拍完了，公司正在接洽一部电影。"

"不会是徐导的电影吧，我听说他的新戏以民国四大家族为背景，上次一起吃饭还听他提起。"岑正印状似无心地说，然后看了看表，"啊……不耽误你的时间了，我先告辞。"

她故意这样说，因为她早已探听到，男明星正在接洽的电影就是徐导的新戏，谈得不算顺利，因为竞争对手实力不俗，徐导正犹豫不知谁更适合做男主角，男明星方面正在多方努力。

果然，岑正印这"无意"说出的话让男明星发现了门路，于是他连忙叫住她："正印！下周我和公司团队集体出游，有兴趣一起来吗？"

这摆明了是讨好，岑正印却装作不知："我已经为了各种事情焦头烂额，哪有时间游山玩水？"

她分明是在计较自己不愿意做嘉宾的事，男明星懊恼，但想到自己正在上升期，需要依靠她拿下徐导这个资源，只好忍耐下来，吸一口气露出微笑："工作再重要也需要适当放松。我也很久没放假了，其实明天的活动并不重要，我看看能不能让公司安排其他人。"

岑正印的眉头一皱，似是在替他担忧："我怕你的经纪人不会同意。"

"他会同意的，如果我有更重要的安排的话。担任狮艺展览馆的开馆嘉宾既有话题度又能拓展视野，我想我不应该错过。"男明星也是聪明人，看出了她是要自己主动。

岑正印的嘴角勾一勾："那好，我跟你经纪人联系时间。"

男明星点头，抿唇笑道："那么明天见。"

"明天见。"岑正印的笑容自信而张扬。

跟男明星告辞，岑正印离开酒店，走进停车场，和一个从她车边经过的男人擦肩而过。

"车内没有其他人，车辆没有可疑。"那人微微低头，声音传向领口的微型通讯器。

"请等一下。"岑正印停下脚步，回头对那个人说。

那人也回头，看向她："你叫我吗？"

岑正印走到他跟前："你们组长应该就在附近吧？"

那人装糊涂："你说什么，我不太懂。"

"我知道你是警察。"岑正印笑笑道，"从我出电视台开始，你们就暗中跟着我了，打算跟到什么时候？"她这话是问通讯器那头的邢森的。

邢森就在附近，所以没一会儿就现身，一边朝岑正印走来，一边高声说："你现在身份特殊，我不得不派人跟着啊，跟到什么时候还真不好说，搞不好我明天会派两个女警，连你上厕所都跟着。"他向来脸皮厚，不介意顺着杠子往上爬。

岑正印冷淡："公安局最近很闲吗？搞这么大阵仗？"不仅仅是派人跟着她，W市的几乎每个交通枢纽或者商业要道，都能看到便衣警察的身影。

邢森耸耸肩："明天狮艺展览馆开馆，那地方现在是你和池家的，没准会成为你那林的新据点，明天的仪式还说不定是哪些人出席呢，我们当然得留心一点。"

岑正印轻笑一声，挑挑眉："那你们可要辛苦了。"

邢森笑着："我听说明天池家在仪式上还有大事要宣布，网上都在猜是你和池枫的婚讯呢。"

"你这么好奇，明天去了现场就知道了。"

"不仅是我，明天白舸也要去现场。"邢森忽然凑近了，仔细观察她的表情，"你真忍心当着他的面，宣布自己要嫁给池枫？"

岑正印知道他是在试探，于是依然不动声色："我忍不忍心，你到明天就知道了。"她走去自己停车的方向，坐进去发动了车子。

邢森在车后方朝着她挥了挥手。

从七星岛回来以后，警方虽然加大了对池家的盯梢，但因为没有任何证据证实池家和那林有关，对于一些事情，他们还是心有余而力不足。

池深把"克伊洛斯"上交给了相关部门，但博物馆新馆还在建设之中，作为捐赠者，他提议将"克伊洛斯"暂时安置在古文化学会，由百工坊家族对它进行更深层次地打磨。

《有忆》播出后，大量的观众和网友想要一睹"克伊洛斯"的真容，何时将它展出已经提上了相关部门的议程，为了让"克伊洛斯"以最好的状态呈现在世人面前，上面几经慎重考虑，采纳了池深的建议。

池深和那林还会有进一步的行动，邢森坚信，于是他一点也不敢放松。

岑正印驾驶着车子，平缓地往池家开去。

这些日子她都住在池家，作为她跟池深互相的某种制衡。

但岑正印很明白，在这种制衡里，她始终都是处于劣势的，因为岑正阳还在医院昏迷，照顾他的医生护士都是池深安排的。

邢森回到公安局已经过了十二点，但专案组还是灯火通明。

他推开办公室的门，将一份资料递给等在那里的白舸，说："查到了这些资料，你看看吧。"

文件只有两页纸，写得很简略，因为案情非常清晰。

2000年，W市曾发生过一桩不大不小的绑架案：一名婴儿及其母亲被绑架，绑匪勒索现金六百万。警察介入了案件，婴儿的父亲带着准备好的现金前去和绑匪交易时发生了车祸，车毁人亡。绑匪发现家属报了警，又没有拿到钱，于是撕了票。警方找到现场时，婴儿的母亲已经死亡，而婴儿被藏在垃圾桶内奇迹生还。

这个案件里死亡的两个人是岑正印的父母亲，而那个生还的婴儿则是岑正阳。

"绑匪都抓到了，主犯被判了死刑，其他人现在还在牢里。"邢森说。不管是当时还是如今来看，这个案子都毫无疑点。

邢森拿的是警方内部资料，所以里头还有当时案件现场的照片。

岑正印的母亲死状凄惨，周围的地上有一道一道的血痕，她像是想自救，想拼尽最后的力气逃跑。她的血染在地面的玻璃碴上，在阳光下泛着晶莹。

晶莹的旁边，有一个血脚印。

白舸倏地站起："这是什么？"

邢森被他吓了一跳，凑过去看："绑匪留下的脚印。"

白舸问:"你们仔细查过这个脚印没有?"

邢森回答:"肯定查了。"

白舸面部肌肉轻微地抽动:"当年办案的是谁?"

邢森把文件翻到最后,看签名:"是赵局。"

白舸立刻冲去楼上的局长办公室,自从成立了专门的工作组,赵局每晚都跟邢森他们一起加班,因此此刻也还没回家。

赵局对当年的案子还有印象,但时间过去太久,他已经记不起当事人姓甚名谁了,听白舸说起才知道和岑正印有关。

"这个案子从头到尾都没有任何可疑的地方吗?"白舸问。

赵局拿着卷宗仔细地回想,目光渐渐定格在照片上:"绑匪是求财,而且说实话不像是穷凶极恶之徒,包括我在内,当时所有的办案人员都认为他们撕票的行为太残忍。当年那个男婴被藏在了垃圾桶里幸存了下来,可没人知道他是被谁藏起来的。他母亲当时受重伤,根本不具备保护他的能力。"

"玻璃碴旁边的血脚印是谁的?"

赵局的目光一顿,又凑近了一些看:"这个血脚印是绑架案的主犯留下的,我们详细地做过比对。"

"类似的血脚印我曾经见过。"白舸说出心中的联想,"当年铁禅杀死我母亲的时候,也留下了这样的脚印。铁禅有一个习惯,每次杀死一个目标人物,都会故意踩上死者的血,然后在离开现场的时候留下脚印。"当年他小小年纪看见母亲惨死,对现场狰狞的画面留有深刻的印象,所以如今看见这血脚印,第一反应就想到了铁禅。

他这么一说,赵局倒是有些印象:"最近几年国际刑警在调查铁禅犯下的案件时,确实也有这样的发现。但他虽然会故意留下脚印,却绝不会留下完整清晰的足迹。他这么做既是下意识的习惯,也是为了破坏现场,干扰警方的足迹分析。"

"等等等等,"邢森打断他们,"这个血脚印是主犯留下的啊,不是已经证实过吗?"

白舸说:"绑架案发生在二十年前,当年警方的技术力量有限,再加上脚印并不清晰,破坏现场又是铁禅的惯用伎俩。"他暗示警方当年可能查错了方向。

邢森问白舸:"你怀疑绑架案是铁禅干的?"

白舸不否认。

邢森觉得不可能:"脚印会不会只是巧合?以岑家和那林的渊源,你的猜想说不通啊。"

可说不通的何止这一件事?游艇事件后,岑正印的大多数行为都说不通。

她非要回去那林,言辞之间还有要跟池深对抗,要从他手中夺回那林控制权的意思,个中原因是什么?在白家大宅昏迷的时候,她在梦里喊着父母和岑正阳,是不是那时她已经知道了父母被害的真相?她为何坚称自己打死了叶筱静,为何就是不肯把游轮上的实情说出来,是谁跟她说了什么吗?会不会就是她隐瞒的某些事情,造成了她之后一系列说不通的举动?

白舸的脑子很混乱,他需要获知当年岑正印父母被害案更多的细节,于是请求赵局帮忙,联络当年的其他办案警员。

一整夜,赵局办公室里的灯都没有熄灭……

天快要亮起来的时候，白舸走到窗口，对着天边一点点亮起来的光点了支烟。

他没有烟瘾，在国外时，偶尔工作量大到精神不济的时候会抽一根，但这些年抽得越来越少了。

他向来自律和自制。

可是这段时间，他乱了方寸。

第二天，岑正印出席了在唐楼举行的狮艺展览馆的开馆仪式。

今天她的身份不是主持人或者嘉宾，而是和池深一起作为展览馆的运营方。

胡震显也出席了仪式，现场气氛隆重而热闹。因为有顶级流量男明星的加持，展览馆外围还聚集了不少粉丝，带动了一大波话题度。

剪彩后，官方在接受媒体采访时宣布了一个大消息：W市将启动非遗保护计划，百工坊的全部家族、有方斋，还有翰林街上的所有店铺都加入了这个计划，行署文化楼也确定将纳入该计划被保留下来。而池家作为该计划的投资方，将在资金、项目运营和后续产业链开发上为各项非遗手工艺提供最大程度的支持和帮助。

"虽然我们知道您一直致力于保护古文化，但是池氏集团之前没有涉及过这个领域，请问您是出于什么契机参与非遗保护的呢？"

"网上传闻您将在开馆仪式上宣布的大消息就是这个吗？"

记者们纷纷将问题抛向池深。

对街的楼上，池枫身着纯黑西装，身影孤直地站在落地窗前，手握着咖啡，深陷在一片安静之中，俯瞰着脚下的热闹景象。

在他身后，睡着的叶筱梦在沙发上醒来，她身上的伤已经好转了不少。

睁开眼看见池枫，她的第一反应就是站起来对她出手。但毕竟受了伤，力气还没有恢复，几招之后就被池枫压制住。

"你对你的救命恩人不是应该心存感激吗，怎么现在反而要动手？"他风轻云淡地问她道。

被关了太久，叶筱梦的记忆有点混乱了。她只记得从七星岛回来后，她被池枫交给了池深，关在密闭的屋子里。今天清晨有人绑着她带了出去，塞进了一辆车内。车子开了很远很远，逐渐到了没什么人烟的地方，将她带出去的人对她举起了枪。

她没法反抗，以为自己这次在劫难逃，却不想对方要开枪的时候，忽然有另外一辆车从右侧冲了过来。她和准备开枪的人都被撞晕了过去，后来发生了什么事就不知道了。

她现在还活着，并且在池枫这里，证明很有可能是池枫安排了车祸，将她救了下来。

可这样，他就算她的救命恩人了？在七星岛，他利用她对他的关心打晕她，况且她是警察，而他是警方要调查要抓捕的对象。

叶筱梦要走，站在她身前背对着她的池枫从玻璃窗的影子里看见她准备开门。

"你现在出去能做什么？是回去仁爱继续做你的医生，还是像邢森他们一样束手无策？"

叶筱梦说："我就算什么都不做，也不想留在这里。"他们的位置对立，除非是要抓捕他，否则她不会跟他站在一起。

池枫噙着微笑喝了一口咖啡。

叶筱梦还没走到门边，敲门声便响了。

池枫出声："什么事？"

外面的人回答："董事长叫您下去参加记者会。"

池枫转身，放下咖啡杯，预备去开门。

叶筱梦想找个地方躲，但一眼望去，发现只要门打开，门口的人可以看清屋内的一切，她根本没地方能躲。池深就在对面，如果让外面的人知道她在这里，恐怕池枫也别想保住她了。还是说，池枫可以救她，现在也可以放任她死去？

在叶筱梦思索着防御措施的时候，池枫打开了门。不过他站在门口，没给门外人到处看的机会。

"董事长叫我们来请您。"门口的人恭敬地说。

池枫面带微笑："稍等，我马上就来。"

等他们退到走廊，池枫整了整西装领带，走出房间，带上房门。

叶筱梦听他们的脚步声越来越远，手握住门把手，转动了一下又松开。

是啊，她现在出去能做什么呢？是去阻止池深接受媒体的采访，还是当众撕开池深的假面，让大家以为她疯了？

倒不如留下来，仔细看看这出戏将怎么发展下去。

于是她退回了房间，站到了方才池枫站的位置，观察着对面。

池枫已经下了楼，站到了父亲的身边，面对着记者的相机和话筒，神情如沐春风，眼中却维持着静默。

池深在回答记者的提问："非遗保护计划是今天的大惊喜，但并不是我原本要宣布的消息。接下来我要说的，只当是为非遗保护计划锦上添花吧。"

周围都安静下来，等着他下面的话。

"我知道《有忆》很受欢迎，很多观众都翻来覆去看了很多遍，很多网友留言，说希望能有机会亲眼看一看'克伊洛斯'。我今天要宣布的就是……"说到这里，池深看了看站在身边的相关部门的负责人，两人一起面对记者，共同宣布，"从下周五开始，持续到本月底，'克伊洛斯'将在狮艺展览馆向公众开放参观。"

记者们讶异了几秒，然后群情激动，一个接着一个地追问开放参观的相关事宜。

相关部门的新闻发言人已经站出来："具体的事宜我们稍后会从官方微博发布，请感兴趣的市民朋友们留意。"

记者的提问声渐渐将现场湮没，岑正印悄然退到后面，避开媒体，将男明星送上车。

"原来是要展出'克伊洛斯'，我也差点以为你要宣布婚讯。"男明星开她的玩笑道。

岑正印笑笑："我可不想这么快就结婚。"

男明星继续打趣她："是不想结婚，还是不想嫁给池枫啊？"

他们站在车边说话的几分钟，已经有眼尖的粉丝发现偶像踪迹，快速地围过来。

工作人员前来维持秩序，男明星的车子才得以安然地开走。

"跟你们组长说声辛苦了。"岑正印对工作人员说。

工作人员没听明白："岑小姐你说什么？"

"哦。"岑正印意识过来他们不是警方的人，连忙敷衍过去，"没什么，我是说今天辛苦你们了。"

她往周围看了一圈，没辨认出什么警方的人，也没看见邢森。昨天弄出那么大的阵势来，今天他们却销声匿迹了？

而且，白舸根本就没有来……

岑正印走回场馆。

工作人员去忙其他的事，见她走远，这才低下头小声对着领口说："头儿，现场一切正常。"

记者会结束后，池枫没有回家。他在外面另有住处，将叶筱梦安置了进去，还叫人准备了晚餐。

叶筱梦看着面前的食物，却始终没有动。

池枫一面喝粥一面说："你不吃东西是没法恢复体力的。明天就是周三了，你只剩下两天时间。"

叶筱梦依然没动，只不过从她身后走来两名保镖，一左一右将她拽了起来，反剪了双手。

"你终于肯动手杀我了？"她看向池枫，问道。

池枫的眉头皱了又皱，显然是对于晚餐时间被人打扰很是不悦。他放下碗筷，想要站起，但身后却有人靠近，按住了他的肩膀。

池深从门口走过来："我早就叫你处理掉她，你却始终无视我的命令，连我帮你出手，你都要暗中把人救下来。你的眼里是没有我这个父亲，没有池家了吧？"

他会找到这里，池枫并不觉得意外。清晨的车祸，他定是当时就获悉了，对于是谁故意制造了车祸救走了人，他也一定心知肚明。只是上午的时候，狮艺展览馆的事更重要，他更需要他这位完美的池家继承人站在他身边，暂时顾及不到其他。

但是现在，狮艺展览馆的事忙完了，所以他来了。

池深的人依然束缚着叶筱梦。他一个眼色，他们立刻举起枪，对准了叶筱梦的脑袋。

池枫变色，蓦然发起进攻，按住他肩膀的人被击倒在地，他从他身上获得了枪，指向束缚住叶筱梦的人。

他看向自己的父亲："只有两天时间了，在这段时间您真的希望节外生枝吗？她是警察，留着她有助于我们制衡警方。"

池深完全无视他的话，走近，扶住指着叶筱梦的那把枪，拿进自己手里，更近地抵着叶筱梦的头。

池枫的枪跟着那把枪偏移，却指向自己的父亲。

池深的手指缓缓扣动，看着池枫，眼神坚毅残忍。

池枫的手指也一点点收紧。

"砰"的一声，两人同时开枪。

池枫在最后一刻右手颤抖，猛然抬起手臂对准了天花板。天花板上的吊灯被击得七零八碎，桌上的餐刀碗筷跟着吊灯的晃动无辜地颤抖。

池深那一枪却是坚定不移地朝着叶筱梦开的，不过枪里没有子弹。

池枫错愕地看着父亲手里的枪，再看向自己的父亲。
"好好看着他们两个。"池深将手枪扔到桌上，对其他人说道。
池枫无力地跌坐回椅子上。
他输了，输在不够狠心，输在有软肋。池家的牢笼依然捆着他，他逃不掉了。

岑正印去了一趟翰林街。这里现在成了网红打卡点，处处人头攒动，就连有方斋里都有不少顾客。
洪叔一个人忙前忙后，店中依然一尘不染，岑正阳经常坐着雕刻玉石的桌上，整整齐齐地摆放着各种工具。
"老板，我买了些饮料，你喝咖啡还是奶茶？"一个女孩跑到岑正印面前，打开袋子让她挑选里面的东西。
这是她的新助理，池深派来的，很机灵，帮她把节目组和电视台上上下下的关系都打点得很好。
岑正印的手悬在袋子上，随意拿了一杯。她想念从前顾好在身边时，时常递给她的水果或者养生茶。
有游客进来参观，看中了几样玉器摆设，洪叔跟他们介绍起来。
一名女顾客想购买一支玉簪，岑正印正想过去帮她挑选，手机就响了起来。
电话来自医院，说岑正阳出现了突发状况，医生正在给他做抢救。
岑正印连忙赶到医院，岑正阳的病房里各种设备发出尖锐的鸣叫声，医生正用各种方法唤醒他的生命体征。
她失魂落魄地看着来来往往的医护人员，看着岑正阳被推进手术室。大门一关，生和死，就隔在一线之间了。
手术时间很漫长，数个小时里，身经百战盛名在外的主任医师为了岑正阳使出浑身解数。
岑正印就站在手术室外面等，等到双脚双腿麻木，失去知觉。
池家父子二人过来探望，池深叮嘱医院的负责人务必亲尽全力救治岑正阳，整个医院上上下下都不敢怠慢。
池枫陪岑正印站在手术室门口，他没说话，因为他知道岑正印根本听不到自己说话。
岑正印在发抖，整个人以某种频率小规模地颤动着。池枫想握一握她发抖的手，但他知道自己安慰不了她，做什么都是徒然。
一直到第二天清晨，岑正阳的手术才结束。他被从死亡线上抢救了回来，重新送入病房。
岑正印这才扶着墙慢慢坐下，她的新助理买来了水递给她，她接过灌了两口，觉得胃里有把刀在绞着。
她的脑海里一直有一个念头在翻涌：在周五前，她必须将岑正阳送走，脱离池家的掌控。
不管周五将会发生什么，就算失败也没有关系，她首要的是保证弟弟的安全。
可是目前的状况下，谁能帮她呢？
负责照顾岑正阳的医护人员都是听命于池深的，她的新助理是池深派来盯着她的，她还能够信任和依靠谁呢？

"叮咚"一声，她的手机上收到了一条微信。

——我需要跟你谈谈，好好谈谈。

——岑正印你在搞什么？上七星岛之前我就觉得你反常，你为什么要回去那林？我爷爷他们现在在哪里？我才不信你真跟白舸分手！请老老实实告诉我，现在，你到底想要干什么？我告诉你岑正印，我要我爷爷安然无恙，我要百工坊名正言顺地存在！

这些天以来，步凡锲而不舍地给她打电话发微信，追问她回归那林的真实原因。

在百工坊家族里，她最先认识的人就是步凡。从步家的事件开始，他们就建立某种默契和信任，所以后来在山庄的时候，步凡即使不明所以，也暗中帮了她不少忙。

如果还有人能够并且愿意帮她，那或许只有步凡了。

新助理因为昨天一夜没睡，此刻靠在沙发上睡着了。岑正印悄然走去旁边，拨通了步凡的电话。

在医院照看一整天，等岑正印抬头看窗外，外头已经又是漆黑一片了。

助理劝岑正印回家休息，但岑正印不肯，于是她帮她点了外卖，两人简单地吃了点东西，就靠在沙发上休息，因为太累，渐渐都睡着了。

到了夜间的查房时间，医生走进来。

岑正印睁开眼睛，起身走到医生身边。

医生记录了一下岑正阳床边仪器显示的数据，跟岑正印对看了一眼。

护士站的两名护士正在配药，听到铃响，忙跑到病房里来。

"病人情况不太好。"医生的神色严峻，吩咐他们去给相关科室的主任医师打电话，前来会诊。

病房里的仪器又跟白天一样响个不停，护士们不敢懈怠，赶快去打电话求援。

医生打扮的步凡快速地拔下岑正阳手上的针管，和岑正印一起扶着他坐上轮椅，一起将他推出去。

护士们又是备药又是打电话，根本没注意到他们。他们顺利地走到了电梯，正要推着岑正阳进去，一只脚却抵住了轮椅的轮子。

岑正印的新助理根本没有睡着，从头到尾都在盯着他们的一举一动。

"你们先走。"步凡一边对岑正印说，一边和新助理打了起来。

岑正印推着岑正阳进电梯，快速地按下按钮，下到一楼。

新助理已经通知了医院的保安，所以岑正印下到一楼的时候，同时看见好几拨人朝着自己围过来。

大半夜的医院也并不安宁。有病情危重需要立刻进手术室的，有出了车祸被救护车送过来的，还有个忽然肚子痛被送来急诊的。

肚子痛被送来急诊的是个孩子，他的爷爷奶奶姑姑舅舅们全都跟来了，不知怎么地就跟医生吵了起来，现场越来越混乱，还有人报警叫来了警察。

大厅里热闹开了，岑正印挤在人群里往外走，尽量避开那些想抓她的保安的视线，但她带着岑正阳，目标太大，还是被死死盯着。

忽然，两个刚才还在跟医生争吵的"孩子家属"一左一右走到了岑正印身边，低声说道："跟我走。"

岑正印警惕："你们是谁？"

两人回答她："我们组长在车上等你们。"

原来大厅里的这场闹剧是邢森安排的，有警方的人员相助，岑正印推着岑正阳顺利地走出了医院。

步凡摆脱了岑正印的新助理，赶来和他们会合。

他们上了已经准备好的车辆，因为邢森早已安排好，所以一路畅通无阻地去了机场。

步凡帮忙联络了美国的医院，岑正阳将在那里接受进一步的治疗。

"你放心，我会叫人照顾正阳的。虽然我没池家那么有钱有势，但在美国也有不少朋友，他们都会帮忙的。"步凡见岑正印愁眉不展，于是让她放宽心。

"谢谢。"跟岑正阳离别在即，岑正印很是不舍。弟弟从没离开过家，从没离开过她，现在却要一个人出国去那么远的地方了，他的心里一定很害怕吧。

她握了握弟弟的手："等姐姐办完这边的事就过去陪你，你要好好的，姐姐希望再见到你的时候，你已经能看见我，能跟我说话了。"

邢森叫驾驶员去路边停车，然后对岑正印说："送到这里就行了，接下来的事情交给我们吧，你这样跟着我们去机场，池深会派人来追的。"

岑正印和步凡在路边下了车。

邢森对着他们挥挥手，示意他们放心地回去。

车子缓缓发动，直到它消失在视野里，岑正印也久久不愿离去，就那样失魂落魄地站着。

天微微凉，清冷的空气中有水汽，打湿她额前的头发。风吹得她浑身冰凉，隔绝了人群与噪音，一瞬间天地间只剩她自己了。

有人从身后走进，为她披上了一件外套。

那双手握着她的手臂，珍而重之地用温暖将她裹紧。

岑正印没回头，只是看见他在晨光里的影子。

高大挺拔，沉稳可靠，值得信赖。

"是你找邢森帮我的？"步凡虽热忱勇敢，却行事冲动考虑不周，要想万无一失，让警方介入当然最好不过。

那个人拍了拍她，将手从她身上移开："我希望你好好的。"

长久的寂静。

脚步踏在地面上的声音被寂静托起，她直到他离开了才回头。

池深的人已经追到，看见岑正印没走，他们才放心。

清晨的池家已经井井有条，池深在花园里看晨间新闻。

离"克伊洛斯"在公众面前亮相只有一天的时间了，岑正印被留在了池家，跟池枫和叶筱梦一样，哪里也没法去。

狮艺展览馆里里外外都已经布置好，就等着主角们的到来。相关部门这些天都没见到"克伊洛斯"，有点不太放心，提出要亲眼看一看它，确认它能够完成演绎，不会明天临时出问题。

"克伊洛斯"里最重要的部件就是群仙云游鬼工球，所以岑正印被要求陪同前去确认。

"克伊洛斯"被安置在池氏集团里，因为集团的安保系统是整个W市最为完善的，绝没有人能从中盗走任何东西。

可即便如此，池深还是抽调了大部分的保镖看守，即便是他自己要看到"克伊洛斯"，也要经两道门，过三次安检。

池枫和岑正印他们到的时候，正是午休时间，一部分员工出去吃午饭了，还有一部分选择点外卖。

行政秘书室的张小姐收到了自己的外卖，一边吃一边趁着休息时间看电视剧，转头发现外卖员还没走。

"你还有事？"

"我能借一下你们的洗手间吗？"

张小姐指了指右侧："那边走到底左转。"

"谢谢啊。"外卖员赶紧去。

张小姐想嘱咐他不要乱走，毕竟这一层以上就是高层办公室，外人是不得乱闯的，不过想想还是算了，楼上安保严密，他想上也上不去。

外卖员往洗手间方向走，却并没有进洗手间。

通往楼上的电梯有监控，他将手中一枚纽扣状的东西粘在探头后面。监控信号被干扰，画面被雪花点覆盖，保安检查设备。

外卖员走出电梯，来到了池深办公室楼下的安全通道，从安全出口爬进池深的办公室。

他从外套里拿出一只U盘，连接池深的电脑，手指在键盘上快速地敲击着。

密码被破解，他挨个点开文件夹，寻找自己需要的资料。

手机响了一声，收到一条没有署名也没有内容的信息。

他盯着电脑屏幕，口中默念："快点快点"。

终于，数据读取结束，他拔出U盘，原路离开。

他还有另外一份外卖，要送到另外的楼层。

在他上面三层，池深领着岑正印等人已经检查完了"克伊洛斯"，送他们前往一楼。

到七楼的时候，电梯停了一下，好几名员工走进来，池深和岑正印往后退了一退。

"等等等等！"电梯门快要关上的时候，外卖员冲进来。

电梯到达一楼，岑正印和外卖员一同走出电梯，擦肩之时，她从他手里取得U盘。

岑正印和池深一一送其他人离去，外卖员继续配送其他的订单，摩托车没骑出去两步，被一辆车从后面抄过来，拦住了去路。

外卖员打扮的步凡取下头盔，要上前理论。

白舸从车上下来："昨天还在当医生，今天就改行送外卖了？"

步凡耸耸肩："年轻人得多多体验生活。"他把头盔戴回去，调转车头，准备发动车子。

白舸握住了他的车把手，掏出手机："我现在打电话给池深，看看你是不是去他办公室送外卖了。"

步凡举手投降。

"正印又找你帮忙？"白舸问，"你帮她做了什么？"

"她不知道从哪里找了个黑客，叫我黑进池深的电脑拿资料。"步凡知道自己不说清楚是没法走的，况且他也觉得这件事不该瞒着白舸。

白舸知道邢森从叶筱静的游艇上抓到了几名黑客，前几天被人保释了出去："黑客现在在哪？"

步凡很无奈："在我家。"

白舸打开车门："带路。"

步凡脱下外卖员的衣服，跨上摩托车，领着白舸回了家。

步凡家中的书房里，两台电脑经过改造，数据正超高速运转着。

黑客的手指在键盘上不停地敲击着，但都没有实质性的进展。

"U盘和电脑上的文件夹都设有密码，只有两者同步才能读取文件，不然在游艇上我们不会失败。"黑客们对于自己和同伴上次的失手很是不甘，从今天早上他们就守在电脑前，但是电脑里没动静，"岑小姐会跟我联络，让我按照她的指令办。"

池家的大生意、U盘里的秘密、叶筱静的死、很多年前的绑架案、岑正印的转变……千头万绪在白舸的脑海里逐渐理清了头绪。

还差一个关键性的人物。

"我需要你们帮我找一个人。"白舸对黑客说，"一个之前和你们保持着联络的人。"

黑客想到是谁了："铁禅？"

白舸点头。

黑客想了想，在电脑上操作起来。

游艇事件后，铁禅就失踪了，就连警方都找不到他。其实这不足为奇，毕竟他是个隐匿高手，白朗炎为了抓他花了几十年也一无所获。但这次不一样，他不可能一直躲藏着，游艇事件后他一定在他们周围出现过，只是他们没察觉而已。

步凡盯着电脑，看黑客们一个个找出铁禅曾经去过的地方。

这时，白舸接到一个电话，一个稳重动听的女声从电话那头传来："白先生您好，我是池氏集团的董事长秘书。给您打电话是代表百工坊邀请您出席明天在狮艺展览馆举行的'克伊洛斯'发布会，您的外曾祖父是百工坊的创立者，也是'克伊洛斯'的缔造者之一，因此我们诚邀您参与明天的活动。"

白舸应下了邀约，心中感慨，这一路终于将要走到大结局了，只是这个大结局注定会有缺憾，因为传国玉玺没能找到。

或许它已经静静地沉没在了海底；或许千百年前，它就已经在某次战乱之中摔成了粉末；又或许所谓的用和氏璧琢制玉玺不过是后世演义。

黑客们还在追踪，白舸叫步凡有消息马上通知自己，然后开车回了家。

回家后，白舸洗了个热水澡，准备好好休息一晚。他站在卧室的落地窗前眺望，只见红日西沉，夕阳光线笼罩着不远处的岑家，山和海都洒上了温柔的金，光和影交错成一幅动人的风景画。

他看着这样的画面出神，忽然神色一动，翻出手机里存的江浩然拍摄的照片。

屏风山水画某个角度的照片和眼前的景象惊人地重合到了一起！

为什么？屏风上所绘的应该是荣城湾，为什么会和他现在看到的画面如此相近？

为什么？为什么外公要在这里建一栋别墅，还这么巧就和岑家建在了一起？

除了做生意，方家人研究最多的是建筑，是人们的生活环境和自然万物的和谐关系。

不是巧合，所有的相似都是精心的布置。那么这样精心的布置是在隐藏或者暗示什么？

望着窗外的景色，白舸拼命地思考。

一个念头在脑海里闪现，他跑出家门，来到了岑家门口，环顾整栋房子。

和岑明东的书房一样，这栋房子的格局有很多古怪的地方。

红砖砌墙，雪白窗台，亭台楼阁飞檐画栋——本是中式的建筑风格，却偏偏融入了不合时宜的西方元素，檐角上雕刻的石像不是西方常见的庇护圣灵蝙蝠老鹰一类，而是各种中国的神兽，诸如饕餮、玄武。

观察着它们的排列布局，白舸渐渐明白了……

天黑天亮，时间过得很快。

狮艺展览馆里里外外都张灯结彩，迎接这个喜庆日子的到来。

展览馆、公安局和池家方面各安排了人，清晨就将"克伊洛斯"护送到了这里，摆在了大厅的檀木方台上，罩着用红绸覆盖的展示罩。

白舸到的时候，行署文化楼里已经聚集了很多人，除了常常出现在《七点新闻》里的人物以外，大部分文化、考古界的名人也被邀请出席。

五辆中森卫视的直播车停在外面，技术人员在楼内反复调试测验着设备，以保证《有忆》的最后一场直播万无一失。

岑正印在和几位大人物交谈，她穿着古典气质的礼服，和今天的主题很衬，也完美地凸显了她的端庄明艳。

时间差不多了，工作人员相继就位。

步明堂、胡震显、徐蔼然、关北山和黄云武也陆续到场，和白舸一起坐在了前排的嘉宾席。

步凡、步京、江浩然和章陶陶也在，和其他应邀前来的观众们一起坐在后排。

江浩然瞅两眼步凡："你昨晚做贼去了？这么大黑眼圈，是一夜没睡？"

"是啊，做贼去了，准备把'克伊洛斯'偷出来。"步凡盯着手机，漫不经心地回答。

从昨晚到现在，十二个小时都过去了，铁禅的具体位置还没有确定。有这么大的隐患在，就算再给他十二个小时，他也不可能睡得着。

时间已经差不多了，现场已经准备就绪，出席的嘉宾们纷纷落座。

十点钟，发布会正式开始。

一切都按照流程进行，岑正印作为现场主持，首先介绍了到场的嘉宾，然后是池深代表百工坊上台讲话。

"在座的各位在两个月以前可能不知道百工坊，电视机前的年轻人恐怕更是连毛笔字怎么写都忘了，家里的碗啊、瓷瓶之类的破了就直接扔掉。舞狮是什么呢，是黄飞鸿，是武术影片。古琴可能火一点，大家都知道，因为一把贵的古琴值一套房子。还有鎏金，大部分人都不知道它和镀金的区别。一百年前，池家资助了百工坊，一百年后，我有幸站在这里，让大家记住这些非物质文化遗产。"

在池深之后，黄云武代表百工坊几大家族发言。

他下台后，便是今天发布会的重头戏——"克伊洛斯"的亮相。

岑正印完成仙人塔的玉雕修复以后，池深又找了几位大师精心打磨，因此此刻的"克伊洛斯"在灯光的照射下格外流光溢彩，生动恢宏。

大屏幕上放映着资料图片，昔日"克伊洛斯"参加五大洲珍品展的情景展现在观众们面前，那时它惊艳了世界，如今它更加辉煌磅礴，让人折服。

会场所有的摄像机都聚焦在"克伊洛斯"上，在场的观众也纷纷拿出相机对着展台和大屏幕拍照。

岑正印将步明堂等人请上了台，分别介绍"克伊洛斯"各部分的构造。

观众席上的人们都聚精会神地听着，只有步凡对台上的人说什么完全不感兴趣，全部的注意力都在手机上。

找到铁禅了！

步凡一面通知白舸，一面将定位信息发送给邢森。

邢森正在狮艺展览馆不远处等待，收到信息后立刻开车前往定位地点。

那是城郊一家废旧的工厂，因为长久没有人管理，附近一带杂草茂密，水泥路被路过的大货车碾压到龟裂。

邢森带着人刚冲进去，没想到工厂内的油罐就忽然爆炸，火光冲天而起，邢森和跟随他前来的四名警员都被波及，或轻或重地受了伤。

"分开找！"虽然知道很可能中了埋伏，但邢森相信黑客们没有找错。他决定赌一赌，赌铁禅真的就在这里。

池深安排在工厂里的人现身了，人数超出了邢森的想象，而且每个人手里都有枪。

没错，这是一个圈套。早在昨晚黑客通过网络定位铁禅的时候，池深就已经获得了消息。他故意将铁禅安置在这间工厂里，为的就是要邢森来这里找人，一方面是分散警方的力量，另一方面也是除掉他这个始终咬着池家不放的麻烦。

至于铁禅，将邢森引来后，他自然是要没命的。

可是池深低估了铁禅的顽强。总共四名那林的杀手也没能将他制服，他虽然有伤在身，却也赤手空拳制服了其中两人。警员赶到后，制服了另外两人，将他带了出去。

对方人数多，逗留的时间越长，形势越是不利，因此警员将铁禅塞进车内，邢森立刻跨进驾驶座，发动了车子。

但身后有两辆车对他们穷追不舍。

一辆车追近，一连数枪打在了车窗上，车窗玻璃出现无数裂纹，顿时哗啦啦全部碎裂开来。

后座的警员探身出去，连连朝后开枪。

但对方早有预料，放缓了追击的速度。

警员收回了枪，从后视镜观察了后面几辆车的方位，以及对方的火力情况。

他再次探出头，对着后方瞄准，他的手指按住扳机，猛然扣下去。

后方一辆车的左前车轮被击中，车子顿时失去控制，朝着路边的灌木丛倒去。

他正想解决第二辆车，邢森却忽然猛打方向盘，来了个将近九十度的急转。

警员的一枪什么也没打中，缩头回到车内，在看见前方情形的时候，堪堪怔住。

前方的道路，被三辆车拦得严严实实。

前面有埋伏，后面有追兵，他们现在是进退两难。

"跟他们拼了！"警员举起枪，一副视死如归的神色。

邢森声音沉稳："坐稳，抓紧。"

吐出这四个字之后，他催大油门，笔直冲向路中间的三辆车。

对方车上的人见他笔直地冲过来，一点没有减速的意思，慌忙从车上逃窜下来。

邢森将油门踩到底，引擎超负荷运转，轰隆声中，他打了一下方向盘，左边车轮竟然开上了路边的树丛。

借力之后，邢森再打方向盘，车身正过来，从三辆车的车顶上飞跃而过，冲出了包围圈。

狮艺展览馆内，步明堂等人的介绍已经结束。

"池会长，我听说'克伊洛斯'最精妙的是它的演绎功能。"

岑正印说出重点，现场大屏幕上出现了鎏金灯的特写，在池深的示意下，黄云武走到"克伊洛斯"前，打开了灯罩。

"'克伊洛斯'最大的奥妙就是鎏金灯里的这颗鬼工球。"池深站出来道，"这颗玉制鬼工球总共五十九层。"

台下出现了此起彼伏的议论声，有玉雕方面的专家提出质疑："我们知道的层数最多的鬼工球也只有五十七层，而且是用象牙制造的。"

池深微笑道："不错，但那已经成为历史，如今的鬼工球非但可以玉雕，而且可以达到更多的层数。"

台下的灯光熄灭了，台上的灯光也黯下来，站在'克伊洛斯'后面的一名戴着白手套的保镖摇动了手柄。

没有人弹琴，可现场却有了琴声，大家寻找着声音的来源，不知是谁先发现的，惊叹了一声，然后所有人都发现了"克伊洛斯"内的仙人琴师。

琴声起而舞姬动，声与舞曼妙动人。

灯光亮而舞狮起，殿阶前火树银花。

鎏金宫灯转动了起来，光线透过群仙云游鬼工球，一幕幕影像如有了实景一般出现在殿堂内，霓裳羽衣舞、群仙贺寿、八方云游……各种歌舞升平的繁华盛景跃然眼前。

这些画面在大屏幕上同步放映着，同时通过中森卫视的直播信号在电视和网络上被亿万观众收看到。

池深从发布会开始一直维持着淡淡的笑容，此刻亦然。

"这……这是怎么回事？"前排一名观众最先留意到"克伊洛斯"中出现了一名穿西装的现代人物。

其他人顺着他手指的方向看向拐角，也陆续看见了那个人，然后纷纷将视线投到池深的身上。

就在所有人都满脸狐疑的时候，"克伊洛斯"中出现了一座山庄，台上的百工坊家族代表都在山庄内。

百工坊家族修复"克伊洛斯"的过程，池深胁迫他们写下各家技艺的秘诀，封鑫垚等人筹划在获得线索之后独吞传国玉玺……曾经在山庄内发生过的事，通过"克伊洛斯"重现了出来。

这不是鬼工球呈现出来的景象，而是隐藏在鎏金灯内的微型放映机里投射出来的画面。

现场一下子炸开了花，池深完全没料到会发生这样的意外，因为在今早将"克伊洛斯"送过来之前，他还特意检查过一遍。

电视台的高层立刻命令终止直播，但现场很多观众的手机直播仍在继续。

让池深震惊的还不止这一件事，手下的人快步走过来，附在他的耳边，告诉他铁禅被人救走了。

池深变了脸色。

从"克伊洛斯"里放映出来的画面已经停了，但观众席里早已炸开了锅，大家都在猜测刚才看到的究竟是怎么回事，议论声几乎要盖过岑正印通过话筒的提问声。

岑正印朝着池深走过去："池会长，据我所知，你在百工坊家族内部都安插了自己人，偷学他们的技艺好完成你的大生意。"

池深依然维持着笑容："我没想到你对我有这么深的误解。"

岑正印笑："是误解吗？"

池深面向观众，示意大家保持安静。他似乎有重要的话要说，等到观众席的议论声渐渐消失，他才开口："不知在座的各位知道那林吗？"

"知道啊！他们不是国际大盗吗？专门盗窃博物馆，盗窃文物。"现场有观众高声回答道。

大众对于那林的了解有限，但这也够了。

"手机没信号了。"江浩然把手机网络关闭之后再重新打开，还是没有信号。不仅是他，现场的其他人也渐渐发现手机无法对外联络了。

想必是为了避免现场画面通过自媒体传播出去，展览馆的通讯全都被切断了。

警方已经接到指令，要立刻结束发布会。可是会场的门被锁死了，池深的人和警方对峙起来，为了避免冲突危及观众的安全，警方不得不暂时静观其变。

池深高举起双手，示意大家少安毋躁，缓缓地说下去："大部分人都知道那林，可没什么人知道那林的创立者。说起来，那林的创立和'克伊洛斯'有莫大的关联，它的创立者是'克伊洛斯'的缔造者之一的姬天明，各位看到的群仙云游鬼工球就是出自姬天明之手。"

"姬天明是谁啊？怎么百工坊从没提过这个人？"现场记者提问道。

"这个问题问得好。"池深露出赞赏的笑容，"你们在百工坊里找不到姬天明这个人，因为姬家不在百工坊之内。一个创立了那林的人，她的家族怎么能加入百工坊呢？不过姬家的技艺非常高超，大家今天能看到'克伊洛斯'的演艺功能，也是得益于姬家的后人修复了群仙云游鬼工球。"

记者又问："《有忆》里为大家呈现过鬼工球，但却没说修复鬼工球的人是谁，这位姬家的后人今天不在场吗？"

池深说："她在，现在就在大家眼前。"

记者和观众们都一头雾水。

池深转向岑正印,意味深长地看着她。

台下的记者们似有所感,全都将镜头对准了岑正印。

"站在各位面前的这位岑正印主播,就是姬天明的后人,就是那林的继承者。"

一语出,如石破天惊。

岑正印开口了:"没错,我是姬家的人,是姬天明的后人。"

"你拍摄《有忆》,寻找百工坊的后人,是不是就为了'克伊洛斯'?"

"传说'克伊洛斯'的背后还有更大的秘密,关乎更价值连城的国之珍宝,传说是不是真的?"

记者们接连不断地将问题抛向岑正印。

"'克伊洛斯'背后的秘密在这里。"面对着无数的摄像头,岑正印拿出了属于池深的那支笔。

池深笑着摸了摸口袋:"我就说我的笔怎么不见了,原来被你拿去了。"

岑正印说:"这支笔还是一个U盘,里面存储着池家一项很大的生意。"

池深问:"池家是生意人,每年给政府交税的,你说的是哪一项生意?"

岑正印转向大屏幕:"看看就知道了。"

大屏幕原本播放着现场的画面,现在换成了电脑桌面,移动的鼠标点开了电脑里的几个文件夹。

岑正印将U盘连接上台上的笔记本电脑。

笔记本电脑和大屏幕上同步出现密码提示,池深的笑容逐渐僵硬,脸色大变。

现场的保镖想要切断电源和信号,但是没有用,现场大屏幕连接的根本不是展览馆内的网络。

步凡看了看大屏幕,又看了看自己手机,发现自己的通信讯号已经恢复了。

大屏幕上,第一道密码已经被破译,紧接着是第二道,然后就是最后一道。

池深凝视着大屏幕的变化,问岑正印:"你怎么拿到我电脑里的数据的?"

岑正印回答他:"你觉得自己已经胜券在握,用所有的人力物力去保护'克伊洛斯',却忘了自己还有这个软肋。"

池深微笑:"没有用的,就算被你揭穿了又能怎样?叶筱静筹谋了多年都不能从我手中得到的利益,你以为你能得到?"

岑正印摇头:"我并不想得到什么,我只是想毁了而已。这些文件夹里面的数据、你、池家、那林。"

池深不解,皱眉问:"你为什么这么做?"

事情发展到这一步,也到了该说清楚的时候了。

"我母亲和正阳当年为什么会被绑架,我父亲又为什么出车祸,我需要池伯伯你为我解答!"

池深愣了一下,随即闭着眼略略点头:"原来如此。"

这时,在所有人都没留意的情况下,会场的大门打开了,铁神走了进来,悄无声息地走到前排,坐到了白舸身边那个空着的位置上。

台上的池深和岑正印还在对峙,他看得有些不耐烦了:"这出戏什么时候大结局?"

他声音低沉地问白舸，脖子上有一道未愈合的弹痕，让他整个人看上去格外阴沉骇人。

白舸对他的出现并不怎么诧异，看了一眼手表，淡淡答道："快了。"

大屏幕上的第三道密码终于被破译了，文件夹被彻底打开，但是里面的所有内容却在快速地被清洗。

黑客通过远程操作试图终止清洗程序，却没能成功，只好选择冻结了数据。

池深依然很淡定，这是他料定的结果。

岑正印看着大屏幕，呆住了。她不停地敲击电脑，可是屏幕上的数据一动不动。

她想要让所有人看见池深的罪证，想要在所有人面前揭穿池深的假面，然而现在全都失败了。

有现场观众发现一道门开了，迫不及待地往外面冲。先是一个，后是两个三个，想出去的人越来越多，保镖想阻止他们，警察要保证他们的安全，于是会场陷入极度的混乱。

池深的保镖上了台，将岑正印围了起来。

"想知道你父母是怎么死的，就跟我来。"池深说道。

岑正印跟着池深，从另外的通道走出会场。

白舸拽住铁禅，起身紧跟着他们。他的目光闪动，犹如压抑到极致的风雷，蕴含着撕裂重云的凌厉。

走出会场，白舸的手机通信也恢复了，他打了个电话给邢森。

电话响了很久才接通，因为在此之前，邢森被铁禅在车内打晕了。电话铃声急促尖锐，好不容易才将他唤醒。

"发布会已经结束了，池深带走了正印，铁禅现在我这里。"白舸在电话里对他说。

"哦，发布会这么快就结束了？"邢森的脑子还在发晕，好一会儿才反应过来，"别胡来！你们谁都别胡来！"

池枫在狮艺展览馆对面的楼上，明明楼下就是会场，他却选择在楼上的房间里看视频直播。

视频直播结束了，他似乎意犹未尽，翻了翻网友的评论。

父亲的讯息到达他的手机，和当初叶筱静选择离开W市的方式一样，他也选择了出海远行。

一切都在他的意料之中，他也早就做好了安排。路上会有人接应，他根本不需要出现。

他没打算跟父亲一起走。

他望向窗外的天空，想起小时候和岑正印一起放风筝的情形。

她总是能把风筝放得很高很高，让他羡慕。

他帮她收线，不管风速和风向多么不利，也总能把风筝完完整整地还给她。

其实他曾经无数次想要剪断风筝的线，好让它能自由自在地翱翔天际。

如今，绑住他的线终于要断了。

多谢岑正印帮他拿起了剪刀。

他推开椅子站起来，将手机塞进西装口袋，理了理西装，打开门，击晕门口的两名保镖，朝着外面走出去，走着走着，脚步却慢慢停住。

他的确可以走得掉，但叶筱梦呢？如果他独自走了，叶筱梦会怎样？

已经有两名保镖追上来，对他的态度恭敬："董事长即将到达码头，请您跟我们走。"

池枫的眼眸微眯，眼光从两名保镖身上扫过。只要他出手，这两个人分分钟就会被制服，根本没办法拿他怎么样。

保镖在前面引路："请吧。"

池枫抬起手腕，转了转手表。

如果他动手了，叶筱梦会怎样？

小时候如果他犯错，致使他犯错的人会比他受到更重的惩罚，池家的管家、他的老师，甚至他的母亲，都因为他遭过殃。

池枫抬起的手又放了下去，在保镖的监视下下楼。

他看着走廊玻璃上倒映出的身影，薄薄的唇角微微一笑。

温柔的笑、残酷的笑，如锋利的弯刀。

怎么会？怎么会还有一根线没有剪掉？！

那明明受到自己操控的线，何时缠上了他？为何他一点都没有察觉？！

到了楼下，保镖为池枫打开了车门，池枫弯腰坐进去。

池深的车子快速地在道路上行驶着，邢森一面指挥警员沿途设卡阻拦，一面紧追不舍。

驾车的警员发现前面的路况不太对："头儿，前面好像塞车啊。"

邢森看了看手表，声音沉稳："一号车继续往前开，其余人执行方案B。"

他的手机上显示着实时地图，警方有三辆车正朝着池深逼近，在下一个路口就能将他包围起来。

第一辆警车右转弯，后方两辆车加速向前，分别直行和左转，而他自己的车继续向前。

三号车在直行途中发现一辆黑色面包车忽然变道，超车挡住了他们的视线。

"五号车上前替补。"邢森通过通讯器指挥道，再转头看向车后，发现一左一右各出现了一辆刚才没有的黑车。

"怎么多了这么多车？"驾车的警员发现不太对劲，及时转动方向盘变道，拐弯驶入了另外一条路。

邢森全神贯注地注意着后面的情况，终于避开了风险，离池深的车子越来越近。

然而比他更紧地追着池深的，是白舸的车。

白舸在左，邢森便朝右侧开，两人夹击，想将池深的车子逼停。

却在这时，一辆小型面包车从邢森的侧面冲了出来，后座的两个人从车窗探出身体，举起了枪。

驾车的警员按照车速测算，就算自己现在急刹车，也必然和其相撞。

"冲过去！"邢森喊了一句，摇下车窗。

他表情冷酷，举枪，透过准星，瞄准了面包车的车轮。

面包车左侧车轮中弹，车身猛地向左侧下沉。

几乎同时，驾车的警员左打方向盘，车子如漂移一般，打漂儿重重撞上道路左侧护栏，与面包车侧身而过。

车子足足擦出百余米的距离，车辆损毁严重，滚滚浓烟直冲蓝天。

邢森踹开门跳下车子，眼睁睁看着池深脱离自己的视线。

池深的目的地是W市远郊的水产交易港。他几乎甩掉了所有的警车，但白舸利用这些车辆掩护了自己，一路死咬着他不放。

白舸的车上还坐着铁禅。

"在游艇上开枪打死筱静的人是你。"白舸紧握着方向盘，分神向铁禅提问，可语气里却没有丝毫的疑问。

铁禅问："为什么是我？"

白舸说："游艇上总共就那几个人，其他人都排除嫌疑的话，就只剩下你了。"

铁禅还是问："为什么是我？"

"因为现场留下的证据，因为你中的枪伤。"关于游艇上的事情经过，结合警方的种种分析，白舸做了很多猜想，在刚刚见到铁禅，看见他脖子上的伤痕时，他终于能确定了，"筱静只想得到自己的利益，根本不顾你的死活，甚至在封鑫垚朝她开枪的时候用你挡子弹，这就是你杀死她的理由。"

到此刻为止，白舸几乎能还原当时的案件现场了："当时的经过是这样的——你的枪瞄准岑正印，顾好为她挡下了子弹的同时，封鑫垚也朝着筱静开枪了。筱静的第一反应是拉住离她最近的你挡子弹，并且夺走了你的枪自保。子弹擦着你的脖子划过去，你跟封鑫垚缠斗在一起，两只手抓着同一支枪，封鑫垚将枪口压向你的时候，你反抗，于是枪口就对准了筱静。你扣动扳机正好打中了筱静，之后枪从你和封鑫垚的手中脱落，正印和你一起夺枪，正印先抢到。她举起枪的时候筱静正好倒下，而邢森刚好赶到看见了，就当时的画面做出判断，以为开枪的人是正印。"

他说的完全正确，就好像当时他在现场一样，让铁禅有点惊讶。

不过就算再惊讶，铁禅还是不动声色："就算你说的都成立，那么岑正印既然跟叶筱静的死无关，她为什么要承认杀人，替我顶罪？"

白舸看了他一眼："你是怎么知道岑正印承认杀人的？她只对邢森承认过杀人，你是怎么知道的？"

铁禅这才意识到自己露出了破绽，不打自招了。

白舸说："你告诉了她一件事，以她替你揽下杀人罪名为条件。"

铁禅道："什么事？"

白舸说："她父母被害的真相。"

铁禅露出带着欣赏的笑意："她父母都是被池深害死的。"

白舸的言语变得锋利："她母亲和正阳被绑架跟池深有没有关我不知道，但一定跟你有关。而且杀死她母亲的人是你。"

铁禅一蹙眉："为什么又是我？"

白舸的脑海里出现了血淋淋的画面，迫使他握紧了方向盘："因为血脚印。"

铁禅愣了一下，然后微微翘起嘴角，露出玩味的笑，声音像是淬着毒："二十年前的脚印怎么证明我杀人？留下血脚印的习惯还是从我杀死方鉴开时养成的。人人都说方鉴开是个了不起的女性，可是女强人的鲜血跟其他人也没有什么不同啊。"

他的话激起了白舸的愤怒，白舸的胸口剧烈地起伏着，痉挛的手指把方向盘都捏得变形了。

必须要保持冷静，现在他必须冷静。

他咬着牙，不声不响地把车开得飞快，一路追着池深，到了水产交易港。

交易港内连接着批发市场，此刻没有其他人，池枫安排的渔船正停靠在岸边。

池深朝着岸边走去，几名保镖跟在后面，押着岑正印。

岑正印差点被鞋带绊倒，蹲下来系鞋带，系了半天。保镖弯下腰拽起她，腰上的枪却被她夺走，快速地瞄准了池深。

肩膀稳住，手腕保持弯曲的弧度……这些开枪的要点她都记得，为了今天这一枪，她反反复复假想练习了千百遍。

什么也不管了，就算误伤其他人也无所谓，她收紧手指，扣下扳机。子弹发出，却是打空，只因她的手臂被一名保镖握住，根本挣脱不了，接连开了两枪都只打向了天空，反而是保镖们手里的枪瞄准了她。

拳风擦着一名保镖的脸过去，保镖脸一歪，向后一退。对方过来抢他的枪，保镖攥住那只手往下压，对方转身后肘击，出手快速又强悍。其他人见情况有变，枪口不得不变换目标。

局面的变化只在几秒之间，岑正印逮住机会，再次瞄准池深。

只是一个呼吸的时间，有人从岑正印的侧面冲出来，抱住她扑倒在地。

枪膛内，撞针击发底火，瞬间产生高温高热，弹头推出枪口，在空气中激出无形气浪。

热浪之中，岑正印看见的，是白舸冷静锋利的眼神。

原本打向池深的子弹击打在枯草堆上，火花引燃了周围。

岑正印爬起来又要开枪，白舸一把拉住她："正印！你现在是要杀人！"

岑正印的眼神肃杀："我要报仇，我要替爸爸妈妈和正阳报仇！"

白舸压低声音吼道："铁禅才是杀死你妈妈的凶手！他是要借你的手除掉池深！"

岑正印定定地看着白舸，错愕而茫然。

白舸跟她解释道："这些年池深和铁禅几乎将那林划分成了两大利益集团，池深凭借的是财力，而铁禅手上有那林超过三分之二的人力和资源，筱静原本是替池深办事的，但后来带着池深的走私路线投靠了铁禅。池深和铁禅之间的恩怨最根本的起因是利益，但绝不仅仅是利益。筱静的死使得铁禅成了强弩之末，在这种情况下，铁禅必须除掉池深，在那林才能有翻盘的机会。"

岑正印仔仔细细地听着，但又好似一个字也没听进去。她只是追问白舸一个问题："铁禅为什么杀死我妈妈？我父亲车祸是不是也跟他有关？"

白舸无法回答她。二十年前究竟发生过什么事，绑架案的起因是什么，岑家是否牵涉到那林，这些也是他的疑问。

邢森已经到了，水产交易港被警方封锁，池深无法登船，再加上铁禅死咬着他不放，他不得不躲进了空置的批发市场内。

他给警方打电话，用叶筱梦的性命为条件，要挟警方保证他能平安地离开。

"我们要见到叶筱梦！"警方也提出条件。

池深答应了要求，打电话给自己的人，让他们把叶筱梦带来。

赵局赶到现场坐镇，向邢森问起现场的情况。

邢森的手里有一张交易港和批发市场的地图："池深的位置已经确定了，白舸和岑正印被池深的人围在中间，我们暂时过不去。铁禅的位置我们一时还确定不了。"

没多久，叶筱梦就被池深的人带到了。他们从海上乘坐渔船来，这样池深正好也能坐渔船走。

为了保证叶筱梦的安全，赵局命令港口的警员全都退出。

警方已经选好了狙击点，池深也做好了布置，两者之间形成一条线。

叶筱梦被带到甲板上，正好处于池深和警方的狙击线中间。

池深登上甲板，叫人开船，同时暗示自己的人将叶筱梦解决掉。

狙击的红点已瞄准叶筱梦的太阳穴，几乎就在子弹进出的瞬间，叶筱梦却睁开了禁锢，向着旁边扑倒。"砰砰"两响相连，池深保镖开的枪未能射中她，反而击碎了驾驶舱的玻璃，引发了一阵爆炸。

叶筱梦起身出击，身边的两人接连落水。她警惕地往四周扫视着，背后却忽然有人一把拽住了她的衣领，要将她的身体拉转过来。

抬起左臂出手一抓，叶筱梦将来人的手腕死死扼住，然后她躬腰反转，大甩臂闪躲到那人身后。右臂马上跟上，她横箍住来者脖子的时候，整个人所有的表情动作却在刹那间停住了。

池枫和她对视着，眼神从清明到涣散。

她的影子投在他的脸上，他眼里的她渐渐模糊。

他的力气就像被抽光了似的，朝着她倒下。

她扶住他，附在他后背的手感觉到了温热潮湿。

他的后背中了枪。

就在刚刚，她出手将两名保镖打落水的时候，暗处有子弹朝她飞来，如果不是池枫出手拽开了她，此刻倒在甲板上的人便是她。

叶筱梦呆住了。她的灵魂像是散了，血肉骨骼都好像不是自己的了。

她觉得自己要跟池枫一起倒下了，却被池枫一个大力推开，伴随着船的晃动掉进了水里。

池枫弓着身子扶着栏杆，拖着步子走进驾驶舱，发动了船。

"快去救人！"发现叶筱梦落水，邢森赶紧让附近的警员施救。

附近的警员却发现了渔船的不对劲："头儿，池深好像不在船上啊。"

池深的确不在船上。他利用池枫中枪并且交手的过程为掩护，跳下了水，游到了岸边，此刻正准备登上隐藏在批发市场内的一艘快艇。

白舸和岑正印看到了这一幕，但与此同时，池深的保镖们也发现了他们，为了避免他们向警方报信，正不动声色地从后方朝着他们逼近。

白舸看见了墙壁上的影子，拉起岑正印往安全的、能被警方监控到的地方跑。

跑到半路，他却发现铁禅正拿着枪接近游艇，而池深的人力分散，身边只剩下两名保镖，他们一心只想着逃走，对邢森的逼近毫无警觉。

白舸的脚步慢下来，为岑正印指路："往前跑不要回头，邢森会看到你，警察会保护你的。"
　　"别去！"意识到他要去帮池深，岑正印死死拉住他不放，"池深跟铁禅两个人都该死！"
　　她的话音落地，铁禅就开枪了，两声枪响，两枚子弹分别打中了池深左右两名保镖，两人应声倒地。
　　池深被逮住，铁禅一只手用枪指着他的脑袋，另一只手拖着他往前走，撬开了停在批发市场通道内的一辆小货车。
　　没时间给白舸犹豫了，他拨开了岑正印的手："我不能让铁禅再跑掉，我找了他二十年，我必须亲手抓住他。"
　　岑正印依然拉着他不放："我跟你一起去。"
　　"你必须走！"白舸的手掌温柔地穿过她的头发，捧住了她的脸，温柔地注视着她，语气却严厉决绝，"'克伊洛斯'的秘密还没有最终解开，你必须安全地回家去，去寻找答案。"
　　岑正印盯着他的双眼，固执地摇头。
　　白舸和她对视，眼神里的不舍隐去，坚定分明，一寸寸将自己的手从她的手中抽出来。
　　没有时间了。
　　铁禅已经把池深塞进车里，即便还有很多话想说，但已经没有时间留给他。
　　"等这些事都过去了，我骑摩托车带你去海边看日出。"他说。
　　"要爬树吗？"岑正印问。
　　白舸笑着点头。
　　岑正印含着泪光，也笑了。
　　白舸朝着通道的方向奔去，脚步声在寂静中回荡，一下下将岑正印心里某一块地方击溃。
　　从前每一次别离，她都笃定能和他再见，可是这一次，当他的手从她的手中抽离，她却有一种再也握不住什么的恐惧。
　　铁禅已经坐上了车子，正要关门，白舸扑了进去。
　　驾驶座里一下子坐进了两个人，两个人争夺着方向盘，车子失去控制，几乎转瞬就冲了出去。
　　白舸只有一个念头——无论如何不能再让铁禅走掉！
　　铁禅抓住方向盘，车子整个向左倾斜，狠狠地擦着墙壁向前行驶，他的头也撞在了玻璃上。
　　车窗玻璃剧烈地抖动，白舸在刺耳的刮擦声中向右移动重心，同时拉下倒挡，车子横过来，朝着水产交易港直倒过去。
　　他死死把住方向盘，但铁禅撑着座椅起身朝他挥拳，汽车一歪，眼看着就向旁边的柱子撞去，铁禅一把抢过方向盘把车回正，同时猛踩油门瞬间提升速度。
　　水产批发市场内的通道狭窄，方向盘始终保持着向左四十五度，右侧车身带着一道长长的伤口，速度奇快地又窜了出去。
　　岑正印追着车子往外面跑。

"上车!"邢森驾驶着警车赶到,为岑正印打开了副驾驶座的门。
岑正印跃上座位,车子绝尘而去。

市场外的市民们看到一辆小货车跟点燃的爆竹似的冲过来,纷纷靠墙闪避。
警车一路追,警方也设置了路障,但根本拦不住小货车。
小货车内,白舸和铁禅谁都没有把控方向盘。
铁禅的右手握着明晃晃的尖刀,由左至右横划白舸的头颈,白舸向右疾闪,左手抓其手腕。两人握着一把刀角力,刀锋时而贴着白舸的面颊擦过,时而顺着铁禅的鼻梁划过。
车轮不知从什么东西上压过,车身猛地一震,铁禅的身体一歪,白舸猛力别肘,对着铁禅的太阳穴就是一个肘击。
刀子"当啷"一声落在地上,车身再次震荡,铁禅半边脸狠狠磕在破碎的车窗上,鲜血顺着眼睛往下滴。
"别动!"后座被打晕的池深醒了过来,不知何时取得了铁禅的枪,指了指白舸,又指了指铁禅,"把车停下来,把车停下来!"
白舸稍微侧眼看向他。
"停车,停车!"池深提高了声音,同时真的扣动了扳机。
子弹从铁禅的后背进入,从胸前穿出,再打在前挡风玻璃上,声音有点闷。
他又开了一枪,打中了白舸的肩膀。
"踩刹车!"池深厉声叫喊,"踩啊!"
白舸已经将刹车踩到底,可是车子根本停不下来。
池深再度开枪,这一次白舸回身,抓住了他的手腕,子弹射穿了车顶。
池深握着枪与白舸较劲,他的手指越收越紧,眼看着子弹就要进出,白舸忽然松手,再猛地向前一推,手枪朝上飞出,枪口抛出一个向上的弧度,对准了车后方射出子弹。
子弹打在铁皮上的声音清脆短促,车厢里弥漫起了汽油和硝烟的味道。
子弹打中了油箱!
而此时,车子正冲向前方人员密集的大厦!
知道车子停不下来,并且马上就要爆炸,大势已去,走投无路,池深拉开车门跳了出去。
车辆已经燃烧起来,白舸看见了不远处的海。
不能波及无辜的人,唯一能减少伤亡的办法,就是让车子在海里爆炸!
他镇定地拉起手刹,后轮抱死,前轮滚动带动车头调转,车尾则靠惯性甩了出去。在瞬间完成了一百八十度的掉头之后,他再猛打方向盘,车头转向了不远处的大海。
将油门踩到底,他的手从方向盘上移开,闭上眼,听到爆炸声。
二十多年了,他终于抓到了杀死母亲的凶手。
他好像又回到了那时候,母亲牵着他回家,父亲也在家里,在家等着他们。那个家是完整的,那个家里的父母没有隔阂,一家三口还有很长的一生要一起过。
"你一定没有女朋友!"一个女孩倔强地含着眼泪的面孔浮现,对着他吼道。
"正印,恐怕我要食言,没法带你去海边了。"

他不放心她，舍不得她。

他还想看见她对着他笑一笑，还想吃到她煮的藏着荷包蛋的杂菜面。

车子已然冲进海里，白舸的感知渐渐远去。

海面上，池枫身受重伤，咬牙坚持驾驶着渔船，看向远处辽阔的天际。

断了线的破碎的风筝，还能飞多远呢？

他的眼前忽然恍惚了，缓慢地，缓慢地朝下倒去。

化成熊熊烈火的小货车冲进海里，冲向渔船。

满眼的虚无空白顷刻间有了色彩，像是很久很久以前某一只斑斓的、在春天放飞的风筝。

"池枫……"岸边，叶筱梦呼喊他的名字。

他露出一丝笑容，在坠入海里时，内心安定，缓缓地闭上眼睛。

……

海岸线上警车呼啸，邢森的车子蓦然停下，只看见远处的一团熊熊烈火坠入汪洋。

岑正印推开车门下车："白舸！"

未能踏出一步，浑身的力量被抽空了，她潸然地跪坐在了地上，眼睁睁地看着熊熊烈火中再次爆炸出骤起的火光，炽烈的火球湮没在了海里。

刀山火海，枪林弹雨，都没关系，只要我们在一起。

可是如今，我却看不到你。

她咬着嘴唇，把哭音憋在喉咙里。

相识以来的种种画面在她的脑海里回放，一幕一幕，都太短暂了。

她还有很多的事情想和他一起做，却没有来得及。

夕阳到来，暮色沉郁。周围有警车的声音、救护车的声音、爆炸和燃烧的声音……可是这些嘈杂都从她耳边远去了。

她只听得到海浪声。

和当年爷爷过世后，她一个人跑去海边时一样，她只听得到海浪声。

原来海浪声那么寂寥，铺天盖地地远走，空旷无尽地等待……

两日后。

警方从海里打捞到了小货车和快艇的残骸，但只发现了一具尸体。

鉴证科警员赶到现场，提取了相关证据拿去化验。

岑正印的脸色苍白，和邢森一起在鉴证科等报告。有警员好心地给了她一杯热水，她捧在手里，水一直在晃。

鉴证科的大门打开，所有人一齐注视着拿着报告的警员。

警员看了看大家，又看了看岑正印。

"说。"邢森的语气保持着镇定。

警员手里拿着一张薄薄的纸，低声道："尸体是铁禅，但是车内的残臂属于白舸。"

岑正印手里的水杯掉到地上，水花溅了一地。

"扩大搜索范围，一定要把白舸和池枫找到！"邢森说道。

无论是生是死，一定要找到。

岑正印靠着墙壁，将脸埋进手掌里，深深吸气，朝着公安局外面走去。

铁禅死了，池深从高速行驶的车上跳下，伤情严重，目前还在医院的重症监护室。

狮艺展览馆的直播被亿万观众收看，U盘的秘密被警方破解，他主导的那林仿制文物走私线路也被挖了出来。

所有的事似乎都结束了。

每天的电视新闻里，沸沸扬扬的都是关于池家，关于百工坊的新闻。

步明堂等人都被找到，在医院检查并且休养了几天之后，都平安地回到了家里。

叶筱梦回归了警队，跟随着搜索队员一遍一遍地检验痕迹，几天几夜不眠不休，希望能够找到白舸和池枫。

当那林的事件尘埃落定，百工坊家族也好，警方和其他相关部门也好，关注点就都集中到了"克伊洛斯"未解开的秘密上——传国玉玺到底在哪？

——回家去，回到最初去寻找答案。

白舸去追铁禅之前，曾郑重地叮嘱过岑正印。

于是岑正印回了家。

什么人都没有了，父母、爷爷、弟弟、顾好、白舸……所有人都不在。

那枚玉花生从身上掉出来，落在地上。

她弯下腰要捡，身体空了似的跌坐到地上，将头深深地埋在膝盖里。

原来心痛有实质，它如利刃一样在心上割着，不见血，让你无法喊疼，逐渐被绝望掩埋。

哭泣没有用，它只能让人失态，让人绝望，它根本解决不了问题。

岑正印打开电视，看见新闻里又在说"克伊洛斯"，说百工坊，看见中森又在重播《有忆》。

她静静地看，看那些熟悉的画面，想从画面里找到自己想见的人。

可是没有，根本没有。他们不在电视里，不在故事里，他们都走了。

步京说只要有一支笔，什么都可以记下来，什么故事都可以留下来。那么人呢，那些离开的人还会再回来吗？

她窝在沙发里看着电视，根本不管茶几上的手机振动了一次又一次。

步凡和江浩然他们担心她，于是不停地打电话来，他们甚至到她家门口敲门，可是无人回应。

就这样过去了整整一个星期。

江浩然、章陶陶、步凡、步京、胡正侠、邢森等人来到岑家敲门，仍然没有人应。

江浩然忍不住了，翻墙来到花园，对着宅子里大喊："岑正印出来，不然放火烧了你家房子！"

没人回应他，于是他接着喊。

终于，二楼岑明东书房的窗帘被拉开了。

步凡等人你看看我我看看你，跑去正门那里，这才发现门没有锁。

他们齐齐冲上二楼，跑到岑明东书房门口，脚步一下子就顿住了。

书房的地上堆满了书和笔记，一直堆到了房门口，他们根本无处立足。

岑正印就坐在这些书和笔记的中间，正在找和写着什么。

江浩然看见了房内桌上放着的铁犀牛："这个镇海兽被白舸带回来了？"

"这不是镇海兽。"岑正印却说。

"那是什么？"章陶陶问。

"是石像鬼。"岑正印说，"中世纪时候的西方，房屋排水很多都不是通过下水道系统，而是将雨水输上房顶，通过房顶上的石像鬼向外喷出。这样的石像鬼，在古埃及的很多神庙上都能看见，它们被用来喷洗神圣的器皿，大多是狮子头形的。"

步京也说："中世纪的大教堂上也有石像鬼，其中最著名的是巴黎圣母院上的。"

胡正侠疑问："七星岛的海底下为什么有石像鬼？"

岑正印说："这尊石像鬼是我家的。"

其他人都不可思议地看向她。

岑正印拿着铁犀牛，从书堆中走出，带着大家走出宅子，绕到花园的后面，抬头看向屋檐。

以前大家都没来过这里，最近几次来也都没仔细看，直到现在大家才留意到，原来岑家屋檐的檐角总共有六尊石像鬼，全是中国古代神兽的形象。

胡正侠一个一个指过去："没少啊……"每个檐角都有石像鬼，没有缺失。

岑正印将手里的一张图展开给大家看："这是我在爷爷的书房找到的这间宅子最初的设计图。"

步京最先看出玄机，指着重檐中间的位置："铁犀牛是在这里的。"

岑正印点头，问大家："你们谁能帮我重新装回去？"

邢森伸手接过铁犀牛："我来吧。"

步京说："我跟你一起上去。"

他们一起上了屋顶，发现重檐中间有个卡口，正是铁犀牛的底座，刚好将其卡进去。

胡正侠问："这有什么用？"

岑正印示意邢森和步京先别急着下来，走去一边打开了水阀，花园草地上立刻喷出数道水柱。

这是用来浇灌草坪用的，很多有花园的人家都有，谁都不会想到它是隐藏机关的一部分。

"你们把铁犀牛转到脑袋朝后！"岑正印朝着屋檐上喊。

步京和邢森照做，岑正印也转动水阀，使得草地上的水柱纷纷倾斜，分别朝着其他六尊神兽涌去。

水流汇入神兽脑后，又从它们的口中喷洒而出，喷向铁犀牛之上。

水的冲力带动着铁犀牛转动，于是水柱的位置再变，六尊神兽再转，屋檐、水柱、石像鬼成了一个运作体系，暗藏的机关从沉睡中被唤醒，赫然启动。

忽然，西首的屋檐坠下一个宝盒，落在草地上。

众人都呆住了，好一会儿才回过神来，跑过去将宝盒捡起。

江浩然拍掉盒子上面的灰尘铁锈，拽开早就腐蚀失效的锁，打开盖子的时候，震惊得眼珠子都要掉出来了："这，这是……传国玉玺？！"

岑正印捧起宝盒里的物件，只见玉质温润，流光溢彩，方圆四寸，上纽交五龙，刻有"受命于天,既寿永昌"。

"这真的是传国玉玺?传国玉玺怎么会在你家?"江浩然不可思议地问岑正印。

岑正印无奈苦笑:"在今天之前,我也不知道我家还隐藏着这么大的秘密。"

是白舸给她的提示——

她回到家的前几天一直消沉,后来一次打开了电脑,发现自己的邮箱里收到了一封邮件——白舸绘制了一张岑宅的格局立体图给她,向她说明檐角上的石像鬼中有隐藏的空间,很有可能有机关,甚至暗藏了什么东西。于是她这些天把自己关在爷爷的书房里,在所有的笔记和书里面寻找答案,才找到了隐藏在这座房子里的秘密。

章陶陶问:"我不明白,不是说传国玉玺在荣城湾吗?'克伊洛斯'屏风里的画难道是为了指引我们找到铁犀牛?"

岑正印无法回答她。

她望向不远处的白家,当年方家和姬家将家宅建在一起,大概就是为了互相制衡互相监督。

在荣城湾究竟发生过什么事,铁宝亭和姬天明究竟谁盗走了"克伊洛斯",方家、池家又在其中经历了怎样的故事,姬天明创立那林的初衷究竟是什么,如今已经找不到记载,也得不到答案。

尾 声 / 终于结束的新开始

BRIGHT SECRET

"明天上午九时，W市首届非遗文化节开幕式暨百工坊揭牌仪式将在原行署文化楼举行。文化节期间，市民们只要预约参观，不仅能在百工坊看到'木兰花令'毛笔、'举案齐眉'外粉彩内青花花卉碗、秋宏琴、鎏金铜力士像和'东风夜放花千树'的子母狮头，还能亲自感受非遗匠人创作的过程。民国期间在五大洲珍品展获得金奖的'克伊洛斯'仙人塔也将同步展出。"

今天《七点新闻》的头条就和非遗以及百工坊有关。电视画面里，岑正印现场探访了百工坊的布展情况，还采访了步明堂和关北山，提前揭秘了"木兰花令"和秋宏琴的制作绝技。

《七点新闻》播完，岑正印一天的工作也结束。

她下班了，先去一趟有方斋。

"大小姐来了啊。"洪叔依然走到门口迎接她，因为最近店里生意好，岑正印又招了两个伙计。正常应该八点钟下班，但洪叔总是要把店里的物品再清点一遍，把到处都打扫干净才肯回家。

角落里的座钟咯噔咯噔地响，指针显示已经九点钟了。

和以前不同的是，没有了岑正阳坐在那里雕刻玉石的身影。

这段时间岑正阳在美国接受治疗，情况已经有所好转，医生说他随时有苏醒的可能，岑正印打算忙完这阵子，就过去陪他。

见洪叔收拾得差不多了，岑正印拉下电闸："我帮你关门。"

确定没有什么疏漏，洪叔锁了门，坐上岑正印的车。

已经不早了，翰林街上却还有不少游客。都说《有忆》不仅带动了非遗产业，也带动了W市的旅游业，看看翰林街的繁盛程度就知道了。

岑正印注意着过往的行人，小心开着车："明天上午百工坊揭牌，步凡和步京会顺路过去接您，您带着小念一起去参加吧。"

洪叔点头："那孩子早就惦记着要去看看了，早上还吵着要跟我学玉雕鬼工球呢。"

岑正印笑道："看来岑家的玉雕手艺后继有人了。"

把洪叔送回家，岑正印回到自己家里，洗过澡之后，温习一遍明天的活动流程，关灯休息。

　　第二天早上，岑正印早起晨跑，吃完早餐后去电视台跟大部队一起前往百工坊。
　　经过鹅卵石铺成的小路，穿过绿植蔓延的回廊，三层楼高的行署文化楼按照民国时期海派洋房的建筑风格被修旧如旧，淡黄色的外墙像晨曦柔和的光，静谧而安宁。
　　其他人都已经到了。
　　步明堂、步京、步凡、徐蔼然、叶筱梦、章泽端、章铭瑄、章陶陶、胡震显、胡正侠、关北山、黄云辅……除了黄云武和黄笑笑因为赝品古琴事件接受调查以外，百工坊家族整整齐齐聚在了一起。
　　今天是他们最值得高兴的日子。
　　百工坊的揭牌仪式之后，参观的市民陆陆续续进场。
　　一楼是非遗艺术品展厅，百工坊家族以及W市其他非遗传承人的作品都在此展出。
　　从二楼到六楼是非遗工作室，手工制笔、锔瓷、斫琴、火狮、鎏金、玉雕等等非遗手艺，都在这里开放给感兴趣的市民参观学习。胡家还新成立了舞狮队，有不少喜欢中国传统文化和武术的年轻人踊跃加入。
　　这里每周还开设讲座，非遗传承人们会为高校学子们讲述老手艺的历史、故事、曾经和未来。
　　不断地有新鲜血液加入百工坊，跟随老师傅们学习这些老手艺，由方利山所倡导的"师带徒"的传承方式，将在这里由新一代的年轻人们继续下去。
　　邢森今天有其他事情，所以来晚了。
　　"传国玉玺的鉴定结果出来了吗？"岑正印问他。
　　邢森点头。
　　岑正印放松心态："怎么样？"
　　邢森叹息："不是真的。"
　　对于这个结果，岑正印早有心理准备。
　　虽然不免失望，但看着眼前百工坊新老汇聚一堂的情景，她觉得什么都是值得的："无论如何，我们已经得到了最好的回报。"
　　让百工坊得以重聚，将行署文化楼作为百工坊的教学地点保存下来，白舸和她最初的愿望终于实现了。
　　岑正印穿过参观的人群，走到"克伊洛斯"面前。
　　殿前的两只狮子正逗弄着绣球，鎏金灯内的群仙云游鬼工球转动着，绣球被狮子顶到半空之中，烟花绽放。
　　岑正印下意识地摸戴在脖子上的玉花生，却发现链子不知何时断了，玉花生不见了。
　　她慌张地低下头，在地上到处寻找，发现前面的展示台旁似乎掉落着一件白玉色的东西。
　　无奈前面挤了太多参观者，她一时间过不去。
　　"对不起，麻烦让一让。"侧着身穿越人群，她看见一个人挤在人群里，弯下腰正伸手试图捡起玉花生。
　　"不好意思。"那人的声音温和沉稳，干净利落。

一瞬间，四周仿佛全都安静了下来。所有人的动作都好像静止了，连世界仿佛也消失不见。

岑正印的身体僵直着，不敢向前，等待着人群散开，好将那个人看清楚。

"老板！你的电话一直响，好像是有急事找你！"新请的助理跑到岑正印跟前，递手机给她。

视线被挡住了，岑正印回过神来，猛地推开助理。

可是那个人已经不在了，地上的玉花生也不见了，她在人群中寻找着、回望着，所有人都不是她要找的那个人。

或许……只是错觉。只是因为太想念，所以出现的错觉。

小助理手足无措地跟着她，握着的手机又响了。

岑正印接过手机，划开接听键："喂。"

电话那边沉默了一会儿："正印啊。"

岑正印的脸上露出前所未有的震惊神色，手一抖，手机失手滑落。

"正印快来啊，开始舞狮了。"章陶陶在门口对着岑正印招手道。

鼓声震响，人们纷纷往门口聚集。

岑正印被人群挤到了墙边，看见混在人群里往外走的一个人影。

她的心脏剧烈地跳动着，是紧张，也是期待。

盯着那个人影，她追了出去……